Wenn die Schatten länger werden

Gabriele Walter

Die Autorin

Im Jahre 1954 wurde sie in Schwäbisch Hall geboren. Ihre Kindheit und Jugend verbrachte sie in Schwäbisch Gmünd. 1973 heiratete sie. 1981 zog die Familie ins Nördlinger Ries.

Bereits als Teenager schrieb sie Kurzgeschichten für ihre Freundinnen. Nach der Schulzeit wollte sie ihren größten Wunsch, Schriftstellerin zu werden, in die Tat umsetzen. Doch das Leben kam dazwischen. Erst Jahre später gelangte sie nach einigen Umwegen in eine Situation, die sie erkennen ließ, dass allein das Schreiben genau das war, was sie schon immer tun wollte. Und so wurde es zu einem wesentlichen Teil ihres Lebens.

Während ihrer jahrelangen beruflichen Tätigkeit als Einzelhandelskauffrau, Ausbilderin und Seminarleiterin durfte sie Menschen aus unterschiedlichen sozialen Schichten kennenlernen und zwischen-menschliche Erfahrungen sammeln, die sich in ihren Romanen widerspiegeln.

Ihre Romane handeln von der Liebe, die stets geheimnisvoll und zuweilen sogar gefährlich sein kann, von Schicksalen, wie sie einem täglich begegnen, und mystischen Ereignissen, die der Verstand mitunter nur schwer erklären kann. Es geht jedoch immer um Frauenschicksale. Starke, schwache, träumende, liebende und mit dem Schicksal hadernde Frauen.

Bibliografische Information der Deutschen Nationalbibliothek:
Die Deutsche Nationalbibliothek verzeichnet diese Publikation in der Deutschen Nationalbibliografie; detaillierte bibliografische Daten sind im Internet über http://dnb.dnb.de abrufbar.

2.Auflage 2019

Umschlaggestaltung:
Manuel Walter

Coverbild:
Manuel Walter

Herstellung und Verlag:
BoD – Books on Demand, Norderstedt

ISBN:
9783735794253

Kapitel 1

Irgendwie makaber ..., dachte Nora, *hier zu sitzen und ausgerechnet an diesem Abend das alte Tagebuch in Händen zu halten.*

Sie erinnerte sich daran, wie sie es vor langer Zeit, mit einigen anderen überflüssig gewordenen Gegenständen, ganz unten, in den aufklappbaren grauen Karton verpackt hatte. Anschließend hatte sie diesen auf den Dachboden gebracht und hinter anderen Kartons verstaut. Im Laufe der Jahre war er ihr ab und zu in die Hände geraten. Einmal riss sie ihn sogar versehentlich ein. Mit Klebeband ausgebessert, schob sie ihn dann in die hinterste Ecke der Dachschräge zurück. Jedenfalls wollte sie dieses vermaledeite Tagebuch nie wiedersehen, geschweige denn darin lesen. Warum nur hatte sie es nicht gleich vernichtet?

Ausgerechnet Lena musste es finden, während sie sich auf der Suche nach einer kitschigen, wahrscheinlich viel zu farbenfrohen 70erjahre Dekoration für ihr Zimmer befand. Vermutlich, weil sie annahm, ihr würde dadurch das gewisse Etwas einer Trendsetterin anhaften. Nora konnte sich gut vorstellen, wie sich Lena durch all die verstaubten, längst ausrangierten Möbel gekämpft und die Kisten mit alten Klamotten durchwühlt hatte, die sie schon vor Jahren in den Altkleidercontainer geben wollte. Sie dachte an die in mancherlei Hinsicht unnötig aufbewahrten, teilweise in Vergessenheit geratenen Erinnerungsstücke und Urlaubssouvenirs. An solche, die sie einfach nur kitschig fand und an andere, die nicht mehr zu ihrem oder dem Stil des Hauses passten, an denen aber dennoch auf sonderbare Weise ihr Herz hing.

Freudig erregt, doch ernsthaft betonend, es nicht ein einziges Mal aufgeschlagen zu haben, obwohl sie schon ein wenig neugierig gewesen wäre, hatte sie es ihrer Mutter überreicht – selbstverständlich in Erwartung eines besonderen Lobes. Dabei schien sie vollkommen überzeugt, ihr mit diesem Kleinod eine große Freude zu bereiten. Natürlich nahm sie an, es würde sie aufheitern über all die „netten" Begebenheiten ihrer Ehe nachzulesen. Das Kind konnte ja nicht ahnen, welch seelische Qualen einige Erinnerungen an längst vergangene Zeiten bei ihr auslösen würden.

Erinnerungen an Ereignisse, die ihr Leben für lange Zeit bestimmt hatten, die immer noch wie kleine spitze Nadeln in ihre gerüttelte Seele stachen, tauchten vor ihrem geistigen Auge auf. An die Zeilen dieses Tagebuches, das sie so schändlich missbraucht und hauptsächlich benutzt hatte, um ihren ehelichen, mitunter peinigenden Frust und ihre Traurigkeit los zu werden, auch nur zu denken, tat schon weh. Sie sah es einen Augenblick abschätzend an, dann warf sie es unwirsch auf den Tisch.

*

Weihnachten 1988, sie waren fast drei Jahre verheiratet, legte Frank ihr ein Päckchen in die Hände. Eingepackt in blaues Weihnachtspapier, mit goldfarbenem Band umwickelte und obenauf thronte eine Schleife, die größer war, als das Päckchen selbst. Als sie es öffnete, sah sie zunächst nur zerknülltes Seidenpapier. Darunter kam ein schmales, weinrotes Kunstlederetui zum Vorschein. Erwartungsvoll hob sie es heraus und klappte es auf. Da lag auf dunkelblauem Samt ein weißgoldenes Bettelarmband mit vier zierlichen Anhängern.

Während Frank es aus dem Etui nahm und um ihr Handgelenk legte, gab er ihr zu jedem Anhänger eine kleine aber liebevolle Erklärung. „Das Herz soll dich an meines erinnern, das allein für dich schlägt. Der Schirm sagt dir, dass ich dich, nein – unsere Familie immer schützen werde. Gutes Schuhwerk ist nötig, da wir hoffentlich noch einen langen, gemeinsamen Weg vor uns haben, darum der kleine Pantoffel. Der Stern steht für Tristan, und wenn du einverstanden bist", er lächelte sie verliebt an, „hänge ich dir bald einen zweiten dran. Oh Nora, du weißt, wie sehr ich dich liebe."

Nora war gerührt.

Doch Frank gab ihr keine Gelegenheit sich zu fassen. Die Tränen der Rührung waren noch nicht getrocknet, da machte er sie auf ein weiteres Geschenk, unter dem restlichen Seidenpapier aufmerksam.

Es handelte sich um ein Tagebuch. Die Idee, ein solches zu führen, war schon Monate zuvor entstanden. Doch wie so viele kleine Geistesblitze und all die mehr oder weniger wichtigen Wünsche, die in der täglichen Hektik untergehen oder immer wieder verschoben werden, verhielt es sich auch mit dem Kauf eines Tagebuches. „Woher wusstest du?"

„Du hast es neulich mal erwähnt. "

Nora schüttelte fassungslos den Kopf. Sie hielt das Büchlein wie einen Schatz in ihren Händen. Viel mehr als das Armband, schien es ihr, stand dieses Tagebuch für Franks Liebe. Sie war überzeugt, nur ein Mann, der eine Frau wirklich liebt, hört ihr so aufmerksam zu und erfüllt ihr Wünsche, die sie, seien sie groß oder so klein wie dieser, nur einmal ganz nebenbei erwähnt hatte. Nora fühlte sich glücklich und hoffte, viel Schönes hinein schreiben zu können …

*

Leider hat sich diese Hoffnung nur in begrenztem Maß erfüllt. Sie war so ahnungslos. Oder wollte sie die ersten Schatten, die bereits an diesem Weihnachtsfest auf ihr Glück fielen, einfach nicht wahrhaben? Dabei hatte alles so vielversprechend begonnen.

Nora warf erneut einen Blick auf das Tagebuch. Sie griff danach, ohne wirklich zu wissen, was sie damit anfangen sollte. Während sie es noch angewidert ansah, erhob sie sich, trat ans Fenster und legte ihre Stirn an das kühle Glas.

„Bald ist alles vorbei ...", flüsterte sie, während ihr Blick den Himmel abtastete.

Die Sonne hing wie ein riesiger roter Feuerball zwischen den knorrigen, alten Eichen. Bald würde sie eintauchen in das Flammenmeer aus Rottönen, das sie bereits am Horizont entzündet hatte. Dann würde das leuchtende Rot nach und nach einem dunklen Violett weichen und das wiederum der Nacht. Morgen – Tag – Abend – Nacht. Wie Perlen auf einer Schnur reihen sich die Tageszeiten aneinander. Nichts wird sich daran jemals ändern.

War es wirklich erst vier Tage her, als ihre heile Welt, wie ein Kartenhaus, jäh in sich zusammenfiel?

*

Nora duschte. Sie ließ sich Zeit, genoss das prickelnde Nass, das warm über ihren Körper floss. Ihr war, als gewinne sie mit jedem Tropfen neue Lebensenergie. Sie hatte eine unruhige Nacht hinter sich, hatte sich von einer Seite auf die andere gewälzt. Und gegen Morgen dann erwacht, geplagt von diesen verdammten Kopfschmerzen. Inzwischen größtenteils verschwunden, war lediglich ein unangenehmer Druck im Kopf zurückgeblieben.

Nachdem sie sich gut abgerubbelt, Slip und T-Shirt angezogen hatte, setzte sie sich auf den runden Badehocker um Socken überzuziehen – seit sie von diesen Kopfschmerzen gequält wurde, viel es ihr schwer sich zu bücken. Noch während sie darüber nachdachte, wurde ihr plötzlich schwummrig vor den Augen, sie hörte lautes Rauschen in ihrem Kopf und noch bevor sie sich mit der Situation auseinandersetzen konnte, wurde es dunkel um sie.

Als sie die Lider wieder aufschlug, blickte sie in Franks Gesicht und bemerkte die Panik in seinen Augen. „Nora, komm zu dir. Um Gottes Willen! Nora, was ist mit dir?"

„Was – was ist …?", murmelte sie verwirrt. Erst jetzt bemerkte sie, dass sie auf dem flauschigen Badvorleger lag.

„Nora, was hast du bloß? Wie oft muss ich dich noch bitten, endlich einen Arzt aufzusuchen? Das hat sicher mit diesen Kopfschmerzen zu tun. Mit dem Kopf ist nicht zu spaßen. Da stimmt doch was nicht", tadelte er.

„Jetzt mach mir nicht auch noch Vorwürfe", schmollte sie.

„Was erwartest du denn?", fragte er verärgert. „Ich mach mir Sorgen."

„Ja, ist ja schon gut", versuchte sie, ihn zu beruhigen, während sie unsicher den Boden abzutasten begann, um irgendeinen Halt zu finden.

„Langsam. Wie geht es dir jetzt? Ist wieder alles in Ordnung? Mein Gott, was rede ich? Nichts ist in Ordnung. Sag mal, verschweigst du mir etwas? Oh Gott, ich bin völlig durcheinander. Kannst du denn aufstehen?", sprudelten die Fragen nur so aus ihm heraus.

„Ja, ich denke schon." Immer noch benommen, versuchte sie ihren kraftlosen Körper mühsam aufzusetzen.

Frank ging das offenbar zu langsam, denn er hob die zarte Gestalt kurzerhand auf seine Arme, trug sie ins Schlafzimmer, wo er sie behutsam aufs Bett legte und fürsorglich zudeckte.

„Ich rufe jetzt Doktor Benrath", sagte er knapp und wandte sich zur Tür.

„Warte! Ich habe heute um neunuhrdreißig einen Termin im Krankenhaus. Doktor Benrath hat mich bereits untersucht. Er hat mich an Doktor Steiner überwiesen und der ...“

„Steiner? Die Praxis am Marktplatz. Ist der nicht Neurologe?“, unterbrach er sie.

Nora nickte. „Der Termin war gestern. Doktor Steiner ließ zunächst ein EEG erstellen und untersuchte mich dann neurologisch – Reflexe, Motorik, Gleichgewichtssinn und Sehvermögen. Als ich ihm von den immer wiederkehrenden starken Kopfschmerzen erzählte und davon, dass ich mitunter Dinge doppelt sehe, wirres Zeug rede und manchmal beim Sprechen regelrechte Aussetzer habe, nickte er nur und meinte, um sicherzugehen, wären weitere Untersuchungen von Nöten. Er will, dass ich ein CT machen lasse. Darum überwies er mich in die Kinik.“

Frank starrte sie ungläubig an. „Warum hast du mir davon nichts erzählt? Du hättest mir das sagen müssen. Oh Gott, Nora, hoffentlich ist es nichts Schlimmes“, meinte er besorgt.

Sie zog die Augenbrauen hoch und zuckte unmerklich mit den Achseln. „Siehst du, darum habe ich dir nichts gesagt, damit du dir nicht Sorgen machst, bevor überhaupt feststeht was mir fehlt. Aber jetzt …, Frank, ich habe Angst. Jetzt noch mehr als gestern.“

„Warte!“ Er lächelte verlegen. „Lauf nicht weg, ja?“, versuchte er zu scherzen. „Ich komme gleich wieder.“

Nora hörte, wie Frank mit seinem Chef sprach. Nichts anderes hatte sie erwartet. Selbstverständlich würde er sie in die Klinik begleiten.

Als er zu ihr zurückkam, setzte er sich schweigend auf den Bettrand. Lächelnd ergriff er ihre Hände, zog sie fest in seine Arme und streichelte tröstend über ihren Rücken. „Wie geht es dir?“

„Ich habe wieder starke Kopfschmerzen und …, nur so ein Gefühl, als wäre ich gar nicht richtig hier“, flüsterte sie.

„Du wirst das schon schaffen“, versuchte er sie zu beruhigen, während er sie wie ein Kind in seinen Armen wiegte.

Die Zeit schlich förmlich dahin.

Nora warf einen Blick auf den Wecker. Erst zwanzig nach acht.

„Erst kurz nach acht“, bemerkte auch Frank in diesem Moment. „Hätte ich bloß den Notarzt gerufen“, fuhr er ungeduldig fort, „dann wärst du längst in der Klinik.“

Nora seufzte. *Gestern,* dachte sie, *war alles noch nicht so ..., so ...,* sie suchte nach dem richtigen Wort, fand es aber nicht. *Jedenfalls,* sinnierte sie weiter, *handelte es sich gestern bei diesem Kliniktermin lediglich um eine Vorsorgeuntersuchung. Jetzt scheint alles anders zu sein.*

„Wir fahren!", riss Frank sie plötzlich aus ihren Gedanken. „Ich kann nicht länger warten. Komm, steh auf, ich helfe dir beim Ankleiden und dann fahren wir."

Während der Fahrt sprach Nora kein Wort. Nicht einmal klar denken konnte sie. Und Franks aufmunternde Worte nervten eher, statt sie zu beruhigen. *Er hat Angst um mich,* dachte sie verständnisvoll. *Die starke Heldin in einem sentimentalen Liebesfilm, die sich von keinem Schicksalsschlag unterkriegen lässt, würde in so einer Situation vermutlich ihren verzweifelten Ehemann trösten. Aber ich bin nun mal keine Heldin und das hier ist kein Film, sondern bittere Realität.*

Nora hatte Angst. Dabei wusste sie noch nicht einmal wovor.

Nachdem sie einer jungen Frau im Anmeldezimmer einige Fragen beantwortet hatte, bat diese sie freundlich, noch kurz Platz zu nehmen, man würde sich gleich um sie kümmern.

Auf einem Stuhl ganz in ihrer Nähe, saß eine sehr junge Frau, die ebenfalls unter einer Krankheit im Kopf zu leiden schien. Ihr giftgrüner Turban, der melancholische Ausdruck auf ihrem Gesicht, die Art sich unruhig umzusehen, während sie unkonzentriert in einer Zeitschrift blätterte und dann wieder mit dem Mann an ihrer Seite sprach, ließen darauf schließen.

Ein kräftig wirkender Mann im Rollstuhl sitzend wurde hereingefahren. Sein Alter war schlecht zu schätzen. Die Frau, die ihn schob, vermutlich seine Ehefrau, beugte sich nach einem Zeichen seiner linken Hand, besorgt und überaus liebevoll über ihn. Gleich darauf griff sie in ihre hellblaue Umhängetasche und beförderte eine Flasche Wasser hervor, von der sie ihn vorsichtig trinken ließ. Er selbst schien nicht mehr in der Lage sie zu halten.

Während sich Nora weiter umsah, fragte sie sich, welches Schicksal sie womöglich mit einem dieser Menschen teilte.

Nach etwa einer halben Stunde unruhigen Wartens, wurde sie von einer altjüngferlich anmutenden Frau im weißen Kittel aufgerufen und in den Untersuchungsraum geführt.

Ein junger Arzt klärte sie über die Komplikationen dieser Untersuchung auf: „In seltenen Fällen kann es zu einer Überempfindlichkeitsreaktion kommen, wie Niesreiz, Übelkeit, Schwindel oder Kopfschmerzen. Informieren Sie uns dann bitte sofort."

Nora nickte.

Gleich darauf trat eine freundlich lächelnde Ärztin auf sie zu, deren blasses Gesicht müde wirkte. Während sie ihr ein Kontrastmittel in die Vene der Armbeuge spritzte, erklärte sie ihr, dass sich dadurch eventuell ein Wärmegefühl im Körper entwickeln könnte, das jedoch schnell wieder verschwinden würde. Das Kontrastmittel sei aber notwendig, um die Aussagekraft der Bilder zu erhöhen. Sie lächelte Nora noch einmal aufmunternd zu, bevor sie eine Assistentin herbeiwinkte, die sie in den Raum führte, in dem der Computertomograph stand. Dort bat man sie, ihren Schmuck abzunehmen und sich flach auf den Tisch des Geräts zu legen. Die Assistentin erklärte ihr, dass sich der Tisch langsam durch die Öffnung bewegen und die Röhre sich spiralförmig und kontinuierlich um sie drehen würde. Ganz nebenbei reichte sie ihr Kopfhörer und bat sie, diese aufzusetzen. „Damit die Aufnahmen nicht verwackeln", erklärte sie weiter, „ist es notwendig ruhig liegen zu bleiben und auf die Atemkommandos zu achten, die Ihnen über die Kopfhörer vermittelt werden."

Die Prozedur dauerte etwa eine halbe Stunde. Nachdem ein Pfleger ihr vom Tisch geholfen hatte, bat die Ärztin sie, sich einen Moment zu gedulden.

Der besorgte Ausdruck, den Nora in den Augen der jungen Frau bemerkte, verstärkte das ungute Gefühl, das sich mittlerweile in ihr breitgemacht hatte. Zudem kam sie sich seltsam ausgeliefert vor.

Als die Ärztin sie dann bat, ihr in Doktor Neuners Sprechzimmer zu folgen, atmete sie nur noch flach, doch ihr Puls begann zu rasen. *Was hat das zu bedeuten? Sollen die Untersuchungsergebnisse nicht an Doktor Steiner weitergeleitet werden? Es ist also noch schlimmer, als ich ohnehin befürchtet hatte.*

Doktor Neuner, ein untersetzter Mann mit buschigen Augenbrauen, betrachtete konzentriert die CT-Bilder, als sie und Frank eintraten. Nickend wandte er sich ihnen zu, begrüßte sie freundlich und bat sie Platz zu nehmen. Er selbst setzte sich ihr gegenüber auf die Kante seines ziemlich stabil wirkenden Mahagonischreibtisches.

„Frau Baumann, ich will nicht lange um den heißen Brei herumreden. Wir haben es hier mit einem höchst bösartigen, schnell wachsenden, primären Tumor zu tun. Das heißt, es handelt sich um einen vom Hirngewebe selbst ausgehenden, aus den Gliazellen des Gehirns entstandenen Tumor. Ein Glioblastom. Ihre CT-Bilder zeigen das typisch unregelmäßig geformte Glioblastom mit randständig starker Kontrastmittelaufnahme. Ebenso typisch dafür ist die girlandenartige Formation."

Tut es ihm wirklich leid, dass nicht wir, sondern ich einen Tumor habe? Redet er deshalb so schnell und so viel? Totreden ...? Ja genau, das nennt man doch totreden? „Was heißt das genau?", fragte Nora, darum bemüht, gefasst zu wirken, obwohl es in ihrem Kopf hämmerte und sie sich gedrängt fühlte, laut zu lachen. *Du kannst jetzt nicht lachen, der denkt sonst, du spinnst.*

„Wir benötigen noch ein MRT."

„Ein MRT? Wozu?", wollte Nora wissen.

„Ein CT liefert nur horizontale Schnittbilder. Ein MRT liefert Bilder ganz beliebiger Schnittführungen, wie zum Beispiel horizontale, diagonale oder vertikale. Das ermöglicht uns eine präzise Beurteilung der einzelnen Gewebestrukturen und damit eine sehr genaue Diagnose", erklärte er.

„Ach so."

„Außerdem werde ich eine stereotaktische Hirnbiopsie zur Bestätigung der Diagnose vornehmen. Dabei wird Gewebe aus dem betroffenen Areal entnommen und ausgewertet. Dann sehen wir weiter. Jedenfalls müssen wir schnellstens operieren. Und Frau Baumann, ... ich muss Sie darauf hinweisen, dass mit entfernen der Hauptmasse des Tumors, das Fortschreiten der Erkrankung nur verlangsamt, aber nicht dauerhaft verhindert werden kann, da einzelne Tumorzellen das gesunde Gehirngewebe immer schon infiltrativ durchwandert haben. Eine Radikalresektion ist in diesem Sinne nicht möglich. Selbst mit einer

Bestrahlung und einer Chemotherapie können diese nicht vollständig abgetötet werden."

„Doktor Neuner, wenn ich ihre Ausführungen richtig verstanden habe, bedeutet diese Diagnose letztendlich für mich, dass ich sterben werde."

Einen Moment presste er die Lippen zusammen, dann räusperte er sich. Offenbar fiel es ihm, nach all den Diagnosen und Prognosen die er im Laufe seiner Berufsjahre erstellt hatte, immer noch schwer, die unheilvollen Worte auszusprechen. Er nickte bestätigend. „Es tut mir leid. Diese Krankheit ist lebensbegrenzend."

„Lebensbegrenzend?" *Was für ein Wort.* „Wie viel Zeit geben Sie mir noch?", fragte Nora leise.

„Sie erwarten doch nicht wirklich, dass ich jetzt eine Prognose abgebe? Warten wir doch erst mal die Biopsie ab."

„Doktor", meldete sich nun Frank, dem es erst mal die Sprache verschlagen hatte, „sagen Sie uns Ihre Meinung. Bitte!"

„Wenn Sie sich operieren lassen, zwei Jahre, eventuell länger, genauso gut kann es auch schneller gehen. Ich weiß es nicht, ich gehe hier von allgemein bekannten Erfahrungswerten aus. Sollten Sie sich jedoch nicht operieren lassen, zirka drei, vier Monate. Doch auch das sind nur Erfahrungswerte. Es gab Patienten, die nach der Operation länger als zwei Jahre lebten, aber auch solche, die es nicht einmal zwei Monate schafften. Einer meiner Patienten, den ich vor dreieinhalb Jahren operierte, lebt immer noch. Es geht ihm gut. Gestern starb eine Frau, die sich einer Operation verweigerte, vier Wochen nach der Diagnose. Bei einer anderen Patientin habe ich vor zirka einem halben Jahr ein Glioblastom diagnostiziert. Auch sie unterzog sich keiner Operation. Sie lebt noch. Trotzdem sind die Chancen, Zeit zu gewinnen, nach einer Radikalresektion entschieden größer."

Frank sprang von seinem Stuhl auf. Unwillkürlich fuhr er mit allen zehn Fingern durch sein kräftiges dunkles Haar und zerrte daran, als würde ihm auf diese Weise eine Offenbarung zuteilwerden. Das tat er immer, wenn er nervös war oder nicht mehr weiterwusste. „Du musst dich auf jeden Fall operieren lassen, Nora", beschwor er sie.

Nora nickte unweigerlich.

Doktor Neuner rutschte von der Schreibtischkante, ging um denselben herum und nahm in dem schwarzen Ledersessel Platz. „Wir setzen am besten gleich den OP-Termin fest", meinte er. Sich auf den Monitor seines PCs konzentrierend, gab er einige Daten ein. Dann schrieb er mehrere Zahlen auf einen Zettel und reichte ihn Nora.

Während der Fahrt nach Hause hingen beide jeweils ihren eigenen düsteren Gedanken nach …

Nora warf einen Blick auf Frank. Er schien sich auf den Straßenverkehr zu konzentrieren, aber an seiner angespannten Haltung erkannte sie, dass er sich gedanklich mit ihr und dem Tumor beschäftigte. Sie dagegen versuchte, die entsetzlichen Gedanken, die unaufhörlich an die Tür ihres Bewusstseins klopften, auszuschließen. Dabei fühlte sie sich wie jemand, der diese Tür, die bereits einen Spalt weit offenstand, wieder zuzog und sich gegen die Tür stemmend, an den Türgriff klammert, um zu verhindern, dass sie erneut geöffnet wird. Und das obwohl er wusste, dass ihm dies auf Dauer nicht gelingen konnte.

Zu dumm, ich habe vergessen, bei den Mayers abzusagen, da muss ich gleich anrufen. Den Termin könnte ich eventuell auf morgen Vormittag verlegen. Morgen Vormittag, da war doch was …? Ja richtig, da ist das Treffen mit den Verantwortlichen des neuen Jugendzentrums. Na mal sehen, ich krieg die Mayers schon unter. Das Hähnchen! Mist! Ich habe das Hähnchen nicht aus der Gefriertruhe genommen. Egal, dann gebe ich es zum Auftauen in die Mikrowelle. Es regnet. Muss das jetzt sein?

Frank schaltete die Scheibenwischer an.

Eine Weile beobachtete sie deren regelmäßiges Hin und Her. Dann blickte sie aus dem Seitenfenster. *April, April, tut was er will …*

*

Kaum merklich schüttelte Nora den Kopf. Ihr Blick fiel erneut, ohne es wirklich wahrzunehmen, auf das Tagebuch in ihrer Hand. *Zu dem Zeitpunkt war mir zwar klar, was diese Diagnose bedeutete, aber irgendwie schien alles so unwirklich zu sein. Ich fühlte mich wie in einem Albtraum, einem Albtraum, aus dem ich jeden Moment erwachen müsste …*

*

Nora stieg aus dem Wagen und wartete teilnahmslos vor der ver-
schlossenen Haustür, bis Frank sie öffnete. „Ich bin müde. Macht es dir
was aus, wenn ich mich ein wenig niederlege?", fragte sie so normal,
als hätte sie nur einen harten Arbeitstag hinter sich.

Seine Augen wurden zu schmalen Schlitzen aus denen er sie zunächst
verwundert, dann, als erwache er genau in diesem Moment, zunehmend
verstehend betrachtete. Die entsetzliche Nachricht, die sie beide bis tief
ins Mark getroffen hatte, wurde zwingend von Gedanken begleitet, die
sich zunächst im Kopf breitmachen – rationale Gedanken. Doch nun
zeigte die Mimik seines Gesichts, was sein Herz in aller Deutlichkeit zu
begreifen schien – er würde sie verlieren. „Nein, nein, natürlich nicht",
murmelte er. „Aber wir müssen reden, wir müssen … Nora, mein Gott.
Nora, warum du?"

„Warum nicht ich?", fragte sie sanft. „Wen würdest du statt meiner
sterben lassen?"

„Mich …! Mich!", wiederholte er noch einmal. „Denn ohne dich
verliert das Leben für mich sowieso jeden Sinn."

Nora schüttelte den Kopf. „Rede doch keinen Unsinn. Du wirst das
schaffen, du und die Kinder. Sie sind der Sinn deines Lebens, vergiss
das nicht. Du wirst all das tun, wozu ich nicht mehr in der Lage bin."

„Wozu du nicht mehr …? Klingt, als träfst du ein Arrangement für
einen Kuraufenthalt. Aber so einfach ist das nicht. Ich schaffe das nicht.
Ohne dich bin ich nichts. Ich liebe dich und ich will dich nicht verlieren. Mein Gott!" Er packte sie an ihren Oberarmen, als wolle er sie
schütteln. „Nora hast du überhaupt begriffen, was der Arzt gesagt hat?
Du wirst sterben."

„Das war Teil der Abmachung, als wir uns entschlossen geboren zu
werden", sagte sie, immer noch in diesem aufreizend sanften Ton.

„Nora, verdammt!", fluchte er verzweifelt. Er zog sie in seine Arme
und legte sein Kinn auf ihrer Schulter ab. „Ich will dich nicht verlieren,
du musst wieder gesund werden."

Nora starrte, bemüht die Fassung zu bewahren, über ihn hinweg. Sie
schluckte die aufsteigenden Tränen hinunter und strich tröstend über

seinen Rücken. „Frank finde dich mit den Tatsachen ab. Je schneller du das tust, umso besser wirst du mit dieser Situation umgehen können."

„Das werde ich sicher nicht. Wie könnte ich? Plötzlich ist alles so sinnlos geworden."

„Nichts ist sinnlos. All das, was während unseres Lebens geschieht, ergibt irgendeinen Sinn, auch wenn wir diesen mitunter nicht sofort verstehen. Dennoch müssen wir gewisse Dinge so akzeptieren, wie sie nun mal sind."

Wieder fuhr Frank sich mit beiden Händen durchs Haar. „Sag mir einen vernünftigen Grund, warum du sterben musst?"

„Das kann ich nicht. Aber wer weiß, irgendwann, wenn wir uns da oben wiedersehen, wirst du es vielleicht erfahren und du wirst dich an meine Worte erinnern."

Frank lächelte. „Du und deine Philosophien. Doch egal was noch geschieht, ich bin bei dir und werde dich halten, wenn es sein muss, bis zu deinem letzten Atemzug."

Sie nickte. „Ich weiß. Da ich den aber voraussichtlich nicht in den nächsten Stunden machen werde, lass mich ein wenig alleine. Bitte."

„Wie du willst. Ich gehe an die frische Luft, sonst ersticke ich an deiner Gelassenheit." Er eilte aus dem Haus und ließ die Tür laut ins Schloss fallen.

Nora blieb mit hängenden Schultern zurück, starrte auf eine Wand ihrer Diele, als wäre diese gar nicht vorhanden. Ihr war zumute, als stünde sie in einem Vakuum. Sie fühlte sich ausgebrannt. Da existierte nichts mehr, nur diese unendliche Leere. Doch dann atmete sie einmal tief durch und plötzlich löste sich ihre innere Erstarrung. „Ich werde sterben!"

So schnell sie konnte, lief sie in den Keller, stolperte auf einer der Stufen, fing sich und lief weiter, lief über den langen Flur in Franks schalldichten Proberaum. Dort angekommen schloss sie die Tür und schrie, schrie so laut sie konnte, schrie sich die Angst und die Wut von der Seele, schrie, bis sie nicht mehr schreien konnte. Nach Atem ringend, lehnte sie sich mit dem Rücken gegen die Tür, um dann völlig entkräftet an ihr hinunter zu rutschen und vornüber auf die Knie zu sinken.

Ich werde sterben. Ich werde einfach nicht mehr da sein und Tristan und Lena werden ohne Mutter sein. Wer wird Tristan aufmuntern, wenn er wieder mal nen Hänger hat und Lena, die immer alles bis aufs kleinste i-Tüpfelchen erzählen muss ... Sie wird lernen mit ihrem Vater über all die Dinge zu sprechen, die eine angehende Frau normalerweise mit der Mutter bespricht. Oh Gott, ich werde meine Kinder nie mehr in meinen Armen halten, werde sie nie mehr streicheln können. Ich werde nie mehr meiner Arbeit nachgehen, nie mehr durch das kleine Wäldchen joggen, nie mehr reiten, nie mehr schwimmen können. Und den Schluss meiner Lieblingsserie werde ich auch nicht mehr mitbekommen. All das, was mein Leben ausmacht, wird immer noch getan werden, das Leben auf diesem Planeten wird weitergehen, aber ohne mich. Ich werde sterben! Was schockt mich daran eigentlich so sehr? Alle Menschen müssen eines Tages sterben. Das ist eine Tatsache, um die wohl noch niemand herumgekommen ist. Zumindest ist mir keiner bekannt. Außer Jesus natürlich, aber selbst der musste zuerst sterben, bevor er ins ewige Leben eingehen konnte. Seltsam, obwohl wir tagtäglich mit diesem Wissen und vor allem damit, dass es uns eines Tages selbst widerfahren wird, konfrontiert werden, belastet es uns kaum. Es schlummert tief in unserem Unterbewusstsein und nur, wenn uns das Leben daran erinnert, denken wir kurz darüber nach, verdrängen es aber gleich wieder. Der Tod ist wie ein wildes Tier, das im Hinterhalt lauert, darauf bedacht, Beute zu reißen. Nein! Er ist wie ein weiser alter Mann, der sich im Verborgenen aufhält, um uns nicht zu erschrecken. Nur, wenn wir einen geliebten Menschen zur letzten Ruhe betten, zeigt er sich uns, dann verschwindet er wieder. Lässt uns unser Leben weiterleben, ohne uns zu ängstigen. Warum ist das so? Warum fürchten wir den Tod nicht, solange wir nicht wissen, wann er kommt? Und warum ändert sich das schlagartig, wenn er an unsere Tür klopft? Vielleicht, weil sich der Alte bis zu diesem Zeitpunkt nur von hinten zeigt? Das ändert sich, wenn wir ihm gegenüberstehen. Der Tod zeigt sein Gesicht – das Sterben.

Ich weiß, wie die biologischen Abläufe des Sterbens sind. Die Wahrnehmung wird durch verringerte Hirnaktivität eingeschränkt, die Atmung wird flacher, das Sehvermögen zunehmend schlechter, das Hörvermögen funktioniert nur noch eingeschränkt und das Augenlicht erlischt völlig, bevor das Herz aufhört zu schlagen. Einfach so, unmittelbar gefolgt vom Hirntod. Aber jetzt weiß ich auch, zumindest ansatzweise, wie die Zeit davor sein wird.

Zaghaft lösten sich die ersten Tränen, wurden zu Rinnsalen und benetzten ihre Wangen, während ihr Körper von heftigen Weinkrämpfen durchgeschüttelt wurde. „Gott lass mir Zeit, ich habe noch so vieles zu erledigen. Hörst du? Du musst mir Zeit geben, ich kann jetzt noch nicht sterben. Bitte Gott, du kannst ein Wunder geschehen lassen."

Heftige Kopfschmerzen waren die Antwort auf ihre Bitten. Als sie wenig später, mit von Tränen verschmierter Wimperntusche den Raum verließ, wusste sie, dass all das nicht zählte, dass die anderen ihr Leben, leben würden, egal ob sie es teilen würde oder nicht. Sie würden sich arrangieren. Ja, es würde sicher anders verlaufen, als sie es geplant hatte, doch für die Kinder und Frank würde es das Leben sein, das es zu leben galt, auch ohne sie.

Jetzt ging es um ihr Leben, sie würde nicht so einfach sterben, nicht ohne richtig gelebt zu haben.

Sie ging ins Bad und wusch sich das Gesicht. Dann betrat sie die Küche, nahm das Hähnchen aus der Gefriertruhe und gab es in die Mikrowelle zum Auftauen. Währenddessen führte sie souverän einige Telefonate, als wäre nichts Wesentliches geschehen. Anschließend ging sie wieder in die Küche, machte sich daran das Hähnchen zu würzen, es auf den Grillspieß zu stecken und in den Backofen zu hängen. *Fertig,* dachte sie, wusch sich noch einmal die Hände und schlenderte ins Wohnzimmer. Müde stellte sie sich ans Fenster und betrachtete wehmütig ihren Garten, der sich jetzt im Frühjahr am schönsten zeigte. Noch immer blühten vereinzelt bunte Primeln zwischen Gruppen von roten Tulpen, blauen Hyazinthen und gelben Osterglocken.

Die Forsythie ist fast verblüht. Dafür hat der Kirschbaum bereits sein rosa Kleid angelegt und die Purpur Magnolie zeigt ihre prächtigen Blüten. Bald werden sich die Knospen der Pfingstrosen öffnen. Werde ich das noch erleben?

Frank, der etwa zehn Minuten später zurückkam, sah sie nur einen Augenblick zögernd an, dann ging er auf sie zu und nahm sie wortlos in die Arme. Obwohl er sich manchmal wie ein Macho benahm, wenn sie ihn brauchte, war er stets für sie da.

Das Gespräch mit den Kindern das sie an diesem Abend führten, verlief ruhig. Da auch sie diese Mitteilung erst mal verarbeiten mussten.

Tristan erhob sich, zuckte nur hilflos mit den Achseln und küsste Nora auf die Wange. „Entschuldige Mama, ich ...“

„Ist schon gut, wir sprechen später oder morgen noch mal darüber, aber wenn du mich oder Papa brauchst, dann komm zu uns.“

Er nickte nur und verließ den Raum.

Nora wäre ihm gerne gefolgt. Sie wusste, was er jetzt empfand, er hatte bereits erfahren, was sich hinter dem Namen Glioblastom verbarg. Der Vater eines Freundes war daran gestorben, nachdem er einige Monate im Rollstuhl und die letzten Tage im Bett verbracht hatte. Nach und nach hatten seine Organe aufgehört zu funktionieren. Alle, die ihn kannten und liebten, hatten Gott letztendlich angefleht, ihn zu sich zu holen, weil sie ihm das qualvolle Dahinsiechen gerne erspart hätten und weil es für sie unerträglich geworden war, ihm dabei zuzusehen. *Armer Tristan* dachte sie, *wie kann ich ihm helfen, diese Nachricht zu verkraften? Sicher legt er sich jetzt auf sein Bett, setzte sich den Kopfhörer auf und lässt sich, an die Decke starrend, von lauter Musik zudröhnen.*

Lena, die noch nichts von dieser Krankheit wusste, wirkte zuversichtlich. Zumindest ließ das ihre gelassene Mimik erkennen. Sie war stets so stolz eine Mutter zu haben, die immer gut drauf war. Eine Mutter, um die sie, wie sie stets betonte, von ihren Freundinnen beneidet wurde. Nicht zuletzt, weil sie sich verständnisvoller und toleranter verhielt als die Mütter der anderen Mädchen. Ganz so, wie die Mädchen das von einer Künstlerin erwarteten. Sie zeigte sich nie leidend wie Beates Mutter, der, kaum dass sie etwas gearbeitet hatte, der Rücken so wehtat, dass sie sich niederlegen musste. Und auch nicht wie Iris Mutter, die, laut deren Aussage, ständig erkältet, mit Taschentuch bewaffnet, schniefend durchs Haus lief. Ekelhaft, hatte Lena deren Leiden beschrieben.

Als es langsam dunkel wurde und Tristan offenbar immer noch kein Interesse zeigte, sein Zimmer zu verlassen, ging Nora zu ihm. Sie klopfte kurz an die Tür, bevor sie die Klinke herunterdrückte. *Abgeschlossen!* „Tristan“, rief sie durch die Tür und klopfte noch einmal.

Keine Reaktion. Schon wollte sie sich enttäuscht zurückziehen, da hörte sie, wie der Schlüssel im Schloss herumgedreht wurde.

Er öffnete die Tür, drehte sich um und ging, ohne ein Wort zu sagen, mit gesenktem Kopf zu seinem Bett zurück. Erst als Nora sich auf den Bettrand gesetzt hatte, begann er zu sprechen.

„Tut mir leid Mama, ich kann nicht mehr klar denken. Du hast einen", es fiel ihm sichtlich schwer, das Wort auszusprechen, „Gehirntumor. Du willst dich operieren lassen und du hast vor, zu kämpfen. Was solltest du auch sonst tun? Aber ich weiß, was auf dich zukommt. Oh Mama, nicht du. Warum du?" Mit Tränen in den Augen, die Hände zu Fäusten geballt, gegen seine Schläfen gepresst, starrte er an die Zimmerdecke und rief wütend: „Wo ist denn dein *Gott der Liebe*, von dem du immer sprichst? Und wenn es ihn wirklich gibt, was ich im Moment stark bezweifle, wie kann er dann so grausam sein, mir meine Mutter zu nehmen?" Verzweifelt ließ er sich plötzlich in Noras Arme sinken und weinte bitterlich.

Nora fühlte sich hilflos, wie nie zuvor in ihrem Leben. Wie sollte sie ihm helfen, da sie doch nicht einmal sich selbst helfen konnte? Sie schloss ihre Arme fest um ihn und weinte mit ihm, bis sie keine Tränen mehr hatten.

Es folgte eine grauenvolle Nacht. Ihre Gedanken drehten sich nur um die Krankheit, um ihre Familie und um all das, was es noch zu tun gab. Sie wusste, dass Frank, der stumm neben ihr lag, ebenfalls keinen Schlaf fand, doch keiner sprach ein Wort. Einmal hörte sie ihn leise schnarchen. Normalerweise musste sie nur an seinem Kissen ziehen, dann hörte er damit auf, drehte sich auf die andere Seite und schlief weiter. In dieser Nacht ließ sie es zu, da es vielleicht das letzte Mal war, dass sie ihn schnarchen hörte.

Auf die Nacht folgte ein Tag, an dem sie nicht über die Krankheit sprachen und es folgte ein weiterer, an dem sie sich elend fühlte, von Kopfschmerzen, Übelkeit und Ängsten gequält. Sie zog sich in ihr Schlafzimmer zurück, ließ die Rollos herunter, verkroch sich ins Bett und dachte über Tristans und Lenas Zukunft nach. *Was darf ich davon wohl noch miterleben, was werde ich versäumen?*

Wie so oft während der letzten Tage setzte sie sich mit ihrer eigenen Endlichkeit auseinander.

Als Frank gegen Abend von der Arbeit nach Hause kam, sprachen sie lange miteinander. An diesem Abend begann sie, die Krankheit zu akzeptieren …

*

Immer noch nachdenklich, einen Schleier sanfter Melancholie über den Augen, blickte Nora durch das große Fenster in den mittlerweile abendlich anmutenden Park. Endlich, nach dem ungemütlich kalten und verregneten März, hatte jetzt im April der Frühling endgültig Einzug gehalten. Bäume und Sträucher standen in voller Blüte und erinnerten sie im Zwielicht der untergehenden Sonne an ein Gemälde von Thomas Kinkade.

Mehr oder weniger interessiert beobachtete sie eine alte Frau, die allein auf der Bank, unter dem noch nicht erblühten Fliederbusch saß. Ihr Gesicht hatte sie der Sonne zugewandt, um die letzten wärmenden Strahlen in sich aufzunehmen. Beim Anblick eines jungen Pärchens, das händchenhaltend durch den Park schlenderte, wobei sich die junge Frau immer wieder verliebt an die Schulter des Mannes schmiegte, musste Nora unwillkürlich lächeln. Dann entdeckte sie die beiden Männer, die nah vor einer Bank standen. Sie unterhielten sich derart angeregt über ein offensichtlich wichtiges Thema, dass sie vergaßen, sich zu setzen. Oder stritten sie etwa? Nein, jetzt lachten beide.

Machen diese und ähnlich friedvoll anmutenden Szenen der Harmonie, das wesentliche unseres Lebens aus? Tatsache ist, dass traurige, mitunter grauenvolle Ereignisse, die tagtäglich auf der ganzen Welt geschehen, uns nur wenig berühren. Es sei denn, sie betreffen uns selbst. Ein Unglück trifft immer nur den, dem es geschieht, vielleicht noch die Angehörigen. Für all die anderen dreht sich die Erde weiter, als wäre nichts geschehen.

Während Noras Blick über die kahle, lediglich mit einem Kreuz geschmückte Wand des Zimmers gleitete, erinnerte sie sich an den heutigen Morgen. Frank hatte sie ins Krankenhaus gebracht. In seinen Augen hatte sie maßlose Hilflosigkeit und Schmerz gesehen. Beides hatte ihn während der letzten Tage nie ganz losgelassen. Sein um diese Jahreszeit bereits leicht gebräuntes Gesicht, hatte entsetzlich grau gewirkt. Die feinen Linien, die dieses markante Gesicht seit geraumer Zeit zu durchziehen begannen und es noch interessanter machten, schienen tiefer geworden. Seine ohnehin schmalen Lippen, die er fest zusammengepresst hatte, glichen einem dünnen Strich. Nichtsdestotrotz, oder gerade deshalb, hatte er eine innere Kraft ausgestrahlt, die ihr geholfen hatte, ebenfalls stark zu sein oder wenigstens so zu tun.

Nora fröstelte. *Glioblastom, wann wird dieses Wort seinen Schrecken verlieren?*

Glioblastom – hinter diesem Namen verbarg sich so ziemlich das Bösartigste, das es an Krankheiten gab, das wusste sie mittlerweile. Ein Todesurteil, das in den meisten Fällen langsam und qualvoll vollstreckt wurde. Sie hatte Fachzeitschriften gelesen, im Internet recherchiert und Berichte Betroffener gelesen. Manche hatten ihr sogar Hoffnung vermittelt. Auch mit Doktor Neuner hatte sie gesprochen. Er hatte versucht, ihr Mut zu machen, hatte sie angehalten zu kämpfen. Dennoch fragte sie sich, ob es sich bei dem operativen Eingriff, der Chemo- und Strahlentherapien nur um Eventualitäten handelte, dieses Leiden zu verlängern? Oder handelte es sich dabei um eine reelle Chance, dem Leben noch eine besonders aufregende, tiefgründige und ereignisreiche Zeit abzugewinnen?

Wie auch immer, darüber will ich jetzt nicht nachdenken.

Frank würde bald mit den Kindern kommen. Sie wollten diesen Abend mit ihr gemeinsam verbringen. Dabei würde sie in deren besorgten Gesichtern wie in einem offenen Buch lesen. Sie würde die Angst in ihren Augen sehen. Das wiederum würde ihr geradezu körperliche Schmerzen bereiten. „Oh Gott!" Wie gerne hätte sie ihrer Familie all das hier erspart.

Es wäre besser, sie würden nicht kommen. Besser für wen? Geht es mir wirklich um Frank und die Kinder? Oder ist es nicht eher so, dass ich diese besorgten Blicke nicht ertragen kann? „Können sie mir nicht wenigstens das ersparen?", flüsterte sie. Gleich darauf schämte sie sich ihrer egoistischen Gedanken.

Morgen werden die Ärzte mich operieren. Sie werden die Kalotte öffnen. Diesen Namen hatte sie sich gemerkt. Er klang irgendwie harmloser als Schädelknochen. *Darunter stößt man auf die so genannte Duva, die harte Hirnhaut. Erst nach deren öffnen sieht man die Hirn-*

*oberfläche und den Tumor. Eine schaurige Vorstellung. Besonders die,
dass sie dann in meinem Hirn herumwühlen, wie in einem Suppentopf.
Na ja, ganz so wird es wohl nicht sein. Sie werden das Ding vorsichtig
herausschälen, anschließend die harte Hirnhaut wasserdicht verschließen und das Kalottenstück wiedereinsetzen.*

Eine Sache bereitete ihr allerdings Sorgen. Die Tatsache, dass gesunde Teile ihres Hirns verletzt werden könnten. Es wäre dann möglich,
dass sie dabei „nur" ihre Erinnerung verlor. Unter Umständen konnte
sie sich aber nicht mehr bewegen und musste umsorgt werden wie ein
Kleinkind. Es konnte sogar noch schlimmer kommen – sie könnte ins
Koma fallen oder gar sterben. Wobei sich die Frage stellte, ob Letzteres
wirklich das Schlimmste wäre.

Egal, was die Ärzte auch sagten, eines schien sicher, ihr Leben würde
nie mehr sein wie zuvor.

Als sie erneut einen Blick auf das Tagebuch warf, glaubte sie ein
leises Flüstern zu hören. „Du hast das Heute und heute hast du auch
noch ein Gestern. Ob es ein Morgen für dich geben wird, weißt du nicht
und wenn, gibt es morgen vielleicht kein Gestern mehr."

Ziemlich verwirrend und unerwartet heftig traf sie die Erkenntnis,
dass das Gestern, das Heute und das Morgen zu einem Ganzen ver-
schmelzen könnten. Nur noch der Augenblick zählte. Denn in ihrem
Kopf lauerte ein gefräßiges Ungeheuer, das Krebs hieß und dessen
Beute aus ihrem Gehirn bestand. Es würde fetter und fetter werden, und
noch während es sich daran labte, würde es „Junge" kriegen, lauter
kleine Metastasen und die würden sich auf andere Organe ihres Körpers
stürzen, während sie ihr so ganz nebenbei auch noch ihre Zeit stahlen.
Zeit …, leider hatte sie den Wert der Zeit erst viel zu spät erkannt.

*Weshalb sollte man auch nachdenken über etwas, das einem im Über-
fluss zur Verfügung steht? Wer tut das schon?*

Sie tat es, jetzt, da sie um deren Wert wusste. Und noch etwas wurde
ihr bewusst – wie wertvoll die ihr noch verbleibende Zeit war – und
dass sie diese um nichts in der Welt vergeuden wollte.

Ein halbe Stunde, bemerkte sie nach einem Blick auf ihre
Armbanduhr. *Ich habe noch eine halbe Stunde, um über mein restliches
Leben zu entscheiden. Doch was habe ich noch von meinem Leben zu*

erwarten? Wann ist es zu spät, einem Traum nachzujagen? Wann ist ein Leben vollendet? „Ich weiß es nicht", flüsterte sie leise vor sich hin.

Nur eins wusste sie genau, standen Frank und die Kinder erst mal an ihrem Bett, gab es kein Entrinnen mehr. Sie würden bleiben, bis sie eingeschlafen war. Und morgen früh, noch bevor sie erwachte, würde Frank bereits wieder an ihrem Bett sitzen, ihre Hand halten und ihr Mut zusprechen, bis man sie durch die OP–Tür schob.

Morgen ..., werde ich morgen noch über mein Leben bestimmen können?

Wie einen lästig gewordenen, zerschlissenen alten Gürtel, der sie zwar manchmal ganz gut gekleidet, aber leider viel zu oft eingeengt hatte, warf Nora das Tagebuch aufs Bett.

Was wenn ...?

Ein, wie sie sogleich vor sich selbst zugab, bizarrer Gedanke stahl sich kurz in ihre Überlegungen. Dennoch öffnete sie den Schrank, griff nach ihrer Handtasche und zog das Portmonee heraus. Ausweis, Kreditkarte, Geld, die Krankenkassenkarte, alles drin. Die Tabletten gegen die entsetzlichen Schmerzen, die ihr noch Doktor Benrath verschrieben hatte, befanden sich ebenfalls in ihrer Tasche. Nora steckte das Tagebuch, um es nicht in falsche Hände kommen zu lassen, ebenfalls in die Tasche und stellte sie rasch zurück. Doch dann griff sie erneut danach und legte sie aufs Bett. Fast automatisch zog sie das Nachthemd über den Kopf, griff nach Jeans und Pullover, schlüpfte hinein, zog die Stiefeletten an, nahm den Mantel vom Kleiderbügel und hängte ihn lose über ihre Schultern. Sie klemmte die Handtasche unter ihren Arm, öffnete vorsichtig die Tür und spähte hinaus. Der lange kahle Krankenhausgang lag still und menschenleer vor ihr. Grelles, kaltes Licht unterstrich die Sterilität noch zusätzlich. Irgendwo klapperte jemand mit Geschirr. Vermutlich eine der Schwestern, die im Stationszimmer beschäftigt war. Es wurde höchste Zeit. Wollte sie Frank und den Kindern nicht über den Weg laufen, musste sie sich beeilen.

Morgen werde ich zu Hause anrufen. Möglicherweise versteht mich Frank sogar, aber wird er meine Entscheidung auch akzeptieren? Das spielte nun auch schon keine Rolle mehr.

Sie hatte Glück, niemand begegnete ihr. Nur der Pförtner, der in seiner verglasten Sektion, den Telefonhörer in der Hand, auf einer Liste irgendwelche Eintragungen suchte, verabschiedete sich mit einem freundlichen Kopfnicken von ihr.

Im Schutz der Sträucher und Bäume, lief sie über die schmalen Seitenwege des Krankenhausplatzes. Es roch nach Regen.

Hat es im März nicht schon genug geregnet? Nora fröstelte. Obwohl die Tage bereits angenehme Temperaturen aufwiesen, konnten die Abende doch recht kühl sein.

In der Stadt herrschte reges Treiben, Berufstätige nutzten die Gelegenheit abends einkaufen zu können und andere genossen es, den Tag in einem gemütlichen Lokal oder bei einem Spaziergang ausklingen zu lassen.

Sie liebte es, spät am Abend durch die Stadt zu bummeln und sich die Schaufenster der Geschäfte im Lichterglanz zu besehen. Leider gelang es ihr nie, Frank dazu zu überreden, sie zu begleiten. Er wollte abends lieber seine Ruhe haben, sich seiner Arbeitsklamotten entledigt, bequem auf dem Sofa oder sofern das Wetter es erlaubte, auf der Terrasse ein Bierchen oder ein Glas lieblichen Weißwein trinken. Ab und zu setzten sie sich auch vor den Fernseher und sahen sich einen Film an.

Manchmal traf sie sich mit Martina, einer Freundin, die vor etwa zwei Jahren ihren Mann durch einen Autounfall verloren hatte. Sie setzten sich dann in ein Café oder besuchten ihren Lieblingsitaliener und redeten über Gott und die Welt. Hätte sie bei ihr anrufen sollen? Nein, auch Martina hätte nur versucht, sie zu dieser Operation zu überreden.

Bereits in dem Moment, als sie das Krankenhaus verlassen hatte, wurde ihr klar, dass sie nicht in dieser Stadt bleiben konnte, wollte sie nicht Gefahr laufen, von jemandem gesehen und erkannt zu werden.

Hätte ich mir doch vom Pförtner ein Taxi rufen lassen. Sie war sich nicht bewusst, wie endlos sich der Weg zum Bahnhof, der sie nicht nur durch den Park, sondern auch entlang des gesamten Industriegebietes führte, in die Länge zog. Im Auto kam ihr die Strecke nie so weit vor. *Na was soll's.*

Hinter der Biegung, etwa fünfzig Meter von ihr entfernt, erblickte sie das lang gestreckte Gebäude mit der riesigen Uhr am Giebel.

Sie würde den nächsten Zug nehmen, der den Bahnhof verließ, egal wohin …

*

Das grelle Licht der Schalterhalle blendete sie und schmerzte in ihren Augen. Ankommende und abfahrende Reisende hetzten durch das Gebäude. Ein Betrunkener torkelte aus der Bahnhofsgaststätte. Er ließ die Passanten laut krakeelend wissen, wie verärgert er über den Wirt war, weil er ihm kein Bier mehr einschenken wollte. Verzerrt ertönte eine weibliche Stimme aus dem Lautsprecher. Türen wurden zugeschlagen, einer der Züge glitt langsam aus der Halle.

„Der nächste Zug, wohin geht der?", fragte Nora den Mitarbeiter im Reisezentrum.

„In fünf Minuten fährt einer nach Hamburg. Aber um den zu kriegen, müssen Sie sich beeilen", informierte er sie mürrisch.

Hamburg – das Tor zur Welt. Von Hamburg aus kann ich überall hin.

Nora bat ihn um ein Ticket.

Der Schalterbeamte brummte lediglich unwillig etwas von einem Automaten, der sich an der Wand um die Ecke befände.

Nachdem sie ihm freundlich erklärt hatte, dass sie vor mehr als zwanzig Jahren das letzte Mal in einem Zug gefahren war und sich mit diesen Automaten nicht auskenne, ließ er sich großmütig dazu herab, ihr einen Fahrschein auszuhändigen. „Aber das ist eine Ausnahme", murmelte er gar nicht mehr so sauertöpfisch und wünschte ihr sogar noch eine gute Fahrt.

Der hell erleuchtete ICE stand zur Abfahrt bereit auf Gleis vier und der Zugführer wartete auf das Signal des Schaffners.

Was die Zukunft ihr bringen würde, stand in den Sternen. Sie stieg in dem Bewusstsein ein, von ihrem bisherigen Leben Abschied genommen zu haben. Nein, noch nicht so ganz, aber auf dem Weg nach Hamburg würde sie es tun.

Langsam ging sie von einem Wagon zum nächsten. Sie fühlte sich kraftlos und müde, trotz der inneren Unruhe. Ruhe und vielleicht ein wenig Schlaf würden ihr sicher guttun. Am besten, sie suchte sich ein unbesetztes Abteil. Leider schienen all die anderen Reisenden genau dasselbe zu wollen. In jedem Abteil saß bereits mindestens eine Person.

*

„Was wollen Sie mir damit sagen?", fragte Frank Baumann aufgebracht den diensthabenden Arzt. „Meine Frau muss doch irgendwo stecken. Es kann doch wohl nicht angehen, dass in diesem Krankenhaus eine Patientin einfach so verloren geht?"

Doktor Kettlar, der kurz zuvor Kaffee in eine Tasse gegossen hatte und nun sachte in die heiße Flüssigkeit blies, bat ihn mit einer einladenden Handbewegung sich zu setzen.

Frank war jedoch viel zu aufgeregt und schüttelte ablehnend den Kopf.

Der erschöpft wirkende Arzt setzte sich. Er trank einen Schluck Kaffee, dann schob er mit dem Zeigefinger die Brille auf seiner etwas zu breit geratenen Nase näher an die müden Augen. Während er hilflos die Schultern hob und wieder senkte, sah er Frank mitleidig an. „Es tut mir leid, ich kann Ihnen nichts anderes sagen. Ihre Frau hat das Krankenhaus offensichtlich heimlich verlassen. Nachdem Schwester Irene es bemerkte, haben wir sie sofort im ganzen Krankenhaus gesucht. Wir suchten sogar auf dem Dach."

„Auf dem Dach? Was sollte sie denn da oben?"

Doktor Kettlar zog eine Augenbraue hoch. „Können Sie sich nicht vorstellen, unter welchem psychischen Druck ihre Frau steht?"

„Sie meinen …? Nein, Doktor." Er schüttelte heftig seinen Kopf. „Meine Frau will leben, die bringt sich nicht um."

„Wie auch immer, wir haben selbstverständlich auch den Pförtner befragt." Er stellte seine Tasse auf den Schreibtisch und lehnte sich zurück. „Der hat tatsächlich eine Frau die Klinik verlassen sehen, auf die unsere Beschreibung passt. Ohne Gepäck. Vor etwa einer halben Stunde."

„Und warum hat er sie nicht aufgehalten?"

„Er nahm an, sie wäre eine Besucherin."

„Ja, ja ich verstehe. Mein Gott, was denkt sie sich nur dabei? Wie kann sie mir und den Kindern so etwas antun?", murmelte er nachdenklich und starrte verständnislos vor sich hin. *Sie hat sich angezogen und nur mit ihrer Handtasche die Klinik verlassen,* überlegte er. *Nicht einmal ihre Zahnbürste hat sie eingepackt. Das neue lila Nachthemd liegt zusammengeknüllt auf dem Bett, als hätte sie es weggeworfen und*

*mit ihm ihr bisheriges Leben. Was hat das zu bedeuten? Wo will sie um
diese Zeit noch hin?*

Franks angegriffener Magen krampfte sich schmerzhaft zusammen.
Er hätte die Hackfleischbällchen mit Tomatensoße nicht essen dürfen.
Doch er wollte Lena nicht enttäuschen, da es sich um das erste Gericht
handelte, das sie ohne ihre Mutter gekocht hatte. Aber das änderte
nichts daran, dass er von süßsaurer Tomatensoße mit Basilikum nun
mal ständig aufstoßen musste. Diesmal hatte er das Essen zudem auch
noch viel zu schnell hinuntergeschlungen. Die Fleischbällchen lagen
ihm wie Steine im Magen. Ihm wurde übel. Er fühlte sich so verdammt
hilflos. Hatte er nicht schon genug damit zu tun, sich mit dem Gedanken abzufinden, sie möglicherweise in naher Zukunft zu verlieren?
*Mein Gott – warum? Will sie mir jetzt, am Ende ihres Lebens beweisen,
wie wenig sie mich braucht?* Das musste sie nicht – er wusste es. Sie
hatte ihn nie gebraucht, sie war immer die Stärkere, von Anfang an.
Das war ja stets sein Problem. Diese ständige Angst, sie könnte ihn
verlassen. *Was soll ich nun tun?*

„Herr Baumann, wie ich schon sagte, Ihre Frau steht unter großem
psychischem Druck", riss Doktor Kettlar ihn aus seinen Gedanken.
„Diese Operation kann zwar verhältnismäßig gut ausgehen, was wir
natürlich voraussetzen, sie könnte aber auch ihr ganzes Leben verändern. Versetzen Sie sich doch einmal in die Lage Ihrer Frau. Es wäre
nicht das erste Mal, dass Patienten vor so einem Eingriff, einfach nur
alleine sein wollen. Sie kommt sicher bald zurück. Machen Sie sich
keine allzu großen Sorgen. Sollte sie nicht zurückkommen, wird sie
sich bestimmt bei Ihnen melden", versuchte er, ihn zu beruhigen.
Nachdenklich kratzte er sich am Hinterkopf. „Dann machen Sie ihr
bitte klar, dass sie ihr Leben aufs Spiel setzt. Der Tumor wächst, was
meist zu einer Herniation führt."

„Einer Hernia..., was?"

„Einer Einklemmung durch die raumfordernde Wirkung des …"

„Schon gut, ich habe verstanden."

„Die Überlebenschance ihrer Frau sinkt dann rapide auf durchschnitt-
lich zwei bis drei Monate."

„Mein Gott! Sie müssen mir das nicht unter die Nase reiben. Das hat mir Ihre Kollegin bereits lang und breit erklärt. Sagen Sie mir lieber, was ich jetzt tun soll?"

„Gehen Sie mit Ihren Kindern nach Hause. Ich melde mich, falls sie zurückkommt."

Frank reichte dem Arzt resignierend die Hand, bedankte sich noch mal für sein Verständnis und trat mit bangem Gefühl auf den Krankenhausgang hinaus. Lena und Tristan blickten ihm besorgt entgegen. „Wie es aussieht, hat sich Mutti aus dem Staub gemacht", versuchte er, das Ganze herunterzuspielen.

*

„Papa, du kennst sie doch" versuchte Tristan, seinen Vater zu beruhigen. „Sie hatte sicher einen guten Grund so zu handeln. Mutti würde nie etwas tun, das ihr oder uns schaden könnte. Sie wird sich ganz bestimmt bei uns melden."

Tristan glaubte seine Mutter gut genug zu kennen, um zu wissen, warum sie gegangen war. Er nahm an, dass sie sich ebenfalls Gedanken über die Operation und ihre möglichen Folgen gemacht hatte. Sollte sie gut ausgehen, wie viel Zeit würde ihr danach bleiben? Ein Jahr oder zwei? In welchem Zustand würde sie diese verbringen? Er wünschte sich so sehr ein Wunder, aber Wunder geschahen selten. Plötzlich wurde ihm bewusst, wie sehr sie ihm fehlen würde. Die endlosen Gespräche, die sie abends, mitunter bis spät in die Nacht geführt hatten. Ihre humorvolle Art ihn immer wieder aufzumuntern, wusste er mal nicht weiter, fehlte ihm ja schon jetzt. Und ihre Liebe, ihre Liebe würde ihm ganz besonders fehlen.

Spielt es eine Rolle, ob ich sie jetzt verliere oder erst in ein paar Wochen oder Monaten ..., fragte er sich betrübt. *Ja, es spielt eine Rolle, ich möchte ihr doch noch so viel sagen. Vor allem, wie sehr ich sie liebe und was es mir bedeutet, sie als Mutter zu haben. Sie ist die beste Mutter, die ein Kind sich wünschen kann.*

Plötzlich erinnerte er sich an einen Abend vor einigen Wochen. Er hatte mit Freunden zusammengesessen. Als er spät heimkam, hatte er das Haus leise betreten, um niemanden zu wecken. Überrascht, noch

Licht im Büro seiner Mutter zu sehen, war er dort hingegangen und hatte die lediglich angelehnte Tür ein wenig aufgeschoben. Sie saß hinter ihrem Schreibtisch, scheinbar in Gedanken versunken, ein sanftes Lächeln auf ihren Lippen. Ihr geradezu melancholisch wirkender Blick schien ins Leere zu starren. Doch sie hatte ihn bemerkt und ihn gebeten, sich kurz zu ihr zu setzen. Er konnte sich noch genau an das Gespräch erinnern …

„Tristan, du bist ein attraktiver junger Mann, viele Frauen werden sich um deine Gunst bemühen."

„Ach Mama, du bist nicht objektiv", antwortete er, während er sich auf dem Sessel in der Ecke neben ihrem Schreibtisch niederließ, da sie ihm irgendwie traurig erschien.

„Ich möchte dich um etwas bitten."

„Ja?"

„Geh verantwortungsvoll mit der Liebe um. Gefühle sind zerbrechlich wie Glas. Du weißt, wie Glas zerbricht, in tausende winzige Splitter, die nicht mehr zusammengefügt werden können. Manchmal kommt es jedoch vor, dass das Glas nur einen Sprung bekommt und weil wir es lieben, behalten wir es. Wir gehen dann sehr vorsichtig damit um, oder stellen es an einen Platz, an dem ihm nichts passieren kann, aus Angst, dass es endgültig zerbrechen könnte. Und da steht es nun, nicht mehr belastbar, unnütz geworden. Es ist nur noch die Erinnerung an etwas, das uns einmal sehr viel bedeutet hat. Darum, mein Großer, achte die Gefühle der Frauen, aber auch deine eigenen, schenk dein Herz nur einer, die du wirklich liebst und die dich genauso liebt."

„Du bist eine hoffnungslose Romantikerin", antwortete er.

Tristan räusperte sich. *Warum denke ich gerade jetzt daran? Weil sich hinter ihren Worten weit mehr verbarg, als die Sorge um mein Seelenheil?*

„Paps, wird Mutti sterben, wenn sie nicht operiert wird?", unterbrach Lena seine Gedanken.

Frank sah seine Tochter nachdenklich an und ohne ihr eine Antwort zu geben, legte er seine Hand um ihre Schultern. „Last uns nach Hause gehen, wir können hier nichts mehr tun."

*

Nora konnte nicht sagen was sie bewog, ausgerechnet die Tür des Abteils zu öffnen, in dem eine zierliche, elegant gekleidete ältere Dame saß, obwohl deren immer noch schönes Gesicht, ja, die gesamte Haltung, auf den ersten Blick distanziert und kühl wirkte. Vielleicht gerade deshalb. Vermutlich aber lag es an der Situation, die einer gewissen Komik nicht entbehrte. Ein kleiner, langhaariger Welpe hopste freudig winselnd auf dem Schoß der Dame herum und versuchte hartnäckig, deren Gesicht abzulecken. Der kleine Kerl nahm nicht die geringste Rücksicht auf das beigefarbene Kostüm, dessen ausgezeichnete Qualität Nora auf den ersten Blick erkannte. Und auch der Dame schien es völlig gleichgültig zu sein. Sie schimpfte zwar mit ihm, aber das klang eher nach Ermunterung, so wie sie dazu lachte. Dabei strahlte sie eine Herzlichkeit aus, der sich Nora nicht entziehen konnte. „Entschuldigen Sie, ist hier noch frei?"

Die Dame lächelte ihr offen entgegen. „Wie Sie sehen. Kommen Sie nur herein, junge Frau. Ich freue mich über ein wenig Gesellschaft."

Nora setzte sich auf den Platz gegenüber. „Der ist aber süß, ein richtiger Wollknäuel. Was für eine Rasse ist das?"

„Der Besitzer meinte, der letzte Liebhaber seiner Border Collie Hündin, müsse ein Bobtail gewesen sein. Wir werden sehen, was daraus wird", antwortete die Dame.

„Vor allem wird er noch um einiges größer", meinte Nora, „das kann man schon jetzt an seinen verhältnismäßig großen Pfoten erkennen. Aber er ist wirklich süß. Ich könnte mich glatt in ihn verlieben."

Die Dame lächelte erneut. „Mir ging es ebenso. Da konnte ich ihn doch nicht zurücklassen. Also entschloss ich mich, ihn als Geschenk für meinen Sohn mitzunehmen."

„Er wird sich sicher freuen", bemerkte Nora.

„Das glaube ich eher nicht", bekannte die Dame amüsiert lächelnd. „Er pflegt anderen Interessen nachzugehen. Aber er wird sich hüten, ein Geschenk von mir abzulehnen. Zwar wird er den Kopf über seine spleenige Mutter schütteln und er wird mich für noch ein wenig verrückter halten, als er es ohnehin schon tut, aber er wird den kleinen Kerl akzeptieren." Liebevoll streichelte sie über das Fell des Hünd-

31

chens, während sie sich interessiert umsah und die Augenbrauen fragend nach oben zog. „Nanu, Sie haben Ihr Gepäck hoffentlich nicht auf dem Bahnsteig stehen lassen?"

Nora schüttelte kaum merklich den Kopf. „Nein, ich habe kein Gepäck."

„Sie fahren also nicht in Urlaub?", registrierte die alte Dame.

„Nein!", antwortete Nora knapp.

„Dann sind Sie geschäftlich unterwegs?", bohrte sie weiter.

Wollte ich nicht meine Ruhe haben, überlegte Nora, beantwortete aber auch diese Frage wahrheitsgemäß, allerdings mit einem knappen nein.

„Ich merke schon", lenkte die Dame ein, „Sie möchten Ihre Ruhe haben. Wenn man so alt ist wie ich, sucht man förmlich nach jeder sich bietenden Gelegenheit sich unterhalten zu können. Dabei übersieht man gerne, wie lästig man mitunter ist. Entschuldigen Sie bitte."

„Aber ich bitte Sie, ich kann das gut verstehen, außerdem ist es sehr nett von Ihnen, sich Gedanken über mich zu machen. Wären alle Menschen so, gäbe es sicher nicht so viele Missverständnisse auf unserem Planeten. Es liegt an mir, ich muss mich bei Ihnen entschuldigen. Ich hatte einen schweren Tag."

Für Sekunden nur legte die Dame ihr mitfühlend die Hand aufs Knie. „Lassen Sie sich von einer alten Frau mit viel Lebenserfahrung einen Rat geben. Mitunter bringen unverhoffte Ereignisse unser ruhig dahin plätscherndes Leben ganz schön ins Wanken und oft genug nehmen wir an, niemals mit den Schwierigkeiten fertig werden zu können. Doch entschließen wir uns dazu, uns der neuen Herausforderung zu stellen, bemerken wir häufig, dass wir uns verändern, stärker werden und daran wachsen."

Die netten Worte liefen wie Balsam über Noras wunde Seele und einen winzigen Moment fühlte sie sich geneigt, ihre Geschichte zu erzählen. Nichts anderes wäre es für diese Frau, bloß eine Geschichte. Vermutlich würde sie Mitleid empfinden, doch sobald sie zu Hause ankam, würde sie die Frau und ihre Geschichte vergessen. Ihr selbst aber würde es vielleicht Erleichterung verschaffen. „Sie mögen recht haben und ja, ich habe tatsächlich ein Problem. Davor zu fliehen ist allerdings unmöglich, es bleibt mir hartnäckig auf den Fersen." Nora lachte nervös. „Trotzdem entschloss ich mich dazu, wegzugehen. Klingt verrückt, nicht wahr?"

Die freundliche Dame hob ihren Zeigefinger hoch und bewegte ihn verneinend hin und her. „Nein, ganz und gar nicht. Ich denke, Sie haben intuitiv gehandelt. Sicher hatten Sie einen guten Grund dafür."

„Intuitiv? Ja, ich denke, so könnte man es nennen. Allerdings frage ich mich jetzt, ob ich nicht doch eine riesen Dummheit begangen habe. Aber nun ist es zu spät. Der Zug rollt in Richtung Hamburg."

„Werden Sie Verwandte oder Freunde besuchen?"

„Nein, ich kenne dort niemanden. Ehrlich gesagt, ich habe keine Ahnung, wie es von dort aus weitergeht. Ich werde wohl in irgendeinen Flieger steigen, um ans Meer zu gelangen. An irgendein Meer. Wasser, Wellen, die sanfte Brise des Windes, der weite Horizont und Sand. Ich will Sand zwischen meinen Zehen spüren und ihn durch meine Finger rieseln lassen, warmen weißen Sand. Ja, das möchte ich." In ihrer Phantasie konnte Nora das Meer bereits sehen und sich selbst am Strand entlanglaufen, die Füße in den mit weißer Gischt gekrönten Wellen. Nora dachte an die malerischen Sonnenuntergänge und an die frühen Morgenstunden. Sie würde einfach nur so am Strand sitzen und warten, bis das Grau des Morgens, vom Licht der aus dem Meer aufsteigenden roten Sonne abgelöst wird.

„Junge Frau ..."

„Entschuldigung, ich war in Gedanken."

„Das habe ich bemerkt", meinte sie trocken.

„Mein Name ist Nora Baumann. Sagen Sie doch Nora zu mir", stellte sie sich vor.

„Gern, wenn Sie mich Lydia nennen. Ich bin Lydia von Radomski", antwortete sie freundlich lächelnd, „und das ist Elvis", stellte sie auch gleich das winselnde Wollknäuel vor. „Ich besuchte hier eine alte Schulfreundin. Wir machen das alle zwei Jahre abwechselnd, mal ich sie, mal sie mich. Eigentlich wollte ich dieses Jahr gar nicht fahren. Mit zunehmendem Alter wird man bequemer und da fragt man sich schon mal, ob sich eine solche Anstrengung überhaupt noch lohnt. Mein Sohn bestand darauf. Er meinte, eine Reise würde mir guttun." Sie lächelte listig. „Vermutlich wollte er mich nur loswerden, damit er sich in aller Ruhe, ohne meine ständigen Sticheleien, mit diesem Modepüppchen vergnügen konnte. Na ja, was soll's, ich muss mich wohl damit abfinden, dass mein Sohn ein Trottel ist", murrte sie und hielt plötzlich inne. „Was wollte ich eigentlich sagen?"

Nora hatte ihr aufmerksam zugehört und musste sich nun sehr beherrschen, nicht laut herauszulachen. Bei der alten Dame handelte es sich offenbar um ein Schlitzohr. Mit ihrer etwas zynischen Art, manche Dinge knallhart beim Namen zu nennen, eckte sie sicher des Öfteren an. *Der arme Sohn, er hat es bestimmt nicht leicht mit ihr.*

„Ach ja, ich weiß es wieder. Ich wohne in einem alten Haus auf einem wunderschönen Anwesen bei Stralsund, es liegt direkt an der Ostsee, keine fünf Minuten, quasi nur durch den Garten und man ist am Strand."

Nora lächelte verträumt. „Sie können sich glücklich schätzen."

„Würde Ihnen das denn gefallen?", fragte sie geradeheraus.

„Und ob", antwortete sie schlicht, fügte aber träumerisch hinzu: „Jeden Morgen am Strand entlanglaufen und sich den Wind um die Nase wehen lassen ..."

Lydia von Radomski lächelte zufrieden vor sich hin, während sie Nora unauffällig fixierte. „Nora, Sie waren mir von Anfang an sympathisch. Ich hoffe, Sie halten mich nicht für aufdringlich, aber ich würde Ihnen gerne einen etwas unkonventionellen Vorschlag unterbreiten. Begleiten Sie mich nach Stralsund. Ich wäre glücklich, würden Sie mir eine Weile Gesellschaft leisten."

„Aber Sie kennen mich doch gar nicht. Ich könnte eine gefährliche Verbrecherin sein, die aus dem Gefängnis geflohen ist. Oder eine Diebin, die nur auf eine günstige Gelegenheit wartet, um nach einigen Tagen Ihr Haus auszuräumen, während Sie mit Elvis am Strand spazieren gehen."

Lydia lachte schelmisch. „Ja, und ich bin eine alte Psychopathin, die sie in den Keller sperrt und bei Wasser und Brot langsam zu Tode foltert. Ach Kindchen, wenn ich etwas habe, dann ist es Menschenkenntnis, und dass sie kein schlechter Mensch sind, das sehe ich von hundert Meter Entfernung."

„Das mag sein, aber was machen Sie, wenn ich die Psychopathin bin?", scherzte Nora. „Das steht niemandem auf der Stirn geschrieben und ich könnte ja zu den ganz raffinierten gehören. Sie sind wirklich sehr lieb, aber ich denke, das wäre keine so gute Idee. Ich muss allein sein", lehnte sie bedauernd ab.

„Leisten Sie mir einige Tage Gesellschaft", bat Lydia noch einmal. „Wenn Sie möchten, unternehmen wir gemeinsam etwas, wenn es Ihnen lieber ist allein zu sein, ziehen Sie sich zurück."

„Irgendwoher kenne ich Sie." Nora tat gespielt nachdenklich. „Ach ja, ich habe über Sie gelesen. Sie sind die gute Fee aus dem Märchen. Jetzt fehlt nur noch der Part mit den drei Wünschen."

Lydia lachte. „Ich mag alles Mögliche sein, ganz sicher aber keine gute Fee. Doch über den Part mit den drei Wünschen könnten wir sprechen."

Noras Miene wurde wieder ernst. *Mir würde einer genügen,* dachte sie. *Ich will diese Krankheit besiegen und leben.* „Es geht nicht. Sie können sich nicht einmal im Entferntesten vorstellen, auf was Sie sich einlassen würden", verneinte sie.

„Überlegen Sie es sich, wir sind ja noch ein gutes Stück zusammen unterwegs. Darf ich Sie um etwas bitten? Würden Sie ein wenig nach Elvis sehen? Ich bin sehr müde, ein kleines Nickerchen täte mir sicher gut."

„Ja gerne, ich gehe ein wenig vor dem Abteil mit ihm spazieren", schlug sie vor, ließ sich die Leine geben, hakte den Minikarabiner in den Ring an Elvis Halsband ein und trat vor die Abteiltür.

Nachdem sie den Gang ein paar Mal auf und ab geschlendert waren, schob Nora die Tür zu ihrem Abteil leise wieder auf.

Lydia schien tatsächlich eingeschlafen zu sein.

Nora nahm Elvis auf ihren Schoß. Sogleich rollte er sich vertrauensvoll zusammen und ließ es sich gerne gefallen, liebevoll hinter den hängenden, lockig wuscheligen Ohren gekrault zu werden. Gleich darauf schlief auch er ein. Nora legte ihn vorsichtig auf den Platz neben ihrem, denn nun hatte auch sie vor, ein wenig zu schlafen. Sie schloss die Augen, doch zu viele Gedanken schwirrten ihr im Kopf herum. Letztendlich ließ sie die Erinnerungen an ihre Kindheit und an einige Stationen ihres Lebens Revue passieren.

*

Nora stammte aus einer alten Apothekerfamilie. Von Geburt an mit Liebe verwöhnt, wuchs sie zu einer selbstbewussten, lebenslustigen jungen Frau heran, die mit ihrer zarten Schönheit alle bezauberte. Sie wollte nur eins, ihre zum Teil durchaus realisierbar erscheinenden, aber auch verrückten Träume leben. Ihre Ziele schienen stets ein wenig hochgesteckt zu sein, doch mit eisernem Willen erreichte sie fast immer, was sie sich wünschte. Mit siebzehn ging sie vom Gymnasium ab, begann eine Lehre zur Grafikerin, die sie dann mit Auszeichnung abschloss. Gleich danach verließ sie ihren Lehrherrn und arbeitete als freie Künstlerin. Dank des soliden sozialen Hintergrundes, den sie durch ihre Eltern genoss, konnte sie sich den sprichwörtlichen „Sprung ins kalte Wasser" leisten. Nach einigen kleineren Aufträgen bekam sie die großartige Chance, die Wände des neu errichteten Hallenbades zu gestalten, das zu einer Visitenkarte für ihren Heimatort werden sollte.

Sie wusste, es lag nicht nur an ihrem wirklich erstaunlichen Talent, sondern auch am gewaltigen Einfluss ihres Vaters, der, seit sie denken konnte, im Stadtrat saß. Obwohl sie es nicht leiden konnte, protegiert zu werden, nahm sie an. Zum einen reizte sie dieser Auftrag, da er eine enorme Herausforderung an sie stellte, zum andern bedeutete das schließlich die beste Gelegenheit für sie, der Allgemeinheit zu beweisen, was sie konnte. Sie erledigte den Auftrag zur vollsten Zufriedenheit der Stadtväter, selbst der skeptische Bauunternehmer Hartmuth Mendel war letzten Endes überzeugt von Noras Können. Bis auf ein paar Neider und notorische Meckerer, die es wohl überall gibt, waren auch die Einwohner des Städtchens begeistert und bewiesen dies gleich nach der Schwimmbadeinweihung durch neue Aufträge.

Nora war fest entschlossen, erst mal Karriere zu machen, bevor sie sich mit einem Mann einließ. Selbst dann, wenn es sich um den interessantesten, bestaussehendsten Mann handeln sollte, der ihr zudem den Himmel auf Erden verspräche.

Doch das Schicksal wollte es anders. An einem Samstagabend bei einer Tanzveranstaltung, zu der eine Freundin sie gedrängt hatte, lernte sie Frank Baumann kennen.

Er schien sich für den „Größten" zu halten, doch sie hielt ihn, nachdem sie eine Weile beobachtet hatte, wie arrogant er sich Frauen gegenüber verhielt, für einen borniert Lackaffen. Sie konnte die

Frauen nicht verstehen, die sich ihm förmlich an den Hals warfen, ihn buchstäblich umschwirrten wie die Motten das Licht und sich in seiner Gegenwart wie alberne Gänse benahmen. Sie gaben ihm nur allzu gerne, was er begehrte und das obwohl er sie, nachdem er sie benutzt hatte, wie einen alten Handschuh wegwarf. Er wusste wie er auf Frauen wirkte und da er nur zu nehmen brauchte, was sich ihm ohnehin aufdrängte, konnte man ihm wohl kaum verdenken, dass er dies schamlos ausnutzte.

Frank hatte ihr später einmal erzählt, dass er sich damals nicht vorstellen konnte, wie sich das jemals ändern sollte.

Doch genau das geschah, als er Nora begegnete …

Sie dagegen konnte oberflächliche, penisgesteuerte Männer nicht ausstehen. Ihrer Meinung nach besaßen sie zu wenig Hirn und Herzensbildung. Außerdem war sie sich zu schade für eine Nacht.

Trotzdem tanzte sie mit ihm.

Und Frank, der es nicht gewohnt war, zu erobern, schien fasziniert von ihr. Stellte sie doch genau das dar, was er insgeheim immer gesucht hatte, eine Frau, die ihn nicht wollte. Bereits nach dem dritten Tanz bat er darum, sie am Ende der Veranstaltung nach Hause bringen zu dürfen.

Natürlich lehnte sie dankend ab.

Doch Frank gab nicht auf. Er folgte ihnen in seinem weißen BMW. Was mit der Ente ihrer Freundin immerhin eine gute halbe Stunde dauerte.

Obwohl sie ihn zu diesem Zeitpunkt immer noch für einen Idioten hielt, reizte sie mittlerweile die Vorstellung, einen Blick hinter diese blasierte Fassade zu werfen. Also stieg sie, vor ihrem Elternhaus angekommen, zu ihm in den Wagen.

Nachdem er die Innenbeleuchtung angeschaltet hatte, bat er sie, ihm eine Chance zu geben, ihn richtig kennenzulernen. Letztendlich gab sie seiner Bitte nach und verabredete sich für den nächsten Tag mit ihm. Während er ihr von einem reizenden Café vorschwärmte, in das er sie führen wollte, studierte sie sein äußerst markant geschnittenes Gesicht. Seine kristallklaren blauen Augen, die von langen schwarzen Wimpern umrahmt, irgendwie mystisch wirkten, waren ihr bereits aufgefallen. Aber nun bewunderte sie seine schmale, aristokratisch wirkende Nase, die selbst ein Michelangelo nicht besser hinbekommen hätte. Seine glattrasierten Wangen wiesen einen äußerst männlich wirkenden Bartschatten auf, den sie am liebsten berührt hätte. Dann wanderte ihr Blick zu seinen sinnlichen Lippen, die sich in diesem Moment zu einem Lächeln verzogen, das, vermutete sie, selbst Eis zum Schmelzen bringen konnte. Unwillkürlich dachte sie darüber nach, wie es wohl wäre, von ihnen geküsst zu werden. Ja, Frank Baumann war ein Bild von einem Mann, genau der Typ, vor denen Mütter ihre Töchter warnen.

*

Nora lächelte, als sie sich wie erwachend dem Fenster zuwandte und in die dunkle Landschaft starrte, die in Windeseile an ihr vorüberflog, ohne wirklich etwas davon wahrzunehmen.

*

Es stellte sich heraus, dass hinter Frank Baumanns Fassade ein ganz anderer steckte, als der, den sie am Abend zuvor kennengelernt hatte. Er erwies sich als charismatischer Mann mit wachem Verstand, durchaus fähig, tiefer schürfende Gespräche über die absurdesten Themen zu führen. Bereits am ersten Tag erfuhr sie, dass er sechsundzwanzig Jahre alt, als Elektroinstallateur arbeitete und während seiner Freizeit als Leadsänger einer Band auftrat. Sie verliebte sich in ihn und ließ sich trotz aller Warnungen, auf eine Beziehung mit ihm ein. Obwohl auch ihre Eltern Bedenken äußerten, da sie sich eine bessere Partie für ihre Tochter gewünscht hätten, setzte sie auch diesmal ihren Kopf durch.

Allen Unkenrufen zum Trotz wurde Frank der liebevollste und treuste Ehemann, den man sich nur vorstellen konnte. Dann wurde sie schwanger. Erst eine Woche vor der Geburt hängte sie ihren Beruf für unbestimmte Zeit an den Nagel. Das fiel ihr zwar schwer, aber damals dachte sie, die Zeit mit ihrem Kind verbringen zu können, würde sie dafür entschädigen. Und so war es zunächst auch.

Doch die Tage vergingen und Frank wurde von Tag zu Tag unleidlicher. Nora bemerkte bald, dass er sich seinem kleinen Sohn gegenüber eifersüchtig benahm. Manchmal schmunzelte sie verständnisvoll vor sich hin, da ihr diese Eifersucht nicht bedrohlich erschien. Doch als er sie dann sogar auf Männer übertrug, die sich mehr oder weniger zufällig in ihrer Nähe aufhielten, gab ihr das zu denken. Richtig schlimm wurde es, wenn sie einen Mann angelächelt oder ein freundliches Wort mit ihm wechselte. Dann hagelte es heftige Vorwürfe. Einmal, als sie von einer Party nach Hause fuhren, war er so wütend auf sie, dass er den Wagen zornentbrannt gegen einen Straßenbegrenzungspfahl fuhr. Nachdem er ihn zum Stehen gebracht hatte, packte er sie grob bei den Schultern und schüttelte sie zunächst unbeherrscht, bevor er in ihre Haare griff und so stark daran zog, dass sie einen Bluterguss davontrug. „Da siehst du, was du aus mir machst. Du bist meine Frau! Ich erlaube dir nicht, mit anderen rumzumachen."

Das war die Nacht, als sie ihn zum ersten Mal verlassen wollte. Doch als er reumütig beteuerte, wie leid ihm dieser Ausrutscher täte und dass so etwas nie wieder vorkommen würde, verzieh sie ihm. Handgreiflich wurde er nie wieder, aber seine Eifersucht bekam er nicht in den Griff. Schon der geringste Anlass brachte sein Blut in Wallung.

Eines Tages erwähnte er so ganz nebenbei die Mädchen, die sich ständig im Backstagebereich der Band aufhielten und Nora reagierte, wie wohl jede liebende Frau bei solchen Aussagen reagiert hätte. Sie erklärt ihm, dass sie es nicht ertragen könnte, würde er sie betrügen. Ein Fehler, den sie noch oft bereuen sollte.

Er hatte sie natürlich sofort beruhigt, ihr versichert, dass er nicht im Sinn hatte, sie zu betrügen. Es sei denn, sie gäbe ihm einen entsprechenden Anlass dafür.

Von da an folgten solche und ähnliche Aussagen in regelmäßigen Abständen. Frank hatte es nicht nötig mit den Händen zu schlagen, er verstand es meisterhaft, sie mit beißenden, zerstörerischen Worten zu verletzen.

Damals dachte sie häufig über ihr Leben und speziell über ihre Ehe nach. Als sie sich eines Tages in ihrer Schwiegermutter wiedererkannte, die ihrem Mann gegenüber regelrecht hörig handelte, gelangte sie zu der Erkenntnis, dass es besser für sie wäre, sich aus diesen quälenden, erniedrigenden Zwängen zu befreien. Aber sie tat es nicht. Da er nach solchen Wutausbrüchen stets behauptete, er würde sie lieben. Zudem tat er alles, um sie auch davon zu überzeugen. Mitunter fragte sie sich, ob er mit sich selbst gewettet hatte, wie oft er sie noch verletzen und wieder für sich einnehmen konnte.

*

„Mein Gott", flüsterte sie und atmete einmal tief durch, „wie jung ich doch damals war."

Erst jetzt erinnerte sie sich an das Tagebuch in ihrer Handtasche. Sie wandte sich ihrer Tasche zu, zog es heraus und schlug eine x-beliebige Seite auf.

22. November 1994

Vor fünf Stunden wollte Frank zu Hause sein. Wo ist er bloß wieder? Ist es normal, dass nach sechs Jahren Ehe Ignoranz und Rücksichtslosigkeit einkehren? Liebt er mich nicht mehr? Habe ich zu viel erwartet? Ich glaubte immer an die große, ewig währende Liebe, die ein erfülltes Leben verspricht und über den Tod hinaus besteht. Was war ich doch für eine hoffnungslose Romantikerin.

Neulich kam er total betrunken nach Hause, als er stolperte und ich ihn festhalten wollte, schrie er: „Geh weg, fass mich nicht an. Sonst bringe ich dich um." Auch diese Drohung kenne ich mittlerweile nur allzu gut. Irgendwann wird womöglich etwas geschehen, das ich nicht aufhalten kann, weil ich nicht mehr die Kraft habe, daran zu glauben, dass es lohnt, es aufzuhalten.

Gott hilf mir dieser Qual ein Ende zu bereiten. Was soll ich tun? Ich liebe diesen elenden Mistkerl immer noch. Doch ich will mein Leben, verdammt noch mal, nicht in einem Käfig vergeuden, in den ich mich selbst eingesperrt habe.

23. November 1994

Um 2.15 Uhr kam er natürlich wieder betrunken nach Hause. Und wessen Schuld war das wohl? Natürlich meine. Weil ich am Abend zuvor nicht mit ihm geschlafen habe. Er sagte, das würde ich noch bereuen. Eines Tages würde ich so allein sein, dass ich ihn anflehen werde, wiederzukommen. Dann sagte er, ich könne jederzeit gehen, er würde mich nicht halten. Es spiele keine Rolle mehr. Sollte ich mich allerdings entschließen zu bleiben und meine Füße weiter unter seinen Tisch zu strecken, hätte ich mich ihm unterzuordnen.

Wie viel Selbstachtung besitzt ein Mensch? Wie viel davon besitze ich noch? Wie kann ich auch nur einen Tag länger bei ihm bleiben? Würde ich auch so handeln, wenn ich kein Kind hätte?

Wütend schlug Nora das Tagebuch wieder zu und steckte es in ihre Handtasche zurück. *Bei nächster Gelegenheit werde ich es entsorgen.* Obwohl all das schon so lange her war, verursachten ihr allein die Erinnerungen an diese Qualen, noch immer Magenkrämpfe.

Ein Blick auf Lydia zeigte ihr, dass diese immer noch friedlich schlief und auch Elvis lag zusammengerollt wie ein Wollknäuel auf seinem Platz. Nora lehnte sich zurück und schloss die Augen.

*

Im Frühling 1996 bezogen sie ihr eigenes Haus und im Winter desselben Jahres wurde Lena geboren. Frank überschlug sich fast vor Freude, da er sich doch schon beim ersten Kind eine Tochter gewünscht hatte. Schon während der Schwangerschaft spürte sie nach langer Zeit wieder Franks bedingungslose Liebe. Wie immer, wenn sie ihn wirklich brauchte, stand er ihr zur Seite.

Jahre vergingen und mit ihnen auch ihr inneres Glück und ihre Zufriedenheit. Die wenigen Momente, in denen sie noch herzlich lachen konnte, wurden selten und meistens verdankte sie diese ihren Kindern. Allein ihretwegen und weil sie sich nicht unterkriegen lassen wollte, hielt sie an ihrer Ehe fest.

Und dann kam der Tag, an dem sie all das, was ihr Leben ausmachte, nicht mehr ertragen konnte. Es kam zu einer letzten Aussprache, bei der sie klar auf den Tisch legte, wie sie sich ihr zukünftiges Leben vorstellte und dass für ihn kein Platz mehr darin sein würde. Sie saßen die ganze Nacht zusammen und redeten. Frank zeigte sich am Boden zerstört. Endlich begriff er, was er Nora angetan hatte. So konnte ihre Ehe wirklich nicht weiter gehen. Um ihr zu beweisen, dass er sie über alles liebte, bat er sie um ein halbes Jahr.

Nora blieb. Zunächst aus Mitleid und natürlich wegen der Kinder, die ihren Vater abgöttisch liebten.

Anfangs schien es schwierig, doch Frank zeigte endlich, was er für sie empfand und auch, dass es sich lohnte, an diese Ehe festzuhalten. Sie sprachen stundenlang über ihre Vorstellungen vom Leben und äußerten Wünsche, die sie an dasselbe stellten. Sie sprachen über ihre Ehe und was damit nicht stimmte. Frank gestand ihr, dass er immer Angst hatte, sie zu verlieren. „Manchmal", erklärte er, „war mir, als stünde ich vor einer Wand aus Glas und du standst dahinter. Was ich auch tat, ich konnte nicht zu dir durchdringen. In solchen Momenten glaubte ich, dagegen ankämpfen zu müssen. Leider sehr oft mit Mitteln, die nicht fair waren. In meiner Hilflosigkeit wollte ich dich verletzen, um mir zu beweisen, dass ich Macht über dich hatte. Gleichzeitig tat ich mir damit nur selbst weh, denn es viel mir schwer, dich leiden sehen. Es tut mir unendlich leid. Nora, ich verspreche dir, alles wird anders."

Das war die Zeit, davon war Nora heute überzeugt, während der sie sich erst richtig kennenlernten. Frank wurde zu dem Ehemann, den sie sich immer gewünscht hatte. Er verbrachte seine Freizeit ausschließlich mit der Familie. Selbst die Band gab er auf. Dadurch wurde es ihr möglich, ihm wieder zu vertrauen. Endlich gab er ihr die Geborgenheit und Liebe, nach der sie sich so sehr gesehnt hatte. Er behandelte sie respektvoll, lernte mit seiner Eifersucht umzugehen und brachte ihr letztendlich das nötige Vertrauen entgegen, damit sie wieder ihren Beruf ausüben konnte.

Zunächst nahm sie nur kleinere Aufträge an, die sie allerdings trotz ihrer langen Pause erfolgreich ausführte und mit der Zeit wagte sie sich auch wieder an größere heran.

Obwohl sich alles zum Besten wendete und ihre Liebe zu Frank in gewisser Weise wieder zu wachsen begann, war ihr Glaube an die einzigartige, hingebungsvolle, alles umfassende Liebe, während der enttäuschenden, mit Schmerz beladenen Jahre, verloren gegangen. Solch eine Liebe gab es wohl doch nur in Romanen …

*

Erst als der Zug in den Hamburger Hauptbahnhof einfuhr und die verzerrte Stimme des Schalterbeamten aus dem Lautsprecher dröhnte, öffnete Lydia die Augen und blickte sich ein wenig konsterniert um. „Oh, sind wir denn schon in Hamburg?"

Elvis hob den Kopf und spitzte, soweit wie möglich, seine hängenden Ohren.

„Ja, ich muss aussteigen." Sie reichte Lydia freundlich lächelnd die Hand zum Abschied. „Es hat mich gefreut, Sie kennenzulernen."

Lydia ergriff sie mit beiden Händen und tätschelte sie liebevoll.

Unwillkürlich blickte Nora auf die feingliedrigen Hände. *Gepflegte Hände, die Haut ein wenig runzlig und mit Pigmentflecken gezeichneten Hände einer gealterten Dame, die das Glück gehabt hatte, in ihrem Leben nie hart zupacken zu müssen.*

Lydia startete einen letzten Versuch sie einzuladen und fügte erklärend hinzu: „Sie könnten sich in aller Ruhe überlegen, wohin Sie fliegen möchten. Vielleicht sehen Sie sich ja mal ein paar Prospekte an. Wir könnten welche in einem Reisebüro besorgen. Ist doch egal, wo Sie diese Nacht verbringen. Warum also nicht in unserem Haus?" Lydia legte den Kopf ein wenig schief und lächelte Nora bittend an.

Nora wurde auf einmal ganz warm ums Herz. *Warum eigentlich nicht? Es wäre sicher wohltuend, noch ein, zwei Tage mit dieser liebenswürdig resoluten Dame zu verbringen.* Sie nickte. „Gut. Es spielt keine Rolle, wann ich, wo auch immer, ankomme. Ich werde Sie nach Stralsund begleiten, und wenn es dort so schön ist, wie Sie sagen, nehme ich Ihre Einladung an und bleibe ein, zwei Tage."

Sie sprach kurz mit dem Schaffner und löste eine Karte bei ihm.

Gegen zweiundzwanzig Uhr erreichten sie den Bahnhof von Stralsund, auf dem selbst um diese späte Zeit noch reges Treiben herrschte. Immer wieder knallten Türen zu, kamen laute, schlecht verständliche Durchsagen aus dem Lautsprecher und fremde Menschen hetzten an ihnen vorbei.

Lydia ging forschen Schrittes, ihre Handtasche unter den Arm geklemmt, Elvis an der Leine, durch das Bahnhofsgelände. Nebenbei erklärte sie Nora, dass ihr Sohn sie erwarten und hoffentlich auf dem schnellsten Wege nach Hause bringen würde, da sie trotz des Nickerchens ziemlich erledigt sei. Was man ihr im Augenblick allerdings überhaupt nicht ansah.

Erst jetzt fiel Nora ein, dass sie nichts von all dem mitgenommen hatte, was man zu einer Übernachtung brauchte. Kein Pyjama, noch nicht mal eine Zahnbürste, ganz abgesehen von frischer Wäsche, ohne die sie nie einen neuen Tag begann. Wie hatte sie nur so kopflos handeln können? Bedrückt äußerte sie sich diesbezüglich Lydia gegenüber.

„Das kriegen wir schon", antwortete Lydia gelassen.

„Mir wird langsam klar, dass ich viel zu überstürzt gehandelt habe."

„Darüber werden wir uns morgen unterhalten. Ein Nachthemd können Sie für diese Nacht von mir bekommen und Zahnbürsten haben wir immer auf Vorrat im Haus."

„Wie wird Ihr Sohn reagieren, wenn Sie eine völlig Fremde, ohne Gepäck, ins Haus bringen?", fragte sie besorgt.

„Warten wir's ab. So schlimm wird's nicht werden, Kindchen, auch wenn er mitunter einen etwas seltsamen Humor besitzt."

Von wem er den wohl hat, fragte sich Nora und schmunzelte. „Morgen werde ich erst mal einkaufen gehen und mich mit dem Nötigsten ausstatten."

„Ja und ich werde Sie begleiten. Das wird ein riesen Spaß auf den ich mich jetzt schon freue." Zielstrebig marschierte sie durch die Unterführung, die Treppen hoch in Richtung Ausgang. „Da ist er ja. Christoph! Hallo, mein Sohn."

Noras Herz begann zu rasen. Das konnte unmöglich wahr sein. Da stand er nun, der Mann, dem sie in ihren Träumen so oft begegnet war. Eine wahrlich faszinierende Erscheinung. Mindestens einen Kopf größer als sie, schlank, tadellose Figur, ein Mann der Kraft und Energie ausstrahlte und sich mit der Grazie eines Raubtieres bewegte. Sein markant männliches Gesicht, konnte man im landläufigen Sinne nicht als schön zu bezeichnen. Es sah blass aus. Sicher lag das daran, dass er in diesem Jahr noch nicht allzu oft Gelegenheit hatte, die Sonne zu genießen, denn er wirkte keineswegs krank, sondern ganz im Gegenteil, äußerst vital. Doch der Mann besaß das gewisse Etwas, das Frauen reizte, ihn näher kennenzulernen. Ein längst verloren geglaubtes Gefühl schlich langsam, tief aus ihrem inneren an die Oberfläche und breitete sich über ihren ganzen Körper aus. Selbst ihre Knie wurden plötzlich weich. Und Nora war sicher, dass das nicht an ihrem leeren Magen lag, sondern wohl eher daran, dass sie diesen Mann interessanter fand, als gut für sie war.

„Mutter? Mutter, was ist das?", fragte Christoph entsetzt und, wie die zwei steilen Falten auf seiner Stirn verrieten, keineswegs erfreut über das Bild, das sich ihm bot.

Elvis störte das nicht, er setzte japsend zu kleinen Freudensprüngen an, als würde er ihn schon lange kennen und verschonte dabei auch Christophs Bein nicht.

„Das ist ein Mitbringsel für dich. Was sagst du? Ist er nicht goldig? Hier nimm ihn", befahl Lydia freundlich aber bestimmt und streckte ihm die Hundeleine entgegen.

Nur widerwillig nahm er sie aus ihrer Hand, um sie ihr auch schnell wieder zurückzugeben. „Nein, ich mag nicht", entgegnete er wie ein trotziger kleiner Junge, der genau wusste, wenn er den Pudding aß, musste er anschließend den Müll raustragen.

„Aber sieh doch nur, wie er sich freut."

Nora, die ebenfalls stehen blieb, beobachtete die Szene stillschweigend. Plötzlich fühlte sie sich wie ein ebensolches, lästiges Mitbringsel, das darauf wartete, überreicht zu werden. Sie kam sich nackt und ausgeliefert vor. Wäre es ihr möglich gewesen, sie wäre im Erdboden versunken. Ihr Magen begann zu rebellieren. Erst jetzt fiel ihr ein, dass sie außer dem leichten, ungesalzenen Gemüsesüppchen am Mittag, nichts weiter zu sich genommen hatte. Außerdem musste sie dringend eine Tablette nehmen, stechende Kopfschmerzen malträtierten sie seit geraumer Zeit.

„Na, Hauptsache der Hund freut sich", hörte sie ihn nun sagen. „Mutter du bist wirklich unmöglich. Was soll ich denn mit einem Hund? Dafür habe ich keine Zeit, das weißt du ganz genau."

„Wir werden sehen", murmelte Lydia vor sich hin.

Erst jetzt schien er von Nora Notiz zu nehmen. An seinem distanzwahrenden Gesichtsausdruck ließ sich allerdings nicht erkennen, was er dachte.

„Ich habe übrigens noch einen Gast mitgebracht, das ist Nora Baumann", stellte Lydia sie jetzt vor. „Ich konnte sie überreden, mir einige Tage Gesellschaft zu leisten."

Christophs ganze Gestalt streckte sich, er biss die Zähne zusammen und atmete hörbar ein. „Guten Abend, Frau Baumann", begrüßte er sie dennoch höflich.

Sein durchdringender Blick gab ihr das Gefühl, bis in ihr Innerstes durchbohrt zu werden. Gleichzeitig strahlten seine, von einem dichten Wimpernkranz umrahmten, dunkelbraunen Augen eine Wärme aus, die im krassen Gegensatz zu seinem kühlen Verhalten stand. Was allerdings nicht gänzlich dazu beitrug, Noras Herz zu beruhigen, das immer noch viel zu schnell und zu kräftig gegen ihre Rippen schlug. Mit einer guten Portion Selbstvertrauen, bemüht ihrer Stimme einen festen Klang zu geben, begrüßte sie ihn ebenfalls. „Guten Abend, Herr von Radomski. Ich hoffe, es macht keine Umstände, sonst werde ich mir ein Hotelzimmer nehmen."

„Aber nein", versicherte er, „es macht keine Umstände. Wo ist Ihr Gepäck?", fragte er aufmerksam, da offensichtlich seine gute Erziehung die Oberhand gewann.

„Ich habe keines."

„Wovor sind Sie geflohen?", fragte er geradeheraus mit einem leicht spöttischen Unterton in seiner Stimme. „Entschuldigen Sie, ich wollte Ihnen nicht zu nahetreten, das sollte natürlich ein Scherz sein", meinte er, als er sah, wie Nora zusammenzuckte und kurz stehen blieb. Doch sein Tonfall ließ keinen Zweifel darüber zu, wie er wirklich über die Aktion seiner Mutter dachte.

„Unterlasse bitte solche Scherze", ermahnte ihn Lydia sogleich streng. „Selbst, wenn es so wäre, mein Sohn, ginge es dich nicht das Geringste an."

Nora wurde schwindelig. Sie hoffte, sich bald setzen zu können. Erschöpft atmete sie einmal tief durch. „Es ist schon in Ordnung", sagte sie, „ich denke, ich schulde Ihnen eine Erklärung."

„Wie Mutter schon sagte, es geht mich nichts an, und wenn ich es mir recht überlege, möchte ich es auch gar nicht wissen", erklärte er herablassend, griff nach den Koffern seiner Mutter, wandte sich um und ging vor ihnen her. „Mein Wagen steht direkt vor der Tür."

„Du hättest auch Karl schicken können", bemerkte nun Lydia beleidigt. „Ich würde es mir nie verzeihen, hättest du durch mich Unannehmlichkeiten bekommen. Aber sicher ist sie jetzt auf einer dieser Schickimicki Partys, vermisst dich nicht im Geringsten und nutzt die Gelegenheit, sich ein anderes reiches Opfer zu suchen."

„Du sprichst sicher von Marlene, Mutter? Kannst du das nicht lassen? Sie ist wirklich nicht so, wie du sie immer darstellst."

„Doch sie ist genauso und du weißt das auch. Sie tut dir nicht gut."

„Könnten wir ein anderes Mal darüber sprechen?", fragte er nun erbost. „Ich bat Hanna, einen kleinen Imbiss für dich vorzubereiten. Du bist sicher hungrig nach dieser langen Fahrt?", erkundigte er sich. „Wie ich dich kenne, hast du um diese Zeit aber wenig Lust ein Lokal aufzusuchen. Schließlich bist du nicht mehr die Jüngste", fügte er bissig hinzu.

„Und du bist wieder mal äußerst charmant, mein Sohn."

„Sie sind sicher ebenfalls hungrig, Frau Baumann", wandte er sich spöttisch an Nora und blickte geringschätzig an ihr herunter. „Selbstverständlich werde ich Hanna anweisen auch für Sie eine Kleinigkeit zusammenzustellen", erklärte er gönnerhaft, als wäre dies eine besondere Gnade.

Es hätte ihr sicher gutgetan, noch etwas zu essen. Aber sie hatte es weiß Gott, nicht nötig Almosen anzunehmen, demzufolge würde sie sich auch nicht wie eine Bettlerin behandeln lassen.

„Danke, Herr von Radomski, das ist sehr liebenswürdig, aber ich habe keinen Appetit. Allerdings bin ich sehr müde. Darum würde ich es vorziehen, gleich zu Bett zu gehen."

„Sie hatten wohl einen anstrengenden Tag?", erkundigte er sich, bemüht gleichgültig zu klingen.

„Ja, einen sehr anstrengenden Tag", antwortete Nora in einem Ton, der keine weiteren Fragen duldete.

Die Fahrt dauerte etwa eine viertel Stunde, bevor er in den weiß geschotterten Waldweg abbog, der zunächst an einem riesigen weißen Tor endete. Leise surrend schob es sich wie von Geisterhand bewegt, zur Seite. Vor ihnen tat sich ein weitläufiger Park auf, dessen beleuchteter Weg geradewegs zu einem großen, märchenhaft anmutenden Anwesen führte.

Das ist das Haus mit Garten am See, fragte sich Nora verblüfft. Hätte sie sich nicht schon während der Fahrt still verhalten, spätestens jetzt, wäre sie sprachlos gewesen.

Die alten, schmiedeeisernen Laternen weckten Erinnerungen an die Gaslichtromane, die sie als Teenager verschlungen hatte. Außerdem tauchten einige, in Nischen und Büschen versteckte Lichtquellen das gesamte Anwesen, in ein warmes Licht. Mit seinen angebauten Erkern und Türmchen wirkte das Haus nicht nur imposant wie ein Schloss, sondern auch unglaublich romantisch in seiner märchenhaften Schönheit.

Christoph riss Nora aus ihren Betrachtungen, als er ihr zuvorkommend die Tür des Wagens öffnete.

Noch während sie ausstieg, roch sie bereits die frische, salzhaltige Seeluft.

Eine junge Frau, deren Kleidung – schwarzes Kleid mit weißem Kragen und darüber ein ebenso weißes Schürzchen – darauf schließen ließ, dass es sich bei ihr um das Hausmädchen handelte, stand bereits unter der geöffneten Tür der Villa, noch bevor Christoph das Gepäck aus dem Kofferraum entnommen hatte. Freudestrahlend begrüßte sie Lydia und nahm ihr Mantel und Hut ab.

Lydia sah sich einen Augenblick erleichtert um. „Ich bin ebenfalls froh wieder hier zu sein." Dann wandte sie sich zu Nora um, legte ihr fürsorglich eine Hand auf den Rücken und schob sie einladend ins Haus. „Ines, das ist Frau Baumann. Sie wird für einige Tage mein Gast sein. Lesen Sie ihr jeden Wunsch von den Augen ab."

„Selbstverständlich", nickte Ines und wandte sich sogleich an Nora. „Wir werden unser Bestes tun, um Ihnen den Aufenthalt so schön wie möglich zu gestalten."

Nora lächelte dankbar, bevor sie sich umsah. Sogleich fielen ihr die glänzenden, schwarzen und weißen, im Muster eines Schachbretts verlegten Fliesen des geräumigen Foyers auf. Eine breite weiße Marmortreppe, deren enorme Balustrade, aus stark profilierten runden Säulen und einem breiten Lauf bestand, führte an alten Familienporträts längst verstorbener, ehrwürdig blickender Vorfahren, ins Obergeschoss. Überall standen Grünpflanzen in weißen Übertöpfen. Forsythiensträuße schmückten zwei Bodenvasen am Fuß der Treppe. Kleinere Vasen mit

Tulpen und Osterglocken standen in Wandnischen und auf Konsolen. Jeder Besucher wusste sofort, dass hier eine liebevolle Frauenhand regierte. Eine, die zwar nichts für unnötigen Schnickschnack übrighatte, der es dennoch darauf ankam, von gemütlicher Atmosphäre umgeben zu sein.

„Mutter möchtest du deinem Gast das Zimmer zeigen oder überlässt du das mir?"

„Du darfst das gerne übernehmen. Vorausgesetzt, es ist Nora recht, dass ich sie dir anvertraue", antwortete sie mit Blick auf ihren Gast.

Nora nickte. „Selbstverständlich."

„Gut, dann kann ich mich ein wenig akklimatisieren. Führe Nora in das Blumenzimmer", bat sie Christoph und wandte sich gleich wieder an Nora, „dort werden Sie sich sicher wohl fühlen. Anschließend treffen wir uns bei Hanna in der Küche. Sie wird sich freuen, Sie kennenzulernen. Hanna ist …"

„Darf ich Ihnen das abnehmen, gnädige Frau?", unterbrach Ines leise den Redeschwall der Hausherrin, während sie bereits nach deren Tasche griff.

„Ja, danke. Ach, durch ungewöhnliche Umstände ist das Gepäck von Frau Baumann verloren gegangen. Nehmen sie eins meiner Nachthemden und bringen sie es ihr. Das muss für heute genügen. In Ordnung, Nora?"

„Danke Lydia, Sie sind sehr lieb. Und, wenn es Ihnen nichts ausmacht – ich würde gerne gleich zu Bett gehen."

„Sind Sie denn wirklich nicht hungrig?", hakte Lydia nach.

Sie schüttelte verneinend den Kopf. „Nein, wirklich nicht. Gute Nacht, Lydia."

Lydia zog bedauernd die Augenbrauen hoch. „Na, dann. Gute Nacht, Nora und träumen Sie etwas Schönes. Sie wissen ja, was man in der ersten Nacht in einem Haus träumt, geht in Erfüllung."

Christoph führte sie nach oben zu einem Vorraum, von dem aus man in angrenzende Räumlichkeiten gelangte und durch einen offenen Bogen in einen Flur mit weiteren Türen. Vor einer der Türen, ganz in der Nähe einer schmäleren Treppe, über die man in die nächste Etage gelangen konnte, blieb er stehen.

Nora fragte sich, durch welche Tür man wohl in das Zimmer des Hausherrn gelangte?

Als hätte er ihre Frage gehört, erklärte er ihr mit kühler Stimme die Wohnverhältnisse. „Früher bewohnten meine Eltern diese Räume. Doch inzwischen nutzt meine Mutter ausschließlich, die Räume im Erdgeschoss. Die Zimmer in dieser Etage werden als Gästezimmer genutzt. Ich selbst bewohne die darüber liegende Etage, aber das dürfte Sie wohl kaum interessieren. So und das ist das Blumenzimmer", erklärte er und öffnete die Tür. „Ich weiß nicht, was Mutter sich dabei gedacht hat, Ihnen ausgerechnet dieses Zimmer zur Verfügung zu stellen. Na ja, wahrscheinlich nimmt sie an, Sie wären die gleiche Romantikerin, wie sie selbst. Ich hoffe, Sie fühlen sich trotzdem wohl."

Nora betrat einen verträumt und romantisch anmutenden Raum. Die persönliche Ausstrahlung, die ihm innewohnte, verzauberte sie vom ersten Moment an und ließ keinen Zweifel aufkommen, wer diesen Raum einmal bewohnt hatte. Weiße Möbel standen darin. Auf dem Bett lagen Kissen und eine Decke, bezogen mit bunt geblümter Bettwäsche. Zusätzlich lagen kleine Kissen zum Kuscheln oben auf. Ein Kleiderschrank mit in den Türen eingefassten Spiegeln stand genau gegenüber. Im Erker lud ein halbrunder Sekretär zum Schreiben ein. Auf dem gut beleuchteten Frisiertisch, dessen Licht zusammen mit der Wandbeleuchtung am Bett angegangen war, lag alles, was eine Frau brauchte. Persönliche Schminkutensilien musste sie sich noch besorgen. An allen nur möglichen Plätzen standen Kerzen und in einer Ecke befand sich ein, von exotischen Pflanzen umrahmter, gemütlicher Rattansessel. Dieses Zimmer war mit einem Überfluss an Liebe eingerichtet worden, die man immer noch spürte.

Auf Nora wirkte es, als wartete es nur darauf, aus seinem Dornröschenschlaf erweckt zu werden. „Es ist bezaubernd. Was bitte veranlasst Sie anzunehmen, ich könnte mich hier nicht wohl fühlen?", fragte sie freundlich und richtete den Blick wieder auf ihn.

Seine dunkelbraunen, in diesem Licht fast schwarz wirkenden Augen, sahen sie durchdringend an. „Sie sehen nicht gerade aus wie eine spleenige Romantikerin, die nach getaner Arbeit Kerzen anzündet, es sich auf der Couch bei einer Tasse Tee gemütlich macht und endlos Liebesromane schmökert."

„Nein?“

„Ihre Kleidung“, er sah verächtlich an ihr herab, „Verzeihung, aber die lässt eher darauf schließen, dass Sie eine unabhängige Frau sind, die ihre Zeit nicht damit vergeudet, in einer Traumwelt zu leben. Nein, Sie wirken eher wie eine Weltenbummlerin auf mich. Reporterin sind Sie aber nicht? Nein“, er sah noch einmal an ihr herunter, „wahrscheinlich verbrachten Sie die letzten Wochen an der Kasse irgendeines Supermarktes und weil Sie es satthatten, die diversen Waren über die Kasse zu ziehen und sich dämliche Bemerkungen anzuhören, nahmen Sie eine Auszeit. Aber selbst solch eine stupide Arbeit, wie die einer Kassiererin, lässt man nicht dermaßen überstürzt zurück, dass man nicht mal Zeit hat, einen Koffer zu packen. Es sei denn, man hat einen guten Grund einfach abzuhauen. Die Kasse geplündert?“

Nora fühlte sich, als hätte sie eine Ohrfeige erhalten. Wut stieg in ihr hoch. Am liebsten hätte sie ihm eine geklebt, aber sie brachte ihn lediglich mit einem Blick, der wahrlich Bände sprach, zum Schweigen.

„Schon gut, sehen Sie mich nicht so an. Dann sind Sie eben doch die Abenteurerin ohne Geld, die sich von einem Tag zum anderen durchschlägt und in meiner Mutter ein passables Opfer gefunden hat.“

Obwohl ihr das angesichts seiner Unverschämtheiten schwer fiel, bewahrte sie Haltung. „Kann ich mich irgendwo frisch machen?“, fragte sie stattdessen höflich.

„Selbstverständlich, gleich hier nebenan ist das Badezimmer“, erklärte er, sie dabei so intensiv anblickend, als erwarte er noch eine Antwort auf seine Beurteilung, die, dessen war er sich vermutlich durchaus bewusst, mehr als beleidigend ausgefallen war. Jedenfalls machte er keine Anstalten zu gehen.

„Sie haben recht, ich hatte mein Leben satt“, beantwortete sie kühl seine nicht ausgesprochene Frage. „Hätten Sie mir übrigens gleich gesagt, dass ich in Ihrem Hause nicht willkommen bin, wäre ich jetzt nicht hier“, fügte sie wohlwollend hinzu.

„Ich sagte nichts, aus Respekt gegenüber meiner Mutter.“

„Ach ja?“

Was für ein unverschämter Kerl, dachte Nora. Am liebsten hätte sie ihm mal so richtig ihre Meinung gesagt, doch stattdessen atmete sie einmal tief durch, um sich zu beruhigen, dann antwortete sie überaus freundlich: „Da es jetzt ziemlich spät ist und ich außerdem zu müde bin, mich auf die Suche nach einem Hotel zu begeben, werden Sie mich für diese Nacht dulden müssen. Morgen früh allerdings, verlasse ich Ihr gastliches Heim so schnell wie möglich. Entschuldigen Sie, ich wollte Ihnen wirklich keine Umstände machen. Würden Sie mich jetzt bitte alleine lassen?"

„Aber ja, Frau Baumann", sagte er nun etwas verwundert und wandte sich, nachdem er sie eine Weile nachdenklich betrachtet hatte, abrupt ab und verließ das Zimmer.

„Ich wünsche Ihnen ebenfalls eine gute Nacht, Herr von Radomski", rief sie ihm nach.

Erst jetzt schien ihm aufzufallen, dass er völlig vergessen hatte, sich zu verabschieden. Er blieb eine Sekunde stehen, um dann doch rasch weiterzugehen, ohne sich noch einmal umgedreht zu haben.

Recht hast du, dachte Nora, *das ist nun auch schon egal.*

*

„Mutter ich verstehe nicht, wie du diese wildfremde Person in unser Haus bringen kannst? Nicht jeder, der harmlos aussieht, ist es auch."

„Wofür hältst du mich? Für ein seniles altes Weib? Nora mit hierher-zubringen, ist die beste Entscheidung, die ich jemals getroffen habe, mein Sohn. Wie findest du sie?"

„Eine schöne Larve mit wenig Hirn", antwortete er verächtlich. „Sicher eine Herumtreiberin, die dich ausnutzen will. Wo hast du sie aufgegabelt?"

„Wie du wieder sprichst. Wir saßen im gleichen Abteil. Sie öffnete die Schiebetür, lächelte mich an und sah dabei aus wie ein eingeschüchtertes Vögelchen. Aber dann dachte ich – auch auf die Gefahr hin, dass es kitschig klingt, sie muss ein Engel sein. Ein Engel, der versehentlich aus dem Himmel gefallen ist."

„Oh, Mutter!"

„Weißt du", fuhr sie begeistert fort, „ich spreche von ihrer Aura, sie strahlt so viel Liebe aus. Im Laufe der paar Stunden wurde sie mir immer sympathischer und ich konnte nicht anders, ich musste sie einladen. Aber nicht, weil sie mir leidtat, sondern weil ich auf ihre

Gesellschaft nicht verzichten wollte. Du hast recht, sie kann alles Mögliche sein, aber ganz sicher ist sie keine Herumtreiberin." Auf einmal sah sie ihn nachdenklich an. „Aber ich gebe zu, auch ich vermute, dass irgendetwas mit ihr nicht stimmt. Ich weiß noch nicht was, aber ich habe Angst um sie, denn da ist etwas, das sie schrecklich zu quälen scheint."

„Du bist viel zu sentimental und gutgläubig, Mutter." *Was dachte sie sich nur dabei, eine wildfremde Frau ins Haus zu bringen,* sinnierte er, während er sich gleichzeitig an die Wirkung erinnerte, die sie auf ihn ausübte, als er sie zum ersten Mal sah. Dennoch fügte er nachdrücklich hinzu, als wollte er sich selbst beweisen, dass er recht hatte: „Sie kommt mir keineswegs wie ein eingeschüchtertes Vögelchen vor und ein Engel ist sie bestimmt auch nicht. Ich werde jedenfalls nicht dulden, dass sie dich ausnutzt."

„Das denkst du doch nicht wirklich?" Lydia wurde langsam ärgerlich. „Nora ist ein freundlicher, liebenswerter Mensch, sie ist intelligent und besitzt ein hohes Maß an Herzensbildung. Vielleicht hütet sie ja ein Geheimnis, aber deswegen ist sie noch lange nicht schlecht. Wir sprechen morgen darüber. Für heute habe ich erst mal genug – vor allem von deinem dummen Geschwätz. Ich bin müde. Da ich Hanna aber nicht enttäuschen will, werde ich noch eine Kleinigkeit bei ihr in der Küche essen. Gute Nacht, mein Sohn."

„Wie du möchtest, Mutter. Gute Nacht." *Eine Frau mit dem Aussehen eines Engels, die mitten in der Nacht, ohne Gepäck, einen Zug besteigt. Ist das etwa nicht seltsam? Wovor läuft sie weg?* Auf einmal, als er sich daran erinnerte, wie warm ihm ums Herz geworden war, als er sie zum ersten Mal sah, lächelte er. Trotz ihrer zierlichen Gestalt, hatte er sie längst bemerkt, noch bevor er seine Mutter an ihrer Seite entdeckte. Ihr Gesicht, umrahmt von Lichterkranz aus blonden, frech geschnittenen Locken, hatte eine eigenartige Ruhe ausgestrahlt, was vermutlich an diesem überirdischen Lächeln lag. Allerdings wirkten ihre Blicke, die unsicher von seiner Mutter zu diesem kleinen Köter und wieder zu seiner Mutter wanderten, eher unruhig. Er hatte so sehr gehofft, sie möge nichts mit seiner Mutter zu tun haben, die alle naselang herrenlose Tiere, Vagabunden und andere asoziale Subjekte unterstützte. Enttäuscht und verärgert, als sich seine Hoffnung nicht erfüllte, hatte sich Ablehnung in ihm breitgemacht. Doch dann hatte sie zu ihm aufgesehen und ihr Blick verlor sich in seinen Augen. Sein Herz hatte plötzlich gewaltig zu schlagen begonnen und noch während er dessen Lebendigkeit fühlte, hatte er sich über dieses erregende, unkontrollierbare Gefühl geärgert. Nie zuvor hatte er in ein Augenpaar geblickt, das ihn offen ansah und gleichzeitig ein Geheimnis zu verbergen schien. Ja, auch auf ihn hatte sie den Eindruck des versehentlich aus dem Himmel gefallenen Engels hinterlassen. Ein Engel, der weder wusste, was ihn hierhergebracht hatte, noch, was er hier zu suchen hatte.

Du Narr, schalt er sich selbst, *sie mag rein äußerlich deine Traumfrau sein, aber eben nur äußerlich. Eine Frau, wie du sie gerne hättest, bekommst du nicht einfach auf dem Silbertablett serviert. Kann ja sein, dass sie wie ein Engel aussieht, aber innerlich ist sie entweder ein Teufel oder hohl wie ein alter Baumstumpf. Sie ist wie all die anderen Frauen, die bisher deine Wege gekreuzt haben. Bestimmt hat sie ihrem Leben aus gutem Grund den Rücken zugekehrt und du wirst dich nicht von ihrem unschuldigen Gesicht täuschen lassen.* Er gähnte hinter vorgehaltener Hand. „Was soll's, morgen werfe ich sie raus", murmelte er vor sich hin, „mich wickelt dieser Unschuldsengel nicht um den kleinen Finger."

Dennoch blieb er, als er an ihrer Tür vorbeikam, für einen Moment stehen. *Seltsam, diese Frau ist wirklich seltsam,* dachte er.

Auch als er an die Zimmerdecke starrend, in seinem Bett lag, konnte er es nicht lassen, über sie nachzudenken. *Sie wirkt so zerbrechlich und doch sehr stark. Ich würde schon gerne wissen, was hinter dieser Fassade steckt. Wie eine Klosterschülerin sieht sie zwar nicht aus, aber sie hat Haltung bewahrt, als hätte sie in einem Internat eine strenge Erziehung genossen. Dumm scheint sie ebenfalls nicht zu sein, dafür kann sie zu gut mit Worten umgehen. Auf derart freundliche, versteckt verächtliche Weise, wurde ich noch nie in meine Schranken verwiesen ...* Zorn stieg in ihm hoch. *Was fällt dieser arroganten Person eigentlich ein? Habe ich es wirklich nötig, mich in meinem eigenen Haus so behandeln zu lassen? Andererseits ..., habe ich sie angemessen behandelt? Verdammt noch mal! Die Frau muss gehen ...*

*

54

Nora legte ihren Mantel ab, setzte sich erschöpft aufs Bett und ließ ihren Blick noch einmal im Zimmer umherschweifen.

Wirklich schön, dachte sie und atmete einmal tief durch. *Nur, was mach ich hier? Es sieht nicht danach aus, zumindest was den Herrn des Hauses betrifft, als wäre ich willkommen in diesem Haus. Würde ich mich hier in der Gegend auskennen, ich würde sofort wieder verschwinden. Was hab' ich dem Typ getan? Warum ist er so unfreundlich zu mir? Sehe ich wirklich wie eine Landstreicherin aus oder wie jemand, der sich an ältere Damen heranmacht, um sie auszunehmen?* Nora sah an sich herunter. *Zugegeben, wie eine gutsituierte Dame sehe ich nicht aus. Was soll's, morgen werde ich auf jeden Fall abreisen. Mein Gott, was hab' ich mir bloß bei dieser Aktion gedacht? In ein paar Wochen werde ich sterben, wenn ich mich nicht operieren lasse. Die Kinder, Frank, sie machen sich sicher die allergrößten Sorgen. Wie konnte ich ihnen das nur antun? Ich will nicht sterben, ich will leben. Gott, was muss ich tun, um dieses Leben festzuhalten? Das kann doch nicht alles gewesen sein? Was ist mit meinen Träumen? Was wird aus all meinen unerfüllten Sehnsüchten? Sollte nicht noch irgendwas Außergewöhnliches geschehen? Irgendwas? Oh Gott, steh mir bei, ich benötige noch etwas Zeit. Ich habe doch noch gar nicht richtig gelebt. Nein, stimmt nicht. Ich bin undankbar. Es geht uns gut. Wir haben alles was wir brauchen, um eine glückliche Familie zu sein. Tristan ist ein wohlerzogener junger Mann, der mitten im Abitur steckt und bald das Studium an der Kunstakademie beginnt. Nicht unbedingt das, was Frank sich für seinen Sohn vorgestellt hatte, doch Tristan wollte noch nie etwas anderes. Und meine kleine Lena, die jedes herrenlose Tier nach Hause bringt, wird sicher mal Tierärztin. Na ja, dafür ist noch Zeit. Zunächst muss sie das Gymnasium hinter sich bringen. Auch finanziell können wir nicht klagen. Ja, es geht uns gut, wirklich gut, wir haben ein schönes Leben. Zumindest hatten wir eins, bis vor einigen Tagen. Ich habe nichts mehr zu erwarten. Warum fühle ich dann immer noch diese schmerzhaft ziehende Sehnsucht in meinem Herzen? Platon sagte: „Der Mensch ist ein Leben lang auf der Suche nach seiner zweiten Hälfte und man müsse sich vom Schicksal einfach treiben lassen, dann würde man sie wiederfinden." Werde ich langsam verrückt, drückt das Glio bereits auf meinen Verstand? Meine Zeit ist fast*

abgelaufen. Wie kann ich da an meine zweite Hälfte denken? Die hab'
ich doch längst gefunden. Frank ist meine zweite Hälfte. Ich hab' mir
all die Jahre doch nicht nur eingebildet ihn zu lieben, weil er mein
Mann ist? Gleich morgen Früh rufe ich zu Hause an.

Leises Klopfen an der Tür riss sie aus ihren Gedanken.

„Herein."

Die Tür wurde zunächst einen Spalt weit geöffnet und Ines streckte ihren Kopf herein. „Entschuldigen Sie, Frau Baumann. Ich bringe das Nachthemd und frische Handtücher."

„Oh! Ja, bitte, kommen Sie herein."

Ines stellte ein Tablett mit einer kleinen Flasche Tafelwasser, einem Glas Rotwein und einem Teller lecker aussehender Häppchen auf dem Nachttischchen ab. „Die gnädige Frau wünscht, dass sie wenigstens diese Häppchen essen", erklärte sie freundlich lächelnd. Dann legte sie das Nachthemd aufs Bett und brachte die frischen Handtücher ins Bad.

„Die gnädige Frau würde morgen früh gerne gemeinsam mit Ihnen frühstücken. Es sei denn, Sie würden lieber ausschlafen."

„Wann frühstückt Frau von Radomski?"

„Um siebenuhrdreißig", antwortete Ines knapp.

„Wecken Sie mich bitte um sechsuhrdreißig?", bat Nora ebenso knapp.

„Selbstverständlich. Ich wünsche Ihnen eine gute Nacht, Frau Baumann", verabschiedete sie sich freundlich.

„Gute Nacht, Ines und danke."

Als Ines die Tür hinter sich geschlossen hatte, erhob sich Nora müde, öffnete den Kleiderschrank und hängte ihren Mantel hinein. Anschließend entkleidete sie sich und ging ins Bad. *Eine Dusche wäre jetzt nicht schlecht. Oder soll ich mir ein Bad gönnen?*

Der Gedanke gefiel ihr. Sie setzte sich auf den Wannenrand und drehte den Wasserhahn auf. Vorsichtig kontrollierte sie die richtige Temperatur des Wassers und goss einige Tropfen von der bereitstehenden Badeessenz hinein. Angenehmer Blütenduft umschmeichelte sogleich ihre Nase. Einen Moment schloss sie die Augen und atmete tief ein. Dann ging sie zurück ins Schlafzimmer, goss Tafelwasser in das leere Glas und nahm den Teller mit den Häppchen. Beides stellte sie an den Badewannenrand.

Sie streckte sich in der Wanne aus, lehnte sich entspannt zurück und schloss die Lider über ihre müden Augen. *Wie soll es jetzt weitergehen? Auf gar keinen Fall fahre ich zurück nach Hause. Die Kinder sollen nicht mit ansehen müssen, wie ich langsam dahinsieche und erst recht nicht, wie ich meinen Verstand verliere. Das wäre eine zu große Qual für sie. Ist es nicht meine Pflicht als Mutter, ihnen diese zu ersparen?*

*

Frank zog sich, nachdem sich die Kinder in ihre Zimmer begeben hatten, in Noras Atelier zurück. Prompt erinnerte er sich an den Streit den sie hatten, als sie darauf bestand diesen Raum für sich einzurichten. Nora war stets bereit nachzugeben, dieses eine Mal jedoch war sie stur geblieben und letztendlich hatte er nachgegeben.

Es tut mir so leid, Nora. Ich habe viel zu oft, egoistisch, wie ich nun mal bin, nur an mich gedacht. Er konnte die aufsteigenden Tränen nicht mehr zurückhalten. Das Gesicht auf seinen über ihrem Schreibtisch liegenden Armen verborgen, weinte er wie ein kleines Kind. *Hat sich unser gemeinsames Leben nicht bereits auf tragische Weise verändert? Musstest du es nun noch auf die Spitze treiben? Leide ich nicht schon genug? Warum tust du mir das an?*

Unwillkürlich dachte er an ihre erste Begegnung. *Nora war so jung, so wunderschön und wirkte, ohne arrogant zu sein, auf natürliche Weise selbstbewusst. Eine stolze kleine Prinzessin, die ihr reizendes Köpfchen stets hoch erhoben trug.* Bis zu jenem Abend war er der Meinung, sein Leben könne vollkommener nicht sein. Die Frauen machten es ihm leicht. Doch für ihn stellten sie lediglich eine Art Trophäe dar. Sein Interesse verflog meist schon nach der ersten Nacht. Nicht einmal hatte er über eine dauerhafte Beziehung, geschweige denn über Ehe nachgedacht und dann trat Nora in sein Leben. Als sie an jenem Abend den in schummriges Licht getauchten Tanzsaal betrat, wurde es auf einmal ganz hell. *Ich wusste vom ersten Augenblick, dass sie die Frau ist, die ich heiraten will. Ein Blick in ihre Augen hat genügt, um mich vollkommen umzukrempeln. Es dauerte eine Weile, bis sie mir vertraute, aber dann gab sie mir ihr Jawort.*

Er erinnerte sich noch genau an den Tag, an dem er sie aufgeregt, mit zitternden Händen, von ihrem Elternhaus abholte, um gemeinsam mit ihr zur Kirche zu fahren. Sie hatten ihm nicht erlaubt, wie gewöhnlich in ihr Zimmer hochzugehen, sondern ließen ihn unten an der Treppe warten. Die Wartezeit erschien ihm endlos lang. Dann endlich schritt sie langsam, Stufe für Stufe, zu ihm herunter. Nein, entgegen geschwebt war sie ihm, in diesem Brautkleid aus Satin und Spitze, das sie wie eine weiße Wolke umhüllte. Zum ersten Mal, seit er ein Mann war, hatte er Tränen in den Augen. Ein Engel, hatte er gedacht, ein Engel den Gott zur Erde geschickt hatte, um ihn, Frank Baumann, glücklich zu machen.

Als dann Tristan geboren wurde, leuchteten nicht nur ihre Augen vor Glück, sie selbst strahlte von innen heraus, als hätte jemand ein Licht in ihr angezündet. Gleich von Anfang an war sie eine wundervolle Mutter. Doch statt dankbar dafür zu sein, fühlte er sich wie das fünfte Rad am Wagen und wurde zunehmend eifersüchtiger.

Noch heute konnte er sich nicht erklären, was damals in ihm vorgegangen und was dann mit ihm geschehen war …

Immer häufiger ertappte er sich dabei, hinter jedem x-beliebigen Mann den zu vermuten, von dem er unsinnigerweise annahm, er wäre der, mit dem sie ihr Leben lieber verbringen würde. Dabei war er sicher, dass es keinen gab. Es konnte keinen geben. Paradox! Mitunter konnte er diese verdammte Eifersucht einfach nicht mehr unter Kontrolle halten. *Was habe ich der Frau alles angetan? Zunächst die Trinkerei, dann die angebliche Freundin. Die idiotischste Idee, die ich jemals hatte.*

Es war die Taktik seines Vaters und bei ihm war sie stets aufgegangen. Allerdings mit dem Unterschied, dass der seine Frau wirklich mit anderen Frauen betrog. Er selbst hatte nie das Bedürfnis Nora zu betrügen, doch allein, dass er es sie glauben ließ, war egoistisch, gemein und kindisch. Damals hatte er es wirklich auf die Spitze getrieben. Dieses grausame Spiel hatte Dimensionen angenommen, die er so nie gewollt hatte. *Hätte sie dasselbe mit mir gemacht, ich hätte sie umgebracht.*

Erst als sie ihn verlassen wollte, sah er endlich ein, dass er einen unverzeihlichen Fehler begangen hatte. Damals, als er begriff, dass er durch dieses Theater ihre Liebe verloren hatte, spürte er nicht nur seinen eigenen, sondern auch ihren Schmerz. Wäre es ihm möglich gewesen, hätte er diese Dummheit rückgängig gemacht.

Aber er hatte die Chance, die Letzte die sie ihm zu geben bereit war, genutzt, indem er ihr endlich zeigte, wie sehr er sie liebte. Doch das Leuchten in ihren Augen, das ihn so verzaubert hatte, war verschwunden. Es dauerte lange, bis sie ihm wieder vertraute. Schweren Herzens musste er akzeptieren, dass sich ihre Liebe zu ihm verändert hatte. Ihre Beziehung wurde dadurch eine andere, obwohl sie sich mit der Zeit näherkamen, als je zuvor. *Dennoch*, gestand er sich rückblickend ein, *habe ich ihre Liebe nie ganz zurückbekommen.*

Jedenfalls hatte er aus dieser Geschichte gelernt, wie schnell man einen Menschen verlieren kann. Und jetzt, da er sie vielleicht endgültig verlor, fühlte er ihn wieder, diesen Schmerz, den seinen und den ihren.

Mein Gott, dachte er, *wie sehr ich diese Frau liebe. Ich werde alles tun, was nötig ist, wenn du sie mir nur lässt. Bitte Gott ...* Frank verschlang seine Hände ineinander und betete, wie so oft in den letzten Tagen.

Danach erhob er sich, ging zurück ins Wohnzimmer und nahm das Bild, das er während eines Urlaubs am Meer von ihr gemacht hatte, von der Konsole. *Sie war damals so glücklich. Nora liebt das Meer.* „Komm zurück zu mir. Ich will für dich da sein, dich halten, bis zu deinem letzten Atemzug", flüsterte er unter Tränen.

*

Nora lag entspannt in der Wanne, atmete gleichmäßig und ließ ihre Gedanken ziehen. Fast wäre sie eingeschlafen, doch mit der Zeit sank die Temperatur des Wassers und es wurde zunehmend ungemütlich. Also zog sie den Stöpsel heraus und beobachtete, wie der Wasserspiegel sich langsam senkte. Als das Wasser kaum mehr ihre Knie bedeckte, erhob sie sich und stieg aus der Wanne. Sie wickelte das große Badetuch um ihren zierlichen Körper und warf einen letzten Blick in die Wanne. *Wie bedeutsam so winzige Nebensächlichkeiten werden können, angesichts des nahenden Todes,* sinnierte sie.

Sie konnte sich nicht vorstellen, eines Tages nicht mehr sehen zu können, was um sie herum geschah, nicht mehr riechen und nicht mehr fühlen zu können. *Oh, Gott!* Angst schnürte ihr plötzlich die Kehle zu. Während Tränen ihren Blick verschleierten, schlendert sie ins Schlafzimmer. Es wurde Zeit, zu Bett zu gehen. Sie fühlte sich wie erschlagen. „Ah!", seufzte sie. *Die Wirkung der Tabletten lässt nach. Hoffentlich kann ich trotzdem durchschlafen.*

Nora trat ans Fenster. Da draußen lag die See. Morgen würde sie an den Strand gehen. Morgen! Ein Wort, das für den einen wenig und für einen andern so viel beinhalten konnte. Wie oft würde sie es noch gebrauchen und wie oft noch, würde es dieses – Morgen – für sie geben? Sie kippte das Fenster, um die frische Seeluft hereinzulassen und atmete einmal tief durch, bevor sie sich unter der Bettdecke einigelte. Noch bevor sie erneut von quälenden Gedanken überfallen wurde, schlief sie erschöpft ein.

Kapitel 2

Erst durch wiederholtes Klopfen, das langsam in ihr Bewusstsein drang, wachte sie auf. „Ja?", krächzte sie.

„Guten Morgen, Frau Baumann, es ist sechsuhrdreißig, Sie wollten geweckt werden", meldete sich Ines.

„Danke, Ines. Guten Morgen", rief Nora durch die Tür, dabei hätte sie sich am liebsten noch mal umgedreht. Da sie jedoch infolge der heftigen Kopfschmerzen, die sie gleich beim Erwachen überfallen hatten, ohnehin nicht mehr einschlafen konnte, entschloss sie sich aufzustehen. Zudem wollte sie ihre Gastgeberin nicht enttäuschen. Also ging sie ins Bad, stellte sich unter die Dusche und zog anschließend ihre, am Abend zuvor, mit Seife gewaschene und zum Trocknen aufgehängte Wäsche an. Heute würde es noch einmal so gehen. Später wollte sie dann das Nötigste einkaufen. Unterwäsche, noch ein paar Jeans, einige Pullover und T-Shirts, Nachtwäsche und ein Paar Turnschuhe …

*

Lydia saß bereits am Frühstückstisch und betrachtete durch eine schmale Lesebrille, die sie ziemlich weit vorne auf ihrer Nasenspitze trug, die Todesanzeigen auf der letzten Seite der Zeitung. Als sie Nora bemerkte, faltete sie das Blatt sofort zusammen und legte es zur Seite. „Guten Morgen meine Liebe", begrüßte sie Nora gut gelaunt.

Elvis lief aufgeregt auf sie zu und verlor vor lauter Freude ein paar Tröpfchen.

„Ich glaube, er muss dringend vor die Tür. Ines soll ihn schnell hinauslassen", bemerkte Lydia.

„Lassen Sie mich das machen, Lydia. Ich freue mich doch schon so sehr darauf, das Meer zu sehen. Wenn es Ihnen nichts ausmacht, werde ich später frühstücken. Danach würde ich gerne mit Ihnen sprechen."

Lydia nickte. „Also gut, wir haben nachher noch Zeit genug, uns zu unterhalten. Gehen Sie nur, Nora."

Nora fröstelte. Es war ein kühler Morgen, aber die Sonne schickte bereits ihre ersten Strahlen über das Dach des Hauses. Sie konnte das Brausen der See hören und bereits einen leichten Algeruch in der Luft wahrnehmen. Um sich aufzuwärmen und weil sie es vor lauter Spannung nicht mehr aushielt, lief sie den Weg zum Strand hinunter.

Elvis schien das ganz toll zu finden, er lief kläffend, mit wedelndem Schwänzchen neben ihr her und um sie herum, dabei drehte er sich manchmal um seine eigene Achse.

Dann sah sie es. Nebelschwaden hingen über der dunklen Wasseroberfläche. Mitunter lösten sich Fetzen, stiegen höher, zerrissen und lösten sich auf. Der atemberaubende Anblick von Weite, die Stille, die sich hinter dem Rauschen der am Strand auslaufenden Wellen und dem leichten Säuseln des Windes verbarg, versetzten Nora in ehrfürchtiges Staunen. Hier konnte man die Allmacht Gottes spüren.

Nora zog Schuhe und Socken aus, krempelte ihre Jeans hoch und rannte mit Elvis auf das Wasser zu, bis die kühle Gischt nach ihren Füßen leckte. Weit, als wolle sie die ganze Welt umarmen, öffnete sie ihre Arme und rief: „Ist das nicht herrlich, Elvis?"

„Wau, wau", japste der freudig, doch als eine etwas größere Welle kam, wich er doch ängstlich zurück.

Nora ließ Elvis, da um diese Zeit niemand sonst unterwegs war, von der Leine und lief mit ihm ein Stück am Strand entlang. Als sie ein kleines Stöckchen fand und es warf, begriff er sofort, dass es sich hier um ein tolles Spiel handeln musste, denn er brachte es sogleich zu ihr zurück.

*

„Mutter, du bist alleine? Ich dachte, deine Bekannte wollte gemeinsam mit dir frühstücken? Sieht fast so aus, als ziehe sie es vor, auszuschlafen", bemerkte er sarkastisch und setzte sich abfällig grinsend an den Tisch.

„Da muss ich dich enttäuschen, mein Sohn. Nora ist bereits vor einer viertel Stunde zum Strand gegangen und macht das, was eigentlich deine Aufgabe wäre, nämlich mit Elvis Gassi gehen."

„Ich sagte dir bereits", erklärte er ärgerlich, „dass ich keine Zeit für einen Hund habe. Mutter, ich bitte dich, was soll ich mit einem Hund?"

Ines goss Kaffee in seine Tasse. „Was darf ich Ihnen bringen?"

„Der Kaffee genügt mir, Ines, danke."

„Geht es dir nicht gut?", spöttelte Lydia übertrieben besorgt. „Du siehst müde aus."

„Warum hast du sie nicht begleitet?", fragte er vorwurfsvoll, ohne auf ihre Fragen einzugehen. „Du weißt nichts von ihr, vielleicht verschwindet sie wieder. Wie kannst du sie alleine gehen lassen?"

Lydia zuckte nur unwesentlich mit den Schultern. „Sie trug weder ihren Mantel, noch hatte sie ihre Handtasche dabei", erklärte sie. „Also ging ich davon aus, dass sie nicht vorhat, uns zu verlassen. Und selbst wenn sie, natürlich gemeinsam mit Elvis, einfach verschwinden würde, was soll's? Die beiden sind dir doch ohnehin gleichgültig, wenn nicht gar lästig. Oder hast du inzwischen deine Meinung geändert? Vielleicht findest du sie ...?"

„Mutter!", unterbrach er sie empört. „Du möchtest mich doch nicht etwa mit ihr verkuppeln? So, wie die aussieht, hat sie das sicher nicht nötig."

„Nora nicht", meinte sie grinsend, „aber du."

Christoph schüttelte den Kopf und sah sie wütend an. „Mutter lass das, ich bin durchaus im Stande mir meine zukünftige Frau selbst auszusuchen."

„Aber das weiß ich doch, mein Sohn. Und ich weiß auch, dass Männer mitunter ihr Gehirn ausschalten, wenn es um gewisse körperliche Bedürfnisse geht."

„Mutter!"

„Bei Marlene hast du deine Maßstäbe jedenfalls nicht besonders hochgesteckt. Diese Opportunistin will doch nur dein Geld."

Zwei tiefe Falten gruben sich auf seine Stirn, was seinen ernsten Gesichtsausdruck noch zusätzlich unterstrich. „Du willst mir damit doch nicht etwa sagen, dass eine schöne Frau mich nur nimmt, weil ich Geld habe? Na gut, ich kann dich beruhigen, Marlene wird ganz sicher nicht meine Frau. Wie kommst du überhaupt auf diesen unsinnigen Gedanken? Ich hatte nie vor, sie zu heiraten, aber wie du eben richtig erkannt hast, bin ich ein Mann mit gewissen – Bedürfnissen." Wütend schüttelte er den Kopf, erhob sich und ging raschen Schrittes zur Tür. „Ich brauche frische Luft."

Lydia lächelte vor sich hin. „Sie weiß nicht, wie kühl es um diese Zeit am Strand ist. Nimm mein Cape und lege es ihr um. Sie muss völlig durchgefroren sein", rief sie ihm nach.

Er sah sie schon von weitem. Sie warf Stöcken und der Hund brachte sie ihr wieder. *Ein reizendes Bild,* dachte er. *Schade, dass ich keinen Fotoapparat dabeihabe. Oh, jetzt scheint sie mich entdeckt zu haben. Sie kommt mir geradewegs entgegen. Noch nie ist mir eine Frau begegnet, die ganz ohne Make-up so schön ist. Genau so habe ich mir die Frau vorgestellt, der ich mein Herz zu Füßen legen wollte.*

*

Trotz des Laufens fror Nora. Sicher lag das an der feuchtkühlen Luft und bestimmt auch daran, dass sie barfuß in die Wellen gelaufen war. Ihre Füße fühlten sich eiskalt an. Dennoch trug sie ihre Sneakers, in denen die zusammengeknüllten Socken steckten, in der Hand. Ihr Magen hatte bereits mehrere Male laut geknurrt, darum beschloss sie, umzukehren. Da bemerkte sie Christoph von Radomski. *Der macht tatsächlich 'nen Morgenspaziergang,* stellte sie verwundert fest. *Hätte ich nicht erwartet.* „Guten Morgen, Herr von Radomski", begrüßte sie ihn distanziert.

„Guten Morgen, Frau Baumann. Meine Mutter sorgte sich um Sie", erklärte er sein Auftauchen.

Und wieder bemerkte sie diesen sarkastischen Unterton, den er bereits am Abend zuvor angeschlagen hatte.

„Doch wie ich sehe, war das nicht nötig ... Sie zittern ja", erkannte er dann aber besorgt. „Ich habe Mutters Cape für Sie mitgebracht."

„Danke, das ist wirklich nicht nötig", lehnte sie höflich ab.

„Seien Sie nicht albern", entgegnete er und legte ihr das Cape für-sorglich um die Schultern. Dabei ließ er seine Hände länger als nötig auf ihren Schultern.

„Ich habe wohl die Zeit vergessen, aber es ist so schön hier und Elvis konnte nicht genug vom Stöckchenspiel bekommen", glaubte sich Nora entschuldigen zu müssen, dabei blickte sie strahlend auf Elvis hinunter. Der begann angesichts der Aufmerksamkeit die sie ihm schenkte, sofort zu jaulen und an ihrem Bein hochzuspringen, bis sich Nora lachend bückte und ihn liebevoll streichelte.

„Mein Gott, sind Sie schön", platzte Christoph bewundernd heraus.

Doch als Nora ihm einen überraschten Blick zuwarf, wirkte er wie ein ertappter Sünder. Vermutlich hätte er seine Worte gerne wieder zurückgenommen, wäre dies möglich. Doch auch sie war derartig offen geäußerte Komplimente nicht gewohnt. Verlegen senkte sie den Blick.

„Das war plump, entschuldigen Sie. Aber vermutlich hören Sie derartige Komplimente ja des Öfteren?"

„Nein, ich habe selten Gelegenheit, welche zu bekommen", antwortete sie lächelnd. „Lassen Sie uns zu Lydia gehen, sie macht sich sicher Sorgen um Elvis."

„Ich denke, ihre Sorge galt eher Ihnen", meinte er ernst. „Meine Mutter mag Sie, was in Anbetracht ihrer Abneigung gegenüber jungen Frauen, fast einer Auszeichnung gleichkommt."

„Wie darf ich das verstehen?"

„Dass sie sich äußerst selten, so bedingungslos auf einen Menschen einlässt. Aber langsam begreife ich, warum. Sie haben allerhand Zauberhaftes an sich." Seine Stimme hatte einen warmen Klang bekommen.

Noras Herz schlug bis zum Hals. *Nein! Das darf nicht sein.* Für derartige Gefühle war es zu spät. Sie würde bald von hier weggehen und sie hatte nicht vor, ein gebrochenes Herz mitzunehmen und zurücklassen wollte sie auch keines. „Ah, jetzt verstehe ich. Meine Anwesenheit verursacht, gelinde gesagt, eine gewisse Besorgnis bei Ihnen. Sie befürchten, ich könnte Ihrer Mutter Schaden zufügen. Deshalb also sind Sie noch nicht im Büro. Oh, Mann! Dadurch kommt womöglich Ihre Tagesplanung völlig durcheinander?", meinte sie sarkastisch. „Das tut mir aber leid. Ich kann Sie beruhigen, ich werde schneller aus Ihrem Leben verschwunden sein, als ich hineingekommen bin."

Er blieb abrupt stehen. „Wohl kaum", erklärte er, in genauso überheblichem und ablehnendem Tonfall, wie am Abend zuvor.

Nora blieb ebenfalls stehen und drehte sich nach ihm um. „Wie bitte?" Sie zog ihre rechte Augenbraue überrascht nach oben und sah ihn fragend an.

„Sie werden nicht verschwinden", erklärte er in einem Ton, der darauf schließen ließ, dass er es gewohnt war, Befehle zu geben. Vermutlich schlug er diesen in seiner Firma, jeden Tag an. „Jedenfalls nicht, bevor ich es gestatte."

Nora empfand diesen Ton mehr als unverschämt. Wen glaubte der Mann, vor sich zu haben? Eine seiner Angestellten? In Nora regte sich Widerstand. „Haben Sie etwa vor, mich einzusperren?"

Zwei steile Falten, die ihn geradezu herrisch erscheinen ließen, zeigten sich auf seiner Stirn. „Wie kommen Sie darauf?", fragte er empört.

„Na, wie wohl?"

Christophs Stirn glättete sich. Er sah sie einen Moment fragend an, dann verzog er seinen Mund zu einem schwachen Lächeln, während er unmerklich, aber verstehend den Kopf schüttelte.

„Wir geben am Abend für die engsten Freunde der Familie eine kleine Dinnerparty", sagte er und fügte erklärend hinzu: „Da Mutter Höflichkeitsbesuche, die nach ihrer langen Abwesenheit sicher nicht ausbleiben würden, für pure Zeitverschwendung hält, wird das in einem Aufwasch erledigt."

„Den Eindruck einer zielstrebigen Frau hat sie mir bereits gestern vermittelt", bemerkte Nora und lächelte ihn ebenfalls an.

„Wie schaffen Sie es bloß, so nett und gleichzeitig so ablehnend zu sein?", fragte er verwundert, räusperte sich aber sogleich, als erinnere er sich wieder daran, dass er sie nicht leiden konnte. „Wie auch immer", fuhr er wieder in arrogant klingendem Ton fort, „Mutter wäre sicher sehr enttäuscht, Sie heute Abend nicht unter ihren Gästen begrüßen zu dürfen."

„Sie möchten also, dass ich bleibe?"

„Ja!", entgegnete er herablassend. „Ich denke, das schulden Sie ihr."

In Nora, die normalerweise ein friedliebender Mensch war, begann es zu brodeln. Sie wusste, was Schuld bedeutete. In ihrem Leben musste sie für die eine oder andere bezahlen, mitunter mehr als nötig war. Darum verstand sie nicht, von welcher 'Schuld' dieser überhebliche Kerl sprach. Um Lydias Willen hätte sie gerne darauf verzichtet, ihm ihre Meinung zu sagen, dieser Satz allerdings versetzte sie dermaßen in Rage, dass sie geplatzt wäre, hätte sie diese bei sich behalten. Sie biss die Zähne zusammen, atmete einmal tief ein und langsam wieder aus, dabei zählte sie bis zehn. Das was sie ihm zu sagen hatte, wollte sie ihm ruhig sagen.

„Ich denke das nicht“, antwortete sie immer noch freundlich. „Sollten Sie aber die Übernachtung in Ihrem Haus meinen, die kann ich Ihnen gerne bezahlen. Da ich einer geregelten Arbeit nachgehe, so unglaublich das in Ihren Ohren klingen mag, besitze ich sogar ein eigenes Konto. Sagen Sie mir einfach, wie viel ich Ihnen schulde, und vergessen Sie nicht, mir Ihre Kontonummer zu geben, damit ich die entsprechende Summe überweisen kann. Damit wäre dann dieses Thema wohl erledigt.“

Er sah sie betroffen an. Eine solche Reaktion hatte er nicht erwartet. „Aber …, so war das nicht gemeint“, versuchte er, sich zu rechtfertigen.

„Nein? Wie war es denn gemeint?“

Mit einer wegwerfenden Geste wandte sie sich von ihm ab, doch während sie weiterging, sagte sie: „Ist auch egal, ich sehe jedenfalls keine Veranlassung, eine weitere Nacht in diesem Haus zu verbringen, nur um mich von Ihnen beleidigen zu lassen.“ Dann blieb sie doch noch einmal stehen und wandte sich ihm zu. „Ist Ihnen eigentlich klar, wie taktlos Sie sich mir gegenüber verhalten? Haben Sie auch nur einmal daran gedacht, dass Sie meine Gefühle verletzen könnten? Sicher nicht. Wie auch? So etwas wie Gefühle, sind für einen Mann wie Sie, doch nur banales Beiwerk zu höflicher Konversation.“

Christoph verstand nicht, was sie meinte. „Ein Mann wie ich?“

„Oh! Sollten Sie doch welche haben und können sie nur nicht zeigen?“

„Was?“

Nora schüttelte den Kopf. *Will er mich bewusst ärgern oder begreift er wirklich nicht, was ich meine?* Sie atmete noch einmal tief durch und beschloss, seine Fragen zu ignorieren. „Wie auch immer, Ihre Mutter, ist eine wunderbare Frau und Sie sollten ihr zumindest so viel Achtung entgegenbringen, ihre Entscheidungen zu respektieren. Sprachen Sie selbst gestern nicht von Respekt? Wie würde es Ihnen gefallen, würde Ihre Mutter einen Ihrer Gäste so behandeln, wie Sie mich?“

„Aber …“

„Ich gab Ihrer Mutter nicht den geringsten Anlass, mich einzuladen. Sicher säße ich längst in einem Flieger Richtung Sonne, Meer und Palmen oder wäre bereits dort gelandet, hätte ich abgelehnt."

„Ach! Und warum …"

„Warum ich die Einladung Ihrer Mutter doch annahm? So genau weiß ich das gar nicht. Lydia hat mir imponiert. Wir verstanden uns von Anfang an. Aber hätte sie ihre Einladung, als ich im Hamburger Bahnhof aussteigen wollte, nicht noch einmal wiederholt, wäre ich dort ausgestiegen. Ihre Mutter ist eine großartige Frau", schwärmte sie bewundernd und lächelte dabei. Dann nahm ihr Gesicht wieder einen ernsten Ausdruck an. „Ein guter Grund", sprach sie weiter und sah ihm dabei direkt in die Augen, „sich zu fragen, wie diese großartige Frau, einen solch ungezogenen Lümmel großziehen konnte."

„Damit meinen Sie jetzt hoffentlich nicht mich?"

„Soviel ich weiß, sind Sie der einzige Sohn Ihrer Mutter. Sie mögen mich für eine asoziale Landstreicherin halten, ich halte Sie für einen arroganten Snob, der sein schlechtes Benehmen mit einem Anzug kaschiert."

Nora beeilte sich, von ihm weg zu kommen. Sie hatte wenig Lust dabei zuzusehen, wie er aus seiner Haut fuhr.

„Warten Sie!", rief er hinter ihr her. „Einen ungezogenen Lümmel und arroganten Snob nennen Sie mich?"

„Worte, von denen ich annehme, dass Sie sie verstehen. Ich hätte auch andere wählen können. Zum Beispiel …"

„Wer gibt Ihnen das Recht", unterbrach er sie, „so mit mir zu sprechen?"

„Ich nehme es mir einfach, und wenn Sie möchten, dass ich einen weiteren Tag bleibe, werden Sie Ihrer Mutter und selbstverständlich auch mir, den nötigen Respekt entgegenbringen", erklärte sie gönnerhaft lächelnd.

„In Ordnung", presste er durch die Zähne.

Nora nickte. Irgendwie schien er nicht wirklich sauer zu sein. Im Gegenteil, ihr kam es eher so vor, als versuche er, sich das Lachen zu verbeißen. Aber darauf wollte sie jetzt nicht näher eingehen. „Na gut. Dann geh ich jetzt mal zurück zu Lydia. Die Seeluft hat meinen Appetit angeregt. Übrigens, Lydia möchte später mit mir gemeinsam nach Stralsund fahren. Zum Shoppen", erklärte sie.

„Ich kann Sie fahren", versuchte er, einzulenken.

„Wie bitte?", fragte sie überrascht. „Wir wollen es doch nicht gleich übertreiben mit der Freundlichkeit. Wie käme ich dazu, Sie von Ihrer Arbeit abzuhalten?"

„Also dann ...", erwiderte er kühl und ging an ihr vorbei, „wir sehen uns am Abend."

Sie betrat das Haus gleich nach Christoph. Bevor er ins obere Stockwerk lief, drehte er sich noch mal um und strahlte sie entwaffnend an. „Man sieht sich."

Nora tat so, als hätte sie es weder gesehen noch gehört. Sie bückte sich, ließ Elvis von der Leine und ging ins Speisezimmer, wo ein kleines Wollknäuel japsenden und aufgeregt mit dem Schwänzchen wedelnd an Lydias Beinen hing.

Lydia sah ihr erfreut entgegen. „Nora, ich machte mir schon Sorgen."

„Entschuldigung, wir vergaßen die Zeit beim Stöckchenspiel."

„Sie sehen auch schon viel besser aus, die Seeluft tut Ihnen gut. Hat Ihnen richtig Farbe aufs Gesicht gezaubert. Das freut mich. Jetzt müssen Sie aber tüchtig frühstücken. Danach gehen wir dann einkaufen."

Nora musste in sich hineinlächeln, während Lydia bei Ines ein reichhaltiges Frühstück für sie bestellte. Sie würde Christophs verdatterten Blick, während ihrer Zurechtweisung, wohl nie mehr vergessen.

„Sie sehen so zufrieden aus", riss Lydia sie aus ihren Gedanken. „Wie eine Katze, die Rahm geschleckt hat. Fehlt nur noch, dass Sie sich mit der Zunge genussvoll über die Lippen lecken. Haben Sie meinem Sohn die Meinung gesagt?"

„Wie bitte?", fragte Nora nach einer Weile. Sie hatte nicht verstanden, was Lydia zu ihr gesagt hatte, aber es schien nicht wichtig gewesen zu sein, sonst hätte sie es sicher wiederholt. *Frank!* Bei diesem Gedanken, der sie plötzlich wie ein Blitz traf, krampften sich ihre Magenmuskeln zusammen und das Lächeln verschwand von ihrem Gesicht. *Oh Gott, was ist mit den Kindern? Was habe ich nur getan?* „Ich würde gerne vorher telefonieren, wenn ich darf."

„Aber natürlich gehen Sie einfach in mein Arbeitszimmer. Ines führt Sie hin." Lydia gab Ines ein entsprechendes Zeichen.

*

Noch während sie ihre eigene Nummer wählte, überlegte sie, was sie Frank sagen sollte.

„Baumann", meldete sich Franks erregte Stimme.

Er scheint ziemlich aufgeregt zu sein, dachte Nora. *Sicher erwartet er einen Anruf des Krankenhauses. Oder ... hatte er etwa bereits die Polizei eingeschaltet?* „Frank, ich bin's."

„Nora, mein Gott, wo steckst du?", rief er viel zu laut in den Hörer. „Ich bin fast wahnsinnig vor Angst."

Noras Magen krampfte sich erneut zusammen. „Frank tut mir leid", antwortete sie kleinlaut, „ich musste einfach gehen."

„Du musstest gehen? Wie konntest du mir das antun?", fragte er vorwurfsvoll. „Wenigstens an die Kinder hättest du denken müssen."

„Versteh doch", bat sie gequält.

„Was gibt es da bitteschön zu verstehen? Das ganze Krankenhaus stand gestern Abend Kopf. Kannst du dir überhaupt vorstellen, was du mit dieser Aktion ausgelöst hast?"

„Darüber habe ich nicht nachgedacht."

„Hm", lachte er auf.

„Frank, ich werde mich nicht operieren lassen. Es gibt noch so vieles zu sehen, ich möchte das bei klarem Verstand tun."

„Bei klarem Verstand?", fragte er fassungslos. „Den scheinst du doch gestern schon verloren zu haben", meinte er unwillkürlich, bevor er einlenkend fragte: „Wie lange, Nora, wird dein Verstand noch klar sein, wenn du dich nicht operieren lässt?"

„Ich weiß es nicht. Ab sofort lebe ich nur noch für den Augenblick."

„Wo bist du?", fragte er, ohne auf ihre Erklärung einzugehen.

Nora konnte ihn regelrecht vor sich sehen, wie er bereits nach dem Autoschlüssel griff. Sie wollte auf jeden Fall vermeiden, dass er hierherkam, aber sie konnte ihn nicht belügen. „In der Nähe von Stralsund, in einem wunderschönen Haus, direkt am Strand."

„Ich hol dich ab."

„Nein, das wirst du nicht!" Nora erschrak über ihre heftige Reaktion ebenso, wie über seine Worte, die wie eine Drohung in ihren Ohren nachklangen. Aber was hatte sie erwartet? Sie hielt einen Moment inne, um dann ruhig hinzufügen: „Tu einmal das, worum ich dich bitte, ohne lange mit mir darüber zu diskutieren."

„Nora, verdammt noch mal, du bist krank, ernsthaft krank", schrie er ins Telefon. „Das ist kein Schnupfen, den man in wenigen Tagen auskuriert."

„Beruhige dich bitte, sonst lege ich auf."

„Na klar, jetzt kannst du mir zeigen, wer am längeren Hebel sitzt. War's das? Wolltest du mir endlich klar machen, wer das Sagen hat?", fragte er nun verzweifelt.

„Das muss ich nicht", sagte sie ruhig.

„Nein! Das musst du nicht, du hattest es ja schon immer."

„Oh nein!" Nora ahnte sofort, an was er dachte. „Ich weiß nicht, was dich dazu veranlasst, jetzt die alten Geschichten herauszukramen. Wir sind beide Kompromisse eingegangen, lassen wir es dabei. Solltest du dich allerdings jemals ausgenutzt gefühlt haben, täte mir das leid, denn das wollte ich nie."

Es blieb eine Weile still zwischen ihnen.

„Frank, egal welche Schwierigkeiten wir eine Zeitlang in unserer Ehe hatten, auf deine Liebe konnte ich mich immer verlassen. Deine Liebe war es, die mir für all das, was ich in meinem Leben erreichte, die nötige Kraft gab. Entziehe sie mir jetzt nicht. Nicht jetzt, wo ich sie brauche, wie nie zuvor. Bitte Frank, ich weiß, dass du Angst um mich hast. Ich weiß was ich dir zumute. Aber ich bitte dich, versuch doch wenigstens, mich zu verstehen."

„Was erwartest du?", fragte er gequält.

„Gib mir Zeit. Zeit für mich", flehte sie ihn an.

„Du hast keine Zeit, du hast dich gegen die Zeit entschieden, als du dich gegen die Operation entschieden hast. Vor dieser Krankheit kannst du nicht weglaufen. Und darum komme ich fast um, vor Sorge um dich."

„Frank, du …"

„Nein!", unterbrach er sie heftig. „Das ist doch alles Quatsch. Komm bitte zurück. Nora, du musst dich operieren lassen, sonst …"

„Frank, Frank, beruhige dich", unterbrach sie nun ihn. „Du warst doch bei dem Gespräch mit dem Arzt dabei, hast mit eigenen Ohren gehört, was er gesagt hat. Überlasse diese letzte Entscheidung mir, denn nur ich, kann sie treffen. Weil es nur mich etwas angeht. Verstehst du? Es geht um mein Leben. Es ist weder deines noch das der Kinder. Es gehört mir."

„Aber …", fiel er ihr erneut ins Wort.

„Ich wollte euch nicht verlassen, nein, ganz bestimmt nicht – nie im Leben", sprach sie weiter. „Dieses Ding in meinem Kopf zwingt mich dazu und ihr müsst mich gehen lassen. Frank. Den Weg, den ich jetzt gehe, muss ich allein gehen, so oder so. Vielleicht war die Entscheidung falsch, aber es war eine Entscheidung, die ich für mich getroffen habe. Verstehst du, Frank? Solange ich über mich bestimmen kann, möchte ich das auch tun. Verlange nicht von mir zurückzukommen. Zurzeit wohne ich bei Lydia von Radomski, einer überaus freundlichen, älteren Dame, die ich im Zug kennengelernt habe. Aber ich werde wohl in den nächsten Tagen auf irgendeine Insel fliegen, also suche mich nicht. Ich melde mich regelmäßig bei dir, das verspreche ich."

„Was soll ich den Kindern sagen?", fragte er resigniert.

Nora spürte am Klang seiner Stimme, dass er sich mit der Situation arrangierte. „Sag ihnen, ich hätte mich entschlossen, in das Sanatorium eines mir bekannten Arztes zu gehen. Weil ich mir noch eine zweite Meinung anhören wollte."

Er nickte. „Also gut, du sollst deine Zeit haben. Mir sind ja sowieso die Hände gebunden. Aber bitte, denke bei jeder Entscheidung, die du triffst, auch daran, dass wir dich lieben – dass ich dich liebe. Nora, mehr als mein eigenes Leben. Wäre es mir möglich, ich würde dir diese Krankheit abnehmen. "

„Ich weiß, Frank. Sei unbesorgt, alles wird gut." *Ja, alles wird gut*, dachte sie ironisch und hätte am liebsten laut gelacht.

„Das sagst du immer."

„Und? Habe ich nicht immer rechtbehalten?"

„Doch. Aber manchmal kam es anders, als wir es erwartet hatten."

„Aber es war wieder gut. Es wird auch diesmal wieder gut. Deine Zukunft wird gut, mit mir oder ohne mich."

„Nora, komm doch bitte zurück", machte er einen letzten verzweifelten Versuch, sie doch noch umzustimmen. „Ich möchte dir helfen."

„Das kannst du nicht."

„Ich habe Angst um dich."

„Frank bitte. Was erwartest du von mir, dass ich ein Wunder geschehen lasse? Ich bin nicht Gott. Ich melde mich wieder."

„Vergiss es nicht", bat er bedrückt.

„Nein, ich verspreche es", antwortete sie, einerseits erleichtert, andrerseits geplagt von Gewissensbissen. *Verhalte ich mich unverantwortlich egoistisch?* Schnell, um nichts mehr sagen zu müssen, legte sie auf, starrte das Telefon jedoch noch eine ganze Zeit geistesabwesend an, bevor ihr Körper von bitterlichem Schluchzen geschüttelt wurde und Tränen über ihre Wangen liefen. *Warum muss dieses Ungeheuer in meinem Kopf wachsen? Ist das in meinem Lebensplan so vorgesehen? Oder handelt es sich nur um eine Möglichkeit von vielen, mein Leben zu beenden? Warum ausgerechnet diese? Gott, lass mich sterben, jetzt sofort. Mach schon! Früher oder später muss ich es ja doch. Warum also nicht gleich? Aber bitte, mach es sanft, lass mich einschlafen und nie mehr aufwachen. Oh Gott! Lass mich nicht allein.*

Als Lydia nach mehrmaligem Klopfen das Büro betrat, lag Nora noch immer schluchzend, den Kopf über ihre Arme gebeugt, vor dem Telefon. Vorsichtig legte sie ihre Hand auf deren Schulter.

Nora zuckte zusammen, sah sich um und blickte geradewegs in Lydias sanfte Augen.

„Welch großen Kummer tragen Sie nur mit sich herum, Kindchen? Möchten Sie es mir nicht sagen? Ich bin eine gute Zuhörerin und manchmal findet sich eine Lösung, wo man sie nie vermutet hätte."

Nora wischte sich die Tränen vom Gesicht, nahm nickend das Papiertaschentuch an, welches Lydia aus einer Schublade des Schreibtisches herausgenommen hatte und putzte sich die Nase.

„Danke. Es geht schon wieder. Bitte haben Sie Verständnis, wenn ich jetzt nicht darüber spreche."

Lydia blickte sich suchend um, als fände sie an einem Gegenstand dieses Zimmers die passende Antwort, um Ihren Gast aufzumuntern. „Bedanken Sie sich nicht. Meine Gründe, Sie einzuladen, entstanden aus rein egoistischen Motiven. Ich wollte Sie einfach noch ein wenig um mich haben. Bleib einfach hier, solange du willst." Wie selbstverständlich schien ihr das DU über die Lippen gekommen zu sein und nun bot sie es auch Nora an.

„So und jetzt ist Schluss mit diesem sentimentalen Gerede, wir gehen einkaufen. Wasch dir das Gesicht, mein Kind, dann fahren wir los."

*

Gott sei Dank, dachte Frank, als er den Hörer auflegte. *Es geht ihr anscheinend gut. Wo, sagte sie noch, hält sie sich auf? Stralsund, in der Nähe von Stralsund, bei einer Frau Ross..., Rodaski, nein Radomski, Lydia Radomski. Da ist es doch sicher ein Leichtes, herauszubekommen, wo genau sie sich aufhält. Wie kam sie bloß auf diese Wahnsinnsidee, sich nicht operieren zu lassen. Das ist doch Selbstmord. Aber irgendwie versteh ich sie auch. Niemand kann sagen, was für ein Leben sie nach der Operation erwartet. Ich muss ihre Entscheidung respektieren. Sie wird sich melden, wenn es ihr schlechter geht, und sollte sie mich an ihrer Seite haben wollen, werde ich für sie da sein. „Glioblastom! Ein Todesurteil ohne Chance auf Revision und Aufhebung."* Die unnötig geäußerten Worte des Arztes hallten immer noch in seinen Ohren: *„Ihre Frau ist noch jung, die Wahrscheinlichkeit an einem Glioblastom zu erkranken, wächst mit zunehmendem Alter. Bei Frauen tritt es zudem seltener auf, als bei Männern."* Das hat sich *angehört, als wäre es ein wahrer Glücksfall, einen abgekriegt zu haben.* „Ärzte!", sagte er verächtlich vor sich hin und dachte, *vielleicht sollte ich mal im Internet nach so genannten Wunderheilern suchen.*

*

„Christophs Chauffeur steht uns den ganzen Tag zur Verfügung", erklärte Lydia fröhlich, während sie neben Nora im Fond des Wagens saß.

In Stralsund angekommen, steuerte Lydia geradewegs auf ein Wäschegeschäft zu.

Anschließend bestand Nora darauf, ein Modegeschäft aufzusuchen, in dem sie schwarze Jeans, einige T-Shirts und einen leichten Pulli erstand. In einem Sportgeschäft kaufte sie eine wetterfeste Jacke mit Kapuze und einen Jogginganzug, um am Strand laufen zu können. *Wenn nicht an diesem, dann an einem anderen.*

Als sie an einer Drogerie vorbeikamen, erklärte Lydia, sie benötige dringend eine neue Tagescreme. „Eine gute Gelegenheit für dich, dir das Wichtigste zu besorgen."

„Aber ich schminke mich nur selten", entgegnete Nora.

„Das hast du auch gar nicht nötig, aber eine gute Creme braucht jede Frau und es schadet auch nicht, am Abend ein wenig Make-up aufzulegen. Na, komm schon."

Nora erstand Creme und diverse Schminkutensilien.

„So, nun musst du noch ein Kleid für heute Abend kaufen. Wir werden in das Geschäft der Frau gehen, die sich meinem Sohn förmlich an den Hals wirft, weil sie sich sein Vermögen krallen will", schlug Lydia mit einem winzigen boshaften Unterton in der Stimme vor. „Sie ist eine raffinierte Opportunistin, aber ich muss zugeben, sie hat einige sehr schöne Stücke in ihrem Geschäft", fügte sie erklärend hinzu, als sie vor einer Boutique mit exklusiven Modellen im Schaufenster, stehen blieb.

Nora warf einen Blick auf die spärlichen Auslagen. Als sie kein einziges Preisschildchen entdecken konnte, erklärte sie: „Lydia, ich fürchte, ich kann es mir nicht leisten hier einzukaufen." Sie wollte schon weitergehen, als Lydia sie festhielt.

„Komm schon, schau dich wenigstens mal um", bat sie schelmisch blinzelnd. „Du würdest mir einen persönlichen Gefallen damit tun. Ich möchte so verdammt gerne wissen, wie die feine Dame auf dich reagiert."

Nora ahnte, was in Lydia vorging und warf ihr einen tadelnden Blick zu.

„Bitte!", flehte sie grinsend. Und als Nora kopfschüttelnd lächelte, schob Lydia sie auch schon durch die Tür.

„Frau von Radomski, welch unverhoffter Besuch. Was kann ich für Sie tun?", säuselte die dunkelhaarige Schönheit süffisant, kaum dass sie die Boutique betreten hatten.

„Marlene, meine Liebe, ich hatte nicht erwartet, Sie heute hier anzutreffen."

„So?", fragte die junge Frau irritiert.

„Ich nahm an, Ihr Tag wäre hinsichtlich der Party am Abend mit Terminen bei Frisör und Schönheitssalon ausgebucht. Na ja, dann muss es eben so gehen", sagte sie zuckersüß, während sie ihren Blick geradezu provokant sorgenvoll über deren Haare und Gesicht gleiten ließ. „Ach", wandte sie sich an Nora, „darf ich dich mit Marlene Brunner bekannt machen. Sie ist eine Freundin meines Sohnes."

Marlene zeigte ansatzweise ein herablassendes Lächeln und nickte grüßend. „Und wer ist ... "

„Oh, entschuldigen Sie", Lydia tat so, als hätte sie vergessen, Nora vorzustellen. Tatsächlich wollte sie nur Marlenes Neugier anstacheln, „das ist meine Freundin, Nora Baumann. Sie verbringt einige Tage ihres Urlaubs in unserem Haus."

Ist das die Frau, die ich im Zug als gute Fee bezeichnet habe? Nora entdeckte ungeahnte Tiefen in Lydias Seele. Tiefen, die sie lieber nicht näher kennenlernen wollte. Wüsste sie nichts von Lydias Abneigung gegen Frau Brunner und die Gründe, die dazu geführt hatten, würde sie die Freundin im Moment eher als hinterlistige Hexe bezeichnen.

„Frau Baumann sucht noch etwas Passendes für den heutigen Abend", sprach Lydia weiter.

„Ein Kleid für heute Abend?" Abschätzend sah sie an Nora herunter und kam anscheinend, zumindest konnte man das ihrem Gesichtsausdruck entnehmen, sofort zu dem Schluss, dass die leger gekleidete Frau weder Stil, noch Geschmack besaß.

„Ich werde Ihnen einiges zeigen. Größe sechsunddreißig nehme ich an?" Marlene griff nach einem grünen Satinmodell und einem orangefarbenen Moirekleid.

Lydia schien jedoch sofort deren Absicht zu durchschauen. „Wir möchten keine Ladenhüter sehen. Sie haben doch sicher auch etwas Eleganteres", erklärte sie jetzt unfreundlich.

Doch Nora benötigte Lydias Hilfe nicht. Sie steuerte bereits auf einen etwas höherstehenden Kleiderständer zu. „Das würde ich gerne anprobieren", bat sie freundlich und deutete auf ein schlichtes schwarzes Cocktailkleid.

Schon während des bisherigen Einkaufs konnte Lydia Noras ausgezeichneten Geschmack bewundern.

„Das? Selbstverständlich", erklärte Marlene lustlos, nahm dennoch das Kleid herunter und hängte es in eine der Kabinen.

Nora probierte es an und sah bezaubernd darin aus.

Lydia jauchzte begeistert. „Das ist es. Genau dieses Kleid musst du heute Abend tragen."

„Meinst du?" Nora verschwand erneut in der Kabine, zog es wieder aus und suchte nach dem Etikett. Als sie den Preis darauf sah, hängte sie es schockiert wieder auf den Bügel. *Wow! Ich hätte drauf schauen sollen, bevor ich es anprobierte. Was soll's, sicher finde ich ein anderes.*

„Weshalb willst du dieses nicht nehmen?", fragte Lydia, als Nora es mit der Begründung, sich erst noch mal umsehen zu wollen, an Marlene reichte

„Lydia", flüsterte sie, nachdem Marlene sich entfernt hatte, „das kann ich mir unmöglich leisten. Dafür krieg ich ein Flugticket nach Australien. Ich finde ein anderes, eins das mir mindestens ebenfalls so gut steht, aber nur halb so viel kostet."

Sie wählte eines, das dem anderen sehr ähnelte und ihre zarte Figur ebenso wunderbar zur Geltung brachte. Da es aus Baumwolle gefertigt und nicht wie das andere aus Seide, kostete es entschieden weniger. Es schien ihr zwar immer noch zu teuer für einen einzigen Abend, aber wegen des zeitlosen Schnittes, dachte sie, dass Lena es vielleicht eines Tages einmal tragen könnte. „Das nehme ich", entschied sie, nachdem sie sich im Spiegel begutachtet hatte.

Befriedigt in sich hinein lächelnd, hängte Marlene das teurere Model wieder auf den Ständer und legte das Kleid, das Nora kaufen wollte auf den Tresen.

Nachdem Nora mit ihrer Kreditkarte bezahlt hatte, sah sie sich nach Lydia um.

„Könntest du mal kurz zu mir kommen, Nora? Was hältst du von diesem Kostüm?"

Erstaunt, dass Lydia den Erwerb eines Kleidungsstückes dieser Farbe überhaupt in Erwägung zog, wusste Nora zunächst nicht, was sie sagen sollte. „Es, es …", stammelte sie, „es ist sehr grün."

„Ja, das ist es. Du hast recht, es würde mich nicht nur schlecht kleiden, es würde mich im Gesicht ebenso grün erscheinen lassen." Angewidert hängte sie es zurück. „Es wird Zeit, Nora. Kommst du?"

Nora griff nach der Tragetasche, die ihr Marlenes Verkäuferin reichte. Marlene selbst geleitete die Damen an die Tür. Obwohl diese ihr während des Einkaufs mit offener Abneigung begegnet war, verabschiedete sie sich ausgesprochen freundlich und süfisant lächelnd von ihr. „Wir sehen uns dann heute Abend", erklärte sie in einem Ton, der wie eine Kampfansage klang.

Lydia nahm Noras Tasche und reichte sie weiter an Karl, der vor der Tür gewartet hatte. Fröhlich und ausgelassen wie ein junges Mädchen, hakte sich Lydia bei Nora unter und zog sie weiter. „Ich kenne hier ganz in der Nähe ein gemütliches Lokal, lass uns dort eine Kleinigkeit essen. Anschließend besorgen wir dann noch passende Pumps für dich. Du kannst ja wohl schlecht diese …, wie sagtest du noch, heißen die Dinger?"

„Sneakers."

„Genau, diese Sneakers zu einem eleganten Kleid tragen."

„Stimmt, die wären ziemlich unpassend – allerdings entschieden bequemer."

„Gegen sieben erscheinen die ersten Gäste und ich möchte, dass wir beide auf meiner Party die Schönsten sind. Ich, damit diese alten Schachteln über mein erholtes Aussehen grün werden vor Neid und du, damit deren blasierte Töchter endlich erkennen, dass sie keine Chance bei Christoph haben, solange eine derart bezaubernde junge Frau bei uns wohnt. Entschuldige, aber ich will einfach mit dir angeben, Kindchen."

Nora lächelte. „Lydia, Lydia, ich bin froh, dass ich nicht in die Abgründe deiner Seele blicken kann. Natürlich fühle ich mich geehrt, und dass du annimmst, du könntest mit mir angeben, das ist …", skeptisch zog sie die Schultern hoch, „ich fürchte nur, das wird deinen Sohn nicht sonderlich beeindrucken und deine Gäste werden sehr schnell dahinterkommen, dass er mich nicht ausstehen kann."

Lydia gab ihr darauf keine Antwort.

Was hast du vor, fragte Nora in Gedanken. *Dieses Lächeln kommt mir mittlerweile vor, wie das warnende Licht eines Leuchtturms. Soll ich sie fragen? Nein, besser nicht.*

*

Marlene kochte vor Wut. Sie hatte in dieser Fremden sofort die Rivalin erkannt. Nicht weil sie gut aussah, mit schönen Frauen hatte sie es täglich zu tun, sondern weil Lydia sie zu mögen schien. Das hatte sie selbst trotz wiederholter, wohldurchdachter Annäherungsversuche noch nicht geschafft. Hatte sie zunächst in dieser Nora lediglich ein kleines Problem gesehen, das sie einfach beseitigen konnte, musste sie sich nun eingestehen, dass ihr kleiner Plan, diese unmögliche Person als graues Mäuschen dastehen zu lassen, von Christophs Mutter gründlich vereitelt worden war. Das Schlimmste aber war, sie hatte nichts dagegen tun können. Und wenn sie es sich nicht völlig mit Christophs Mutter verscherzen wollte, blieb ihr wohl nichts anderes übrig, als freundlich zu dieser Person zu sein.

Das mit dem schwarzen Abendkleid war allerdings der absolute Oberhammer. Was nur hat diese dämliche Landpomeranze an sich ...? „Nein, nein, nein!", keifte sie und schlug mit der flachen Hand auf den Schreibtisch. *Was soll's, ich will schließlich nicht die Alte heiraten, und wenn ich erst Christophs Frau bin, werde ich dafür sorgen, dass er die alte Hexe in ein Seniorenheim abschiebt. Jedenfalls werde ich mich durch diesen Zwischenfall nicht davon abhalten lassen, Christoph an diesem Abend endlich zu einer offiziellen Kundgebung zu zwingen. Ganz nebenbei werde ich in diversen Unterhaltungen einen Hinweis auf unsere anstehende Verlobung einfließen lassen. Dann kann er gar nicht anders.*

Marlene verzog ihre Lippen zu einem hinterlistigen Lächeln. Um in Erfahrung zu bringen, was Christoph von dieser Nora hielt und notfalls dafür zu sorgen, dass es nicht allzu viel war, konnte sie es sich nicht verkneifen, nach dem Telefon zu greifen, um bei Christoph anzurufen. „Wer ist diese Frau, mit der deine Mutter heute unterwegs ist?", keifte sie durchs Telefon.

„Ein Gast unseres Hauses. Moment mal, waren die beiden etwa in deinem Geschäft? Ha! Meine Mutter ist unmöglich. Sie kann's einfach nicht lassen. Aber ich hätte mir denken können, dass sie so etwas vorhat."

„Sie behandelte diese Frau, als wäre sie ihre Tochter – ihre Schwiegertochter. Was hat sie im Sinn? Will sie dich etwa mit dieser Landpomeranze verkuppeln?", fragte sie listig.

„Marlene!", empörte er sich. „Wie kannst du meiner Mutter eine dermaßen lächerliche Absicht unterstellen?"

„Liebling, sei nicht böse", gurrte sie einschmeichelnd. „Du kannst dir nicht vorstellen, wie sich diese Person aufgeführt hat. Es wird ihr doch nicht gelingen, sich auch bei dir einzuschmeicheln?"

„Du hast keinen Grund, dir darüber Gedanken zu machen. Nora ist nur noch heute, vielleicht auch noch morgen hier, dann wird sie unser Haus verlassen. Du kennst doch meine Mutter. Sie glaubte diese junge Dame, warum auch immer, unter ihre Fittiche nehmen zu müssen."

„Na, wenn es nur das ist, dann soll sie ihren Spaß haben und mir soll's recht sein. Trotzdem werde ich das Gefühl nicht los, dass deine Mutter etwas ganz Bestimmtes im Schilde führt. Stell dir nur vor, sie kaufte ihr eines meiner teuersten Modelle. Ein treuherziger Augenaufschlag nach einem Blick auf das Preisschild genügte. Wenn du dieses Weibsstück nicht loswirst, wird sie deine Mutter ausnehmen wie eine Weihnachtsgans."

„Das werde ich zu verhindern wissen. Marlene, ich habe zu tun. Lass uns heute Abend weitersprechen."

So, nun konnte er sich seine eigenen Gedanken machen. Natürlich hätte sie ihm auch von dem Kleid erzählen können, das Nora kaufen wollte, oder von der Anweisung, die Lydia ihrer Verkäuferin gegeben hatte. Sie erzählte ihm auch nicht, wie geschickt die beiden vorgegangen waren, um die Kleider auszutauschen. Und nichts davon, wie geschickt Lydia vorgegangen war, als sie, um die höheren Kosten abzudecken, heimlich ihre Kreditkarte über den Tresen geschoben hatte.

Sie würde jedenfalls, sollte es nötig sein, den Kampf mit dieser Dame aufnehmen. Auf gar keinen Fall würde sie es zulassen, dass ihr diese Landpomeranze ihren Goldfisch vor der Nase wegschnappte.

Lydia bat Karl, die Tüte in der sich Noras Kleid befand, gleich an Ines weiterzugeben, mit dem Auftrag, es sorgfältig aufzubügeln.

„Du gehst jetzt auf dein Zimmer und ruhst dich noch eine Stunde aus", befahl sie liebevoll. „Du wirkst erschöpft. Sind deine Kopfschmerzen immer noch nicht weg?"

„Kopfschmerzen? Es geht mir gut, ich bin nur ein wenig müde", antwortete sie.

„Am besten du nimmst ein Bad, bevor du dich niederlegst, das wird dir guttun. Und wenn du dich erholt hast, mach dich in aller Ruhe hübsch."

Nora nickte. Sie hatte bereits die unterste Stufe betreten, als sie sich noch mal an Lydia wandte. „Danke Lydia, zum ersten Mal seit Jahren hatte ich richtig Spaß beim Einkaufen. Du kannst dir nicht vorstellen, was es mir bedeutet hat, diesen Tag auf so angenehme Weise verbringen zu können."

„Was es mir bedeutet hat, kannst du nicht ermessen. Ich habe dir zu danken", erwiderte Lydia lächelnd.

Fröhlich, immer zwei Stufen auf einmal nehmend, lief Nora nach oben. Lange hatte sie sich nicht mehr so wohl gefühlt. Schade, dass sie dieses Fleckchen Erde morgen verlassen musste. *Christoph!* Ein kurzer, heftiger Stich bohrte sich in ihren Magen. *Ach Christoph, warum verhältst du dich so ablehnend zu mir? Was habe ich dir denn getan? Andererseits, was erwarte ich? Morgen verschwinde ich ja sowieso, dann muss ich nicht mehr darüber nachdenken.* Einmal tief einatmend betrat sie das Bad. *Lydia hat sicher recht, ein Bad wird mir guttun.* Sie ließ Wasser in die Badewanne laufen, ging wieder nach nebenan ins Schlafzimmer und entkleidete sich langsam, während sich die Wanne mit heißem Wasser füllte.

Bald darauf räkelte sie sich in der Wanne. Dank der Medikamente plagten sie auch keine Kopfschmerzen. Aber tagsüber traten die ohnehin selten auf und wenn, hörten sie mitunter spontan wieder auf. Nora ahnte, dass es sich dabei um die vielbesagte Ruhe vor dem Sturm handelte. Sie konnte nur hoffen, dass die Schmerzen sie nicht ausgerechnet während der Party überfallen würden. *Nein, denk nicht mal darüber nach. Sie werden erst in der Nacht auftreten.* Nora schloss noch einmal die Augen. Genau in diesem Moment klopfte jemand an die Badezimmertür.

„Frau Baumann, ich hänge Ihr Kleid an den Schrank", rief Ines durch die Tür.

„Danke, Ines."

Als sie aus der Wanne stieg und in ihren Bademantel schlüpfte, fühlte sie wohlige Müdigkeit in sich aufsteigen. Auch das stellte seit geraumer Zeit ein Problem für sie dar, diese ständige Müdigkeit, die zum Teil sicherlich den Tabletten zuzuschreiben war. Eine Stunde Schlaf würde ihr bestimmt guttun und ihr die nötige Energie verschaffen, um den heutigen Abend zu überstehen. Wie eine Katze rollte sie sich auf dem Bett zusammen und keine fünf Minuten später, war sie tief und fest eingeschlafen.

Etwa zweieinhalb Stunden später wachte sie ausgeruht wieder auf. Ein Blick auf die Uhr sagte ihr, dass sie nicht mehr allzu viel Zeit hatte, sich anzukleiden und ein leichtes Make-up aufzulegen. Beflügelt von dem Gedanken an einen fröhlichen Abend in angenehmer Gesellschaft schwang sie die Beine aus dem Bett und erhob sich rasch. Doch plötzlich wurde ihr schwindelig. Sie taumelte und setzte sich sogleich wieder auf den Rand des Bettes. *Damit werde ich in nächster Zeit wahrscheinlich immer öfter rechnen müssen. Da kann ich nur hoffen, dass mich diese „Unpässlichkeit" nicht in unangenehme Situationen bringt.* „Ha!", lachte sie auf und schüttelte den Kopf, als sie diesen Gedanken vertiefte. „Und wenn schon", murmelte sie leise vor sich hin. *Was kann mir noch geschehen?*

Nachdem sie ein paar Mal durchgeatmet hatte, erhob sie sich und ging zum Frisiertisch.

Da sie Lydia nicht enttäuschen wollte, legte sie nicht nur ein leichtes Make-up auf, sondern knetete sogar etwas von dem Gel in ihre widerspenstigen Locken, was diesen einen feinen Glanz verlieh. Es war nicht einfach, sie hinter die Ohren zu streichen, aber sie wollte an diesem Abend besonders elegant aussehen. Außerdem brachte diese Frisur ihre wunderbaren Perlenohrringe, die sie während ihres Krankenhausaufenthalts im Geldbeutel verstaut hatte, besonders gut zur Geltung. Letztendlich betrachtete sie sich zufrieden im Spiegel. *Noch kann mir niemand die Krankheit ansehen. Mein Gott, ich grüble hier und die Zeit läuft mir davon,* bemerkte sie nach einem Blick auf die Uhr und erhob sich, um ihr Kleid überzuziehen.

Noras Mund öffnete sich vor Schreck und es dauerte eine ganze Weile, bis sie ihn wieder schließen konnte. Bei dem Kleid, das hier am Schrank hing, handelte es sich nicht um das, welches sie gekauft hatte. *Wie konnte das passieren? Ich habe der Kassiererin doch das richtige Kleid auf den Tresen gelegt. Oder hatte ich einen Aussetzer und verblöde langsam? Nein!* Sie wusste genau, welches Kleid sie gekauft und für welchen Betrag sie unterschrieben hatte. *Was mache ich jetzt? Wenn ich das anziehe, kann ich es nicht mehr zurückgeben. Aber ein anderes habe ich nicht.*

Ihre Gedanken wurden durch kräftiges Klopfen unterbrochen.

Lydia öffnete die Tür einen Spalt weit und streckte zunächst ihren Kopf herein, bevor sie die Tür ganz aufriss und empört rief: „Aber Kindchen, du bist ja noch gar nicht fertig."

„Ich kann nicht. Die Verkäuferin hat mir das falsche Kleid eingepackt."

„Nein, das ist schon das richtige Kleid", klärte Lydia sie beruhigend auf. „Ich habe das eingefädelt."

„Du?"

„Dieses Kleid gefiel dir doch viel besser als das andere", bemerkte sie wissend und fügte lobend hinzu: „Du hast übrigens einen ausgezeichneten Geschmack."

„Aber du …"

„Als ich sah", unterbrach Lydia ihren Einwurf, „wie bezaubernd du darin aussahst, konnte ich einfach nicht widerstehen. Bitte nimm es als Geschenk von mir an."

„Auf keinen Fall", lehnte sie energisch ab. „Das Kleid ist viel zu teuer, ich kann das unmöglich annehmen."

Lydia legte ihre Hand auf Noras Schulter. „Ich hätte wissen müssen, dass du so reagierst", sagte sie bedauernd. „Tut mir leid. Ich hatte kein Recht, dich zu überrumpeln."

„Nein, das hattest du wahrlich nicht", entgegnete Nora ernst. „Tja, da ich nun nichts Passendes anzuziehen habe …"

„Ich hab's kapiert. Aber nun Schluss mit der Zickerei, zieh es endlich an", befahl sie liebevoll. „Schließlich", gab sie ihr zu bedenken, „ist es doch meine Schuld, dass du so ein Kleid überhaupt brauchst. Außerdem möchte ich, dass diese Marlene platzt vor Neid. Jetzt mehr denn je. Dieses missratene Miststück rief gleich, nachdem wir das Geschäft verlassen hatten, bei Christoph an und erzählte ihm brühwarm von dem Kauf. Allerdings stellte sie es so dar, als hättest du es darauf abgesehen, mich auszunehmen. Solches Benehmen werde ich nicht dulden."

„Oh Gott, ist das peinlich. Unter diesen Umständen …"

„Ich habe die Geschichte natürlich richtiggestellt. Also mach schon, du wirst heute Abend alle Frauen in den Schatten stellen, mich eingeschlossen – und das will was heißen." Sie blinzelte ihr noch einmal fröhlich zu, bevor sie die Tür hinter sich schloss. „Beeile dich, ich denke, die ersten Gäste sind eingetroffen."

Was jetzt, fragte sich Nora. Sie atmete einmal tief durch, dann zog sie das Kleid an.

Der Hausherr und die Gastgeberin standen an der Tür und begrüßten die eintreffenden Gäste, als Christoph seinen Blick wie zufällig zur Treppe lenkte. Gerade, als sie die erste Stufe betrat, trafen sich ihre Blicke. Er wandte sich kurz Lydia zu, schien ihr etwas ins Ohr zu flüstern und überließ ihr allein die Begrüßung der weiteren Gäste. Ohne sich nach Marlene umzuschauen, die genau in diesem Moment, mit einem aufreizend sexy geschnittenen Kleid, dessen Dekolleté nur wenig Platz für Phantasie bot, das Haus betrat, eilte er Nora entgegen. Er setzte sein charmantestes Lächeln auf, als er ihr zuvorkommend seinen Arm bot. „Sie sehen umwerfend aus", raunte er bewundernd.

„Da bin ich aber froh, einen standfesten Mann an meiner Seite zu haben. Käme nicht gut, würden wir die Treppe hinunterstürzten."

Er lachte. „Nein, sicher nicht. Trotzdem bleibe ich dabei. Ich befürchte, alle anwesenden Männer werden Sie, wenn auch nur mit Blicken, ausziehen und zumindest in Gedanken über Sie herfallen."

„Wäre es in diesem Fall nicht gut einen Beschützer an der Seite zu haben, der nichts davon im Sinn hat?", fragte sie gespielt besorgt.

„Ja, ich denke schon", meinte er schmunzelnd. „Allerdings, wenn ich es mir recht überlege", gab er gleich darauf zu bedenken, „nun ja – ich bin schließlich auch nur ein Mann."

„Oh! An Sie habe ich dabei nicht gedacht. Sie werden doch sicher erwartet? Und keine Sorge, ich bin durchaus in der Lage mich zu verteidigen."

„Sie sind nur ein schwaches Weib. Bei diesem Aufgebot an Männern, haben Sie keine Chance."

Nora hob ihre rechte Augenbraue und grinste ihn kämpferisch an. „Wenn es sein muss, schlage ich dorthin, wo es weh tut."

Er lachte lauthals, als hätte sie einen guten Witz erzählt. „Ich denke, ich habe Sie gewaltig unterschätzt", gab er zu.

„Christoph, da bist du ja endlich", säuselte Marlene. „Ich werde dich jetzt, nachdem alle Gäste eingetroffen sind, von dieser lästigen Pflicht befreien", gurrte sie leise, aber gerade noch so laut, dass Nora es hören musste.

„Aber ..." Er kam nicht mehr dazu, den Satz zu vollenden, da Lydia auf sie zukam. Marlene bewusst übersehend, sagte sie zu Nora: „Du siehst wunderschön aus. Übrigens habe ich einen sehr netten Junggesellen, als Tischherrn für dich vorgesehen. Ein junger Arzt, dem seine Patienten", sie warf einen Blick auf ihre zierliche goldene, mit Brillis besetzte Armbanduhr, „mal wieder über alles gehen. Zumindest gehe ich davon aus, dass es ihm allein deshalb nicht möglich ist, pünktlich zu erscheinen."

Wie aufs Stichwort, betrat in diesem Moment ein mittelgroßer, ernst wirkender Mann den großen Wohnbereich und kam direkt auf Lydia und Nora zu, nahm die ihm gereichte Hand und beugte sich charmant lächelnd darüber.

Nora schätzte ihn auf Grund der leicht ergrauten Schläfen, auf Mitte vierzig. Durch die Lachfältchen, die sich jetzt an den Außenwinkeln seiner grünen Augen zeigten, vermutete sie, dass er gerne lachte.

„Guten Abend, Frau von Radomski, wie immer etwas spät, aber Sie wissen ja ... Jedenfalls freue ich mich, Sie gesund und gut erholt wiederzusehen. Wenn ich Ihr wirkliches Alter nicht kennen würde, ich würde schwören, ein junges Mädchen vor mir zu haben. Zumal der Schalk an diesem Abend ganz besonders aus Ihren Augen blitzt. Liegt das nur an der Beleuchtung oder führen Sie etwas im Schilde?"

„Matthias, du alter Schmeichler", bemerkte Lydia und fügte sehr leise hinzu: „Hast mich wieder mal durchschaut." Dann zog sie Nora ein wenig näher an sich und legte den Arm liebevoll um ihre Taille. „Darf ich dich mit einer guten Freundin bekannt machen? Das ist Nora Baumann." Sie lächelte siegesgewiss, als sie das bewundernde Aufblitzen in den Augen des Mannes und Christophs neidvolle Blicke wahrnahm. An Nora gewandt erklärte sie: „Das, meine Liebe, ist Matthias Engholm, mein Arzt und Christophs Freund. Wie du dir sicher bereits denken kannst, dein Tischherr."

„Sie hätten mir sagen müssen, dass mich an diesem Abend ein Engel in Ihren heiligen Hallen erwartet. Ich wäre imstande gewesen, meine Patienten an einen Kollegen zu überweisen", erklärte er, sah Nora begeistert an und beugte sich nun auch über ihre Hand.

„Da täuschen Sie sich aber gewaltig, ich bin keineswegs ein Engel", klärte ihn Nora beschwingt, aber verlegen auf, da sie nie zuvor mit Handkuss begrüßt worden war.

Matthias lachte verschmitzt. „Macht nichts, selbst wenn Sie der Teufel persönlich wären, in dieser Verkleidung lasse ich mich gerne in Versuchung führen." Gleich darauf beugte er sich nah ans Ohr seines Freundes. „Was für eine Frau", flüsterte er, „und die hast du dir nicht selbst unter den Nagel gerissen?"

Christoph, der die Szene mit Argusaugen beobachtet hatte, warf seinem Freund lediglich einen bedrohlichen Blick zu, dann wandte er sich an Nora. „Habe ich es nicht gesagt? Sagen Sie hinterher nicht, ich hätte Sie nicht gewarnt."

„Wäre es nicht besser, du würdest dich um Marlene kümmern?", spöttelte Matthias und gab ihm ein knappes aber deutliches Zeichen mit seiner Hand. „Sie scheint nicht besonders glücklich über dein Interesse an meiner Begleiterin zu sein. Außerdem ist Nora bei mir in den besten Händen."

„Das würde ich dir nicht raten", knurrte er.

„Was?", fragte Matthias ungeduldig.

„Dass du sie in deine Hände nimmst."

Der Tonfall, in dem die beiden sich unterhielten, klang scherzhaft wie zwischen alten Freunden, ließ allerdings keinen Zweifel über deren wahre Empfindungen aufkommen.

„Bevor Sie beide sich prügeln", bemerkte Nora scherzhaft, „sollten wir uns besser setzen."

Wie selbstverständlich bot Christoph ihr seinen Arm an, ließ ihn aber gleich wieder sinken, als er bemerkte, dass sie ihn irritiert ansah. Er räusperte sich verlegen. „Ja, dann …"

„Darf ich um Ihren Arm bitten?", fragte nun Matthias höflich und ging, nachdem Nora sich bei ihm untergehakt hatte, hoch erhobenen Hauptes an Christoph vorbei.

Christoph dagegen wandte sich Marlene zu, die bereits ziemlich verärgert wirkte und führte sie zu Tisch.

Wie es der Zufall wollte, den Lydia natürlich zuvor eingefädelt hatte, saß er Nora genau gegenüber.

Nach einer kurzen Ansprache der Gastgeberin, bei der sie ihre Gäste willkommen hieß und Nora mit einigen liebenswürdigen Worten vorstellte, prostete man sich fröhlich zu.

Nora kannte solche Dinner Partys nicht, man aß, man unterhielt sich, man aß und unterhielt sich weiter. Von verschiedenen Seiten wurde sie mit neugierigen Fragen bombardiert, die sie, so gut sie konnte, auch alle beantwortete. Matthias brachte sie mit lustigen Sprechzimmergeschichten immer wieder aufs Neue zum Lachen. Sie war froh einen so liebenswürdigen, aufmerksamen Tischherrn an ihrer Seite zu haben, der sie davon abhielt, ständig zu Christoph hinüberzusehen. Ab und zu konnte sie es sich dennoch nicht verkneifen, ihn unauffällig zu betrachten. Dabei bemerkte sie die keineswegs freundlichen Blicke, mit denen er sie beobachtete. Einmal, als hätte er nur darauf gewartet, fing er einen Blick von ihr auf und hielt ihn fest, während er sein Glas erhob und ihr spöttisch zuprostete.

Warum nur kann er mich nicht leiden? Dabei war er vorhin auf der Treppe so charmant. Nora seufzte unbewusst.

„Ist Ihnen nicht gut?", fragte ihr Tischnachbar.

Nora wandte sich ihm zu. „Wie bitte?", fragte sie irritiert.

„Der tiefe Seufzer eben …?"

„Oh! Nein, es geht mir gut. Ich musste nur an etwas denken. Entschuldigen Sie, ich habe Ihnen nicht richtig zugehört."

Er hob die Achseln und lächelte entschuldigend. „Das Thema über die derzeitige Erkältungswelle ist anscheinend nicht dazu angetan, Sie zu unterhalten. Waren Sie schon mal mit dem Boot draußen auf See?"

Nora schüttelte verneinend den Kopf.

„Aber das müssen Sie unbedingt." Matthias erzählte nette Anekdoten über Erlebnisse, die er mit Chris, wie er seinen Freund nannte, auf hoher See erlebt hatte.

Es fiel ihr schwer, sich Christoph von Radomski als verwegenen Seefahrer vorzustellen. Nicht wegen seines Aussehens, nein eher, weil er stets so korrekt und gar nicht abenteuerlustig wirkte.

„Tja, Chris war mal ein prima Junge, wirklich schade um ihn", bemerkte Mathias abschließend, bevor er sich an seine Nachbarin auf der anderen Seite wandte, die ihm bereits zum zweiten Mal eine Frage stellte.

Nach dem wirklich hervorragenden Essen verteilten sich die Gäste auf Salon, Diele und Terrasse, tranken und unterhielten sich angeregt. Die Atmosphäre wurde zunehmend lockerer.

Langsam, um nicht weiter aufzufallen, schlenderte sie vorbei an den Gästen, die in kleinen Grüppchen zusammenstanden und sich angeregt unterhielten. Sie brauchte dringend frische Luft.

Entweder zeigte sich der Abend für die Jahreszeit besonders mild, oder sie empfand es nur so, weil ihr Körper von der angefüllten Wärme des Hauses aufgeheizt war. Sie zog die frische Luft in ihre Lungen und spazierte langsam durch den Garten.

Einer plötzlichen Eingebung folgend, entschloss sie sich, zum Strand hinunter zu gehen. Bevor sie den feuchten Rasen betrat, zog sie die neu erworbenen Pumps aus, ließ sie am Wegrand stehen und lief barfuß weiter.

Was für ein malerischer Abend, dachte sie. Blasses, kaltes Licht, das der fast volle Mond auf die schwarze See warf. Tanzend und spielerisch hüpfend spiegelte es sich auf den Wellen, die sich aus der scheinbaren Ruhe der unendlichen Weite immer wieder zischend und klatschend ans Ufer schlängelten. Künstler wie Nolde, Pechstein, Hagemeister, Beckmann und viele mehr, wurden durch diese Verbindung von Harmonie und Urgewalt zu wunderbaren Gemälden inspiriert und Dichter haben sie mit Worten beschrieben, besser als sie es je könnte.

Einen Moment fühlte sie sich frei von allem Übel. Und obwohl ihr eine Sekunde später die Unsinnigkeit dieses Gefühls bewusstwurde, schien ihr Leben hier unter dem Sternenzelt und vor der unendlichen

Weite der See, weniger kompliziert zu sein. Wäre ihr Gastgeber nicht ganz so ablehnend und weniger launisch, würde sie gerne länger bleiben. Es musste nicht die Südsee sein. Sie brauchte weder Palmen noch sengende Sonne. Sie brauchte einen Ort, der ihr Herz berührte. Tränen verschleierten ihren Blick und bevor sie es verhindern konnte, liefen sie über ihre Wangen. „Es muss schön sein, an einem Ort wie diesem zu leben. Sicher wäre es auch schön, sich an einem solchen, vom Leben zu verabschieden, das Rauschen der See bis zum letzten Atemzug in den Ohren", flüsterte sie ehrfurchtsvoll.

„Nora! Was machen Sie hier draußen?", rief Christoph. „Ich habe bemerkt, wie Sie das Haus verließen. Fühlen Sie sich nicht wohl?"

Nora zuckte erschrocken zusammen. *Er ist mir doch nicht etwa gefolgt, um mich erneut aufzufordern, sein Haus zu verlassen? Meine „Schuld" habe ich ja nun beglichen.* Schnell wischte sie sich die Tränen von den feuchten Wangen, schluckte einige Male und räusperte sich. „Ich wollte die Ostsee mal bei Nacht betrachten", antwortete sie eloquent, bevor sie sich zu ihm umdrehte und spitz fragte: „Sie vermissten mich doch nicht etwa, Christoph?" Ebenso selbstverständlich, wie er es tat, nannte sie nun auch ihn beim Vornamen.

Er schmunzelte. „Warum befürchte ich immer, sobald Sie vor die Tür gehen, Sie könnten nicht mehr zurückkommen?"

„Weil Sie, was ich bezüglich meiner Person allerdings nicht ganz verstehe, unter Verlustängsten leiden?", fragte sie ironisch. „Darüber sollten Sie mal mit einem Therapeuten sprechen."

Er sah sie geknickt an. „Müssen Sie immer so zynisch sein?"

„Nur, wenn ich dazu animiert werde", antwortete sie trotzig und sah ihn dabei mit erhobenem Kinn herausfordernd an.

„Und was hat sie diesmal dazu gebracht, Nora?", fragte er ernst mit einem Hauch von Melancholie in der Stimme.

Noras Herz klopfte plötzlich so laut, dass sie fürchtete, er könnte es hören. Sie wusste, es lag an ihrer eigenen Unsicherheit, ihre Angst sich in ihn zu verlieben. „Tut mir leid", flüsterte sie.

Während er ihren Blick festhielt, ergriff er ihre Hand, zog sie an seine Lippen und hauchte einen Kuss darauf. „Versprechen Sie mir, sich von mir zu verabschieden, wenn Sie eines Tages gehen?"

Nora starrte ihn wie hypnotisiert an. „Eines Tages? Heißt das, Sie hätten nichts dagegen einzuwenden, mich noch eine kleine Weile zu erdulden?"

Er lächelte spitzbübisch. „Nicht das Geringste, vorausgesetzt, Sie versprechen endlich, sich von mir zu verab…"

„Ich kann Ihnen vieles versprechen, aber das nicht", unterbrach sie ihn.

Er sah sie eine Weile verwirrt an. „Warum nicht?"

„Darüber kann ich nicht sprechen."

Er sah sie ernst an, berührte vorsichtig ihre Hand und streichelte sanft darüber. „Können Sie nicht oder wollen Sie nicht?"

Noras Herz tat bei seiner Berührung einen heftigen Sprung, fast gleichzeitig zog sie ihre Hand zurück, als wäre sie zu nah ans Feuer gekommen. „Christoph, ich verspreche Ihnen, dieses Haus ohne Ihr Familiensilber zu verlassen."

Christoph schien nicht nur von ihrer Reaktion, sondern auch von ihren Worten enttäuscht. „Glauben Sie wirklich, dass es mir darum geht?", fragte er ein wenig verstimmt.

„Nein? Worum geht es Ihnen denn dann?", fragte sie und wandte sich von ihm ab.

„Verdammt noch mal", zischte er zwischen den Zähnen hervor und packte sie fest bei den Schultern.

Einen Moment glaubte sie, er wolle sie schütteln. Doch er hielt sie nur fest und zwang sie, ihn anzusehen. „Das, was Sie mir bereits gestohlen haben", erklärte er und ließ sie abrupt wieder los, „müssen Sie mir nicht mehr zurückgeben."

Instinktiv wusste sie, was er meinte. Er empfand mehr für sie, als er im Moment bereit war, zuzugeben. Diese plötzliche Erkenntnis traf sie so völlig unerwartet, dass sie es zunächst nicht glauben mochte. *Ist das der Mann, der mir in aller Deutlichkeit klargemacht hat, dass er mich nicht leiden kann und darum so schnell wie möglich loswerden will? Armer Christoph*, dachte sie. Am liebsten hätte sie ihn an sich gezogen, wäre ihm tröstend durchs Haar gefahren und hätte ihm gestanden, was sie für ihn empfand.

„Christoph", sagte sie stattdessen, „es ist ziemlich kühl geworden. Lassen Sie uns zurückgehen. Ihre Freundin wartet sicher schon ungeduldig auf Sie und ich möchte nicht, dass Sie annimmt, ich wäre der Grund, der Sie davon abhält, den Abend mit ihr zu verbringen."

Er hob die Achseln und ließ sie resigniert wieder sinken. „Amüsieren sie sich gut mit Matthias? Mich wundert, dass er nicht längst nach Ihnen sucht ... Entschuldigen Sie, ich wollte Ihnen nicht zu nahetreten." Er ließ sie einfach stehen und lief zurück ins Haus.

Das darf nicht sein, dachte sie, *hier kommen Gefühle ins Spiel, die ich von seiner Seite nicht erwartet habe und die auf keinen Fall tiefer werden dürfen. Es ist besser, ich packe meine Sachen und verschwinde von hier.*

Seufzend warf sie einen letzten Blick über die See, die plötzlich dunkel und bedrohlich vor ihr lag, bis das Bild vor ihren Augen verschwamm. Sie atmete tief ein und ließ die Luft langsam wieder heraus. Ein allzu bekannter Schmerz machte sich in ihrem Kopf bemerkbar. Sie fröstelte. Angst schnürte ihr die Kehle zu. Der Tod hatte sie mit seinen kalten Fingern berührt, bald würde er sie in seine Arme nehmen.

*

Was ist bloß los mit mir, fragte er sich, als er mit raschen Schritten durch den Garten eilte. *Ich sehe dieser Frau nach, als hätte sie mich hypnotisiert. Marlene hat allen Grund stinksauer zu sein, nachdem ich sie einfach beiseitegeschoben habe, um Nora zu folgen. Verdammt! Diese Frau macht mich noch wahnsinnig. Kaum in ihrer Nähe, benehme ich mich wie ein Volltrottel. Warum hat sie geweint? Ich hätte sie fragen sollen. Unsinn! Dann wüsste sie jetzt, dass ich sie beobachtet habe. Unglaublich, die Frau ist unglaublich. Das Beste wird sein, wenn ich mich nicht näher mit ihr befasse.*

„Christoph, wo ist Nora?", fragte Lydia besorgt.

„Frische Luft schnappen", antwortete er knapp.

„Ist etwas vorgefallen? Du hast dich doch nicht wieder danebenbenommen?"

„Mutter! Ich muss nach Marlene sehen."

„Marlene ist gegangen."

„Gut." Er nickte. „Dann geh ich jetzt mal zu ihr."

„Hallo! Lydia an Sterngucker."

Christoph blinzelte und blickte auf seine Mutter hinunter.

„Sie war außer sich", erklärte sie. „Ohne sich von mir zu verabschieden, hat sie die Party verlassen, ist in ihren Wagen gestiegen und weggefahren. Wenn ich nicht irre, erwartet sie spätestens morgen eine teure Entschuldigung, die du ihr am besten auf dem Boden kriechend überreichst."

Er nickte und gesellte sich gleich darauf zu einer Gruppe Männer.

Kapitel 3

Nora fühlte sich elend. Ihre Umgebung nahm sie nur verschwommen wahr, nachdem stechende Kopfschmerzen sie aus unruhigem Schlaf gerissen hatten. Sicher spielte ihr der Kreislauf wieder einen Streich. Da krampfte sich auch schon ihr Magen zusammen. Sie schaffte es gerade noch rechtzeitig ins Bad, um sich zu übergeben. *Mist, was geht jetzt ab? Ich hasse das. Schon während der Schwangerschaften habe ich das gehasst. Gehört wohl zum vollen Programm? Hat Doktor Neuner nicht so etwas erwähnt? Ist das jetzt der Anfang vom Ende? Was soll's, ich habe eine Entscheidung getroffen, mit der ich nun wohl oder übel leben muss. Es ist ja nicht für lange.*

Sie zog Jogginganzug und Turnschuhe an, nahm die kleine, fast leere Packung aus der Tasche, drückte eine Tablette aus der Folie und schluckte sie mit viel Wasser hinunter. Sie musste einen Arzt aufsuchen, wenn sie ihre Schmerzen zumindest teilweise unter Kontrolle halten wollte. *Matthias? Kann ich ihm vertrauen? Er ist Arzt, somit unterliegt er der Schweigepflicht. Nein! Das ist keine Lösung. Ich muss gehen, schon hinsichtlich Lydias und vor allem Christophs aufkeimenden Gefühlen.*

Als Nora gegen halb acht das Esszimmer betrat, saß Lydia, die gewiss nicht mehr zu den jüngsten gehörte, bereits gut gelaunt am Frühstückstisch.

Wie ist das möglich? Die Party war doch noch in vollem Gange, als ich mich gegen halb elf zurückgezogen habe. Auch Christoph ist bereits anwesend.

Sein Appetit schien riesig zu sein, denn er häufte seinen Teller mit kross gebratenem Speck und jeder Menge Rührei auf. Allein der Duft genügte, um erneut Brechreiz in ihrem Magen hervorzurufen. „Guten Morgen."

Lydia hob erfreut ihren Blick und lächelte sie an. „Nora, guten Morgen. Setz dich, Kind."

Nora schüttelte jedoch ablehnend den Kopf. „Tut mir leid, ich muss zuerst an die frische Luft. Elvis, kommst du?", fragte sie das bereits aufgeregt mit dem Schwänzchen wedelnde Wollknäuel. Sie sah von Lydia zu Christoph. „Er darf doch?"

Lydia hob erstaunt die Schultern an. „Natürlich, aber bleib nicht so lange oder trink wenigstens einen Kaffee, bevor du gehst. Hanna hat ihn heute so stark gemacht, der weckt Tote auf."

Christoph enthielt sich jeglichen Kommentars.

Nach dem letzten Gespräch, das sie am Abend zuvor am Strand geführt hatten, war er nicht mehr an sie herangetreten. Er hatte es vorgezogen, sich ausschließlich seinen anderen Gästen zu widmen. Einmal fühlte sie sich von seinen Blicken taxiert. Doch gleich darauf, als sie auf Lydia zugegangen war, die sich zu diesem Zeitpunkt ganz in seiner Nähe mit einem Gast unterhielt, hatte er ihr demonstrativ den Rücken zugekehrt.

„Später", sagte sie knapp, ging in die Diele und griff nach der an einem speziell angebrachten Haken hängenden Hundeleine. Da um diese Morgenstunde ohnehin niemand unterwegs sein würde, verzichtete sie jedoch darauf, sie an Elvis Halsband festzumachen.

Sofort suchte er sich ein Stöckchen und brachte es ihr.

„Kluger Hund, aber ich kann heute nicht mit dir laufen. Ich werde mich hierhersetzen und das Stöckchen werfen, Okay?" Nora setzte sich in den Sand, warf das Stöckchen und wartete bis Elvis es wieder zu ihr brachte, warf es erneut und wiederholte dieses Spiel noch einige Male. Dann hatte Elvis genug davon, er krabbelte auf ihren Schoß und leckte mit seiner feuchten Zunge ihr Gesicht ab. „Elvis nicht, lass das", schimpfte sie ihn lachend, kraulte sein weiches Fell und knuddelte ihn kräftig durch.

„Ich wollt, ich wär' mein Hund", machte sich Christoph bemerkbar, während er ihr eine große Tasse entgegenstreckte. „Schwarz ohne Zucker, wie Sie ihn mögen."

Nora lächelte, sah ihn dabei aber verwundert an. „Sie wissen, wie ich meinen Kaffee trinke?"

Er hob die Achseln gleichgültig an. „Ich habe aufgepasst."

„Ach?"

„Wie Mutter schon erwähnte, er ist stark und wird Ihre Lebensgeister wecken."

Nora nahm ihm die Tasse mit dem dampfenden Getränk ab und setzte sie an ihre Lippen. „Autsch!"

„Vorsicht!", warnte er im selben Augenblick und fügte treffend hinzu: „Er ist auch sehr heiß." Dabei verzog er schmerzlich sein Gesicht, als hätte er selbst sich Lippen, Zunge und Gaumen verbrannt. „Sie sollten auf meine Warnungen hören. Ich meine es doch nur gut mit Ihnen."

„Sagte das Krokodil zu der Antilope." Sie pustete in die Tasse und nahm vorsichtig einen weiteren kleinen Schluck. „Danke! Das tut wirklich gut. Der Kaffee wärmt von innen."

Christoph schüttelte nachdenklich den Kopf. „Was stimmt nicht mit Ihnen?", fragte er interessiert.

„Wie meinen Sie?" *Mein Gott! Wie er mich ansieht ...*

Christoph senkte seinen Blick, wandte sich langsam zur See und stellte sich, die Hände in die Hosentaschen schiebend, breitbeinig auf. „Eine Frau steigt mitten in der Nacht in einen x–beliebigen Zug, ohne Gepäck, ohne Ziel. Welchen Reim soll ich mir darauf machen?"

Nora fand, dass nun der richtige Augenblick gekommen war, um ihm eine Erklärung zu geben. Leider kam sie nicht dazu.

„Sie möchten nicht darüber sprechen – zumindest mit mir nicht", bemerkte er, während er sich ihr langsam zuwandte. „Nach meinem unverzeihlichen Verhalten, kann ich das sogar verstehen. Aber ich sehe doch, dass Sie irgendetwas belastet und wenn ich ..."

„Ja, Sie haben das richtig erkannt", unterbrach sie ihn. Binnen weniger Sekunden hatte sie sich entschlossen, nicht über ihre Krankheit zu sprechen. „Ich habe tatsächlich ein Problem über das ich nicht sprechen möchte und Sie haben ganz richtig erkannt, es belastet mich. Mich, verstehen Sie? Es darf weder Sie noch Ihre Mutter belasten. Darum werde ich noch heute abreisen. Sie müssen sich also keine Gedanken mehr um mich machen."

„Das hört sich an, als wäre die Mafia hinter Ihnen her."

„Ganz so schlimm ist es nicht."

„Wenn ich etwas für Sie tun kann …, ich meine, vielleicht kann ich Ihnen ja helfen? Verdammt Mädchen, rede mit mir", sagte er verzweifelt.

Sie blickte eine Weile stumm vor sich hin. *Was soll ich dir darauf antworten? Soll ich dich bitten, diese verdammte Angst von mir zu nehmen, die bereits beim Erwachen in meinen Gedanken lauerte oder mich in so vielen alltäglichen Situationen überfällt und mir die Tränen aus den Augen treibt. Schade, dass man mit Geld immer noch kein Leben kaufen kann, sonst könnte ich dich darum bitten.* „Mir kann niemand helfen."

„Sie möchten nicht darüber sprechen, das habe ich kapiert. Aber bitte, bleiben Sie noch. Ich werde sie auch nicht mehr mit dummen Sprüchen nerven."

„Ausgerechnet Sie möchten, dass ich bleibe? Sind nicht Sie der Typ, der mich so schnell wie möglich wieder loswerden wollte? Was hat Ihre Meinung geändert?"

„Sie. Sie allein haben das fertiggebracht. Fragen Sie nicht, was es war, es ist eben so." Verlegen wandte er sich erneut ab. „Außerdem wäre Mutter sehr enttäuscht."

„Lydia. Ihre Mutter ist eine bemerkenswerte Frau, die das Herz auf dem rechten Fleck trägt. Ich werde sie, solange ich lebe, nicht vergessen. Aber genau deshalb wäre es nicht fair, noch länger zu bleiben. Wenn ich jetzt gehe, wird sie mich nicht lange vermissen. Vielleicht wird sie sich ab und zu an mich erinnern, wie an ihren Lieblingshut, der ihr kürzlich von einer Windbö vom Kopf gerissen wurde."

„Davon hat sie Ihnen erzählt?" Wieder schüttelte er nachdenklich den Kopf. „Dass sie immer noch daran denkt? Sie muss diesen dämlichen Hut sehr vermissen. Diese Geschichte hat sich nicht erst kürzlich, sondern vor mehr als zwanzig Jahre zugetragen. Der Hut war das erste Geschenk, das mein Vater ihr gemacht hat. Aber diese Geschichte soll Ihnen meine Mutter bei Gelegenheit selbst erzählen." Er wandte sich enttäuscht zum Gehen, blieb jedoch stehen und drehte sich noch einmal nach ihr um. „Nora, bitte bleiben Sie. Ich weiß nicht was Sie verbergen und ich werde Sie auch nicht mehr danach fragen, aber bitte bleiben Sie. Ich verspreche auch, mich Ihnen gegenüber respektvoll zu benehmen."

Nora lächelte. *Wenn er will, kann er richtig nett sein.* Nachdenklich starrte sie auf die See hinaus. Fast schien es so, als drängten die immer wiederkehrenden aufbrausenden Wellen sie zu einer Antwort.

Er stand schweigend neben ihr, ließ ihr die nötige Zeit darüber nachzudenken.

Doch in ihrem Kopf herrschte das ultimative Chaos und zwischen drin hämmerte ein Gedanke immer wieder dasselbe Wort: „Ja!" Endlich wandte sie sich ihm zu. „Es wäre nicht fair."

„Es wäre nicht fair zu gehen, einfach so, ohne Erklärung. Bleiben Sie", bat er noch einmal eindringlich. „Überlassen Sie es mir zu entscheiden, was fair ist."

Nora nippte an ihrer Tasse. Die Gefühle, die sie für ihn hegte, saßen bereits so tief, dass sie bald nicht mehr die Kraft aufbringen würde, zu gehen. Doch das ließ sich mit ihrem Gewissen nicht vereinbaren. Sie wollte ihm auf keinen Fall wehtun. *Was, wenn er tatsächlich etwas für mich empfindet?*

„Nora, bitte", drängte er ungeduldig.

Mein Gott, wieder dieser Blick. Es zerreißt mir das Herz. Sie atmete tief durch, während sich ihr Blick in den wogenden Wellen der weiten See verlor. Sie wollte ihn nicht verlassen, niemals. *In seinen Armen zu sterben, wäre ein süßer Tod. Doch in seinen Armen zu leben, wäre die Erfüllung, selbst wenn die Zeit begrenzt ist.*

„Gut", sagte er erleichtert. „Ich nehme das als Zusage. Sobald ich die unbedingt nötigen Arbeiten erledigt habe, komme ich wieder nach Hause. Wir könnten essen gehen, wenn Sie nichts Besseres vorhaben."

„Nein, habe ich nicht", sagte sie nun lächelnd. „Bedenken Sie aber, dass ich nichts anzuziehen habe, um groß auszugehen."

„Ich werde eine Auswahl für Sie zusammenstellen lassen und ..."

Nora versteifte sich. „Es ist bemerkenswert, wie Sie kleine Problemchen aus der Welt schaffen. Ich bin überzeugt, mit den Großen, machen Sie es ebenso. Mit genug Geld kann man fast alles regeln, nicht wahr?"

Er hob unsicher die Arme. „Was habe ich nun wieder falsch gemacht?"

Nora schüttelte den Kopf. „Nichts, Sie können ja nichts dafür. Ich wollte lediglich sagen, dass Sie sich schon auf mein Niveau begeben müssen. Das heißt, Sie werden ein Lokal mit mir besuchen, in das ich mit meinen Klamotten rein kann. Unterstehen Sie sich also, mir irgendwelche Kleider zu schicken."

Christoph zog unruhig an seiner Krawatte, räusperte sich und schluckte, bevor er antwortete: „Sie haben keine besonders gute

Meinung von mir? Na ja, daran bin ich wohl selbst schuld. Mögen Sie griechisches Essen?"

Sie nickte eifrig. „Ja, sehr sogar." Unwillkürlich musste sie an die vielen Abende denken, die sie mit Frank und den Kindern bei Andros im Delphi verbrachten. Sie atmete einmal tief durch und setzte ein strahlendes Lächeln auf.

Augenblicklich schien sich seine Stimmung aufzuheitern. „Wir werden nach Knoblauch stinken", gab er zu bedenken.

„Ich bin mir dessen bewusst und stellen Sie sich vor", sie schnippte mit dem Finger, „das ist mir so was von egal. Es sei denn, Sie haben anschließend noch ein Rendezvous?"

„Nein! Natürlich habe ich keine weitere Verabredung", sagte er empört und fragte sich, ob sie auf Marlene anspielte. „Einen derart schlechten Eindruck kann ich doch gar nicht hinterlassen haben?"

Nora lachte ihn offen an. „Ich bezweifle, dass Sie wissen möchten, welchen Eindruck ich von Ihnen habe. Außerdem ist das ohnehin nicht wichtig."

Er sah sie ungewohnt verträumt an. „Sie haben keine Ahnung. Vielleicht schaffe ich es ja heute Abend, Ihre Meinung über mich zu revidieren." Christoph ging langsam auf das Haus zu. Als er sich noch einmal nach ihr umdrehte, rief er: „Bis später."

Sie hob die Hand und winkte ihm zu.

Elvis hatte es sich inzwischen auf ihrem Schoß bequem gemacht und schlief.

Noras Kopfschmerzen waren wie weggeblasen. „Wie wäre es jetzt, mit Stöckchen holen? Elvis los, sei nicht faul, ich laufe auch ein Stück mit dir."

Allerdings hielt der Energieschub, den sie zweifelsohne Christoph zu verdanken hatte, nicht lange an. Auch die Tabletten trugen ihren Teil zur Müdigkeit bei. Ohne Rücksicht auf Haare und Kleidung zu nehmen, legte sie sich in den feinen Sand.

Elvis kuschelte sich zwar nah an ihren Körper, aber Nora nahm ihn dennoch vorsichtshalber an die Leine, damit er nicht weglaufen konnte, falls sie tatsächlich einschlief. Doch zunächst lauschte sie auf das Donnern und Zischen der sich brechenden Brandung und sah den langsam dahinziehenden Wolken am Himmel nach.

Als Tristan und Lena noch klein waren, lagen sie oft auf einer Wiese, beobachteten die Wolken und ließen, was deren Form anging, ihrer Phantasie freien Lauf.

Die Wolke, die jetzt an Nora vorbeizog, sah aus wie ein Engel mit riesigen Flügeln und erinnerte sie an ein kleines Bild, das über ihrem Bett im Kinderzimmer gehangen hatte. Damals war sie davon überzeugt, der Engel würde sie ebenso beschützen, wie die beiden Kinder, die er über die beschädigte Brücke führte. Eines Tages, als sie kein Kind mehr sein wollte, hatte sie es abgenommen. Auch das Gebet, das ihre Mutter jeden Abend mit ihr gemeinsam gesprochen hatte, fiel ihr nun wieder ein.

„..., mach mich fromm", flüsterte sie, „dass ich in den Himmel komm." *Ob ich wohl in den Himmel komme? Und welcher Himmel wird es sein? Der Himmel meiner Kindertage, der einem Paradies gleicht, in dem ich all die Menschen und Tiere wiedersehe, die ich zu Lebzeiten geliebt und viel zu früh verloren habe? Oder ist es dieser allumfassende, göttliche Himmel des Lichts, in den ich, die lebende Seele aufsteige, wenn ich meine sterbliche Hülle abgelegt habe, um mich mit dem Göttlichen zu vereinen? Oh Gott, bitte verlass mich nicht. Ich fürchte mich vor dem Tag, der mein letzter sein wird und ich habe Angst vor dem, was mit mir geschieht, nachdem ich meinen letzten Atemzug getan habe. Mein letzter Atemzug. Wird es sein, wie ersticken? Bitte nicht ersticken.*

Sie atmete nur flach, dann holte sie noch einmal tief Luft und ließ sie langsam aus ihren Lungen, bis diese sie, wie eine Ertrinkende nach Luft schnappen ließen. *Lass mich nicht so lange leiden,* war ihr nächster Gedanke, *auch wenn du längst weißt, dass ich mit leeren Händen dastehe, bezüglich guter Werke, denn weder Anzahl, noch deren Wert gereicht mir zur Ehre. Alles was ich getan habe, war mehr oder weniger selbstverständlich und keineswegs besonders lobenswert.*

Aber ..., begann sie ihre guten Eigenschaften in die Waagschale zu werfen, *ich habe nur selten gelogen, ich verschwieg schon mal das eine oder andere, aber nur, wenn es der Sache diente oder weil ich niemanden verletzen wollte. Bis auf die Seifen, die ich aus den diversen Hotels mitgehen ließ, in denen wir im Urlaub übernachteten, habe ich nie gestohlen. Zählt das? Ich sprach nie wirklich schlecht über andere.*

Ehebruch beging ich bisher auch noch nicht und jetzt ist es vermutlich zu spät dafür.

In diesem Augenblick schob sich das markante Gesicht ihres Gastgebers vor ihr inneres Auge. Ihr Herz krampfte sich schmerzhaft zusammen. *Es ist zu spät dafür,* dachte sie traurig und konzentrierte sich auf weitere Eigenschaften, die ihr den Weg in den Himmel ebnen könnten. *Neidisch war ich nie. Für alles das man im Leben erreichen kann, muss man etwas tun und hinter einer schönen Fassade, versteckt sich allzu oft eine andere Wirklichkeit. Also wüsste ich gar nicht, um was ich denjenigen beneide. Besondere Leistungen allerdings habe ich nicht vorzuweisen, jedenfalls reichen sie nicht zur Heiligsprechung. Ich denke, ich habe 'ne ganze Menge verbockt in diesem Leben. Aber wenn du mir noch eine Chance gibst, versuche ich es im nächsten besser zu machen. Tja, ich gehöre vermutlich zu der Sorte, die mehr als ein Leben benötigen, um das zu werden, was man eine gute Seele nennt.*

„Ach ja", seufzte sie, „wie auch immer, ich muss zurück. Komm Elvis, wir gehen zu Frauchen." Sie ließ ihn wieder von der Leine, denn er folgte ihr auch so.

*

„Nora, ihr zwei wart ganz schön lange weg", bemerkte Lydia und legte das Buch, indem sie gelesen hatte, beiseite.

Das wurde Nora erst jetzt bewusst. „Entschuldige."

„Nein, das sollte kein Vorwurf sein", beeilte sich Lydia zu erklären. „Du sollst tun, was immer du möchtest. Christoph erzählte mir, dass ihr heute Abend zu Ernesto geht?"

„Wenn er das sagt." Sie sah Lydia fragend an. „Hast du irgendwelche Einwände?"

Lydia erhob sich. „Ganz im Gegenteil, ich freue mich. Es wundert mich nur – nein, es wundert mich eigentlich nicht, dass er dich nicht in eines dieser Nobelrestaurants führt."

Nora ahnte, was Lydia dachte, und wollte unter keinen Umständen falsche Hoffnungen in der alten Dame wecken. „Ich machte lediglich zur Bedingung, dass es ein Lokal sein muss, in das sie mich in Jeans hineinlassen."

Lydia nickte ein paar Mal. „Er mag dich."

„Bisher konnte er das gut verbergen", antwortete sie prompt.

„Ich kenne meinen Sohn", bemerkte Lydia, wissend vor sich hin lächelnd. Dann tippte sie mit dem Zeigefinger an ihre Schläfe. „Diese Entwicklung gefällt mir. Magst du meinen Sohn?"

Was sollte sie ihr auf diese direkte Frage antworten? „Er ist, ein …"

„Lackaffe, Snob, ein taffer Geschäftsmann, ein bornierter Kerl?", unterbrach Lydia den Satz. „Ja, das alles ist er. Die meisten der Geschäftsleute, mit denen er zu tun hat, sind so. Es gibt nur sehr wenige, die ihr wahres Gesicht zeigen, die sich nicht verstellen, bei denen auch er sich nicht hinter dieser undurchdringlichen Fassade versteckt. Mit denen geht er zu Ernesto. Ich frage dich noch einmal. Magst du ihn?"

„Ja schon, aber ..."

„Kein ABER. Es ist gut wie es ist, sehr gut sogar. Setz dich an den Tisch und frühstücke erst mal, dann ruhst du dich noch ein wenig aus. Ich habe den Eindruck, dir geht es nicht so gut. Dabei hast du dich doch schon frühzeitig zurückgezogen. Du hast dich doch nicht etwa erkältet?", fragte sie besorgt.

Nora setzte sich, griff nach einem Croissant und biss mit großem Appetit hinein. „Mmm, das ist lecker, ihr habt einen sehr guten Bäcker."

„Hanna ist unser Bäcker. Höchste Zeit, dass ich dich mit ihr bekannt mache." Sie blieb eine Weile vor Nora stehen und betrachtete sie wohlwollend. „Nora, ich mag dich sehr. Ich weiß, du könntest meinen Sohn glücklich machen."

Nora strich ein wenig Marmelade auf das Croissant, legte das Messer an den Tellerrand und blickte zu Lydia auf. „Nein, könnte ich sicher nicht. Es ist nicht …"

„Entschuldige, dass ich dich unterbreche", erklärte sie. „Ich habe in einer halben Stunde einen Termin bei meinem Zahnarzt, gleich steht Christophs Chauffeur mit dem Wagen vor der Tür, wir sprechen später darüber. Würdest du dich bitte um Elvis kümmern?"

Nora nickte. „Natürlich, ich nehme ihn mit nach oben in mein Zimmer."

„Wenn du etwas brauchst", wandte sich Lydia, bereits die Schwelle des Zimmers überschreitend, noch einmal zu Nora um, „bitte Ines darum. Sie hat Anweisung, sich um deine Wünsche zu kümmern."

„Danke, das wird nicht nötig sein. Wann kann ich mit deiner Rückkehr rechnen? Werden wir zusammen zu Mittag essen?"

Lydia zuckte mit den Achseln. „Ich weiß nicht, ob ich das schaffe. Kann sein, dass ich eine Kleinigkeit in der Stadt zu mir nehme und gleich zu Frau Petermann fahre. Sie konnte gestern nicht kommen, da sie laut Aussage ihrer Tochter ziemlich krank ist. Die Ärzte befürchten wohl das Schlimmste. Dieser verdammte Krebs. Nun ja, wie auch immer, zur Teezeit, bin ich sicher zurück."

Nora lächelte verdrießlich. „Ja gut."

Lydia ging in die Diele, stellte sich vor den großen Spiegel und setzte ihren Hut auf. Bevor sie das Haus verließ, warf sie noch einen Blick ins Esszimmer. „Du willst mit mir über etwas Bestimmtes sprechen?", fragte sie besorgt.

Nora nickte nur.

„Dann bis später, Nora."

*

Nora zog ihren Jogginganzug aus, legte sich aufs Bett und starrte an die Decke. *Was mache ich hier eigentlich? Frank geht zu Hause seiner Arbeit nach und das obwohl er sich meinetwegen bestimmt die größten Sorgen macht. Ich habe kein Recht, ihm die letzten Tage mit mir zu verweigern. Für ihn wäre es wichtig bei mir zu sein. Doch was ist mit mir? Liebe ich Frank so sehr, dass ich keine Minute, dieser letzten Wochen, ohne ihn verbringen möchte? Wie oft habe ich mir diese Frage schon gestellt? Und wie oft habe ich sie mit Ja beantwortet? Ja, ich liebe ihn. Er wurde mir während der letzten Jahre zu einem verlässlichen Wegbegleiter. Und ich liebe unsere Kinder, die ebenfalls ein Recht darauf haben, sich von mir zu verabschieden. Darum sollten sie so viel Zeit wie möglich mit mir verbringen. Ich habe wieder mal nur an mich gedacht, als ich die Klinik verließ. Ich glaubte doch tatsächlich, diese verdammte Krankheit ignorieren und ohne meine Familie leben zu können, einfach so. Es geht nicht, deshalb wird es höchste Zeit sich meinem Schicksal zu stellen, so oder so.*

Elvis japste.

„Na, dann komm schon hoch", sagte sie und hob ihn zu sich aufs Bett. Er kuschelte sich an sie und gemeinsam schliefen sie ein.

*

Nora erwachte als Elvis' feuchte Zunge, ihr Gesicht ableckte. Ein Blick auf die Uhr sagte ihr, dass es bereits halb zehn war. „Ja mein Kleiner, wir gehen zum Strand. Das möchtest du doch, nicht wahr?"

„Wu, wu, wu", japste er aufgeregt.

Nora schlüpfte in ihre alten Jeans, und da es heute, laut Wettervorhersage wieder sehr warm werden würde, in eines der neuen T-Shirts. Die Schmerzen waren wie weggeblasen, darum fühlte sie sich blendend, als sie beschwingt hinter Elvis die Stufen hinunterlief. Nora war noch nicht unten angelangt, als sie bereits aufgeregte Stimmen hörte. Unwillkürlich blieb sie stehen.

„Wie kommst du dazu, mir ein Treffen mit Nora zu verweigern?", fuhr Matthias Christoph an und bemerkte enttäuscht: „Das ist ganz schön mies von dir."

„Also Matthias, bitte. Ich verweigere dir gar nichts. Nora ist Gast in unserem Haus und ich fühle mich lediglich verantwortlich für sie. Außerdem ist sie heute Abend bereits verabredet und zwar mit mir", erklärte Christoph überheblich.

„Aha, da liegt der Hase im Pfeffer, du willst sie für dich selbst. Hast du dir schon mal überlegt, dass sie vielleicht nur deshalb mit dir ausgeht, weil sie euer Gast ist? Könnte doch sein, dass sie lieber mit mir ausgehen würde."

„Das kann ich mir nicht vorstellen", murmelte er mürrisch vor sich hin.

„Nein, natürlich nicht. Wie sollte eine Frau, der die Gnade zuteil wird mit dem großen Radomski auszugehen, auch nur das geringste Verlangen verspüren, den Abend mit einem kleinen Allgemeinmediziner zu verbringen?", herrschte er ihn an.

„Matthias, mach dich doch nicht lächerlich", versuchte Christoph, den Freund zu beruhigen. „So habe ich es nicht gemeint und das weißt du ganz genau. Nora schläft. Es ging ihr heute Morgen nicht besonders gut."

„Ist sie krank?", fragte er prompt besorgt.

„Nein, sie benahm sich eher, als hätte sie einen riesigen Kater. Aber am Alkohol kann es nicht gelegen haben", sinnierte er, „sie hatte nur das eine Glas Wein zum Essen."

„Ich weiß, aber dass du das weißt, lässt tief blicken", antwortete Matthias trocken. „Hast sie den ganzen Abend nicht aus den Augen gelassen, wie?"

„Und wenn schon", murmelte er vor sich hin. „Wahrscheinlich hast du sie gestern Abend mit deinen Krankengeschichten zugedröhnt, bis sie nicht mehr konnte. Ah …, das ist vermutlich auch der Grund, weshalb sie die Party so früh verlassen hat."

„Sie hatte Kopfweh."

„Wusste ich es doch", erwiderte er zynisch lächelnd.

„Sie wollte allein in den Garten um frische Luft zu schnappen. Wie ich feststellen musste, war sie dort nicht allein, denn kurz vor ihr betratst du das Haus. Also verabschiedete sie sich, nachdem sie mit dir gesprochen hat", gab Matthias zu bedenken. „Was hast du zu ihr gesagt, in deiner überaus charmanten Art?", fragte Matthias während er seinen Freund einen Augenblick herausfordernd anblickte.

Christoph konnte die Wut, die sich in seinem Blick spiegelte, nicht mehr verbergen. „Ich werde dich nicht daran hindern, mit ihr zu sprechen", presste er endlich zwischen den Zähnen hervor. „Warten eigentlich heute keine Patienten auf dich?"

Matthias sah auf die Armbanduhr und atmete einmal tief durch. „Ich habe noch einen Hausbesuch, ganz in der Nähe, dann melde ich mich wieder."

Nora ging schnell weiter, in der Hoffnung, rechtzeitig das Haus verlassen zu können, bevor die Männer sie entdeckten.

Dummerweise stand die Tür zur Bibliothek offen und Elvis, der ruhig auf ihrem Arm gesessen hatte, bemerkte sein Herrchen und begann zu zappeln. Sie ließ ihn hinunter und er lief sogleich freudig japsend und hechelnd zu ihm hinein. Nora konnte nicht anders, sie musste im folgen. „Hallo Matthias, wie geht es Ihnen? Christoph, Sie sind schon hier?", tat sie überrascht.

Matthias lief hocherfreut auf sie zu und ergriff die Hand, die sie ihm entgegenstreckte. „Nora, schön Sie doch noch anzutreffen. Ich würde Sie heute Abend gerne ausführen. Im Theater geben sie eine moderne Fassung von Shakespeares Romeo und Julia, die soll hervorragend sein. Ich konnte noch zwei Karten ergattern. Hätten sie Lust?"

„Ich habe bereits eine Verabredung."

Christoph zuckte, Gleichgültigkeit vortäuschend, mit den Achseln. „Fühlen Sie sich nicht verpflichtet Nora, wir können auch morgen zum Essen gehen."

„Morgen?", sinnierte sie, wandte sich erneut an Matthias. „Tut mir leid, Matthias. Ich hoffe, Sie sind mir nicht böse, aber ich halte Verabredungen grundsätzlich ein. Vielleicht ein anderes Mal." Nora trat zu Christoph und berührte kameradschaftlich seinen Rücken. „So leicht kommen Sie nicht davon. Diesen Abend müssen Sie wohl oder übel mit mir durchstehen. Mein Appetit nach griechischem Essen will gestillt werden", sagte sie und bückte sich zu Elvis hinunter, der bereits seit geraumer Zeit an ihrem Bein hing. „Ich gehe mit dem kleinen Kerl runter zum Strand. Das heißt …", Nora streckte Christoph die Leine entgegen, „Sie gehen. Schließlich ist Elvis Ihr Hund. Meinen Sie nicht auch, es wird langsam Zeit, dass sie beide sich aneinander gewöhnen?"

„Sie haben recht, es ist meine Aufgabe mit ihm Gassi zu gehen. Ich wäre allerdings nicht abgeneigt, Sie als erfahrene Hundesitterin dabei zu haben. Wie ist es, begleiten Sie mich?", fragte er charmant lächelnd und wandte sich, ohne ihre Antwort abzuwarten an Matthias. „Sagtest du nicht, deine Patienten warten auf dich?"

„Ja, leider", antwortete dieser enttäuscht und zog die Mundwinkel schmollend nach unten. „Ich hoffe, wir sehen uns bald, Nora."

„Sogar sehr bald, Matthias", antwortete sie geheimnisvoll.

„Tschüs Matthias, tut mir leid alter Junge", verabschiedete sich Christoph grinsend.

„Ich werde auf Ihren Anruf warten", rief Matthias ihr nach, bevor er in seinen silbergrauen Kombi stieg und mit Vollgas davonfuhr.

„Haben Sie sich nun geopfert oder ...", fragte Christoph, während er neben ihr herlief.

„Um ehrlich zu sein, ich stehe nicht auf moderne Inszenierungen alter Theaterstücke", erklärte sie ihm. „Ich finde, man sollte sie so belassen, wie sie geschrieben wurden und sie sollten auch in den passenden Kulissen aufgeführt werden. Meines Erachtens ist nicht nötig sie zu modernisieren, um das, was sie uns auch heute noch zu sagen haben, besonders hervorzuheben."

„Sicher gäbe es diese modernen Inszenierungen nicht, bestünde keine Nachfrage", gab er zu bedenken.

„Mag sein, ich habe bisher nur eine gesehen. Sie war grauenhaft. Die ganze Zeit über fragte ich mich, ob der Regisseur an der Intelligenz des Publikums zweifelte. Aber bitte, das ist letztendlich nur meine eigene Meinung. Ich fürchte, sobald es um Liebe geht, bin ich ziemlich altmodisch und übertrieben romantisch", erklärte sie lachend.

„Dann fühlen Sie sich im Blumenzimmer womöglich wirklich wohl?"

„Durchaus, Ihre Mutter hat mich gleich richtig eingeschätzt", erklärte sie fröhlich lachend.

„Kein Wunder, dass Sie sich so gut mit Mutter verstehen", sagte er laut, „es war früher Ihr Zimmer." Christoph blieb stehen, bevor er weitersprach. „Ich bin froh, dass Sie mit mir ausgehen. Wenn Sie mich versetzt hätten, wäre ich in die hinterste Ecke meines Zimmers gekrochen und hätte geschmollt."

Wieder lachte sie fröhlich und blieb ebenfalls stehen. „Sie hätten Marlene angerufen und wären mit ihr in irgendein schickes Restaurant gegangen."

„Nein, hätte ich ganz sicher nicht", erklärte er ernst. „Nora, als ich Sie an jenem Abend auf dem Bahnhof sah, das hört sich jetzt sicher kitschig an, aber ich sage es Ihnen trotzdem, ich glaubte, einen Engel zu sehen. Sie zogen mich augenblicklich in Ihren Bann."

Oh nein, lass ihn sich nicht in mich verlieben, bat sie und warf einen Blick gen Himmel. „Das konnten Sie gut verbergen", antwortete sie besonders burschikos, um den Zauber, der plötzlich zwischen ihnen entstand, zu zerstören.

„Es tut mir leid, ich war wohl unausstehlich."

„Ja, das waren Sie. Aber trösten Sie sich, Sie müssen jetzt nicht das oberste Gericht fürchten, ich bin kein Engel." Nora lächelte verschmitzt. „Wäre ich allerdings einer, könnte das schlimm für Sie ausgehen. Falls Sie sich nämlich, was glücklicherweise in Anbetracht gewisser Gegensätze schlichtweg ausgeschlossen ist, in mich verlieben." *Warum sag ich das?*

Christoph schüttelte den Kopf. „Kokettieren Sie etwa mit mir? Bemerken Sie wirklich nicht, was in mir vorgeht?" Er räusperte sich. „Und warum sollte die Liebe zu einem Engel schlimm ausgehen?"

„Sollte Sie noch niemand davor gewarnt haben, sich in einen Engel zu verlieben?", fragte sie ernst. Doch gleich darauf blitzte der Schalk aus ihren Augen. „Die Liebe eines Engels ist so einzigartig, unermesslich tief und leidenschaftlich, dass Ihnen, wenn Sie einmal von einem Engel geliebt wurden, die Liebe eines normalen Menschen nicht mehr genügen würde. Darum ist es Engeln ja auch verboten, sich den Menschen in dieser Weise zu offenbaren. Sie würden nur deren Herzen brechen, da sie schließlich wieder in den Himmel zurückkehren müssten. Allerdings nur, wenn sie nicht erwischt wurden, denn sonst ...", fügte sie flüsternd hinzu und macht mit dem Daumen eine Bewegung nach unten.

„Tja, so etwas in der Art habe ich geahnt. Deshalb behandelte ich Sie auch so mies, ich wollte, dass Sie schnell wieder verschwinden, bevor ..., ach, Nora", seufzte er, „Sie beherrschten vom ersten Moment an meine Gedanken und ich fürchtete, Sie könnten noch mehr, als nur meine Gedanken beherrschen. Es tut mir leid, ich wollte Sie nicht verletzen, ich wollte mich nur selbst schützen. Meinen Sie nicht, das ist Grund genug, mir noch eine Chance zu geben? Ich verspreche Ihnen auch, mich nie mehr wie ein ungezogener Lümmel aufzuführen."

War das jetzt eine Liebeserklärung? Mein Gott was mach ich jetzt? „Christoph ..."

„Nein, sagen Sie jetzt nichts, denken Sie in Ruhe darüber nach", bat er.

„Es ist nur so, ich verstehe nicht, warum Sie mir das sagen? Sie sind schließlich mit Marlene Brunner liiert."

„Glauben Sie wirklich, ich könnte mich in eine Frau wie Marlene verlieben?" Er schüttelte den Kopf. „Das war eine reine Zweckgemeinschaft, mehr nicht. Ich wollte Spaß und Marlene wollte dasselbe."

„Ach so."

„Warum sind Sie so abweisend zu mir?"

„Wie sollte ich Ihrer Meinung nach denn sein? Zweckmäßig?"

„Sie verstehen mich vollkommen falsch."

„Das denke ich nicht." Nora sah ihn von der Seite an und lächelte. „Werden Sie mal wieder locker."

Er verzog leicht den Mundwinkel nach oben. „Das ist nicht so einfach."

„Ist Lydia immer noch in Stralsund?", lenkte sie das Thema in eine andere Richtung.

„Ja, obwohl sie heute Morgen noch sehr müde war, wollte sie unbedingt diesen Zahnarzttermin einhalten. Sie hasst Zahnärzte", erklärte er lächelnd. „Inzwischen ist sie sicher bei Frau Petermann. Was sie danach vorhat, entzieht sich meiner Kenntnis. Zum Tee ist sie sicher wieder bei uns. Hey Elvis, zieh nicht so stark."

„Lassen Sie ihn von der Leine, auch wenn er frei ist, muss er Ihnen aufs Wort folgen."

„Sie kennen sich mit Hunden aus?", wollte er wissen, während er sich zu Elvis hinunterbeugte und die Leine losmachte.

„Nein, aber mit Leinen", sagte sie und fügte, während sie Elvis folgte, in Gedanken hinzu: *Ich hing selbst jahrelang an einer.* Sie bückte sich nach einem Stöckchen und warf es. „Elvis, hol das Stöckchen."

Immer wieder lief er, holte das Stöckchen und überließ es Nora, doch nicht ohne zuvor eine kleine Weile knurrend daran festzuhalten. Doch als er diesmal auf Nora zulief, blieb er plötzlich stehen. Er schien nachzudenken, wechselte dann die Richtung und lief auf Christoph zu. Direkt vor dessen Füßen ließ er das Stöckchen fallen und hechelte erwartungsvoll.

„Elvis will mit Ihnen spielen, er scheint Sie zu mögen. Sehen Sie doch wie gespannt er darauf wartet, dass Sie diesmal das Stöckchen werfen. Ich denke, damit hat er Sie als sein Herrchen akzeptiert."

„Meinen Sie?" Christoph grinste unsicher, bückte sich aber nach dem mittlerweile feuchten Stöckchen und warf es. „Ich und ein Hund", bemerkte er und schüttelte den Kopf, während er sich seine Hand an einem Taschentuch abwischte. „Mein Vater mochte Hunde nicht. So sehr ich auch bettelte, ich bekam keinen. Und nun lässt sich Mutter von diesem kleinen Kerl einwickeln."

Als sie sich einmal gleichzeitig nach dem Stöckchen bückten und ihre Finger sich berührten, zuckte sie zurück, als hätte sie einen elektrischen Schlag erhalten. Ein kurzer Blick aus seinen Augen genügte, um ihren Herzschlag zu verdoppeln. Verlegen wandte sie sich von ihm ab und ließ ihren Blick über die blaugraue See schweifen. „Wissen Sie überhaupt, welches Glück Sie haben, hier leben zu dürfen?"

Er schaute von ihr zur See und wieder zu ihr. „Jetzt weiß ich es wieder."

Nora setzte sich in den Sand, streifte ihre Schuhe und Socken von den Füßen und lief ins Wasser.

„Das sollten Sie nicht tun", warnte er. „Um diese Jahreszeit ist das Wasser noch verdammt kalt. Sie könnten sich erkälten."

Na und, dachte sie, *darauf käme es nun auch nicht mehr an.* „Ich bin es gewohnt, bei jedem Wetter barfuß zu gehen. Das Vergnügen, mich zu pflegen, werde ich Ihnen nicht gönnen."

„Gesund sind Sie mir auch entschieden lieber. Unter Vergnügen verstehe ich nämlich etwas anderes", erklärte er gutgelaunt und fügte hinzu: „Mit kranken Menschen kann ich nichts anfangen."

„Nein?"

„Nein! Ich hasse Krankheiten, Krankenzimmer, den Geruch von Arznei und Krankenhäuser hasse ich erst recht."

„Wer nicht? Na, dann werde ich mich bemühen, nicht krank zu werden solange ich hier bin", sagte sie leichthin.

Nora lief ins Wasser und die weiße Gischt der kalten Flut, umspülte ihre Beine. Elvis, sofort bereit es ihr gleichzutun, machte kleine Hüpfer ins Wasser, lief dann aber so, wie eine kleine Welle auf ihn zukam, schnell wieder zurück. Danach setzte sie sich in den Sand und ließ sich vom Wind und der Sonne die Füße trocknen.

Christoph setzte sich zu ihr, grub seine Hände ebenfalls in den Sand und ließ ihn durch seine Finger rieseln. „Ich hatte völlig vergessen, wie warm der Sand an solchen Tagen ist."

„Ziehen Sie Ihre Schuhe aus, Sie werden es genießen", sagte sie gut gelaunt und fragte, während sie ihren Blick über die See schweifen ließ. „Wunderschön. Finden Sie nicht auch?"

„Ja, wunderschön", bestätigte er, sah dabei aber Nora an.

Als sie es bemerkte, sagte sie verlegen: „Sie sehen mich an, als wäre ich völlig bescheuert."

„Nein, nein im Gegenteil. Dass Sie mich erst daran erinnern müssen, kommt mir jetzt nur so unverständlich vor." Eilig, als hätte er sich entschlossen etwas Verbotenes zu tun, das er aber unter keinen Umständen rückgängig machen wollte, zog er tatsächlich Schuhe und Strümpfe aus.

Nora nickte nachdenklich. „Ja, ich denke, das war eine gute Tat." Sie lächelte wehmütig. „Schade, ich wäre gerne noch ein wenig geblieben."

„Dann bleiben Sie", bat er inständig.

„Das kann ich nicht. Es ist Zeit zu gehen."

„Niemand drängt Sie. Wenn es nach mir ginge …"

„Schon gut." Nora blickte traurig auf die See hinaus. Sie musste einmal kräftig schlucken, um die aufsteigenden Tränen zu unterdrücken.

„Was ist mit Ihnen?", fragte er unvermittelt.

„Sie wollten doch nicht mehr fragen. Lassen Sie uns zum Haus zurückgehen. Sogar Elvis ist müde, sehen Sie, er hat sich zu einem Wollknäuel zusammengerollt."

Christoph nahm seine Schuhe in die eine Hand, stand auf und streckte ihr die andere entgegen, die sie lächelnd ergriff. Mit einem kräftigen Ruck zog er sie hoch. Plötzlich standen sie viel zu dicht beieinander.

Nora atmete nur flach, dennoch pumpte ihr Herz das Blut mit einer Kraft durch die Adern, dass ihr schwindlig wurde. Als sie in seine dunklen Augen blickte, fühlte sie sich unfähig sich zu bewegen. Blitzartig jagte ein Gedanke den anderen, bis zu dem einen – *wenn er mich jetzt küsst, bin ich verloren.*

Langsam kam sein Gesicht dem ihren ganz nah.

Doch bevor sich ihre Lippen berührten, drehte sich Nora abrupt zur Seite. Sie wäre losgelaufen, hätte er sie nicht zurückgehalten. „Christoph …", mehr konnte sie nicht sagen, denn in seinen Augen lag so viel Zärtlichkeit und der Wunsch, ihm die Berührung ihrer Hand zu gestatten. Wie hätte sie seiner stummen Bitte nicht nachgeben können, zumal eine ungewohnt wohlige Schwäche sie erfasste. Eine Empfindung, die sie lange nicht gespürt hatte. Unter anderen Umständen hätte sie sich vermutlich in diesen faszinierenden Mann nicht nur verliebt, sie hätte ihm gestattet, sie zu lieben. Ihr Herz krampfte sich bei diesem Gedanken zusammen. Während sie Hand in Hand mit ihm durch den Garten schlenderte, warf sie ihm einen schnellen Seitenblick zu. *Ach Christoph, du hättest mir vor zwanzig Jahren begegnen sollen. Du bist der Mann, auf den ich mein ganzes Leben gewartet habe, du bist die Sehnsucht, die mich begleitet hat und nie ganz gestillt wurde und nun ist es zu spät dafür.* „Wie fühlt es sich an?", fragte sie impulsiv, während sie einen Blick auf seine nackten Füße warf.

„Was?"

„Der Sand unter Ihren nackten Füßen."

„Gut, es fühlt sich verdammt gut an", bestätigte er lächelnd.

Lydia stand in der Tür und beobachtete das Händchen haltende Paar. „Hallo ihr zwei", rief sie ihnen zufrieden entgegen. „Ihr wart also wieder am Strand?"

Verlegen zog Nora ihre Hand aus Christophs Hand, die ihre mit festem Druck zu halten versuchte.

„Dass du heute schon zu Hause bist, mein Sohn?", stichelte Lydia.

„Wir kamen schneller zum Abschluss, als wir gedacht hatten", erklärte er.

„Sonst gab es nichts zu tun?", fragte sie scheinheilig.

„Nein!", betonte er genervt. „Passt es dir etwa nicht, dass ich früher hier bin?"

Sie lachte und hob beide Hände abwehrend hoch. „Im Gegenteil. Ich wundere mich nur. Sonst bist du nie vor zwanzig Uhr zu Hause, eher später. Dann können wir ja nun gemeinsam zu Mittag speisen."

„Ich gehe nur noch kurz nach oben, um mich umzuziehen", entschuldigte sich Nora.

„Das musst du nicht, wir sind doch unter uns", meinte Lydia.

„Ich lag im Sand. Es ist besser, die sandige Kleidung zu wechseln."

„Ich auch", sagte Christoph, als er Anstalten machte, Nora zu folgen.

„Lagst du etwa auch im Sand?", fragte sie verdutzt.

„Ja. Was ist? Du tust so, als wäre ich noch nie am Strand gelegen."

„Aber das ist Jahre her ..."

Die beiden beachteten Lydia nicht weiter. Wie ungezogene Kinder liefen sie die Treppe hinauf und lachten fröhlich.

*

Oh Gott, dieses Lachen, dachte er, während er hinter ihr die Stufen nach oben lief. *Du weißt nicht, was du damit bei mir anrichtest. Ich muss dich küssen, heute noch. Verdammt! Meine Hormone spielen verrückt. Noch an diesem Abend muss ich dich in meinen Armen halten, sonst werde ich wahnsinnig.*

Es war unglaublich. Noch immer nicht konnte er fassen, wie es möglich sein konnte, dass ausgerechnet ihm eine solche Frau begegnen durfte? Ein Wesen so bezaubernd wie ein Engel.

Bevor sie in ihrem Zimmer verschwand, lächelte er sie bewundernd an und dachte dabei an den Moment, dort unten am Strand, als er ihr so nah war. Sie hatte ihn angesehen wie ein verletzliches, in die Enge getriebenes Reh. Und hätte sie sich nicht im letzten Augenblick von ihm abgewandt, er hätte diesen wundervollen, Seligkeit versprechenden Mund geküsst. *Weiß sie tatsächlich nicht, wie sie auf Männer wirkt? Oder ist sie nur raffinierter, als all die andern? Nein! Nora ist ehrlich und was sie sagt, meinte sie auch so.* Welches Geheimnis, mag es noch so schrecklich sein, sie auch mit sich herumträgt, er würde ihr beistehen und wenn es das Letzte wäre, das er in diesem Leben tun würde. In diesem Moment war Christoph überzeugt davon, dass er sie nie wieder loslassen würde.

*

Nach dem Mittagessen zog sich Lydia in ihre Räume zurück, um ein wenig zu ruhen. Christoph erhielt einen Anruf, der ihn veranlasste erneut in sein Büro zu fahren. Nora legte sich mit einem Buch an den Strand und genoss die angenehme Wärme der Sonne auf ihrer Haut.

Als sie gegen fünfzehn Uhr ins Haus zurückging, begegnete sie Lydia, die erholt und agil wirkte. „Trinkst du Tee mit mir?"

„Sehr gerne, der wird mir guttun", meinte Nora. „Obwohl die Sonne schön wärmt, weht doch immer ein kühles Lüftchen."

„Du darfst auch nicht vergessen, wir befinden uns direkt an der See, da weht immer eine leichte Brise", erklärte Lydia.

Während sie einige Minuten später beim Tee saßen, hörten sie Christophs Wagen. Wenig später gesellte er sich ebenfalls zu den beiden Frauen.

Nora berichtete, wie sich Elvis mit Christoph angefreundet hat. „Ich denke, er liebt sein Herrchen", beendete sie ihren Bericht.

„Als ich diesen Hund zu mir nahm, dachte ich, vielleicht kann ich meinen Sohn dazu bewegen, ab und zu an die frische Luft zu gehen", erklärte Lydia. „Ich hätte nie gedacht, dass er dich sogar dazu bewegen könnte, dich in den Sand mit ihm zu setzen. Aber das hat wohl eher Nora bewirkt?"

„Wer auch immer, es hat Spaß gemacht", gab er zu.

„Hört, hört, hoffentlich bleibt das so."

„Mutter, nun ist es aber genug. Nora muss ja einen fürchterlichen Eindruck von mir bekommen."

Lydia zog skeptisch die Augenbrauen hoch und sah an ihm herunter. „Was heißt hier bekommen, den hat sie sicher längst. Wenn nicht, wird sie ihn spätesten bekommen, solltest du vorhaben, in dieser Aufmachung mit ihr zum Essen zu gehen."

Christoph sah ebenfalls an sich herunter. Er verstand nicht, was seine Mutter meinte.

„Nein, das tun Sie nicht – oder doch? Selbstverständlich habe ich erwartet, dass Sie sich mir anpassen. So geht das nicht. Als ich sagte, dass ich mit Ihnen in Jeans zum Essen gehen werde, meinte ich natürlich, dass Sie ebenfalls Jeans tragen. Ich käme mir sonst vor, als ginge ich mit meinem Versicherungsfritzen zum Essen."

„Mit Ihrem – was?"

„Mit meinem …"

„Ja, ja, ich habe verstanden", beeilte er sich zu sagen, dann zog er bedauernd die Schultern hoch. „Aber ich besitze gar keine – Jeans."

„Dann wird es höchste Zeit."

„Das heißt, ich muss mir jetzt Jeans besorgen?"

„Wenn Sie mit mir essen gehen möchten, ja", erklärte sie energisch und lächelte ihn herausfordernd an.

„Sollten Sie tatsächlich annehmen, dass ich mich nach dieser Aufforderung geschlagen gebe, haben Sie sich getäuscht." Er tupfte sich mit der Serviette den Mund ab, legte sie, nachdem er sie sorgfältig zusammengefaltet hatte, neben seinen Teller und erhob sich. „Die Geschäfte sind ja noch offen, dann geh ich mal eben", sagte er entschlossen, aber sein hilfloses Lächeln verriet, wie unwohl er sich bei dem Gedanken fühlte.

Nora erhob sich ebenfalls. „Wenn Sie erlauben, begleite ich Sie."

„Wenn ich erlaube?", fragte er erfreut und atmete hörbar auf. Sofort, damit sie es sich nicht doch noch anders überlegen konnte, griff er spontan nach ihrem Mantel, den sie bereits mit heruntergebracht und lässig auf einem Sessel abgelegt hatte.

„Ich kann Sie doch in einer derart kritischen Phase Ihres Lebens nicht alleine lassen", erklärte sie lachend.

Er strahlte übers ganze Gesicht. „Mutter, du entschuldigst uns sicher."

„Aber ja, mit dem allergrößten Vergnügen. Ich bin schon sehr auf deine Verwandlung gespannt."

*

Christoph fuhr mit Nora zu einem Herrenausstatter, bei dem er stets seine Anzüge und Hemden kaufte. Der Verkäufer begrüßte das Paar erfreut und wollte sie direkt in die Businessabteilung führen.

„Nein, heute benötige ich einiges aus ihrer Freizeitabteilung. Ich brauche Jeans und eventuell einen Pullover."

Der Verkäufer nickte verwundert, wies aber sogleich auf die Treppe, die ins Untergeschoss führte.

Christoph stellte überrascht fest, dass die Auswahl an Jeans und dazu passende Hemden, Pullovern und Shirts enorm groß war. Ihm war sofort klar, ohne Noras Hilfe, würde er sich hier nicht zurechtfinden.

Nachdem der Verkäufer ihnen einige der bekanntesten Markenjeans gezeigt hatte, warf Christoph Nora einen hilflos fragenden Blick zu.

Nora, die als Ehefrau eines keinesfalls modisch bewussten Ehemanns und Mutter zweier Teenager genügend Erfahrung sammeln konnte, griff nach einer und reichte sie ihm lächelnd.

Er verschwand in einer Kabine, zog den rohweißen Baumwollvorhang zu und zog ihn nach einiger Zeit wieder auf. Korrekt, das Hemd in der Hose, immer noch mit Krawatte, die Schuhe ordentlich zugebunden, trat er wieder heraus. Skeptisch blickte er in ihre Richtung und an sich herunter.

Nora lächelte mitleidig vor sich hin. „Sie erinnern mich an einen Fisch auf dem Trockenen."

„So fühle ich mich auch", antwortete er und lächelte schief, „ist das wirklich nötig?"

„Aber nein."

„Es sei denn, ich möchte mit Ihnen ausgehen."

„Eines Tages", erklärte sie ihm, „werden sie sich in diesen Jeans wohler fühlen, als in den steifen Klamotten, die Sie normalerweise tragen. Ich hoffe nur, ich habe nicht den Eindruck hinterlassen, Sie zu etwas zwingen zu wollen."

„Oh nein, ganz und gar nicht", meinte er hilflos grinsend. *Ich mach das hier absolut freiwillig,* dachte er zerknirscht.

„Ein Anfang ist doch schon gemacht", versuchte sie, ihn aufzumuntern. „Jetzt zieren Sie sich nicht so. Es sieht wirklich gut aus", meinte Nora, während sie auf ihn zuging. „Drehen Sie sich mal."

Er tat wie ihm geheißen.

„Ja, sitzt. Hey! Sie haben einen knackigen Hintern", bemerkte sie anerkennend, als fiele ihr das erst jetzt auf.

Christoph drehte sich wieder zu ihr um und sah sie erstaunt an. „Ich habe was?" So direkt hatte ihm das noch keine Frau gesagt.

„Sie haben mich schon verstanden. Wenn wir die jetzt noch abnehmen, ..." Nora griff nach seiner Krawatte, lockerte sie und sah ihm dabei offen in die Augen.

„Weib, was machst du bloß mit mir?", fragte er heiser. *Kannst du dir überhaupt vorstellen, was du damit in mir auslöst?*

Ohne darauf einzugehen, fragte sie ganz nebenbei den Verkäufer: „Sie haben auch Schuhe? Bringen Sie bitte passende Sneakers oder was Sie sonst so an Freizeitschuhen haben." Als sie die Krawatte unter seinem Kragen hervorgezogen und über ihre Schulter gehängt hatte, ging sie zu einem Stapel sportlicher Hemden, suchte nach der passenden Größe und reichte ihm eins davon.

Unsicher, als wüsste er nicht, was er damit anfangen soll, sah er das Hemd, dann Nora, dann wieder das Hemd an.

Da legte Nora selbst Hand an und begann sein Hemd aufzuknöpfen.

Grinsend zog er seine linke Augenbraue nach oben. „Wenn Sie so weiter machen, wird mir die Hose zu eng."

Nora antwortete, bemüht ein Lächeln zu unterdrücken: „Das kann nicht sein, die sitzt."

„Als wüssten Sie nicht, was ich meine", antwortete er knapp.

„Was meinen Sie denn?", fragte sie, sich auf sein Geplänkel einlassend, ohne wirklich eine Antwort zu erwarten.

Hexe! Christoph räusperte sich verlegen, sagte aber nichts.

Sie hatte bereits den vierten Knopf geöffnet, als sie befahl: „Umziehen!"

Gleich, nachdem er in der Kabine verschwunden war, kam der Verkäufer mit Schuhen.

Nora schob sie unter dem Vorhang in die Kabine. „Probieren Sie doch mal die Schuhe an", bat sie.

„Gehen Sie nun so mit mir aus?", wollte er wissen, als er gleich darauf aus der Kabine trat.

Sie sah bewundernd an ihm herunter. „Aber immer."

Er entschied, sich zusätzlich für ein weiteres Paar bequeme Freizeitschuhe aus Baumwolle und für ein schickes Sweatshirt, das ihm Nora locker um die Schultern hängte.

„Gut packen Sie meine Kleidung ein und schicken Sie alles zu mir nach Hause", wandte er sich an den Verkäufer. „Diese Sachen lasse ich gleich an. Schicken Sie die Rechnung an meine Privatadresse."

„Wie Sie wünschen, Herr von Radomski", meinte der junge Mann ein wenig verdutzt, denn so hatte er diesen taffen Geschäftsmann noch nie erlebt.

„Wie fühlen Sie sich?", fragte Nora, nachdem sie das Geschäft verlassen hatten.

„Ungewohnt, aber irgendwie gut. Gefalle ich Ihnen denn nun besser?"

„Fishing for Compliments?", fragte sie, ihn von der Seite anlächelnd.

„Na, wenn ich mich schon so in Schale für Sie werfe, wäre ein Kompliment doch wohl nicht zu viel verlangt. Dieser Einkauf hat mich hungrig gemacht. Was meinen Sie, gehen wir gleich zum Griechen?"

„Auf jeden Fall, mein Magen hat bereits geknurrt."

Bei dem Restaurant, in das Christoph sie führte, handelte es sich um einen einzigen gemütlich eingerichteten Raum, aufgeteilt in unterschiedlich große Nischen.

Sogleich trat ein Kellner auf sie zu und führte sie zu einer, in der sich ein Tisch für zwei Personen befand. Der junge Mann reichte ihnen die Speisekarte und wartete auf die Bestellung.

Christoph bestellte für beide Wein, doch Nora berichtigte: „Für mich, bitte nur ein Wasser."

Der Kellner nickte und verschwand.

„Sie trinken doch Wein oder nicht?", fragte er irritiert.

„Nein, ich trinke zwar gerne ein Glas Wein zum Essen, aber er tut mir nicht gut, darum lass ich es lieber."

„Sie nehmen also nicht an, ich könnte Sie betrunken machen und dann verführen?"

„Hatten Sie das denn vor?"

„Wie soll ich Sie den sonst gefügig machen?", scherzte er.

Nora lachte. „Sie hatten es sicher nie nötig, zu solch üblen Methoden zu greifen."

„Bisher nicht, aber Sie scheinen ein harter Brocken zu sein."

Der Kellner trat an den Tisch um die Getränke zu servieren und verschwand sofort wieder.

„Ein harter Brocken?", nahm Nora das Gespräch wieder auf. „Am Nachmittag hielten Sie mich noch für einen Engel", bemerkte sie scherzhaft.

„Ich bin immer noch überzeugt davon, dass Sie einer sind." Er schenkte ihr sein charmantestes Lächeln, doch plötzlich verdüsterte sich sein Gesicht. Er sah ihr tief in die Augen und erklärte ernst: „Auch, wenn Sie wirklich ein Engel wären und ich Sie nie berühren dürfte", erklärte er und ergriff vorsichtig ihre Hand, als fürchte er tatsächlich sie könne sich auflösen, und führte sie an seine Lippen, „bitte flieg niemals wieder weg von mir", flüsterte er.

*

Noras Herz klopfte hart gegen ihre Rippen. Sie wusste nicht, was sie darauf antworten sollte. Das Chaos in ihrem Kopf ließ keinen vernünftigen Gedanken zu. Insgeheim dankte sie dem Kellner, der das Essen servierte und ihr dadurch die Möglichkeit bot, ihre Fassung wiederzuerlangen. *Was mach ich hier,* fragte sie sich. *Ich bin eine verheiratete Frau, ich habe zwei Kinder und statt mich bei meiner Familie zu melden, die zu Hause auf ein Lebenszeichen von mir wartet, flirte ich mit einem fremden Mann. Aber was für ein Mann.*

„Tut mir leid, ich wollte Sie nicht überrumpeln", riss er sie aus ihren Gedanken, nachdem der Kellner sie erneut allein gelassen hatte. „Guten Appetit."

„Ja, guten Appetit", antwortete Nora automatisch. Sie nahm ihr Besteck auf und stocherte mit der Gabel im Reis herum.

„Ich habe Ihnen mit meiner Äußerung hoffentlich nicht den Appetit verdorben?"

„Wie bitte?"

„Sie starren auf Ihren Teller, wie jemand, der eine Schnecke im Salat entdeckt hat."

„Oh! Nein. Alles in Ordnung. Ich bin hungrig", betonte sie plötzlich wie erwachend und begann zu essen. *Hungrig auf das Leben,* fügte sie in Gedanken hinzu. Um nicht weiter über ihre Probleme nachdenken zu müssen, bat sie ihn: „Erzählen Sie mir ein wenig über sich. Was genau machen Sie eigentlich beruflich?"

„Ich nehme Kontakt mit Menschen auf, die ein – sagen wir – Problem haben und versuche dieses auf effektive Weise, möglichst gewinnbringend zu beseitigen."

„Gewinnbringend für wen?"

„Ich war immer fair", glaubte er sich verteidigen zu müssen.

„Bevor oder nachdem Sie dessen Lebenswerk zerstört haben?"

„Was erwarten Sie von mir? Ich bin nicht die Heilsarmee. Ich tu lediglich das, was von mir erwartet wird. Bisher hat sich noch niemand beschwert. Ich bin keiner von denen, die eine Firma übernehmen, zerpflücken und gewinnbringend veräußern, ohne an die Belegschaft zu denken. Finden Sie nicht, das verleiht mir das Recht auf eine Chance, Gnade vor Ihren Augen zu finden?"

„Eine Chance? Ja, warum nicht? Chancen sind die Perlen, die uns das Leben schenkt. Leider übersehen wir sie allzu oft. Mitunter wollen wir sie gar nicht wahrhaben und manchmal kommen wir einfach zu spät", sinnierte sie.

Er sah sie bestürzt an. „Sie machen mir Angst."

„Das hatte ich nicht vor."

„Ich werde jetzt nicht weiter in Sie dringen, aber wenn Sie doch mit jemandem sprechen möchten, ich bin ein guter Zuhörer."

„Gibt es hier auch irgendwo ein Lokal, in dem man tanzen kann?", lenkte sie ihn vom Thema ab.

„Ja doch. Haben Sie denn Lust dazu? Ich zeige Ihnen einen Club, in den ich ab und zu gehe."

„Wenn die uns so hineinlassen."

„Das werden sie", meinte er vergnügt grinsend, bevor er sie darauf hinwies, dass er ihre Taktik vom Thema abzulenken, sehr wohl durchschaut hatte. „Ich werde Sie in Zukunft zu Verhandlungen mitnehmen. So geschickt, wie Sie das Thema wechseln, könnten Sie mir in so mancher Situation eine große Hilfe sein."

„Habe ich denn irgendwann das Thema gewechselt?"

Er schüttelte lächelnd den Kopf, legte sein Besteck an den Tellerrand, ergriff ihre Hand und führte sie an seine Lippen. „Ich habe mich getäuscht, Sie sind kein Engel. Sie sind der Teufel, in Gestalt eines Engels."

„Das wurde aber Zeit. Ich dachte schon, Sie durchschauen mich nie."

*

Obwohl es bereits ziemlich spät war, als sie das Lokal verließen, bestand Christoph darauf, sie in seinen Club zu führen, um sie mit Freunden bekannt zu machen.

Gedämpftes Licht, gediegene Atmosphäre, eine Band, die leise Melodien spielte. *Die Jungs sind gut.* Nora konnte das durchaus beurteilen. Zu den einschmeichelnden Rhythmen bewegten sich allerdings nur wenige, eng umschlungene Paare, auf der schwarz glänzenden Tanzfläche.

Nachdem sie sich umgesehen hatte, verstand sie auch, warum der Türsteher sie so kritisch betrachtet hatte. Erst, als er erkannte, wer hier

Einlass begehrte, ließ er sie mit einem höflichen, „Guten Abend die Herrschaften", eintreten.

Die Männer trugen Smoking, die Damen Cocktailkleider. Nie zuvor, hatte sie sich so fehl am Platze gefühlt. Christoph dagegen schien kein Problem damit zu haben.

Bevor sie an einem der unbesetzten Tische Platz nahmen, umfasste Christoph ihre Taille und zog sie beschwingt an sich. „Danach habe ich mich den ganzen Abend gesehnt."

„Mit mir zu tanzen?", fragte sie, obwohl sie genau wusste, was er meinte. Ihr ging es ja ebenso.

„Sie endlich in meinen Armen halten zu dürfen", raunte er in ihr Ohr. „Ich weiß."

Er sah ihr überrascht in die Augen. „Ach ja, Sie wissen?"

„Ja! Der Teufel weiß 'ne ganze Menge", antwortete sie schelmisch.

„Warum ließen Sie mich dann so lange darauf warten, Sie kleiner Teufel?"

„Womöglich ist es die Aufgabe des Teufels, Menschen zu quälen? Legen Sie sich also besser nicht mit mir an, Sie würden auf jeden Fall den Kürzeren ziehen."

Er konnte nicht mehr antworten, da sie plötzlich gewaltsam auseinandergezogen wurden.

„Hallo, Christoph! Du elender Schuft hast mich also wegen dieser Person versetzt", rief Marlene außer sich vor Zorn und so laut, dass es nicht nur Christoph hörte. Obwohl sie mit einem eleganten Herrn getanzt hatte, der nun seinerseits das Gesicht verächtlich verzog, schien sie nur darauf gewartet zu haben, dass Christoph den Club betrat. „Wie immer der vollendete Gastgeber", fuhr sie fort. „Ich sehe, du begibst dich sogar auf das Niveau deines Gastes herab, passt dich perfekt ihrem Stil an", spottete sie und sah dabei boshaft an Nora herunter. „Wenn du keine Lust mehr auf Primaten und Holzfällerlatein hast, findest du mich an unserem Lieblingsplatz. Du darfst mich nachher gerne zum Tanz auffordern."

„Du scheinst da etwas gründlich miss zu verstehen, Marlene", zischte er, doch dann lächelte er und sprach ruhig weiter: „Nora befindet sich auf einem Niveau, das du nie erreichen wirst und ich gestehe, ihr Stil gefällt mir ausnehmend gut. Mag sein, dass sich dein Lieblingsplatz in diesem Lokal befindet, meiner ganz sicher nicht."

„Jetzt sei doch nicht gleich verschnupft", bat sie gurrend.

„Verschnupft? Du denkst, ich bin nur verschnupft? Ich bin stinksauer, denn ich habe nicht das geringste Verständnis für Leute, die einen meiner Gäste beleidigen. Und was die Zukunft betrifft …, da du sicher kein Verständnis dafür hast, dass ich meine Freizeit künftig öfter so verbringe, wäre es sicher besser, dir ein anderes Terrain zu suchen."

„Was willst du mir damit sagen?", fragte Marlene weinerlich.

„Ich werde weder an deinen Tisch kommen, noch mich jemals wieder bei dir melden. Habe ich mich nun klar genug ausgedrückt?"

Fast tat sie Nora leid. *Dass Christoph so kalt sein kann …?*

„Spätestens, wenn sie weg ist, wirst du wieder vor meiner Tür stehen", meinte Marlene und fügte trotzig hinzu: „Aber ich werde sie dir nicht öffnen." Damit rauschte sie mit ihrem Begleiter von der Tanzfläche.

Nora lächelte still vor sich hin.

Noch einmal drehten sie sich im Kreis, dann löste er sich von ihr, legte eine Hand an ihren Rücken und führte sie an einen abgelegenen Platz.

Ist es ihm nun doch peinlich, mit ihr gesehen zu werden?

Sie saßen noch nicht lange, da kam einer seiner Bekannten an ihren Tisch. Kurz darauf der Nächste. Christoph machte sie mit allen bekannt und wechselte einige höfliche Worte mit ihnen. Währenddessen bemerkte Nora, dass Marlene ihnen immer wieder böse Blicke zuwarf.

Als Nora die Toilette aufsuchte, folgte ihr Marlene. Anscheinend hatte sie nur darauf gewartet, Nora alleine zu erwischen. Sie packte Nora am Oberarm und zwang sie stehenzubleiben.

„Jetzt sag ich Ihnen mal was", zischte sie bedrohlich. „Christoph gehört mir, lassen Sie Ihre Finger von ihm, sonst ..."

Nora schaute auf Marlenes Hand und dann in ihr Gesicht.

Marlene ließ sofort von ihr ab.

Eine impertinente Person. Was hat Christoph bloß an der gefunden, fragte sich Nora, während sie die Toilette aufsuchte.

Als sie herauskam, lehnte Marlene, die Arme vor der Brust verschlungen am Türstock und blickte ihr zornig entgegen. „Haben Sie mich verstanden?", presste sie zwischen den Zähnen hervor.

Nora wusch ihre Hände, zog mehrere Papiertücher aus dem Automaten und warf sie, nachdem sie ihre Hände abgetrocknet hatte, zusammengeknüllt in den Eimer. Obwohl sie innerlich vor Wut kochte, blieb sie äußerlich weiterhin ruhig. Sie würde sich auf keinen Fall provozieren lassen. Ohne auf Marlene zu achten, warf sie einen kurzen Blick in den Spiegel, strich ihre Haare hinter die Ohren und ging auf Marlene zu.

Einen kurzen Augenblick spiegelte sich Verwirrung auf Marlenes Gesicht. Zwangsläufig machte sie einen Schritt zur Seite und fast gleichzeitig wich ihre Verwirrung unverhülltem Zorn. „Das wirst du mir büßen, du Miststück", zischte sie ihr hinterher.

„Kommen Sie", forderte Christoph sie auf, der bereits vor der Tür zur Bar auf sie gewartet hatte, „ich habe es satt, ständig angequatscht zu werden."

Froh, das Lokal verlassen zu können, atmete Nora erleichtert auf. Erste Anzeichen nahender Kopfschmerzen meldeten sich. Außerdem nervte sie diese Ansammlung oberflächlich wirkender Menschen. Immer weniger verstand sie, dass ein – allem Anschein nach – ernsthafter Mann wie Christoph, diese Menschen nicht durchschaute. Aber vielleicht urteilte sie in Anbetracht ihrer Situation auch zu hart.

Christoph öffnete die Wagentür. Nora stieg ein und lehnte sich bequem in die Polster zurück.

Als Christoph den Wagen startete, fragte sie: „Sie sind hier sehr bekannt. Was sind Sie, ein Mafiaboss oder so was Ähnliches?"

„So was Ähnliches", entgegnete er knapp.

Nachdenklich betrachtete Nora die Straßenlaternen, unter denen sie alle paar Meter hindurchfuhren. „Sie passen doch gar nicht zu diesen Leuten."

„Zu diesen Leuten? Wie können Sie das sagen? Bei diesen Leuten handelt es sich immerhin um meine Freude. Überhaupt, woher wollen Sie wissen, wer zu mir passt?", fragte er gereizt.

Betroffenen warf ihm Nora einen kurzen Seitenblick zu. Er schien wütend auf sie zu sein. „Entschuldigung, ich wollte Ihnen nicht zu nahetreten. Es geht mich auch gar nichts an."

Er antwortete nicht. Nach etwa einem Kilometer, bog er rechts ab und parkte auf einem Plateau, von dem aus sie eine wundervolle Aussicht auf die See hatten.

„Tut mir leid, dass ich so barsch reagierte. Das war ziemlich daneben. Sie hätten allen Grund, mir böse zu sein."

„Warum sollte ich? Es war Ihr gutes Recht mich in meine Schranken zu weisen."

„Ich hatte vor, Ihnen einige meiner Freunde vorzustellen, doch zum ersten Mal sah ich diese Menschen mit anderen Augen. Mit Ihren Augen, Nora. Anscheinend habe ich mir all die Jahre was vorgemacht. Wie konnte ich diese Leute als Freunde bezeichnen? Die Wahrheit ist, ich habe mich über mich selbst geärgert. Weil ich erkannte, dass ich ebenso bin. Es machte mich wütend, dass Sie sich nur einmal in diesem Club aufhalten mussten, um das zu erkennen, während ich es bis zu diesem Abend nicht bemerkte."

„Bestimmt sind nicht alle so. Ich habe vorschnell geurteilt. Es tut mir leid."

„Lenken Sie jetzt nicht ein. Ich kenne diese Leute, sie sind genauso. Aber Sie Nora, Sie sind so anders. Ich habe noch nie eine Frau wie Sie kennengelernt. Heute Abend hatte ich mehr Spaß, als je zuvor in meinem Leben." Zärtlich sah er ihr in die Augen und streichelte sanft ihre Wange. „Nora du hast mir gezeigt, dass es auch noch etwas anderes gibt, als Geschäfte, Partys und Menschen, die an nichts anderes als nur daran denken. Verdammt Nora, du hast mein ganzes Leben auf den Kopf gestellt. Ich habe mich ..."

Nora legte zwei Finger auf seine Lippen. „Bitte sprechen Sie jetzt nicht weiter, ich müsste Sie sonst sofort verlassen."

„Aber Sie können doch nicht ..."

„Ich muss es sogar, denn ich möchte Ihnen nicht wehtun."

„Gibt es einen anderen Mann in deinem Leben?" Wie selbstverständlich ging ihm das du über die Lippen.

„Ja, den gibt es", hauchte sie.

„Das hätte ich mir denken können. Eine Frau wie du, ist nicht allein. Aber du hast ihn doch verlassen?"

„So würde ich es nicht sagen. Ich bin weggegangen, weil ich mir über einiges klar werden wollte. Ich habe ihn nicht verlassen, da gibt es einen feinen, aber nicht unwichtigen Unterschied."

„Und ist es dir klar geworden?"

Es wäre so einfach gewesen ihn zu belügen, doch sie konnte nicht. „Nein, nicht wirklich, eher das Gegenteil ist der Fall."

„Hat das mit mir zu tun?"

„Christoph ..." Wie gerne hätte sie ihm gesagt, was sie fühlte. Doch durfte sie das? Längst war ihr klar geworden, dass sie viel mehr für ihn empfand, als sie jemals für Frank empfunden hatte. Aber das durfte er nie erfahren. „Bringen Sie mich bitte nach Hause."

„Nora, tut mir leid. Ich wollte dir nicht zu nahetreten. Aber wie ist es, könnten wir uns nicht wenigstens, auf das „du" einigen?"

Nora sah ihn einen Moment nachdenklich an, dann nickte sie. „Gerne, Christoph. Ich danke dir für diesen schönen Abend."

„Nora ich ..., ich danke dir ebenfalls. Ich habe diesen Abend sehr genossen. Wie ich schon sagte, du bist so anders. Aber Nora, da ist doch etwas zwischen uns, das spürst du doch auch. Ich kann es in deinen Augen sehen. Du weißt, was ich meine ..."

„Christoph, ich wollte das nicht. Ich hatte nicht damit gerechnet, dass so etwas geschehen könnte", entgegnete sie und wollte sich von ihm abwenden, da ergriff er ihre Hand und zog sie an sich.

Einen Moment hielt er sie fest umschlungen, dann lockerte er seine Umarmung und streichelte zärtlich über ihre Wange, während er tief in ihre Augen blickte. „Du fühlst dasselbe! Mein Gott, Nora, du hast dich auch in mich verliebt."

Als sein Mund den ihren berührte, hatte sie nicht mehr die Kraft ihm zu widerstehen. Bedingungslos kapitulierend lag sie in seinen Armen.

Kaum hatten sich ihre Lippen geöffnet, drängte sich seine Zunge sanft in ihren Mund und spielte mit der ihren. Er schmeckte nach Wein, vermischt mit einem Hauch Knoblauch. Dann roch sie sein Aftershave, und als ihre Finger seine Wange berührten, fühlte sie die nachwachsenden Barthaare. All ihre Sinne schienen empfangsbereit. Tausend kleine Elektrostöße liefen über ihre Haut, ihr Puls raste, ihr Herz schlug kräftig gegen ihre Brust. Sie fühlte sich so unglaublich lebendig. Ein irrwitziger Gedanke jagte durch ihren Kopf. *Sollte ich in diesem Augenblick sterben, wüsste ich, was es heißt zu leben und zu lieben. Noch nie hatte sie sich so sehr danach gesehnt, eins mit einem Mann zu sein.*

„Du gehst mir ganz schön unter die Haut", flüsterte er heiser in ihr Ohr und fügte, sich etwas zurückziehend, hinzu: „Lass uns nach Hause fahren." Bevor er den Wagen jedoch startete, beugte er sich noch einmal über sie und küsste sie besonders zärtlich.

Während der Fahrt, die nur zehn Minuten dauerte, obwohl sie Nora wie eine Ewigkeit vorkam, sprach er kein Wort, doch sie spürte seine Blicke.

Er parkte direkt vor der Tür, stieg schnell aus, lief um den Wagen herum und reichte Nora die Hand um ihr beim Aussteigen behilflich zu sein. Wieder zog er sie an sich und küsste zärtlich ihren Nacken.

Nachdem sie das Haus betreten hatten, gingen sie eng umschlungen die Stufen hinauf. Bevor sie ihre Schlafzimmertür öffnete, sah sie ihn noch einmal an und flüsterte mit einem Zittern in der Stimme: „Gute Nacht, Christoph."

Christoph wirkte einen Moment verunsichert, als er ihren ängstlichen Blick bemerkte. „Verdammt Nora, das kann nicht dein Ernst sein. Du schickst mich nicht weg. Nicht jetzt, wo mein Körper vor Sehnsucht nach dir brennt."

„Christoph …"

Abrupt wandte er sich ab, ließ sie einfach stehen und ging schnell nach oben in seine Wohnung.

Etwa eine halbe Stunde später stand Nora, nachdem sie geduscht und ihr Nachthemd angezogen hatte, vor dem Fenster und sah auf die See hinaus. Sie sehnte sich nach seinen leidenschaftlichen Küssen, nach seinen zärtlich streichelnden Händen, danach, seine Haut auf ihrer Haut zu spüren, seinen Körper auf ihrem Körper. Sie konnte nicht mehr klar denken. Nicht nur in ihrem Kopf herrschte ein absolutes Desaster, alles in ihr war in Aufruhr geraten.

Mitten in diesem Gefühlschaos hörte sie, wie sich der Türknauf bewegte und als sie sich umsah, bemerkte sie, wie er langsam auf sie zukam.

Nora schüttelte abwehrend den Kopf, sagen konnte sie nichts mehr. Alles in ihr drängte danach, sich in seine Arme zu schmiegen.

Er zog sie sanft an sich, küsste zärtlich ihr Gesicht, ihre Lippen und ihren Hals. „Ich kann nicht anders, schick mich nicht weg. Nora ich liebe dich und ich brauche dich – jetzt. Lass mich bei dir bleiben, ich will dir zeigen, wie sehr ich dich liebe."

„Das dürfen wir nicht", protestierte sie schwach.

„Pst! Ich weiß, was du jetzt denkst, doch wenn du so fühlst wie ich, dann ist es sinnlos sich dagegen zu sträuben. Wir brauchen einander, bitte schick mich nicht weg", bat er heiser, während er zärtlich ihre Wange streichelte, ihren Nacken sanft massierte und ihr Haar spielerisch über seine Finger gleiten ließ.

Offensichtlich hatte er Erfahrung darin, Frauen zu verführen. Nora genoss seine zärtlichen Berührungen.

Dann legte er seine Hände fest auf ihre Schultern, zog sie in seine Arme und hielt sie einige Sekunden einfach nur fest umschlungen.

Hartnäckig überhörte sie das monotone Hämmern in ihrem Kopf, dieses sich ständig wiederholende, nein, nein, nein. Dafür hörte sie auf das jubelnde ja, ja, ja, welches direkt aus ihrem Herzen zu kommen schien. *Könnte mein Leben durch die körperliche Vereinigung mit ihm, vollkommen werden, habe ich dann nicht ein Recht darauf? Es geht um mein Leben und nur um mein Leben. Was habe ich zu verlieren? Meine Heiligsprechung? Wenn es daran liegt, will ich darauf pfeifen.*

Sie wusste genau, es war zu spät, um aufzuhören. Ihre Seelen hatten sich gefunden und bald würden sie eins sein. Als er sie auf seine Arme hob und behutsam aufs Bett legte, traten Tränen in ihre Augen. Nie zuvor in ihrem Leben hatte sie sich so glücklich gefühlt.

Vorsichtig schob er die Träger ihres Nachthemdes über ihre Schultern und streifte es über ihre Brüste. „Mein Gott bist du schön." Sinnlich lächelnd beugte er sich über sie und küsste sie zärtlich.

Sein Atem riecht und seine Zunge schmeckt nach Pfefferminz. Er hat sich die Zähne geputzt, dachte sie, während sie den Gürtel seines Morgenmantels öffnete. Dann küsste sie seinen Hals, seine Brust und seinen Bauch, bis er lustvoll stöhnte.

„Nora, oh Nora, was machst du mit mir? Ich liebe dich. Ich liebe dich so sehr." Er schob das Nachthemd langsam über ihre Hüften und begann mit seinen Händen ihren Körper zu erforschen. Er schien genau zu wissen wo und wie sie berührt werden wollte. Zärtlich streichelte er ihre kleinen, festen Brüste, ihren Bauch, die Hüften, fuhr zärtlich über ihre Schenkel und schien dabei nichts anderes im Sinn zu haben, als sie glücklich zu machen. „Nora", flüsterte er, „ich kann an nichts anderes mehr denken, als an deinen vollkommenen Körper. Ich will dich. Sonst verliere ich den Verstand."

Nie zuvor hatte sie so viel Lust empfunden, sich nach den Zärtlichkeiten eines Mannes gesehnt und danach, ihn mit ebensolchen zu verwöhnen. Sie fühlte seine heiße Haut unter ihren Händen und das stürmisch pochende Herz, das in seiner Brust schlug. Unbeherrscht gruben sich ihre Hände in sein Haar und zogen seinen Kopf zurück in seinen Nacken, den sie gleich darauf zärtlich kraulte, um dann über seinen Rücken zu seinen Pobacken zu wandern. Nora hatte nicht einmal geahnt, wie viel Verlangen nach Liebe sich in ihr verbarg. Als die Flammen der Leidenschaft über ihr zusammenschlugen, glaubte sie zu brennen …

*

Während ihre Fingernägel, seinen Rücken sanft marterten, wie die Krallen einer schnurrenden Katze, wollte er nicht mehr zärtlich sein. Er konnte an nichts anderes mehr denken, als daran, in sie einzudringen, um sich des Drucks zu entledigen, der ihm den Verstand zu rauben drohte. Er wollte sie nehmen, wie er jede Frau genommen hatte. Doch dann fühlte er eine eigenartige Wärme seinen ohnehin heißen Körper durchfluten, ein Gefühl, das er bisher nicht gekannt hatte. Er wollte diese Frau glücklich machen. Sie sollte dasselbe fühlen wie er. Als ihre Hände auf seinem Po liegen blieben und ihn lüstern zu kneten begannen, sich ihr Körper, dem seinen verlangend entgegen bog und dann unterwarf, drang er behutsam in sie ein.

Es kam ihm wie eine Erlösung vor und gleichzeitig wie ein Triumph, als sie im selben Moment kam.

Danach lagen sie lange still beieinander. Keiner sprach ein Wort, so als wollten sie den Zauber des Augenblicks nicht zerstören.

Sie hatte ihren Kopf auf seine Brust gelegt und er spielte zärtlich mit ihrem Haar, als er die Sille plötzlich unterbrach: „Ich liebe dich, Nora. Niemand hat mir gesagt, dass Liebe so glücklich machen und dass Glück so wehtun kann."

„Chris …"

„Oh Nora, ich will dich nicht verlieren. Was ich in diesem Moment für dich empfinde, werde ich nie wieder für eine andere Frau empfinden können. Mir ist, als wäre mein Hunger nach Liebe zum ersten Mal gestillt worden."

„Da habe ich mir ja was eingebrockt", versuchte sie, die Gefühlsseligkeit des Augenblicks aufzulockern, „nun muss ich dich wohl ständig füttern."

„Du nimmst mich nicht ernst", sagte er, enttäuscht von ihrer Leichtigkeit.

„Doch tu ich", sagte sie daraufhin ernst, während sie zärtlich seine Brust streichelte. „Mir geht es doch genauso. Aber es macht mich auch nachdenklich."

„Du bereust es doch nicht?", fragte er besorgt.

„Nein! Wie könnte ich? Ich danke Gott dafür, dass du mir begegnet bist. Du hast mein Leben vollkommen gemacht." Nora beugte sich über ihn und küsste zärtlich seine Wange.

Christoph streichelte sanft ihren Rücken. „Ich bin der glücklichste Mann der ganzen Welt. Keine Frau hat jemals solche Gefühle in mir geweckt. Nicht zu fassen, dass ich dich in meinen Armen halte."

„Trotzdem hätten wir das nicht tun dürfen", flüsterte sie.

„Du denkst an deinen Mann?" *Wenn ich nur wüsste, was sie bedrückt. Ich muss mich gedulden, bis sie genug Vertrauen zu mir gefasst hat.*

„Auch", sagte sie, „aber lass uns jetzt nicht darüber sprechen."

Er küsste sie zärtlich und bald darauf fühlte er, dass sie nur noch an ihn dachte …

*

Nora lauschte auf seine tiefen Atemzüge. *Warum jetzt Chris? Warum erst jetzt?*

Plötzlich kamen die Schmerzen zurück. Sie erhob sich, stahl sich leise auf Zehenspitzen ins Badezimmer, um eine Tablette zu sich zu nehmen. Während sie die Tablette mit Wasser hinunterspülte, betrachtete sie ihr Gesicht im Spiegel. Sie fröstelte, dann krampfte sich ihr Magen zusammen und ein heißes, flaues Gefühl machte sich in ihrem Körper bemerkbar. *Bald werde ich nicht mehr sein. Keine Schmerzen, nie wieder Tabletten und nie wieder Angst ...* Plötzlich regte sich ihr Gewissen und ihr Herz krampfte sich zusammen, als sie an Tristan und Lena dachte. Tränen verschleierten ihren Blick. *Aber auch nie wieder meine Kinder in die Arme nehmen, nie wieder mit Frank auf der Terrasse unseres Hauses sitzen, um den Tag in Ruhe ausklingen zu lassen, nie wieder mit meinen Händen in der Erde unseres Gartens wühlen ..., nie wieder Christoph lieben ...*

Leise klopfte jemand an die Tür. „Nora?"

Schnell wischte sie die Tränen von Augen und Wangen, atmete einmal tief durch und wusch ihr Gesicht. „Komm rein."

„Was ist mit dir?"

„Nichts weiter, nur ein bisschen Kopfweh", erklärte sie, während sie nach dem Handtuch griff.

Er lächelte. „Was fällt dir ein, dich einfach so davon zu stehlen? Ich hab' mir Sorgen gemacht."

„Ich wollte deinen Schlaf nicht stören", antwortete sie und scherzte: „Entschuldige mal, ich konnte ja nicht ahnen, dass du gleich an mir kleben würdest, wenn ich mich mit dir einlasse."

„Du hast mir eben einen schönen Schrecken eingejagt", sagte er, legte seine Hände um sie und küsste ihren Nacken. „Ich habe immer noch Angst, du könntest einfach verschwinden. Du zitterst ja, frierst du?"

„Ja, ein wenig", sagte sie, drehte sich zu ihm um, vermied es aber ihn anzusehen. „Komm, lass uns wieder zu Bett gehen."

„Lege dich ganz dicht an mich", befahl er fürsorglich und presste seinen Körper fest an ihren. Dann legte er einen Arm über ihren Oberkörper, ein Bein über ihre Beine und wärmte sie, bis das Zittern nachließ. Zärtlich küsste er dabei ihren Nacken und flüsterte: „Ich liebe dich, du zauberhaftes Wesen. Lass mich nie mehr alleine, versprichst du mir das?"

„Das kann ich dir nicht versprechen und das weißt du."

„Aber …“

„Lass uns morgen darüber sprechen, ja? Ich bin müde.“ Nora drehte sich zu ihm um und küsste ihn noch einmal. Sie wollte jetzt weder über ihr Problem sprechen, noch an ihre Familie denken. „Ich habe dich sehr lieb, Chris.“

„Ach Nora, ich glaube, immer noch zu träumen.“

„Kein Traum kann so schön sein“, flüsterte sie und schmiegte sich noch fester an ihn.

Kapitel 4

Lydia häufte gerade eine Portion Rührei auf ihren Teller, als Nora das Speisezimmer betrat. „Gestern ist es wohl spät geworden?", spöttelte sie gutmütig.

„Ja, sehr spät", gab sie lächelnd zu.

„Ich wollte Christoph von Ines wecken lassen, als er nicht wie üblich am Frühstückstisch erschien. Sie berichtete mir, er wäre nicht mehr auf seinem Zimmer, selbst das Bett hätte er schon selbst gemacht", berichtete sie und sah Nora einen Moment an, als erwarte sie eine Antwort. „Ich wusste gar nicht, dass er das kann …", sinnierte sie und fügte gleichgültig hinzu: „Wie auch immer, wahrscheinlich verließ er das Haus schon so früh, weil er heute eine Besprechung hat."

„Liebste Lydia, du hast eine ganz eigene Art einem die Dinge aus der Nase zu ziehen, aber solltest du vermuten, dass er bei mir war, dann kann ich nur sagen, du hast dich …"

Lydia sah sie gespannt an.

„… nicht getäuscht", vollendete Nora den Satz.

„Ja!", jauchzte Lydia.

„Freu dich nicht zu früh. Es ist nicht immer das, wonach es aussieht. Verdammt Lydia, hast du dich nicht einmal gefragt, wo ich mitten in der Nacht herkomme, so ohne Gepäck?"

„Ich dachte, ein Engel …, der liebe Gott hat mir einen Engel für Christoph geschickt", antwortete sie theatralisch.

„Was habt ihr nur immer mit dem Engel? Nach dieser Nacht bin ich wohl eher das Gegenteil", erklärte Nora aufgebracht. „Entschuldige", fügte sie hilflos lächelnd hinzu. „Du hast dieselben altmodisch kitschigen und romantischen Vorstellungen von der Liebe, wie ich. Trotzdem hättest du mal ernsthaft über diese ungewöhnliche Situation nachdenken müssen."

„Sicher hast du recht, aber da du mich bereits durchschaut hast, müsstest du auch wissen, dass ich gerne emotional entscheide. Du gefällst mir nun mal."

„Und mir erst", kam es von der Tür, aus Christophs lächelndem Mund. Seine Augen strahlen so unverschämt glücklich, dass Nora ihn am liebsten gleich wieder geküsst hätte. *Haben Franks Augen jemals so gestrahlt?* Sie konnte sich nicht erinnern oder doch – *manchmal ...,* *eigentlich, wenn ich es recht überlege, sogar sehr oft.* Plötzlich spürte sie einen dumpfen Schmerz in ihrem Kopf, sie stöhnte laut auf und griff an eine Seite ihrer Stirn.

„Was ist mit dir? Kann ich dir helfen?", fragte Lydia besorgt.

„Nein, ist schon vorbei. Wahrscheinlich habe ich nur zu wenig geschlafen. Ist schon gut."

„Du hast immer noch Kopfschmerzen?", fragte Christoph besorgt. „Frühstücke erst mal in aller Ruhe, dann legst du dich noch mal nieder und ruhst dich aus. Ich habe einiges im Büro zu erledigen. Aber ich verspreche, so schnell wie möglich wieder hier zu sein. Es gießt wie aus Kübeln. Bei diesem Wetter können wir leider nicht zum Strand. Da gibt es allerdings einen anderen Ort, an den ich dich entführen möchte."

Gierig leerte er ein Glas Orangensaft, aß mit großem Appetit sein Rührei mit Schinken, einige Scheiben Toast und so ganz nebenbei trank er zwei Tassen Kaffee dazu.

Nora konnte nur staunen. „Dir geht es offensichtlich gut?", stellte sie fest, bevor sie ebenfalls einen Schluck Kaffee zu sich nahm. Appetit hatte sie keinen. Sie würde später eine Kleinigkeit essen.

„Es ging mir noch nie besser", sagte er, nachdem er den letzten Schluck getrunken und die Tasse abgestellt hatte. Zufrieden lächelnd blickte er von Nora zu seiner Mutter. „Okay, dann werd ich mal", sagte er, bevor er sich erhob. Ohne auf seine Mutter zu achten, ging er zu Nora, beugte sich über sie und küsste sie leidenschaftlich. Danach umrundete er glückstrahlend den Tisch, blieb vor Lydia stehen und küsste sie heftig auf die Wange. Während er nach seinem Jackett griff, in das er bereits im Gehen hineinschlüpfte, rief er: „Tschüs ihr beiden. Ich beeile mich."

Lydia lächelte sinnierend vor sich hin. „Dieses Glück habe ich mir immer für meinen Sohn gewünscht. Er gehört an die Seite der Frau, die er liebt und die ihn liebt. Du liebst ihn doch?"

Noras Herz tat einen glückseligen Sprung, gleichzeitig krampfte sich ihr Magen infolge ihres schlechten Gewissens zusammen.

„Ja, ich liebe ihn. Er ist der Mann, nach dem ich mich unbewusst – zugegeben – mitunter auch bewusst, mein ganzes Leben lang gesehnt habe. Der Mann, von dem ich wusste, dass es ihn irgendwo auf dieser

Welt geben muss. Allerdings begrub ich die Hoffnung, ihm eines Tages zu begegnen, schon vor langer Zeit. Und mittlerweile ist es zu spät."

„Aber ihr seid doch noch jung", warf Lydia ein, „es ist nie zu spät für die Liebe, Kindchen. Ihr habt noch euer ganzes Leben vor euch, um eure Liebe zu genießen. Von Anfang an wusste ich, du würdest meinem korrekten, arbeitswütigen, gefühlsarmen und doch so liebenswerten Sohn guttun."

„Lydia, ich werde heute abreisen."

„Abreisen?" Lydia warf Nora einen verständnislosen Blick zu. „Auf gar keinen Fall! Das kannst du Christoph nicht antun."

„An jenem Abend, als ich den Zug nach Hamburg bestieg, da floh ich vor etwas, das mein Leben – mich, völlig aus der Bahn geworfen hat."

Lydia biss die Zähne zusammen. „Ja, so etwas in der Art, habe ich mir schon gedacht. Aber obwohl ich vor Neugier fast platzte, wollte ich die Antwort nie wirklich wissen. Und jetzt, da du anscheinend bereit bist, mir alles zu erzählen, will ich sie erst recht nicht wissen. Verstehst du? Ich möchte euch beide einfach nur glücklich sehen. Natürlich bin ich nicht so naiv anzunehmen, du wärst eine Frau ohne Vergangenheit. Schließlich bist du kein Baby, das ich auf einem Kirchenportal gefunden habe. Doch bisher gelang es mir ganz gut, diese Tatsache erfolgreich zu verdrängen. „Na gut, da ist etwas, das du klären musst. Dann klär das, aber bleib. So! Und nun will ich zu diesem Thema nichts mehr hören, basta."

„Aber ..."

Doch Lydia winkte ab. „Uns Menschen erscheint so vieles wichtig und wir zermartern uns täglich den Kopf darüber, wie wir was tun sollen, wollen oder müssen. Das Leben ist ein Fluss, würden wir nicht ständig gegen den Strom schwimmen, könnten wir sehr viel Schönes an dessen Ufer entdecken. Wenn mich das Leben eines gelehrt hat, dann, dass es zu kurz ist, um auch nur einen Tag zu vergeuden." Sie nickte eifrig, als müsse sie sich den Inhalt ihrer Worte selbst bestätigen.

Nora gab erst mal auf. Aber sie fragte sich, wie es nun weitergehen soll. *Ich muss Christoph die Wahrheit sagen und danach werde ich abreisen. Das ist sicher das beste für alle. Für alle? Warum darf ich nicht einfach bei ihm bleiben, dieses Geschenk, das mir das Leben macht, annehmen und glücklich sein so lange es möglich ist?*

*

Ein fröhliches Lachen auf den Lippen rauschte Christoph ins Büro. „Den aller schönsten guten Morgen, Bärchen. Reichen Sie mir bitte sofort die Post. Welche Termine habe ich heute?"

Seine langjährige Chefsekretärin, Irene Bär, deren Gesicht allerdings eher einem Iltis mit Brille glich, warf ihm aus ihren lebhaften kleinen Knopfaugen einen irritierten Blick zu. Sie schien sich zu fragen, ob sie ihren Chef jemals so überaus gut gelaunt, heiter und gelöst erlebt hatte. Ihrem Gesichtsausdruck zufolge schien sie sich jedenfalls nicht zu erinnern, ihn jemals so erlebt zu haben. Nicht mal an dem Tag, als ihm sein Vater die Firma übergab. Hätte man sie nach ihrer Meinung über ihren Chef gefragt, sie hätte vermutlich geantwortet: „Christoph von Radomski gehört zu der Gattung Mann, die stets korrekt und nach Fakten handeln, niemals gefühlsbetont."

„Chef", fragte sie, während sie hinter ihm herlief, „ich möchte Ihnen nicht zu nahetreten, aber ...?"

„Ja Bärchen, ich habe mich verliebt – verliebt in einen Engel", erklärte er überschwänglich, dann schien er einen Moment zu überlegen, „vielleicht ist sie auch ein Teufel, da bin ich mir noch nicht ganz sicher. Aber sie ist wundervoll und so herrlich normal. Sie trägt Jeans wie eine Königin, geht mit Elvis barfuß am Strand spazieren und sie bringt mich dazu, Dinge zu tun, die ich längst vergessen habe und solche, von denen ich nicht einmal wusste, dass sie möglich sind. Oh Bärchen", seufzte er, „sie kam wie ein Sturm in mein Leben, ein Sturm, der sich in kürzester Zeit zu einem Hurrikan entwickeln könnte." Entspannt lehnte er sich in seinen Bürosessel zurück und verschränkte die Arme in seinem Nacken. Er musste unwillkürlich lächeln, als er sich an den Morgen erinnerte, an dem sie ihm ihre Meinung gesagt hatte. Er hatte sich ganz schön zusammenreißen müssen. Nicht weil er ihr ins Wort fallen wollte, sondern weil er diese, sich lebhaft bewegenden Lippen, die zwei steilen Falten auf ihrer Stirn und die Lider der vor Wut glühenden Augen am liebsten geküsst hätte. *Was für eine Frau,* hatte er gedacht. Von diesem Moment an, war es um ihn geschehen. Er war fasziniert von dieser innerlich vor Wut kochenden Frau, die mit jedem Wort, jeder Geste noch schöner wurde. *Ich sollte sie immer auf hundert*

Grad halten, sinnierte er. „Hm", lachte er auf. „Vermutlich wäre es besser, mich schnellstens in Sicherheit zu bringen. Sie stellt einfach alles, was mir bisher wichtig war, in Frage. Und mein Leben stellt sie so ganz nebenbei auf den Kopf. Plötzlich ist alles rund was Kanten hatte. Und wissen Sie, was das seltsamste ist?"

Frau Bär, die die einzige Grünpflanze goss, die im Büro ihres Chefs stand, zog ihre Augenbrauen interessiert nach oben. „Nein, aber Sie werden es mir sicher gleich sagen."

„Meine Mutter mag sie und sie mag meine Mutter."

„Dann muss es sich um eine außergewöhnliche Frau handeln, trotz Elvis", meinte Frau Bär und schob ihre Brille, die sie normalerweise immer auf der Nasenspitze trug, näher an ihre Augen.

Christoph warf ihr einen grüblerischen Blick zu, für einen kurzen Augenblick wusste er nicht, was sie ihm damit sagen wollte. „Elvis ist mein Hund", erklärte er.

„Sie haben einen Hund?", fragte sie nun überrascht.

„Mutter brachte ihn von ihrem Kuraufenthalt mit. Sie meinte, er wäre ein passendes Geschenk für mich. Na ja, Sie kennen ja meine Mutter."

„Ja, das tue ich", erwiderte sie zugeknöpft und ging zur Tür.

„Bärchen", hielt er sie zurück, „ich will so schnell wie möglich wieder nach Hause. Also halten Sie mir alles vom Hals."

„Die Besprechung mit Heinemann kann aber nicht verschoben werden", erwiderte sie spontan und warf einen Blick auf ihre Armbanduhr. „Da müssen Sie durch."

Er schlug die Unterschriftsmappe auf und griff nach seinem Füller. „Um welche Uhrzeit ist die angesetzt?"

„Um zehn."

„Wenn's denn sein muss", brummte er, fügte dann aber bestimmt hinzu: „Alles andere streichen Sie bitte. Und besorgen Sie mir den schönsten Blumenstrauß, den Sie auftreiben können. Nein! Ich werde ihn später selbst besorgen. Ach, Bärchen ...", er seufzte glücklich, „waren Sie schon mal verliebt?"

„Andauernd, Chef, andauernd."

*

135

Nora fühlte sich von ihren Gefühlen hin und her gerissen. Natürlich gestand sie Lydia eine gewisse Lebenserfahrung zu. Schließlich war auch sie schon mit dem Tod konfrontiert worden, als ihr Mann starb. Sie entschloss sich, erst mal zu bleiben. allerdings nur, um sich der Situation stellen, um alles zu klären, dann würde sie sowieso niemand mehr halten, davon war sie überzeugt.

Ines betrat das Speisezimmer. Sie stellte eine Kanne mit frisch aufgebrühtem Kaffee auf den Tisch und wandte sich an Lydia. „Hanna lässt sagen, das Essen wird um dreizehn Uhr serviert. Herr von Radomski hat vor wenigen Minuten angerufen und darum gebeten, man solle Ihnen auszurichten, dass er zu dieser Zeit zu Hause sein wird."

„Danke, Ines." Erfreut wandte sich Lydia an Nora. „Das habe ich dir zu verdanken. Du kommst jetzt erst mal mit mir in die Küche, ich muss dir endlich Hanna vorstellen. Sie ist ein wenig eigen, möchte immer gerne wissen, für wen sie kocht und sie ist sicher schon beleidigt, weil ich dich noch nicht zu ihr gebracht habe. Hanna ist eine treue Seele. Sie war schon bei meinen Schwiegereltern in Dienst, ist eine hervorragende Köchin und gehört so gut wie zur Familie. Also komm."

Hanna, die Bilderbuchköchin, schien fast ebenso breit, wie hoch zu sein. Die glänzenden Wangen in dem runden, freundlich wirkenden Gesicht, glühten vor Eifer. Ihre braunen Augen musterten sie neugierig, bevor sich ihr ein wenig zu breit geratener Mund zu einem zustimmenden Lächeln verzog.

Nora nahm an, dass Hanna ihre Soßen gerne selbst probierte und alles andere vermutlich auch, das tat aber der Sympathie, die sie spontan für die Köchin empfand, keinen Abbruch.

Hanna ergriff ihre Hand, bevor Nora sie ihr reichen konnte und schüttelte sie kräftig. Anschließend schnitt sie ein Stück frischgebackenen Butterkuchen ab, setzte ihn auf einen Teller und reichte ihr diesen mit den Worten: „Lassen Sie ihn sich schmecken. Sie können ein wenig mehr auf Ihren Rippen gut vertragen."

Nora bedankte sich, und obwohl ihr bereits von ihrem schlechten Gewissen übel war, probierte sie ihn. „Mmm, lecker", lobte sie die Bäckerin. „Sie verstehen Ihr Handwerk."

„Das will ich wohl meinen."

„Es geht mir zurzeit nicht so gut", erklärte sie bedauernd. „Darf ich den Kuchen mit nach oben nehmen und später essen?"

„Oh, das tut mir leid. Da ist Butterkuchen nicht das Richtige", bestimmte sie, während sie ihr gleichzeitig den Teller aus der Hand nahm. „Ich werde Ines mit einer Tasse meines speziellen Kräutertees zu Ihnen schicken."

„Danke, das ist sehr lieb von Ihnen."

Mit gemischten Gefühlen betrat Nora wenig später Lydias Büro. Sie wählte die Nummer von zu Hause, aber niemand nahm das Gespräch entgegen. „Was habe ich erwartet?", flüsterte sie vor sich hin. *Die Kinder sind um diese Zeit in der Schule und Frank ist natürlich bei der Arbeit. Sicher rechnen sie auch noch gar nicht mit meinem Anruf. Ich werde es am Abend noch mal versuchen.*

*

„Du meinst, deine Frau ist einfach aus dem Krankenhaus weggelaufen?", fragte Anton ungläubig und biss herzhaft in seine Stulle. Kauend fragte er: „Wie konnte sie einfach weggehen? Ausgerechnet Nora, die ihr eigenes Wohl für das ihrer Familie immer wieder hintenanstellte und für alle stets ein offenes Ohr hatte. Das hätte ich nicht von ihr erwartet. Weiß sie denn nicht, was sie dir und den Kindern damit antut?" Als Franks Kollege und bester Freund, hatte er Noras Krankengeschichte zeitnah mitbekommen.

„Sie wollte Zeit. Zeit." Frank lachte hilflos. „Verstehst du, was ich sage? Ausgerechnet von mir will sie Zeit. Was denkt sie sich dabei? Mein Gott! Stünde es in meiner Macht, ich würde ihr geben, wonach sie verlangt. Obwohl es mir lieber wäre, sie würde diese Zeit an meiner Seite verbringen. Anton, wenn sie sich nicht operieren lässt, hat sie keine Chance. Was soll ich nur machen?"

„Das weiß ich auch nicht. Ich kann es immer noch nicht fassen. Ausgerechnet deine Nora soll einen Tumor im Kopf haben? Ich will das einfach nicht wahrhaben."

„Was denkst du, wie es mir geht?"

„Frank, ich weiß doch, dass du dir die größte Mühe gibst, stark und gelassen zu wirken und ich weiß auch, dass du alles tun würdest, könnte Nora dadurch wieder gesund werden. Junge du stehst am Rande eines Nervenzusammenbruchs. Geh nach Hause."

„Damit ich in der leeren Wohnung herumtigere, wo es mich vor Sorge um sie fast zerreißt?"

Anton nahm seine Schildkappe ab und kratzte sich am Hinterkopf. „Du musst sie suchen."

„Ich weiß, wo sie ist. Nicht genau, aber ich weiß, sie ist bei einer Lydia von Radomski, in der Nähe von Stralsund." Er schraubte seine Thermoskanne auf und goss Kaffee in seine Tasse. Dann öffnete er den Vesperbehälter, entnahm ihm eine Schinkenwurststulle und biss hinein. Er hatte keinen Appetit, aber er musste essen, sonst würde er tatsächlich zusammenklappen.

„Damit kannst du doch was anfangen", meinte Anton aufgeregt.

„Du kennst sie doch", erklärte Frank geknickt, „sie hat ihren eigenen Kopf. Sie sagte, sie würde sich wieder melden."

Anton biss herzhaft in einen Apfel, kaute und schluckte. „Mit mir würde sie das nicht machen. Wenn meine Anna ..."

„Komm schon", unterbrach ihn Frank, „wenn deine Anna nur mit dem kleinen Finger winkt, stehst du stramm."

Geknickt ließ Anton eine Weile seinen Kopf hängen, dann sagte er: „Du musst sie suchen, das ist geradezu deine Pflicht als Ehemann. Dazu benötigst du nur ein Telefonbuch und eine Landkarte. Hast du mir nicht erzählt, ihre Persönlichkeit könnte sich durch diesen Tumor verändern? Was denkst du, was dann geschieht? Ja! Womöglich ist schon was passiert. Könnte doch sein, dass ihr unsinniges Verhalten an dem Ding in ihrem Kopf liegt."

„Der Arzt sagte, sie könnte ihr Augenlicht verlieren, vergessen, wer sie ist und handeln, wie sie bei klarem Verstand nie handeln würde. Möglich wäre aber auch, dass sie einfach umfällt. Mein Gott", jetzt, da er es ausgesprochen hatte, erfasste ihn eine geradezu panische Angst um sie, „alles Mögliche könnte geschehen und wenn sie dann allein ist ..."

„Wenn du nicht selbst nach ihr suchen willst, schalte die Polizei ein", schlug Anton ihm vor.

„Spinnst du?", empörte er sich. „Das würde sie mir nie verzeihen."

Anton klopfte Frank kameradschaftlich auf den Rücken. „Dann tu, was du für richtig hältst. Und zwar bevor du verrückt vor Sorge wirst."

„Du hast recht, sie wird mich brauchen. Und ich kann nur für sie da sein, wenn ich selber nicht durchdrehe. Danke, Anton, du bist ein echter Freund."

„Nimm ein paar Tage frei. Du hast doch jede Menge Überstunden."

„Mal sehen. Aber ich denke, ich warte erst mal, bis sie sich meldet."

*

„Nicht jeder kann einfach abhauen, so, wie ich", sagte Nora leise vor sich hin, erhob sich und ging zurück ins Speisezimmer.

Lydia faltete ihre Serviette und legte sie neben den Teller. „Nora! Ich habe einen Termin bei meiner Kosmetikerin. Möchtest du mich begleiten?"

Nora warf einen Blick aus dem Fenster. „Es hat aufgehört zu regnen. Ich werde mit Elvis an den Strand gehen, er muss dringend raus."

„Aber du läufst nicht weg?", fragte sie argwöhnisch.

„Wie kommst du darauf?"

„Ach, nur so ein Gefühl. Du warst vorhin irgendwie seltsam. Na gut", lenkte sie ein, „ich sehe, du hast etwas auf dem Herzen, das du loswerden musst. Wir sprechen später darüber."

Nora befand sich etwa eine halbe Stunde am Strand, als es erneut zu nieseln begann. Sie zog es daher vor, wieder ins Haus zurückzulaufen. Ihr Herz klopfte vor Freude schneller, als sie Christophs Wagen vor der Tür stehen sah.

Da wurde diese auch schon aufgerissen und er kam ihr glückstrahlend entgegen.

„Was machst du denn schon hier?", fragte sie.

„Blau."

„Blau?"

„Ich liebe dich." Er zog sie in seine Arme, wirbelte sie herum und küsste sie immer wieder. „Ehrlich gesagt, wollte ich nachsehen, ob mein Engel nicht etwa doch weggeflogen ist."

„Ich hatte die Flügel schon angelegt", rutschte es ihr heraus.

Seine Miene verfinsterte sich, doch nur für einen Augenblick, dann lächelte er wieder. „Das war ein Scherz?"

„Nein. Wir müssen reden", erklärte sie ernst.

Sein jungenhaftes Lachen machte erneut einer besorgten Miene Platz. „Du machst mir Angst. Werde ich jetzt dein Geheimnis erfahren? Oder willst du mir sagen, dass du zu deinem Mann zurückgehst?"

„Ja." Sie fasste nach seiner Hand und zog ihn mit sich. „Komm, wir gehen in mein Zimmer."

„Worauf bezieht sich dein, ja?", fragte er beunruhigt.

Nora setzte sich aufs Bett und zog ihn zu sich herunter. Erst jetzt bemerkte sie den bunten Frühlingsstrauß, der in der weißen bauchigen Vase, auf dem Nachttisch stand.

Sie lächelte. „Oh, wie schön, ist der von dir?"

Er nickte und küsste sie liebevoll. „Ja, ich wollte danke sagen, für eine wundervolle Nacht."

„Das, was ich dir jetzt sagen muss, fällt mir nicht leicht. Doch es muss sein. Komm, leg deinen Kopf auf meinen Schoß."

„Nichts lieber als das", erklärte er grinsend.

„Ich möchte, dass du mir zuhörst", bat Nora ernst und fuhr ihm spielerisch durchs Haar, „ohne mich zu unterbrechen."

„Du machst es aber spannend. Ich weiß doch schon, dass du verheiratet bist und ich weiß auch, dass du das klären musst."

„Ja, aber du weißt längst nicht alles, vor allem weißt du nicht, warum ich von meinem Mann weggegangen bin."

„Sicher hat er dir sehr wehgetan?"

„Nein, hat er nicht. Er liebt mich und unsere beiden Kinder lieben mich ebenfalls."

„Deine … Kinder?", fragte er gedehnt, setzte sich augenblicklich auf und starrte sie kopfschüttelnd an.

Nora nickte. „Mein Sohn Tristan und meine Tochter Lena. Die Liebe dieser drei Menschen hat mich dazu bewogen wegzugehen. Ich konnte ihre traurigen, sorgenvollen Gesichter nicht mehr sehen."

„Aber …?"

Nora legte ihm den Zeigefinger auf die Lippen. „Ich kann mir denken, dass du mich einiges fragen möchtest, du wirst alles erfahren, doch bitte unterbrich mich nicht mehr, es fällt mir ohnehin verdammt schwer, darüber zu sprechen. Denn solltest du wirklich das für mich empfinden, was du sagst, wird es sich nicht vermeiden lassen, dass ich dir sehr wehtue." *Oh Gott,* betete Nora, *warum setzt du noch eins oben drauf und schickst mir diesen Mann über den Weg? Warum lässt du zu, dass er sich in mich verliebt? Es war schon schlimm genug, dass ich mich in ihn verliebte. Jetzt steh mir wenigstens bei.*

Christoph sagte nichts mehr, sah sie nur gespannt an.

„An dem Abend, als ich mit Lydia hier ankam, bin ich zuvor aus der Klinik weggelaufen."

„Aus einer Klinik?", fragte er erstaunt.

„Bitte." Nora konnte nicht mehr neben ihm sitzen, sie erhob sich und schritt langsam durchs Zimmer.

Christoph hätte sie nur allzu gerne mit Fragen bombardiert, doch er wartete schweigend darauf, dass sie weitersprach.

„Für den nächsten Tag war eine schwierige Operation angesetzt …", begann Nora zu erzählen und redete sich alles von der Seele was sie belastete, dann setzte sie sich wieder neben Christoph und strich ihm eine Locke hinters Ohr. „Wie gesagt, mir ging so vieles durch den Kopf. Ich erinnerte mich an all das, was in meinem Leben schiefgelaufen ist und was ich versäumt habe. Plötzlich ergriff mich panische Angst, ich dachte nicht mehr darüber nach, wie sehr ich meine Familie ängstigen würde und redete mir ein, dass es besser für sie wäre, müssten sie mich nicht mehr sehen. Ich dachte auch nicht daran, was aus mir werden würde, ich wollte nur noch fort. Also entließ ich mich selbst. Ich nahm den ersten Zug, der den Bahnhof verließ. Dass der ausgerechnet nach Hamburg ging, war gar nicht so schlecht. Von dort aus konnte ich mit einem Flugzeug oder Schiff, an die entlegensten Orte dieser Welt gelangen. Ich wollte noch einmal das Meer sehen und dabei dachte ich bestimmt nicht an die Ostsee. Doch es kam anders, im Zug lernte ich Lydia kennen, den Rest kennst du." Nora schluckte die aufsteigenden Tränen hinunter und sprach mit verschleiertem Blick weiter. „Dass ich hier den Mann treffen würde, nach dem ich mich mein Leben lang gesehnt habe, hätte ich nie zu träumen gewagt."

Christoph atmete hörbar auf und fuhr sich mit den Fingern durch die Haare, als könnte er damit seine Gedanken ordnen. Er hatte zwar aufmerksam zugehört, verstanden hatte er jedoch lediglich, dass sie nicht nur einen Mann, sondern auch Kinder hatte und, dass sie wohl sehr krank war. Doch er konnte sich nicht vorstellen, welche Krankheit einen Menschen aussehen ließ, wie das blühende Leben. „Du hast mir noch nicht gesagt, an was du erkrankt bist?"

„Keine Angst, es ist nicht ansteckend, ich wäre sonst nicht hier. In meinem Kopf befindet sich ein Glioblastom, ein bösartiger Tumor. Ich werde ..."

Christoph erhob sich, bevor sie zu Ende sprechen konnte, und blickte finster vor sich hin. „Entschuldige mich bitte", würgte er mühsam hervor und flüchtete regelrecht aus ihrem Zimmer.

Das war's also, dachte Nora und nickte. *Er kann die Wahrheit nicht ertragen. Hat er mir vor ein paar Tagen am Strand nicht gesagt, dass er mit Krankheit nicht umgehen kann?* Sie musste das akzeptieren. Er würde sie schnell vergessen und das war auch gut so. Trotzdem tat es weh, ganz ohne ein „Leb wohl", verlassen zu werden. Das hatte sie nicht erwartet, nicht so. Der Schmerz zerriss ihr fast das Herz, ihre Eingeweide krampften sich zusammen, ihr wurde übel. Sie schloss die Augen, als könne sie dadurch die aufsteigenden Tränen zurückhalten. Dieses Gespräch hatte sie erschöpft. Sie legte sich auf die Seite, zog die Beine an und umschlang ihre Knie, wie sie das als Kind immer getan hatte, wenn sie traurig war. Dann auf einmal, als könne sie damit diesen Schmerz betäuben, verbarg sie ihr Gesicht im Kissen und schrie ihn dort hinein. *Ich muss schnellstens fort von hier.*

Entschlossen, sich weder von ihren Gefühlen noch von Lydia aufhalten zu lassen, wischte sie sich die Tränen von den Wangen, erhob sich, griff nach ihrer Tasche und packte ihre wenigen Habseligkeiten hinein. Sie zog den Reißverschluss zu, ließ die Tasche aber erst mal auf dem Bett stehen. Bevor sie dieses wundervolle Zimmer endgültig verließ, musste sie Lydia eine Erklärung abgeben.

*

Christoph lief panisch aus dem Haus. Er stürzte direkt hinunter an den Strand, und während er an ihm entlanglief, dachte er eine Sekunde daran, dass er in den letzten Tagen häufiger hier gewesen ist, als in den letzten Monaten, ja, den letzten Jahren sogar. Erst mit Nora hatte er die

Schönheit dieses Fleckchens Erde neu entdeckt. Doch im Moment sah er nichts von dessen Schönheit. Er hörte nicht das grölende Donnern der Wellen, die bedrohlich auf ihn zurollten. Er spürte nicht den Sturm, der mittlerweile aufgekommen war und an seinen, vom Regen durchnässten Kleidern zerrte. Noch nie in seinem Leben war er so verzweifelt. Er wusste, was hinter dem Namen Glioblastom steckte, der unaufhörlich, seit sie ihn ausgesprochen hatte, wie Trommelwirbel, in seinem Kopf dröhnte und ihn fast wahnsinnig machte – Glioblastom, ein Todesurteil, wenn nicht ein Wunder geschah. Christoph glaubte nicht an Wunder.

Edith, die Frau seines Buchhalters war vor zirka drei Jahren ebenfalls daran erkrankt und nach achtzehn Monaten zwischen Hoffen und Bangen und schier unerträglichen Qualen auch daran gestorben. Zuvor war sie operiert worden. Die Ärzte taten zuversichtlich. Es folgte eine kombinierte Chemo- und Strahlentherapie. Der Tumor kam wieder. Erneute Operation und wieder Chemo- und Strahlentherapie. Diesmal schlug die Therapie nicht so gut an, wie sie gehofft hatten. Metastasen bildeten sich. Clemens wollte sie nicht loslassen, also unterzog sie sich auf seine Bitten hin einer weiteren Chemo- und Strahlentherapie. Doch der Tumor blieb und die Metastasen taten ein Übriges, sie zu quälen. Die Ärzte konnten die Krankheit nicht stoppen. Es war eine Tortur für Edith. Während der Monate nach der letzten Operation, der letzten Therapie, wechselten sich Hoffnung und Gebete um Erlösung, immer wieder ab. Ediths Sehfeld verengte sich, das Sprechen fiel ihr schwer und bald darauf konnte sie sich nicht mehr klar äußern, es war oft nur wirres Zeug und nur Clemens wusste noch, was sie ihm damit sagen wollte. Er musste sie füttern, weil sie ihren rechten Arm nicht mehr anheben konnte und weil sie auch nicht mehr gehen konnte, hob Clemens sie an *guten Tagen* in den Rollstuhl. Doch auch das gehörte bald der Vergangenheit an. Während der letzten Wochen lag sie in Windeln im Bett, wurde über eine Sonde ernährt, bekam Morphium gegen die Schmerzen und siechte unaufhaltsam dahin, während ihre Organe nacheinander ihre Funktion einstellten. Clemens war Tag und Nacht an ihrem Bett und war zuletzt nur noch ein Schatten seiner selbst. Am Ende blieben die Vorwürfe, weil er ihr die Möglichkeit, des menschenwürdigen Sterbens genommen hatte.

In Christophs Kopf schrie geradezu brutal, als wolle er ihn bewusst und hämisch grinsend verletzen, nur noch ein Gedanke – *Nora wird sterben, Nora wird sterben ... Ich werde sie verlieren, wegen eines Hirntumors, eines Scheiß Hirntumors. Gott, steh ihr bei und mir auch.*

„Gott", rief er plötzlich und blickte herausfordernd zum Himmel hinauf, als erreiche er ihn nur auf diese Weise, „wo bist du eigentlich? Warum verkriechst du dich vor unserem Schmerz? Hörst du mich wenigstens? Warum tust du das? Ich habe ein Leben lang auf diese Frau gewartet, nimm sie mir nicht. Hörst du? Welchen Zweck verfolgst du damit? Ist es meine Schuld? Gut, ich melde mich nicht so oft bei dir, wie ich sollte. Willst du mich deshalb bestrafen? Dann bist du der kleinliche Gott, für den ich dich immer gehalten habe. Wenn du tatsächlich diesen Zweck verfolgst, dann such dir etwas, wodurch du mich allein triffst. Sie hat es nicht verdient zu leiden. Hörst du?", schrie er noch einmal aus sich heraus.

Christoph sank auf die Knie, schlug verzweifelt mit den Fäusten auf den nassen Sand ein und weinte, weinte wie ein Kind. „Gott, ich kann kämpfen, das weißt du. Doch diesem Gegner bin ich nicht gewachsen. Bitte Gott", flehte er ganz leise, „gib mir wenigstens die Kraft, die ich benötige, um ihr beizustehen. Ich schwöre, ich werde für sie da sein, solange sie es zulässt ... Nein! Nein", schrie er plötzlich, „lass ein Wunder geschehen. Nimm sie mir nicht. Du kannst alles von mir haben, doch lass mir Nora."

Wie irr sprang er auf die Beine, drehte sich im Kreis und blickte herausfordernd zum Himmel hinauf. „Ich werde sie festhalten, hörst du? Du wirst sie mir nicht nehmen."

Erneut sank er in sich zusammen, grub seine Hände in den Sand, ballte sie zu Fäusten und hob sie drohend zum Himmel empor. Plötzlich fiel ihm ein, was sie einmal zu ihm gesagt hatte. *„Engel brechen einem das Herz und dann fliegen sie wieder in den Himmel."* Jetzt verstand er alles. *Zu diesem Zeitpunkt ahnte sie bereits, dass ich mich in sie verliebt habe, nur darum wollte sie gehen.* „Du wirst ihr keine Flügel geben, du wirst mir diesen Engel nicht nehmen", presste er wütend zwischen seinen Zähnen hindurch.

Er erhob sich und lief den Strand entlang, konnte nicht aufhören zu laufen, und als er schon sehr weit gelaufen war, ließ er sich abermals auf die Knie fallen, schrie, weinte und betete, als ginge es um sein eigenes Leben.

Inzwischen war es dunkel geworden, der Sturm hatte sich zwar ein wenig gelegt, aber es goss in Strömen.

Christoph bemerkte von all dem nichts. Seine Kleider schmiegten sich klatschnass an seinen Körper und er zitterte vor Kälte.

Als er endlich völlig erschöpft, in sich zusammengesunken auf dem nassen Sand saß, seine Hände in ihn gekrallt, um ihn zwischen seinen Fingern durchrieseln zu lassen, wie sie es ihm gezeigt hatte, bemerkte er, dass das nicht möglich war. Der Sand war nass und schwer.

Nora! Mein Gott, ich bin einfach aus dem Zimmer gerannt. Sie wird denken, dass ich vor ihr weggelaufen bin. Ich muss zurück.

*

„Nora, du wolltest mit mir sprechen, wenn du möchtest, ich hätte jetzt Zeit. Wo ist eigentlich Christoph? Wollte er nicht längst hier sein?", fragte Lydia und gab ihr ein Zeichen, ihr in die Bibliothek zu folgen.

„Er …, ich weiß nicht, wo er ist. Ich habe ihm alles erzählt, daraufhin ist er aus dem Zimmer gelaufen. Lydia, ich werde abreisen und bitte versuch nicht, mich umzustimmen. Es geht nicht anders."

Lydia blieb stehen und drehte sich nach Nora um. „Weiß Christoph von deinen Plänen?"

„Nein."

„Aber warum? Das kannst du doch nicht tun. Keinesfalls. Christoph wäre todunglücklich."

„Schlimmer wäre es, wenn ich bliebe."

Nachdem Lydia die Tür hinter sich geschlossen hatte, blickte sie Nora fragend an. „Ich höre."

„Ich bin verheiratet und habe zwei Kinder", sagte sie knapp.

„Du bist verheiratet?", fragte Lydia betroffen. „Weiß es Christoph?" Nora nickte. „Ja."

„Dein Mann hat dich betrogen, deshalb bist du weggelaufen?"

„Nein. Lydia, ich bin unheilbar krank. Ich bin aus der Klinik weggelaufen." Nora ging zum Fenster. Ihr Blick verfing sich in den grauen, aufgedunsenen Wolken, die von ungeheurer Kraft getrieben wurden.

Derselben Kraft, die auch den Regen unerbittlich gegen das Fenster peitschte. *Wo ist Christoph? Hoffentlich ist er nicht zum Strand gelaufen, er wird klatschnass werden. Eine Erkältung wäre ihm dann sicher. Wo er mit Krankheiten doch nichts anzufangen weiß.* Sie lächelte und wandte sich erneut zu Lydia um, die sich inzwischen gesetzt hatte. „Ich sollte am Tag darauf, operiert werden. Plötzlich fühlte ich mich, wie ein Vogel, dem die Flügel gestutzt werden sollen. Ich wusste, wenn ich bleiben würde, gäbe es keine Möglichkeit mehr zu entrinnen. Panik überfiel mich. Ich musste einfach aus diesem Bett, aus diesem Zimmer, aus dieser Klinik. Alles was ich brauchte, befand sich in meiner Handasche, mein Ausweis, meine Kreditkarte, meine Tabletten und was ich sonst noch benötigte, konnte ich unterwegs besorgen. Also lief ich einfach weg. Zu diesem Zeitpunkt wusste ich zwar noch nicht, wohin, aber das war mir auch ziemlich egal. Ich musste nur fort. Lydia ich habe ein Glioblastom in meinem Kopf."

„Du hast was?", rief sie erschüttert und schüttelte fassungslos den Kopf.

„Einen ...“

„Ich weiß, was das ist", unterbrach sie Nora. „Nein! Nein, das darf nicht sein. Nicht du, nein, nicht du", jammerte sie vor sich hin. „Was sagen die Ärzte?", fragte sie ängstlich, als sie sich etwas gefasst hatte.

„Sie wollten mich operieren. Sie sagten, es wäre eine Chance den Tod hinauszuzögern – Zeit zu scheffeln, um auf ein Wunder zu hoffen. Ein Wunder, das dann vermutlich doch nie geschehen würde. Doch wie heißt es noch, die Hoffnung stirbt zuletzt. Also hoffte ich erst mal. Die Ärzte sprachen von den neuesten wissenschaftlichen Erkenntnissen, von bereits erprobten und noch unerprobten Therapien und von Medikamenten, die zwar nicht heilen, aber mir immerhin Erleichterung verschaffen könnten. Dann kam jener Tag, eigentlich handelte es sich nur um einen winzigen Moment, der mich erkennen ließ, dass es nach der Operation zu spät sein könnte, um noch auf ein Wunder zu hoffen. Durch die Lage des Tumors handelte es sich um eine nicht ungefährliche Operation. Die Abgrenzung zwischen Geschwulst und gesundem Gewebe ist unscharf abgegrenzt, das vereitelt jeden Versuch, den Tumor vollständig herauszuschneiden. Es gibt tatsächlich Patienten, die nach so einer Operation sogar länger überlebten als die Ärzte vermutet hatten. Aber überleben hat oft nicht viel mit Leben zu tun. Bei solchen Operationen kann einiges schief gehen. Gehirnregionen, die für bestimmte Körperfunktionen verantwortlich sind, könnten zerstört werden. Und was ist mit Störungen, die erst später auftreten? Ich habe noch ein paar Wochen, vielleicht Monate und die werde ich nicht im Krankenhaus verbringen."

Lydia saß wie versteinert da, dann strich sie nachdenklich über ihre Stirn. „Bei welchen Ärzten warst du?"

„Zunächst bei meinem Hausarzt", antwortete Nora, „dann bei einem Neurologen und letztendlich bei den Klinikärzten."

Plötzlich kam Leben in Lydia. Sie erhob sich, trat zu Nora und legte ihre Hand auf Noras Arm. „Aber du musst unbedingt noch einen Facharzt aufsuchen. Du musst dich behandeln lassen. Ich werde einen Termin bei ..."

„Wozu?", unterbrach Nora sie. „Es tut mir leid. Ich hatte nicht vor, euch weh zu tun. Und das mit Chris …, ich wollte nicht …, ich meine …, ach Lydia. Da war dieser Moment, ich hatte die Kraft nicht mehr, nein zu sagen. Wie hätte ich ihm auch widerstehen können? Du kennst ihn besser als jeder andere Mensch. Er ist ein wunderbarer Mann, klug, aufmerksam, zärtlich, rücksichtsvoll … Wenn ich jetzt nicht aufhöre, beginne ich von ihm zu schwärmen, wie ein Teenager. Ich muss gehen. Ich habe schon genug angerichtet. Chris hat sich in mich verliebt, aber die Gefühle sind noch neu, und wenn ich gleich wieder aus seinem Leben verschwinde, wird es für ihn sein, als hätte er lediglich eine Nacht mit einer fast unbekannten Frau verbracht. Er wird mich schnell vergessen." Nora wandte sich von Lydia ab und ging zur Tür. Es wurde Zeit zu gehen.

„Nein, das wird er nicht und du weißt das. Ich erlebte ihn noch nie so glücklich. Du kannst jetzt nicht so einfach gehen", versuchte Lydia sie zurückzuhalten.

„Doch das kann ich, das muss ich sogar. Versteh doch, für ihn muss ich es tun und du wirst ihm sagen, dass ich zu meiner Familie zurückgegangen bin. Du könntest ihm sagen, dass ich dir erzählt hätte, er wäre für mich nur ein letztes Abenteuer gewesen. Er soll meinetwegen denken, dass ich ein ausgekochtes Luder bin. So kommt er am schnellsten über mich hinweg. Irgendwann wird ihm eine Frau begegnen, die er liebt und die ihn so liebt, wie er es verdient."

„Wenn du jetzt gehst, wird er nie wieder eine Frau so nah an sich heranlassen. Die Wunde, die du ihm damit zufügst, wird eine Narbe hinterlassen die ihn immer wieder von neuem davor warnen wird, jemals wieder einer Frau zu vertrauen. Er wird sich wieder verschließen und noch mehr arbeiten."

Nora knetete hilflos ihre Hände. „Lydia, es ist auch für mich nicht einfach. Jetzt kann ich noch gehen, versteh doch, jetzt ist der Schmerz noch nicht so groß, weder für Chris noch für mich. Was denkst du passiert, wenn ich bleibe? Was, wenn ich schwächer werde, vielleicht epileptische Anfälle bekomme? Meine Kopfschmerzen sind bereits häufiger geworden. Bereits jetzt habe ich ab und zu Probleme mit den Augen. Der Tumor könnte meinen Geist verändern." Sie ging auf Lydia zu und ergriff ihre Hände. „Lydia, ich darf gar nicht daran denken, was dann mit mir geschieht. Nein! Damit werde ich weder dich noch Chris belasten."

Lydia lächelte mit Tränen in den Augen. „Du nennst ihn Chris", stellte sie unvermittelt fest, als hätte sie Nora gar nicht richtig zugehört.

„Ja?"

Lydia lächelte immer noch. „Das ist schön. So schließt sich der Kreis. Ich habe ihn so genannt, als er noch mein kleiner Junge war. Irgendwann erklärte er mir, ich müsse Christoph zu ihm sagen, schließlich wäre er nun erwachsen. Hat er dir das nicht erzählt?"

„Nein, hat er nicht."

„Mein Gott." Lydia nickte. „Was kann ich noch sagen? Du hast sicher gut über all das nachgedacht und es ist alles richtig, was du sagst. Aber mitunter ist das was wir für richtig halten, genau das Falsche. Wie auch immer. Du musst tun was du für richtig hältst. Ich kann dich nicht zwingen bei uns zu bleiben. Ich durfte dich während der letzten Tage als bemerkenswerte Frau kennenlernen, Nora. Ich dankte Gott jeden Tag aufs Neue, dass er dich über meinen Weg geschickt hat. Allerdings frage ich mich jetzt, ob es nicht für alle Beteiligten besser gewesen wäre, wenn du nicht in mein Abteil gekommen wärest. Ich habe dir einmal gesagt, ich hätte mir immer eine Tochter gewünscht, die so wäre wie du. Ich habe mich geirrt. Meine Tochter hätte mir vertraut, sie hätte an meiner Loyalität und Liebe nicht gezweifelt. Aber du bist ja auch nicht meine Tochter", erklärte sie mit Tränen in den Augen.

Lydias Worte stachen wie kleine spitze Nadeln. Auch Nora fühlte sich den Tränen nah. „Nein Lydia, das bin ich nicht."

Lydia atmete tief ein. „Und du denkst, eine Freundin hat kein Recht, für dich da zu sein."

„So ist das nicht, nur …"

„Christoph wird lange Zeit sehr unglücklich sein", sprach sie weiter, ohne auf Noras Einwand einzugehen. „Du hast ihm gutgetan, durch dich ist er ein ganz anderer Mensch geworden."

„Er hat mir gutgetan, er hat mein Leben vollkommen gemacht. Und auch wenn das nun pathetisch klingt, ich gäbe viel darum in seinen Armen sterben zu dürfen, aber nicht so, wie ich vermutlich sterben werde. Das möchte ich ihm ersparen und nicht nur ihm. Kannst du nicht wenigstens versuchen, mich zu verstehen?"

Lydia sah sie nachdenklich an. „Sterben ist ein Teil des Lebens. Christoph verlor bereits einen Menschen, den er sehr liebte – seinen Vater. Irgendwann wird er mich verlieren und das wird ihm wieder Schmerzen bereiten. Aber es gibt keinen größeren Schmerz, als den, die große Liebe zu verlieren. Du bist die Liebe seines Lebens. Ich weiß das. Ja, du kannst gehen, damit ersparst du ihm den Schmerz, den der Tod verursacht. Aber glaubst du wirklich, der Schmerz, dich auf diese Weise zu verlieren, ist gnädiger? Gib ihm die Chance, selbst über sein Leben zu entscheiden. Nora, eine Liebe muss zu Ende gelebt werden, selbst wenn ihr Ende der Tod ist. Nur wenn wir ein Kapitel abschließen, bringt uns die Sehnsucht nicht um. Wie auch immer du dich entscheidest, das Leben ist und bleibt ein Risiko. Du könntest morgen überfahren werden, was wäre dann?"

„Das wäre nicht vorhersehbar, aber das, was ich habe ..."

„Eine Krankheit ist ebenso wenig vorhersehbar. Es gibt immer wieder Wunder, glaube daran, dass für dich eines geschieht", bat sie eindringlich.

„Chris hat mir mal gesagt, er könne mit Krankheit nicht umgehen. Das hat er ja nun mit seinem Weglaufen bewiesen. Aber das ist schon in Ordnung. Er soll ruhig wütend auf mich sein, meinetwegen soll er mich hassen oder verfluchen, dann kann er mich umso schneller vergessen."

„Ich kann nicht glauben, dass er einfach so davonläuft. Sicher muss er mit dieser Situation erst klarkommen. Und was mich betrifft, du bist und bleibst die Frau, die ich mir für Christoph wünschte. Eine große Liebe, die ganz große Liebe, auch wenn sie nur von kurzer Dauer ist, kann sie das Leben eines Menschen auf sehr bedeutsame Weise beeinflussen und verändern. Du hast doch deinen Mann angerufen, was sagte er zu deiner Flucht?"

Schuldbewusst senkte Nora den Blick auf die wunderschönen Muster des handgeknüpften Persers. „Er macht sich natürlich große Sorgen, aber er versucht zu verstehen, warum ich es getan habe", antwortete sie leise.

Lydia schwieg und da auch Nora nicht weitersprach, lastete eine Weile bedrückende Stille zwischen ihnen.

„Frank", fuhr Nora mit ihrer Erklärung fort, „war der erste Mann in meinem Leben. Wir waren noch sehr jung, als wir heirateten. Wir waren verliebt, ziemlich unerfahren was ernsthafte Beziehungen anbelangt und wir machten Fehler. Aber wir haben auch einiges ganz gut hingekriegt. Wir haben zwei Kinder, auf die wir mächtig stolz sein können. Tristan steckt mitten im Abitur, beginnt demnächst mit seinem Studium und Lena besucht ebenfalls das Gymnasium. Frank und ich sind seit immerhin neunzehn Jahren verheiratet, ich hätte nie gedacht, dass uns noch etwas trennen könnte."

„Liebst du deinen Mann?", fragte Lydia leise.

„Einen Grund muss es wohl geben, warum ich nach all diesen Jahren immer noch mit ihm verheiratet bin? Ja, ich empfinde so etwas wie Liebe für ihn."

„So etwas wie Liebe?", bohrte sie weiter.

Nora wurde sich erst jetzt bewusst, wie ihre Worte auf Lydia wirken mussten. „Wir sind sehr eng miteinander verbunden. Er kennt meine Eigenarten und akzeptiert sie und mir geht es mit ihm ebenso. Wir gingen immer wieder aufeinander zu, obwohl wir beide unglaublich stur sind. Als ich mich in ihn verliebte, glaubte ich, es wäre die große Liebe. Es war nie diese wundervoll glückseligkeitsversprechende Liebe, die ich für Chris empfinde, aber es ist eine stabile Liebe, die im

Laufe der Jahre durch das Miteinander gewachsen ist und uns immer verbinden wird. Er würde mich nie im Stich lassen und wäre er an meiner Stelle, ich ihn auch nicht."

„Wenn du gesund wärest, würdest du ihn, jetzt wo du Christoph kennst, verlassen?" Gleich darauf schüttelte sie unmerklich den Kopf. Sie ahnte wohl schon die Antwort, die Nora ihr geben würde.

„Wenn ich gesund wäre", antwortete Nora auch prompt, „hätte ich Frank nie verlassen. Ich hätte nie erfahren, dass es den Mann, von dem ich immer geträumt und die Liebe nach der ich mich mein Leben lang gesehnt habe, wirklich gibt. Aber jetzt, wo ich es weiß, würde ich es dennoch gerne rückgängig machen. Du weißt warum. Aber mach dir keine allzu großen Sorgen. Du wirst sehen, er wird nach einigen Tagen erkennen, dass die Zeit, die wir gemeinsam verbrachten, sein Leben ein wenig bunter gemacht hat. Er wird mich vielleicht nie ganz vergessen, aber er wird sich an mich erinnern, wie an einen schönen Sommertag, an dem man sich zu einem Picknick unter einen schattigen Baum gesetzt, sich satt gegessen und rundum wohl gefühlt hat. Und er wird später einmal dankbar dafür sein, dass er noch rechtzeitig ein schützendes Dach fand, bevor das herannahende Gewitter ihn erwischte." Ohne darauf zu warten, was Lydia darauf antworten könnte, lief sie aus dem Zimmer. Rasende Kopfschmerzen plagten sie. In ihrem Zimmer drückte sie die letzte Tablette aus der Folie. *Höchste Zeit, mir neue zu besorgen. Bevor ich diese Stadt verlasse, werde ich Matthias in seiner Praxis aufsuchen. Er wird mir sicher helfen.* Sie griff nach ihrer gepackten Tasche, sah sich in dem Zimmer, in dem sie so unendlich glücklich war, noch einmal um und ging.

Leise trat Nora hinter Lydia, die am Fenster stand und in den Park hinausblickte. Sie wusste, auf wen die Freundin wartete. „Leb wohl Lydia. Tut mir so leid."

Lydia drehte sich um, öffnete einladend ihre Arme und Nora schmiegte sich dankbar hinein. „Ich werde dich nie vergessen, Kind. Dich hätte ich sogar als Schwiegertochter akzeptiert und das will was heißen", fügte sie scherzhaft hinzu.

„Danke für alles", antwortete Nora mit erstickter Stimme. Tränen drängten sich in ihre Augen, doch bevor Lydia sie sehen und dadurch womöglich hoffen konnte, sie doch noch umstimmen zu können, entzog sie sich der Umarmung und verließ das Haus.

*

„Nora, das freut mich aber", begrüßte Matthias sie überrascht, erhob sich aus seinem Sessel und eilte auf sie zu. „Seit wann sind Sie hier?"

„Seit etwa einer halben Stunde."

Matthias beugte sich über ihre Hand. „Sie hätten zu meinen Vorzimmerdamen sagen müssen, dass Sie mich besuchen möchten, selbstverständlich hätte ich Sie sofort hereingebeten." Der Schalk blitzte aus seinen Augen. „Möchten Sie endlich mit mir ausgehen?"

„Doktor Engholm ..."

„Matthias, ich heiße Matthias. Bitte nehmen Sie Platz. Was darf ich Ihnen anbieten?", fragte er den Finger auf der Gegensprechanlage.

„Nichts, danke."

Er wartete, bis sie sich gesetzt hatte, und setzte sich dann selbst lässig, direkt vor sie, auf die Kante seines Schreibtisches.

Bevor sie zu sprechen begann, senkte sie verlegen ihren Blick. „Matthias, ich bin nicht privat hier, ich komme als Patientin. Ich benötige dringend ein Schmerzmittel."

„Ist Ihnen der griechische Wein nicht bekommen?", scherzte er.

Nora schüttelte lächelnd den Kopf, wurde aber gleich wieder ernst. „Matthias, ich habe einen Tumor in meinem Kopf, ein Glioblastom."

„Wie bitte?", fragte er entsetzt und erhob sich sofort.

„Ich habe ..."

„Nein, nein, ich habe schon verstanden, nur fassen kann ich es nicht." Er ging um den Schreibtisch herum und setzte sich auf seinen schwarzen Ledersessel.

Nora erzählte ihm ihre ganze Geschichte, und als sie geendet hatte, sah sie ihn bittend an. „Ich benötige dringend ein Schmerzmittel. Die Tabletten, die mir mein Hausarzt gab, sind verbraucht. Außerdem helfen sie mir nicht mehr so gut."

„Ich handle unverantwortlich, wenn ich Sie mit ein paar Tabletten gehen lasse. Sie müssen schnellstens in eine Klinik."

„Nein, geben Sie mir die Tabletten. Ich bitte Sie. Danach verschwinde ich und Sie sehen mich nie mehr wieder. Sie tragen keine Verantwortung. Es ist immer noch mein Leben, auch wenn es nicht mehr viel wert ist."

Matthias blickte sie eine Weile stumm an. „Was glauben Sie, wie lange Ihnen diese Tabletten genügen?", gab er zu bedenken. „Außerdem kann ich Ihnen nicht gewährleisten, dass Sie die Tabletten, die ich Ihnen mitgebe, auch vertragen. Was ist dann? Und selbst wenn. Nora, ich gehe davon aus, dass Sie zur Genüge aufgeklärt wurden. Sie wissen, dass die Schmerzen nur die Spitze des Eisbergs sind. Nora seien Sie doch vernünftig", bat er eindringlich, „Sie werden sterben, wenn Sie sich nicht helfen lassen."

„Das werde ich doch sowieso. Ach Matthias, machen wir uns doch nichts vor."

„Was wäre, wenn die OP gut verläuft und Sie dadurch wertvolle Zeit gewinnen? Irgendein genialer Arzt könnte morgen eine Therapie finden, die diesen Tumor besiegt. Sehen Sie dann vom Himmel herunter und zucken resignierend mit den Schultern?"

Sie musste lächeln. „Wer sagt Ihnen, dass ich in den Himmel komme?"

Er sah sie eine Weile ernst an, dann lächelte er und fragte: „Wo sollten Engel sonst hinkommen?" Gleich darauf jedoch schüttelte er den Kopf. „Liegt Ihnen wirklich so wenig am Leben? Nora, gehen Sie in eine Klinik. Laufen Sie nicht weg. Kämpfen Sie. Geben Sie sich selbst eine Chance. Glauben Sie mir, es lohnt sich allemal."

Nora hatte diese Worte während der letzten Tage zur Genüge gehört. „Geben Sie mir jetzt die Tabletten oder muss ich einen anderen Arzt aufsuchen?"

„Natürlich. Wissen Christoph und Lydia Bescheid?"

„Ja", antwortete sie knapp.

„Und die beiden haben Sie nicht sofort in eine Klinik geschafft? Wenigstens hätte Christoph Sie hierher begleiten können", bemerkte er vorwurfsvoll.

„Er weiß nicht, dass ich hier bin. Ich denke, er weiß noch nicht einmal, dass ich gegangen bin. Ich bin auf dem Weg zum Flugplatz."

„Wie muss ich das verstehen?", fragte er verwirrt.

„Gar nicht."

Zwei tiefe Falten zeigten sich auf Matthias Stirn. Er blickte sie einige Sekunden nachdenklich an, dann erhob er sich, ging zu seinem Medikamentenschrank, nahm eine Packung heraus und legte sie vor Nora auf den Schreibtisch. „Das ist ein hochwirksames Schmerzmittel – mehr nicht. Es wird der Tag kommen, an dem Ihnen Schmerzmittel allein, nicht mehr helfen. Teile Ihres Gehirns werden durch die raumfordernde Wirkung des Tumors zerstört, was sich wiederum auf Ihren ganzen Körper auswirkt. Sie können sich nicht ansatzweise vorstellen was das …"

„Ich weiß, was Sie vorhaben", unterbrach sie ihn, „Sie wollen mir Angst machen."

„Wie kommen Sie darauf? Sie scheinen sich alles gut überlegt zu haben. Und da Sie offenbar auch wissen, was auf Sie zukommt, dürfte es …"

„Ja, das weiß ich. Ich verspreche Ihnen, dort einen Arzt aufzusuchen. Leben Sie wohl Matthias." Sie lächelte, stellte sich dann auf die Zehenspitzen und küsste ihn sanft auf die Wange.

„Ich …" Matthias konnte nichts weitersagen, er schlang seine Arme um sie und drückte sie einen Moment fest an sich.

*

Klatschnass und durchgefroren kam Christoph, einige Zeit nachdem Nora das Haus verlassen hatte, zu Hause an.

Als er zur Tür hereinstürmte, konnte man ihm ansehen, wie sehr er mit seinem Schicksal gehadert hatte. Aber die Entschlossenheit in seinen Augen, zeugte davon, dass er den Kampf gegen den Krebs aufzunehmen bereit war.

„Schau mich nicht so an." Er umarmte Lydia, drückte sie fest an sich, so, als verbinde er damit die Hoffnung, sie könnte ihm auch diesmal helfen, so, wie sie das in seiner Kindheit immer getan hatte. Ein Seufzer löste sich tief aus seiner Brust. Dann ließ er sie abrupt los. „Ich muss zu Nora. Sie glaubt sonst, ich wolle sie im Stich lassen."

„Warte", Lydia griff nach seinem Arm und hielt ihn zurück.

„Nein! Nicht jetzt, ich muss zuerst zu Nora."

„Du kannst nicht zu Nora. Es ist zu spät. Das, was du befürchtest, ist schon geschehen, sie wollte dir nicht noch mehr Kummer bereiten. Nachdem du das Haus verlassen hattest, erzählte sie mir ihre Geschichte. Sie hatte wohl bereits gepackt, denn als sie ihrer Tasche aus dem Zimmer holte, wartete bereits ein Taxi."

Er sah sie ungläubig an. „Und du hast sie nicht aufgehalten? Wann ist sie gegangen? Ich muss zu ihr."

„Vor etwa einer Stunde, du kannst sie nicht mehr finden."

„Doch ich kann."

„Wo willst du sie denn suchen?"

Er überlegte kurz und meinte dann: „Sicher ist sie zum Bahnhof gefahren. Sie wird mit dem Zug nach Hamburg fahren und dort einen Flieger oder ein Schiff nehmen."

„Christoph, es hat keinen Sinn. Ich habe es eingesehen. Es war ein Irrtum sie hierherzubringen. Aber wie hätte ich das ahnen können? Nora ist zwar zierlich, aber sie wirkte so vital und – gesund. Verzeih mir. Ich wollte Schicksal spielen. Dazu hatte ich kein Recht. Nun hat mir der Herrgott eine Lektion erteilt. Sie ist nicht die Frau, die dich glücklich machen kann."

Christoph senkte den Blick. „Nein", sagt er leise und fuhr sich, mit beiden Händen, hilflos durchs Haar. „Nicht so, wie ich es mir gewünscht habe. Ach Mutter ...", seufzte er, „heißt das jetzt, dass ich mich mein Leben lang daran erinnern muss, dass ich mal einen Engel geliebt habe? Nie wieder werde ich eine Frau so lieben können. Sagtest du nicht immer, Gott würde mich lieben? Du hast dich geirrt."

„Nein tu' das nicht. Sei nicht verbittert. Das wäre das Letzte, das Nora gewollt hätte. Denke an all die schönen Momente, die du mit ihr erleben durftest. Und sei dankbar dafür."

„Wofür soll ich dankbar sein? Für ein Geschenk, von dem ich ganz tief drinnen glaubte, es könnte irgendwie, tatsächlich von dort oben sein? Für ein Geschenk, das mir dieser liebende Gott, jetzt wieder wegnimmt, bevor ich es richtig auspacken konnte? Oh, Mutter! Ich möchte jetzt nicht darüber nachdenken, schließlich lebt sie noch und ich werde alles dafür tun, dass wir noch sehr viel Schönes miteinander erleben werden."

Lydia sah ihren Sohn irritiert an, als hätte er den Verstand verloren. „Christoph, sie ist fort."

Christophs Augen, die vor Sekunden noch matt und gebrochen wirkten, begannen plötzlich hoffnungsvoll zu leuchten. „Ich werde sie suchen. Wenn es sein muss, am Ende der Welt."

Lydias Gestalt straffte sich. „Das ist mein Sohn. Ich werde dich nicht aufhalten. Egal, was mit Nora geschieht, ich bin an deiner Seite. Zieh dir vorher wenigstens was Trockenes an."

„Keine Zeit." Ohne weiter auf seine Mutter zu achten, griff er nach seinen Autoschlüsseln, die stets auf der Konsole bei der Tür lagen, und lief aus dem Haus. Er schwang sich in seinen Wagen, startete und drückte das Gaspedal voll durch.

Die Reifen drehten auf dem Kiesweg durch und hinterließen zwei tiefe Spuren.

Christoph verschwendete keinen Gedanken daran, er dachte nur an Nora und dass er sie finden musste. Sie würde ihn nicht verlassen, wenn sie erst wusste, dass er zu ihr stand und er würde sie nie wieder gehen lassen, was auch immer mit ihr geschah.

Bilder der vergangenen Tage liefen wie ein schöner Film vor seinem geistigen Auge ab. Mit Nora am Strand, sie hatte ihn daran erinnert, wie schön es war den Sand durch die Finger rieseln zu lassen. Nora, die mit Elvis spielte, die ihre Schuhe und Strümpfe auszog und fröhlich lachend ins Wasser lief. Sie war so voller Lebensfreude. *Was hat sie noch gesagt, als ich sie vor einer Erkältung warnte? „Ich werde mich bemühen nicht krank zu werden, solange ich bei Ihnen bin." Wie muss das, was ich so leichtsinnig äußerte, auf sie gewirkt haben? Das ist sicher einer der Gründe, warum sie mich verlassen hat ...*

Er dachte an den gemeinsamen Einkauf, wie sie seine Krawatte aufgezogen und dann sein Hemd aufgeknöpft hatte. *Wow!* Die wildesten Phantasien waren ihm durch den Kopf geschossen. Er hatte sich gewaltig beherrschen müssen, sie nicht an sich zu reißen und zu küssen. Beim gemeinsamen Essen hatte er so viel Spaß gehabt, wie nie zuvor. Es gab kein Thema, über das man nicht mit ihr sprechen konnte. Und er dachte an die gemeinsam verbrachte Nacht. Sie hatte gehalten, was sie ihm in seiner Phantasie versprochen hatte und ihn grenzenlos glücklich gemacht. Sie war eine zärtliche und gleichzeitig leidenschaftliche

Geliebte. Nie zuvor hatte er derartig tiefe Gefühle für eine Frau gehegt. So eine Liebe gab es nur einmal im Leben, er würde sich diese Liebe zurückholen.

So schnell er konnte, lief er durch die Bahnhofshalle, sah sich hektisch um, konnte sie aber nicht entdecken. Als Christoph den Mann am Schalter hektisch nach dem ersten Zug fragte, der als Nächstes den Bahnhof verließ, sah der ihn zwar an wie jemand, der sein Gegenüber für nicht ganz richtig im Kopf hielt, aber er antwortete. „Auf Gleis sieben, fährt einer nach Hamburg."

Christoph hörte Hamburg und lief los.

„Aber den werden Sie nicht mehr erwischen", rief ihm der Schalterbeamte hinterher. Und er behielt recht.

Als Christoph an Gleis sieben ankam, sah er nur noch die Rücklichter des letzten Wagons. „Verdammt!" Er zog sein Handy aus der Hosentasche und wählte die Nummer seines Hubschrauberpiloten. „Ich brauche Sie." So schnell er konnte, lief er zu seinem Wagen zurück.

Keine halbe Stunde später drehten sich die Rotoren seines Helikopters.

Christoph blickte nachdenklich auf die unter ihm vorbeiziehende Landschaft. *Du entkommst mir nicht ...*

*

Erleichtert atmete er auf, als er sie vor dem Schalter der British Airways stehen sah. Er griff nach ihrer am Boden stehenden Tasche, und noch bevor sie protestieren konnte, nach ihrem Arm und zog sie mit sich. Über die Schulter hinweg rief er: „Die Dame hat es sich anders überlegt."

„Christoph", flüsterte sie überrascht.

„Nora, mein Gott, bin ich froh, dass du noch hier bist. Warum bist du weggelaufen?"

Während sie sich von ihm mitreißen ließ, sagte sie nichts, sah ihn nur von der Seite an, als hätte sie seine Frage nicht richtig verstanden.

„Ich werde dir erklären", sagte er, „weshalb ich dich allein ließ."

Nora blieb abrupt stehen und lächelte sanft. „Chris, du musst mir nichts erklären, ich verstehe dich doch."

„Nein, du verstehst gar nichts. Lass uns reden. Aber nicht hier. Bitte lass uns zu meinem Helikopter gehen."

„Zu deinem …, was?", fragte sie verblüfft.

Ohne ein Wort der Erklärung nahm er ihre Hand und zog sie mit sich aus dem Terminal.

Als der Pilot die beiden kommen sah, warf er die Rotoren an. Sogleich wirbelten diese die Luft durcheinander.

Christoph riss die Tür auf und warf Noras Tasche hinein, dann half er ihr beim Einsteigen. Als er sich neben sie gesetzt hatte, sah er sie ernst an. „Und jetzt sag mir, warum du mich verlassen hast?"

„Sagtest du nicht, du könntest mit Krankheit nicht umgehen?"

„Ich wusste es", entfuhr es ihm.

„Das war aber nicht der alleinige Grund. Es ist nicht nötig, mir eine weitere Erklärung zu geben, nur weil du einmal", sie warf einen Blick auf den Piloten, der sie allerdings wegen des Helms nicht hören konnte, „mit mir geschlafen hast. Wir hatten eine kleine Affäre, mehr war es nicht und das ist auch gut so. Du wirst …"

„Halt endlich deinen Mund", bat er leise und legte seinen Finger auf ihre Lippen. „Du hast das völlig missverstanden. Das, was ich am Strand zu dir sagte, war nicht so gemeint, wie du es anscheinend aufgefasst hast. Ich wollte damit lediglich sagen, wie hilflos ich mich fühle, wenn ich Menschen die ich liebe, leiden sehe und nicht weiß, wie ich helfen kann. Deine Geschichte hat mich im wahrsten Sinne des Wortes umgehauen. Ich musste erst mal meine Gedanken sortieren. Die Angst um dich machte mich so wütend, dass ich Dampf ablassen musste. Es ist einfach nicht fair. Ich will dich nicht verlieren. Verdammt, was soll ich dir denn noch sagen?"

„Nichts. Ich habe dich schon verstanden."

„Nora ich werde dafür sorgen, dass du die beste medizinische Versorgung bekommst, die es gibt. Ich werde nicht von deiner Seite weichen, ich werde bei dir sein, wann immer du mich brauchst. Tag und Nacht, wenn du das willst. Du kannst dich auf mich verlassen."

Sie lächelte und streichelte liebevoll über sein Haar. „Chris, beruhige dich."

„Bitte, verlass mich nicht. Das mit uns ist keine Romanze für eine Nacht, sondern für ein ganzes, gemeinsames Leben."

Nora schüttelte mitleidig lächelnd den Kopf.

„Ich weiß, was du jetzt denkst", erklärte er. „Ja, vielleicht ist unser gemeinsames Leben nur kurz, aber ich liebe dich nun mal."

Nora legte ihre Hand tröstend auf seine Schulter. „Du bist ja klatschnass", stellte sie überrascht fest und fügte besorgt hinzu: „Du wirst dich erkälten."

„Das ist mir scheißegal", zischte er.

„Aber mir nicht, du könntest eine Lungenentzündung kriegen und sterben."

Er lachte. „Das wäre dann wohl Ironie des Schicksals."

„Stimmt! Darum wirst du so schnell wie möglich ein heißes Bad nehmen und dich ins Bett legen."

„Aber nur, wenn du mir versprichst, dich zu mir zu legen", scherzte er und fügte ernst hinzu: „Nora, versprich mir, dass du bleibst. Wir lieben uns, nur das zählt."

Sie verneinte kopfschüttelnd. „Ach Chris, habe ich dich nicht schon genug verletzt? Ich liebe dich, wie man den Mann seiner Träume nur lieben kann. Du bist mein edler Ritter, der Märchenprinz von dem jedes Mädchen und jede Frau träumt. In deiner Nähe schießt mein Blutdruck in die Höhe und mein Puls beginnt zu rasen. Ich fühle mich wie ein verliebter Teenager, mit allem was dazugehört, mein Herz spielt verrückt, ich habe Hummeln im Hintern und Schmetterlinge im Bauch. Sag, was du am liebsten hören willst, ich kann es dir all das sagen. Aber …"

„Dann ist doch alles in Ordnung."

„Verstehst du denn nicht? Ich bin verheiratet. Frank wartet auf mich. Ich werde nach Hause fahren. Es wäre eine schreckliche Enttäuschung für ihn, wüsste er ..."

„Dass du ihn mit mir betrogen hast?", vollendete er den Satz.

„Chris", fuhr sie fort, „das, was ich für dich empfinde, geht längst über Bettgeflüster hinaus. Für dich würde ich gerne noch ein wenig länger leben. Du gabst mir neue Kraft und zeigtest mir, dass es die große Liebe wirklich gibt. Selbst, wenn es nur für kurze Zeit sein durfte. Doch nun musst du mich gehen lassen."

„Ich werde mit dir gemeinsam verreisen", erklärte er, ihre Worte geflissentlich ignorierend. „Meine Gedanken sind doch ohnehin nur bei dir. Was soll ich also im Büro? Glaub mir, wir werden sehr glücklich sein, für lange Zeit."

„Was ist los mit dir? Hat dir das Wissen um meine Krankheit den Verstand vernebelt? Du willst blaumachen?"

„Ja, ich mache blau, und zwar die nächsten zwei, drei Tage oder Wochen oder Monate", entgegnete er begeistert. „Bitte bleib. Ruf deinen Mann an. Sag ihm, dass du hierbleibst."

Nora war durchaus gewillt, sich von seinem Enthusiasmus anstecken zu lassen. *Eine Weile,* dachte sie, *eine kleine Weile könnte ich noch bleiben.* Sie nickte. „Gut, ich werde erst mal bleiben, denn es gibt nichts, das ich lieber möchte, als mit dir zusammen zu sein. Du musst mir aber etwas versprechen."

„Alles was du nur willst", flüsterte er und streichelte mit dem Handrücken sanft über ihre Wange

„Zu meinem Leben gehört auch der Tod, es wird kein Morgen für uns geben, sondern nur ein Heute …"

„Ich weiß", unterbrach er sie ungeduldig. „Trotzdem möchte ich zu diesem Leben gehören. Jede Minute, die ich mit dir verbringe, ist wertvoller, als ein ganzes Leben ohne dich. Du musst mir nichts über diese Krankheit erzählen, ich weiß, was sie bedeutet. Die Frau meines Buchhalters …"

„Wie geht es ihr?", unterbrach sie ihn hoffnungsvoll.

Er sah sie einen Moment sorgenvoll an. „Mein Gott, ich hätte sie nicht erwähnen dürfen. Verzeih!"

„Sie ist – tot?"

Er nickte. „Sie … starb vor drei Jahren. Aber", fuhr er fort, „die Ärzte gewannen in der Zwischenzeit neue Erkenntnisse. Du wirst sehen, es gibt mittlerweile ganz sicher weitaus effektivere Behandlungsmethoden."

„Ja, sicher", antwortete sie lächelnd. Tränen verschleierten ihren Blick, für Sekunden fühlte sie sich, als drücke ihr etwas die Luft ab. Sie blickte aus dem Fenster, holte einmal tief Luft und schluckte die Tränen hinunter. Dieses Ding in ihrem Kopf würde sie töten. „Eines Tages", wandte sie sich wieder Christoph zu, „werde ich lebe wohl zu dir sagen. Versprich mir, mich dann nicht noch einmal aufzuhalten."

„Aber …"

„Versprich es", forderte sie eindringlich. „sonst werde ich dich noch heute verlassen. Ich meine das ernst."

„Ich werde das zulassen", antwortete er entschieden.

„Du magst in deiner Firma der große Boss sein, daran gewöhnt, zu befehlen, doch in der Firma des Lebens hat leider ein anderer das Sagen."

Kapitel 5

„Ahhh, ich muss erst mal richtig durchatmen."

Nora öffnete die Arme weit, als wolle sie die ganze Welt umarmen. Nach dem Regen der vergangenen Tage, empfand sie es mehr als angenehm, endlich die Sonne genießen zu können. Über Nacht schien die Welt noch schöner geworden zu sein. Endlich hatte sich der Frühling durchgesetzt. Den ganzen Tag ist es sogar ungewöhnlich heiß gewesen. Der Himmel schien weiter, die Sonne strahlte heller und die Luft duftete intensiv nach all den Blüten, die sich nun in ihrem vollen Liebreiz zeigten. *Ja, die Welt ist schön, das Leben ist schön.*

„Chris, oh Chris, ich liebe dich. Ich liebe das Leben und dich."

„Wau, wau!"

„Dich natürlich auch, Elvis", wandte sie sich an den kleinen Kerl, der sich nun erwartungsvoll vor sie hinsetzte und sie mit treuen Augen ansah. Sie beugte sich zu ihm hinunter und kraulte sein Fell.

Christoph, der direkt hinter ihr stand, schlang seine Arme um sie und überkreuzte sie vor ihrer Brust. „Und ich liebe dich. Gott weiß, wie sehr."

Nora lehnte sich an ihn, sie fühlte sich einfach nur glücklich, diesen Abend, den atemberaubenden Sonnenuntergang und auch alles andere, was er ihr noch zu bieten hatte, erleben zu dürfen. „Kannst du irgendwo Holz auftreiben?", fragte sie, einer plötzlichen Eingebung folgend.

„Natürlich, aber wozu?"

„Tu es einfach."

„Ah, du willst am Lagerfeuer Würstchen grillen."

„Ja! Tust du mir den Gefallen?"

„Aber ja. Ich werde Karl die entsprechenden Anweisungen geben." Er gab ihr noch einen Kuss auf die Wange und lief zum Haus hinauf.

Nora lief ihm hinterher. „Warte, ich komme mit. Während du dich um das Feuer kümmerst, hole ich einen Pulli für dich und meine Strickjacke. Gegen später wird es sicher kühl."

In der Diele begegnete sie Lydia und fragte höflich: „Hast du Lust mit an den Strand zu kommen? Wir möchten grillen. Das wird bestimmt lustig."

„Davon bin ich überzeugt", antwortete sie wissend. „Reizend von dir, dass du mich dabeihaben willst, aber ich habe heute Abend bereits eine Verabredung."

„Oh! Ist das ein Rendezvous?"

Lydia blinzelte verschwörerisch. „Ein alter Freund. Ich werde ihn dir in den nächsten Tagen vorstellen."

„Dann wünsche ich dir viel Vergnügen."

„Nora", rief Christoph, „brauchst du sonst noch was oder können wir gehen?"

„Einen Moment, ich muss nur noch schnell etwas aus meinem Zimmer holen."

Als sie wieder herunterkam, ergriff er ihre Hand und zog sie unter seinen Arm. So schlenderten sie fröhlich lachend zum Strand hinunter. Christoph hatte in der Zwischenzeit eine Decke neben dem bereits brennenden Lagerfeuer ausgebreitet. Außerdem hatte er Hanna gebeten, einen Picknickkorb mit Leckereien zu füllen. Obwohl mit einem Küchentuch abgedeckt, ragte dennoch auf einer Seite der Hals einer Flasche heraus.

„Ist das etwa Rotwein?"

„Ja! Alkoholfrei."

Sie lächelte spitzbübisch, und riss gierig die Augen auf, als sie danach fragte, was Hanna sonst noch Leckeres eingepackt hat.

Er küsste sie zärtlich auf die Nasenspitze. „Geduld. Das wirst du sofort sehen." Vorsichtig hob er das Tuch ein wenig an. „Ich habe hier zwei Spieße und was meinst du, was ich jetzt gleich darauf stecke?"

„Würstchen?", fragte sie begeistert.

„Genau! Und die halten wir dann ins Feuer, wie früher, als ich noch bei den Pfadfindern war. Komm setz dich schon her zu mir", bat er aufgeregt wie ein kleiner Junge.

Sie konnte es nicht glauben. „Du warst bei den Pfadfindern?"

„Aber sicher", betonte er ernst, als ob das die wichtigste Erfahrung seines bisherigen Lebens war. „Feuer machen und Würstchen grillen, gehörte zum Überlebenstraining. Hier, nimm mal das Baguette, Käse, Trauben habe ich auch. Ja, es sind die Kernlosen, ich weiß doch, dass du die lieber magst."

„Womit habe ich das verdient? Womit habe ich dich verdient?",
fragte sie, ihn liebevoll anlächelnd.

„Das ist genau die Frage, die ich mir seit Tagen ebenfalls stelle.
Womit habe ich dich verdient?", antwortete er glücklich.

Armer Chris, dachte Nora, *du bist der Letzte der mich verdient. Was
habe ich nur getan?*

„Hey! Was ist mit dir? Trübsinn blasen gilt nicht. Nicht an einem so
wunderschönen Abend", versuchte er, sie aufzuheitern.

„Du hast recht. Mach endlich die Flasche auf."

Sie schäkerten und prosteten sich lachend zu.

Konnte es etwas Schöneres geben, als mit sich und der Natur in Ein-
klang zu sein? Die gleichmäßig rauschenden Ostseewellen, die ans
Ufer klatschen, dazu eine laue Brise, welche sanft über die Haut strich.
Das alles legte sich wie Balsam auf ihre geschundene Seele.

Die Sonne war fast vollständig untergegangen, nur ein rotgelbviolet-
ter Streifen am Horizont zeugte noch davon, dass sie einmal einen
unvergesslichen Abend untermalt hatte.

„Ist dieser Abend nicht märchenhaft schön?", fragte sie andächtig.

„Fast so schön, wie du", antwortete er leise.

„Seltsam, wie wertvoll alltägliche, belanglose Momente werden,
wenn wir wissen, dass wir sie bald verloren haben."

„Ich mag nicht, dass du so sprichst. Ich fühle mich dann so verdammt
hilflos. Wir werden noch viele solche Momente gemeinsam verbringen.
Mach dir nicht allzu viele Gedanken, genieße die Zeit, die wir haben."

„Zeit. Das ist auch so ein Wort, das für mich eine ganz andere Bedeu-
tung gewonnen hat", sagte sie nachdenklich. „Was hättest du jetzt
gesagt, wenn du nicht wüsstest, dass meine Zeit begrenzt ist?"

„Entschuldige, so ..."

„Nein, du musst dich nicht entschuldigen", meinte sie lebhaft. „Es ist
nur natürlich, dass du daran denkst. Aber nehmen wir doch mal an, es
wäre anders, was hättest du geantwortet?"

„Du meinst, wenn wir ein langes, gemeinsames Leben vor uns hätten?
Ich hätte dich gefragt, ob es meiner Aufmerksamkeit entgangen ist,
dass du vorhast, mich zu verlassen."

„Dich zu verlassen?"

„Welchen Grund hättest du denn sonst, anzunehmen, dass du solche Momente bald nicht mehr erleben würdest? Nichts und niemand auf dieser Welt, könnten mich dazu bringen, dich gehen zu lassen. Ohne dich würde ich das alles hier gar nicht wahrnehmen. Allein der Blick in deine Augen lässt mich die Schönheit dieser Landschaft sehen und nicht nur diese, die Schönheit der ganzen Welt, kann ich in deinen Augen sehen."

„Du könntest all das auch ohne mich sehen, du müsstest nur richtig hingucken", sagte sie betont fröhlich, um seinen Worten den verborgenen ernst zu nehmen, bevor sie es sich auf der Decke neben ihm bequem machte.

Er legte seinen Arm um ihre Schultern und zog sie an sich. „Nein, könnte ich nicht. Ohne dich fehlt mir jegliche Perspektive. Weißt du was ich noch sagen würde? Wenn du in meiner Nähe bist, prickelt die Luft, berühren mich deine Hände, gerät mein Körper in einen Gefühlstaumel, wie nie zuvor in meinem Leben. Wenn du dich an mich schmiegst, vergesse ich Zeit und Raum. Dann gibt es nur noch dich und mich. Mit dir will ich hier, wenn wir beide alt und grau sind, Händchen haltend auf die See hinausblicken. Wenn du dasselbe willst, dann sag ja. Willst du meine Frau werden?"

Die plötzliche Stille wurde lediglich vom Knistern der Holzscheite unterbrochen.

Noras Gesicht glühte, obwohl ihr die kühle Seeluft über den Rücken kroch. Das hatte sie nun doch nicht erwartet. „Du bist ein ganz besonderer Mensch, Chris. Dass die letzten Tage so einzigartig schön waren, dass ich sie trotz der Unpässlichkeiten nicht missen möchte, liegt allein an dir. Deine Nähe verscheucht die Angst, ich werde ganz ruhig, wenn du mich in deine Arme nimmst, denn ich weiß, du wirst nicht zulassen, dass mir ein Leid geschieht. Ich liebe dich ebenfalls. Nichts würde ich lieber tun, als mein Leben mit dir zu verbringen. In deinen Armen …"

„Ja?"

Wie gerne hätte sie gesagt, dass sie dazu bereit wäre, in seinen Armen zu sterben, so, wie das Verliebte mitunter so dahinsagen, ohne daran zu denken, dass es wahr werden könnte. „Lass uns doch einfach so tun, als gäbe es das Glio nicht", erklärte sie überschwänglich.

Seit geraumer Zeit bezeichnete Nora den Tumor als Glio. Sie hatte Christoph erklärt, jeder Teil ihres Körpers hätte schließlich einen Namen. Bei dem Tumor handele es sich ebenfalls, wenn auch unerwünscht, um einen Teil von ihr und abgekürzt klänge der Name dieser abscheulichen Krankheit, doch richtig niedlich. „Das Glio macht mir zu schaffen. Das Glio verhält sich zurzeit anständig. Das Glio ist in meinem Kopf und es lauert nur darauf, mich innerlich aufzufressen." Solche und ähnliche Sätze waren an der Tagesordnung.

„Das ist eine gute Idee. Vielleicht wird es ihm langweilig, wenn es uns gleichgültig ist und verschwindet", antwortete er hoffnungsvoll und nahm die Wurst aus dem Korb. Während er sie auf die Spieße steckte, holte Nora das Tagebuch hervor, das sie vorhin unter ihrer Decke versteckt, an den Strand gebracht hatte.

„Was ist das?", fragte er neugierig.

„Ein Teil meines Lebens, den ich nun entsorgen werde", erklärte sie, während sie zunächst die Seiten herausriss, ins Feuer warf und danach den Einband ebenfalls hineinlegte.

Er sagte nichts dazu, nahm lediglich an ihrer Seite Platz und reichte ihr, nachdem das Buch in Flammen aufgegangen war, den Wurstspieß. So saßen sie eng beieinander, drehten die Würste überm Lagerfeuer und erzählten sich gruselige und lustige Geschichten, lachten und scherzten ausgelassen wie Kinder.

„Du öffnest mir eine Tür nach der anderen, zu meiner Kindheit. Es ist schon ewig her, dass ich mich so frei von Konventionen gefühlt habe. An einem Lagerfeuer saß ich das letzte Mal …, ich glaub …, das war mit meinem Großvater. Ich war etwa zwölf oder dreizehn. Ich habe völlig vergessen, wie viel Spaß das machen kann. Erst jetzt weiß ich, wie sehr mir das alles gefehlt hat. Ich glaube, meine Wurst ist so weit. Deine noch nicht? Dann hast du sie nicht richtig reingehalten."

„Doch ich glaube, meine ist auch so weit. Sei vorsichtig, sie ist heiß", warnte sie ihn.

„Ah, zu spät."

„Autsch, hat sich mein Schatz die Lippen verbrannt?", bedauerte sie ihn.

„Hättest du das nicht früher sagen können?"

„Na hör mal, du bist schließlich alt genug." Trotzdem strich sie ihm tröstend übers Haar, bog dann ihr Gesicht vor das seine und küsste ihn zärtlich. Als sie dann auch noch an seinem Ohr zu knabbern begann und mit vielen kleinen Küssen, seinen Hals liebkoste, stöhnte er lustvoll auf. „Mmm, du riechst nach Geräuchertem. Da krieg ich doch gleich richtig Appetit", flüsterte sie lüstern. Um das Gesagte zu unterstreichen wandte sie sich schnell von ihm ab und biss genussvoll in die Wurst, die immer noch auf dem Spieß steckte.

„Na warte!", drohte er und wollte sie ergreifen, doch sie stand schneller auf den Beinen, als er. Mit der Wurst auf dem Spieß lief sie tanzend über den Strand. „Wo bleibst du denn?", rief sie, sich lachend im Kreis drehend.

Als er sie erreichte, hob er sie hoch, als wäre sie leicht wie eine Feder und trug sie auf die Wolldecke zurück, wo er sie sanft ablegte. „Du dachtest wirklich, du könntest mir entkommen? Du glaubst doch nicht etwa, einfach so davonfliegen zu können?"

„Aber ja. Ich hatte nur vergessen, dass ich meine Düsenflügel gestern einem Engel geliehen habe, dessen Flügel einen Motorschaden hatten."

„Gib's doch endlich zu, du bist gar kein Engel, du bist eine Hexe und Flügel besitzt du auch keine, du hast in Wirklichkeit nur einen alten Besen, auf dem du durch die Nacht reitest", erklärte er und sah sie dabei strahlend an, wie ein kleiner Junge, der ein Geheimnis gelüftet hatte.

„Das ist nicht wahr", sagte sie nun sehr ernst und zog die weiße Möwenfeder, die sie am Nachmittag am Strand gefunden hatte, aus ihrer Hosentasche und reichte sie ihm. „Siehst du, diese Feder ist der Beweis. Ich schenke sie dir, denn sie ist etwas ganz Besonderes. Wenn du es am Nötigsten hast, wird sie dir Glück bringen." Während er die Feder betrachtete, rollte sie sich zur Seite und schon stand sie wieder auf den Beinen.

„Ja du hast recht, das ist der Beweis. Der beste Beweis, dass du tatsächlich eine Hexe bist. Du hast dieses Ding in deine Tasche gehext. Versuch gar nicht erst, es abzustreiten. Und den Versuch, wieder abzuhauen, kannst du auch vergessen. Ich krieg dich doch."

Nora sah ihn nur grinsend an. Die Lebensfreude, die sie tief in sich spürte, die ihrer Kehle ein Jauchzen entrang, ließ sie nicht zur Ruhe kommen, trieb sie dazu, sich wie ein verrückter Teenager zu benehmen.

Er konnte sich der ansteckenden Wirkung ihrer guten Laune nicht entziehen und lief ebenso fröhlich lachend hinter ihr her. Als er sie erreicht hatte, zog er sie in seine Arme und tanzte mit ihr einen Walzer, dessen Melodie sie beide nur im Geiste hören konnten. Bis er sie plötzlich hochhob und in der Luft umher wirbelte.

Sie waren so glücklich, wie Liebende nur sein konnten.

Nachdem er sie wieder abgesetzt hatte, küsste er sie erneut und presste seinen spürbar erregten Körper fest an ihren, was sie wiederum zu äußerst lüsternen Gedanken animierte und dazu, seinen Körper gefühlvoll zu streicheln.

Ihre Augen funkelten im Schein des Feuers wie Brillanten, und als ihre feuchten Lippen sich leicht öffneten, sagte er: „Noch nie habe ich eine Frau so begehrt wie dich. Nie zuvor musste ich, um die Lust einer Frau zu steigern, meine eigene Erregung dermaßen beherrschen." Zärtlich neckend küsste er spielerisch ihren sinnlichen Mund. „Ich brauche dich Nora, ich konnte den ganzen Tag an nichts anderes denken. Wenn ich dich nicht endlich lieben darf ..."

Nora legte den Finger auf seine Lippen. „Pssst." Dann griff sie das Revers seines Hemdes und zog ihn an sich. Während sie langsam einen Knopf nach dem anderen öffnete, bedeckte sie seine Lippen, seinen Hals und seine Brust mit vielen kleinen Küssen. „Komm", sagte sie, nahm ihn bei den Händen und zog ihn mit sich.

Das offene Hemd hing lose an seinem Körper. So barfuß und mit bis unter die Knie hochgekrempelten Hosenbeinen, hätte man ihn für einen Piraten halten können – sah man von seinem glattrasierten Gesicht ab. Nora setzte sich auf die Decke, und während er sich neben sie legte, griff sie nach den noch halb vollen Gläsern, reichte ihm seines und prostete ihm zu.

„Ich liebe dich", raunte er mit belegter Stimme.

„Ich liebe dich, weil du für mich da bist, weil du mich in die Arme nimmst und festhältst, als wollest du mich nie mehr loslassen. Du sagst, du brauchst mich und lässt mich bei dir Geborgenheit finden. Du hörst mir zu, du lässt mich sein wer ich bin und stellst keine Bedingungen."

Sie beugte sich liebevoll lächelnd zu ihm hinunter und küsste ihn zunächst zärtlich, dann mit zunehmender Leidenschaft. Ein Blick aus seinen sinnlich verhangenen Augen und die Berührung seiner Hände ließen sie erregt erschauern. Plötzlich lächelte sie. „Und ich liebe dich auch, weil du so verdammt gut aussiehst und Gefühle in mir weckst, die mir bisher fremd waren."

„Ach ja?", fragte er heiser.

Sie fühlte die atemberaubende Spannung zwischen ihnen und die prickelnde Energie, der sie sich nicht entziehen konnte. Der Gürtel seiner Hose ließ sich schnell öffnen, mit den Knöpfen tat sie sich etwas schwerer. Doch als sie es geschafft hatte, schob sie ihre Hand an den Teil seines Körpers, der ihr kraftvoll zeigte, wie sehr er sie begehrte.

Wieder stöhnte er sinnlich und streifte seine Hose vollends herunter.

Inzwischen schlüpfte Nora aus ihrem Pulli, doch bevor sie dazu kam ihre Jeans zu öffnen, zog er bereits den Reißverschluss auf und schob sie langsam über ihre Hüften.

Auf einmal presste er sein Gesicht in ihren Schoß. „Du bist so schön Nora. So wunderschön. Ich will dich." Zunehmend fordernder streichelte und küsste er sie, bis sie ihren Körper vor Verlangen gegen seinen presste. Erst jetzt drang er vorsichtig in sie ein, um mit rhythmischen, immer leidenschaftlicher werdenden Bewegungen, ihre Lust zu steigern, bis sie sinnlich stöhnte und auch er sich nicht mehr beherrschen konnte.

Als sie danach in seinen Armen lag und mit ihm gemeinsam die Sterne betrachtete, sagte er leise: „Du könntest dich scheiden lassen."

„Wozu? Außerdem darfst du nicht vergessen, ich habe zwei Kinder. Mein Gott! Als ich mich entschloss, das Krankenhaus zu verlassen, habe ich nur an mich gedacht und auch jetzt bei dir, denke ich nur an mich. Dabei sind sie ein Teil meines Lebens, der wichtigste Teil. Ich sollte sie bei allen Entscheidungen einbeziehen, die ich noch fähig sein werde zu treffen."

„Ja das solltest du. Erzählst du mir von ihnen?"

Beide schlüpften in ihre Kleider und setzten sich wieder ans Feuer. Die Funken sprühten, als Christoph das letzte Holzstück ins Feuer warf. Als Nora nichts erwiderte, fragte er noch einmal: „Was ist, erzählst du mir nun von deinen Kindern?"

Nora lächelte über seine hartnäckige Art. Sie hatte längst bemerkt, dass er sich nicht einfach von einem Thema ablenken ließ, das ihn ernsthaft interessierte. *Anscheinend ist es ihm wirklich wichtig, mehr über mich, meine Familie und mein Leben zu erfahren. Warum nicht? Wenn ich ihm nicht wenigstens ein wenig erzähle, wird er mich wieder endlos mit Fragen löchern.*

„Tristan schreibt zurzeit die letzten Klausuren", begann sie zu erzählen, „er wird das Abi hoffentlich, trotz der Verwirrung, die meine Krankheit verursacht, mit Bravur bestehen. Er verdreht allen Mädchen den Kopf und ist ständig verliebt, was sicher nicht besser wird, wenn er erst in Paris an der Sorbonne studiert."

„Was wird er dort studieren?"

„Malerei und Kunstgeschichte. Er besitzt ein wundervolles Talent. Sicher wird er mal ein genialer und natürlich auch berühmter Künstler. Du solltest seine Bilder sehen." Ein verträumtes Lächeln erschien auf ihrem Gesicht. „Ich bin sehr stolz auf ihn."

„Das sehe ich. Seltsam, als Mutter habe ich dich bisher nicht gesehen." Chris beugte sich über ihre Lippen und küsste sie. „Erzähl mir mehr."

„Lena besucht ebenfalls das Gymnasium", sprach sie weiter, „sie steckt momentan in einem schwierigen Alter, weiß noch nicht so recht, wo's lang geht. Aber sie ist bereits jetzt eine kleine Persönlichkeit mit starkem Willen. Sie wird ihren Weg gehen." Plötzlich fühlte sie Tränen in ihre Augen steigen. „Ich würde den Tag gerne miterleben, an dem sie nach Hause kommt und sagt, dass sie das Abi in der Tasche hat und ich möchte sehen, wie sie erwachsen wird. Ich möchte sie in einem weißen Kleid sehen, am Tag ihrer Hochzeit." Nora konnte ihre Tränen nicht mehr zurückhalten. Schutzsuchend vergrub sie ihr Gesicht an seiner Brust.

Er umschlang sie mit seinen Armen und streichelte beruhigend ihren Rücken. „Verzeih. Ich wollte nicht, dass du traurig wirst."

Sie löste sich aus seiner Umarmung, wischte die Tränen von ihren Wangen, zog ein Taschentuch aus ihrer Hosentasche und schnäuzte sich. „Ich bin eine sentimentale Kuh."

„Du liebst deine Kinder sehr", bemerkte er, „da ist eine solche Reaktion wohl ganz normal. Was ist mit deinem Mann? Wir müssen auch über ihn sprechen."

Ihr Blick verlor sich in der Ferne. Sie dachte daran, dass ein Teil von ihr immer nach Chris gesucht hatte. Er war der Mann ihrer Träume und nun war der Traum real geworden. Sie liebte ihn genauso, wie sie es sich immer vorgestellt hatte, mit allem, was die Liebe so aufregend machte – Schmetterlingen im Bauch, Herzrasen und Achterbahn fahren der Gefühle. Dennoch waren ihre Gedanken während der letzten Tage immer wieder zu Frank gewandert. Und nun, da Christoph sie darauf ansprach, sehnte sie sich plötzlich nach dessen Nähe, nach der ruhigen Geborgenheit, die er stets ausstrahlte, nach der Beständigkeit seiner Liebe, nach der Gewissheit, dass er sie nie verlassen würde. *Wie habe ich ihm seine Liebe gedankt? Ich habe ihn betrogen, habe seine Liebe eingetauscht für Herzklopfen und ein Kribbeln im Bauch.*

Christoph spürte sehr wohl die Kluft, die sich plötzlich zwischen ihnen aufgetan hatte. „Nora, was ist mit dir? Liebst du mich wirklich oder entspringt dein Gefühl für mich lediglich einer Art Weltunterganslaune?"

Nora sah ihn eine Weile nachdenklich an. *Warum sagt er das? Zeige ich ihm doch jeden Tag aufs Neue, wie sehr ich ihn liebe. Aber hat er nicht recht? Entspringt meine Liebe nicht tatsächlich bloß meiner momentanen Situation. Will ich lediglich das Glück der Verliebtheit genießen, mit der ich nicht mehr gerechnet habe?*

„Nora, wie darf ich dein Schweigen verstehen? Ich frage dich noch einmal, liebst du mich?"

Unmerklich schüttelte sie den Kopf. Fassungslos, über seine Frage überhaupt in dieser Weise nachgedacht zu haben, sagte sie: „Ja Chris, ja ich liebe dich. Es ist keine Laune, aber das macht es auch nicht einfacher."

Christoph atmete hörbar auf. „Für mich zählt nur, dass du mich liebst. Für alles andere wird sich eine Lösung finden. Lass uns ins Haus gehen. Du scheinst müde zu sein." Er schubste mit seinen Füßen Sand auf die Glut, um sie endgültig zu ersticken.

Wie attraktiv er aussieht. Ihr Leben mit Frank rückte jetzt, als sie Chris beobachtete, in weite Ferne. „Wenn du meinst. Ich bin tatsächlich müde. Na, dann mal los Black Jack, ab in die Koje."

„Black Jack?"

„Sag nicht, dass du noch nie von Black Jack gehört hast."

„Nein, habe ich nicht, aber du wirst mir bestimmt gleich von ihm erzählen?"

„Er war ein wilder, aber verdammt gutaussehender Pirat, der sein Unwesen in der Karibik trieb. All die Schätze, die er den Herrschern der Welt und anderen Piraten abnahm, hortete er auf einer einsamen Insel. Kein Mann, der ihn auch nur mal krumm ansah, blieb am Leben. Außerdem sagt man ihm nach, dass alle Frauen ihm, nach einem Blick aus seinen feurig dunklen Augen und einem leidenschaftlichen Kuss, zu Füßen lagen. Doch eines Tages verschwand Black Jack. Man erzählt sich, die schöne Tochter eines Fürsten hätte sein Herz erobert und da auch sie plötzlich verschwunden war, nahm man an, dass er sie auf seine Insel entführt hat, um ihr dort sein Herz zu Füßen zu legen und ihr die Schönheiten hinter dem Horizont zu zeigen. Die Insel wurde bis heute von niemand entdeckt."

Eine Weile blieb es still zwischen ihnen, dann sagte Christoph: „Und ich erinnere dich also an diesen Black Jack?"

Sie nickte lächelnd.

„Wie schön es doch wäre, könnte ich dich einfach entführen. Was genau an mir, erinnert dich an ihn?"

„Ich weiß nicht so recht, dein feuriger Blick, vielleicht aber auch deine leidenschaftlichen Küsse."

Er zog sie in seine Arme und sah ihr tief in die Augen, bevor er sie küsste – lang und leidenschaftlich.

„Nein", scherzte sie, als er sie losließ, „deine Küsse, sind es definitiv nicht. Ich vermute, es sind doch wohl eher die umgekrempelten Hosenbeine."

„Sollte ich bisher noch gezweifelt haben, jetzt ist mir klar, du kannst kein Engel sein", meinte er lachend. Er bückte sich nach der Decke, warf sie schwungvoll über seine Schulter und griff lässig im Vorübergehen nach dem Korb. Mit seiner freien Hand ergriff er Noras Hand und zog sie mit sich fort. „Folge mir Weib, dann kannst auch du mir sogleich zu Füßen liegen."

Im Haus wurden sie von Elvis freudig begrüßt.

„Musst du etwa noch mal raus?", fragte Christoph ihn, und als er winselnd antwortete, wandte er sich an Nora: „Geh schon vor, ich komme gleich nach. Du kannst ja inzwischen das Bett anwärmen", befahl er spitzbübisch lachend.

„Na endlich lässt du die Katze aus dem Sack, als Bettflasche wolltest du mich also."

Er zog sie noch einmal an sich. „Erwischt! Aber du warst nun mal die schönste Bettflasche, die ich kriegen konnte. Also bis gleich. Übrigens, ich mag die Dinger gerne heiß."

„Verschwinde! Und beeile dich, sonst kühlt sie wieder ab."

Kapitel 6

Er hatte sich wirklich beeilt, trotzdem war er zu spät gekommen. Nora schlief bereits, als er das Zimmer betrat. Als er sie zusammengerollt wie ein Kätzchen, liegen sah, musste er unwillkürlich lächeln. Doch gleich darauf hatte es einer ernsten Miene Platz gemacht. Da er wie ein geräucherter Hering roch, hatte er sich unter die Dusche gestellt und auch den Sand aus seinen Haaren gespült. Danach hatte er sich erfrischt und keineswegs müde gefühlt. Dicht an sie geschmiegt, hatte er den frisch, fruchtig süßen Duft von exotischen Blüten und Gewürzen auf ihrer Haut und in ihrem noch feuchten Haar bemerkt. Er hatte ihn tief eingeatmet und sofort gewusst, dass er diesen Duft zukünftig stets mit Nora in Verbindung bringen würde. Am liebsten hätte er sie auf ihren Nacken geküsst, doch, da er sie nicht wecken wollte, hatte er sich still neben sie gelegt. *Sie braucht Ruhe. Morgen wird sie, wie an den vergangenen Tagen, neben mir erwachen und das soll sich, geht es nach meinem Willen, nie wieder ändern.*

Noch die halbe Nacht hatte er sich mit quälenden Fragen um die Ohren geschlagen. Fragen von denen er nicht wusste, ob er sie sich selbst und vor allem Nora stellen durfte. Hatte er ein Recht, sich in ihr Leben einzumischen oder war es gar seine Pflicht? Das Ergebnis seiner Überlegungen war nicht besonders befriedigend ausgefallen. Er konnte lediglich versuchen, sie zu einer Untersuchung zu überreden. Am Morgen, noch während sie schlief, war er zu seiner Mutter gegangen, hatte mit ihr über seine Gedanken gesprochen und erfahren, dass auch sie sich bereits überlegt hatte, wie sie Nora helfen könnte.

*

„Nora, ich möchte dich zu einem Arzt bringen, lass dich bitte untersuchen", platzte Christoph unvermittelt heraus, während er ihr das Brotkörbchen reichte.

„Chris, ich war doch erst bei Matthias, er hat mich mit entsprechenden Schmerzmitteln eingedeckt. Es geht mir gut."

„Du warst bei Matthias?", fragte er überrascht.

„Ja, ich kenne hier keinen anderen Arzt."

„Und er überwies dich nicht gleich in die Klinik?", fragte er bestürzt. „Das ist unverantwortlich von ihm."

„Er wollte das. Doch seine sicherlich sehr guten Argumente, konnten mich nicht überzeugen. Glücklicherweise leben wir in einem freien Land. So war es ihm nicht möglich, mich zwangseinweisen zu lassen, was er, meines Erachtens nach, nur allzu gerne getan hätte."

„Nora", begann Christoph seinen Faden wieder aufzunehmen, „du weißt, dass ich dich nicht verlieren möchte …"

Sie nickte.

„Dann verstehst du doch sicher auch, dass ich möchte, falls es eine Möglichkeit gäbe, dich zu retten, dass du diese ergreifst. Mir ist klar, ich mische mich in dein Leben, aber tue ich es nicht, dann … Bitte! Mutter kennt da einen Professor, der dich untersuchen möchte."

„Aber ich möchte das auf keinen Fall. Und überhaupt – wie kommt sie dazu, hinter meinem Rücken, mit diesem Professor über meine Krankheit zu sprechen?"

„Weil sie sich Sorgen macht? Sie ist sich durchaus bewusst, dass sie nichts für dich tun kann, wenn du es nicht willst. Und letztendlich meint sie es doch nur gut. Das Rendezvous gestern Abend, du erinnerst dich, sie hat uns davon erzählt? Der Mann ist ein Jugendfreund von ihr und er ist Professor der Neurochirurgie. Dieser Mann ist eine Koryphäe auf seinem Gebiet", versuchte er, deren Bemühungen zu erklären und Nora gnädig zu stimmen, da sie ziemlich verärgert wirkte.

Nora stach mit dem Messer in das Brötchen, als wolle sie es ermorden, schnitt es grimmig auf und knallte es dann wütend auf ihren Teller. „Chris, ich kann mir denken, was in euch vorgeht. Und dass ihr euch um mich sorgt, ist nur allzu verständlich, aber es ist zwecklos. Nichts würde sich ändern. Dieser Professor kann auch keine Wunder vollbringen. Warum könnt ihr mich nicht einfach in Ruhe lassen?"

Christoph ergriff ihre Hand. „Nora, bitte versteh doch, wir brauchen das Gefühl alles getan zu haben, was in unserer Macht liegt. Ich möchte nicht an deinem Grab stehen und mir vorwerfen, dass ich nicht jede Möglichkeit genutzt habe. Bitte tu es mir zuliebe."

Sie entzog ihm ihre Hand, ergriff das Messer und bestrich beide Brötchenhälften mit Butter. „Du denkst darüber nach, wie du an meinem Grab stehst? Keine Sorge, es wird kein Grab geben, jedenfalls

175

nicht in der Form, wie du dir das vorstellst, und sollte es eine Trauerfeier geben, wird die ganz sicher nicht hier stattfinden und du wirst nicht daran teilnehmen."

Betroffen sank er in seinen Stuhl zurück, dabei ließ er beide Arme kraftlos herunterhängen. „Wie bitte?" Mehr konnte er dazu nicht sagen. *Das kann sie mir doch nicht antun. Doch sie kann. Ihr Mann und ihre Kinder haben die älteren Rechte.* Erst jetzt wurde ihm die ganze Tragweite dessen bewusst, was sie gesagt hatte. *Ich kann es drehen und wenden, wie ich will, sie ist nur zu Besuch bei mir. Der Tag wird kommen, an dem sie in ihr altes Leben zurückgeht. Und dieser Tag ist absehbar.*

„Du hast doch nicht etwa erwartet …?", fragte sie jetzt matt.

„Nein", unterbrach er sie und setzte sich wieder auf, „nein, natürlich nicht. Aber bevor es so weit ist, könntest du eventuell doch über diese Möglichkeit nachdenken. Es ist doch nur eine Untersuchung. Du verpflichtest dich zu nichts. Gib uns doch wenigstens das Gefühl, alles für dich getan zu haben."

„Hast du schon mal darüber nachgedacht, wie es mir dabei geht? Was ist mit meinen Gefühlen?", fragte sie „Das Gefühl das man empfindet, wenn man an einem Abgrund steht und nicht weiterkann, weil die Brücke, die gestern noch existierte, plötzlich verschwunden ist. Das Gefühl das einen glauben lässt, in einem dunklen, kalten Raum zu stehen, in dem man vor Angst nicht mehr atmen kann, weil man ganz genau weiß, dass einem das Herz aus dem Leib gerissen wird, wenn man auch nur einen Schritt weiter geht. Was ist mit meinen Gefühlen, meinen Ängsten, meinen Hoffnungen? Hoffnungen, welche die Angst scheinbar zunichtemachen, doch nur solange, bis man erfährt, dass es keine Hoffnung gibt. Die Angst die danach kommt, ist noch größer, da die winzige Hoffnung auf ein Wunder, die man in sich trägt so lange man lebt, von Mal zu Mal kleiner wird. Und letztendlich kämpft man gegen die Angst vor dem Sterben und das Wissen, dass man diesen Weg alleine gehen muss. Wie oft, denkst du, kann ich diese Angst ertragen?", fragte sie, schob ihren Stuhl heftig zurück und sprang auf.

Chris konnte sie einen Moment lang nur erschüttert ansehen, doch dann ging er auf sie zu, nahm sie in seine Arme und drückte sie fest an sich. „Verzeih mir mein Engel, aber weißt du, genau dasselbe fühle ich, wenn ich dich ansehe und hilflos vor dir stehe, weil ich weiß, dass ich dir nur helfen kann, wenn du es zulässt. Mir sind zum ersten Mal in meinem Leben die Hände gebunden. Das macht mich fast wahnsinnig."

Nora vergrub ihr Gesicht an seiner Brust und schluchzte leise vor sich hin. Nach geraumer Zeit hob sie ihm ihr feuchtes Gesicht entgegen und blickte ihn mit von Tränen verschleierten Augen an. „Also gut, ich werde zu dieser Untersuchung gehen."

„Du wirst das nicht bereuen. Danke, dass du das für mich tust. Hast du was dagegen, wenn Mutter uns begleitet?"

„Im Gegenteil, es wäre mir eine Beruhigung."

*

Keine zwanzig Minuten später fuhren sie gemeinsam über die Auffahrt zur Privatklinik von Professor Deichmann. Wie ein alter Landsitz ragte das Gebäude aus der weitläufig angelegten Parkanlage. Wäre sie lediglich eine Besucherin, die nicht wüsste, was sich hinter diesen Mauern verbirgt, sie würde sicherlich keine Klinik für Onkologie und Neurochirurgie dahinter vermuten. Allenfalls ein First-Class-Hotel oder eventuell ein Sanatorium für die „oberen Zehntausend". Aber auch das nur, weil vor dem Gebäude mehrere Sonnenschirme aufgespannt standen, unter denen Tische, Stühle und Liegestühle für mindestens dreißig Personen Platz fanden. In den Liegestühlen ruhten einige Personen, andere unterhielten sich, lasen in Zeitschriften oder einem Buch. Ein Kellner ging geschäftig von einem zum andern, um den Damen und Herren Getränke zu servieren.

Noras Gerechtigkeitsempfinden hatte Zweiklassenmedizin stets abgelehnt. Sie musste sich zwar als Selbständige privat versichern, hatte sich aber gewisse Privilegien, die dieser Umstand bot, bis auf das Einzelzimmer während ihres letzten Aufenthalts im Krankenhaus, nie erlaubt. Eins war klar, ohne Christoph und Lydia wäre sie vermutlich nicht einmal auf die Idee gekommen, sich einen Termin bei diesem Professor geben zu lassen. Vermutlich hätte sie sich nicht mal einer weiteren Untersuchung unterzogen, wo auch immer diese stattgefunden hätte. Aber sie hatte begriffen, dass sie Christoph dieses Gefühl, alles für sie getan zu haben, wirklich nicht verwehren durfte. Er würde sich

177

ewig Vorwürfe machen und sich immer wieder einreden, dass alles anders gekommen wäre, hätte er gehandelt.

Sie stiegen die breiten, weißen Marmorstufen empor, die sie auf eine weitläufige Terrasse führten und betraten durch eine geöffnete Flügeltür die Klinik. Am Empfang wurden sie von einer freundlichen Empfangsdame im schicken weißen Kostüm begrüßt.

Nachdem Lydia ihren Namen genannt hatte, führte die überaus höfliche junge Frau sie sogleich in einen eleganten, äußerst gemütlichen Warteraum. Bequeme Polstermöbel standen zwischen exotischen Pflanzen und luden zum Verweilen ein. Dieses Wartezimmer hatte nur wenig mit dem einer normalen Klinik zu tun.

Etwa fünf Minuten später wurden sie in das Sprechzimmer von Professor Deichmann geführt.

Nur bruchstückhaft, doch blitzschnell nahm Nora die Orchideen wahr, die am Fenster in geflochtenen Binsenübertöpfen standen. Auch die riesige Phönix Palme in der Ecke hinter der Tür, der Drachenbaum und verschiedene Farnarten standen in solchen Übertöpfen. Über einem Ledersofa hingen drei Landschaftsphotographien, die ihre Aufmerksamkeit ein wenig länger auf sich zogen. Alle hatten mit der Ostsee zu tun. *Sicher hat die jemand geschossen, der hier zu Hause ist,* dachte sie und einen Augenblick fragte sie sich, was sie zu dieser Annahme veranlasste. Allerdings kam sie nicht mehr dazu, sich diese Frage auch zu beantworten. Denn genau in dem Moment erhob sich ein graumelierter Herr und kam hinter seinem wuchtigen Mahagoni-Schreibtisch hervor. Er musste etwa in Lydias Alter sein und wüsste sie es nicht besser, hätte sie ihn für den älteren Bruder von George Clooney gehalten. Sie nahm nicht an, dass das der Grund war, weshalb sie sofort Vertrauen zu ihm fasste. Es war wohl eher das sanfte Lächeln, das seine Lippen umspielte, als er sie aus bernsteinfarbenen Augen aufmunternd anblickte und ihr die Hand zur Begrüßung hinstreckte.

„Sie sind also Nora Baumann", stellte er fest und nickte wissend. „Ich habe schon viel von Ihnen gehört." Dann nahm er Lydias Hände in seine, begrüßte sie wie eine alte Freundin und wandte sich danach kurz Christoph zu. „Frau Baumann wir können selbstverständlich unter vier Augen miteinander sprechen", wandte er sich direkt an Nora. „Ich müsste dich, liebste Lydia und Sie Herr von Radomski, dann bitten, draußen zu warten."

Nora schüttelte energisch den Kopf. „Nein, so ist es in Ordnung."

Er deutete einladend auf das Sofa und zog für sich selbst einen der beiden Besuchersessel heran, die vor seinem Schreibtisch standen. „Nun, dann erzählen Sie mir mal Ihre Geschichte."

„Da gibt es nicht allzu viel zu erzählen. Ich sollte vor einigen Tagen operiert werden, da die Ärzte ein Glioblastom bei mir diagnostiziert hatten. Aber warum auch immer, ich verließ das Krankenhaus und nun bin ich hier."

Der Professor lächelte. „Sie sind ausgebüxt, ich weiß", erklärte er mit einem Blick auf Lydia. „Wie machte sich die Krankheit bei Ihnen bemerkbar?"

„Es begann mit ständig wiederkehrenden Kopfschmerzen am Abend, manchmal wachte ich auch in der Nacht mit Schmerzen auf. Zunächst nahm ich an, es müsse am Stress liegen oder an einer Nackenverspannung, die ich mir bei der Arbeit zugezogen habe. Aber als ich meine Umgebung ab und zu doppelt sah und es mir manchmal schwindelig wurde, ging ich zu unserem Hausarzt. Der überwies mich zunächst an einen Augenarzt, weil er, wie er mir sagte, die Pferde nicht gleich scheu machen wollte. Da der Augenarzt ein Problem mit den Augen ausschloss, ging ich wieder zu meinem Hausarzt. Diesmal überwies er mich an einen Neurologen. Allerdings ging ich erst zu ihm, als ich eines Tages bei der Arbeit auf eine Leiter steigen wollte und einfach umkippte."

„War das ein epileptischer Anfall?"

„Nein. Ich war nur kurze Zeit weg. Ein Mitarbeiter, der die Szene beobachtete, ist mir zu Hilfe geeilt. Er sagte nur, ich sei plötzlich ohnmächtig geworden."

„Gut, erzählen Sie weiter."

„Der Neurologe diagnostizierte einen Tumor."

„Sind Sie seitdem noch ein weiteres Mal umgekippt?"

„Nein."

„Sagten Ihnen Menschen aus Ihrer Umgebung schon mal, dass Sie sich irgendwie seltsam verhalten oder dass Sie sich verändert hätten?"

„Nein."

Auch bezüglich ihres Klinikaufenthalts stellte er ihr einige Fragen und machte sich eifrig Notizen in ein Patientenkarteiblatt. Dann sah er sie, ohne etwas zu sagen, einen Moment lang so durchdringend an, als könne allein dieser Blick herausfinden, was ihr fehlte. „Nora – ich darf Sie doch so nennen", begann er endlich zu sprechen.

Nora nickte.

„Ich würde gerne einige Untersuchungen durchführen und zwar schnellstens. Vorausgesetzt natürlich, Sie stimmen zu."

Nora nickte abermals. Obwohl sie genau wusste, dass es allein an ihrer Entscheidung lag, was hier mit ihr geschehen würde, fühlte sie sich irgendwie bedrängt. Lydias Augen ruhten abwartend auf ihr. Christoph dagegen nickte ihr aufmunternd zu. Er klammerte sich so sehr an die Hoffnung, diese Untersuchung könne irgendetwas ändern.

„Außerdem werde ich Ihre Unterlagen aus dem Krankenhaus anfordern – zu Vergleichszwecken. Nun, wie ist es, darf ich Sie ins Untersuchungszimmer bitten?"

Nora stimmte zu.

„Gut. Lydia, du entschuldigst uns? Herr von Radomski …?"

„Sagen Sie bitte Christoph zu mir, Professor."

„Gerne", meinte er lächelnd, ließ aber Lydia, während er auf die Taste seiner Gegensprechanlage drückte, nicht aus den Augen. „Schwester Barbara, Doktor Vitkovsky möchte bitte in mein Untersuchungszimmer kommen." Dann erhob er sich und bat Nora mit einer einladenden Bewegung zur Tür.

„Bis gleich, mein Kind", sagte Lydia, während Christoph ihr stumm die Hand drückte.

Nora nickte nur, erhob sich und folgte dem Professor in den angrenzenden Raum.

Nachdem er die Tür hinter sich zugezogen hatte, bat er sie erneut sich zu setzen und erklärte ihr, dass Doktor Vitkovsky der Oberarzt seiner Klinik sei und dass der sie sich nun erst mal ansehen würde.

Doktor Vitkovsky, ein Mann von kleiner, untersetzter Statur, dessen blondes, schütteres Haar sich auf der ohnehin hohen Stirn an den Seiten ziemlich zurückgezogen und dadurch längliche Geheimratsecken hinterlassen hatte, reichte ihr höflich die Hand. Nachdem er die auf seiner nackten Stirn platzierte Nickelbrille, auf seine Nase heruntergeholt hatte, erinnerte er sie an den netten Verkäufer in ihrem Zeitungskiosk, bei dem sie regelmäßig die Fernsehzeitung besorgte. Und als er sie jetzt väterlich anlächelte, wirkte das direkt beruhigend auf sie.

„Nora. Während Doktor Vitkovsky einige Untersuchungen durchführen wird, werde ich mich mit Doktor Neuner in Verbindung setzen. Doktor Vitkovsky", wandte er sich an den Oberarzt, „bitte machen Sie die üblichen Tests und bringen Sie Frau Baumann anschließend zu Doktor Weidner. Wir benötigen Bilder vom neuesten Stand."

Nora nickte nur immer wieder. *Ist das hier vielleicht tatsächlich eine Chance, mein Leben zu verlängern? Wenn ja, dann ist das meine letzte.* Neue Hoffnung keimte in ihr auf. Eine innere Stimme warnte sie dennoch davor, sich dieser allzu trügerischen Hoffnung hinzugeben, die sich vielleicht nicht erfüllen würde. Das war's doch, was sie versucht hatte, Christoph zu erklären. *Erneutes hoffen und dann ...*

Noras Hoffnungen schwanden so schnell, wie sie gekommen waren.

„Lassen Sie den Kopf nicht gleich hängen", sagte Doktor Vitkovsky abschließend, „es ist noch nichts entschieden und der Professor ist eine Koryphäe auf diesem Gebiet. Er unterhält Kontakte zu führenden Onkologen und Neurologen. Unser wirklich großartiges Team setzt sich aus hervorragenden Chirurgen, den Professor eingeschlossen, einem Radiologen und Strahlentherapeuten, außerdem einem Computerexperten, einem Pathologen und einem Molekular-Biologe zusammen. Glauben Sie mir, Sie sind hier in den besten Händen. Wenn Sie mir jetzt bitte folgen wollen." Er brachte sie über den Gang, auf dem ihr eine weitere Patientin und zwei Besucher begegneten, zu einer Treppe, die ins Untergeschoss führte. Dort übergab er sie an Frau Doktor Weidner, die, nachdem das übliche Procedere beendet war, Doktor Vitkovsky telefonisch verständigte, dass er sie und das MRT abholen könne.

Wenig später saß sie erneut in Professor Deichmanns Sprechzimmer. Hier schien es weder Stress noch Hektik zu geben. Wer hatte noch gesagt, – hier bin ich Mensch, hier darf ich's sein? Sie hatte das einmal gewusst ... In letzter Zeit vergaß sie so vieles.

Professor Deichmanns Blick ruhte nachdenklich auf Nora, bevor er sagte: „Okay, nachdem ich Ihre Unterlagen hier habe, werde ich mein

Team zu einer Besprechung zusammenrufen. Danach sehen wir uns wieder. Sie entschuldigen uns bitte."

Keine Viertelstunde später kamen die Ärzte zurück.

„Anhand der CT und MRT Bilder aus dem Krankenhaus und dem neu erstellten MRT, konnten wir eindeutig feststellen, dass der Tumor gewachsen ist. Wir müssen schnellstens operieren. Am liebsten würde ich Sie gleich hierbehalten. Um Ihr Leben zu verlängern, ist eine Operation unumgänglich. Nora", sprach er, nachdem sie nicht geantwortet hatte, eindringlich auf sie ein. „Bis jetzt konnten wir weder Hirn- noch andere Metastasen feststellen. Das ist gut. Aber mit ziemlicher Sicherheit haben einzelne Tumorzellen das gesunde Gehirngewebe schon infiltrativ durchwandert. Nach der Operation weiß ich ein wenig mehr. Es gibt heute die Möglichkeit der sogenannten stereotaktischen Radiochirurgie. Doktor Vitkovsky ist mit dieser Methode bestens vertraut. Er schneidet dabei den Tumor nicht mit einem Skalpell, sondern mit einem Energiestrahl heraus. Millimeter genaue dreidimensionale Hirnkarten sind Grundlage der Behandlung, die vor der Operation aus den Daten von CT und MRT errechnet werden. Sie erlauben es, durch eine nur kleine Öffnung in der Schädeldecke, feine Metallsonden in das Tumorgewebe zu schieben, um Proben zu entnehmen. Der Pathologe untersucht diese noch während der Operation und liefert die nötigen Informationen über die Art und Ausdehnung desselben, die das weitere Vorgehen bei der OP beeinflussen. Er wird den Tumor zunächst weit möglichst entfernen. Noch während der OP werden wir mit der lokalen Chemo beginnen, indem wir Ihnen Depotplättchen mit dem Wirkstoff Carmustin als Implantat gezielt in den entstandenen Hohlraum und somit unmittelbar in die Tumor Randzone platzieren. So kann das Medikament sofort auf einzelne im Gewebe verbliebene Tumorzellen wirken. Die Plättchen lösen sich innerhalb von zwei bis drei Wochen auf. Ein Vorteil dieser Behandlungsmethode ist, dass sich das Medikament nicht über die Blutbahn im ganzen Körper verteilt. Das Knochenmark, Leber und Lungen werden nicht belastet. Erst nach zwei Wochen beginnen wir dann mit der Strahlentherapie, die auf eine Zeit von sieben Wochen verteilt wird. Simultan dazu werden sie Temodal erhalten. Nora, natürlich kann ich Ihnen keine Garantie geben, aber wir haben bereits bemerkenswerte Erfolge mit dieser Methode erzielt. Wenn Sie sich nicht operieren lassen, wird der Tumor wachsen, das momentan noch kleine Ödem wird sich vergrößern, wodurch Ihre Hirnfunktionen immer mehr eingeschränkt werden und es werden sich Metastasen bilden, dann haben Sie ein Problem."

„Ach, ich dachte, das hätte ich schon", antwortete sie trocken. Sie blickte auf Christoph und auf Lydia, die sie beide besorgt ansahen, dann erhob sie sich. „Danke Professor Deichmann, aber darüber muss ich erst nachdenken."

„Solange Sie das noch können", sagte er scheinbar gelassen.

Vor sich hin nickend, die Hand zum Gruß hebend, ohne ein weiteres Wort zu verlieren, verabschiedete sie sich von ihm.

Christoph erhob sich ebenfalls. „Warte, ich begleite dich." Anscheinend kannte er sie bereits gut genug, um sie nicht zu bedrängen. Obwohl er sich offensichtlich bedeutend wohler fühlen würde, hätte sie einer Operation spontan zugestimmt, hob er kaum merklich seine Schultern und senkte sie resigniert wieder. „Mutter?"

„Ihre Mutter wird mir beim Mittagessen Gesellschaft leisten", antwortete der Professor lächelnd, während er etwas auf einen Block schrieb, „und danach bringe ich sie nach Hause."

„Gut."

„Warten Sie", er riss den Zettel ab und reichte ihn Christoph. „Besorgen Sie Nora diese Tabletten."

Kaum hatten sie das Haus betreten, entschuldigte sich Nora und zog sich in Lydias Büro zurück. *Es ist höchste Zeit Frank anzurufen. Um diese Zeit ist er sicher auf der Baustelle.* Obwohl sie wusste, dass er sich bei der Arbeit nicht gerne stören ließ, wählte sie seine Handynummer. Sie vermisste zwar vor allem ihre Kinder, aber auch nach Franks Stimme sehnte sie sich und nach seinen schützenden Armen. Ja, sie sehnte sich danach, ihren Kopf an seine Brust zu legen und von seinen Armen tröstend umfangen zu werden. Nervös, mit kräftig klopfendem Herzen und feuchten Hände, weshalb sie nochmal über ihre Jeans strich, nahm sie den Hörer in die Hand. *Wie wird Frank reagieren?* Sie hörte das Läuten seines Handys. Einmal, zweimal, dreimal … Schon wollte sie auflegen, als er sich meldete.

„Ja?"

„Hallo, Frank, schön, dass ich dich erreiche."

„Nora!", rief er überrascht. „Ist etwas geschehen? Geht es dir nicht gut? Wann kommst du nach Hause?"

„Ich weiß es nicht. Heute Vormittag hatte ich einen Termin bei einem Professor Deichmann, den Lydia persönlich kennt. Wie sie mir sagte, soll er eine Koryphäe auf dem Gebiet der Neurochirurgie sein und dann ist da noch ein Doktor Vitkovsky. So ganz steig ich da noch nicht durch. Aber so viel ich verstanden habe, wird der mich operieren, mit einer Methode, bei der er kein Skalpell benötigt."

„Du lässt dich also operieren?", fragte er bang.

Sie zuckte mit den Achseln. Dann wurde ihr bewusst, dass er das nicht sehen kann und sie sagt: „Ich weiß noch nicht."

„Warte nicht zu lange, sonst könnte es zu spät sein. Und wenn dieser Arzt wirklich gut ist, dann unterziehe dich dieser Operation. Im Internet konnte ich von Menschen lesen, die den Tumor sogar fünf Jahre und mehr überlebt haben. Ach Nora, wir machen uns große Sorgen um dich. Außerdem hätte ich schon gerne genauer gewusst, wo du dich aufhältst? Wer ist diese Lydia?"

„Ich bin, wie ich schon sagte, in der Nähe von Stralsund und Lydia ist eine reizende ältere Dame, die mich, glaube ich zumindest, sehr gern hat. Und zu deiner Beruhigung, sie möchte ebenfalls, dass ich mich operieren lasse. Seit sie meine Geschichte kennt, versucht sie, mich dazu zu überreden."

„Dann bist du anscheinend gut aufgehoben. Allerdings ändert das nichts an der Tatsache, dass ich mich um dich sorge."

„Frank wie geht es den Kindern?", lenkte sie das Gespräch in eine andere Richtung.

„Du kannst dir sicher vorstellen, dass sie dich vermissen. Sie waren nicht erfreut zu hören, dass du einige Zeit nicht nach Hause kommen willst. Für Tristan ist es besonders schwer. Er bereitet mir große Sorgen. Er benimmt sich rüpelhaft, ist lustlos und bockig. Ich dringe einfach nicht zu ihm durch. Außerdem hat er die letzte Mathearbeit in den Sand gesetzt."

„Ich hatte angenommen, es wäre leichter für ihn, wenn ich mich vorerst nicht direkt bei ihm melde, aber jetzt fühle ich mich, als hätte ich ihn im Stich gelassen. Vielleicht wäre es doch besser gewesen, ihn mal auf seinem Handy anzurufen."

„Vielleicht hättest du gar nicht erst weggehen sollen", stichelte er.

„Ja, vielleicht", sagte sie leise.

Er räusperte sich. „Und Lena hat da so einen Kerl aus der Zwölften im Kopf, das gefällt mir gar nicht."

„Lena? Na ja, sie ist fünfzehn, bald sechzehn. Aus dem Mädchen wird eine Frau. Sei nicht so streng mit ihr und zügle deine Eifersucht."

Eine Weile blieb es still zwischen ihnen. „Frank?"

„Eifersucht, pah ..., das ist doch lächerlich."

„Ach ja?"

Frank atmete einmal tief durch. „Vielleicht ..., also gut, du hast mich wieder mal durchschaut."

„Sag Tristan, was ich von ihm erwarte, ich weiß, dass er es kann. Nein, sag ihm nichts, ich ruf ihn nachher an."

„Wir hatten gestern Abend ein Gespräch, ich denke, er hat's kapiert, mach dir keine Gedanken, wir schaffen das schon", versuchte er, sie zu beruhigen.

„Kümmre dich um Lena. Sei einfach für sie da", bat sie und erklärte: „Sie braucht dich jetzt. Väter sind prädestiniert für solche Aufgaben. Mein Vater zum Beispiel, hatte viel mehr Verständnis für meine Teenagersorgen, als meine Mutter."

„Ich werde mein Bestes geben", versprach er. „Doch dich werde ich nicht ersetzen können. Du fehlst an allen Ecken und Enden, ich wäre froh, wenn du wieder bei uns wärst. Nora, lass dich operieren, du hast dann immerhin eine Chance. Wir brauchen dich doch."

„Ich denke darüber nach. Bevor ich mich operieren lasse, melde ich mich auf jeden Fall noch mal bei dir."

*

Nachdem Frank das Handy in die Innentasche seiner Jacke zurückgesteckt hatte, erinnerte er sich an das Gespräch, das er vor wenigen Tagen mit Anton geführt hatte. *Soll ich nicht doch die Überstunden nehmen, um Nora zu suchen?* Er kannte doch seine Nora, sie brauchte ihn, auch wenn sie das nie zugeben würde. *Ja, Anton hat recht. Es ist meine Pflicht sie zu suchen. Außerdem wollte ich doch für sie da sein, schließlich bin ich ihr Mann und als solcher habe ich gewisse Rechte. Zu dumm, dass sie mir aus unerfindlichen Gründen nicht sagen will, wo genau sie sich aufhält.*

„Paul", rief er nach seinem Kollegen im Nebenraum, „ich muss mal eben weg."

„Wann kommst du zurück?"

„Weiß nicht. Hab was Dringendes zu erledigen. Schätze in einer Stunde bin ich wieder hier."

Mit großen Schritten durchquerte er zwanzig Minuten später die Diele seines Hauses und lenkte sie in Noras Büro.

Zunächst rief er bei der Auskunft an. Dort erfuhr er, neben der Telefonnummer auch den Ortsteil, in dem Lydia von Radomski wohnte. Eine Straße war leider nicht angegeben. Aber er würde schon herausfinden, wo genau sie wohnte. Allerdings erfuhr er auch von einer Holding mit diesem Namen. Christoph von Radomski hieß der Inhaber. *Hat er etwas mit Nora zu schaffen? Kennt sie ihn überhaupt? Ist er mit dieser Lydia verwandt? Es gibt keine private Telefonnummer von ihm, vielleicht ist er der Mann oder der Sohn dieser Lydia? Wie auch immer, ich werde es herausfinden.*

Kapitel 7

Zwei Tage später verbrachten Nora und Christoph einen wundervollen Tag in seinem Haus auf Rügen. Sie war dermaßen begeistert, dass er ihr versprach, die kommende Woche ebenfalls dort zu verbringen.

Die Abenddämmerung hatte sich bereits übers Land gelegt, als sie wieder zu Hause ankamen. Glücklich und fröhlich lachend stürmten sie ins Wohnzimmer. Doch während Christoph überschwänglich von all seinen Eindrücken berichtete, saß Nora still vor sich hin lächelnd neben ihm und drückte seine Hand.

„Was ist mit dir Nora?", fragte Lydia, die anscheinend sofort erkannte, dass mit Nora etwas nicht stimmte. „Deine Wangen glühen förmlich und du wirkst ziemlich erschöpft."

Lydia kann man nichts vormachen, dachte Nora und atmete noch mal tief durch. Sie lehnte sich zurück und fasste sich unbewusst an den Kopf. „Die verdammten Schmerzen wollen einfach nicht nachlassen, trotz der Tabletten. Ich denke, es ist besser, ich gehe gleich zu Bett."

„Aber erst mal isst du mit uns zu Abend. Du musst bei Kräften bleiben", befahl Lydia liebevoll.

Vielleicht hat sie recht, überlegte Nora, *seit Mittag habe ich nichts mehr gegessen.* Doch schon der Gedanke an Essen verursachte Übelkeit bei ihr. Eine Weile stocherte sie appetitlos in ihrem Teller herum, bevor sie ihr Besteck auf den Teller legte. Sie wischte sich mit der Serviette über die Lippen, faltete sie und legte sie auf den Tisch zurück. Dann erklärte sie, müde zu sein und entschuldigte sich.

„Ich bring dich nach oben", erbot sich Christoph sofort.

„Nein, das ist unnötig. Lasst euch bitte nicht durch mich das Abendessen verderben. Ich brauche einfach nur ein wenig Schlaf." Auf dem Weg zur Diele krampfte sich ihr Magen erneut zusammen, gleichzeitig erhöhte sich ihr Speichelfluss. Ein eindeutiges Zeichen, dass sie sich übergeben musste. Gerade noch rechtzeitig erreichte sie die nächste Toilette.

*

Christoph blieb besorgt zurück. Wie immer ziemlich hilflos, fühlte er sich in eine Rolle gedrängt, die er selbst nicht definieren konnte. Er hätte ihr gerne geholfen, doch wie hätte er das tun können, ohne ihre Intimsphäre zu verletzen. Bei diesem Punkt würde er im Vergleich mit ihrem Ehemann den Kürzeren ziehen. Dieser Frank hatte sie vermutlich in Situationen erlebt, die zu teilen, zwischen Eheleuten durchaus normal war. Dafür kannten sie sich noch nicht lange genug. *Wird sie mich jemals so nah an sich heranlassen?* Er zog seine Augenbraue nachdenklich nach oben. „Mutter sie gefällt mir nicht. Die letzten Tage war sie ständig müde. Mehrmals klagte sie über Schwindel und trotz des Medikaments, das sie von Professor Deichmann bekam, über Kopfschmerzen. Sie kriegt die Schmerzen einfach nicht mehr in den Griff. Und dann fiel mir auf, dass sie manchmal, wenn sie sich unbeobachtet glaubt, mit den Lidern blinzelt, als müsse sie etwas von ihren Augen wischen. Gestern Morgen war sie dermaßen wackelig auf den Beinen, dass sie sich noch mal setzen musste. Als ich sie darauf ansprach, meinte sie, das hätte sie auch vor der Erkrankung immer wieder gehabt und wäre auf einen niederen Blutdruck zurückzuführen. Vielleicht sollte ich besser, Professor ..."

„Herr von Radomski!", unterbrach ihn Ines aufgeregt. „Schnell! Frau Baumann ist die Treppe hinuntergestürzt", fügte sie, mit den Armen wild durch die Luft fuchtelnd, hinzu.

Erschrocken fuhren beide von ihren Stühlen hoch und eilten in die Diele hinaus. „Nora! Mein Gott, was soll ich jetzt tun?", fragte er hilflos, als er sich zu ihr hinunter kniete.

„Ausgerechnet heute ist Friedrich auf einer Tagung", jammerte Lydia. „Rufen Sie Doktor Engholm, Ines", befahl sie.

„Nicht bewegen. Wir dürfen sie vorerst nicht bewegen. Möglicherweise hat sie innere Verletzungen", äußerte sich Christoph ängstlich.

„Sie blutet am Kopf, wahrscheinlich hat sie sich angeschlagen. Sollten wir sie nicht doch bequem hinlegen?", wollte Lydia wissen.

„Nein, noch nicht. Vielleicht kommt sie gleich wieder zu sich, dann werden wir sehen. Nora? Nora, hörst du mich? Nora, komm zu dir. Nora. Nora, sieh mich an. Wo bleibt denn bloß Matthias?"

„Der Doktor ist schon unterwegs", bemerkte Ines.

„Nora lass mich jetzt nicht allein, ich brauche dich. Hörst du? Komm bitte zu dir. Nora, mein Engel, flieg nicht weg. Nora …" Christoph konnte die Tränen nicht mehr zurückhalten, doch immer wieder rief er ihren Namen, flehte, sie möge endlich zu sich kommen. Nach einer gefühlten Ewigkeit, blinzelten ihre Lider unsicher und endlich schlug sie die Augen auf. „Sie kommt zu sich. Gott sei Dank."

Nora öffnete den Mund, als wolle sie etwas sagen, aber außer einem Krächzen kam nichts über ihre Lippen. Dann griff sie an ihren Kopf, genau an die Stelle, aus der Blut sickerte. „Au …"

„Psst, ganz ruhig. Du bist gestürzt. Kannst du dich aufrichten? Wo hast du Schmerzen?", fragte Christoph besorgt.

„Sein Knopf", brachte sie verwirrt hervor. Als sie sich stöhnend aufzurichten versuchte, hob er sie hoch und trug sie zum Sofa.

„Doktor Engholm", meldete Ines in diesem Augenblick.

„Wo bleibst du denn?", zischte Christoph ungeduldig.

„Na hör mal …", protestierte Matthias beleidigt.

Nach einem Blick auf die Uhr stellte Christoph fest, dass Matthias mit Sicherheit einige rote Ampeln überfahren hatte, um schnellstens hier zu sein. „Entschuldige. Ich bin etwas durcheinander", lenkte er ein.

„Was ist denn passiert? Die arme Ines konnte vor lauter Aufregung keine klare Ansage machen und dann hat sie auch gleich wieder aufgelegt."

„Nora ist die Treppe hinuntergestürzt."

Erst jetzt schien Matthias die zierliche Gestalt zu bemerken, die in sich zusammengesunken, wie ein Häufchen Elend auf dem Sofa lag. „Oh Gott! Wollten Sie nicht an irgendeinem Strand, unter Palmen liegend, auf Ihren Tod warten?" Missbilligend schüttelte er den Kopf. „Nora, was machen Sie bloß für Sachen?"

„Matth…." Sie legte ihre Hand an das Revers seines Smokings. „Rest…?"

„Ja, ich war bei einem Fest. Aber Ihretwegen würde ich noch weit mehr unterbrechen, das wissen Sie doch", erklärte er lächelnd.

„Sch… Schmeichler", presste sie hervor.

Matthias wandte sich an Christoph. „Wenigstens kommt ihre Sprache schon wieder", flüsterte er und fügte lauter hinzu: „Was genau ist eigentlich passiert?"

Nora lächelte verschmitzt. „Flügel gekriegt, geflogen."

Mitleidig lächelnd schüttelte er den Kopf. „Gestolpert oder ausgerutscht?"

Nora zuckte nur unmerklich mit den Achseln.

„Na, dann lassen Sie mich mal sehen ..."

Matthias untersuchte sie sehr genau nach etwaigen Knochenbrüchen oder anderen Verletzungen. „Außer ein paar Hautabschürfungen und Prellungen, kann ich nichts feststellen. Aber ich muss Ihnen nichts schönreden, dass Sie gestürzt sind, liegt mit absoluter Sicherheit an dem Tumor. Außerdem scheinen Sie Fieber zu haben. Ich messe noch rasch Ihre Temperatur. Leihen Sie mir mal Ihr Ohr?"

„Gerne ..., Herr Doktor." Es fiel ihr immer noch schwer zu sprechen, aber langsam normalisierte sich ihre Sprechweise.

„Über neununddreißig Grad", stellte er fest. „Tropfen oder Zäpfchen?"

„Tropfen bitte, ich ... hasse Zäpfchen."

Matthias griff in seine Tasche, während er um einen Löffel bat. „Augen zu, Mund auf und runter. Ich rufe sofort einen Krankenwagen", wandte er sich nun an Christoph und gleich darauf erneut an Nora. „Sie müssen in ein Krankenhaus."

Nora warf Christoph einen ängstlichen Blick zu.

„Matthias, ich melde mich morgen bei dir", verabschiedete sich Christoph von ihm. „Komm mein Schatz, ich bringe dich zu Bett", sagte er, griff unter Noras Körper und hob sie hoch. „Gute Nacht miteinander."

„Es geht mir gut, macht euch keine Sorgen", sagte sie noch über Christophs Schulter hinweg.

Als er sie zudeckte, sagte er: „Ich werde alles tun, was du möchtest, wenn du dir nur helfen lässt. Hast du endlich über eine Operation nachgedacht?"

„Nein, habe ich nicht und im Moment will ich auch nicht daran denken. Mir schwirrt da etwas ganz anderes im Kopf herum." So konnte das nicht weitergehen, er behandelte sie wie ein rohes Ei. Seit dem Abend am Strand hatte er nicht mehr mit ihr geschlafen. Als er sie jetzt zärtlich küsste, schlang sie ihre Arme um ihn und zeigte ihm, wie sehr sie sich nach seiner Liebe sehnte. „Liebe mich, zeig mir das Land hinter dem Horizont, Black Jack."

„Ist das nicht zu viel für dich?"

Sie schüttelte langsam den Kopf. „Ach Chris …, ich fühle mich so leicht, als könnte ich schweben. Bitte komm zu mir."

„Darum musst du mich nicht bitten." Leidenschaftlich bedeckte er ihre Lippen mit seinen Küssen …

Es war wie ein Rausch. Sie fühlte seine Hände auf ihrem heißen Körper, spürte seine Haut, seine Muskeln unter ihren Händen, glaubte das Blut durch ihre Adern pulsieren zu hören und die lauten, kräftigen Schläge ihres Herzens. Ihre Brust hob und senkte sich. Mit jedem Atemzug spürte sie das Leben, fühlte, dass sie lebte.

„Chris, ich liebe dich so sehr", sagte sie, als sie ruhig in seinen Armen lag, „das Glio, so schrecklich es sein mag, brachte mir auch ein Geschenk. Dich! Eigentlich müsste ich ihm dankbar dafür sein, statt es zu bekämpfen …"

*

Matthias hatte sich unterdessen von Lydia überreden lassen, sich noch ein wenig zu ihr zu setzen. „Lydia! Sie muss in die Klinik", beschwor er sie eindringlich. „Wenn sie sich nicht schnellstens operieren lässt, ist es zu spät. Haben Sie mitbekommen, wie sie gesprochen hat? Bringen Sie Nora in die Klinik."

„Wenn das so einfach wäre. Du hast doch auch schon mit ihr gesprochen. Und wir waren bereits bei Professor Deichmann mit ihr. Er will sie operieren. Aber sie wollte darüber nachdenken. Sie hat Angst. Sie befürchtet, nach der Operation nicht mehr sie selbst zu sein. Ich dachte immer, ich wäre stur, aber sie übertrifft mich bei weitem."

Ines betrat nach kurzem Anklopfen den Raum. „Kann ich noch etwas für Sie tun?"

„Ach Ines, bringen Sie Matthias bitte ein Weinglas." Sie sah ihn bittend an. „Sie trinken doch ein Glas Wein mit mir?"

Er warf ihr einen nachdenklichen Blick zu, dann grinste er. „Ein Whisky wäre mir lieber."

„Ines, Sie haben es gehört und bringen Sie mir auch gleich einen", bat sie.

„Sie trinken Whisky?", fragte Matthias erstaunt.

Lydia zuckte gleichgültig mit den Achseln. „Mitunter – als Medizin. Wie heißt es doch, ungewöhnliche Umstände erfordern ungewöhnliche Maßnahmen."

Nachdem sie sich zugeprostet hatten, sah er nachdenklich auf das Glas in seiner Hand. „Sie haben Angst um Nora, stimmt's?

Lydia nickte nur.

„Wie ich schon sagte, eine Operation mag sie verändern, aber der Tumor wird das demnächst auch tun und Nora weiß das. Ich fürchte, sie hat sich mit dem Tod schon an dem Tag abgefunden, als sie das Krankenhaus in … Woher kommt sie eigentlich?"

„Sie bestieg den Zug in Hannover. Ich habe sie nie gefragt, ob sie auch dort wohnt."

Matthias nickte. „Ich verstehe. Jedenfalls sollten Sie Nora dazu animieren, dass sie über lebensverlängernde Maßnahmen nachdenkt, statt darüber, es wegzuwerfen. Die Medizin ist heute auf diesem Gebiet so weit, das Leben von Tumorpatienten zu verlängern. Morgen kann man sie vielleicht heilen. Nora muss diese Operation als Chance wahrnehmen"

„Ich werde mit Christoph darüber sprechen."

Kapitel 8

„Lass uns vor dem Essen einen Spaziergang am Strand machen."

Fürsorglich griff er sogleich nach ihrem Cape. „Leg das bitte um, es ist schon kühl um diese Zeit."

„Es ist ein traumhaft schöner Abend. Du weißt, ich liebe die lauwarme Brise über meine Haut."

„Du bist unbedacht, mein Engel und unbeschreiblich stur."

„Ich weiß, aber was wäre das Leben, ohne ein bisschen Leichtsinn?" Nora konnte die ständige Fürsorge, die er ihr seit jenem Abend vor drei Tagen angedeihen ließ, kaum noch ertragen. Schon am Tag zuvor hatte sie launisch, ja fast aggressiv darauf reagiert. Den Blick, mit dem er sie dabei angesehen hatte, hätte einen Stein erweichen können. Natürlich entschuldigte sie sich sogleich für ihr Verhalten. Doch sie sagte ihm auch deutlich, dass sie nicht wie eine Kranke behandelt werden wollte. Er sollte, wenn sie ihn eines Tages verließ, weder an eine Kranke noch an eine launische Zicke erinnert werden, sondern an die Frau, die sie wirklich war.

„Ich dachte mal genauso, aber mittlerweile wurde ich eines Besseren belehrt. Das Leben ist zu kostbar, um leichtsinnig damit umzugehen. Außerdem gebe ich gerne auf dich acht."

„Ja, das merke ich. Du zeigst es allzu deutlich. Los, komm schon."

„Wäre es nicht besser, du würdest dich ein wenig ausruhen, vor dem Essen?"

„Nein!", antwortete sie ungeduldig, ergriff seine Hand und zog ihn mit sich.

„Ist ja schon gut. Schalte mal einen Gang runter. Manchmal kommt es mir so vor, als wollest du das Leben in dich aufsaugen. Dann wieder benimmst du dich wie jemand, der dem Tod so schnell wie möglich ins Antlitz schauen will."

„Meinst du?", fragte sie, während sie sich ihrer Schuhe entledigte. „Komm schon", fügte sie hinzu und lief los. Der Sand, von der Sonne aufgeheizt, fühlte sich angenehm warm an unter ihren Fußsohlen. Als sie erneut stehen blieb, um sich noch einmal nach ihm umzusehen und ihn direkt hinter sich bemerkte, hakte sie sich bei ihm unter und lehnte ihren Kopf an seine Schulter. Wortlos betrachtete sie die sanft auslaufenden Wellen, auf denen die Strahlen der Sonne funkelnd wie winzige Brillanten tanzten. Ein hinreißend lauer Spätnachmittag, der zum Träumen einlud. *Nicht mehr lange und die Sonne wird sich in einen roten Feuerball verwandeln. Umgeben von leuchtend glühender Farbenpracht, die den Horizont in ein scheinbar brennendes Inferno verwandelt, wird sie langsam in der dunklen See versinken.* Sie freute sich schon jetzt auf dieses faszinierende Schauspiel. „Ist das nicht märchenhaft?", hauchte sie fasziniert. „Ohne dich, hätte ich das alles sicher auch gesehen, aber bestimmt hätte ich nicht dasselbe dabei empfunden. Vermutlich wäre mir ziemlich schnell klar geworden, dass mir das Leben, nach dem ich plötzlich so giere, ohne dich an meiner Seite, nicht die Erfüllung bieten kann, nach der ich suchte. Sicher säße ich längst in Selbstmitleid badend, als heulendes Häufchen Elend, in irgendeinem Hotelzimmer herum. Deine Liebe ist eines der wunderbarsten Geschenke, die das Leben für mich bereithielt. Danke, dass du für mich da bist."

„Du bedankst dich für meine Liebe, bezeichnest sie als Geschenk, warum willst du dieses Geschenk dann einfach so wegwerfen? Pack das Päckchen, in dem sich unser gemeinsames Leben befindet, doch endlich aus. Du sagst, du bist glücklich mit mir, das bist du doch …?"

Nora nickte. „Ja aber …"

„Dann gib uns eine Chance, lass dich operieren."

„Chris ich …"

„Du hast mir ebenfalls ein Geschenk gemacht, Nora", sprach er weiter. „Mitunter kommt es mir allerdings so vor, als wolltest du es wiederhaben. Oder wie darf ich es verstehen, dass du mir jeweils nur einen kurzen Blick darauf gönnst?"

„Wie meinst du das?"

„Na ja, das was du mir bisher gegeben hast, hätte mir keine andere Frau geben können. Ist es da verwunderlich, dass ich das, was du mir noch geben könntest, auch haben möchte?" Er legte einen Arm beschützend um Noras Schultern und küsste sie liebevoll auf die Wange.

„So habe ich das nicht gesehen. Wer weiß, wo ich heute wäre, hätte ich die Klinik nicht verlassen. Vielleicht wäre ich bereits tot?"

„Sprich nicht so, ich mag das nicht hören."

„Du sollst nicht immer die Ohren davor verschließen, du musst dich damit auseinandersetzen. Ich möchte offen darüber sprechen können. Selbst wenn ich mich operieren ließe, müsstest du das früher oder später. Ich sterbe und damit müssen wir leben." Nora bückte sich und nahm eine Handvoll Sand. „Hast du schon mal versucht Sand festzuhalten? Je fester du versuchst ihn zu halten, umso schneller rinnt er durch die Finger. Genauso wie mit dem Sand in meiner Hand, verhält es sich mit meinem Leben. Es rinnt mir durch die Finger."

„Warum tust du das? Warum erinnerst du mich ständig daran, dass ich dich verlieren könnte?"

„Weil es so ist, du wirst mich verlieren. Außerdem muss ich dich gar nicht daran erinnern, das tust du schon selbst. Ist dir noch nicht aufgefallen, dass du derjenige bist, der mich immer wieder daran erinnert? Durch deine ständige Fürsorge, die sicher gut gemeint, aber mitunter ganz schön lästig ist."

„Aber …"

„Chris, hör' mir zu. Wir werden doch jeden Tag daran erinnert, wie leicht wir etwas verlieren können. Eine Sache, die uns wertvoll erscheint, ein Tier, das wir mögen oder auch einen Menschen, den wir lieben. Wenn es andere betrifft, verschwenden wir nicht allzu viele Gedanken daran und sind oft nur froh, dass es uns nicht getroffen hat. Manchmal aber passiert es auch uns selbst. Es können Kleinigkeiten sein, die uns nicht weiter belasten, aber manchmal geht uns ein Verlust gewaltig an die Nieren. Ich bin davon überzeugt, wir bekamen nicht nur das Leben geschenkt, sondern auch die Fähigkeit es zu leben, mit Schwierigkeiten umzugehen und mit eventuellen Verlusten fertig zu werden. Und was das Leben selbst betrifft, verlieren wir nicht mit jedem Atemzug ein kleines Stück davon? Bereits bei unserer Geburt beginnt nicht nur unser Leben, sondern auch unser Sterben. Der eine geht später, der andere früher, doch alle haben die vorherbestimmte Länge ihres Lebens, zu Ende gelebt."

„Die vorherbestimmte Länge?"

„Ja. Ich glaube, dass die Zeit, die uns geschenkt wird, von Anfang an festgelegt ist. Nicht in Wochen, Monaten oder Jahren. Sie ist abhängig von verschiedenen Faktoren, vor allem von dem, was wir daraus machen. Ob und wie wir unsere Aufgabe erfüllen, ist entscheidend.

Doch wie auch immer, ganz sicher hat beides seinen Sinn – unser Leben und unser Sterben. Auch, wenn wir nicht immer verstehen welchen."

„Da bin ich anderer Meinung. Welchen Sinn hat es, einen jungen Menschen oder gar ein Kind sterben zu lassen? Wozu wurde dieser Mensch dann überhaupt geboren? Die konnten doch noch gar nichts oder zumindest nicht viel bewirken."

„Woher willst du das wissen? So, wie die Geburt eines Menschen das Leben seiner Mutter und seiner Umwelt beeinflusst, so bewirkt dies auch sein Tod. Er ist unser ständiger Begleiter. Wir sind uns dessen nur nicht bewusst und das ist gut so. Dadurch leben wir unbeschwert. Holt uns der Gedanke an den Tod durch so eine Nachricht, wie ich sie bekommen habe, bereits zu einem – unseres Erachtens – zu frühen Zeitpunkt ein, würden wir ihn am liebsten verdrängen. Manchmal gelingt uns dies sogar, doch meistens fällt es uns verdammt schwer, nicht daran zu denken. Zumindest geht es mir so. Stell dir vor, was geschehen würde, wüssten alle, wann und wie sie sterben müssen."

„Gut – vielleicht hast du recht, doch woher weißt du, dass es dir nicht bestimmt ist, diese Operation durchführen zu lassen?"

„Diese Frage schreit ja förmlich nach einer Antwort", meinte sie lächelnd. „Ich weiß es nicht. Hoffentlich klingt das jetzt nicht überheblich, aber ich bin davon überzeugt, sollte es mir bestimmt sein, noch einige Zeit zu leben und sollte es dazu nötig sein mich operieren zu lassen, wird irgendetwas meine Entscheidung diesbezüglich beeinflussen. Wenn nicht, werde ich sterben – oder leben, auch ohne Operation."

„Es könnte also durchaus sein, dass ich dazu bestimmt bin, dich zu dieser OP zu überreden, wenn ich es nicht schaffe, habe ich versagt. Was dann? Damit schickst du mich womöglich in die Hölle."

„Quatsch! Niemand wird dich dafür in die Hölle schicken. Es sei denn, du selbst. Mach dir doch nicht so viele Gedanken."

Er legte seinen Arm um ihre Schultern. „Ich liebe dich, ist es da so abwegig, dich so lange wie möglich halten zu wollen?"

„Nein, natürlich nicht", antwortete sie und schmiegte ihr Haupt an seine Brust. Dann legte sie ihren Arm um seinen Nacken und drückte ihm einen Kuss auf die Wange.

„Wie kann ich mit dir unbeschwert in den Tag hineinleben und fröhlich sein, wenn ich immer die Angst vor Augen habe, dass ich dich heute oder morgen verlieren könnte."

„Kannst du dir vorstellen, dass ich ebenfalls Angst habe? Angst davor, wie ich sterbe, Angst meine Familie, dich und auch Lydia zurückzulassen, ohne euch in eurem Schmerz beistehen zu können. Der Tod selbst wird eine Erlösung für mich sein, vor ihm fürchte ich mich nicht. Manchmal, wenn ich darüber nachdenke, frage ich mich, was mich am Ende meiner Reise erwartet. Wem werde ich begegnen? Werde ich dortbleiben oder eines Tages wiedergeboren werden? Eines steht für mich fest, ein Teil von mir wird sich nicht auflösen. Mein Körper ganz sicher, mein Geist – der bessere Teil von mir – sicher nicht. Ich kann mir einfach nicht vorstellen, dass das Denken eines Tages aufhört." Nora lächelte versonnen. „Manchmal habe ich das Bedürfnis über meine Gedanken und meine Ängste zu sprechen und sollte es dir ebenso gehen, müssen wir es auch tun. Doch wollen wir uns die restliche Zeit meines Lebens mit ständigen Gedanken an den Tod vermasseln? Der kommt noch früh genug. Lass uns, bis es so weit ist, das Geschenk des Lebens dankbar annehmen."

„Schönes Geschenk."

„Ach komm schon, wie ist es denn mit den meisten Geschenken? Wir benutzen sie bis sie defekt sind, worüber wir uns dann eine gewisse Zeit ärgern, vielleicht überlegen wir uns sogar noch sie zu reparieren, um sie letztendlich dann doch in den Müll zu werfen."

„Du stellst vielleicht merkwürdige Vergleiche an."

„Na ja, manchmal fällt mir halt auch nichts Gescheites ein. Ach Chris, ich hätte nicht gedacht, dass du mir so viel bedeuten könntest und ich möchte dir noch so viel geben, wenn du mich lässt."

„Was erwartest du von mir?"

„Dass du dich nicht ständig um mich sorgst. Ich will deine Geliebte sein. Einen Frühling mit dir verbringen, an den du noch nach vielen Jahren mit einem Lächeln zurückdenken kannst, weil du eine schöne Zeit hattest und glücklich warst. Obwohl du ganz genau wusstest, dass die Abreise deiner Geliebten unumgänglich sein würde."

„Aber wie …"

„Schatz, unsere Wege werden sich trennen, du gehst in dein Leben zurück, um ein paar Erfahrungen reicher und ich gehe in meines, welches nicht das schlechteste sein wird. Doch solange wir zusammen sind, lass uns so viel wie möglich aus diesem Frühling herausholen. Lass ihn uns in vollen Zügen genießen. Nimm mir nicht mein Lachen und meine Fröhlichkeit. Das Heute ist wichtig und nur das Heute. Der Tod mag ein Abschied sein, aber er ist nicht endgültig. Einmal werden wir uns wiedersehen und wer weiß, vielleicht erhalten wir in unserem nächsten Leben die Chance miteinander glücklich zu werden, bis wir alt und grau sind. Bis dahin bleibt uns die Erinnerung an diese Liebe."

„Eine Erinnerung, die mich in diesem Leben quälen und sollte es tatsächlich ein nächstes geben, nicht begleiten wird. Verzeih mir mein Engel, deine Theorien klingen mir nicht überzeugend genug. Ich will dich lieber in diesem Leben behalten. Mein Verhalten mag egoistisch sein, aber so bin ich nun mal. Ich werde versuchen daran zu arbeiten."

„Du schaffst das ganz sicher und wir fangen auch gleich damit an." Lachend streifte Nora ihr T-Shirt über den Kopf.

„Was tust du?"

„Sieht man das nicht? Es ist ein so herrlicher Abend. Ich will schwimmen."

„Aber das kannst du nicht, du wirst dich …"

„Was werde ich?", fragte sie schmunzelnd. „Mich erkälten? Und dann sterbe ich womöglich an einem banalen Schnupfen. Da hätte ich dem Glio aber ein Schnippchen geschlagen. Na los, beeile dich, sonst schwimme ich dir davon."

„Das Wasser ist eiskalt um diese Jahreszeit", warnte er sie. Dennoch zog auch er sich aus und lief ihr lachend hinterher. „Du bist vollkommen verrückt", rief er lachend, während sie sich, zitternd vor Kälte, laut schreiend in die Fluten stürzte.

„Nein Chris, ich lebe."

*

Lydia machte mit Elvis einen kleinen, appetitanregenden Spaziergang vor dem Abendessen. Sie beobachtete die beiden lächelnd, allerdings nicht ohne Sorge, bevor sie sich diskret zurückzog. *Ist Noras Verhalten nicht doch ein wenig zu leichtsinnig?*

„Ines bringen sie bitte zwei Badetücher an den Strand. Unsere Turteltäubchen haben wohl vergessen, dass man nass ist, wenn man aus dem Wasser steigt", ordnete sie lächelnd an, als sie das Haus betrat.

„Selbstverständlich, gnädige Frau."

„Ines! Aber so, dass die beiden es nicht mitbekommen."

Könnte es doch für immer so bleiben. Wie lange noch werden die beiden so fröhlich sein? Lydia blickte auf ihre Armbanduhr. *Friedrich wird bald anrufen.*

Das tat er jeden Abend, seit sie mit Nora in seiner Klinik war. Er sorgte sich um die junge Frau. Doch solange sie sich gegen eine Behandlung sträubte, konnte er nichts tun. Da waren ihm buchstäblich die Hände gebunden.

Wie lange ist Nora nun schon hier, überlegte Lydia. *Etwas mehr als eine Woche. Wie viel Zeit wird ihr wohl noch bleiben, wenn sie sich nicht operieren lässt?*

*

Lydia war nicht die Einzige, die, die beiden fröhlichen Menschen beobachtet hatte. Hinter Büschen verborgen stand ein zornig blickender Mann, der nicht fassen konnte, was er sah. „Der Kerl legt den Arm um die Schultern meiner Frau", zischte er wütend und fügte in Gedanken hinzu: *Kein Wunder, dass sie nicht zu mir zurückkommen will. Sie hat einen Liebhaber. Ist es das was sie meinte, als sie davon sprach, ihr Leben auskosten zu wollen?*

Frank hatte sich gegen elf in den Wagen gesetzt, um nach Stralsund zu fahren. Bis auf die kurze Pause an einem Rasthof an der Autobahn, in dem er einen Imbiss zu sich genommen hatte, war er durchgefahren. Im Einwohnermeldeamt von Stralsund hatte er sich nach der genauen Adresse der Familie Radomski erkundigt und war direkt zu deren Anwesen gefahren. Allerdings hatte er sein Auto vorne an der Hauptstraße stehen lassen und war das letzte Stück des Weges zu Fuß gegangen.

„Gott! Nun zieht sie sich auch noch vor ihm aus", spie er die Worte geradezu heraus, bevor er die Zähne so wütend zusammenbiss, dass seine Kieferknochen deutlich hervortraten. *Hat sie denn gar kein Schamgefühl? Das kann doch wohl nur bedeuten, dass der Kerl sie bereits nackt gesehen hat,* dachte er, während er sich Gleichzeitig daran erinnerte, wie sie sich geziert hatte, mit ihm an einen Nacktbadestrand zu gehen.

„Verdammt! Verdammt, verdammt!" Frank hatte genug gesehen. Er machte auf dem Absatz kehrt und lief wutentbrannt zu seinem Wagen zurück. Voller Zorn schlug er auf das Dach desselben ein, drehte sich um und ging wütend einige große Schritte auf das Haus zu. *Das wird sie mir büßen! – Du wirst dich zum Deppen machen,* jagte ihm daraufhin ein Gedankenblitz durch den Sinn. Abrupt blieb er stehen. *Nein! Ich werde ihr hier keine Szene machen, diese Blöße darf ich mir nicht geben.* Schnell lief er zu seinem Wagen zurück, setzte sich hinein, startete und gab Vollgas, so dass die Reifen durchdrehten.

Sie wird schon sehen, was sie davon hat. Nimmt sie etwa an, dieser Schnösel wird sie pflegen, wenn ihre Krankheit so weit fortgeschritten ist, dass sie sich selbst nicht mehr helfen kann? Der weiß sicher nicht einmal was es heißt, für einen anderen Menschen da zu sein, selbst wenn dieser gesund ist. Und dann soll so einer wissen, wie man mit einer Frau umgeht, die so krank ist wie Nora. Er wird sie in irgendein Pflegeheim abschieben oder nicht einmal das, er wird sie zu mir zurückschicken. Sicher will der Kerl nur seinen Spaß mit ihr haben. Nora ist schließlich ein Klasseweib. Aber was ist mit ihr? Ist es das, was sie wollte? Wie ich Nora kenne, hat sie sicher gut darüber nachgedacht. Und wenn der Kerl gar nichts von ihrer Krankheit weiß? Ja, das ist es. Sie hat ihm nichts davon erzählt. Sonst hätte der sich bestimmt erst gar nicht mit ihr eingelassen.

Zorn stieg erneut in ihm hoch, als er sich die Szene noch mal ins Gedächtnis rief.

Wie auch immer, ich werde sie keinesfalls wieder aufnehmen, wenn sie winselnd vor meiner Tür steht. Ich brauche sie nicht. Nein! Verdammt! Nein! Ich will sie nie wiedersehen. Es gibt genug Frauen, mit denen man seinen Spaß haben kann. Ich habe es wahrlich nicht nötig, mich an eine kranke Frau zu hängen. Letztendlich hat also Vater doch rechtbehalten, Frauen waren lediglich gut genug, um Männern eine warme Mahlzeit auf den Tisch zu stellen und ihnen das Bett zu wärmen. Die Liebe ist nur eine völlig bedeutungslose Begleiterscheinung, die man besser rechtzeitig ausschaltet, will man nicht riskieren, von diesen Biestern fertiggemacht zu werden.

*

Nora fühlte sich glücklich als das kühle Nass ihren Körper umschmeichelte. Die leicht schaukelnden Wellen, auf denen die Strahlen der Sonne tanzten, lockten und verführten sie immer weiter hinauszuschwimmen. Einen Moment lang glaubte sie, ewig so schwimmen zu können. Hätte nicht Christophs Stimme sie zur Umkehr ermahnt, sie hätte das vermutlich sogar getan.

„Nora, komm zurück, du bist schon zu weit draußen", sagte er, legte seine Hand auf ihre Schulter und hielt sie fest. „Wenn du jetzt nicht kehrt machst, ziehe ich dich zurück."

Wie erwachend, etwas verwirrt, wusste Nora instinktiv, dass er recht hatte. Sie konnte ihre Kräfte nicht mehr einschätzen und würde sie das Bewusstsein verlieren, musste sie unwillkürlich in den Fluten ertrinken.

„Bist du des Wahnsinns?", schrie er, während er hinter ihr her ans Ufer watete.

Als sie dann an den Strand torkelte und sich erschöpft auf den Sand fallen ließ, lachte sie befreit auf.

„Willst du dich umbringen?", zischte er eindringlich. Verärgert griff er nach dem Badetuch, das bei seinen Kleidern lag, ohne einen Gedanken daran zu verschwenden, wer es wohl hergelegt hatte. Er hüllte sie darin ein und rubbelte sie kräftig ab.

Nora schüttelte sich. „Brrr – das war doch herrlich, ich hätte ewig so weiter schwimmen können", sagte sie mit vor Kälte klappernden Zähnen und am ganzen Körper zitternd.

„Fast wäre dir das auch gelungen. Mach das nie wieder, hörst du? Halt doch mal still", befahl er liebevoll.

„Und du, sei mal locker. Denkst du etwa, ich hatte vor, mich umzubringen? Ich bin eine sehr gute Schwimmerin." Sie drehte sich ihm zu, nahm sein besorgtes Gesicht zwischen ihre Hände und küsste zärtlich seine, wie ein Fisch auf dem Trockenen nach Luft schnappenden Lippen. „Das würde ich dir nie antun, ich liebe dich, Chris."

„Ich liebe dich doch auch. Oh Gott! Ich liebe dich mehr als mein Leben und könnte ich dein Leben retten, indem ich meines gäbe, so würde ich das tun. Wäre Gott ein Mann, würde ich rebellieren und mit ihm um dich kämpfen, aber er ist nur heiße Luft, geballte Energie, die sich keinen Deut um das Schicksal der Menschen schert. Und wenn es so etwas wie einen Gott wirklich gibt, muss er ein feiger Gott sein. Würde er sich sonst vor mir verstecken?" Christoph schloss sie fest in seine Arme, als könne er sie auf diese Weise beschützen.

Nora ließ es einige Minuten geschehen, doch als er keinerlei Anstalten machte sie loszulassen, befreite sie sich behutsam aus seinen Armen. „Gib nicht Gott die Schuld. Küss mich lieber, mein sanfter Rebell."

Christoph küsste sie gierig wie ein verdurstender.

Als sie sich erneut von ihm löste, bemerkte sie das andere, im Sand liegende Badetuch und bückte sich danach. „Woher kommen die eigentlich?", fragte Nora, während sie es ihm reichte.

„Mutter wird das wohl veranlasst haben", meinte er grinsend. „Wir sollten uns beeilen, sie wird schon mit dem Essen und einer dämlichen Bemerkung auf uns warten."

*

Das sanfte Licht des Mondes fiel durch die offenen Fenster und umschmeichelte die beiden Menschen die eng umschlungen beieinanderlagen. Niemand sprach ein Wort.

Christoph spielte liebevoll mit einer ihrer Locken, die strahlten, als wären sie aus reinstem Silber. „Du denkst an deinen Mann und die Kinder, stimmt's?", unterbrach er plötzlich die Stille.

„Du kennst mich schon viel zu gut."

„Ich muss nur aufpassen was mein Herz mir zuflüstert, das weiß nämlich alles von deinem."

„Dein Herz kommuniziert mit meinem Herzen?", fragte sie, melancholisch vor sich hin lächelnd.

„Seit wir uns kennen. Hast du es nicht bemerkt?"

„Jetzt, wo du es sagst. Ich versuche nicht mehr allzu sehr auf mein Herz zu hören, es ist mitunter schrecklich unvernünftig." Sie drehte sich ihm zu und streichelte zärtlich über seine Brust. „Wie zum Beispiel vor einigen Tagen, als es sich Hals über Kopf in einen fremden Mann verliebte. Ich mache meinem Herzen keinen Vorwurf, denn der Mann ist wirklich wunderbar. Allerdings entzog es meinem Gehirn durch diese Aktion jede Menge Energie und fast wäre es ihm gelungen, mein Gehirn ganz auszuschalten. Buchstäblich in letzter Sekunde gelang es ihm, den Schalter fürs Notstromaggregat einzuschalten, auf diese Weise konnte es mich noch rechtzeitig vor dem großen Kummer warnen, den jede weitere Kommunikation mit meinem Herzen verursachen würde. Seit diesem Vorfall wird mein Herz vom Verstand bewacht, damit es keine Möglichkeit hat, mir weitere Dummheiten einzuflüstern."

„Also, weil dein Gehirn sauer auf dein Herz ist, kannst du nicht mit ihm sprechen?"

„Nur noch in lebensbedrohlichen Situationen."

Christoph beugte sich über sie und küsste sie zärtlich. „Dann dürfte es dich vielleicht interessieren, dass dein Herz meinem Herzen anvertraute, es würde sich nach drei Menschen sehnen, an denen es sehr hängt. Worauf mein Herz sofort Alarm schlug."

„Ach ja?"

„Mein Gehirn wollte zunächst nichts davon wissen, doch weil mein Herz vor Liebe zu dir überströmt, rüttelte es so lange an der Tür zum Gehirn, bis die Vernunft sie öffnete. Danach fand zwischen ihnen eine ausgiebige Debatte statt."

„Und was kam dabei raus?"

„Mein Herz liebt dich so sehr, dass es nur eines will, dich glücklich machen. Deshalb überzeugte es mein Gehirn, wie wichtig es für dich wäre, bei diesen Menschen zu sein."

„Und? Sagt dir dein Herz jetzt auch, wie sich mein Herz nun fühlt?"

„Dein Herz weint, es ist traurig, weil du mich verlassen musst. Du wirst doch gehen, ist es so? Du willst zurück zu deinen Kindern und zu …?" Er atmete tief ein und laut wieder aus.

„Ja, ich möchte meine Familie noch einmal sehen."

„Das heißt, du lässt dich nicht operieren. Nora, je länger du wartest, desto geringer ist deine Chance, gesund zu werden."

„Es gibt keine Chance." Damit meinte Nora nicht nur den Tumor in ihrem Kopf. Sie fühlte sich innerlich völlig zerrissen. Hier neben ihr lag Chris, den sie so sehr liebte und dort warteten die Kinder und Frank, die zu ihrem Leben gehörten wie die Luft, die sie zum Leben brauchte. Sie wollte keine Chance. Sie wollte beide Leben und da sich dieser Wunsch niemals erfüllen konnte, verzichtete sie lieber ganz. „Meine Zeit ist bald abgelaufen."

„Ich mag es nicht, wenn du so sprichst."

„Chris, es tut mir leid."

„Weißt du, was du mir damit antust?"

„Chris, wie könnte ich es da nicht wissen?"

Er erklärte sich bereit, sie zu fahren, doch sie lehnte ab. Sie wollte aus seinem Leben gehen, wie sie gekommen war. Kein langer Abschied.

Kapitel 9

Frank fühlte sich, als hätte man ihn durch den Fleischwolf gedreht. Der Morgen graute bereits. Er hatte auch in dieser Nacht kein Auge zugetan. Genau wie in der Nacht zuvor.

Als er von Stralsund zurückgekommen war, hatten die Kinder bereits geschlafen und er war froh, keine Erklärungen abgeben zu müssen. Am Morgen hatte er ihnen nur gesagt, dass es Nora den Umständen entsprechend gut ging. „Eure Mutter lässt euch grüßen." Noch nie war ihm eine Lüge so glatt über die Lippen gekommen.

Doch wie wird es jetzt weitergehen? Eins ist klar, hätte ich sie nicht heimlich beobachtet, wüsste ich von nichts. Was für ein dämlicher Idiot bin ich doch, dachte er. *Ich warte hier auf eine Nachricht von ihr, mache mir die größten Sorgen und sie hurt mit dem erstbesten Kerl herum, der ihr begegnete.* Sein Schädel fühlte sich an, als müsse er demnächst platzen. Frank verstand die Welt nicht mehr und Nora, schon gar nicht. *Was denkt sie sich dabei?* Ausgerechnet Nora, die ihn gelehrt hatte, Frauen respektvoll zu behandeln. Nora, die so anders war als seine Mutter und anders als die Frauen, die er vor ihr gekannt hatte. Durch sie hatte er erkannt, dass das Machogehabe seines Vaters falsch war und eine Frau mehr sein konnte, als Geliebte und Mutter. Und nun benahm sie sich wie jede x-beliebige Hure. Damit hatte sie in nur wenigen Augenblicken alles zerstört. Ihre gemeinsame Liebe, wenn es die überhaupt je gegeben hatte, und sein Leben. *Alles ist sinnlos geworden.*

Im Osten zeigte sich das erste Morgenrot, als er einen letzten Blick über den Garten schweifen ließ, der zu dieser Jahreszeit in den schönsten Farben blühte. *Noras Garten.* Sie liebte ihren Garten. Er hatte gehofft, dass er ihr während der Zeit nach der Operation Trost und Ansporn sein würde. Er wandte sich ab. „Verdammt, warum tust du mir das an?"

In dem Moment, als er sich mit dem Gedanken abfinden wollte, dass er sie nicht erst an den Tumor, sondern bereits jetzt an einen anderen Mann verloren hatte, kam ihm die Idee sie anzurufen. Er würde ihr sagen, dass er sie beobachtet hatte und, dass der Teufel sie holen könne.

Mit großen Schritten ging er um den Schreibtisch herum und griff nach dem Hörer, da entdeckte er, dass jemand auf den AB gesprochen hatte und drückte auf Wiedergabe.

„Wo seid ihr denn bloß immer?"

Das ist Nora ...

„Ich wollte nur sagen, dass ich übermorgen gegen fünfzehn Uhr ankomme. Frank, hol mich bitte vom Bahnhof ab."

Was soll das, fragte er sich. *Was will sie noch von mir? Na was wohl,* traf ihn die Erkenntnis wie ein Schlag auf den Hinterkopf, *es geht ihr schlechter. Kein Wunder, nachdem was sie sich vorgestern Abend geleistet hat. Wie konnte sie nur so unvernünftig sein? Sicher treten nun die ersten Schwierigkeiten auf. Da sie ihren Lover, diesen feinen Pinkel damit natürlich nicht belasten kann, bin ich jetzt wieder gut genug.* Seine Lippen verzogen sich zu einem bösen Lächeln. „Ja, komm nur", flüsterte er, „ich werde dir schon zeigen, wo du hingehörst."

Wie immer, wenn sie nach ihm verlangte, würde er auch diesmal für sie da sein. Doch diesmal würde er ihr zeigen, wer hier das Sagen hatte.

Da hörte er Tristans forsche Schritte. „Tristan? Du bist schon wach?"

„Ja ich konnte nicht mehr schlafen. Mir geht so vieles im Kopf herum. Hat Mama vorgestern eigentlich erwähnt, wann sie zurückkommt?"

„Nicht direkt. Sie war noch unschlüssig. Aber …", sagte er noch dann schwieg er nachdenklich.

„Was ist denn los?"

„Mama hat angerufen. Sie kommt zurück."

„Mama kommt?", brach es freudig aus ihm heraus.

„Ja, bereits morgen Nachmittag, sie hat gestern Abend auf den AB gesprochen."

„Mama kommt", murmelte er nun leise, fast andächtig vor sich hin.

„Tristan, war ich ein so schlechter Ehemann? Sicher, ich bin nicht perfekt, das weiß ich, aber ich habe sie doch immer geliebt und ich meinte es doch nur gut mit ihr. Da gab's mal 'ne Zeit in unserer Ehe, da habe ich nicht ganz korrekt gehandelt, benahm mich wie ein eifersüchtiger Idiot, war nicht besonders nett zu ihr. Aber verdammt, ich habe sie doch immer geliebt. Mein Gott! Tristan, sie kommt zurück."

206

Tristan legte eine Hand auf den Arm seines Vaters. „Beruhige dich Paps. Natürlich kommt sie zurück. Was hast du denn erwartet? Mich wundert nur, dass sie nicht gleich mit dir zurückkam."

Weil deine von dir so geliebte Mutter ein Verhältnis mit einem anderen Mann hat, hätte er ihm jetzt nur allzu gern ins Gesicht geschrien. *Weil ich gar nicht mit ihr gesprochen habe und auch nicht vorhatte, es je wieder zu tun.* „Ich nehme an, sie hat sich wieder mal gegen die Operation entschieden. Könnte aber auch sein, dass sie zuvor noch mal mit euch sprechen möchte", sagte er stattdessen ruhig.

„Ich muss das sofort Lena sagen. Die wird vollkommen aus dem Häuschen sein. Endlich kann sie mit ihrer Mutter über ihren Freund, diesen Trottel, sprechen." Bevor er die Küche verließ, schlug er voller Freude gegen den Türrahmen. „Ach Paps, ich bin so froh und hungrig. Wie wäre es mit einem Omelett zum Frühstück?"

„Ja, meinetwegen", antwortete Frank gleichgültig, denn nichts interessierte ihn im Moment weniger, als essen. Er schaltete den Herd an, stellte eine Pfanne darauf und gab ganz automatisch Butterschmalz hinein. Doch mit seinen Gedanken befand er sich bereits wieder bei Nora. Erst als ihm der Qualm in die Nase stieg und Tristan laut brüllte: 'Hey, was ist denn los mit dir?', erinnerte er sich, während er die Pfanne vom Herd zum Abwasch zog, an das, was er eigentlich vorhatte.

Lena dagegen schlang ihre Arme um ihn. „Du freust dich auch schon so auf Mama, stimmt's?"

„Stimmt, Kleines", murmelte er vor sich hin. Er fühlte sich innerlich aufgewühlt und wütend, so verdammt wütend. Stünde Nora jetzt, in diesem Moment vor ihm, er könnte für nichts garantieren. Allein der Gedanke an das, was er beobachtet hatte, genügte, um die Wut auf sie und diesen Kerl, die sich nach der Fassungslosigkeit eingestellt hatte, neu zu entfachen. Er musste auf sich achten, sonst würde ihn diese Wut innerlich zerfressen.

*

Eingehüllt in fast unerträgliches Schweigen lag Nora in Christophs Armen. Was hätten sie auch sagen können? Sie wussten ja beide, was die Zukunft bringen würde, und jeder suchte für sich eine Möglichkeit damit umzugehen.

Christoph starrte an die Zimmerdecke, als könne er dort die Antwort auf all seine Fragen finden. Plötzlich atmete er einmal tief durch, dann sagte er: „Nora, wie soll ich ohne dich leben?"

Nora gab ihm keine Antwort. Sie konnte sich doch auch nicht vorstellen, wie sie ohne ihn leben sollte. Dabei hatte sie noch Glück – wenn man das so nennen wollte. Ihr Leben würde bald zu Ende gehen …

„Und das Schlimmste ist", sprach er weiter, während er seinen Arm unter ihrem Nacken hervorzog und sich aufsetzte, „mir vorzustellen, wie du in den Armen deines Mannes liegst. Ich weiß, wir haben weiß Gott andere Probleme, aber der Gedanke daran macht mich fertig."

Nora setzte sich nun ebenfalls auf und betrachtete ihn. „Glaub mir, wüsste er, dass ich hier mit dir ..., du wärst deines Lebens nicht mehr sicher und ich vermutlich auch nicht. Frank kann schrecklich eifersüchtig sein."

Im fahlen Licht des Mondes wirkte sein Gesicht blass. Zwei steile Falten zeichneten sich zwischen seinen Augenbrauen ab. Sie konnte erkennen, welch große Sorgen er sich um sie machte.

„Hat er dir mal wehgetan?"

„Manchmal war seine Eifersucht verletzend, aber er hat mich nie geschlagen – wenn du das meinst."

„Nora, ich bin immer für dich da. Versprich mir, dass du mich anrufen wirst, solltest du meine Hilfe brauchen."

Sie nickte, obwohl sie wusste, dass sie es nicht tun würde. Die Kopfschmerzen kamen häufiger und stärker, ihr Sehvermögen war öfter getrübt und fast täglich musste sie gegen Schwindel und Übelkeit ankämpfen. Erst am Tag zuvor, während sich Chris noch im Büro aufhielt, war sie wieder ohnmächtig geworden. Als sie die Lieder aufgeschlagen hatte und feststellte, dass sie auf dem Boden lag, wusste sie genau, dass sie sich nicht freiwillig dort hingelegt hatte. Es hatte eine Weile gedauert, bis sie sich wieder bewegen konnte. Vor allem ihr linker Arm schien irgendwie nicht zu ihr zu gehören. Sie hatte schon Angst, Chris würde sie so finden.

Es wird Zeit zu gehen, hatte sie gedacht und sie hatte sich entschlossen, mit dem Zug nach Hause zu fahren. Doch schon zu diesem Zeitpunkt wusste sie, es würde schwer sein, ihn davon zu überzeugen, dass dies das Beste für ihn sein würde. Sie hatte das Gespräch vom Vortag in ihrem Gedächtnis gespeichert …

„Chris, ich denke, es ist besser, alleine zurückzufahren."

„Aber nein! Auf keinen Fall. Es könnte alles Mögliche geschehen."

„Was soll denn geschehen? Ich setze mich in den Zug, schlafe ein wenig und bin schon da."

„Versteh doch, ich fühle mich für dich verantwortlich."

„Chris, du musst mich loslassen. Diese Situation erinnert mich stark an die der zwei Bergsteiger. Einer von beiden rutscht aus und hängt an der Felswand. Der andere will ihn natürlich retten, er greift zu und hält ihn fest, doch er hat nicht die Kraft ihn heraufzuziehen, trotzdem hält er ihn fest. Doch je fester er zugreift, desto mehr entgleitet ihm die Hand des anderen. Ich könnte dir noch etliche Beispiele nennen, aber die kennst du sicher selbst."

„Wie der Sand …", sinnierte er.

Sie nickte. „Begreife und akzeptiere endlich, dass du mich nicht festhalten kannst. Es wäre nur ein Hinauszögern. Lass mich einfach gehen."

„Wie du das sagst."

„Wie bitteschön hättest du es denn gerne?", fragte sie mit weinerlicher Stimme. „Ach Chris, ich liebe dich so sehr. Denk immer an das, was ich dir mal gesagt habe. Nutze und genieße die Zeit die dir durch das Leben geboten wird. Du wirst lernen, ohne mich zu leben."

„Das glaube ich nicht. Ich werde vermutlich daran zerbrechen, aber das ist nicht wichtig."

„Du wirst nicht daran zerbrechen, du wirst daran wachsen und eines Tages wirst du eine andere Frau kennenlernen, die barfuß am Strand spazieren geht. Elvis wird auf sie zulaufen und ihr das Stöckchen bringen. Sagtest du nicht mal, ich hätte dir die Augen für alles Schöne geöffnet?"

Er beugte sich über sie. „Wie kannst du so reden? Es wird nie wieder eine Frau für mich geben. Nora, wenn du mich verlässt, nimmst du das Beste von mir mit – mein Herz. Achte gut darauf und wenn es dir möglich ist, bring es mir zurück", sagte er und küsste sie sanft, bevor er sich wieder neben sie legte.

„Kannst du mir jemals verzeihen, dass ich mich in dich verliebt habe?"

Chris lächelte vor sich hin, bevor er mit fester Stimme erklärte: „Dir kann ich das verzeihen, aber ob ich mir jemals verzeihen kann? Ich habe dein Leben ganz schön durcheinandergebracht, nicht wahr?"

Sie nickte.

„Und wow, es stimmt, du meines auch – und wie."

Nora wusste, er bemühte sich es ihr nicht noch schwerer zu machen. „So gefällst du mir schon besser. Ich werde morgen den ersten Zug nehmen, der direkt durchfährt. Ich habe keine Lust umzusteigen. Es wäre lieb von dir, wenn du mir Karl ausleihen würdest. Er wird mich wohlbehalten zur Bahn bringen."

„Das ist doch selbstverständlich." Zärtlich streichelte er über ihre Wange. „Ich danke Gott dafür, dass du, wenn auch nur für kurze Zeit, ein Teil meines Lebens warst. Solange es währt, werde ich nicht vergessen, wie sehr du mein Leben bereichert hast."

„Ich werde immer bei dir sein, auch wenn du mich nicht mehr sehen kannst. Es bedeutet mir so unendlich viel, dass ich deine Liebe spüren durfte. Die Erinnerung daran wird mir Kraft geben, wenn ich keine mehr habe. Ich werde dich lieben, bis in alle Ewigkeit."

Bei diesem Gedanken schlief sie ein.

Kapitel 10

Schlaftrunken, die Augen noch geschlossen, tastete Christoph vorsichtig über Noras Bett und öffnete sie erst, als er spürte, dass sie nicht neben ihm lag. *Geht es ihr etwa nicht gut?* Schon wollte er sein Bett verlassen, als er beruhigt feststellte, dass sie am Fenster stand.

Eingehüllt in ihre Bettdecke und die erste Morgendämmerung, blickte Nora gedankenverloren auf die See hinaus.

Wie zerbrechlich sie wirkt. Dabei ist sie die stärkste Frau, die ich kenne. Wäre ich ein Maler, genau so würde ich sie malen. „Du bist wunderschön."

Ohne den Blick abzuwenden, mit einer Hand die Decke festhaltend, sich mit den Fingern der anderen durchs Haar kämmend, fragte sie: „Chris, du bist schon wach?"

„Ich erwachte wohl, weil ich deine Nähe nicht mehr spürte."

„Chris, du musst …"

„Was?", unterbrach er sie. „Einfach so weitermachen, als wärst du nie hier gewesen? Wie soll das gehen? Ich werde fast verrückt bei dem Gedanken, dich zu verlieren. Kannst du dir überhaupt vorstellen, wie kalt es hier sein wird, ohne deine Liebe, die diese Räume mit Wärme erfüllt hat? Wie es sein wird, aufzuwachen und im selben Moment zu begreifen, dass du nicht mehr da bist?"

„Du darfst nicht verzweifeln. Nimm das was wir hatten, als ein Geschenk an, sei dankbar dafür und blicke nicht verbittert in die Zukunft." Langsam wandte sie sich ihm zu, mit zärtlichem Lächeln auf den Lippen ging sie zum Bett zurück, kroch zu ihm unter die Decke, und während sie ihn liebevoll anlächelte, streichelte sie sanft seine Wange. Sie wollte ihm noch so viel sagen, aber nichts würde sich dadurch ändern. „Versprich mir, dass du dein Leben auch ohne mich leben wirst, dass du dir Zeit nimmst, um wirklich zu leben", bat sie lächelnd. „Greif meinetwegen nach den Sternen, aber lass noch welche am Himmel. Es gibt so viele Wunder auf dieser Welt. Dabei denke ich nicht an die großen Wunder, sondern an die kleinen, die man manchmal erst erkennt, wenn man ein zweites Mal hinschaut. Versuche mir zu vergeben. Nimm dir die nötige Zeit, um dich selbst zu finden. Verbittere nicht. Sei offen für die Liebe und für das Leben. Bitte denke an meine Worte und werde glücklich, so glücklich, wie ich es durch dich wurde."

„Ich wünschte, wir hätten mehr Zeit." Er griff an Noras Nacken, zog sie zu sich herunter, küsste sie immer stürmischer und liebte sie ein letztes Mal. Erschöpft schmiegten sie sich danach aneinander, bis Nora plötzlich die Bettdecke aufschlug und aus dem Bett sprang. „Lass uns aufstehen, ich muss noch packen."

*

Der Abschied von allen, ging fast über ihre Kräfte. Als sie sich von Hanna in der Küche verabschiedete, zog diese sie in ihre Arme, drückte sie fest an ihre mütterliche Brust und küsste sie auf beide Wangen, bevor sie ihr ein Päckchen übergab. „Butterkuchen", brachte sie mühsam hervor. Nachdem sie sich auch von Ines verabschiedet hatte, ging sie ins Wohnzimmer.

„Mein Kind", sagte Lydia, „ich kann nicht sagen, dass ich von deiner Entscheidung begeistert bin. Aber wenn du glaubst, dass es die Richtige für dich ist, muss ich sie wohl akzeptieren."

„Ach Lydia, ich danke dir für alles, was du für mich getan hast."

„Du weißt, dass wir liebend gerne noch viel mehr für dich getan hätten, also melde dich, falls du uns brauchst. Wir sind immer für dich da. Du kannst jederzeit zurückkommen."

„Ja, ihr werdet auf jeden Fall von mir hören." Bevor sie in den Wagen stieg, schlang sie ihre Arme noch ein letztes Mal um Christophs Nacken. „Danke für deine Liebe." Schnell ließ sie ihn wieder los und stieg ein.

Karl schlug die Wagentür zu und beeilte sich schnell hinter dem Steuer des Wagens Platz zu nehmen, um den Abschied nicht noch unnötig in die Länge zu ziehen.

Das war's …

*

Christoph knallte den Hörer auf den Apparat. „Was bildet sich der Kerl ein, dass ich den roten Teppich für ihn ausrolle?", maulte er vor sich hin, ließ sich in seinen Sessel zurücksinken und fuhr sich mit den Fingerspitzen durchs Haar.

Nora, Nora, wie mach ich jetzt weiter? Verdammt! Ich wusste doch, dass du eines Tages gehen würdest, gehen musst – so oder so. Ich hätte mich längst mit diesem Gedanken abfinden müssen. „Mein Gott", flüsterte er vor sich hin, „ich werde noch verrückt."

Er konnte sich nicht auf seine Arbeit konzentrieren, da ihn ständig wiederkehrende Erinnerungen und quälende Vorwürfe davon abhielten. *Hätte ich ernsthafter über eine Operation mit ihr sprechen müssen? Vielleicht hätten wir dann eine Chance gehabt? Alter Junge, du machst dir was vor. Auf jeden Fall hätte sie sich für ihre Familie entschieden.* Wie um diesen Gedanken zu unterstützen, nickte er vor sich hin. *Aber wie soll es mit meinem Leben weitergehen, ohne diese wundervolle Frau, die wie ein Engel in mein Leben kam, wie ein Sonnenstrahl den Tag erhellte und wie ein Wirbelwind alles bisher Dagewesene durcheinanderbrachte.* „Ach Nora", seufzte er. „Du hast mir klargemacht, was es heißt, zu leben und zu lieben. Doch warst du jemals mein? Du gabst mir deinen Körper, aber dich selbst, deine Seele …?", murmelte er leise vor sich hin. *So ein Blödsinn! Nora liebt mich. Aber kann eine Seele eine andere besitzen? Eins weiß ich genau, ich werde mich nie wieder mit weniger zufriedengeben.*

Chris sah sich in der Einsamkeit und Sterilität seines Büros um. Weiße Wände, weiße Gardinen, selbst die Schals bestanden aus weißem Satin. Die schwarzen, zum Teil verchromten, modern gestylten Möbel unterstrichen die frostklar geschäftsmäßige Atmosphäre zusätzlich. Selbst das Sofa, auf dem er manchmal übernachtete, wenn es mal spät wurde, war mit schwarzem Leder bezogen. Als Nora ihn neulich hier besucht hatte, war sie ein ganzes Stück vor seinem Schreibtisch stehen geblieben, die Arme vor der Brust verschränkt. Während ihr linkes Bein fest auf dem Boden gestanden hatte, ihr rechtes Bein ihn nur mit der Ferse berührte, hatte sich die Spitze ihres Fußes wie der Schwanz einer nervösen Katze hin und her bewegt. Dabei war ihr kritischer Blick zunächst über den rechten Teil seines Büros, danach über den linken gestreift. Anschließend war sie auf ihn zugegangen, hatte ihn zunächst umarmt, dann seine Oberarme fest gerubbelt und gesagt: „Lass uns gehen, bevor wir in diesem Kühlschrank erfrieren."

An jenem Tag hatte er lediglich nachsichtig gelächelt. Doch nun musste er zugeben, dass sie recht hatte. Sein Büro war zweckmäßig aber keineswegs einladend und gemütlich schon gar nicht. Dass ihm das früher nie aufgefallen war? Das würde sich nun ändern. Er würde eine Oase der Ruhe daraus machen, in der er gerne arbeiten und Kräfte für stressige Verhandlungen sammeln konnte. Plötzlich lief ein Schauer über seinen Rücken, er musste raus hier. Schnell griff er nach seinem Schlüsselbund und riss die Tür zum Vorzimmer auf. „Frau Bär, ich verschwinde wieder. Sagen sie alle Termine ab."

„Aber das …", sagte sie und blickte ihn irritiert an.

„Ist schon in Ordnung", vollendete er streng und schwirrte an seiner irritiert blickenden Sekretärin vorbei. *Ich habe sie Frau Bär genannt,* fiel ihm auf, *damit kann sie wohl nichts anfangen. Armes Bärchen. So hat sie mich noch nie erlebt.*

Zu Hause angekommen stürmte er durch die Tür und warf sie mit lautem Knall ins Schloss. Seine Aktentasche landete gleich darauf auf der Treppe. Wütend auf diesen Frank, auf Nora, auf diese verfluchte Krankheit und vor allem auf sich selbst, drehten sich seine Gedanken immer um dasselbe. *Wie konnte ich nur zulassen, dass sie mich verlässt? Festhalten hätte ich sie müssen. Verdammt! Ich muss endlich akzeptieren, dass sie mich verlassen hat.*

Lydia zuckte bei dem Krach erschrocken zusammen. Sie legte ihr Buch zur Seite und eilte in die Eingangshalle. „Christoph!? Komm herein, lass uns reden."

„Es gibt nichts zu reden. Sie hat mich verlassen und damit basta", murrte er.

Lydia brach es das Herz, ihren Sohn als gebrochenen Mann zu sehen. Sie hätte ihm gerne beigestanden in seinem Schmerz, aber sie wusste beim besten Willen nicht wie, denn auch sie fühlte sich einfach nur hilflos. „Du musst versuchen, sie zu verstehen."

Er nickte, dann schüttelte er den Kopf. „Das fällt mir verdammt schwer. Gerade jetzt wäre es wichtig, bei ihr zu sein. Sie braucht mich doch."

„Das tut sie nicht", antwortete Lydia leise, während sie ihre Hand sachte auf seinen Arm legte. „Es ist besser, du vergisst sie."

„Das sagst ausgerechnet du? Verstehst du denn nicht …"

„Doch ich verstehe sehr gut", antwortete sie und nickte bestätigend, während sie mit ihrem Zeigefinger gegen seine Brust stupste. „Du bist eingeschnappt, eifersüchtig und du benimmst dich wie das kleine störrische Kind, das du einmal warst", fügte sie tadelnd hinzu.

„Ach, tu' ich das?", fragte er hämisch.

„Ja, aber du bist kein Kind mehr", ließ sie ihn wissen.

Er drehte sich um und ging wortlos aus dem Raum. „Als ob ich das nicht wüsste. Ich werde mich ab sofort wie ein Mann benehmen", rief er zu ihr hinunter, als er sich bereits auf der Treppe nach oben befand.

„Elvis muss noch vor die Tür", rief sie ihm nach, „ich gehe heute Abend aus, darum habe ich keine Zeit dafür."

Doch er lief, immer zwei Stufen auf einmal nehmend, nach oben und tat, als höre er weder sie noch Elvis' Jaulen. „Mein Gott, wenn ich nur daran denke, wie er sie küsst ..., oder sogar mit ihr schläft." Wütend fegte er mit einer jähen Handbewegung das Buch, in dem sie gelesen und die Tasse, aus der sie am Abend zuvor ihren Tee getrunken hatte, vom Tisch. „Verdammt! Ich könnte aus der Haut fahren." Niemals hätte er für möglich gehalten, dass er eines Tages derart ausrasten könnte, aber diese Gedanken weckten die niedrigsten Instinkte in ihm. „Nora gehört zu mir."

Christoph tat nun etwas, das er schon lange nicht mehr getan hatte, er griff nach einer Flasche mit altem Whisky und goss sich etwas davon in ein Glas. Dann setzte er sich in den Sessel nah am Fenster, in den sich Nora so gerne gesetzt hatte, um den weiten Blick auf die See genießen. Angewidert kippte er einen großen Schluck des bronzefarbenen Getränkes, von dem er sich Vergessen versprach, in sich hinein. Der Whisky brannte ihm durch Kehle und Speiseröhre hinunter in den Magen. „Ahhh…" Er hustete. Derart harte Sachen war er nicht gewohnt zu trinken. Eine Weile betrachtete er das leere Glas in seiner Hand, dann richtete er seinen Blick auf die See. Nebelschwaden krochen wie leckende Zungen auf das Ufer zu. Nicht mehr lange und man würde die Hand vor Augen kaum erkennen. Nora würde das gefallen. Sie liebte jedes Wetter und irgendwie konnte sie auch dem miesesten etwas Positives abgewinnen. Erneut griff er nach der Flasche, schenkte ein und kippte den Whisky hinunter. Diesmal musste er nicht husten. Und beim nächsten auch nicht …

*

Während der Zug in den Bahnhof einfuhr wurde langsamer und kam letztendlich zum Stehen.

Im selben Moment stellte Frank seinen Wagen auf dem Parkplatz ab und stieg aus. Als er den Bahnsteig erreichte, sah sich Nora bereits wartend nach ihm um.

„Nora, du siehst gut aus", meinte er kühl, sah ihr dabei tief in die Augen, so tief wie schon lange nicht mehr.

Was Nora allerdings darin erblickte, ließ sie erschauern. Es lag nicht jene Wärme darin, die sie immer so beschützend umfing, nicht die Sehnsucht, die sie sonst darin entdeckte und nicht die Freude, die sie erwartet hatte. Kälte und Hass schlugen ihr entgegen. *Was ist geschehen?*

Ohne sie zuvor in die Arme zu schließen, wandte er sich ihrer Tasche zu. „Lena hat dir zu Ehren einen Kuchen gebacken. Du wirst sehen, sobald wir zu Hause ankommen, wird sicher schon eine gute Tasse Kaffee auf uns warten."

„Ja, lass uns endlich heimfahren. Ich bin sehr froh wieder hier zu sein und ich kann es kaum erwarten, meinen Garten zu sehen." Sie fühlte sich erschöpft, die Reise war doch anstrengender, als sie erwartet hatte und sie wollte jetzt nicht weiter über sein seltsames Verhalten nachdenken. Vermutlich wollte er ihr nur klarmachen, wie sehr sie ihn mit ihrer Entscheidung, die Familie zu verlassen, verletzt hatte. Als sie aus der Tür des alten Bahnhofs trat, atmete sie erst mal tief durch. Sie hatte nicht zu hoffen gewagt, dass sie all das noch einmal sehen durfte, all das, was für sie „zu Hause" bedeutete. Das schwarze Reiterdenkmal mit König Ernst August, welches immer wieder Grünspan ansetzte und jedes Frühjahr gereinigt werden musste, das auf diesem hohen Sockel vor dem alten Bahnhof stand. Es hatte sie nie interessiert, seit wann es dort stand, doch plötzlich schien es die wichtigste Frage überhaupt zu sein. Sie wollte Frank fragen, als ihr Blick auf das Hotel fiel, in dem sie schon so oft und gut gegessen hatten. Bei den abstrakten Ornamenten, welche die Front des Gebäudes verschönerten, handelte es sich um eine ihrer zahllosen Arbeiten. Die Frage war vergessen. Ein Blick auf ihre

Armbanduhr sagte ihr, warum sich der Verkehr vor den Ampeln staute – Feierabendverkehr.

Die Hitze wirkte erdrückend. Sie schwitzte. Das azurblaue Sommerkleid aus zartem Chiffon, welches Chris ihr während eines Schaufensterbummels durch Stralsund gekauft hatte, weil ihn genau dieser Farbton an ihre Augen erinnerte, klebte an ihrem Körper. Erst als die Klimaanlage wieder kühlte, wurde es erträglicher.

Nichts schien sich verändert zu haben. Weder die Häuser an der Straße, die aus der Innenstadt heraus zu ihrem Stadtteil führte, noch deren Vorgärten. Die Bäume am Straßenrand, sie kannte jeden Einzelnen. Die Kirschbäume standen in voller Blüte. *Ob ich auch die Ernte noch erleben werde? Gleich kann ich unser Haus sehen … Ja, es steht noch genauso, wie ich es erwartet habe. Die fast verblühten Osterglocken müssen abgeschnitten werden und der Efeu hat letztes Jahr überhandgenommen, auch er muss zurückgestutzt werden. Endlich wieder daheim …*

Die Haustür wurde geöffnet. Lena lief ihr entgegen und umarmte sie stürmisch. „Mutti, Mutti, bin ich froh, dass du wieder zu Hause bist", jubelte sie und fügte ängstlich hinzu: „Du bleibst jetzt wieder bei uns, oder?"

„Lass die Mama doch erst mal richtig ankommen, dann kannst du dich in Ruhe mit ihr unterhalten", beruhigte Frank seine Tochter und fragte: „Ist denn der Kaffee schon fertig?"

„Na klar. Ich habe dir auch einen Kuchen gebacken. Heute Abend gehen wir essen. Papa hat einen Tisch im „Akropolis" bestellt", plapperte sie fröhlich weiter.

„Das hättest du nicht tun sollen", wandte Nora sich an Frank. „Ich bin ganz schön geschafft, die Fahrt hat mich doch sehr angestrengt. Wo ist Tristan?"

„Er hat den Tisch auf der Terrasse gedeckt und gießt sicher schon den Kaffee ein", antwortete Lena.

Doch kaum hatte sie es ausgesprochen, betrat er das Wohnzimmer. Mit einem bunten Blumenstrauß in der Hand und dem scheuen Lächeln, das über seine Lippen huschte, wirkte er irgendwie verloren. Hatte er etwa Tränen in den Augen? Sie lief auf ihn zu und zog ihn in ihre Arme. „Mein Tristan", flüsterte sie erstickt in sein Ohr und nun konnte auch sie ihre Tränen nicht mehr zurückhalten.

„Mama ich bin so froh, dass du wieder bei uns bist. Du gehst doch nicht wieder weg?", fragte er leise.

„Setzt euch endlich", brummte Frank ungeduldig.

Nora warf ihm einen erstaunten Blick zu. *Er wirkt verärgert. Was mag der Grund dafür sein?* „Papa hat recht. Lasst uns Kaffee trinken und diesen köstlich aussehenden Kuchen essen", wandte sie sich an Lena. „Ich habe übrigens auch einen mitgebracht. Butterkuchen von Hannah. Aber den könnt ihr auch noch morgen essen. Ich bin jedenfalls gespannt auf deinen, mein Schatz."

„Wenn er dir schmeckt, backe ich dir bald wieder einen."

Lena schien irgendwie verändert. Das kleine Mädchen wurde erwachsen. Ein warmes beruhigendes Gefühl legte sich um Noras Herz. *Es wird auch ohne mich weitergehen ...*

*

Als die Sonne im Nebel versank und es im Zimmer zunehmend dunkler wurde, befand sich Christoph in einem Zustand der Schwerelosigkeit. Er bückte sich zu seinen Schuhen hinunter und quälte sich mühevoll damit ab, die Schnürsenkel zu öffnen. „Verdammter Mist!" Erst nach mehreren Versuchen und nachdem er das Gleichgewicht verloren und auf seinem Hintern gelandet war, konnte er sie kichernd herunterziehen. Er kicherte immer noch, als er aufs Bett kroch und sich wie ein weidwundes Tier zusammenrollte. Schlagartig wurde ihm speiübel, sein Magen krampfte sich bedrohlich zusammen, daran änderte sich auch nichts, als er sich auf den Rücken legte. Im Gegenteil, nun begann sich seine Umgebung zu allem Übel auch noch langsam zu drehen. „Stopp!", dröhnte er laut. „Stopp! Das – habe ich – nicht genehmigt", lallte er weiter. Doch das Zimmer schien seine Befehle nicht gehört zu haben, im Gegenteil, es drehte sich zunehmend schneller. Einem, bisher unbekanntem Instinkt folgend, entschloss sich Christoph nun doch, das Bad aufzusuchen und schaffte es darum gerade noch rechtzeitig zur Kloschüssel, wo er sich würgend übergab. Kraftlos sank er davor nieder. Spätestens jetzt wusste er, dass Whisky zweimal brennen konnte. Erst als sich nichts mehr in seinem Magen befand, das noch herauswollte, beruhigte sich dieser wieder. Schnaufend wie ein altes Walross, richtete er sich mühsam auf. Am Waschbecken spühlte er seinen Mund aus und warf einen nebulösen Blick in den Spiegel. Ein Mann mit zerzaust ins Gesicht hängenden Haaren und wässrigen Augen starrte ihn ausdruckslos an. Entkräftet schleppte sich auf wackeligen Beinen, an Wänden und diversen Möbelstücken entlang tastend, zurück aufs Bett. Der Restalkohol schien sein Blut zum Kochen zu bringen. Es pochte wild in seinen Schläfen. „Du bist ein Idiot Christoph von Radomski", murmelte er, bevor er völlig erschöpft einschlief.

*

Nora wollte ihre Kinder auf keinen Fall enttäuschen und raffte sich nach einem kurzen Nickerchen auf, um gemeinsam mit ihrer Familie zum Abendessen ins „Akropolis" zu gehen.

Lena berichtete aufgeregt von all den Ereignissen, die sich während der letzten Wochen zugetragen hatten. Es sprudelte nur so aus ihr heraus.

Tristan dagegen verhielt sich seltsam ruhig. *Was geht in dem Jungen vor?* Sie würde sich später mit ihm allein unterhalten.

Während des Abendessens kam es immer wieder zu kurzen, bedrückenden Pausen. Nora bemerkte natürlich, dass alle sich bemühten, nicht über ihre teuflische Krankheit zu sprechen. Sie wollten ihr anscheinend einen sorglosen Abend bereiten, doch die Neugier in ihren Seitenblicken war nicht zu übersehen. Vermutlich hatte Frank darauf bestanden, dieses Thema nicht anzuschneiden. Sie warf ihm einen verstohlenen Blick zu. *Er verhält sich merkwürdig wortkarg. Was ist bloß los mit ihm? Hat er gehofft, die letzten Tage ihres Lebens, nicht miterleben zu müssen? Wäre es ihm lieber, sie wäre nicht zurückgekommen?*

„Lena übernachtet übrigens bei Tanja. Und Tristan möchte noch in die Disco", unterbrach Frank ihre Gedanken.

„Du hast doch nichts dagegen Mutti?", fragte Lena aufgeregt.

Nora schüttelte kaum merklich, doch ein wenig verwirrt, ihren Kopf, das hatte sie nicht erwartet. Dennoch sagte sie: „Nein mein Schatz, natürlich nicht." Nora beugte sich zu Frank und flüsterte: „Was hast du vor? Du sorgst doch nicht etwa für …"

Er warf ihr einen seltsam spöttischen Blick zu und antwortete ziemlich spröde: „Ich weiß nicht, was du meinst."

Hm? Er weiß nicht …, überlegte Nora, während sie seinem Blick standhielt, *was ich meine? Komisch. Vor einigen Wochen noch war er derjenige, der sie ab und an auf eine sturmfreie Bude angesprochen hatte. Es ist doch wohl eindeutig, was er vorhat, er hat das mit den Kindern so eingefädelt, um mit mir allein zu sein. An alles Mögliche hatte sie gedacht, aber nicht daran. Nein, der Gedanke tauchte zwar ab und an schon mal auf, sie hatte ihn nur gleich wieder verscheucht. Dabei ist es nur natürlich, dass er mit seiner Frau allein sein will. Oder ist er noch sauer auf mich? Nein, das hätte er bereits am Telefon rausgelassen. Vermutlich will er nur über alles mit mir sprechen,* versuchte sie, sich zu beruhigen, doch es gelang ihr nicht. Während sie einen Bissen in den Mund steckte und darauf herumkaute als wäre das Fleisch aus Gummi, fragte sie sich erneut, was geschehen war? Diesen Blick kannte sie nur zu gut. Er erinnerte sie an die Zeit, als er ihr sehr wehgetan hatte. *Irgendetwas stimmt hier nicht. Hat er bereits eine andere Frau kennengelernt?* Nora holte einmal tief Luft, bevor sie ihren Kindern ein Lächeln schenkte. „Wie kommt Lena zu Tanja?"

„Ich bringe sie", antwortete Tristan.

„Na gut, ich wünsche euch viel Spaß, aber gebt Acht auf euch."

Tristan faltete die Serviette sorgfältig zusammen, legte sie neben den Teller und erhob sich. „Lena, komm wir hauen ab. Lassen wir die Alten allein", erklärte er gönnerhaft. Dann grinste er über das ganze Gesicht und fügte spöttelnd hinzu: „Geht besser gleich nach Hause."

„Das werden wir, mein Sohn", erklärte Frank, worauf er auch sogleich den Kellner herbeirief, die Rechnung beglich und sich ziemlich eilig erhob.

*

Kaum hatten sie das Haus betreten, warf Frank den Schlüssel auf die Kommode. Er entledigte sich seines Jacketts und der Krawatte. Bevor

Nora ins Wohnzimmer weitergehen konnte, hielt er sie am Arm fest und zog sie ins Schlafzimmer, ohne ein Wort zu verlieren.

Bereits als er sie auf dem Bahnhof erblickt hatte, so zart und irgendwie hilflos, hatte er die erregende Wirkung gespürt, die ihre Ausstrahlung immer noch auf ihn ausübte. Er begehrte sie und konnte es kaum erwarten, sie in seinen Armen zu halten. Doch genau diese Sehnsucht nach ihr, schürte seine Wut auf sie noch mehr an. Er bekam das Bild von ihr und diesem Kerl einfach nicht aus seinem Kopf. Noch nie im Leben hatte er sich so gedemütigt und verletzt gefühlt. Und nun würde er sie an diesem Gefühl teilhaben lassen. *Ich war lange genug ihr Hanswurst. Soll sie doch zu dem Fuzzi zurückgehen, sich von ihm pflegen lassen, ich habe nichts dagegen.*

Doch zuvor wollte er ihren Körper noch einmal besitzen. Danach würde er sie aus seinem Bett und aus seinem Haus werfen, ganz so, wie man das mit einer Hure macht.

Er sprach kein Wort, nahm sie hemmungslos, ohne auf ihre Gefühle oder körperlichen Bedürfnisse zu achten und ließ stöhnend von ihr ab, nachdem er wie ein Tier seinen Trieb befriedigt hatte, legte sich auf den Rücken und starrte immer noch wortlos an die Zimmerdecke.

*

Nora hatte sich keinen Illusionen hingegeben, ihr war durchaus klar, dass er mit ihr schlafen wollte, doch die Gedanken daran hatte sie immer wieder verscheucht. Außerdem hatte Frank in letzter Zeit stets Rücksicht auf ihr Befinden genommen. Heute hatte er nicht mal gefragt, wie es ihr ging. Andererseits musste er das gar nicht, er hätte sich denken können, dass sie sich nach einem derart anstrengenden Tag entsetzlich müde fühlte und nicht die geringste Lust auf Liebesspiele hatte. Niemals hätte sie angenommen, dass er gleich am ersten Abend sein Recht als Ehemann einfordern würde. *Ist ihm mein Zögern denn gar nicht aufgefallen oder wollte er es nicht bemerken?*

Außer einer bitteren Leere hatte sie nichts empfunden. Nein, das stimmte nicht, da war der körperliche Schmerz, den sie selbst jetzt noch spürte. Frank war rücksichtslos in sie eingedrungen, bevor sie bereit für ihn war. *Aber bin ich überhaupt bereit für ihn? Nein.* Insgeheim hatte

221

sie gehofft, er würde aus Rücksicht auf ihre Krankheit darauf verzichten. Nun, als sie wieder klar denken konnte, wurde sie sich auch des ganzen Ausmaßes der eben erlebten Szene bewusst. *Er hat mich weder geküsst, noch mit anderen Zärtlichkeiten verwöhnt, wie er das stets getan hat. Auch hatte sein Verhalten nichts mit Leidenschaft zu tun. Das war eindeutig nicht mein liebevoller Ehemann. Dieser Mann hat mich einfach nur genommen, benutzt wie eine ... Nein!* Sie weigerte sich, diesen Auswuchs ihres kranken Gehirns zu Ende zu denken. Gleichzeitig drängte sich ihr ein noch weitaus schlimmerer Gedanke auf. *Das was ich eben erlebt habe, grenzte an – Vergewaltigung! Ist das normal? Benehmen sich Männer so, wenn sie ihre Frauen längere Zeit nicht im Bett gehabt haben?* Plötzlich überfiel sie eine eigenartige Unruhe. *Etwas stimmt hier nicht, stimmt ganz und gar nicht. Was hat sich zwischen uns geändert? An der Krankheit kann es nicht liegen und nein, an der Trennung auch nicht. Selbst nach den Lehrgängen, die ich während der letzten Jahre besucht habe, hat er mich nicht derart rücksichtslos genommen. Woran also liegt es? Ist er meiner überdrüssig?* „Du hast mich noch gar nichts gefragt. Wir schlafen miteinander, aber ...“

„Aber? Erwartest du, dass ich dich frage, ob und wie oft du mit diesem Kerl geschlafen hast? Willst du das? Willst du, dass ich dich frage, ob er besser ist als ich? Ich will es nicht wissen und du willst mir darauf sicher nicht antworten.“

Was sagt er da, fragte sich Nora schockiert. *Er weiß von Chris? Unmöglich. Wie kann er das wissen? Oder kommt nur die alte Eifersucht wieder hoch? Bitte nicht, nicht jetzt.* Sie setzte sich auf und bemerkte wie er sich ebenfalls aufsetzte, gleich darauf aber seine Beine aus dem Bett schwang und am Bettrand sitzen blieb. Vorsichtig legte sie eine Hand auf seine Schulter. „Frank, was redest du da? Ich weiß nicht, was ich sagen soll.“

„Ha!“, lachte er abfällig auf. „Das glaube ich dir gerne.“

Nora bemerkte das Hervortreten seiner Kieferknochen, was stets ein untrügliches Zeichen dafür war, dass es ihm von Minute zu Minute schwerer fiel, sich zu beherrschen. „Frank ich verstehe nicht. Was ist mit dir? Warum bist du so abweisend?“

„Ich bin abweisend? Schon die Vermutung, dass da ein anderer Mann ist, machte mich fast wahnsinnig. Du kennst mich. Darum hätte ich nie gedacht … Mein Gott, Nora, mit jeder Faser meines Herzens verzehrte ich mich nach dir und natürlich auch nach deinem Körper, ich liebte dich wie ein Wahnsinniger und ich glaubte doch tatsächlich, dass du mich wiederlieben gelernt hast, aber da habe ich mich wohl getäuscht."

Nora erhob sich, zog ihren Morgenmantel über und ging zum offenen Fenster. Sie fühlte Übelkeit in sich aufsteigen und brauchte dringend frische Luft. Also atmete sie einmal tief durch und starrte gedankenverloren hinaus, ohne den vom Mondlicht beleuchteten, so bezaubernd verträumt anmutenden Garten wirklich wahrzunehmen. *Er kann nichts von Chris wissen.*

„Ich will dich hier nicht mehr sehen. Das, was ich in Stralsund sah, genügt mir."

Nora drehte sich augenblicklich nach ihm um. „In Stralsund?", fragte sie entsetzt. „Du warst in Stralsund? Wann?"

„An jenem Abend, als du glaubtest, du würdest Leben, wenn du nackt badest. Eigentlich wollte ich dich überraschen. Leider ist mir das nicht gelungen. Dafür hast du mich umso mehr überrascht."

„Frank, ich möchte dir das erklären."

„Deine Erklärung kannst du dir sonst wohin stecken, ich will sie nicht hören."

Fassungslos wirbelten Noras Gedanken durcheinander. *Er hat uns also beobachtet. Darum verhält er sich so anders, doch warum ...?*
„Warum hast du mit mir geschlafen?"

„Kannst du dir vorstellen, wie ich mich gefühlt habe, als ich dich mit ihm sah? Mir wurde plötzlich klar, dass du mich jahrelang benutzt hast, wofür auch immer. Einmal, wenigstens einmal solltest du spüren, wie man sich fühlt, wenn man erkennt, dass man nur benutzt wird." Er erhob sich nun ebenfalls, bückte sich nach ihrer Wäsche und warf sie ihr zu. „Los! Zieh dich an! Deine Koffer sind bereits gepackt. Ich bringe dich sogar noch zur Bahn."

„Frank, das kannst du doch nicht machen. Jetzt, mitten in der Nacht."
Sein eiskalter Blick stach sie mitten ins Herz.

„Nein, kann ich nicht? Du wirst sofort sehen, wie ich kann. Ich kann genauso gewissenlos handeln wie du – mein Liebling", fügte er sarkastisch hinzu. Er griff nach ihrem auf dem Sessel abgelegten Hosenanzug und warf ihn ihr zu. „Zieh dich endlich an."

„Kann ich noch duschen?"

„Das ist eine interessante Frage", er strich sich nachdenklich über sein Kinn. „Nein! Soll er doch riechen, dass du mit mir geschlafen hast. Ich hätte dich behandeln sollen wie mein Vater meine Mutter behandelt hat, statt auf die Knie vor dir zu gehen, dann hättest du wahrscheinlich besser pariert."

„Frank, ich erkenne dich nicht wieder." Nora ahnte wie verletzt er sich fühlte. Irgendwie musste er seiner Wut Ausdruck verleihen und da er sie nie schlagen würde, zeigte er sie ihr auf diese Weise. Solange er sich in diesem Zustand befand, war es unmöglich mit ihm zu sprechen. Dennoch versuchte sie einzulenken. „Frank, ich wollte das nicht."

„Er hat dich also dazu gezwungen? Ja, genau so sah es aus", meinte er verächtlich. „Zieh dich endlich an."

„Du willst mich doch nicht wirklich jetzt zum Bahnhof fahren? Es ist mitten in der Nacht. Gib mir wenigstens die Möglichkeit, mich von den Kindern zu verabschieden", bat sie, während sie sich anzog.

„Die beiden sind nicht hier. Und da du in wenigen Minuten von hier verschwinden wirst, wie willst du dich also von ihnen verabschieden?"

„Frank, bitte ...", augenblicklich verstummte sie, als sie die Kälte sah, die sich in seinen Augen widerspiegelte. *Es ist vorbei, er wird nicht mit sich reden lassen. Egal was ich noch sage, es wird ihn nur noch wütender machen.*

*

Christoph erwachte aus unruhigem Schlaf, der von wirren Träumen begleitet war. Ein Blick auf die Uhr zeigte ihm, dass die Zeiger auf eins standen.

„Was ist denn? Nora?", rief er, bevor er einen Blick zur Badezimmertür warf. *Nora? Wo ist sie bloß,* fragte er sich benommen. Ein Gedanke, der ihn unsanft hochfahren ließ. „Ah", stöhnte er und fasste sich an den Kopf. Der fühlte sich an, als wäre er unter eine Dampfwalze geraten.

Ach ja, Nora ist nicht mehr hier.

Sein desolater Zustand erlaubte ihm nicht, weiter darüber nachzudenken. Er legte sich wieder zurück, drehte sich auf die andere Seite und fiel erneut in einen ruhelosen Schlaf.

*

Frank hatte Noras Koffer und ihre neue Reisetasche bereits im Kofferraum seines Wagens verstaut.

Erst jetzt wurde ihr klar, dass er alles genau so geplant hatte. Er hatte sie ohne Liebe genommen, wollte sie demütigen und das hatte er geschafft. Einen Augenblick schämte sie sich für die Szene, die er an jenem Abend beobachtet hatte. Sie hätte ihm gerne erspart, sie so hemmungslos glücklich an der Seite eines anderen Mannes zu sehen, während er sich die größten Sorgen um sie machte. Ganz tief in ihrem Herzen, konnte sie ihn – seinen Zorn – sogar verstehen. Doch das gab ihm noch lange nicht das Recht, ihren Körper zu missbrauchen, um sein Ego zu stärken und sich dadurch besser zu fühlen.

Ist es wirklich nötig, mich auf diese Art und Weise aus dem Haus zu werfen? Immerhin bin ich nicht nur seine Frau, sondern auch Mutter unserer Kinder. Er hätte mir wenigstens erlauben können, mich von ihnen zu verabschiedete. Ob er ihnen die Wahrheit sagen wird?

Sie konnte nur hoffen, dass er nicht allzu schlecht über sie sprechen würde. Andrerseits …, war das noch wichtig?

Die Fahrt zum Bahnhof dauerte nicht lange, um diese Zeit kam ihnen nur selten ein anderes Auto entgegen.

„Frank, kannst du dich noch erinnern, wie ich reagierte, als du mir damals deine angebliche Affäre gebeichtet hast?"

„Ja, darüber habe ich nachgedacht. Du wolltest mich verlassen, obwohl ich gar keine hatte und als du das erfahren hast, warst du so was von verschnupft …" Er schlug wütend gegen das Lenkrad. „Was musste ich nicht alles tun, um dein Vertrauen und deine Liebe zurückzugewinnen und wie viele Demütigungen musste ich die ganzen Jahre einstecken. Wie sehr habe ich darum gekämpft, das Leuchten in deinen Augen wiederzusehen."

„Du hattest diese Farce auf die Spitze getrieben und es war dir anscheinend ziemlich egal, wie sehr du mich mit deinen Lügen verletzt hast. Erst als ich mit den Nerven am Ende war und nicht mehr kämpfen wollte, hast du mich aufgeklärt. Trotzdem versuchte ich zu verstehen, was in dir vorgegangen war. Warum kannst du jetzt nicht versuchen, mich zu verstehen? Ich habe nicht mehr viel Zeit, Frank."

„Genau deshalb bist du hier, nicht wahr? Du willst ihn nicht mit deiner Krankheit belasten. Dafür hast du ja deinen Trottel von Ehemann."

„Frank, das ist nicht …"

„Weiß er überhaupt von dem Tumor in deinem Kopf?", unterbrach er sie und gab sich auch gleich selbst die Antwort. „Wahrscheinlich nicht. – Oder doch? Ja, natürlich weiß er davon …"

„Ja, er weiß es", Nora wünschte, er würde damit aufhören, sie mit Worten zu verletzen.

„Er wollte dich loswerden, deshalb bist du zurückgekommen. Genauso habe ich dieses verwöhnte Muttersöhnchen eingeschätzt. Ein eingebildeter Schnösel und nichts dahinter. Der wurde doch mit dem sprichwörtlich silbernen Löffel im Mund geboren. Was wirkliche Probleme sind, das weiß der doch gar nicht. Und wenn's doch mal ein kleines Problem gibt, lässt der feine Herr es erledigen. Der hat morgen eine andere. Liebe spielt dabei vermutlich die kleinste Rolle. Diese Menschen wissen, was sie in ihrer Börse haben, aber was Liebe ist, wissen die nicht."

„Aber das ist …", versuchte sie einzuwenden.

„Und auf so was fällst du rein", bemerkte er nun verächtlich.

Nora antwortete nicht mehr. Wie hätte sie ihrem Ehemann auch erklären sollen, dass sie den Mann gefunden hatte, den sie mehr liebte, als sie ihn je geliebt hatte und dass dieser Mann sie angefleht hatte, bis zu ihrem letzten Atemzug bei ihm zu bleiben. Wie hätte sie ihm jetzt noch glaubhaft versichern können, dass nur ein Gedanke sie nach Hause getrieben hatte, die letzten Tage gemeinsam mit ihm und vor allem mit ihren Kindern verbringen zu wollen.

Ja, es stimmt, die nächsten Wochen werden sicher nicht einfach. Bin ich zu egoistisch? Weiß ich überhaupt noch, was ich will? Ich weiß nur, dass ich meine Familie mehr als je zuvor brauche. Aber das spielt jetzt keine Rolle mehr. Weitere Bitten sind zwecklos. Er wird seine Meinung nicht mehr ändern.

Der Bahnhof wurde um diese Zeit nur schwach beleuchtet. Frank parkte seinen Wagen direkt vor dem Portal. Bei laufendem Motor stieg er aus und öffnete den Kofferraum.

Was hat er vor? Auf ihrem Gesicht spiegelte sich ihre innere Verwirrung wider. *Will er mich einfach absetzen und dann verschwinden?* Sie stieg ebenfalls aus. Ihr Herz begann heftig zu klopfen, sie atmete zu schnell, alles schien sich um sie zu drehen. Plötzlich hatte sie Angst umzukippen. Nur mit Mühe schaffte sie es Frank zu folgen, der inzwischen den Koffer und die Tasche aus dem Kofferraum gezerrt hatte und beides eilig in die Bahnhofshalle trug.

Sein Blick war eiskalt, als er beobachtete, wie sie sich auf die nahe am Eingang stehenden Bank niederließ. „Kipp gefälligst um, wenn ich nicht mehr hier bin", befahl er und biss zornig die Zähne zusammen.

„Es tut mir leid, dass ich dich so sehr verletzt habe", versuchte sie noch einmal, ein Gespräch mit ihm zu beginnen.

Doch er sah nur verächtlich an ihr herunter.

Nora gab auf. „Leb wohl, Frank."

Ohne ihr die Hand zum Abschied zu reichen, drehte er auf dem Absatz um. „Du auch", murmelte er und verließ das Gebäude.

Nora ging es schlecht. Unsagbar starke Schmerzen ließen die Vermutung zu, ihr Kopf stecke in einem Schraubstock. Um diese Zeit fuhren keine Züge, und wenn doch einer kam, fuhr er ohne anzuhalten durch. Sie musste warten. Teilnahmslos sah sich Nora um.

In einer windgeschützten Ecke hatte sich ein Obdachloser häuslich eingerichtet. Er lag lediglich auf einem Karton und einer zerschlissenen alten Decke, mit einem Mantel bedeckt, der ebenso alt zu sein schien, wie er selbst – was natürlich nicht sein konnte. *Im Frühjahr mag das, obwohl es sicherlich nicht bequem ist, noch angehen, doch wo schläft der Mann im Winter?*

Von der ungewohnten Unruhe erwacht, hob er gähnend und anscheinend irritiert, aber sicher auch neugierig den Kopf, um nachzusehen, wer es wagte, zu dieser gottlosen Zeit seine Nachtruhe zu stören. Womöglich rechnete er gar mit der Polizei. Sichtlich beruhigt, einige unverständliche Worte in seinen – trotz gewisser Widrigkeiten – gepflegt wirkenden grauen Bart murmelnd, legte er sich wieder zurück und zog den Mantel weiter über die Schulter bis unters Kinn.

Nora lehnte sich ebenfalls zurück, schloss die Augen und versuchte sich zu beruhigen, was ihr in Anbetracht der vorgefallenen Ereignisse sehr schwerfiel. *Werde ich Tristan und Lena je wiedersehen? Aber ist das noch wichtig? Was ich noch brauche, ist ein Ort an dem ich zur Ruhe kommen, an dem ich sterben kann. Irgendwo auf dieser Welt werde ich diesen Ort finden. Zu Chris werde ich auf keinen Fall zurückgehen. Ich will ihm nicht noch mehr wehtun, als ich es bereits getan habe ...*

Anscheinend war sie ein wenig eingenickt, denn als sie nun vom Quietschen der alten Tür und lautem Reden und Lachen erschrocken zusammenzuckte und die Augen öffnete, stahlen sich bereits die ersten Sonnenstrahlen durchs Fenster. Drei junge Leute mit Rucksäcken waren eingetreten. Sie gingen zum Automaten, um Tickets zu lösen. Ärgerlich schlug einer von ihnen mit geballter Faust dagegen. „Mist Apparat", fluchte er und machte auch andere Reisende auf die defekten Automaten aufmerksam. Trotz der frühen Stunde wurde die Tür nun ständig geöffnet und die Schalterhalle füllte sich mit Reisenden.

Als das Reisezentrum geöffnet wurde, erhob sich Nora und ging langsam hinein, um sich ein Ticket zu besorgen. Sie fühlte wie ihre Kräfte schwanden. Lange würde sie sich nicht mehr auf den Beinen halten können. Hätte sie einen Blick in den Spiegel werfen können, sie wäre erschrocken über ihr kreidebleiches Gesicht, das eher einem Gespenst als einem lebendigen Menschen glich.

Als sie endlich an die Reihe kam, starrte sie der Mitarbeiter sekundenlang besorgt an, bevor er mitleidig lächelnd fragte, wohin sie denn wolle.

Nora sah wie sein Mund sich öffnete, wohl um ihr eine Frage zu stellen, doch sie verstand ihn nicht. Ihr war als hätte sie Watte in den Ohren, seltsam dumpf hörte sich das Gemurmel der umstehenden Leute an. Sie wandte sich nach ihnen um, bemerkte Besorgnis auf einzelnen Gesichtern und auch Ärger, vermutlich weil es nicht schnell genug weiterging.

„Wenn sie nicht wissen wohin, dann überlegen sie sich das wo anders und halten sie hier nicht den ganzen Betrieb auf", rief ein junger Mann verärgert und so laut, dass sie es hören konnte.

Warum ist der Mann so aufgebracht? Soll er sich doch ein Ticket lösen. Ach ja, die Automaten ..., erinnerte sie sich. *Was ist nur ...? Ich muss mich beeilen.* Nora drehte sich wieder zu dem netten Bahnmitarbeiter um. Apathisch bat sie um ein Ticket, legte sogar noch Geldscheine auf den Tresen, bevor sie kraftlos in sich zusammensackte ...

Kapitel 11

Helligkeit durchflutete bereits das Zimmer, als Christoph die Augen aufschlug. Geblendet schloss er sie sogleich wieder. „Oh", stöhnte er. Vorsichtig blinzelnd, zunächst ein Auge dann das andere öffnend, griff er gleichzeitig an seinen Kopf, der sich anfühlte, als wolle er im nächsten Moment platzen. Langsam rutschte er an den Rand des Bettes und erhob sich mit steifen Gliedern. Ungeschickt begann er die Knöpfe des Hemdes, das er noch vom Vortag trug, zu öffnen. Als er zwei geöffnet hatte, zog er es ungeduldig über den Kopf und warf es wütend in eine Ecke des Zimmers. Hastig streifte er seine Hose herunter, warf sie nachlässig aufs Bett. Normalerweise nicht Christophs Art, im Gegenteil, er gehörte eher zu den übertrieben korrekten Typen. Selbst die Jeans hing auf dem verchromten Butler. Mit einem kräftigen Tritt dagegen stieß er ihn um, fasste sich aber sogleich wieder an seinen Kopf. „Verdammt!"

Er öffnete seinen Kleiderschrank, wo ihn das Hemd, das Nora für ihn ausgesucht hatte, frisch gewaschen und gebügelt zu verhöhnen schien. Während sich sein Blick an dem Freizeithemd festsaugte, griff er nach einem anderen. *Keines dieser Kleidungsstücke werde ich jemals wieder tragen.* „Verdammt!", sagte er noch einmal.

Ohne weiter darüber nachzudenken und weil er die Sachen nicht mehr sehen wollte, riss er das Hemd vom Kleiderbügel, zog das Sweatshirt, das im Fach daneben lag heraus und warf beides aufs Bett. Dann stellte er den Butler wieder auf, zog die Jeans herunter und legte sie ebenfalls dazu. Jetzt stachen ihm die neuen Sneakers und die Freizeitschuhe regelrecht in die Augen. Er stellte sie vors Bett, ging zum Telefon und wählte die Nummer der Küche.

„Ines, ich habe einige Kleidungsstücke aufs Bett gelegt, verpacken Sie alles in einen Karton und lassen Sie es verschwinden. Die Schuhe, die vor dem Bett stehen, packen Sie bitte dazu. Ach ja und, Ines, bringen Sie mir bitte ein Aspirin – oder am besten gleich zwei."

Als Christoph aus dem Bad kam, stand bereits ein Glas Wasser auf dem Tisch. Ein kleiner Rest des Aspirins ließ das Wasser noch sprudeln. Er trank das Glas hastig leer und lief hinunter. Auf der Etage, auf der sich das Zimmer befand, in dem Nora gewohnt hatte, hielt er kurz inne. Schon lag seine Hand auf dem Türgriff, um in gewohnter Weise einen Blick hineinzuwerfen. Er entschied sich jedoch dagegen und ging rasch weiter.

Elvis kam ihm freudig winselnd entgegengerannt.

Ohne einen Blick ins Esszimmer zu werfen, in dem seine Mutter bereits ungeduldig auf ihn wartete, verließ Christoph mit dem Hund das Haus. Wie üblich lief er zum Strand hinunter. Einige Male ließ er sich sogar auf das Stöckchenspiel ein. Doch als er die graue Nebelwand erblickte, die langsam über die See zu ihnen herüberzog, vergaß er für einen Moment warum er hier stand. Er sah nur den Nebel. „So etwa fühlt sich mein Kopf an", flüsterte er vor sich hin. „Was ist nur in mich gefahren?", fragte er sich laut und kickte einen Stein vor sich her. „Wie konnte ich mich nur so gehen lassen? Elvis, was meinst du? Soll ich zu ihr fahren? Sicher ist sie genauso unglücklich, wie ich."

Mit großen Schritten ging er zurück ins Haus. „Mutter!", rief er aufgeregt, „Mutter, ich werde zu Nora fahren."

„Wie? Du weißt doch gar nicht, wo genau sie wohnt."

„Ich finde sie."

„Sie kann überall sein", gab sie zu bedenken. „Willst du sie nicht erst mal anrufen?"

„Daran habe ich überhaupt nicht gedacht. Du hast natürlich recht", antwortete er und zog sein Handy aus der Tasche.

Lydia nahm es ihm ab. „Lass mich das machen, sollte ihr Mann abnehmen, möchten wir doch nicht, dass er misstrauisch wird. Hast du überhaupt ihre Nummer?"

Christoph nahm ihr das Handy wieder ab, drückte ein paar Tasten und reichte es ihr wieder.

„Vielleicht haben wir ja Glück", meinte Lydia, „und er ist schon bei der Arbeit."

Doch sie hatte kein Glück, Frank meldete sich. „Baumann!"

„Von Radomski. Guten Morgen, Herr Baumann, wäre es möglich Nora zu sprechen?"

„Nein das ist nicht möglich", antwortete er aggressiv. „Aber Sie werden sie sicher bald persönlich sprechen können, da sie bereits wieder auf dem Weg zu Ihnen ist. Und sagen Sie Ihrem Sohn, er kann die Hure haben", schrie er noch wütend in den Hörer, bevor er das Gespräch beendete.

„Puh", Lydia starrte auf das Handy, „dieser Herr ist offenbar nicht gut auf dich zu sprechen. Ich fürchte, er weiß von dir. Doch bevor er aufgelegt hat, brüllte er noch, Nora wäre bereits wieder auf dem Weg zu dir und du könntest – sie behalten."

„Jetzt verstehe ich gar nichts mehr. Hat sie ihm etwa von uns erzählt? Und Nora soll sich wieder auf dem Weg hierher befinden? Niemals! Andererseits, wenn ihr Ehemann das sagt?" Dennoch konnte er es nicht glauben. *Es gab zwar verschiedene Gründe, die sie bewegten, von hier weg zu gehen. Einer davon, keine Last für mich zu sein. Nein! War sie nur nach Hause gefahren um reinen Tisch zu machen – ihr Gewissen zu entlasten? Ist es möglich, dass sie ihre Familie verlassen hat, um ihren ursprünglichen Plan zu verwirklichen?* Alles konnte er sich vorstellen, nur nicht, dass sie vorhatte, zu ihm zurückzukommen.

„Vermutlich", unterbrach Lydia, ebenfalls grübelnd, seine Gedanken. „Woher sollte er es sonst wissen?"

„Nach alldem, was wir besprochen haben, kann ich nicht glauben, dass sie hierher zurückkommt", gab er zu bedenken. „Aber vorsichtshalber werde ich mich nach den Bahnverbindungen erkundigen. Dann weiß ich wenigstens, wann sie ankommen müsste."

„Herr von Radomski", unterbrach Ines das Gespräch, „entschuldigen Sie, wohin soll ich den Karton mit der Kleidung bringen?"

„Du hast Kleider aussortiert?", fragte Lydia neugierig und ging zu Ines.

„Ja. Es ist gut Ines, stellen Sie ihn erst mal hier ab. Danke."

Lydia öffnete neugierig den Karton. „Du hast die Sachen verpackt, die du mit Nora gekauft hast? Weshalb?"

Er zog seine Augenbraue nach oben, dabei sah er seine Mutter an, als wäre sie begriffsstutzig. „Mutter!"

„Es ist dir hoffentlich klar, dass du die Erinnerung an sie, nicht wegräumen kannst, wie diese Kleidungsstücke?"

„Ich weiß", bekannte er geknickt und fuhr sich mit beiden Händen durchs Haar. „Ich dachte …, mein Gott, ich konnte es nicht mehr ertragen die Sachen zu sehen." Fast zärtlich streichelte er jetzt das Hemd das oben auflag. „Das war der glücklichste Tag meines Lebens."

„Denk jetzt nicht weiter darüber nach, kümmre dich um Nora."

*

Als Nora vier Stunden später noch nicht angekommen war, stieg Christophs Unruhe zusehends.

Lydia, die ihren unruhig den Raum durchwandernden Sohn beobachtete, machte sich ebenfalls große Sorgen.

„Ich halte das nicht mehr aus, ich rufe selbst bei Frank Baumann an." Er ließ das Telefon mehrmals läuten, doch niemand nahm ab. „Vermutlich ist er bei der Arbeit. Mein Gott, was kann ich tun? Wenn ihr etwas zugestoßen ist, werde ich mir das nie verzeihen. Ich hätte nicht zulassen dürfen, dass sie allein zu ihrer Familie fährt."

„Du hast ihr doch angeboten sie zu begleiten, oder nicht?"

Er nickte.

„Na siehst du. Mach dir keine Vorwürfe. Gegen Noras Argumente kommt man ohnehin nicht an", versuchte ihn Lydia zu beruhigen.

„Und wenn sie gar nicht vorhatte, zu mir zurückzukommen?"

„Mein Junge …" Lydia hätte ihn gerne getröstet, aber sie wusste nicht wie und helfen konnte sie ihm auch nicht. Sie hasste solche Situationen. „Ich verstehe nur nicht, warum sie ihrem Mann alles gebeichtet hat", murmelte sie vor sich hin. „Wollte sie das nicht unter allen Umständen vermeiden? Kein Wunder, dass er nun wütend ist. Ich weiß nicht", sinnierte sie vor sich hin, „mir kommt das irgendwie seltsam vor und auch mir fällt es schwer zu glauben, dass sie zu uns zurückkommt."

Plötzlich erinnerte sie sich an etwas, das Nora einmal gesagt hatte. „Sie will dorthin, wo sie von Anfang an hinwollte. Hamburg und dann mit dem Flieger in ein Land, indem an dreihundertfünfundsechzig Tagen die Sonne scheint, an einen Strand, von dem aus sie die Sonne im Meer versinken sieht. Wer weiß, vielleicht ist sie beim Umsteigen auch nur in den falschen Zug eingestiegen."

„Und wenn nicht? Andererseits …, vielleicht hast du recht. Sie hat uns verlassen, weil sie keine Belastung für uns sein wollte. Warum sollte sie ihre Meinung plötzlich ändern?"

Lydia nickte. „Ich mach mir Sorgen. Ruf auf dem dortigen Bahnhof an, Nora ist eine wunderschöne Frau, es wäre doch gelacht, wenn sich der Schalterbeamte nicht an sie erinnern würde."

„Mutter, Tickets zieht man aus Automaten. Kein Mensch kauft heutzutage ein Ticket am Schalter."

„Nora schon, sie hasst Automaten."

„Das wusste ich nicht."

„Aber ich weiß es."

Christoph ließ von der Auskunft die entsprechende Nummer heraussuchen und gleich eine Verbindung herstellen.

Nachdem ihn eine weibliche Stimme weiter verbunden hatte, meldete sich eine tiefe Männerstimme. „Deutsche Bundesbahn, Vogel, guten Tag. Wie kann ich Ihnen behilflich sein?"

„Von Radomski, guten Tag. Ich habe ein Problem. Das hört sich nun vielleicht dämlich an, aber es ist nun mal so, meine Frau wollte heute nach Hause kommen, doch sie kam nicht an. Nun befürchte ich, dass ihr etwas geschehen sein könnte. Erinnern sie sich zufällig an eine Frau, die ein Ticket nach Stralsund gekauft hat?"

„Hamburg!", zischte Lydia hinter seinem Rücken.

„Nach Stralsund habe ich kein Ticket verkauft. Da bin ich mir ganz sicher", antwortete der Mann.

„Dann wird sie es aus dem Automaten gezogen haben."

„Kann nicht sein, die Kästen waren den ganzen Tag defekt. Irgendein technisches Problem."

„Das heißt, sie musste es bei Ihnen lösen?"

„Ja, wenn sie nicht schwarzfahren wollte. Aber sie hätte es auch im Zug lösen können."

„Hamburg!", zischte Lydia noch einmal.

„Vielleicht erinnern Sie sich an eine Frau, die ein Ticket nach Hamburg gelöst hat."

„Hmm…? So eine kleine zierliche, blond gelockte, mit dem Gesicht eines Engels?"

„Ja, das ist sie."

„Die werde ich im Leben nie vergessen. Gleich, nachdem sie mir das Geld rübergeschoben hatte, brach sie zusammen."

„Wie bitte, sie wurde ohnmächtig?", fragte er erschrocken.

„Ja, wir haben sofort den Notarzt gerufen. Man hat sie dann ins hiesige Krankenhaus gebracht. Wäre vielleicht nicht schlecht, so schnell wie möglich hierherzukommen."

„Ich danke Ihnen. Sie haben mir sehr geholfen."

„Gute Besserung, für Ihre Frau."

„Danke." Nachdem er aufgelegt hatte, warf er seiner Mutter einen verzweifelten Blick zu. „Ich muss zu ihr, sie hat beim Kauf des Tickets das Bewusstsein verloren. Man hat sie ins Krankenhaus gebracht. Mein Gott, Mutter, hoffentlich komme ich nicht zu spät. Setz dich bitte mit dem Professor in Verbindung, wenn das noch möglich ist, hole ich sie hierher, aber dazu brauche ich seine Hilfe." Er nahm den Hörer ab und wählte die Nummer der Küche. „Ines, sagen Sie bitte Karl Bescheid, ich brauche ihn."

„Karl ist in der Waschanlage, aber er müsste gleich hier sein."

„Gut, ich warte." Gleich darauf wählte er die Nummer seines Büros. „Bärchen, Ben soll den Heli starten, ich bin in zehn Minuten am Flugplatz."

Energisch zog er Jeans, Hemd und Sweatshirt aus dem Karton und zog sich im Eiltempo an. „Mutter entschuldige", sagte er zu Lydia, die ihn verdutzt beobachtete, „aber ich hab's eilig", beeilte er sich noch zu sagen, bevor er das Haus verließ.

*

Während des Fluges schnürte ihm die Angst vor dem was ihn erwarten könnte fast die Kehle zu. Aber über eines war er sich mittlerweile klar geworden, was immer es sein würde, er würde sie niemals wieder allein lassen.

Da er nicht zur Familie gehörte, wollte man ihn zunächst nicht zu ihr lassen. Noch während er mit einem Pfleger diskutierte, wurde der Stationsarzt, der durch den Wortwechsel aufmerksam geworden und auf sich auf dem Weg zu ihnen befand, ans Telefon gerufen. „Ein Professor Deichmann", hörte er die Schwester sagen, als sie ihm den Hörer reichte.

Was der Professor dem ernst blickenden Arzt sagte, konnte Christoph natürlich nicht hören, aber er bemerkte wohl, wie zuvorkommend ihn der Arzt gleich darauf behandelte. Sofort gab er der Krankenschwester Anweisung ihn auf die Intensivstation zu bringen, wo Nora immer noch ohne Bewusstsein lag.

Christoph erschrak, als er Nora in dem multifunktionalen Bett liegen sah, umgeben von Überwachungsgeräten die auf Rollcontainern um ihr Bett standen. An einem Infusionsständer hing ein Beutel mit klarer Flüssigkeit, die lautlos in einen dünnen Schlauch tropfte, wo sie über eine Nadel in ihre Venen gelangte. Sie wirkte so zart, so zerbrechlich und erschreckend blass in diesem großen, mit weißer Bettwäsche bezogenen Bett. Er erinnerte sich daran, dass Nora ihm einmal gesagt hatte, wie sehr sie weiße Bettwäsche hasste. *Ich hole dich da raus.*

Er zog einen Stuhl heran, nahm ihre leblose Hand in seine, küsste zärtlich ihre Finger und streichelte sanft über ihre Wange. Dann richtete er sich auf und atmete tief durch. *Nun ist es also so weit.* Seit er über ihren Zustand Bescheid wusste, hatte er des Öfteren versucht, sich vorzustellen, wie es sein würde, sie so zu sehen. Er hatte es nicht gekonnt. *Sie war doch stets das blühende Leben, bis auf dieses eine Mal, als sie die Treppe hinuntergestürzt ist.*

Dieser Anblick würde ihn ein Leben lang verfolgen. Nur das gleichmäßige Piepsen des Monitors, der Noras Mentalfunktionen überwachte, ließ ihn wissen, dass sie noch lebte.

„Herr von Radomski? Ich bin Doktor Neuner", stellte sich der Arzt vor und reichte Christoph die Hand. „Frau Baumann war meine Patientin, bevor sie vor einigen Wochen die Klinik verließ. Sie wissen über ihren Zustand Bescheid?"

„Ja, sie hat mir alles erzählt."

„Entschuldigen sie, aber ich kann einer Verlegung der Patientin in die Privatklinik Professor Deichmanns erst zustimmen, wenn sie selbst oder ihr Ehemann die Einwilligung dazugeben. Aber da wir Herrn Baumann nicht erreichen und Frau Baumann ohne Bewusstsein ist ..." Er hob und senkte bedauernd die Schultern.

„Können Sie mir erklären, warum sie nicht aufwacht, Doktor Neuner?"

„Vermutlich liegt es am Tumor, aber um ehrlich zu sein, ich versteh es auch nicht. Trotz allem hätte sie längst zu sich kommen müssen. Man könnte fast meinen, sie weigere sich wach zu werden. Sie müsste schnellstens operiert werden, aber da keine akute Lebensgefahr besteht und ohne Einwilligung ist das nicht möglich."

Christoph nickte. „Haben Sie mit Professor Deichmann gesprochen?"

„Ja und ich verstehe ihr Anliegen, aber Professor Deichmann kann keine Patientenverfügung vorlegen."

„Na gut, warten wir ab. Lassen Sie mich einfach nur bei Ihr. Ich werde Sie rufen, wenn sie wach wird."

„Na gut, ich lasse Sie alleine."

„Danke", antwortete er leise und wandte sich wieder Nora zu. „Nora, mein Engel, ich bin bei dir. Komm schon, du musst deine Augen öffnen, sonst bekomme ich dich hier nicht heraus." Liebevoll streichelte er über ihr Haar, küsste ihre Stirn, ihre Augen, ja, ihr ganzes Gesicht. „Lydia lässt dich grüßen, sie macht sich ebenfalls große Sorgen. Wach auf, mein Engel, wach auf. Ich liebe dich und egal was noch geschieht, ich werde für dich da sein, wir stehen das gemeinsam durch. Hörst du, was ich sage? Bitte, wach auf! Hilf mir, dir zu helfen. Nora ich brauche dich, komm zurück zu mir."

Doch was er auch sagte und tat, Nora bewegte sich nicht. Sie lag still in ihrem Bett, dabei hob und senkte sich ihre Brust gleichmäßig.

Stunden schienen vergangen zu sein, doch als er auf seine Uhr sah, bemerkte er, dass lediglich fünfundvierzig Minuten vergangen waren. „Was ist mit dir mein Engel, warum willst du denn nicht wach werden?" Da bemerkte er den sanften Druck ihrer Finger, die sich schwach um seine Hand schlossen. Ihre Augen bewegten sich unter den geschlossenen Lidern, bevor sie sich mühsam öffneten, gleich wieder schlossen und kurz darauf erneut öffneten, um an seinem Gesicht hängen zu bleiben. „Chris…" Plötzlich liefen Tränen über ihre Wangen.

„Nora! Nora! Gott sei Dank. Nicht weinen, Liebling, nicht weinen."

„Was …, was geschehen? Oh", stöhnte sie, „Chris? Du – schon Haus? Ich – schreck – licher Traum." Dabei lächelte sie müde und unwirklich, als wäre sie noch gar nicht in der Realität angekommen.

Beruhigend strich er ihr übers Haar. „Du bist anscheinend zusammengebrochen. Das war kein Traum. Du bist im Krankenhaus, doch jetzt wird alles gut. Ich nehme dich mit nach Hause."

„Aber wie …? Ach ja, Frank, die Kinder. Oh Gott! Ich muss Tristan – Lena sprechen." Ihre suchenden Blicke huschten ruhelos im Zimmer herum.

„Du kommst erst mal mit mir zurück."

„Nein, muss – ich …"

„Der Professor wartet auf dich", unterbrach er sie, „du musst jetzt nur eins, dich operieren lassen. Nora, hör mir zu. Ich will mit dir leben – leben, verstehst du? Ich will, dass du die einzige Chance ergreifst, die wir haben. Ich kann dich noch nicht gehen lassen. Tu mir das bitte nicht an", flehte er verzweifelt.

„Chris, ist – gut." Sie wollte ihre Hand auf seinen Arm legen, um ihn zu beruhigen, doch es gelang ihr nicht.

„Ich rufe den Arzt." Er drückte auf den Rufknopf und einige Minuten später, stand Doktor Neuner an Noras Bett.

„Frau Baumann", rief er erfreut, „da sind Sie ja wieder." Gleichzeitig nahm er ihr Handgelenk zwischen seine Finger, um ihren Puls zu kontrollieren. „Haben Sie Schmerzen?"

„Nein, keine – Schmerzen. Mein Arm – kann nicht heben."

„Doktor, ich bitte Sie, die Entlassungspapiere von Frau Baumann schnellstens fertigzumachen. Professor Deichmann erwartet sie bereits ungeduldig. Wir fliegen noch in dieser Stunde mit dem Helikopter zurück. Bitte beeilen Sie sich."

„Sie wissen", wandte sich der Arzt an Nora, „dass ich Sie nur entlassen kann, wenn Sie ein Schriftstück unterschreiben, das besagt, dass Sie die Klinik auf eigene Verantwortung verlassen."

„Natürlich", antwortete Christoph an ihrer statt, „sie wird unterschreiben."

Als der Arzt wenig später mit den Unterlagen zurückkam, konnte Nora ihren Arm wieder anheben und auch das Sprechen funktionierte wieder.

Doktor Neuner befreite sie von der Kanüle, überreichte ihr das Schriftstück zur Unterschrift und übergab Christoph die Unterlagen, die Professor Deichmann angefordert hatte. „Ich wünsche Ihnen alles nur erdenklich Gute."

Ein Krankenpfleger kam und brachte den Rollstuhl für Nora.

„Ah, ich bekomme die Luxusvariante. Das ist gut, nicht dass ich noch mal umkippe."

Als sie in Sichtweite des Helikopters kamen, startete der Pilot die Rotoren.

Sowie der Helikopter auf dem Landeplatz der Privatklinik landete, öffnete sich auch schon eine Tür und ein Pfleger mit Rollstuhl erschien. Im Gebäude wurden sie bereits von Professor Deichmann und Lydia erwartet. Sie sprühte geradezu vor rauem Charme. „Du siehst schrecklich aus."

„Danke für deine ermunternden Worte."

„Aber wir päppeln dich schon wieder auf", sagte sie resolut, beugte sich zu ihr hinunter und küsste sie auf beide Wangen. „Ich bin so froh, dass du wieder bei uns bist."

„Ich hatte gar keine andere Wahl."

„Du hast sie entführt?", fragte sie Christoph. „Gut gemacht mein Sohn. Und nun", wandte sie sich wieder Nora zu, „lässt du dir hoffentlich helfen? Mein Gott, Nora, gib dir – gib euch – eine Chance."

Nora sah zum Professor, der ihr die Hand reichte und sie ebenfalls begrüßte. „Nora, schön Sie zu sehen. Erzählen Sie mir, was genau passiert ist?"

„Das weiß ich eigentlich gar nicht. Ich kann mich nur noch daran erinnern, dass ich ein Ticket kaufen wollte. Und dann war da dieses Rauschen in meinem Kopf. Das Nächste, das ich sah, war Chris. Er erzählte mir dann, dass ich anscheinend ohne ersichtlichen Grund zusammengebrochen sei."

„Das hört sich nicht gut an." Er drückte auf den Knopf der Gegensprechanlage. „Schwester Barbara, bitten Sie Doktor Vitkovsky in mein Büro."

Er sah Nora nachdenklich an. „Sie wissen, was Sie jetzt erwartet."

„Ja!"

Es klopfte an der Tür und Doktor Vitkovsky trat ein. „Guten Tag, Frau Baumann. Wollen wir?"

„Ja!"

„Ich möchte Nora begleiten, ist das möglich?"

„Selbstverständlich", sagte er freundlich. „Bitte folgen Sie mir."

Nach etwa einer halben Stunde, saß sie wieder in Professor Deich-manns Büro und sah in sein besorgtes Gesicht. *Ist es für eine OP zu spät?* Ihr Herz schlug plötzlich bis zum Hals. *Dann hätte ich ja er-reicht, was ich wollte. Aber will ich das immer noch? Nein, ich will leben und ich will lieben, und wenn das nur durch eine Operation möglich ist, dann ist das eben so.*

„Nora, ich weiß nicht, wie Sie das gemacht haben, aber ich sehe auf den MRT–Bildern etwas, das mir sehr zu denken gibt. Weder eine neue Kontrastmittelanreicherung noch eine Vergrößerung des bestehenden Tumors. Es sieht ganz so aus, als hätte er aufgehört zu wachsen. Mal ganz abgesehen davon, dass ich so etwas noch nie zuvor gesehen habe, kann ich mir Ihren Zusammenbruch nur mit einer Schwäche erklären, die direkt mit einem Ereignis zusammenhing, das Ihnen gewaltig an die Nieren ging.“

„Und was heißt das nun genau?“, fragte Christoph skeptisch. „Ist das ein gutes Zeichen?“

„Wir haben es hier mit einem äußerst aggressiven Tumor zu tun. Warum er sich seit der letzten Untersuchung nicht verändert hat, kann ich nicht sagen. Er hat sich jedenfalls nicht verkapselt. Das heißt, er kann jederzeit weiterwachsen. Es scheint fast so, als warte er auf so etwas wie einen Auslöser.“

„Was gedenken Sie nun zu tun?“, fragte Nora vorsichtig. Obwohl die Antwort nach diesem Ergebnis nur positiv ausfallen konnte, fürchtete Sie sich davor.

„Es erscheint mir zwar äußerst riskant, aber wir werden erst mal nicht operieren. Wir werden den Tumor aber beobachten. Man könnte jetzt leicht zu der Auffassung kommen, hier wäre ein Wunder geschehen, doch ich warne vor zu viel Enthusiasmus. Der Krebs ist nicht besiegt, er ist immer noch da. Wir haben es sozusagen mit einer Zeitbombe zu tun, die im Moment noch nicht tickt. Ich vermute, es handelt sich nur um eine vorübergehende Erscheinung. Aber ich will durch eine Opera-tion auch keine schlafenden Hunde wecken.“

„Dann kann ich Nora nach Hause bringen?“

„Vorerst. Ich gebe Ihnen eine Woche, dann machen wir neue Auf-nahmen.“

Nora fühlte sich, wie sich ein zum Tode Verurteilter fühlen musste, der vor wenigen Sekunden die Nachricht vom Aufschub der Hinrichtung erhalten hat. „Danke Professor", flüsterte sie erleichtert.

„Dafür nicht. Aber ich erwarte, dass Sie sich schonen und keine Reise zu fremden Planeten, okay? Lassen Sie sich von Christoph die Sterne vom Himmel holen."

„Kann der das denn?", fragte sie ihn, sich sogleich mit strahlendem Lächeln Christoph zuwendend. Sie wusste, er würde es tun, wenn sie nur wollte.

„Ach", meldete sich nun Lydia zu Wort, „kann ich euch allein lassen? Ich würde gerne noch mit Friedrich sprechen."

„Ruf an, wenn ich dir Karl schicken soll." Christoph grinste sie jungenhaft an. Seine Mutter war an den letzten Abenden des Öfteren mit dem Professor ausgegangen und immer mit einem Lächeln auf den Lippen nach Hause gekommen. Er gönnte ihr das späte Glück.

„Das wird nicht nötig sein", erklärte der Professor. „Ich bringe Lydia nach Hause."

Nach leisem Klopfen trat Schwester Barbara ein. „Ihr Chauffeur ist hier, Herr von Radomski."

*

Bereits als der Wagen vor dem Haus hielt, wurde die Tür von Ines geöffnet. So, wie sie vor ein paar Wochen Lydia begrüßt hatte, hieß sie heute Nora willkommen. „Schön, dass Sie wieder hier sind, Frau Baumann."

Doch sie kam nicht dazu, sich für den herzlichen Empfang zu bedanken, denn in diesem Moment kam Elvis um die Ecke und sprang vor Freude kläffend an ihr hoch. Hinter ihm her kam schnaufend und schimpfend Hanna. „Elvis, bleib stehen! Muss ich mir das antun? Muss ich auf meine alten Tage noch einem Hund hinterherrennen? Nora, da sind Sie ja. Entschuldigt, aber er hat sich wie ein Wilder gebärdet, ich musste ihn hinauslassen. Der hat das gespürt, dass Nora wieder da ist."

„Elvis. Ja, ist ja schon gut." Nora tätschelte, streichelte und drückte ihn an sich. „Ja mein Kleiner, alles ist gut. Ab morgen früh gehen wir wieder zum Strand."

„Wie geht es Ihnen Nora?", fragte Hanna besorgt.

„Jetzt geht es mir wieder gut, danke. Ich bin ein wenig müde, aber es geht mit gut. Sagen Sie, Hanna, Sie haben nicht noch ein Stück von diesem köstlichen Butterkuchen?"

„Leider nein, aber ich back natürlich sofort einen."

„Möchtest du dich jetzt nicht etwas ausruhen?", unterbrach Christoph ihr Gespräch. „Du bist sicher müde?"

„Ja, ich würde mich gerne ein wenig hinlegen." In Wahrheit wollte sie endlich mit ihm allein sein.

Bevor sie reagieren konnte, nahm er sie auf seine Arme und trug sie nach oben.

Ihr Herz jubilierte, als sie sich fest in seine Arme schmiegte, wobei sie ihren Kopf an seine Brust legte, direkt dorthin, wo sein Herz fest gegen seine Rippen pochte. „Dein Herz klopft, wie eine alte Dampfmaschine."

„Wundert dich das?"

„Soll das heißen, ich bin zu schwer?"

„Das soll heißen, dass mein Herz sein Glück kaum fassen kann", antwortete er, bevor er sie sanft aufs Bett legte. Liebevoll strich er eine vorwitzige Locke aus ihrem Gesicht und küsste zärtlich ihre leicht geöffneten Lippen. „Jeder Tag, den ich dich an meiner Seite habe, ist ein guter Tag. Du wirst mich nie mehr los. Egal was geschieht, ich werde an deiner Seite sein. Verstehst du was ich dir damit sagen will?"

„Ja – ich verstehe. Du bist sehr lieb zu mir, aber ich will nicht, dass du dich mir gegenüber verpflichtet fühlst."

„Bei all meinen Pflichten ist mir diese die liebste. Mach dir keine Gedanken, so wie es ist, ist es gut, wenn man davon absieht, dass du immer noch nicht gesund bist."

„Womit habe ich dich und all das hier nur verdient?"

„Weißt du das wirklich nicht?" Er warf einen Blick an die Zimmerdecke. „Der da oben hat wohl eingesehen, dass es nicht für ihn spräche, würde er dich jetzt von meiner Seite reißen."

„Ja, fast scheint es so", bemerkte sie nachdenklich. „Und wenn wir uns täuschen? Könnte doch sein, dass mich dieses Ding in meinem Kopf nur zum Narren hält. Womöglich zieht er sich jetzt nur wie eine Feder zusammen, um dann noch schneller hervorzuschnellen?"

„Komm schon, Kopf hoch. Hab ein wenig Vertrauen, glaube an dich und unser Glück."

„Das Glio war vermutlich auf die vielen Glückshormone nicht gefasst, mit denen ich es die letzten Tage bombardiert habe", scherzte sie.

„Vielleicht hast du recht", antwortete er nachdenklich. „Ich gebe dir positive Energie. Und, selbst wenn unsere Zukunft ungewiss ist und wir uns irgendwann doch damit abfinden müssen, dass der Tumor dich nicht in Ruhe lässt, ist das kein Grund, das Glück nicht anzunehmen, das uns jetzt widerfährt. Ich werde jedenfalls alles tun, damit wir die Zeit, die wir kriegen, auch genießen können. So, wie du gesagt hast. Nur der Augenblick ist wichtig. An die Zukunft versuchen wir nicht zu denken. Darüber machen wir uns Gedanken, wenn sie da ist."

„Du hast dir also meine Worte zu eigen gemacht", bemerkte sie lächelnd. „Aber ich bin nicht sicher, ob du weißt, worauf du dich einlässt."

Einige Sekunden betrachtete er sie nachdenklich, dann packte er sie an ihren Oberarmen und zog sie in seine Arme. „Doch, das weiß ich."

„Ach Christoph, verzeih wenn ich deinen Enthusiasmus im Moment noch nicht teilen kann. Ich fühle mich total leer und ausgebrannt, bin tief in mir traurig und ich wünschte, ich könnte weinen. Doch nicht mal das kann ich."

„Du solltest tanzen vor Glück."

„Mag sein. Aber es fällt mir schwer, Professor Deichmanns Diagnose zu realisieren." Nora lächelte. „Ich habe Angst. Du kannst dir nicht vorstellen, was für eine Scheiß Angst ich habe."

„Nicht nur du, wir alle haben die. Wir haben Angst vor dem was auf dich zukommt und davor, dir nicht helfen zu können, dich zu verlieren und allein zurückbleiben zu müssen. Es zerreißt mir das Herz, dich so zu sehen." Sanft legte er seine Finger unter ihr Kinn, hob es an und küsste sie sanft auf ihre weichen Lippen. „Willst du mir nicht endlich erzählen, was passiert ist? Du bist doch nicht etwa wieder getürmt?", fragte Christoph skeptisch.

Nora senkte nachdenklich den Blick. Sie war selbst noch nicht dazu gekommen, ihre Gedanken zu ordnen.

„Dein Mann steckt dahinter, stimmt's?"

„Ja. Aber ich kann es selbst noch nicht fassen, dass das geschehen ist. Frank hat mich regelrecht rausgeschmissen."

„Er hat was?", rief er entsetzt.

„Frank wollte mich überraschen", klärte sie ihn auf, „er war vor einigen Tagen hier."

„Hier? Du meinst hier auf unserem Grundstück?"

„Genau. Das wäre nicht weiter schlimm, wäre es nicht ausgerechnet an dem Abend gewesen, als wir nackt gebadet haben. Er hat uns beobachtet. Natürlich machte er sich seinen Reim darauf, ist wieder zurückgefahren und hat erst mal abgewartet."

„Mein Gott, Nora! Hat er dir etwas angetan?"

„Schon bei der Begrüßung fiel mir eine gewisse Distanz auf. Ich habe nicht erwartet, dass er mich sofort in die Arme schließt – nein – um ehrlich zu sein, genau das habe ich erwartet. Ich dachte, er wäre überglücklich mich zu sehen. Doch dann bemerkte ich diese Kälte in seinen Augen. Ich verstand nicht, aber ich war müde von der Fahrt, es war unerträglich heiß und ich dachte nicht weiter darüber nach. Dann begrüßten mich die Kinder und wir waren so glücklich, weil wir uns wiederhatten. Lena hatte zur Feier des Tages sogar einen Kuchen gebacken ..." Nora berichtete ihm alles, bis zu dem Punkt, als sie mit Frank nach Hause kam. Dabei sah sie an Christoph vorbei, als wäre sie sehr weit weg.

„Und? Du hast meine Frage noch nicht beantwortet. Hat er dir was angetan?", fragte er, nachdem sie eine Weile stumm vor sich hinge-starrt hatte.

Nora erzählte stockend weiter. Und während sie ihm alles berichtete, löste sich ihre innere Anspannung. Endlich konnte sie weinen. Immer wieder unterbrach sie sich, weil sie vor lauter Schluchzen und Nase putzen nicht sprechen konnte. Sie zitterte am ganzen Körper.

Christoph konnte das, was Nora beschrieben hatte, bildlich vor sich sehen. Ein stechender Schmerz bohrte sich in seine Brust, als sie erwähnte, dass sie mit ihrem Mann geschlafen hatte. Unermessliche Wut bemächtigte sich seiner, als sie erzählte, wie er sie währenddessen und danach behandelt hatte. *Was geht in einem Mann vor, der seine todkranke Frau dermaßen schäbig behandelt, nur um seine Wut und seine krankhafte Eifersucht auszuleben?* „Nora, mein Gott, was musstest du durchmachen?" Er nahm sie fest in seine Arme und wiegte sie wie ein Kind.

Mit der Zeit wurde das Schluchzen leiser und ihr Körper lag Geborgenheit suchend in seinen Armen.

„Ich denke, das was du jetzt brauchst ist ein heißes Bad."

„Ja, das würde mir sicher guttun." Während Nora die letzten Kleidungsstücke ablegte, bemerkte sie Christoph, der an den Türrahmen gelehnt, bewundernd an ihr heruntersah. „Was ist?", fragte sie nachsichtig lächelnd. „Du schaust, als hättest du noch nie 'ne Frau gesehen?"

Er grinste. „Liebling entschuldige, aber wenn ich dich so vor mir sehe, denke ich unwillkürlich an Dinge, die im Moment sicherlich vollkommen unpassend sind."

„Auch ich sehne mich nach deinen Zärtlichkeiten, hab ein bisschen Geduld mit mir."

„Natürlich." Christoph wandte sich von ihr ab und ging zurück ins Schlafzimmer, wo er sich in den Sessel nah am Fenster setzte und nervös auf die Lehne eintrommelte.

Nora kam in ihren Bademantel gewickelt, einen Turban auf dem Kopf aus dem Bad. Er öffnete seine Arme und bedeutete ihr, sich auf seinen Schoß zu setzen.

Sie schmiegte sich an ihn und legte ihren Kopf müde an seine Brust. „Chris, ich liebe dich, aber vielleicht wäre es doch besser, zu gehen."

„Besser für wen? Für dich? Willst du dich an irgendeinen Strand legen und alleine vor dich hinsterben? Oder für mich? Weil meine empfindsame Seele ein paar Kratzer abkriegen könnte? Ich lasse dich nicht mehr gehen, du wirst keinen Schritt mehr ohne mich machen", sagte er bestimmt.

„Ach Chris, ich bin müde. So müde. Sicher hat Frank den Kindern bereits erklärt, warum ich sie erneut verlassen habe. Sie werden es nicht verstehen und vielleicht werden sie mich dafür hassen."

„Das werden sie sicher nicht. Hast du eigentlich Angst um deine Kinder?"

„Nein, nein, er würde seinen Kindern nie etwas antun. Dafür liebt er sie zu sehr."

„Er liebte dich auch."

„Dass er an mir so gehandelt hat, kann ich sogar irgendwie verstehen. Weißt du, Liebe hat viele Gesichter und nicht immer ist es so, wie es aussieht. Nein, er würde die Kinder nie für meine Fehler büßen lassen. Aber er wird mir wehtun und dafür allerdings, könnte ich mir vorstellen, wird er die Kinder benutzen. Aber darüber möchte ich jetzt nicht nachdenken. Ich bin wirklich müde."

„Gut, dann leg dich nieder. Ruh dich ein paar Minuten aus, ich hole dir in der Zwischenzeit eine Kleinigkeit zu essen."

„Nein, bitte Chris, bleib bei mir. Leg dich zu mir. Ich will mich ganz nah an dich kuscheln."

Wenig später schlief sie tief und fest.

*

Frank saß mit den Kindern auf der Terrasse seines Hauses und erklärte ihnen, dass Nora sie verlassen hatte. Dabei fühlte er sich ganz und gar nicht wohl in seiner Haut, wusste er doch selbst nicht, wie er es fertiggebracht hatte, so abscheulich zu handeln. Er liebte Nora doch mehr als sein eigenes Leben.

„Was hast du ihr angetan?", fragte Tristan auch gleich skeptisch.

„Wie kommst du darauf, dass ich ihr etwas getan habe? Sie hat mich betrogen, hat ein Verhältnis angefangen mit so einem reichen Schnösel, der ihr natürlich mehr bieten kann als ich."

„Darauf kam es Mama noch nie an. Ich kann nicht fassen, dass du das glaubst. Wenn sie dich wirklich wegen eines anderen Mannes verlassen hat, dann hat das sicher nichts damit zu tun, dass er ihr mehr bieten kann. Denn das ganze Geld dieser Welt nützt ihr nichts mehr. Ich kann mir nicht vorstellen, dass sie einfach so verschwindet, ohne sich von uns zu verabschieden." Tristan schüttelte aussagekräftig den Kopf. „Nicht Mama", bekräftigte er seine Meinung außer sich vor Zorn und Enttäuschung, während er Frank vorwurfsvoll anblickte.

Lena saß nur ruhig da und grübelte vor sich hin.

„Na ja, ich gebe zu, sie wollte sich von euch verabschieden. Aber ich war so wütend, als ich von diesem anderen Mann erfuhr, dass ich sie bat, das Haus zu verlassen, bevor ihr aus der Schule zurück seid."

„Du hast dich mit ihr gestritten und sie anschließend aus dem Haus geworfen. Stimmt's? Deine dämliche Eifersucht hat dir den Blick fürs Wesentliche geraubt. Verdammt! Ich kann's nicht fassen. Mama ist todkrank und du setzt sie vor die Tür. Was bist du bloß für ein Mensch?" Tristan war davon überzeugt, dass hinter dieser Geschichte mehr steckte. Er kannte seine Mutter. Was auch immer sie in Stralsund getan hatte, sie war zu ihnen zurückgekommen und sie wollte bleiben.

„Das muss ich mir von dir nicht sagen lassen", erklärte Frank wütend. „Ist doch wohl klar, dass ich ihr, mit diesem Wissen im Kopf, nicht vor Freude um den Hals falle. Was hättest du in einer solchen Situation getan?", fragte er hilflos.

„Ich hätte mit ihr gesprochen. Du hast sie nie verstanden, du hast es nicht einmal versucht", meinte er vorwurfsvoll.

„Was weißt denn du? Ich habe deine Mutter immer geliebt."

„Ja, das glaube ich dir sogar und ganz nebenbei hast du sie fast erstickt."

Frank sprang auf und schob seinen Stuhl geräuschvoll an den Tisch. „Ich habe genug von dieser Diskussion. Wer bin ich eigentlich, dass ich dir Rede und Antwort stehen muss? Was glaubst du, wie ich mich bei der ganzen Geschichte fühle?" schrie er sichtlich erregt. „Eure Mutter will das Ende ihres Lebens offensichtlich nicht mit uns verbringen."

„Du gestattest, dass ich meine Zweifel habe."

Frank hob die Hand, als wolle er ihn schlagen, ließ sie dann aber mit einer abwehrenden Bewegung wieder sinken. „Ach lass mich doch in Ruhe. Lasst mich beide in Ruhe. Glaubt doch, was ihr wollt."

Kapitel 12

Die Woche bis zur nächsten Untersuchung verging ohne ein Lebenszeichen von Frank oder den Kindern.

Sie hätte die beiden auf dem Handy erreichen können, aber sie wollte ihnen keine weiteren Schmerzen zufügen. Die beiden sollten erst mal verkraften, was Frank ihnen erzählt hatte. Es war sicher nichts, das ihrer Mutter zur Ehre gereichte. Außerdem wollte sie die Diagnose abwarten.

„Bist du endlich fertig? Du hast ja immer noch nichts gefrühstückt. Iss doch wenigstens eine Kleinigkeit. Soll ich dir ein halbes Brötchen belegen?", fragte Christoph.

„Der Kaffee genügt mir, danke. Ich kann jetzt nichts essen, mein Magen würde rebellieren. Lass uns gleich gehen."

Er sah sie verständnisvoll an, denn er war ebenso nervös wie sie. „Na, dann komm schon. Wir bringen es hinter uns." Christoph hatte Karl herbeordert, da er sich im Moment nicht auf den Straßenverkehr konzentrieren könnte.

Wie schon bei ihrem letzten Besuch, wurden sie auch diesmal direkt zu Professor Deichmann geführt. Wie schon die letzten Male wurde sie von Doktor Vitkovsky zur Untersuchung abgeholt und wie immer sah sie die besorgten Blicke der Ärzte während diese die MRT Bilder betrachteten.

„Was ist geschehen?", wollte der Professor wissen. „Irgendwelche Probleme?"

„Nein."

„Es tut mir leid Nora, ich habe keine gute Nachricht für Sie, der Tumor ist gewachsen, nur minimal, doch er wächst wieder. Wir müssen schnellstens operieren. Nora, ich bin sicher, dass wir eine reelle Chance haben, ihn fast vollständig zu entfernen. Am liebsten würde ich Sie gleich hierbehalten."

„Nein!", erklärte sie resolut. Sie blickte mit angsterfüllten Augen, von den Ärzten zu Christoph und fügte leise hinzu: „Chris, ich möchte bitte gehen."

Als Christoph sich nicht von der Stelle bewegte, erhob sie sich und lief zur Tür. Als sie sich noch einmal nach ihm umblickte, sah sie

Christoph wie er hilflos mit den Achseln zuckte, auf die Ärzte zuging und ihnen die Hand reichte. „Entschuldigen Sie bitte."

„Sprechen Sie mit Nora, wenn Sie sie nicht verlieren möchten, sprechen Sie mit ihr", wies der Professor ihn leise an.

Nora wartete nicht länger, sie lief aus der Klinik und nahm auf einem der Gartenstühle Platz. Mit gesenktem Kopf, ein wenig schuldbewusst, wartete sie auf Christoph.

„Tut mir leid", empfing sie ihn schuldbewusst.

„Ich habe nicht vor, dich aufzugeben. Lass uns ein Stück durch den Park gehen. Es wird Zeit, dass wir reden."

Gemächlich, zunächst ohne ein Wort zu sprechen, schlenderten sie nebeneinander über den geschotterten Weg des Parks.

Nach einigen Schritten ergriff Christoph ihre Hand und zog sie zu einer Bank, von der man einen Blick über den weitläufigen Park zur Klinik hatte. „Die Ärzte", erklärte er, „die hier praktizieren, könnten dein Leben verlängern. Ja es stimmt, nach dem momentanen Stand der Medizin, ist es noch nicht möglich diese Krankheit zu heilen und Wunder sind äußerst selten. Aber die Operation schenkt dir Zeit."

„Chris, ich weiß, du willst mich nicht verlieren, doch mal davon abgesehen, dass es nicht sicher ist ob ich diese Operation überlebe, was sicher nicht das Schlimmste wäre, könnte ich auch aus der Narkose erwachen und mich nicht einmal an dich erinnern. Vielleicht erinnere ich mich aber auch und verfluche dich, weil ich gelähmt bin, sabbere und schlimmer als jedes Vieh bis zu meinem Tod dahinvegetieren muss. Natürlich kann die Operation auch gut ausgehen, dann folgt die Therapie. Es wird mir einfach nur scheiße gehen. Entschuldige. Ich denke, ich muss dir nicht sagen, was bei Chemo und Strahlentherapie geschieht und wie man sich dabei fühlt. Ich will auf keinen Fall, dass du mich so siehst. Lass uns doch unser gemeinsames Leben genießen, solange es dauert."

„Du glaubst immer noch, dass ich dich als schönes Beiwerk in meinem Leben sehe, dass ich dich verlassen werde, wenn du nicht mehr die Frau bist, die jetzt neben mir sitzt. Hältst du so wenig von mir? Das täte mir leid, denn dann bist du nicht die Frau, in die ich mich verliebt habe und es ist sicher besser, wenn du mich verlässt. Flieg irgendwo hin, am besten auf eine Insel, wo dich niemand beim Sterben stört."

Nora legte eine Hand auf seine Brust. „Chris, bitte sei nicht böse. Ich habe Angst."

„Was glaubst du, was ich habe?", fragte er nun laut.

Nora weinte plötzlich haltlos. „Ich will nicht – sterben", schluchzte sie. „Doch – vor allem – will ich niemandem – zur Last fallen. Versuch doch wenigstens – mich zu verstehen."

Sie tat ihm unsagbar leid, doch um nichts in der Welt, hätte er ihr das in diesem Moment gezeigt. „Tu ich das nicht?", blaffte er sie weiter an. „Habe ich während der letzten Wochen nicht alles getan, was du wolltest? Nein, Nora, du gibst auf bevor du zu kämpfen begonnen hast und du vertraust mir nicht."

„Aber ..."

Er brachte sie mit einer abweisenden Handbewegung zum Schweigen. „Gut, das mag daran liegen, dass du mich noch nicht lange genug kennst", räumte er nachsichtig ein, schien dann aber über seine eigenen Worte nachzudenken. „Allerdings dachte ich ..., aber lassen wir das Mal dahingestellt sein. Was ich nicht verstehe, ist die Tatsache, dass du dir selbst nicht mehr vertraust, dass du nicht mehr an dich glaubst." Er erhob sich und ließ sie alleine zurück.

Nora begriff, was er damit bezweckte. Ja, er hatte recht, sie hatte das Vertrauen in sich selbst verloren, aber in Bezug auf ihn, hatte er nicht recht. Sie vertraute ihm bedingungslos. *Was soll ich tun?* Die unterschiedlichsten Gefühle stritten in ihr. *Ich muss mich entscheiden. Was habe ich schon zu verlieren? Ich kann nur gewinnen. Sollte tatsächlich keine Besserung eintreten, bin ich nicht viel schlechter dran als jetzt. Aber auch das Gegenteil könnte eintreten und wer weiß, vielleicht geschieht ja doch ein Wunder.* „Chris! Chris, warte. Ich brauche dich", rief sie, während sie hinter ihm herlief.

Er blieb stehen und drehte sich zu ihr um. Als sie bei ihm ankam und kaum merklich nickte, zog er sie in seine Arme und küsste sie, küsste sie mit der ganzen Inbrunst seiner hingebungsvollen Liebe. Und als sie sich erschöpft an seine Brust lehnte, streichelte er beruhigend ihren Rücken. Beide schwiegen ... Dieser Weg würde kein leichter Weg sein.

Kapitel 13

„Nora, da sind Sie ja wieder." Professor Deichmann blickte freundlich auf sie herunter und streichelte über ihre Wange. „Es ist alles gut gegangen. So wie es im Moment aussieht, konnten wir den Tumor vollständig entfernen. Christoph wartet vor der Tür. Lydia erzählte, er hätte die Zeit damit totgeschlagen, das Wartezimmer, die Gänge und dann den Park, wie ein gereizter Tiger im Käfig zu durchstreifen. Ich schicke ihn gleich zu Ihnen."

Nora lächelte schwach.

In diesem Moment wurde die Tür, nach kurzem Anklopfen, einen Spalt weit geöffnet.

„Kommen Sie herein, Herr von Radomski, Sie können jetzt zu Nora. Aber sie benötigt noch viel Ruhe, also bitte nur ein paar Minuten."

Schnellen Schrittes ging er an ihm vorbei. Man sah ihm die Erleichterung an und seine Gedanken konnte ihm jeder von der Stirn ablesen. „Mein Liebling", flüsterte er ergriffen, als er sie erneut so hilflos und verletzlich, wie schon zwei Wochen zuvor liegen sah, an Schläuchen und Geräten angeschlossen. Vorsichtig nahm er ihre Hand in seine und zog sie sachte an seine Lippen, als fürchte er ihr weh zu tun.

Sie lächelte tapfer.

„Na siehst du, gefallene Engel lässt Petrus nicht rein", flüsterte er aufmunternd.

„Ja", krächzte sie.

„Du bist noch müde. Hast du Schmerzen?"

„Nein, Durst. Ich habe – Durst", krächzte sie.

Christoph griff nach dem Spray, das auf dem Gerät, neben ihrem Bett stand. „Öffne deinen Mund, ich sprühe dir davon etwas hinein", erklärte er fürsorglich.

Nora schüttelte ablehnend den Kopf.

„Los, komm schon, etwas anderes kann ich dir momentan nicht bieten, also stell dich nicht so an", bat er liebevoll. „Sobald du etwas trinken darfst, wirst du es auch kriegen."

Nun öffnete Nora artig ihre Lippen und er sprühte ihr etwas auf die Zunge und den Gaumen.

„War das so schlimm?", fragte er und sah sie liebevoll an.

„Ja!", antwortete Nora, aber sie lächelte ihn trotzdem dankbar an. „Du siehst aus – wie einer der Ärzte."

„Stimmt. Alle sehen hier drin wie Ärzte aus."

Nora lächelte, während sie krampfhaft versuchte, ihre Lider offen zu halten, doch die fühlten sich schwer wie Betonklötze an.

„Christoph", machte sich der Professor bemerkbar, der nach kurzem Anklopfen wieder eingetreten war, „kann ich mit Ihnen sprechen?"

„Selbstverständlich. Ich komme gleich wieder, Liebling."

Bewegungslos, mit geschlossenen Augen, lag sie ruhig in ihrem Bett. Schmerzen hatte sie keine, auch der ständige Druck war aus ihrem Kopf verschwunden, eigentlich fühlte es sich an, als schwebten tausende von Glückshormonen in ihrem Kopf herum. *Ich lebe! Ich lebe! Bei Gott, ich lebe und ich weiß wer ich bin. Ich kann mich an alles erinnern. Ob alles andere ebenfalls funktioniert? Und was kommt jetzt? Strahlentherapie und Chemo. Haarausfall, Hautreizungen, Strahlenkater. Ich werde müde sein, wieder Kopfschmerzen haben und was weiß ich noch. Aber ich lebe.*

*

Christoph folgte dem Professor in dessen Sprechzimmer.

„Bitte setzen Sie sich. Wie ich schon sagte, die Operation ist sehr gut verlaufen. Aber das Nächste, das Nora nun durchstehen muss, ist die in einer Woche beginnende Strahlentherapie, die sie simultan zum Femoral erhält."

„Sie müssen mir nichts erklären, ich habe mich bereits informiert. Ich weiß, dass sie bei Ihnen die bestmögliche Behandlung erhält. Geld spielt übrigens keine Rolle."

Der Professor lächelte verstehend. „Leider gibt es noch keine Methode ein Glioblastom endgültig zu zerstören. Neurologen und Onkologen forschen auf der ganzen Welt und gäbe es eine hundertprozentige Heilungsmethode, glauben Sie mir Christoph, ich wüsste sie und würde sie auch anwenden. Aber zurzeit sind wir noch meilenweit von einer endgültigen Heilung entfernt."

„Sie haben doch diese Plättchen implantiert. Geht es da nicht ohne diese wochenlange Quälerei?"

„Nein …", antwortete Professor Deichmann und schüttelte bedauernd den Kopf. „Christoph, ich kann Ihnen versichern, dass Noras Chancen durch die anschließende Therapie erheblich steigen. Ich habe den Kampf gegen den Feind in Noras Kopf begonnen und ich werde mit Noras Hilfe weiter gegen ihn kämpfen. Leider kann ich Ihnen keine Garantie für Noras Leben geben. Es wird der Zeitpunkt kommen, da …, es sei denn, es geschieht ein Wunder."

„Und wenn dieses Wunder nicht geschieht? Wie viel …?"

„Fragen Sie mich jetzt nicht", unterbrach ihn der Professor, „wie viel Zeit sie noch hat, niemand weiß das. Ich kann Ihnen nur eines mit Gewissheit sagen, sie hat es noch nicht geschafft."

„Ich vertraue Ihnen Professor, und Nora tut das ebenfalls."

*

„Lena hallo, bist du mit den Hausaufgaben noch nicht fertig?" begrüßte Frank seine Tochter und sah sich um. „Wann kommt Tristan?"

Lena kaute nachdenklich auf ihrem Füller herum. „In etwa einer halben Stunde. Er ist beim Training, wie jeden Donnerstag. Wann merkst du dir das endlich?"

Er öffnete die Kühlschranktür und nahm sich ein Bier heraus. „Ich merk mir das wahrscheinlich nie, wie hat eure Mutter das bloß gemacht?"

„Ist schon gut Paps, du bist eben nicht perfekt. Das macht ja nichts."

„Heißt das, deine Mutter war perfekt."

„War? Du sprichst von ihr, als wäre sie schon tot", antwortete sie vorwurfsvoll. „Aber ja, sie ist perfekt." Lena warf ihrem Vater einen kurzen Blick zu. Dann blinzelte sie mit den Liedern und wandte sich erneut ihrer Arbeit zu. Doch auf einmal verschwammen die Buchstaben vor ihren Augen und machten anderen Bildern Platz, Bildern die wie Erinnerungsfetzen aus der Vergangenheit in ihr Bewusstsein drangen. Gedanken an Begebenheiten, die sie gemeinsam mit ihrer Mutter erlebt hatte, zogen in Sekundenschnelle an ihr vorbei. Dann plötzlich kamen sie wieder in der Realität an. *Ach Mutti, du fehlst mir. Warum hast du uns verlassen? Bist du nicht zu uns zurückgekommen, um die Zeit die dir noch bleibt, bei uns zu verbringen? Du hast dich nicht einmal von uns verabschiedet. Werde ich dich jemals wiedersehen?* Tränen stiegen ihr in die Augen.

„Gut", riss Frank sie aus ihren Gedanken, „dann werden wir jetzt was Leckeres kochen. Auf was hast du Lust?"

Lena erinnerte sich prompt an den Tag, als sie zum ersten Mal, gemeinsam mit ihrer Mutter gekocht hatte.

„Lena! Träumst du?"

Wie erwachend blinzelte sie und schluckte die Tränen tapfer hinunter, bevor sie sich ihrem Vater zuwandte.

„Makkaroni mit Tomatensoße", sagten sie beide, wie aus einem Munde und lachten.

„Warum frage ich überhaupt?" Frank kappte die Bierflasche, trank einen Schluck und stellte sie beiseite. „Ich denke, wir sollten mal wieder einkaufen gehen", bemerkte er nach einem Blick in den Kühlschrank. „Na ja, für heute reicht's noch."

Kurz, nachdem er die Makkaroni abgegossen hatte, hörten sie wie der Hausschlüssel im Schloss herumgedreht wurde.

Tristan betrat das Haus, warf gleich darauf einen Blick in die Küche und ließ seine Sporttasche nachlässig fallen. „Schon wieder Makkaroni und Tomatensoße?", maulte er. „Ich habe keinen Hunger."

„Wo bleiben deine guten Manieren mein Sohn? Erst mal guten Abend. Nach dem Essen möchte ich etwas mit dir besprechen."

„Auch das noch. Makkaroni und blöde Sprüche, nein danke." Er griff nach seiner Sporttasche und verschwand in seinem Zimmer, aus dem gleich darauf aggressive Rockmusik dröhnte.

„Jetzt ist aber genug, so kann das nicht weiter gehen", zischte Frank verärgert, stellte die Makkaroni auf den Tisch und verließ ebenfalls die Küche.

„Paps ...", versuchte Lena, ihren Vater zurückzuhalten.

Doch der schien ihren Einwand nicht zu hören. Zielstrebig lief er zu Tristans Zimmer und drückte die Klinke der Tür mehrfach hinunter. Frank pochte ungeduldig dagegen. „Öffne sofort die Tür, ich möchte mit dir sprechen. Tristan! Schließ gefälligst auf!"

Lena wusste, wie wütend ihr Vater neuerdings werden konnte und hoffte, dass Tristan sich ebenfalls daran erinnerte. Da hörte sie auch schon, wie der Schlüssel herumgedreht wurde. Einen vorsichtigen

Blick aus der Küche werfend, sah sie, wie ihr Vater an Tristan vorbei in dessen Zimmer stürmte. Naseweis wie immer, schlich sie über den Flur zu Tristans Zimmer. Die Tür stand offen. Als sie einen kurzen Blick riskierte, bemerkte sie, dass ihr Vater sich auf Tristans Bett gesetzt hatte. *Oh, oh ..., das wird ein längeres Gespräch,* dachte sie.

„Setz dich her zu mir. Wir müssen reden. So kann es nicht weitergehen, das siehst du hoffentlich ein?"

Tristan zuckte lediglich mit den Achseln und blieb breitbeinig vor ihm stehen.

„Komm schon, mein Junge, ich kann mir gut vorstellen wie enttäuscht du von deiner Mutter bist. Dass du dennoch Angst um sie hast, verstehe ich besser, als jeder andere Mensch. Mir geht es doch wie dir." Er ergriff Tristans Handgelenk und forderte ihn auf, sich neben ihn zu setzen. „Ich war in letzter Zeit nicht so für euch da, wie ich es hätte sein sollen. Tut mir leid, aber ich war ebenfalls enttäuscht von Nora, und musste das erst mal verarbeiten. Glaub mir, sie fehlt mir genauso wie dir."

„Trotzdem lässt du sie bei diesem Kerl, warum kämpfst du nicht um sie?", antwortete er aggressiv. „Vielleicht erwartet sie ja genau das. Wie war das denn damals? Du weißt schon … Hat sie da nicht um dich gekämpft?"

„Ja schon, aber ich habe sie auch nicht verlassen."

„Aa, du hattest Glück, dass sie dich nicht verließ und diesmal, so gut kenne ich dich, warst du sicher auch nicht ganz unschuldig daran, dass sie wieder weggegangen ist. Kannst du dir nicht vorstellen, dass sie dich braucht? Dass sie uns braucht? Aber das interessiert dich anscheinend nicht mehr. Du gehst zur Arbeit, als wäre nichts geschehen", antwortete er immer noch aufgebracht. „Was bist du nur für ein Mensch?"

„Wie sprichst du eigentlich mit mir? Sie ist nicht allein, dieser „Kerl", wie du so schön sagst, ist bei ihr. Verdammt Tristan, du weißt doch gar nicht worum es geht. Deine Mutter hat momentan einen sehr schweren Weg zu gehen, aber mit wem sie ihn gehen will, hat sie selbst entschieden. Das liegt nicht in meiner Hand."

„Und du bist sicher, dass sie bei ihm ist?"

„Ja. Das heißt …, ich hatte die Vermutung, dass sie lediglich zurück-gekommen ist, weil der Kerl sie nicht mehr wollte."

„Hat sie dir das erzählt?"

„Nein."

„Du weißt also nicht, ob sie bei ihm ist?"

„Nein, aber du kennst doch deine Mutter, egal wohin sie wollte, sie hätte sich von mir nicht aufhalten lassen."

„Glaubst du, dass sie zurückkommt?"

„Ich weiß es nicht", antwortete er leise. „Es gab mal eine Zeit, da hätte ich nie für möglich gehalten, dass sie euch verlassen würde, mich schon, aber niemals euch, nicht, wenn sie es verhindern könnte. Aber jetzt …, ich weiß es nicht."

Als plötzlich keiner ein Wort sprach, riskierte Lena einen weiteren Blick. Die beiden saßen stumm nebeneinander, jeder schien seinen eigenen Gedanken nachzuhängen.

„Geht's wieder?", fragte Frank plötzlich und schlug Tristan wohlwol-lend auf den Schenkel.

Tristan nickte.

„Hunger? Na komm schon, morgen kochen wir, was du möchtest."

„Eigentlich bin ich am Verhungern", erklärte Tristan entgegenkom-mend und schenkte seinem Vater ein schwaches Lächeln.

„Alles klar, mein Sohn?"

„Alles klar."

Schnell, bevor sie von den beiden entdeckt wurde, lief Lena zurück in die Küche.

*

Nach dem gemeinsamen Abendessen, die Kinder hatten sich in ihre Zimmer zurückgezogen, ging Frank in Noras Atelier. Seit sie nicht mehr da war, setzte er sich oft hier herein, um nachzudenken. Immer wieder stellte er sich dieselben Fragen. *Warum habe ich es nicht geschafft, meine Eifersucht im Zaum zu halten? Warum habe ich ihr nicht die Gelegenheit gegeben, mir alles zu erklären? Soll ich sie um Verzeihung bitten? Vielleicht kommt sie der Kinder zuliebe zurück? Nora könnte den beiden niemals wehtun. Allerdings sind die Kinder alt genug, um ihren Weg zu gehen mit oder ohne Nora.* Er dachte an das Gespräch, das er mit Tristan geführt hatte. *Ist sie wirklich zurückgekommen, weil der Kerl sie nicht mehr wollte, oder entsprang auch das meiner krankhaften Eifersucht?*

Wie so oft in den letzten Wochen, legte er den Kopf auf seine, verschränkt über Noras Schreibtisch liegenden Arme und weinte. In seinem ganzen bisherigen Leben hatte er nicht so viel geweint, wie in diesen letzten Wochen. Er hatte Nora verloren, zuerst an diese Krankheit, dann an einen anderen Mann. Immer wieder, wenn ihm dieser Gedanke in den Sinn kam, glaubte er, eine eiskalte Hand zu spüren, die nach seinem Herzen griff. *Nora, mein Gott Nora, was habe ich dir angetan? Ich kann nicht aufhören dich zu lieben. Kein anderer Mann, wird dich jemals so lieben.*

*

„Es ist so weit, Nora, morgen möchte ich mit Temodal und der Bestrahlung beginnen. Das heißt, Sie bleiben erst mal in der Klinik. Ich will sichergehen, dass die Behandlung anschlägt. Wenn alles gut geht, können Sie uns in einigen Tagen verlassen. Wir werden die Behandlung dann ambulant fortführen.“

„Ja, Professor, ist in Ordnung.“ *Nur noch zu den Bestrahlungen*, dachte sie, *wie einfach sich das anhört ...* Obwohl froh und erleichtert, das Ding in ihrem Kopf erst mal los zu sein, wusste sie doch, dass sie noch lange nicht gewonnen hatte und auch, dass ihr noch einiges bevorstand.

„Gut. Nora, Sie werden es schaffen“, versuchte er, sie aufzumuntern, „es sieht alles sehr gut aus.“

„Danke, Professor. Ich bin froh, hier in Ihrer Obhut zu sein“, glaubte sie sagen zu müssen.

Er lächelte, wie ein Arzt eben lächelt, der genau wusste, dass er zwar eine Schlacht gewonnen hatte, den Krieg aber noch lange nicht. Väterlich tätschelte er ihren Unterarm. „Ich bin zufrieden, wenn ich Ihnen helfen kann“, antwortete er und verließ gleich darauf das Zimmer.

Nora schloss ihre Augen und wünschte nur, Chris käme endlich zu ihr. Sie musste nicht lange warten, da öffnete sich auch schon die Tür und nicht nur Chris, sondern auch Lydia trat ein.

„Da seid ihr ja endlich", begrüßte sie die beiden erleichtert.

„Hast du uns etwa vermisst? Wie geht es dir Kleines?", fragte Lydia.

„Es geht mir ganz gut. Der Professor ist sehr zuversichtlich. Er will schon morgen mit der Therapie beginnen."

„Ist ja wunderbar, dann wird es nicht mehr lange dauern und du bist wieder zu Hause. Apropos …, ich denke, ich lasse euch jetzt alleine. Ich möchte Friedrich zum Essen einladen. Bis morgen dann, mein Kind", zwitscherte sie verschmitzt lächelnd.

Sie ist verliebt, dachte Nora. *Sie benimmt sich wie ein verliebter Teenager.* „Bis morgen, Lydia. Ich freue mich auf deinen Besuch."

Christoph setzte sich zu ihr, nahm ihre Hand in seine und sah sie fragend an. „Du grübelst über irgendeinem Problem, von dem du mir nichts erzählen willst?"

„Wie kommst du darauf?"

„Ich sehe es dir an der Nasenspitze an, mittlerweile kenne ich dich ganz gut."

„Mach dir keine Gedanken, es ist nichts, das dich beunruhigen müsste."

„Was kann ich für dich tun? Brauchst du etwas?"

Ein Blick auf ihre leere Tasse genügte und er erhob sich sofort. „Ich hole dir Tee oder möchtest du lieber etwas anderes?"

„Tee, bitte." *Er ist so fürsorglich, ständig bemüht, mir was Gutes zu tun,* dachte sie vor sich hin lächelnd. Obwohl sie sich in seiner Nähe geborgen fühlte, fragte sie sich mitunter, ob er ihr wohl dieselbe Kraft geben konnte, wie Frank das stets getan hatte? Plötzlich fühlte sie sich schwach und hilflos. Franks aufmunterndes Lächeln und seine Zuversicht fehlten ihr. Chris musste noch nie für einen anderen Menschen sorgen.

„Hallo, mein Engel, du weinst? Was ist mit dir?", fragte er besorgt, und stellte die Tasse auf dem Tischchen ab.

„Chris! Entschuldige, ich war mit meinen Gedanken weit weg."

„Du hast an ihn gedacht, habe ich recht?"

„Wirst du für mich da sein – wenn ich – dich brauche?", schluchzte sie.

„Aber sicher, mein Engel", versuchte er, sie zu beruhigen.

„Ich werde nicht mehr die Frau sein, die du kennengelernt hast. Chris, ich möchte nicht, dass du dich gezwungen fühlst, bei mir zu bleiben. Du bist zu nichts verpflichtet."

„Vertraust du mir etwa immer noch nicht? Ich weiß, dass es nicht leicht werden wird, aber gemeinsam werden wir das schaffen. Du wirst mich nie mehr los, vertrau' mir."

Kapitel 14

Mehrere Tage nach der Operation wurde der Verband entfernt. Da man ihr die Haare vor der OP abrasiert hatte, bestand sie auf einem Spiegel. Obwohl sie nichts anderes erwartet hatte und obwohl sie wusste, dass die Empfindung wegen der fehlenden Haare in ihrer Situation geradezu lächerlich und wahrhaft das kleinste Übel war, hätte sie am liebsten losgeheult.

Christoph stand währenddessen hinter ihr und beobachtete, wie sehr sie dieser Anblick erschütterte. Er schloss sie sogleich in die Arme und versuchte sie zu trösten. „Die Haare wachsen wieder, keine Angst."

Erst als sie sich vollkommen beruhigt hatte, löste sie sich von ihm. „Findest du mich, so, wie ich jetzt bin, etwa immer noch anziehend?"

„Was für eine Frage. Du hast die schönsten verschwollenen, rotgeweinten Augen, die ich je gesehen habe. Deine Nase ähnelt einem Leuchtturm, kurzum, du bist die attraktivste Frau in diesem Raum."

„Du machst dich über mich lustig. Für dich scheint alles ein Spiel zu sein. Gab es eigentlich schon mal ein Problem, mit dem du nicht fertig wurdest?"

„Ja, das Problem gibt es immer noch", antwortete er nun ernst.

„Entschuldige, das habe ich nicht gemeint. Doch ich bin davon überzeugt, dass du auch mit diesem fertig wirst. Du bist der stärkste Mann, den ich kenne."

Erst als sie vor Erschöpfung eingeschlafen war, schlich er aus dem Zimmer. Etwa eine Stunde später, Nora saß bereits wieder in ihrem Bett, kam er mit einer Art Hutschachtel zurück. Mit vor Begeisterung glänzenden Augen stellte er sie vor ihr ab. Dann wartete er neugierig darauf, dass sie von ihr geöffnet wurde und auf ihre Reaktion. „Wenn du glaubst, es ohne nicht mehr auszuhalten, setz die auf." Christoph grinste wie ein Pfadfinder, dem eine besonders gute Tat gelungen war.

Doch Nora reagierte nicht so freudig, wie er es offensichtlich erwartet hatte. Sie starrte ihn nur sprachlos an. Als sie weiter nichts unternahm, griff er hinein und zog die auf einem Styroporkopf sitzende Perücke heraus.

In diesem Moment glaubte sie, ihre Welt wie ein Kartenhaus in sich zusammenstürzen zu sehen. Die Wände des Krankenzimmers bewegten sich bedrohlich auf sie zu, gleichzeitig bemächtigte sich ihrer ein Gefühl, als säße jemand auf ihrer Brust, der ihr die Luft zum Atmen abschnüren wollte. Sie schleuderte die Schachtel durchs Zimmer und begann hysterisch loszuheulen. Schluchzend beschuldigte sie ihn, sie und ihre Krankheit nicht annehmen zu können. „Was willst du überhaupt von mir?", schrie sie aufgebracht. „Lass mich endlich in Ruhe. Ich will hier raus, ich kann diesen ganzen Mist nicht mehr ertragen und ich kann eure mitleidigen Gesichter nicht mehr sehen. Du spielst dich hier auf, als könntest du den Lauf der Dinge ändern. Glaubst du wirklich, deine Liebe könnte das bewirken? Hau endlich ab und nimm diesen verdammten Pelz mit." Sie drehte sich zur Seite, presste ihr Gesicht ins Kissen und begann hemmungslos zu weinen. Ihr ganzer Körper bebte.

Christoph stand immer noch hilflos und unentschlossen neben ihrem Bett. Er hätte sie wohl gerne vom Gegenteil überzeugt, doch schien er nicht so recht zu wissen, was er noch sagen konnte. Endlich legte er eine Hand auf ihre Schulter, die sie jedoch durch eine ungestüme Bewegung abschüttelte.

„Das alles ist doch einfach nur Mist", murmelte sie vor sich hin, „ich habe endgültig genug. Ist doch sowieso sinnlos."

„Aber ..."

„Lass mich endlich in Ruhe", giftete sie ihn nochmals an. „Verschwinde!"

*

Chris ließ sich aber nicht entmutigen und seine Fürsorge schien grenzenlos. Sie ging sogar so weit, dass er sich ein Bett in ihr Zimmer stellen ließ, um Tag und Nacht bei ihr sein zu können.

Während der ersten zwei Tage der Therapie ging es ihr verdammt schlecht. Sie konnte keinen einzigen Bissen bei sich behalten, selbst die nötige Dosierung des Medikaments, konnte nicht mehr gewährleistet werden. Wenn sie schon glaubte, nichts mehr im Magen zu haben das sie noch herauswürgen konnte, wurde sie eines Besseren belehrt. Am Ende kam nur noch bittere Galle. Die Folge waren starke Magenschmerzen.

Christoph schien nicht müde zu werden, ihr beizustehen. Er hielt sie an den Schultern fest, wenn sie sich von Krämpfen gequält übergeben musste, legte ein kühles Tuch in ihren Nacken oder einfach seine Hand auf ihre Stirn.

Es wurde erst besser, nachdem der Professor die Medikation geändert hatte. Endlich konnte sie ein wenig Nahrung bei sich zu behalten.

Alles in allem war Nora froh über das Arrangement, das Christoph mit seinem Entschluss, bei ihr bleiben zu wollen, getroffen hatte. Denn es gab Momente, in denen sie von ihren Ängsten regelrecht überrollt wurde. Vor allem, wenn sie nachts kamen und Nora zusammengekauert vor sich hin wimmerte. Das waren die Nächte, in denen sie sich so elend fühlte, dass sie oft nur noch verzweifelt flehte, sterben zu dürfen. In solchen Nächten war er einfach nur für sie da. Er sprach tröstend auf sie ein, streichelte zärtlich ihre Wangen und küsste immer wieder ihre Hände oder hielt sie fest in seinen Armen und wiegte sie wie ein kleines Kind, bis sie wieder einschlief … Manchmal konnte bereits der beginnende Tag die dunklen Schatten der Nacht verscheuchen. Aber sehr oft konnte nicht einmal die Helligkeit des Tages die Mutlosigkeit vertreiben. Das waren die Tage, an denen sie aufgeben wollte, sie weigerte sich dann ihre Tabletten zu nehmen, weil sie glaubte, diese Therapie sowieso nicht überleben zu können. Aber Christoph hörte nicht auf, ihr Mut zu machen.

Natürlich gab es auch Situationen, da war es ihr entschieden lieber, von einer Schwester umsorgt zu werden. Situationen, die einfach nur peinlich für sie waren, in denen sie sich ausgeliefert fühlte.

Sie liebten sich und fühlten sich einander sehr nah, aber es gab eine Nähe, die sich erst im Laufe von Jahren entwickelte – Barrieren die sich nur langsam abbauten.

Christoph erklärte ihr auf einleuchtende Weise, wie selbstverständlich es für ihn und wie wichtig es für ihre Beziehung war, auch diese Zeit miteinander durchzustehen. Er sprach von Vertrauen, von Nähe und immer wieder von Liebe und erklärte ihr, dass er sie, egal was auch geschah, nicht allein lassen würde. Wenigstens durfte sie allein auf die Toilette, darauf hatte sie bestanden. Und er sah ein, dass eine gewisse Intimsphäre sein musste, bestand aber darauf, dass sie nicht abschloss und auf die Klingel drückte, falls sie Hilfe brauchte.

Ihre Gedanken in Worte zu fassen, war nur bedingt möglich. Sie fühlte sich ständig müde und durch die immer wiederkehrenden Kopfschmerzen konnte sie sich oftmals nur sehr schwer konzentrieren. Natürlich gab es Medikamente, die Linderung schafften. Aber bis es jeweils soweit war, kam es vor, dass sie Christoph etwas erzählte und noch während sie sprach, vergaß, was sie sagen wollte. Ihr war dann, als zöge jemand ihre Gedanken, die zäh wie Kaugummi wurden, in ein schwarzes Loch.

Ihr Zustand besserte sich zusehends. Sie fühlte sich zwar immer noch schwach und müde, doch am fünften Tag der Therapie ging es ihr zum ersten Mal so gut, dass sie sich von Christoph zu einem Spaziergang durch den Park überreden ließ. Sie setzte sich in den Rollstuhl und er schob sie.

Währenddessen erzählte er aus seinem Leben und oft brachte er sie mit den mitunter lustigen Geschichten zum Lachen. Dabei schien er ab und zu selbst verwundert, wenn ihm Begebenheiten einfielen, die er längst vergessen glaubte.

Nora erinnerte sich daran, dass sie einmal darüber nachgedacht hatte, ob er wohl jemals ein richtiger Junge war, nun wusste sie es.

Als sie am späten Nachmittag in ihr Zimmer zurückkamen, ließ sie sich erschöpft in die Kissen fallen und schlief gleich darauf ein.

Die Sonne war bereits untergegangen, aber das Zimmer lag noch nicht vollständig im Dunkeln, als sie wieder erwachte.

Christoph stand gedankenverloren am Fenster und blickte in den Park hinaus.

Sie atmete einmal tief durch. „Was willst du dir beweisen?", fragte sie leise. „Dass du es aushältst, mit mir zu leben, obwohl ich ständig kotzen muss? Oder, dass du mich liebst, obwohl ich eine verdammte Glatze als besonderen Kopfschmuck trage? Ich bin nicht mehr die Frau, in die du dich verliebt hast. Kapier das endlich. Du kannst nicht mehr mit mir angeben, du wirst höchstens mitleidig belächelt. Mein Gesicht hat sich verändert, ich bin doch nicht blöd und blind schon gar nicht, es ist aufgeschwemmt von den Tabletten. Ich habe Pickel im Gesicht, am ganzen Körper habe ich welche. Chemo-Tabletten und welche gegen Übelkeit, gegen Durchfall und gegen Verstopfung, je nach dem. Und nicht zu vergessen, die für die Nieren und, und, und. Ich kann schon das Wort „Tabletten", nicht mehr hören."

Christoph wandte sich ihr zu und stand fassungslos an ihrem Bett, zunächst unfähig auf ihre Vorwürfe zu reagieren.

Nora setzte sich auf und betrachtete mit gesenktem Kopf ihre Hände, während sich Christoph auf den Bettrand setzte. Schon wollte er sich zu ihrem Unmut äußern, da sprach sie leise aber verächtlich weiter. „Sag doch nur einmal, was du wirklich denkst, gib endlich zu, dass du mich für ein verdammtes, menschliches Wrack hältst. Du hast es nicht nötig dir das anzutun. Dazu kommt noch, dass du während der Zeit, die du hier bei mir verbringst, keinen einzigen Geschäftsabschluss tätigen kannst. Tu mir einen Gefallen und geh. Lass mich endlich allein."

Christoph unternahm einen letzten Versuch, sie in seine Arme zu nehmen. Aber sie ließ ihn nicht an sich heran. Achselzuckend verließ er daraufhin das Zimmer.

*

Nachdem er die Tür hinter sich geschlossen hatte, lehnte er sich daran und rutschte an ihr hinunter auf den Boden. Seine Nerven waren zum Zerreißen gespannt. Ihre Worte und ihr Verhalten hatten ihn so sehr verletzt, er konnte einfach nicht mehr. Dass es so schlimm werden würde, hatte er nicht erwartet. Erschöpft verbarg er sein Gesicht in den Händen und schluchzte verzweifelt.

„Habe ich gesagt, dass es leicht wird?", fragte Professor Deichmann, der wohl zufällig vorbeikam.

Christoph wischte sich über die Augen, bevor er zu ihm aufblickte. „Nein, haben Sie nicht."

Der Professor streckte ihm seine Hand entgegen. „Kommen Sie Christoph, wir gehen in mein Büro. Sie müssen endlich mal ausspannen."

Christoph setzte sich auf das bequeme Sofa, währenddessen holte der Professor eine Flasche Cognac und zwei Gläser aus dem Schrank.

„Sie trinken jetzt mal einen, mein Junge. Das wird Ihnen guttun." Er goss ein und reichte Christoph ein Glas, das dieser auch auf Anhieb austrank. „Noch einen?", fragte der Professor.

„Nein danke, ich bin noch nicht über meinen letzten Rausch hinweg. An dem Tag, als mich Nora verließ, trank ich am Abend einige Gläser zu viel. Normalerweise trinke ich höchstens mal ein, zwei Gläser Wein, mit diesen härteren Sachen hab ich's nicht so."

„Dann kann ich Ihnen vielleicht anders helfen?" Der Professor sah ihn fragend an, dachte dabei aber an die Unterhaltung, die er vor wenigen Tagen in seinem Club aufgeschnappt hatte. Ganz zufällig war er Zeuge eines interessanten Gespräches zwischen zwei Männern geworden – vermutlich Geschäftsleute. Die beiden saßen an der Bar nicht weit von ihm entfernt. Sie unterhielten sich über Fusionen und Geschäftsabschlüsse. Normalerweise nicht das Thema, das ihn interessierte, aber als Christophs Name fiel, wurde er hellhörig. Der Mann, der da beschrieben wurde, hatte nichts mit dem Christoph gemein, der hier vor ihm saß. Eiskalt wie eine Hundeschnauze sei er und ein knallharter Brocken. Der Mann der hier vor ihm saß, war weder das eine noch das andere. Er schien der hilfloseste Mann zu sein, den er je gesehen hatte und er hatte schon einige gesehen.

„Professor Deichmann, ich gebe zu, ich habe es mir einfacher vorgestellt. Ich dachte – mein Gott, sie muss mir nicht mal dankbar für das sein, was ich hier mache", sprudelte es plötzlich aus ihm heraus, „aber sie könnte doch zumindest versuchen, ihre schlechte Laune nicht immer an mir auszulassen."

„Ich kann verstehen, dass es Ihnen lieber wäre, sie ließe sie an mir und den Schwestern aus."

Christoph rollte mit den Augen und ließ sich erschöpft in den Sessel sinken. „Nein …", antwortete er zerknirscht. „Verdammt! So war das nicht gemeint."

„Das sind Stimmungsschwankungen und Ängste, was glauben Sie, spielt sich in Noras Kopf ab? Ich kenne keinen gesunden Menschen, der sich wirklich vorstellen kann, was sie im Moment durchmacht. Außer vielleicht ein zum Tode verurteilter. Es geht ihr verdammt dreckig."

„Das ist mir klar und das soll auch nicht heißen, dass ich aufgebe. Nur fühle ich mich viel zu oft so verdammt hilflos. Es zerreißt mir fast das Herz, sie so leiden zu sehen. Ich hatte gehofft, ihr helfen zu können, aber egal was ich auch mache, nichts ist ihr recht. Sie hat sich verändert, aus meinem Engel ist ein Teufel geworden."

„Wie fühlen Sie sich", fragte der Professor sinnierend, „wenn es ihr gut geht und sie harmonisch zusammensitzen?"

„Wie der, für den sie mich normalerweise hält", erklärte er verlegen grinsend und fügte hinzu: „Für den verwegenen Piraten, der sie aus ihrem bisherigen Leben entführt hat, um ihr die Welt hinter dem Horizont zu zeigen. Sie hat mir da mal, an einem Abend am Strand, so eine Geschichte erzählt ... Na ja, jedenfalls blieb ich seit jenem Abend ihr Pirat und was soll ich sagen, ich fühle mich richtig gut dabei. Klingt dämlich, was?"

Der Professor schmunzelte. „Finde ich gar nicht. Für eine ganz bestimmte Frau wäre ich gerne so ein Pirat gewesen", antwortete er und räusperte sich verlegen. Schließlich sprach er hier mit deren Sohn. „Denken Sie an diesen Abend, wenn sie wieder mal ihre schlechte Laune an Ihnen auslässt."

„Dann habe ich nichts falsch gemacht? Vielleicht sollte ich ihren Mann anrufen? Manchmal denke ich, nur er kann ihr die Kraft geben, die sie so nötig braucht."

„Sie sollten nicht so viel grübeln. Das ist eine schwierige Zeit für Nora, lassen Sie ihr ein wenig Freiraum. Sie muss auch mal allein sein. Geben Sie ihr nur das, wonach sie verlangt. Sie will nicht betüddelt werden, das engt sie ein. Allerdings braucht sie jemanden, der sie auffängt, wenn sie fällt."

„Sie meinen, ich verhätschle sie?"

„Soweit ich das beurteilen kann, ja."

Christoph erhob sich. „Entschuldigen Sie Professor, ich jammere hier herum, dabei hat Nora es viel schwerer und Sie haben sicher Wichtigeres zu tun, als mich zu trösten."

„Warten wir ab, wie es ihr in den nächsten zwei Tagen geht, vielleicht können Sie Nora nach Hause bringen. Alles Weitere geschieht dann ambulant."

„Kann sie wieder alles tun, wie zuvor?"

„Ja natürlich, das soll sie sogar. Vielleicht können Sie mit ihr verreisen, wenn die Therapie beendet ist."

„Darüber habe ich auch schon nachgedacht. Ich bin nämlich fest entschlossen, sie glücklich zu machen. Danke, Professor."

„Schon gut."

*

Nora lag auf dem Rücken und starrte an die Zimmerdecke. Von dem Moment, als er die Tür hinter sich geschlossen hatte, fühlte sie sich furchtbar allein. Am liebsten hätte sie sich für ihr undankbares Verhalten geohrfeigt. *Warum fällt es mir so schwer, seine Hilfe anzunehmen? Ich liebe ihn doch. Ich liebe ihn so sehr, dass es wehtut und das Beste ist – er liebt mich auch.*

Die Zeit seiner Abwesenheit konnte sie endlich dazu nutzen, um nachzudenken, über ihn und ihre Zukunft, doch es kam nicht viel dabei heraus. Nach einer Weile schlug sie die Bettdecke zurück und setzte sich an den Bettrand, immer noch ziemlich unzufrieden mit sich selbst. Als Christoph wenig später das Zimmer betrat, erhob sie sich und ging auf ihn zu. „Es tut mir leid, es tut mir so unendlich leid. Ich wollte dich nicht verletzen", sagte sie mit tränenfeuchten Augen und blickte ihn um Verzeihung bettelnd an, während sie ihm zerknirscht lächelnd beide Arme entgegenstreckte. „Kannst du mir noch einmal verzeihen?"

Christoph beeilte sich, um zu ihr zu gelangen, nahm sie in seine Arme und drückte sie fest an sich. „Es ist schon gut, beruhige dich. Obwohl du mir schon ein wenig den Eindruck vermittelt hast, dass du mich gerne loswerden willst, lasse ich mich nicht vertreiben. Allerdings brauchte ich dringend frische Luft."

„Chris, es ist meine Schuld, dass du dein jungenhaftes Lachen verloren hast. Außerdem musste ich mir eingestehen, dass ich dich erbarmungslos ausnutze. Du musst endlich wieder mal an dich denken. Hier gibt es schließlich Personal, das dafür bezahlt wird, mir zu helfen, sollte es nötig sein. Ich will, dass du das Krankenhaus verlässt."

Er sah sie entsetzt an. „Du willst, dass ich gehe?"

„Ja, genau das will ich. Chris, ich brauche dich so sehr, aber du hast auch noch ein eigenes Leben."

„Ein eigenes Leben?" Er sah sie gerührt an, schüttelte dann aber ablehnend den Kopf. „Aber weißt du denn immer noch nicht, dass dein

Leben auch mein Leben ist? Die Firma wird auch eine Weile ohne mich laufen. Wozu habe ich schließlich qualifizierte, kompetente Mitarbeiter? Die Holding war bis jetzt mein Leben, aber jetzt bist du es. Nirgendwo wäre ich jetzt lieber, als an deiner Seite."

„Christoph, lass los! Lass mich atmen und hol selber auch mal Luft. Du darfst dich nicht so sehr an mich klammern." *Mein Gott*, dachte Nora, *jeder, der diesen Mann sieht, hält ihn für einen taffen Geschäftsmann, unnahbar, mir ging es doch bei unserem ersten Zusammentreffen ebenso und sicher ist er das auch, aber jetzt wirkt er geradezu hilflos. Wenn ich ihn nicht dazu kriege, dass er sich seinem normalen Leben zuwendet, kriegt er irgendwann kein Bein mehr auf den Boden.*

„Ich klammere?"

Sie nickte, dann zog sie ihn mit sich zum Bett. Nachdem sie sich wieder hineingelegt hatte, bat sie ihn, sich zu ihr zu setzen. „Ich werde eines Tages nicht mehr bei dir sein und ich möchte nicht, dass du dann nichts mehr hast, das dir wichtig genug erscheint, um dafür zu leben."

„Du hast mich also doch über, du kannst mich nicht mehr ertragen. Ich bin dir lästig. Ist es das?"

„Du solltest dich mal selbst hören. Du stehst unter permanenter Angst, mich zu verlieren. Darum bist du zweihundert Prozent für mich da. Kein normaler Mensch hält das durch. Weder der, dem gegeben wird, noch der, der gibt. Ich gebe zu, manchmal nervst du. Chris, ich mache mir Sorgen um dich. Entspann dich doch mal", versuchte sie, ihn zu beruhigen, „du machst dich sonst kaputt und das darf nicht geschehen. Es ist nämlich genau anders herum, ich will nicht, dass du mich überbekommst. Wenn ich etwas nicht mehr ertragen kann, dann ist es dieser ganze verdammte Mist hier", meinte sie lächelnd.

„Aber ..."

„Nein, nein, ich habe recht und dein Instinkt, oder nenn es gesunden Menschenverstand, hat dir das längst gesagt. Es ist nicht gut für dich, Tag und Nacht hier herumzuhängen. Krankenhäuser, das sagt schon der Name, sind für Kranke da. Du wirst heute Nacht zu Hause in deinem eigenen Bett schlafen und morgen wirst du in deine Firma gehen. Dann kannst du mir am Abend erzählen, was es Neues gibt."

Er nickte wissend, dann grinste er. „Du willst wissen, welche Firma ich zerschlagen und welche ich gerettet habe?"

„Ganz genau. Dein Leben muss weitergehen." Nora umschlang ihn mit beiden Armen und presste sich an ihn. „Weißt du, auf was ich jetzt Lust hätte?", fragte sie schelmisch.

„Ich bin froh, dass es dir wieder besser geht, aber darauf werden wir wohl noch ein wenig warten müssen. Leider! Ich werde nämlich fast verrückt vor Sehnsucht nach dir."

„Das würde mir zwar auch gefallen, aber im Moment wäre ich mit einer Portion Walnusseis zufrieden."

„Ein Eis?", fragte er lachend. Er wirkte dabei so gelöst, als wäre er nur froh wieder normal mit ihr reden zu können. „Wird es dir davon nicht schlecht?"

„Und wenn schon. Selbst wenn ich es nicht bei mir behalte, hatte ich doch wenigstens zuvor den Genuss auf der Zunge."

„Also ein Walnusseis. Ich werde sehen, was ich machen kann", meinte er und ging zur Tür. Er hatte die Klinke schon in der Hand, als er noch mal losließ, zu ihr zurückkam, sie fest in die Arme nahm und in ihr Ohr flüsterte: „Ich liebe dich, Nora."

Noras Herz klopfte stürmisch. In ihrem Bauch krabbelten tausend Ameisen, sie legte ihre Hand in seinen Nacken und zog ihn zu sich herunter. Ihre Lippen öffneten sich, als er sie zuerst zärtlich, dann immer stürmischer küsste.

„Bei Gott, wenn ich jetzt nicht verschwinde, bekomme ich Lust, etwas sehr Unvernünftiges zu tun." Er küsste sie noch einmal, dann erhob er sich. „Ich bin bald wieder zurück."

Nachdem Christoph das Zimmer verlassen hatte, legte sie sich zurück und schloss die Augen. Sie fühlte sich müde. Trotzdem überfiel sie jetzt, da sie wieder allein in diesem schrecklichen Zimmer lag, das langsam zu einem Alptraum für sie wurde, erneut die Sehnsucht nach Frank und den Kindern. Nach ihrem Haus, das sie mit so viel Liebe eingerichtet hatte, um ein Nest für ihre Familie zu schaffen und nach ihrem Garten, der um diese Jahreszeit in voller Blüte stand, nach dessen Duft, dem Summen der Bienen und dem Gezwitscher der Vögel. Sie vermisste die ruhigen, erholsamen Abende unter der Pergola und das Glas Wein, das sie dort häufig mit Frank getrunken hatte. Selbst der fast unerträglich lauten Krach den der Rasenmäher ihres Nachbarn verursachte, fehlte ihr. Ein wenig vermisste sie sogar die kleinen

Streitereien mit Frank, bei denen es meistens um die Kinder ging. Früher war sie dann oft entnervt in ihrem Atelier verschwunden. Vor allem aber fehlten ihr die zur Gewohnheit gewordenen Umarmungen, wenn Frank und die Kinder morgens zur Arbeit gingen und wenn sie sich am Mittag oder Abend wiedersahen. Nora lächelte. Doch langsam verschwand dieses Lächeln von ihrem Gesicht. *Mein Verhalten muss Frank bis ins Mark getroffen haben. Es ist nur natürlich, dass er enttäuscht und wütend reagiert hat. Er wollte sich rächen und das hat er auf perfide Weise getan. Er hat mich damit sehr verletzt. Aber ich kenne ihn besser als jeder andere Mensch und ich weiß wie er tickt. Ich weiß, dass er sein Verhalten längst bereut. Vermutlich zermartert er sich das Gehirn mit der Frage, ob es noch eine Möglichkeit gibt, mich um Verzeihung zu bitten. Wie auch immer, ich sollte mir jetzt keine Gedanken darüber machen.*

Unwillig drehte sie sich auf die Seite, dabei fiel ihr Blick aufs Telefon, das verlockend nah auf ihrem Nachttisch stand … Sie setzte sich auf und griff entschlossen nach dem Hörer. Mit zitternden Händen und rasendem Herzklopfen wählte sie die Nummer von zu Hause und wartete.

„Lena Baumann, guten Tag."

„Lena, mein Schatz, hier ist ..."

„Mutti", rief Lena außer sich vor Freude. „Mutti, wo bist du und wie geht es dir? Kommst du wirklich nie mehr nach Hause?" Ihre eben noch so fröhlich klingende Stimme hörte sich plötzlich weinerlich an.

„Wer sagt das?"

„Papa. Er hat gesagt …", plapperte sie los, verstummte aber sogleich wieder.

„Was hat er gesagt?", forderte Lena ihre Tochter auf weiterzusprechen.

„Ach nichts", tat sie belanglos.

Als Lena nicht weitersprach, sagte Nora: „Wie geht es dir und Tristan – und Papa?

„Es geht. Wir kommen einigermaßen zurecht. Ich koche jetzt ab und zu. Papa schmeckt's, aber Tristan meckert meistens. Obwohl Papa ja nicht so auf Pizza steht, bringt er uns jetzt öfter eine mit. Tristan kann mittlerweile die Waschmaschine bedienen und bügelt seine Klamotten sogar selbst. Aber manchmal bügelt er Falten rein, wo keine hingehören", sprudelte es aus ihr heraus. Dann sagte sie eine Weile nichts mehr. „Mutti du fehlst uns. Tristan verhaut eine Arbeit um die andere und manchmal, wenn ich ihn was frage, schnauzt er mich nur an und benimmt sich richtig ekelhaft. Er braucht dich und ich brauche dich auch. Ich muss dir so viel erzählen."

„Du kannst mir alles erzählen, ich bin ganz Ohr."

„Ich war auf dem Schulfest. Das war so gigantisch", begann sie begeistert und fügte ein wenig verschämt hinzu: „Mutti, ich glaub', ich hab' mich verliebt."

Also hatte Frank recht. Na ja, unsere Tochter wird erwachsen. „In diesen Schulfreund?", fragte sie darum interessiert.

„Du weißt davon?"

„Papa hat es erwähnt."

„Ach ja?" Nach einer kurzen Pause sprach sie mit einem leisen Jauchzen in der Stimme weiter. „Noah ist in der Oberstufe. Er ist ganz anders als die Jungs in meiner Klasse, nicht so affig. Ich kann über alles mit ihm sprechen. Mutti er ist einfach toll, er ist der Mann meiner Träume", schwärmte sie. „Du musst ihn kennenlernen."

Nora sah der ersten Verliebtheit ihrer Tochter mit gemischten Gefühlen entgegen. „Das werde ich, mein Schatz. Sag' mal, wie …, ich weiß jetzt nicht …, Lena …", Nora räusperte sich, „es gibt da etwas, über das ich mit dir sprechen sollte. Durch diese blöde Krankheit hatten wir noch keine Gelegenheit dazu und bisher war es auch nicht nötig, aber jetzt denke ich, wäre es gut, wir hätten es getan."

„Mutti, ich bin kein kleines Mädchen mehr."

„Eben drum", antwortete Nora trocken.

„Also mach du dir bloß keine Gedanken. Es genügt schon, dass Paps wie ein Zerberus über mich wacht", erklärte sie schnippisch und fügte abfällig hinzu: „Der benimmt sich so was von dämlich, das kannst du dir nicht vorstellen."

„Glaub mir, ich weiß was du meinst", bestätigte Nora wissend. „Er ist eifersüchtig. Bisher warst du sein kleines Mädchen und er war der einzige Mann in deinem Leben. Nun erkennt er, dass du langsam erwachsen wirst und er weiß, dass eines Tages ein Mann kommen wird, der dich ihm wegnimmt. Aber bis es so weit ist, will er dich natürlich vor den bösen Jungs beschützen."

„Böse Jungs?", fragte sie unverständlich.

„Er weiß genau, was Jungs von Mädchen wollen, schließlich war er selber mal einer von denen. Dein Vater hatte es faustdick hinter den Ohren."

„Wirklich?" Lena kicherte. „Dann hättest du dich aber nicht mit ihm einlassen dürfen."

Nein, das hätte ich wohl besser nicht, dachte Nora. Doch bevor sie ihr eine passende Antwort geben konnte, sprach Lena weiter.

„Stell dir vor, er hat mich höchstpersönlich vom Schulfest abgeholt", erklärte sie verächtlich. „Kannst du dir vorstellen, wie peinlich das war? Mein Vater auf dem Schulfest. Dabei wollte Noah mich nach Hause bringen", schmollte sie. „Ich konnte die ganze Nacht nicht schlafen. Ständig musste ich daran denken, dass Noah mich zukünftig links liegen lässt, weil er mich ab sofort für ein unerfahrenes Kind halten wird und Papa für einen grässlichen Tyrannen."

Nora schüttelte verständnisvoll lächelnd den Kopf. Sie konnte sich gut vorstellen, wie sich Lena gefühlt hatte, aber auch Franks Sorge konnte sie verstehen. „Das sieht ihm ähnlich", sagte sie nachsichtig. *Frank ist ein fürsorglicher Vater.* „Und? Wie hat Noah reagiert?"

„Er rief mich am anderen Tag an weiler wissen wollte, ob ich noch Ärger bekommen habe und dann meinte er, ich solle mir keine Gedanken machen, das würde sich bald legen. Sein Vater hätte sich genauso dämlich aufgeführt, als seine Schwester so alt war, wie ich. Ach Mutti", seufzte sie, „Noah ist so lieb. Auch was die Sache mit dem Sex angeht. Das ist es doch, was du vorhin mit deinem Gestotter sagen wolltest?"

„Du hast mich durchschaut", antwortete Nora.

„Ich möchte noch warten und Noah versteht das. Ach Mutti, du musst ihn unbedingt kennenlernen."

„Gern, mein Schatz. Die erste Liebe, Lena, ist etwas ganz Besonderes, aber du bist noch so jung, das Leben kann dir noch unfassbar viel Schönes bieten, wenn du es zulässt. Verdirb es dir nicht durch unbedachtes Handeln. Genieße diese erste Liebe, aber lass dich zu nichts drängen, bei dem du kein gutes Bauchgefühl hast. Du weißt, was ich meine?"

„Ja Mutti, ich weiß.“

„Dann muss ich mir wohl nur um Tristan Sorgen machen?“

„Na ja, vielleicht bringt ja das »Vater-Sohn Gespräch« etwas, das sie gestern Abend geführt haben. Jedenfalls waren danach beide besser drauf.“

Vater – Sohn Gespräch? Nora konnte es kaum glauben, aber irgendwie beruhigte sie die Vorstellung. „Das hört sich ja richtig gut an. Gibt es noch etwas, das du mich fragen möchtest?“

„Ja, ich …, nein.“

„Na los, ich spüre doch, dass dich etwas bedrückt.“

„Was ist das für eine Geschichte mit diesem anderen Mann?“, platzte sie heraus.

Das ist also die Frage, die Lena mir schon zu Beginn des Gesprächs stellen wollte. Habe ich es doch geahnt. „Hat Papa es euch erzählt?“

„Ja. Gibt es den wirklich?“

Nora fühlte sich erschöpft. Aber sie wusste, sie konnte das Gespräch nicht beenden, bevor sie Lena eine Erklärung gegeben hatte. „Ich weiß nicht, was genau euch Papa erzählt hat, aber ja, es gibt einen anderen Mann. Ich würde dir gerne alles erklären, aber das ist etwas kompliziert und übersteigt momentan meine Kräfte. Das nächste Mal, ja? Nur so viel, ihr seid mir das Liebste auf der Welt. Kein Mann kann diese Liebe zerstören. Mach dir nicht zu viele Gedanken, es wird alles gut. Hör mal, ihr könnt mich jederzeit anrufen, wenn ihr möchtet.“ Nora hinterließ ihr die Nummer der Klinik und die Durchwahl zu ihrem Zimmer. „Falls ich nicht gleich den Hörer abnehme, geht es mir vielleicht nicht so gut oder ich bin bei einer Untersuchung. Dann versucht es einfach später noch einmal.“

„Mach ich. Was ist mit dir, Mutti?“, fragte sie besorgt. „Du klingst auf einmal so traurig.“

„Ich bin nur müde und ja, auch ein wenig traurig. Ich vermisse euch. Richte Tristan bitte liebe Grüße von mir aus und passt auf euch auf.“

„Mach ich und du, ruh dich jetzt aus. Bis bald, Mutti.“

„Ja, bis bald. Tschüs, meine Kleine“, verabschiedete sie sich schweren Herzens und legte den Hörer auf. Noch standen Tränen in ihren Augen, als leise die Tür geöffnet wurde und Christoph sich mit zwei riesigen Schalen Walnusseis durch die Tür schob.

Sie blinzelte und schluckte die Tränen hinunter. Aber an seinem besorgten Gesichtsausdruck erkannte sie, dass er ihre Tränen bereits bemerkt hatte. „Was ist mit dir?"

„Ich habe mit Lena telefoniert", sagte sie lächelnd. „Ich musste wissen, was zu Hause vor sich geht. Bist du jetzt böse?"

„Warum sollte ich? Es ist deine Familie und es ist normal, dass du dir Gedanken machst. Was mich ein wenig enttäuscht, ist die Tatsache, dass du glaubst, dich hinter meinem Rücken mit ihnen in Verbindung setzen zu müssen. Ist das der Grund, weshalb ich die Klinik verlassen soll? Damit du mit deinem Mann telefonieren kannst?"

„Aber nein. Chris, was denkst du? Hey, du bist doch nicht etwa eifersüchtig?", fragte sie grinsend. „Du weißt doch, wie sehr mir meine Kinder fehlen. Schau doch mal auf die Uhr. Es war reine Glückssache, dass ich überhaupt jemanden an den Apparat bekam."

Christoph atmete kaum hörbar auf. „Dann wolltest du nicht mit Frank sprechen?"

Sie spürte die Erleichterung in seiner Stimme, doch sie wollte ihn nicht belügen. „Ich hätte auch mit Frank gesprochen, wäre er zu Hause gewesen. Wahrscheinlich hätte er sowieso gleich wieder aufgelegt, aber wenn nicht, hätte ich die Gelegenheit genutzt, um die Situation zwischen uns zu klären. Zumindest hätte ich versucht, ihn so weit gnädig zu stimmen, dass ich mit den Kindern Kontakt halten darf. Ich musste endlich wissen, ob zu Hause alles in Ordnung ist. Kannst du das verstehen? Ich liege hier und zu Hause geht womöglich alles drunter und drüber …"

Er legte ihr seinen Zeigefinger auf die Lippen. „Sch…, bitte beruhige dich. Du musst dich nicht verteidigen. Ich möchte nur nicht, dass wir Heimlichkeiten haben, vor allem nicht, wenn es um deine Familie geht. Sie ist ein Teil von dir, natürlich kannst du jederzeit zu Hause anrufen."

Nora atmete erleichtert auf. „Du verstehst mich also?"

„Aber ja. Und, ist alles in Ordnung?"

Nora hörte seine Frage nur am Rande, denn ihre Gedanken beschäftigten sich bereits wieder mit Tristan. *Ich muss etwas tun. Aber was? Ich muss ihn anrufen. Ja, zumindest das kann ich tun. Aber nicht jetzt,* überlegte sie, *morgen rufe ich ihn an, sowie ich allein und ausgeruht bin. Jetzt bin ich zu müde.*

„Erde an Engel ..."

„Wie bitte?", fragte sie wie erwachend. „Ach so, nein, nichts ist in Ordnung. Tristan macht Probleme. Er ist normalerweise ein aufgeschlossener junger Mann, der mit beiden Beinen im Leben steht, aber ich fürchte, er kommt mit der momentanen Situation nur schwer zurecht. Er fühlt sich dem Ganzen hilflos ausgeliefert und reagiert entsprechend aggressiv. Du musst wissen, wir hatten immer ein ganz besonderes Verhältnis zueinander. Ausgerechnet jetzt bin ich nicht für ihn da. Dabei hätte er meine Unterstützung bitter nötig."

Christoph nickte. „Dann ruf ihn an und sprich mit ihm. Es ist schön zu sehen, wie du wieder am Leben teilnimmst. Aber jetzt iss endlich dein Eis, ehe es vollkommen schmilzt."

Er klappte das Seitentischchen der Nachtkonsole hoch und stellte den riesigen Eisbecher direkt vor sie hin.

„Chris, du bist verrückt", sagte sie lachend.

„Ja, ich bin verrückt, verrückt nach dir und natürlich", er warf einen Blick auf den Eisbecher, „nach Walnusseis."

Nora sah sich suchend um. „Hast du auch 'nen Löffel oder erwartest du, dass ich den Finger benutze?"

Christoph zog grinsend zwei Plastiklöffel aus der Gesäßtasche seiner Hose und reichte ihr einen. „Übrigens meint der Professor, du könntest eventuell in den nächsten Tagen nach Hause."

„Und die Therapie?"

„Ich oder Karl, fahren dich."

„Mein Gott", flüsterte sie erleichtert, „ich verlasse dieses Haus auf meinen eigenen Beinen und nicht, wie ich befürchtet habe, auf einer Bahre, mit den Füßen voran und einem Zettel am großen Zeh."

„Was hast du denn erwartet? Natürlich kommst du hier lebend heraus. Du wirst sehen, bald wird es dir auch wieder gut gehen."

„Chris, ich muss mal was loswerden. Ich habe nicht erwartet, dass du mir in Momenten beistehst, in denen viele wie gelähmt dabeistehen oder sich aus Ekel abwenden. Von Frank hätte ich es erwartet, er hätte getan, was getan werden muss, aber er ist auch mein Ehemann. Du dagegen verliebtest dich in mich, bliebst trotz dieser Krankheit bei mir und nahmst mein Problem an, als wäre es das selbstverständlichste auf der Welt es zu deinem eigenen zu machen. Kein normaler Mann hätte das getan, du musst ..."

„Ein Verrückter sein?", vollendete er ihren Redeschwall.

Das hatte Nora gewiss nicht sagen wollen, aber sie verstand, dass er keine Lobreden hören wollte. Auch das war Teil seines Charakters. „Ja, du musst verrückt sein, denn sonst wärst du ein ganz außergewöhnlicher Mann."

„Du sollst mich nicht auf einen Sockel heben. Manchmal fühle ich mich richtig hilflos, dann bin ich so verzweifelt", gab er zu, „dass ich am liebsten weglaufen möchte. Es ist nämlich nicht leicht, dich leiden zu sehen. Außerdem bist du keine einfache Patientin, das musst du zugeben."

Nora nickte lächelnd.

„Aber da ist dieses Gefühl", sprach er weiter, „du weißt schon, es lässt mich nicht los und zwingt mich zum Bleiben. Ich werde dich unter keinen Umständen allein lassen. Für mich bist du meine Frau, mit oder ohne Pfarrer."

An diesem Abend verließ Christoph das Krankenhaus.

*

Bereits als er sich in seinen Wagen setzte, ihn startete, den Gang einlegte und rückwärts aus der Parklücke fuhr, fühlte er sich einsam und leer, als fehle ein Teil von ihm. *Nora!* Allein ihr Name klang für ihn wie die Definition für Liebe. *Wie soll ich jemals ohne sie leben? Wenn mir vor einigen Wochen jemand gesagt hätte, dass ich mich gefühlsmäßig dermaßen existentiell auf eine Frau einlassen würde, hätte ich ihn ausgelacht.*

Frauen waren für ihn stets nur ein schönes Beiwerk, mit dem man Partys besuchte oder gelegentlich zu Geschäftsessen ging. Ab und zu brauchte er eine im Bett, schließlich konnte es sich nicht durch die Rippen schwitzen, er war schließlich auch nur ein Mann, aber sein Herz war dabei stets unbeteiligt geblieben. Für Männergespräche traf er sich mit Matthias.

Wie wird es weitergehen, wenn die Therapie beendet ist, fragte er sich. *Wird sie wieder zu ihren Kindern fahren und zu Frank? Auf jeden*

Fall werde ich sie diesmal begleiten. Zum einen weiß ihre Familie ja nun, dass es mich gibt, zum anderen werde ich sie nie wieder allein zu diesem Idioten gehen lassen. Nicht nach dem, was vorgefallen ist.

Erst als er die Steine unter den Reifen seines Wagens knirschen hörte, wurde ihm bewusst, dass er sich bereits auf dem geschotterten Weg zu seinem Haus befand. Noch nie hatte er dieses Geräusch so intensiv wahrgenommen. Automatisch und vollkommen lautlos öffnete sich das Tor der Garage. Nachdem er den Wagen hineingefahren hatte, blieb er einige Sekunden sitzen und atmete noch einmal tief durch, bevor er schwungvoll ausstieg. Energisch öffnete er die Verbindungstür zum Haus, die den Blick auf einen langen Korridor freigab, der an der Küche und den anderen Wirtschaftsräumen vorbeiführte. Klappernde Geräusche drangen zu ihm heraus. Hanna bereitete sicher das Essen für den morgigen Tag vor. Er öffnete die Tür und warf einen Blick hinein. Eigentlich wollte er ihr nur einen guten Abend wünschen, aber als der Duft von frischgebackenem Brot um seine Nase strich, überkam ihn plötzlich ein Heißhunger nach einem noch warmen Butterbrot.

„Na wen haben wir denn da? Willst du eine Scheibe Brot mit Butter?"

Hanna war seit fast vierzig Jahren mit Karl verheiratet. Da sie selbst keine Kinder hatte, die sie verwöhnen konnte, bekam Christoph das ganze Paket ab. Die gutherzige, aber auch resolute Hanna schwang liebevoll das Zepter über alle Hausbewohner. Im Laufe der Jahre wurden Hanna und seine Mutter Freundinnen. Die beiden saßen oft zusammen in der gemütlichen Küche und redeten. Für ihn war Hanna immer die Tante, zu der er mit all seinen kleinen und großen Sorgen kommen konnte. Sie wusste immer Rat. *Wann habe ich eigentlich damit aufgehört?* „Siehst du mir das an der Nasenspitze an?", fragte er überrascht.

„Wo sonst? Deine Nase hat gezuckt, wie bei einem Kaninchen. Setz dich!", befahl sie ihm liebevoll, während sie das lange Brotmesser aus der Schublade zog. Sie schnitt die krosse Kante ab, bestrich sie mit Butter und reichte sie ihm. „Und? Wie geht es deiner Nora?"

Er antwortete nicht sofort. Heißhungrig biss er zunächst in das Brot, auf dem sich die Butter bereits verflüssigte. „Ach Hanna, was soll ich bloß tun?", fragte er verzweifelt, nachdem er den ersten Bissen hinuntergeschluckt hat.

„Für sie da sein, mehr kannst du im Moment nicht tun."

„Sie hat einen Ehemann und zwei Kinder. Wusstest du das?"

„Ja, sie hat es mir erzählt."

„Sie war bei dir?"

„Wir haben sogar schon miteinander gekocht. Ein reizender Mensch, die Nora."

„Heute hat sie mit ihrer Tochter telefoniert. Sie wird zu ihrer Familie zurückkehren, egal was dieser Kerl ihr angetan hat. Nora wird ihre Kinder nie im Stich lassen."

„Ganz sicher wird sie das nicht, dafür liebt sie die Kinder viel zu sehr. Sie wird tun, was getan werden muss."

Er zog die Luft tief in seine Lungen und blies sie laut wieder aus. „Heute bist du mir keine große Hilfe, Hanna. Kannst du mich nicht belügen und mir erzählen, dass sie mich nie verlassen wird?", fragte er verschmitzt lächelnd.

„Du möchtest doch sicher auch eine Tasse Tee?", fragte Hanna und nahm, ohne seine Antwort abzuwarten, eine große Tasse aus dem Schrank

Er nickte nur. Als er daran roch, stellte er fest, dass es sich noch um dieselbe Mischung Kräutertee handelte, die er schon als Kind bei ihr zu trinken bekam. Und wie damals durchflutete ihn dieses wohlige Gefühl, das ihm sagte, alles wird gut. „Hanna, du bist die Beste", meinte er lachend.

„Ich freue mich, wenn es dir schmeckt, mein Junge."

Bevor er ihr eine gute Nacht wünschte, tat er etwas, das er schon lange nicht mehr getan hatte, er drückte ihr einen herzhaften Kuss auf die Wange. Als er am Wohnzimmer vorbeikam, sah er noch Licht unter dem Türspalt. *Mutter ist also noch wach.* Er beschloss, nach ihr zu sehen. „Guten Abend Mutter, du bist noch wach?"

Sie hob das Buch, das sie ihn Händen hielt, nach oben. „Dieser Roman fesselte mich so sehr, ich konnte ihn nicht weglegen. Was machst du eigentlich hier?"

Christoph erzählte ihr, was vorgefallen war.

Als er geendet hatte, erhob sich Lydia, ging zu ihm und legte ihre Hand tröstend auf seine Schulter.

„Was soll ich sagen, mein Junge? Nora hat recht. Du darfst dich nicht völlig aus deinem bisherigen Leben zurückziehen. Und was Nora angeht, sie wird, denke ich, tun, was sie tun muss."

„Auf welcher Seite stehst du eigentlich?"

„Aber Christoph, natürlich möchte ich, dass Nora bei dir bleibt, dass sie gesund wird, dass ihr heiratet, Kinder habt und alt und grau miteinander werdet. Leider liegt das in der Hand eines anderen. Und was ihren Mann betrifft, du kennst ihn nicht. Du weißt nicht, wie sehr es ihn verletzt hat, dich und Nora so zu sehen. Wahrscheinlich liebt er seine Frau mehr, als du dir vorstellen kannst."

„Wenn das Liebe ist, habe ich das Thema gründlich missverstanden."

„Liebe hat viele Fassetten und manchmal ist es nicht so, wie es scheint."

„Ich erinnere mich, so was in der Art schon mal gehört zu haben. Wie auch immer, ich gäbe was drum, diesen Frank ins All schießen zu könne."

„Es tut mir in der Seele weh, dich so leiden zu sehen und glaub mir, ich würde dir gerne helfen, doch diesmal sind mir die Hände gebunden. Aber ich werde für dich da sein, wenn du mich brauchst. Geh zu Bett. Solltest du morgen tatsächlich in die Firma wollen, musst du ausgeruht sein. Ich werde mich jetzt ebenfalls zu Bett begeben. Gute Nacht, mein Sohn."

Kapitel 15

„Ich denke, es wäre besser, du würdest sie heute nicht besuchen, Lydia", bat der Professor. „Die Schwester ist bei ihr, es geht ihr gar nicht gut. Die Therapie hat sie sehr angestrengt, sie benötigt Ruhe. Nora klagt über starke Kopfschmerzen, Schwindelgefühl und jetzt nach der Bestrahlung übergibt sie sich immer wieder. Mir geht da eine Sache durch den Kopf …"

„Du denkst doch nicht etwa wieder daran ihren Mann herzubitten?", unterbrach sie ihn.

„Hm, um ehrlich zu sein, ich bin davon überzeugt, es ginge ihr wesentlich besser, könnte sie ihn, vor allem aber ihre Kinder, wenigstens einmal sehen. Nora gab mir vor der OP die Telefonnummer, für alle Fälle."

Lydia verdrehte genervt die Augen. „Tu das nicht. Du weißt doch was geschehen ist."

„Dennoch bin ich davon überzeugt, dass es ihr gleich besser ginge, könnte sie ihre Kinder in die Arme schließen."

„Aber …"

„Lydia", begann er zu erklären, „in Noras Zustand will man sein Leben geregelt wissen. Ich habe das bei so vielen Patienten erlebt. Die Angst, nicht lange genug leben zu dürfen, um keinen Scherbenhaufen zu hinterlassen, belastet sie. Verstehst du? Nora setzt andere Prioritäten. Sie leidet nicht nur an den gesundheitlichen Problemen, sondern auch unter der ungeklärten Situation zwischen ihr und ihrem Mann. Und ich denke, auch ganz einfach unter Heimweh", erklärte der Professor.

„Sie ist geschafft von der Therapie. Du wirst sehen, wenn sie die erst überstanden hat, wird sie auch ihr seelisches Gleichgewicht wiedererlangen."

„Christoph unterrichtete mich gestern Abend, bevor er die Klinik verließ, von einem Telefonat, das Nora am Nachmittag mit ihrer Tochter geführt hatte. Ihr Sohn hat wohl schulische Probleme, er steckt, soviel ich weiß, mitten im Abitur. Ich vermute, dies ist einer der Gründe für ihren desolaten Zustand. Sie sorgt sich um ihre Kinder.

Außerdem weiß ich aus einigen Erzählungen, dass sie sich bei ihrem Mann immer geborgen fühlte, er war stets für sie da. Einmal sagte sie, dass sie so stark geworden sei, verdanke sie ihrem Mann und dieser Ehe, in der es anscheinend so manche Turbulenz gegeben hat. Ich vermute, als er sie nun so mies behandelte, zog er ihr den Boden unter den Füßen weg."

„Aber sie hat doch Christoph", gab sie zu bedenken.

„Schon, aber das was ich meine, hat sich durch jahrelanges Zusammenleben aufgebaut und du weißt genau, was ich meine. Dazu kommt, dass sie sich meines Erachtens nach schuldig fühlt und sich gerne mit ihrem Mann aussprechen würde."

„Irgendwie kann ich sie ja verstehen, obwohl ich das Verhalten ihres Mannes unmöglich finde. Mir ist auch klar, dass du ihren Gemütszustand nicht ignorieren darfst. Trotz allem sähe ich sie sehr gerne an Christophs Seite."

„Ich weiß."

„Sie hat meinen Jungen positiv verändert. Du solltest dir nur mal seine Wohnung ansehen, die er während der letzten Tage umgestalten ließ. Aus der unbehaglichen Junggesellenbude ist ein warmes gemütliches Nest geworden. Mit Grünpflanzen an allen möglichen Plätzen der gesamten Wohnung, bunten Bildern an den Wänden, kleinen Figuren und Kunstwerken, Blumen auf dem Tisch und dem Sideboard und sogar Kissen liegen nun auf dem Sofa. Nora wird sich dort ganz bestimmt wohl fühlen. Und ich kann nicht umhin, mir zu wünschen, dass sie bleibt."

„Du bittest um ein mehr als ungewisses Glück für deinen Sohn. Vergiss nicht, Nora ist todkrank. Bei dieser Krankheit gibt es, soweit mir bekannt ist, keine Überlebenden. Ich kann mir nicht vorstellen, dass du das, was noch mit Nora geschieht, für ihn willst."

„Ach Friedrich …

*

„Papa ich brauche dringend neue Jeans", erklärte Lena, während sie sich vor ihren Vater stellte und demonstrativ ihren Blick nach unten auf den Saum der etwas zu kurz gewordenen Jeans lenkte. „Außerdem wollte Mutti mir Sandaletten kaufen. Bei den alten vom letzten Jahr steht bereits mein großer Zeh über. Ich möchte mit Stella shoppen gehen. Gibst du mir Geld?"

„Wie hat das deine Mutter bisher gehandhabt?"

„Wie schon? Wir gingen gemeinsam einkaufen. Aber ich bin schließlich kein kleines Kind mehr. Ich kann das ganz gut allein."

„Das glaube ich dir gerne junge Dame, aber ich denke, es ist im Sinne deiner Mutter, wenn ich dich begleite."

„Ach Paps", schmollte sie, „das willst du nicht wirklich. Das wäre ja wieder mal so was von peinlich. Stella durfte schon letztes Jahr allein shoppen gehen."

„Das sieht man allerdings. Ich jedenfalls möchte nicht, dass du herumläufst, wie ein wild gewordener Hippie."

„Ein Hippie? Was ist denn das?"

„Ein Hippie ist …, ach nenn es, wie du willst", meinte er genervt und machte eine abwehrende Handbewegung. „Du gehst jedenfalls nicht ohne mich shoppen."

„Das ist ja ätzend. Warum müssen Erwachsene sich immer so aufspielen? Mist!", maulte sie. „Das kommt ja gar nicht cool. Hoffentlich begegnet mir niemand aus der Schule. Sonst muss ich mir auch noch 'ne gute Erklärung einfallen lassen, warum ich meinen Banker mit mir rumschleppe."

Frank kratzte sich am Hinterkopf. „Deinen Banker?", fragte er perplex, fügte aber sogleich schlagfertig hinzu: „Dann sagste eben, weil deine Geldbörse noch nicht alleine gehen kann. Ich mach morgen früher Feierabend. Hast du Nachmittagsschule?"

„Bis um vier."

„Gut, dann hole ich dich ab."

„Auch das noch!", seufzte sie. „Paps, wirklich. Du hast keine Ahnung und von Klamotten schon gar nicht. Ich bring den Kassenbon mit, dann kannst du die Sachen ja umtauschen, wenn sie dir nicht gefallen", versuchte sie noch einmal, ihn umzustimmen.

„Vielleicht stimmt das sogar, dass ich keine Ahnung habe, aber ich bin durchaus lernfähig. Ende der Diskussion."

Schmollend griff sie nach ihrer Schultasche und verließ das Haus, immer noch vor sich hin maulend.

Frank blickte ihr noch eine ganze Weile nach, obwohl längst die Tür hinter ihr ins Schloss gefallen war, und atmete einmal tief durch. *Sie hat recht, ich kann ja nicht mal für mich selbst eine Hose kaufen, ohne dass Nora mir bei der Auswahl hilft. Sie fehlt an allen Ecken und Enden. Wie soll das bloß weitergehen?*

Zum x-ten Mal griff er in die Gesäßtasche seiner Hose und zog seine Geldbörse heraus, in der er den Zettel aufbewahrte, auf dem Lena Noras Telefonnummer gekritzelt hatte. Er war aus allen Wolken gefallen, als sie vor einigen Tagen, ganz beiläufig – beim Essen – das Telefonat mit ihrer Mutter erwähnte und diesen Zettel zu Tristan über den Tisch schob. Gerade noch rechtzeitig, bevor der ihn jedoch an sich nehmen konnte, hatte er ihn sich geschnappt. Anhand der Vorwahl konnte er auf den ersten Blick erkennen, dass sie wieder zu dem Kerl nach Stralsund gefahren war. Erneut hatte er den Kindern verboten, sie anzurufen.

Wütend knüllte er nun den Zettel zusammen und warf ihn in den Papierkorb. *Warum rege ich mich bloß immer noch darüber auf? Ich habe schließlich nichts anderes erwartet.* Was ihm allerdings keine Ruhe ließ, war die Tatsache, dass sie es aus einer Klinik getan hatte. Lena hatte zwar nichts davon erwähnt, aber ihm war bei näherem Hinsehen aufgefallen, dass es sich um eine andere Nummer handelte, als die, die Nora ihm gegeben hatte. Durch das Internet fand er heraus, dass es sich bei der Nummer um den Anschluss einer Klinik handelte. *Ist es etwa soweit, geht es nun dem Ende zu? Sie hat sich seit dem Telefonat mit Lena nicht mehr gemeldet. Vermutlich wartet sie auf einen Anruf der Kinder. Aber da kann sie lange warten.* Er hatte den beiden strengstens untersagt, sie anzurufen. *Aber was, wenn sie tat- sächlich im Sterben liegt?* Wieder mal plagte ihn sein schlechtes Gewissen. *Ich muss mit ihr sprechen. Doch wird sie mir, nachdem ich sie so mies behandelt habe, die Möglichkeit einer Aussprache einräu- men?* Wieder einmal fragte er sich, was das tief in ihm war das ihn so aggressiv und unbeherrscht hatte handeln lassen? *Die Bestie Mensch,* dachte er. *Wie nur habe ich ihr das antun können?* Als er sich keine Sekunde später an jenen Abend am Strand erinnerte und der Zorn erneut in ihm aufstieg, wusste er es wieder. *Nein,* dachte er hart, *für ihn war sie bereits gestorben.*

„Du denkst schon wieder an die Kinder, habe ich recht?", fragte Christoph besorgt.

„Ja sie fehlen mir, ich möchte sie sehen", antwortete Nora tieftraurig.

„Nur deine Kinder?" *Verdammt, schalt er sich wie so oft, wieso kann ich nicht ohne diese dämliche Eifersucht an ihre Familie und vor allem an ihren Mann denken?* „Warum bittest du sie nicht, dich zu besuchen?", fragte er nun, als er bemerkte, wie unruhig sie sich von einer Seite auf die andere drehte.

„Du glaubst doch nicht wirklich, Frank würde das erlauben?"

„Ruf ihn an, du hast ein Recht darauf deine Kinder zu sehen. Das kann er dir unmöglich verweigern."

„Du kennst ihn nicht. Ich habe ihn zu sehr verletzt. Keins der Kinder hat sich bisher bei mir gemeldet. Sicher hat er ihnen verboten, mich anzurufen."

„Und du, warum hast du nicht wieder angerufen?"

„Du weißt doch wie schlecht es mir während der letzten Tage ging."

Das wusste er, denn aus genau diesem Grund war er wieder bei ihr in der Klinik geblieben. „Ja mein Engel, ich weiß." Erneut wurde er sich der Tatsache bewusst, dass er eine Frau liebte, die mit ihrer Vergangenheit noch nicht abgeschlossen hatte. *Und vermutlich wird das auch nie geschehen. Es sei denn, ihr Mann lenkt endlich ein. Nora brauchte Frieden. Dieser unselige Zustand, der sie nicht zur Ruhe kommen lässt, ist schuld an ihrem schlechten Befinden. Und auch ich möchte endlich klare Verhältnisse. Obwohl sie immer wieder beteuert, wie sehr sie mich liebt, weiß ich, dass sie viel zu oft an ihren Ehemann denkt. Und jedes Mal, wenn ich mich über ihn verärgert äußere, nimmt sie diesen Unmenschen in Schutz.* Plötzlich fühlte er wieder diese unheimliche Angst in sich hochsteigen, die Angst sie zu verlieren. *Will sie etwa, trotz allem was geschehen ist, zu ihm zurück? Gibt es etwas, das nur er ihr geben kann? Was habe ich erwartet? Dass sie jetzt mir gehört, nur weil sie dieser Operation zugestimmt hat – um meinetwillen, wie sie mir versichert hat? Irgendwie schon. Schließlich bin ich derjenige, der sie letztendlich dazu überreden konnte. Gibt mir das nicht einen gewissen Anspruch auf sie, auf ihr Leben? Radomski, du hast sie nicht alle,* ermahnte ihn eine innere Stimme. *Es hat sich nichts geändert. Ich werde sie verlieren. Zwar bietet sich durch diese Operation die Möglichkeit, noch geraume Zeit mit ihr zusammen sein zu können, aber was wird geschehen, wenn es ihr besser geht? Natürlich wird sie die verbleibende Zeit lieber mit ihrer Familie verbringen. Und ich habe kein Recht, sie von den Menschen fernzuhalten, die sie so sehr liebt und von denen sie wiedergeliebt wird. Verdammte Situation!*

*

Nora war sich ihrerseits der Situation ebenfalls bewusst. Sie steckte in einer Sackgasse. Obwohl sie Chris so sehr liebte, dass sie dieser Operation zugestimmt hatte und im Gegensatz zu ihm, fest davon überzeugt war, dass nur der Tod sie endgültig zu trennen vermochte, wusste sie doch, sollte es wirklich nötig sein, würde sie ihn ihrer Kinder zuliebe verlassen – zumindest zeitweise. In erster Linie war sie Mutter, sie sehnte sich nach den beiden und dank dieser Operation taten sich Perspektiven auf, mit denen sie nicht mehr gerechnet hatte. Sie konnte noch eine Weile an Tristans und Lenas Leben teilhaben. Allein wie es ihr gelingen könnte, die Gedanken zu realisieren, bereitete ihr einige Sorgen. Die Kluft zwischen Frank und ihr schien, im Moment zumindest, unüberbrückbar. Selbst wenn er ihr den Fehltritt nachsehen würde und bei allem Verständnis, das sie ihrerseits für sein Verhalten aufbrachte, konnte sie sich ein Zusammenleben mit ihm nicht mehr vorstellen. Sie musste eine Lösung finden, die allen gerecht wurde – Frank, Chris, ihr selbst und vor allem den Kindern. *Ob ich Chris bitten kann ...? Nein, das ist sicher zu viel verlangt. Was gehen ihn meine Kinder an? Andererseits ..., wenn er der Mann ist, für den ich ihn halte ..., ich könnte ihn ja zumindest mal fragen. Nach seinen unruhigen Bewegungen und mitunter tiefen Atemzügen zufolge, scheint auch er nicht schlafen zu können. Oder wird er etwa von Albträumen geplagt?* Noch eine Weile starrte sie stumm an die Zimmerdecke, bis sie dieses gequälte Schweigen nicht mehr ertrug. Sie schlug die Bettdecke zurück, erhob sich langsam und ging zum Fenster. Mit über ihrer Brust verschränkten Armen blieb sie davor stehen und blickte auf die dunkle See hinaus, auf die der Mond sein fahles Licht warf. In weiter Ferne bemerkte sie die kleinen, auf den Wellen tanzenden Lichter der Fischerbote. Tagsüber hatte man von hier einen ebenso scheinbar endlosen Blick auf die See, wie von Lydias Haus. Es schien die perfekte Umgebung um gesund zu werden und glücklich zu sein.

Die Liebe, die sie mit diesem wunderbaren Mann verband, konnte perfekter nicht sein. Selbst die Wünsche, die sie noch vor wenigen Wochen an das Leben gehabt hatte, waren durch seine Liebe nichtig geworden.

„Hey, mein kleiner Engel, hast du etwa vor wegzufliegen?"

Er ist also tatsächlich wach und natürlich weiß er, dass ich wieder mal mit mir hadere. Er kennt mich mittlerweile fast besser, als ich mich selbst. Sie wandte sich um, ging langsam zu seinem Bett und setzte sich auf dessen Rand. „Chris, ich liebe dich über alle Maße und ich möchte in diesem Leben nicht mehr eine Sekunde ohne dich sein. Aber ich fühle mich wie Prinzessin Anna im goldenen Schloss. Jeder Wunsch, den sie auch nur ansatzweise äußerte, wurde ihr erfüllt. Eigentlich hätte sie glücklich sein können ..."

„Aber sie war es nicht?", unterbrach er sie.

„Nein, sie war es nicht, denn über dem Schloss lag ein Fluch. Es gab dort viele Türen, allerdings nur eine die nach draußen führte. Diese Tür befand sich jedoch dummerweise jeden Tag an einer anderen Stelle. Zunächst erschien ihr das nicht bedrohlich, sie hatte ja alles, was sie sich wünschte. Doch eines Tages glaubte sie zu bemerken, dass die Räume enger geworden waren. Jeden Tag, so schien es ihr, rückten die Wände ein wenig näher zusammen. Von diesem Tag an, suchte die Prinzessin verzweifelt nach der Tür. Sie befürchtete nämlich sterben zu müssen, falls sie die Tür nicht rechtzeitig fand ..."

„Und hat sie die Tür gefunden?", fragte er gespannt.

„Nein."

„Nein?"

„Nein. Eines Tages begriff sie, dass sich all das, was allem Anschein nach um sie herum geschah, lediglich in ihrem Kopf abspielte. Es waren ihre Ängste, die sie fast erdrückten. Als sie das erkannte, wurden die Räume wieder größer und die Tür, die sie so verzweifelt gesucht hatte, tat sich plötzlich direkt vor ihr auf. Sie hatte nur noch einen Wunsch, sie wollte aus dem Schloss laufen, damit sie endlich glücklich werden konnte."

„Aber sie wurde nicht glücklich?“

„Oh doch, sie wurde glücklich. Sie erkannte, dass ihr das Schloss, das ihr so bedrohlich erschienen war, auch Schutz bot. Die Prinzessin bezwang ihre Ängste und die Tür blieb offen. Sie konnte kommen und gehen, wann immer sie wollte.“

„Ja aber …, ach so – du wünschst dir dasselbe, stimmt’s?“

„Irgendwie schon. Manchmal, wenn mich meine Ängste zu ersticken drohen, hätte ich gerne meine Familie um mich. Meine Kinder sind ein Teil von mir, ich vermisse sie, und obwohl Frank mich so niederträchtig behandelt hat, vermisse ich irgendwie auch ihn. Ich muss mich mit ihm aussprechen.“

„Du liebst ihn immer noch.“

„Chris, es gab eine Zeit, da glaubte ich, er wäre die Liebe meines Lebens. Erst während unserer Ehe erkannte ich, dass es nicht so war. Ich fühlte mich oft unglücklich und manchmal fragte ich mich, wie mein Leben verlaufen wäre, hätte ich ihn nicht geheiratet. Du fragst dich sicher, warum ich mich nicht scheiden ließ. Natürlich habe ich auch darüber nachgedacht, doch Scheidung erschien mir nie die beste Lösung zu sein.“ Nora lächelte versonnen. „Frank wurde mit der Zeit zu meinem Partner, meinem Freund und er ist schließlich auch der Vater meiner Kinder. Obwohl du das, nach diesem Desaster, vermutlich nur schwer glauben kannst, ich konnte mich stets auf ihn verlassen. Wäre ich nicht krank geworden, ich wäre nie weggelaufen. Der Grund, warum er mich neulich so behandelt hat, liegt in seiner Kindheit.“ Nora legte eine Hand auf seinen Arm. „Keine Angst, ich werde dir jetzt nicht die Geschichte meines Mannes erzählen. Jedenfalls sehnte ich mich oft nach einer Liebe, wie ich sie nun mit dir erleben darf.“

Er räusperte sich. „Du kannst jederzeit gehen. Und du musst keine Angst haben, die Tür zu meinem Schloss – und zu meinem Herzen bleibt offen.“

Sie konnte seine traurigen Augen nicht sehen, dafür war es zu dunkel im Zimmer, aber sie fühlte seinen Schmerz. Sie nahm sein Gesicht zwischen ihre Hände, beugte sich zu ihm hinunter und bedeckte es mit vielen Küssen. „Du darfst nie an meiner Liebe zweifeln, versprichst du mir das? Solange ich lebe, werde ich bei dir sein. Es sei denn, du willst dich von mir trennen. Glaub mir, ich würde das verstehen. Du bist ein freier Mann, ich möchte, dass du das weißt."

„Ich werde nie wieder ein freier Mann sein. Nie wieder."

„Sag das nicht. Ich möchte, dass du dein Herz öffnest für all das Schöne das dich umgibt und auch dann noch umgeben wird, wenn ich nicht mehr bin."

„Wie sollte das möglich sein, wo ich all das Schöne doch nur durch deine Augen sehen kann?"

„Chris, mach es mir doch nicht so schwer." Sie atmete einmal tief durch, bevor sie plötzlich gutgelaunt meinte: „Wir sprechen, als müsste ich morgen sterben, dabei lebe ich. Ich lebe und wir werden unser Glück genießen und nicht ständig daran denken, dass es irgendwann zu Ende geht."

„Ja, mein Engel", antwortete er hoffnungsvoll, „das werden wir. Während der Zykluspause verreisen wir. Was sagst du?"

„Verreisen?"

„Sagtest du nicht, du warst noch nie in Griechenland? Du wolltest doch in diesem Sommer deinen Urlaub dort verbringen."

„Kannst du denn weg?", fragte Nora lächelnd, während sie seine Decke anhob und zu ihm ins Bett schlüpfte.

„Gleich morgen buche ich unsere Flüge", antwortete er und berührte sanft ihre Schulter, als hätte er Angst sie wieder zu vertreiben.

Nora schmiegte sich fest an ihn. Das hatte sie nicht mehr getan, seit er sie vor nun fast drei Wochen in die Klinik gebracht hatte. Doch nun brauchte sie das Gefühl, nicht alleine zu sein. Dabei dachte sie keine Sekunde darüber nach, dass sie seine Erregung mit jeder Bewegung, die sie bewusst oder unbewusst machte, ins Unermessliche steigerte.

„Es gibt so vieles, das ich noch nie getan habe", flüsterte sie leise. „Ich wäre gerne mal, auf einem Schimmel über einen weißen Strand geritten, auf einem Elefanten am Ganges entlang und auf einem Kamel durch die Sahara. Und dann wollte ich irgendwann mal aus einem Flieger springen, natürlich mit Fallschirm." Sie kicherte leise. „Ich hätte gern mal eine Schokoladenfabrik von innen gesehen, am liebsten natürlich die, die meine Lieblingspralinen herstellt und ich wollte schon immer mal nach Grasse, um mein ganz eigenes Parfum zu kreieren. Und dann ist da noch die Eisdiele in Perugia, dort gibt es das beste Eis, das ich je gegessen habe. Wie gerne wäre ich noch mal dorthin gefahren. Ach Chris diese Liste ließe sich endlos fortsetzen, wenn du mir nur ein wenig Zeit zum Nachdenken gibst."

„Wenn Gott will, wirst du all das noch erleben. Gleich morgen werden wir damit beginnen."

„Nein, so war das nicht gemeint. Ich brauche das alles nicht mehr. Gelegentlich denke ich jetzt nur darüber nach, wie wenig sich doch die meisten Menschen von Träumen und Wünschen leiten lassen. Natürlich gibt es Ausnahmen. Das fängt schon in der Schule an. Dort werden die Weichen für unser Leben gestellt. Früher nahm ich an, die Lehrer und die Eltern, vielleicht auch die Freunde wären die Weichensteller, aber das stimmt nicht. Wir selbst sind es. Wir lassen wertvolle Zeit nutzlos verstreichen oder vergeuden sie mit belanglosen Tätigkeiten. Ich war schon immer eine Romantikerin, vermutlich liegt es daran, dass ich meine Träume nie ganz aus den Augen verloren habe. Irgendwie hoffte ich immer, dass ich sie mir eines Tages doch noch erfüllen kann. Aber weißt du was? Das alles ist nicht mehr wichtig. Du bist wichtig. Solange du bei mir bist", sie gähnte undamenhaft, „fühlt sich alles – na, sagen wir fast alles, richtig gut an", flüsterte sie noch, dann war es still.

Kapitel 16

Tristans nachdenklicher Blick schien sich auf die Landschaft zu konzentrieren, die in rasender Geschwindigkeit an ihm vorbeiflog. *Vater wird ausrasten,* dachte er, *wenn ich nicht zum Abendessen zu Hause bin. Erst recht, wenn er erfährt, wo ich mich aufhalte. Dass ich dafür die Schule schwänze, wird es nicht besser machen.*

Doch das alles spielte keine Rolle mehr. Seit er von Lenas Telefonat mit seiner Mutter erfahren hatte, konnte er an nichts anderes mehr denken. Demnach stimmte es gar nicht, dass sie nichts mehr mit ihnen zu tun haben wollte. Am liebsten hätte er sie auf der Stelle zurückgerufen, doch Frank wollte davon nichts wissen. Im Gegenteil, er hatte Lena den Zettel mit der Telefonnummer aus der Hand gerissen und hatte ihnen verboten, auch nur daran zu denken, sie anzurufen.

Seit seine Mutter erneut, einfach so verschwunden war, stellte er sich unaufhörlich dieselbe Frage. *Was ist in jener Nacht vorgefallen?* Er konnte einfach nicht glauben, dass sie ohne triftigen Grund gegangen war, ohne sich von ihm und Lena zu verabschieden. Wenn das mit dem anderen Mann wirklich stimmte und davon ging er aus, nach all dem was Lena ihm erzählt hatte, dann, und da war er ziemlich sicher, hatte sie diesen verlassen, um zu ihnen zurückzukommen. *Und zwar in erster Linie wegen Lena und mir. Das hat sie schließlich schon einmal getan.* Er kannte die Geschichte von der angeblichen Geliebten seines Vaters. Allerdings konnte er sich nur noch schwach an die eine oder andere unschöne Szene zwischen den Eltern erinnern. Seine Mutter sorgte selbst in dieser für sie schwierigen Zeit dafür, dass Lena und er so gut wie nichts von der vertrackten Situation mitbekamen. Aber an jenen Tag, als er seine Mutter weinend in der Küche vorfand, erinnerte er sich noch sehr genau.

Die letzte Schulstunde war wegen Krankheit des Musiklehrers ausgefallen und er war früher als üblich nach Hause gekommen. Sie hatte ihn nicht bemerkt. Völlig in sich zusammengesunken hatte er sie auf ihrem Lieblingssessel vorgefunden. Das Gesicht in ihren Händen verborgen, ihr ganzer Körper von heftigen Weinkrämpfen durchgeschüttelt. Sie schien völlig außer sich zu sein. Erst als er sie sachte, um sie nicht zu erschrecken, an der Schulter berührt hatte, war sie zusammengezuckt.

Sie hatte sich verwirrt die Tränen von den Wangen gewischt, bevor sie zu ihm aufgeblickt hatte. Und er hatte sie so lange bedrängt, bis sie ihm ihr Herz ausschüttete und von der anderen Frau im Leben seines Vaters berichtete und auch, dass sie sich mit dem Gedanken trug, sich scheiden zu lassen. Einige Tage später erzählte sie ihm dann, was sein Vater wirklich getan hatte und dass sie nun doch bei ihm bleiben würde.

Alles schien wieder in Ordnung zu sein. Er hatte danach nie das Gefühl, in einer zerrütteten Familie aufzuwachsen.

Sein Vater sorgte vorbildlich für die Familie, während seine Mutter, um die ihn fast jeder seiner Mitschüler beneidete, weil sie nicht nur eine großartige Künstlerin, sondern auch eine tolle Frau war, für eine fröhliche Atmosphäre sorgte.

Doch da waren auch Momente, in denen sie sich unbeobachtet fühlte oder mit ihren Gedanken weit weg zu sein schien. Gar nicht selten standen dann in ihren traurig blickenden Augen sogar Tränen. Sprach sie jemand in einem solchen Moment an, blinzelte sie die Tränen weg, tat so, als wäre nichts gewesen und lächelte. Und wie sie lächelte …, wenn seine Mutter lächelte, ging die Sonne auf. Sie hatte diese wunderbare Gabe, mit ihrem Lächeln die Welt zum Strahlen zu bringen.

Er musste sie noch einmal lächeln sehen und mit ihr sprechen, koste es was es wolle, selbst, wenn er dafür an diesem Typ vorbeimusste.

Endlich rollte der Zug in den Bahnhof und Tristan erhob sich bereits, bevor er zum Stehen kam. Sein Puls begann vor Aufregung zu rasen, während er seinen Rucksack von der Ablage zog, über seine Schulter hängte und das Abteil verließ. Direkt, nachdem er den Bahnhof verlassen hatte, ging er zum Taxistand.

„Kennen Sie die Klinik von Professor Deichmann?"

„Ja, natürlich."

„Dann bringen Sie mich bitte dort hin."

*

„Wie ich sehe, bin ich nicht der einzige Vater, der dazu verdammt ist, mit seiner Tochter Schuhe kaufen zu müssen. Herr … Baumann, richtig?"

„Verzeihung …?" Frank sah den Mann, der ihm zwar irgendwie bekannt vorkam, den er im Moment aber nicht einzuordnen wusste, fragend an.

„Kettlar", stellte er sich vor. Ich war an jenem Abend der diensthabende Arzt, als Ihre Frau die Klinik verließ.

„Ach, natürlich, ich erinnere mich. Entschuldigen Sie, ich habe Sie nicht erkannt."

„Verständlich, Sie waren damals ganz schön durch den Wind."

Peinlich berührt lachte Frank auf. „Ja, stimmt." Er hatte keine Lust, sich weiter mit dem Arzt zu unterhalten, wandte sich ab und nahm demonstrativ ein Paar Sandalen vom Regal.

„Wie geht es ihrer Frau?", fragte der Arzt weiter.

Frank nickte nur.

„Ich hatte an dem Tag keinen Dienst, aber wie ich hörte, eine spektakuläre Aktion. Es geschieht schließlich nicht jeden Tag, dass eine Patientin mit dem Helikopter abgeholt wird. Und Professor Deichmann ist meines Wissens eine Koryphäe auf dem Gebiet der Hirnchirurgie. Wurde sie denn mittlerweile operiert?"

Bekannter? Professor Deichmann? Operiert? Frank fühlte sich überrumpelt. Er war bisher davon ausgegangen, dass Nora zu diesem Kerl zurückgefahren war. *Weiß dieser Arzt mehr als ich? Aber wieso?* „Ja", antwortete er, da er sich keine Blöße geben wollte, „es geht ihr den Umständen entsprechend gut."

„Das freut mich, bitte grüßen Sie Ihre Frau von mir."

Frank nickte. „Das werde ich gerne tun." Diese Unterhaltung war ihm mehr als peinlich. Um sich keinen weiteren Fragen stellen zu müssen, entschuldigte er sich mit der Ausrede, sich um seine Tochter kümmern zu müssen. In seinem Kopf überschlugen sich die Gedanken. *Nora liegt also in der Klinik von einem Professor. Wie hat er noch gesagt, Deich ...? Die Telefonnummer. Ist die etwa von dieser Klinik? Eine Koryphäe auf dem Gebiet der Hirnchirurgie, dieser Professor. Hat sie sich etwa operieren lassen?*

Lena hob ein Paar Sandalen hoch, direkt vor Franks Gesicht. „Paps, wie findest du die? Ich finde die absolut hipp."

„Wie?", fragte er verstört, während er gleichzeitig durch sie hindurchsah, als wäre sie gar nicht vorhanden.

„Die Sandalen, wie gefallen sie dir?“

„Schön, sehr schön“, erklärte er geistesabwesend. „Probier sie an.“

„Habe ich schon. Was ist nun, krieg ich sie?“, fragte sie ungeduldig, machte ihn aber Fairness halber noch darauf aufmerksam, dass die Sandalen nicht ganz billig sind.

„Ja, ja bring sie zur Kasse.“

Lena sah ihren Vater unsicher an. „Hey Paps, du scheinst mit den Gedanken ganz woanders zu sein. Was ist denn? Du siehst aus, als hättest du ein Gespenst gesehen.“ Als sie keine Antwort erhielt, murmelte sie leise vor sich hin. „Na, mir soll's recht sein, so kriege ich wenigstens, was ich will. Hoffentlich hält diese Stimmung noch eine Weile an.“

Frank hob die Augenbrauen sichtlich an, als die Kassiererin ihm den Preis nannte, und warf einen kurzen Blick auf Lena, die in diesem Moment die Plastiktüte mit den Schuhen entgegennahm. „Weißt du was die …?“

Lena zuckte unschuldig mit den Schultern. „Ich hab's dir gesagt.“

Er bezahlte und verließ das Geschäft mit einer vor Glück strahlenden Lena. Nach dieser seltsamen Begegnung mit Doktor Kettlar, stand ihm der Sinn allerdings nicht mehr nach einem Einkaufsbummel. „Lena sei mir bitte nicht böse, ich …“

„Was ist denn passiert? Du bist so komisch.“

Frank schüttelte den Kopf. „Ich möchte jetzt nicht darüber sprechen, lass uns nach Hause fahren“, bat er.

„Aber die Jeans …“, maulte sie enttäuscht. Ihre strahlende Laune sank ins Bodenlose.

Er legte einen Arm um ihre Schulter und zog sie tröstend an sich. „Na komm schon. Sei nicht sauer. Du kannst ja morgen mit Stella einkaufen gehen. Ich gebe dir Geld.“

Auf Lenas Gesicht breitete sich ein Grinsen aus. „Ja!“, jauchzte sie kurz, senkte aber betroffen den Blick auf den Boden, als sie des ernsten Gesichtsausdrucks ihres Vaters gewahr wurde. „Paps.“

„Hm?“

„Der Mann, mit dem du gesprochen hast, das war doch der Arzt … Hat der dir was über Mutti erzählt?“

Er nickte kaum merklich. „Mhm.“

„Es macht dir sicher nichts aus, wenn ich kurz im Büro vorbei-schaue?", fragte Christoph. Dabei sah er sie an, als wisse er, dass sie aufatmen würde, wenn sie mal einige Zeit allein sein konnte.

„Im Gegenteil", gab sie dann auch betont erleichtert von sich, „ich bin froh, wenn ich dich eine Weile nicht sehen muss."

Er lachte und schüttelte den Kopf. „Wusste ich es doch. Na warte, du wirst mich noch anflehen, zu dir zurückzukommen."

„Küss mich lieber, statt dämliche Reden zu führen und verschwinde endlich."

Lachend beugte er sich über sie. „Ich liebe dich." Doch dann verän-derte sich sein Gesichtsausdruck und er sagte sehr ernst: „Grüble nicht so viel, versprichst du mir das?"

„Ich werde mich in den Park begeben, auf einer bequemen Liege unter den Sonnenschirmen ausstrecken und mir endlich das Buch vornehmen, das Lydia mir vor Tagen gebracht hat. Die frische Luft wird mir sicher guttun."

„Du könntest auch einen kleinen Spaziergang machen. Aber setz deinen Strohhut auf und überanstrenge dich nicht." Er räusperte sich. „Ich möchte nicht, dass du wieder Fieber kriegst. Du weißt, wenn du schön brav bist, darfst du morgen nach Hause."

„Ich weiß. Mach dir keine Sorgen."

„Gut! Dann bis später." Er war bereits an der Tür, als er sich zu ihr umdrehte und ihr noch einmal zuwinkte, bevor er das Zimmer verließ.

*

Als Tristan die Empfangshalle betrat, die ihn durch die ruhige, gedie-gene Atmosphäre und das elegante Ambiente eher an die Lobby eines Hotels erinnerte, entdeckte er sofort den Tresen, hinter dem eine ziemlich attraktive junge Frau im rosafarbenen Kostüm stand. Während er auf sie zusteuerte, konnte er aus den Augenwinkeln einen älteren Mann mit ergrautem Haar, im weißen Kittel beobachten, von dem er annahm, dass es sich um einen Arzt handelte und einen jüngeren, vermutlich der Angehörige eines Patienten. Die Szene schien typisch für eine Klinik – ein kräftiger Händedruck und aufmunternde Worte des Arztes, ein knappes Nicken des Besuchers. Tristan bemerkte gleich darauf den mitleidigen Blick, den ihm der Mann im Vorübergehen zuwarf.

Vermutlich denkt der, dass ich auch ein Patient bin. Doch er kam nicht dazu, weiter darüber nachzudenken, da er bereits vor der Empfangsdame stand, die ihm ein überaus freundliches Lächeln schenkte.

„Bitte, wo finde ich Frau Baumann?"

„Frau Baumann?", fragte die Empfangsdame. „Wen bitte darf ich melden?"

„Tristan Baumann. Ich bin der Sohn von Frau Baumann."

Sie deutete auf eine Sitzgruppe, inmitten exotischer Pflanzen und bat ihn dort Platz zu nehmen. „Ich werde Sie zunächst bei Professor Deichmann anmelden."

„Aber ich will nicht zu ihrem Professor, ich will zu meiner Mutter", antwortete er ungeduldig.

„Ja, das sagten Sie bereits. Doch der Professor wünscht in Kenntnis gesetzt zu werden, bevor ich einen Besucher zu Ihrer Mutter lasse."

„Na gut, aber beeilen Sie sich." Tristan trottete hängenden Kopfes, in die ihm zugewiesene Ecke. Doch er war viel zu aufgeregt, um sich zu setzen. Mehr oder weniger gleichgültig sah er sich in der Halle um und versuchte, sich zu beruhigen, indem er mehrmals tief durchatmete. Dann trat er ans Fenster und warf einen Blick auf die Ostsee und den gepflegten Park.

Für so eine Aussicht zahlen manche ein Vermögen, dachte er, während er den Kellner beobachtete, der zu einem der gestreiften Liegestühle ging und einer Dame mit buntem Turban, ein grünes Getränk mit Trinkhalm servierte. Sie sprach ein paar Worte mit ihm und lächelte ihn freundlich an.

Sie lächelt wie ... Mama! Das ist Mama.

Außer sich vor Freude drehte er sich um und lief direkt in Professor Deichmanns Arme.

„Hoppala. Wohin so eilig, junger Mann?"

„Zu meiner Mutter."

„Langsam, wir haben hier viel Zeit."

„Nein, eben nicht."

„Ich weiß, was Sie meinen. Übrigens, ich bin Professor Deichmann, und wie ich hörte, sind Sie Frau Baumanns Sohn."

Tristan nickte aufgeregt, während er an dem Mann im weißen Kittel vorbei wollte.

„Sie müssen wissen", hielt der ihn zurück, „Ihre Mutter steht unter meinem ganz persönlichen Schutz. Ich kann mir gut vorstellen, was Sie im Moment fühlen, trotzdem möchte ich mich kurz mit Ihnen unterhalten. Es ist sehr wichtig für Ihre Mutter, dass Sie sich nicht aufregt."

„Aber ich habe nicht vor …"

„Alleine Ihr Anblick wird sie aufregen. Sie wird völlig aus dem Häuschen sein. Darum müssen wir diplomatisch vorgehen. Ich erwarte, dass Sie Ihrer Mutter weder unangenehme Nachrichten überbringen, noch irgendwelche Vorhaltungen machen?"

„Natürlich, ich bin ja schließlich nicht ganz blöd", meinte Tristan so eifrig, dass der Professor lächeln musste.

„Gut, dann lassen Sie mich einige Minuten mit Ihrer Mutter allein sprechen, um sie auf Ihren Besuch vorzubereiten."

„Wenn es sein muss, aber beeilen Sie sich", antwortete er nervös.

*

Professor Deichmann lächelte noch über den ungeduldigen jungen Mann, als er schon an Noras Liegestuhl stand.

„Professor?", fragte sie unsicher. Doch dann bemerkte sie das Lächeln, das um seine Mundwinkel spielte. „Sie erinnern mich an eine Katze, die heimlich den Sahnetopf leer geschleckt hat. Fehlt nur noch, dass Sie sich die Pfoten ablecken."

Er lachte laut heraus. „Ich liebe Ihren Humor. Versprechen Sie mir, sich nicht aufzuregen."

„Ihrem Gesichtsausdruck zufolge, kann die Nachricht so schlecht nicht sein. Weshalb also sollte ich mich aufregen?"

„Und wenn ich Ihnen nun verrate, dass sich vor wenigen Minuten ein junger Mann gemeldet hat, der seine Mutter sprechen wollte?"

„Tristan hat angerufen?", rief sie erregt.

Über der Nasenwurzel des Professors bildeten sich zwei steile Falten, während er den Zeigefinger tadelnd hin und her bewegte. „Aa."

Nora ignorierte es geflissentlich. „Was hat er gesagt?"

„Er möchte Sie gerne besuchen."

„Wann?"

„So bald wie möglich."

„Er steckt mitten im Abi. Sie schreiben fast jeden Tag eine Klausur", überlegte sie. „Kommt er morgen? Morgen ist doch Samstag? Mein Gott, ich verliere hier jegliches Zeitgefühl."

„Ja, morgen ist Samstag und ich nehme an, dass er heute keine Klausur schreibt."

„Heute schreibt er keine Klausur?", fragte sie leise vor sich hin. Langsam beschlich sie eine vage Ahnung, die sich zunächst in ihrem Kopf breitmachte, dann ihr Herz dazu brachte, schneller zu schlagen. *Nein,* versuchte sie, sich zu beruhigen und schluckte die aufsteigenden Freudentränen hinunter, *das ist unmöglich, woher sollte er wissen ..., wo ich bin?* Dennoch blickte sie fragend in Professor Deichmanns lächelndes Gesicht. *Gleich wird er mir sagen, dass Tristan mich morgen besuchen wird. Das mit der Klausur, hat er sicher am Telefon erfahren.*

Erst als der Professor eine einladende Handbewegung zum Foyer machte, wagte sie die unglaubliche Möglichkeit, Tristan könnte wirklich hier sein, ins Auge zu fassen und blickte zu den Stufen hinüber. Ihr Puls beschleunigte sich erneut, sie atmete viel zu flach, gleichzeitig füllten sich ihre Augen erneut mit Tränen, als sie ihn erblickte. Sie sprang förmlich aus dem Liegestuhl und schloss ihren Sohn, der eiligst auf sie zugelaufen kam, in die Arme. „Tristan! Mein Gott, du bist hier", brach es aus ihr heraus. Sie packte ihn an den Oberarmen und schob ihn sanft von sich. „Woher weißt du, dass ich in dieser Klinik bin?"

„Du hast Lena deine Telefonnummer gegeben. Ich habe den zusammengeknüllten Zettel, auf dem Lena sie notiert hat, im Papierkorb deines Büros gefunden. Wir mussten ihm versprechen, dich nicht anzurufen."

„Das habe ich mir schon gedacht."

Auf einmal lächelte er verschmitzt. „Aber er hat mir nicht verboten, dich zu besuchen. Jedenfalls gab ich die Nummer ins Internet ein und fand so heraus, wem die Nummer gehört."

„Tristan", sagte sie noch einmal freudestrahlend. „Dass du da bist."

„Es ist dir also nicht unangenehm?"

„Unangenehm? Bist du verrückt? Ich habe mich noch nie im Leben, so sehr über den Anblick eines Menschen gefreut. Geht's dir gut?"

Vorsichtig befreite er sich aus ihren Armen, legte aber seine Hände auf ihre Schultern und schob sie ein wenig von sich. „Mit mir ist alles in Ordnung, aber was ist mit dir, Mama? Du siehst zwar gut aus, sogar ein bisschen Farbe hast du schon abgekriegt, doch wie geht es dir wirklich?"

„Komm, wir setzen uns da rüber." Sie deutete auf einen unbesetzten Tisch, der im Schatten einer alten Linde stand. Als sie Platz genommen hatten, legte sie ihre Hände auf seine. „Mein Gott, ich bin so froh, dass du hier bei mir bist. Es könnte mir nicht besser gehen."

„Du fehlst uns. Komm mit mir nach Hause. Wir haben zwar kein so luxuriöses Krankenhaus, wie dieses, aber die Ärzte dort haben einen guten Ruf. Das hast du selbst gesagt", bat er eindringlich, wobei er die linke Augenbraue hochzog, um seiner Bitte Nachdruck zu verleihen.

Ganz wie sein Vater, dachte Nora. *Irgendwie wirkt er reifer. In diesen letzten Wochen scheint aus dem Kind ein junger Mann geworden zu sein.* „Tristan, das ist nicht so einfach. Es geht mir zwar ganz gut, aber …" Nora atmete tief ein und mit einem Seufzer wieder aus. „Du musst denken, dass ich euch im Stich gelassen habe, aber das war nie meine Absicht."

„Nein, das dachte ich nicht, weder als du aus dem Krankenhaus abgehauen bist, noch als du erneut wieder, ohne dich von uns zu verabschieden, gegangen bist. Aber ich würde schon gerne wissen, warum du es getan hast?"

„Was? Warum ich aus dem Krankenhaus abgehauen oder von zu Hause fort gegangen bin?"

„Erst mal das Krankenhaus."

„Kannst du dir vorstellen, wie viele Gedanken in meinem Kopf durcheinandergewirbelt sind? Nein, das kannst du sicher nicht. Aber letztendlich kam ich zu dem Schluss, dass es besser wäre, das Sterben schnell hinter mich zu bringen. So wie Rudis Vater, wollte ich nicht sterben. Ich wollte leben bis zum Schluss. Alle meine Sinne gebrauchen und solange mir das möglich ist, selbst entscheiden, was mit mir geschieht. Kannst du das verstehen?"

Er nickte. „Ja, das kann ich. Obwohl ich erwartet habe, dass du kämpfst. Als du nach Hause kamst, hoffte ich erneut, du hättest dich doch noch dazu durchgerungen, dieser Operation zuzustimmen. Aber du hattest offenbar nicht vor, zu bleiben?"

Nora konnte sich ein schelmisches Lächeln nicht verkneifen. „Du willst also, dass ich mich operieren lasse, obwohl du weißt, wie die Geschichte enden könnte?"

„Ja! Denn es muss nicht so sein wie bei Rudis Vater. Ich hab' im Internet recherchiert. Es gibt mittlerweile Männer und Frauen, die diese Krankheit bereits acht Jahre überlebt haben. Stell dir doch mal vor, was die während dieser Zeit an Erkenntnissen und neuen Heilungsmethoden finden könnten. Du darfst diese Chance nicht verstreichen lassen. Ach, Mama …" Er schüttelte resigniert den Kopf. „Ich möchte dich nicht verlieren. Warst nicht du es, die mir immer wieder gepredigt hat, der einfache Weg sei nicht zwangsläufig auch der bessere? Ohne zu kämpfen ein Schicksal anzunehmen, das womöglich gar nicht das deine ist, halte ich für den einfachen Weg. Du willst das Sterben schnell hinter dich bringen, weil du Angst davor hast. Das versteh ich. Aber was, wenn du durch eine Operation Zeit gewinnen und durch eine neue Therapie geheilt werden könntest. Wer kann schon sagen, was geschieht?"

„Ich kann dir nur zustimmen. Mittlerweile habe sogar ich begriffen, dass ich nicht kampflos aufgeben darf."

„Du lässt dich also operieren?"

„Das ist bereits geschehen. Momentan erhalte ich simultan mit einer Strahlentherapie ein Chemotherapeutikum. Wenn alles gut geht, und der Professor ist sehr zuversichtlich, darf ich noch ein wenig länger leben."

„Das ist ja …, ha … Mann, bin ich froh. Hey, weshalb lässt du mich dann so lange quasseln?" Plötzlich veränderte sich sein Gesichtsausdruck. „Hat er dich überredet?"

Nora nickte. „Irgendwie klang das was er sagte, ähnlich wie das, was du eben gesagt hast."

„Dann verbirgt sich wohl, infolge der Therapie, eine besondere Haartracht unter diesem eleganten Turban?", fragte er grinsend.

„Ja, ich habe eine richtige Glatze. Aber man hat mir bereits vor der Operation die Haare abrasiert und das, was nachwachsen wollte, verlor ich durch die Chemo auch gleich wieder. Sie werden wieder wachsen. Du musst dich also nicht mit einer glatzköpfigen Mutter abfinden."

„Das ist mir scheißegal, Hauptsache du lebst. Was hältst du von einer Abmachung?"

Nora sah ihn fragend an.

„Wenn das erste Studienjahr zu Ende ist, werde ich dich vor dem wundervollsten Sonnenaufgang porträtieren, den wir finden können."

„Das ist eine echte Herausforderung. Also gut, in einem Jahr wirst du mich über den Dächern von Paris malen."

Verneinend schüttelte er den Kopf. „Ich studiere nicht an der Sorbonne, ich will in deiner Nähe bleiben."

„Vertraust du mir etwa nicht?"

„Was hat das damit zu tun? Natürlich vertraue ich dir."

„Dann wirst du in Paris studieren, wie es vorgesehen war."

„Aber dann verliere ich ein Jahr mit dir. Ich will bei dir sein und in Deutschland gibt es auch gute Unis."

„Ich verspreche dir, dich so oft zu besuchen, wie mir das möglich ist und du kannst deine Semesterferien hier bei mir verbringen. Nicht jeder hat die Möglichkeit an der Sorbonne zu studieren. Schatz, ich würde mir die größten Vorwürfe machen, würdest du meinetwegen auf diese Chance verzichtest. Das könnte sich ungünstig auf meinen Gesundheitszustand auswirken", gab sie zu bedenken.

„Das ist Erpressung."

„Ich weiß." Sie lächelte, doch gleich darauf nahm ihr Gesicht einen ernsten Ausdruck an. „Chris wird dich anrufen, sollte sich mein Zustand verschlechtern. Du versprichst mir dafür einen eins-a Notendurchschnitt in deinem Abschlusszeugnis. Na, was sagst du?"

„Ich werde mir die größte Mühe geben."

„Du kannst das. Ich weiß es. Also mach mir keine Schande. Ich gebe mir schon genug Schuld an deinen Problemen."

„Welche Probleme meinst du? Etwa die, die mich erwarten, wenn ich nach Hause komme?"

„Ich werde mit deinem Vater sprechen. Das hätte ich längst tun sollen."

„Du wirst dadurch nichts ändern. Er ist stinksauer auf dich, du weißt warum und auch weil du nichts mehr mit uns zu tun haben willst.“

„Aber das …“, versuchte sie, ihn zu unterbrechen.

„Nein, das stimmt nicht ganz, er gab zu, dass du dich noch von uns verabschieden wolltest. Doch er wäre so wütend über dein Geständnis gewesen, dass er es dir untersagt hat. Warum hast du nicht einfach vor der Schule auf uns gewartet? Du hast dir doch noch nie etwas verbieten lassen.“

Ihre Gedanken überschlugen sich. Frank hat den Kindern also die Wahrheit verschwiegen. Na ja, das ist nicht weiter verwunderlich. Doch was sage ich jetzt zu Tristan? Erzähle ich ihm, was sein Vater getan hat, wird er ihn hassen. Das darf nicht sein. Andererseits möchte ich auch nicht, dass er glaubt, er und Lena, wären mir gleichgültig. „Es tut mir so leid, mein Zug fuhr bereits gegen sieben und Papa wollte nicht, dass ich euch wecke. Er war tatsächlich stinksauer. Du kennst ihn ja und ich wollte nicht, dass ihr zwischen die Fronten geratet.“

Er sprang beunruhigt von seinem Stuhl hoch. „Dann stimmt das also wirklich mit dem anderen Mann?“

„Ja, das stimmt, aber das hat nichts mit euch zu tun.“

„Das hat nichts mit uns zu tun? Ich bitte dich Mama, das ändert doch alles.“ Er sprang so überstürzt von seinem Stuhl auf, dass der nach hinten kippte. „Dann bin ich ja wohl überflüssig. Ich nehme den nächsten Zug und fahre zurück“, schmollte er und griff nach seinem Rucksack.

„Spinnst du?“, unterbrach Nora seinen Tatendrang. Gleichzeitig griff sie an sein Handgelenk und hielt ihn zurück. „Ich könnte Purzelbäume schlagen, vor lauter Freude, wäre ich nicht durch diesen Turban gehandicapt. Nachdem es ziemlich lange gedauert hat, bis ich ihn so kunstvoll geschlungen hatte, wäre es doch schade ihn zu verlieren, meinst du nicht auch?“

Tristan lächelte immer noch schmollend.

„Setz dich wieder. Du musst mir alles erzählen, was sich während meiner Abwesenheit zugetragen hat.“ Als der Kellner vorbeikam, bestellte Nora ein erfrischendes Getränk für Tristan und bat ihn, ihres vom Liegestuhl zu holen.

Tristan beantwortete alle ihre Fragen. Es gab viel zu lachen und ehe sie es sich versahen, servierte ihnen der Kellner – auf Professor Deichmanns Geheiß – ein leckeres Mittagessen. Zum ersten Mal aß Nora mit großem Appetit den Teller leer.

So verging im Nu, eine weitere Stunde.

„Ich kann dir gar nicht sagen, wie froh ich bin, hier bei dir zu sein, Mama. Aber ich denke, es wird Zeit, mir ein Hotelzimmer zu suchen."

„Ja, ich denke, das ist eine gute Idee. Aber warte mal, ich werde Tanja fragen, welches Hotel sie empfehlen kann."

„Du willst in ein Hotel übersiedeln?", fragte plötzlich eine tiefe Stimme hinter ihr.

„Nein, nicht ich, ..." Nora schien in diesem Moment gar nicht bewusst zu sein, dass sie mit Christoph gesprochen hatte. Erst, als sie Tristans ernsten, ja geradezu ablehnenden Blick bemerkte, drehte sie sich um. „Du bist schon wieder hier?", fragte sie erfreut.

„Ja und wie ich feststellen muss, hast du mich keine Minute vermisst." Christoph wandte sich an Noras Besucher und streckte ihm seine Hand zur Begrüßung entgegen. „Du bist sicher Tristan?", fragte er, obwohl er sich bereits dachte, um wen es sich bei diesem gutaussehenden jungen Mann handelte.

Tristan ergriff höflich dessen Hand. „Und Sie?", fragte er unwillig, obwohl auch er bereits wusste, mit wem er es zu tun hatte.

„Ich bin Christoph", stellte er sich lächelnd vor.

„Ah, ja", bemerkte Tristan daraufhin wenig erfreut.

„Ich fände es schön, wenn ihr euch ein wenig kennenlernt", meldete sich Nora zu Wort.

„Er sicher nicht", meinte Tristan trotzig.

Christoph schüttelte den Kopf. „Ganz im Gegenteil", antwortete er ruhig, „es ist mir schon lange ein Bedürfnis, dich und deine Schwester kennenzulernen."

„Wozu?"

„Tristan, ich bin kein Freund von vielen Worten, darum sage ich es dir gerade heraus. Ich liebe deine Mutter." Sein Blick schweifte zu Nora. „Ich liebe sie mehr als ich jemals einen Menschen geliebt habe. Um ehrlich zu sein", erklärte er, während er nach Noras Hand griff, „ich wusste bis zu dem Moment, als ich deiner Mutter zum ersten Mal in die Augen sah, nicht einmal was das ist. Darum bin ich auch sehr froh, dass ich sie zu mir zurückholen konnte."

„Zurückholen konnte …? Was meinen Sie damit?"

Nora drückte Christophs Hand und schüttelte unmerklich den Kopf.

Augenblicklich begriff Christoph, dass Tristan nichts von dem Vorfall in jener Nacht im Haus seiner Eltern wusste und Nora auch nicht wollte, dass er es erfuhr. „Diese wundervolle Frau", sprach er darum weiter, Tristans Frage ignorierend, „ist das Wichtigste in meinem Leben und ihr beide, du und deine Schwester, seid ein Teil von ihr. Ich habe nicht vor, sie euch wegzunehmen, wozu ich jetzt durchaus in der Lage wäre. Ja, du hast richtig gehört, ich könnte sie euch wegnehmen, aber ich bin nicht dumm genug, um anzunehmen, ich könnte euch aus ihrem Herzen reißen. So sehr sie mich liebt, euch liebt sie mehr, dessen bin ich mir bewusst. Da wäre ich doch dumm, würde ich nicht versuchen, mich mit euch zu verbünden. Leider war das bisher nicht möglich, da euer Vater dies erfolgreich unterband."

„Was durchaus verständlich ist, meinen Sie nicht?", fragte Tristan angriffslustig. „Und was mich und meine Schwester betrifft, sind wir doch nur überflüssiges Beiwerk, das es zu ignorieren gilt", antwortete er ohne Umschweife.

„Ich gebe gerne zu, es wäre alles einfacher, gäbe es deinen Vater und euch nicht. Nora wäre um einiges unbeschwerter, da sie sich nicht ständig um euch sorgen würde." Er warf Nora einen liebevollen Blick zu, dann wandte er sich erneut an Tristan. „Aber sie wäre vermutlich nicht die Frau, die ich liebe. Das Leben mit ihrer Familie hat sie erst zu dem Menschen gemacht, der sie heute ist. Gib mir wenigstens eine Chance."

„Bitte, Tristan, es würde mir sehr viel bedeuten", erklärte Nora mit Tränen in den Augen. „Du wirst feststellen, dass Chris ein prima Typ ist", sagte sie, ihm lächelnd zuzwinkernd. „Und du musst unbedingt Lydia kennenlernen, Chris' Mutter."

Tristan starrte nachdenklich vor sich hin. „Na gut."

Christoph gab ihm einen kameradschaftlichen Klaps auf die Schulter. „Komm schon, so übel bin ich gar nicht. Heute Nacht bist du mein Gast. Morgen holen wir dann deine Mutter aus der Klinik und wenn es dir bei uns gefällt, kannst du bleiben, solange du willst."

Tristan wandte sich an Nora. „Du wirst morgen entlassen? Das hast du mir noch gar nicht erzählt."

„Es gab so viel Wichtigeres zu besprechen."

„Ich könnte dir einiges von Stralsund zeigen", warf Christoph ein, „natürlich nur, sofern du Lust hast?"

„Ich weiß nicht?", zierte er sich.

„Glaub mir, ich kann mit jedem Fremdenführer mithalten", erklärte er gespielt angeberisch.

„Hmm …"

„Sobald dein Vater Feierabend hat, werde ich ihn anrufen und ihm alles erklären. Und Schatz, machen dir nicht allzu viele Gedanken. Er wird dir den Kopf schon nicht runterreißen", beruhigte ihn Nora.

„Dein Wort in Gottes Ohr."

Christoph nickte Nora aufmunternd zu und wandte sich dann an Tristan. „Na, wie ist es, gehen wir?"

Tristan griff, ohne ein Wort zu sagen, nach seinem Rucksack und schulterte ihn.

„Ich weiß, du würdest lieber gemeinsam mit deiner Mutter etwas unternehmen. Aber, selbst wenn sie morgen entlassen wird, ist sie noch nicht fit genug, um große Sprünge zu machen."

Tristan küsste seine Mutter auf die Wange. „Bis morgen." Ein wenig verlegen fügte er leise murmelnd hinzu: „Hab' dich lieb."

„Und ich dich noch viel mehr. Gib ihm eine Chance. Wie ich ihn kenne, hat er mächtig Bammel vor dir. Er ist nämlich gar nicht der Macho, den er vorgibt zu sein", entgegnete sie ebenso leise, bevor sie lachte und beide ansprach. „Viel Spaß, euch beiden. Und dass ihr mir morgen pünktlich seid, ich will keine Minute länger in diesem Gemäuer bleiben."

„Worauf du dich verlassen kannst", beruhigte Christoph sie und küsste sie so zärtlich wie immer. Anscheinend kam ihm gar nicht in den Sinn, dass Tristan sich unwohl fühlen könnte, bei diesem Anblick.

Nora sah ihnen noch eine ganze Weile nach, bevor sie sich erhob und auf ihr Zimmer ging. Dieser Besuch hatte sie unendlich glücklich gemacht, aber auch ziemlich geschafft.

*

Christoph führte Tristan zu seinem Bentley. Gleich nachdem sie eingestiegen waren, startete Karl den Wagen.

„Nach Hause, Karl. Das ist übrigens Tristan, Noras Sohn", klärte er Karl auf.

Karl nickte Tristan freundlich zu. „Das ist schön, dass Sie Ihre Mutter besuchen, das baut sie sicher auf."

Tristan tat es ihm gleich und antwortete: „Ja, ich denke, sie hat sich gefreut." Dann wandte er sich wieder Christoph zu. „Sie fahren nicht selbst? Das ist ja ätzend", erklärte er verächtlich. „Wäre das mein Wagen, mich könnte niemand davon abhalten, ihn auch selbst zu fahren. Ah … Sie haben keinen Führerschein? Zu schnell gefahren oder zu tief ins Glas geguckt?", fragte er spöttisch.

Christoph lachte schallend. *Der Junge hat anscheinend nicht nur die saphirblauen Augen seiner Mutter geerbt, sondern auch deren trockenen Humor.* „Ich fahre nur selbst, wenn ich privat unterwegs bin."

„Meine Mutter ist also eine geschäftliche Verabredung", bemerkte Tristan abfällig.

„Hm …", lachte Christoph auf und erklärte: „Ich komme direkt aus dem Büro."

„Nicht zu fassen", bemerkte Tristan anerkennend, als er sich im Wagen umsah. „Ich dachte, so was gibt's nur im Kino. Hat der auch 'ne Bar?"

„Ja", antwortete Christoph knapp. „Einen Drink gefällig?", fragte er und zog die Minibar an der Rückwand des rechten Vordersitzes auf.

„Kein Champagner?", fragte Tristan, eines Klischees beraubt, enttäuscht.

„Nein, nur ein Flachmann für Notfälle, gefüllt mit Whisky und die zwei Fingerhütchen aus Edelstahl. Aber vorne bei Karl steht vor dem Beifahrersitz immer eine Kühlbox. Ich könnte dir ein Wasser oder Orangensaft anbieten? Nein?", fragte er, als Tristan den Kopf schüttelte. „Wie wär's mit Eiskaffee?"

„Nein, danke."

„Wie du siehst, ist mein Wagen eher so eine Art Büro", erklärte Chris, während er ihn auf eine herunterklappbare Schreibunterlage und einen eingebauten Laptop aufmerksam machte. „Den habe ich nachträglich einbauen lassen. Als mein Vater den Wagen gekauft hat, gab es noch keine Laptops. Jedenfalls kann ich so, während Karl fährt, hier hinten arbeiten. Aber jetzt lassen wir uns erst mal nach Hause bringen, dann kann Karl Feierabend machen. Außerdem möchte ich dir meine Mutter vorstellen. Danach fahren wir dann mit einem kleineren Wagen nach Stralsund. Ich zeig dir etwas von der Stadt, anschließend gehen wir essen. Was hältst du davon?"

Tristan zuckte lustlos mit den Achseln. „Was machen Sie eigentlich beruflich?"

„Jetzt lass doch mal das steife SIE, hätte ich das gewollt, hätte ich mich mit meinem Familiennamen vorgestellt", bat Christoph gut gelaunt. „Aber zu deiner Frage. Ich kaufe und verkaufe."

„Sie führen also einen Laden? Was verkaufen Sie?"

„Wie wäre es, wenn ich dich später in meinen Laden bringe, dann kannst du dir selbst ein Bild davon machen?"

„Wenn Sie meinen, das wäre nötig", antwortete Tristan gelangweilt.

Christoph atmete einmal tief durch. Langsam verlor er die Geduld. Dieser Junge hatte sich anscheinend fest vorgenommen, ihn nicht zu mögen. „Nein, nötig ist es nicht", erklärte er beherrscht. „Ich wollte dir lediglich die Gelegenheit geben, mich kennenzulernen. Oh, wir sind da. Mutter wird begeistert sein."

Karl parkte den Wagen direkt vor dem Eingang.

„Sie verkaufen keinen Kleinkram, stimmt's?", fragte Tristan, während er das Haus von unten nach oben und in seiner ganzen Breite staunend betrachtete.

„Stimmt, es sind eher größere Projekte. Dieses Haus …"

„Das ist kein Haus, das ist eine Residenz", unterbrach Tristan ihn mit einem Unterton in der Stimme, der deutlich erkennen ließ, dass man ihn mit materiellen Werten nicht beeindrucken konnte, dass er sich aber fragte, ob seine Mutter sich von all dem hatte blenden lassen.

Christoph schmunzelte. Er konnte dem Jungen buchstäblich an der Nasenspitze ansehen, was er dachte. „So würde ich das nun nicht nennen …"

„Wie viele Angestellte haben Sie?", unterbrach Tristan ihn erneut. „Oder", fügte er provokant hinzu, „putzt Ihre Mutter selbst?"

„Nein, tut sie nicht", antwortete er, während er um den Wagen herum ging. „Wir beschäftigen eine Köchin, natürlich ein Hausmädchen und …"

„Natürlich."

Christoph zog eine Augenbraue hoch und blieb einen Moment stehen. „Karl kennst du ja schon. Er ist Chauffeur, erledigt aber auch alle groben Arbeiten, die in Haus und Garten anfallen."

„Wie praktisch", bemerkte er zynisch.

Bemüht, Tristans Zynismus nicht an sich herankommen zu lassen, fuhr er in seiner Erklärung bezüglich des Hauses fort.

„Mein Urgroßvater ließ dieses Haus erbauen, zumindest den Hauptteil. Mein Großvater ließ dann die beiden Seitenflügel anbauen. Der linke war mal eine Orangerie, heute wird er nur noch bei großen Festen genutzt, im rechten ist die Bibliothek untergebracht und darüber die Zimmer der Angestellten. Meine Mutter ist sehr stolz auf das Haus, ihr wird es eine Freude sein, dich herumzuführen."

„Es interessiert mich nicht. Das alles hier …, ich meine, Ihnen ist doch sicher klar, dass ich nur hier bin, um meiner Mutter einen Gefallen zu tun." Er schüttelte verständnislos den Kopf. „Wie hält sie es hier nur aus?"

„Sie liebt die Menschen, die darin leben", antwortete Christoph spontan und bat seinen Gast mit einer ausladenden Bewegung, ihm zu folgen.

Tristan hatte erst die unterste Stufe betreten, da blieb er auch schon wieder stehen und betrachtete den Mann an seiner Seite. „Meine Mutter ist mit dem ganzen Prunk nicht zu beeindrucken", sagte er mit Nachdruck, als müsse er sich selbst beweisen, dass seine Mutter sich in dieser Hinsicht nicht geändert hatte.

„Nein." Christoph schmunzelte. „Deine Mutter lässt sich weder von Besitz noch von Macht beeindrucken. Das hat sie mir bereits deutlich zu verstehen gegeben. Aber das erzähle ich dir später. Jetzt bringe ich dich zu meiner Mutter."

In diesem Moment wurde die Tür, wie üblich, von Ines geöffnet.

„Ines, das ist Tristan Baumann. Er wird das Wochenende in unserem Haus verbringen. Lesen Sie ihm keinen Wunsch von den Augen ab, nicht den geringsten."

Ines warf Christoph einen verwunderten Blick zu.

„Sie haben schon richtig gehört", erklärte er siegesgewiss lächelnd.

„Sie waren bei Ihrer Mutter in der Klinik?", wandte sich Ines an Tristan.

„Ja", antwortete er knapp.

„Sie hat sich sicher sehr gefreut?"

Tristan zuckte mit den Achseln. „Ich denke schon."

„Hanna möchte wissen", wandte sich Ines erneut an Christoph, „und ich natürlich auch, ob Frau Baumann morgen nach Hause kommt?"

„Ja, Ines, Frau Baumann kommt nach Hause. Der Professor ist sehr zuversichtlich."

„Dann werde ich alles vorbereiten. Hanna hat auch schon Frau Baumanns Lieblingskuchen gebacken. Butterkuchen."

„Butterkuchen?", wiederholte Tristan.

„Darf ich Ihnen welchen bringen?", fragte Ines aufmerksam.

„Ines", tadelte Christoph gutmütig, „ich sagte doch …" Sollte etwa Hannas Butterkuchen gelingen, was ihm bisher trotz aller Bemühungen nicht gelungen war?

„Hätte nichts dagegen. Mein Magen hängt irgendwo in den Kniekehlen", bemerkte Tristan grinsend.

„Christoph", rief eine resolute Stimme aus dem Salon, „wo bleibst du denn? Wie geht es …" Augenblicklich verstummte Lydia beim Anblick des Jungen an Christophs Seite. „Wen haben wir denn da?", fragte sie, während ihr Blick neugierig über Tristans hochgewachsene Gestalt glitt.

„Oh! Entschuldige Mutter, das ist Tristan, Noras Sohn. Tristan – das ist meine Mutter, Lydia von Radomski."

Lydia kam ihm mit ausgestreckten Armen entgegen und packte ihn bei seinen Oberarmen. „Lass dich ansehen", bat sie resolut. „Du hast die Augen deiner Mutter", bemerkte sie dann freundlich lächelnd. „Ich kann dir gar nicht sagen, wie sehr ich mich freue, dass du hier bist. Nora war sicher vollkommen von der Rolle, als du so überraschend vor ihr standst."

„Kann man so sagen", sagte er nickend.

„Wie lange bleibst du?"

„Entschuldigen Sie", antwortete er verunsichert, „es war nicht meine Idee, Sie einfach so zu überfallen."

„Papperlapapp!", sagte Lydia energisch. „Was redest du? Ich freu' mich, dass du hier bist und so schnell lass' ich dich nicht wieder gehen." Geradezu mütterlich legte sie einen Arm um Tristans Schultern und schob ihn Richtung Salon.

Christoph folgte ihnen, erleichtert, nun den Kampf um Tristans Gunst an seine Mutter abgeben zu können. Kaum hatte er die Tür hinter sich zugezogen, wurde sie auch schon wieder aufgerissen.

Übers ganze Gesicht strahlend stürmte Hanna herein. „Lydia, wo ist er?"

„Hanna!", rief Lydia verblüfft. „Du begibst dich hier herauf?"

„Ich muss mir doch den Kleinen von Nora ansehen." Kritisch glitt ihr Blick an Tristan hinunter und hinauf. „Klein ist er ja nun nicht", bemerkte sie trocken.

Tristan lächelte sein charmantestes Lächeln und machte einen großen Schritt auf sie zu. „Sie sind bestimmt Hanna, die Köchin, die diesen fabelhaften Sauerbraten macht, von dem mir Mutter vorgeschwärmt hat."

„Und den Butterkuchen, von dem ich dir ein großes Stück mitgebracht habe", erklärte sie breit grinsend und reichte ihm den Teller, nach einem fragenden Blick auf Lydia. „Lass ihn dir schmecken. Wenn du noch ein Stück willst, es ist genug da, du musst es nur sagen."

„Nein, nein, ein Stück reicht", warf Christoph ein, „ich möchte mit dir bei dem Griechen zu Abend essen, zu dem ich mit Nora immer wieder mal gehe."

„Zum Griechen", murrte Hanna abfällig.

Tristan sah von Hanna zum verlockend duftenden Butterkuchen. Die Kuchengabel ignorierend, nahm er ihn in die Hand und biss herzhaft hinein. „Mmm… Sieht ganz danach aus, als wäre meine Mutter hier bei Ihnen gut aufgehoben."

„Das will ich wohl meinen, mein Junge", bestätigte Hanna. „Die Bewohner dieses Hauses sind zwar ein wenig …", ihr Blick wanderte zu Lydia, „sagen wir eigenartig, aber du wirst dich hier sicher dennoch wohl fühlen." Sie nickte, zwinkerte ihm noch einmal zu und verließ den Salon.

Tristan lächelte verwirrt. So hatte er es sich nicht vorgestellt. Die Herzlichkeit, mit der er hier empfangen wurde, hatte er nicht erwartet. Nun verstand er seine Mutter. „Sie scheinen hier ein sehr gutes Verhältnis zum Personal zu haben."

„Das scheint nicht nur so", erklärte Lydia, „Hanna ist zwar die Köchin in diesem Haus, aber sie versteht es prächtig, uns alle unter ihrer Fuchtel zu halten. Außerdem ist sie die beste Freundin, die ich habe."

„Ihr Butterkuchen ist jedenfalls köstlich", sagte er und biss gleich noch einmal hinein.

„Ja, kochen und backen kann sie. So mancher Sternekoch könnte sich eine Scheibe von ihr abschneiden", bemerkte Christoph. „Du kannst dich ja morgen selbst davon überzeugen. Wir sollten aufbrechen, wenn du noch einiges von der Stadt sehen willst."

Lydia blickte enttäuscht von einem zum anderen. „Ach, ihr wollt gleich wieder gehen? Ich hatte gehofft, mich noch ein wenig mit Tristan unterhalten zu können."

„Dazu wirst du noch genügend Gelegenheit erhalten. Doch heute Abend möchte ich Tristan Stralsund zeigen."

Sie nickte verstehend. „Natürlich, geht nur."

Tristans Augen wurden immer größer, als er den Lamborghini sah, auf den Christoph zusteuerte. „Das ist Ihr kleiner Wagen?"

„Tut mir leid, einen anderen kann ich dir im Moment nicht bieten."

„Nein, nein", beeilte er sich zu sagen, „der ist schon okay."

Zehn Minuten später parkte Christoph den Wagen mitten in der Stadt. Sie schlenderten durch die Mühlenstraße und Christoph zeigte ihm eines der ältesten Giebelhäuser Stralsunds, ein gotisches Bürgerhaus aus dem 13. Jahrhundert. Danach besuchten sie die Marienkirche und stiegen die 366 Stufen des Turmes nach oben. Die Aussicht, die sich ihnen bot, konnte phantastischer nicht sein. Christoph deutete auf verschiedene Plätze und erklärte Tristan, was sich dort befand.

Tristans begeisterter Blick schweifte über die Stadt, über die Ostsee bis zur Insel Rügen.

Christoph beantwortete all die Fragen, die der Junge stellte. Außerdem machte er ihn auf versteckte Sehenswürdigkeiten aufmerksam. Erleichtert bemerkte er, dass die Distanz, die Tristan wie eine Mauer zwischen ihnen errichtet hatte, zu bröckeln schien. „Wenn du uns das nächste Mal besuchst ...“

„Das nächste Mal?“

„Aber sicher, du musst uns oft besuchen. Vielleicht kannst du ja beim nächsten Besuch deine Schwester mitbringen?“

„Hm, das würde ich sehr gerne, aber ...“

Christoph schlug ihm kameradschaftlich auf den Rücken. „Das kommt schon in Ordnung, mein Junge.“

„Ich bin nicht – Ihr Junge.“

Christoph atmete tief ein, gleichzeitig verdrehte er hilflos die Augen. *Da habe ich mich wohl getäuscht. Was kann ich noch tun, um an diesen Jungen heranzukommen? Als Tristan so begeistert auf meinen Wagen reagiert hat, nahm ich doch tatsächlich an, zumindest einen kleinen Sieg davongetragen zu haben. Da habe ich mich anscheinend getäuscht, dieser Sturschädel ist ganz der Sohn seiner Mutter.* „Entschuldige. Na komm, lass uns zum Stertor gehen. Im Torschließerhäuschen befindet sich ein gemütliches Café und anschließend gehen wir zum Griechen oder willst du gleich essen gehen?“

Tristan warf einen Blick auf seine Armbanduhr. „Am liebsten würde ich jetzt noch mal zu Mama gehen. Würde es Ihnen was ausmachen, mich zu ihr zu bringen?“

„Du möchtest wissen, ob sie schon Gelegenheit hatte, mit deinem Vater zu sprechen.“

„Klar. Vor allem möchte ich wissen, was mich zu Hause erwartet. Ich glaube nicht, dass ich vorher auch nur einen Bissen hinunterbringe.“

Christoph sah ebenfalls auf seine Uhr. „Es ist noch zu früh. Lass ihr etwas Zeit. Und keine Sorge, Nora schafft es bestimmt, deinen Vater zu überzeugen, dass du bleiben darfst.“

„Also gut, gehen wir zuvor essen. Eigentlich habe ich ’nen Mordshunger.“

*

Mit bangem, hart gegen die Brust hämmerndem Herzen wählte Nora die Telefonnummer, die auch mal ihre eigene war und ihr nun seltsam fremd vorkam. Ihr Puls raste. Sie räusperte sich, versuchte den Klos, der in ihrem Hals saß, hinunterzuschlucken, doch ihr Mund schien staubtrocken. *Wie wird Frank reagieren, wenn er erfährt, dass Tristan bei mir ist?*

„Baumann!"

„Hier auch – hallo Frank."

„Was willst du?", fuhr er sie unwirsch an.

„Könnten wir in Anbetracht der Situation, nicht in aller Ruhe miteinander sprechen?"

Frank atmete einmal tief durch. „Wie geht es dir?", fragte er dann um einiges freundlicher.

„Den Umständen entsprechend gut." Nora erzählte ihm mit wenigen Sätzen, was vorgefallen war.

„Tut mir leid, das habe ich nicht gewollt."

„Du musst dir keine Vorwürfe machen. Ich weiß, wie sehr dich mein Verhalten verletzt hat. Genau das wollte ich vermeiden. Wärst du nicht nach Stralsund gekommen, du hättest nie von Chris erfahren. Weißt du, in meiner Situation denkt man über manches anders. Aber letztendlich war meine Sehnsucht nach euch einfach zu groß. Ich wollte die mir verbleibende Zeit im Kreis meiner Familie verbringen – um Abschied zu nehmen."

„Das hast du ja nun getan. Abschied genommen, meine ich. Ach Nora, gib es doch zu, du wolltest deinen Liebhaber nicht mit deiner Krankheit belasten."

Nora schüttelte den Kopf. „So ist das ganz und gar nicht und das weißt du genau. Ich wollte einfach nur bei den Menschen sein, die meinem Herzen am nächsten stehen."

„Damit meinst du die Kinder."

„Frank, mach dich doch nicht so klein, ich war auch glücklich wieder bei dir zu sein, zumindest bevor du mich so mies behandelt hast."

Eine Weile herrschte beklemmende Stille zwischen ihnen. Dann sagte Frank: „Das mit der Operation ist gut."

„Ja und meine Chancen, noch eine Weile zu leben", erklärte sie zögerlich, „stehen gar nicht so schlecht."

„Gut, das ist gut, das ist sehr gut", murmelte er scheinbar gedankenverloren, fragte dann aber plötzlich: „Hat er dich dazu überredet?"

„Ja, hat er und nun bin ich froh, dass ich nachgegeben habe."

„Wieso konnte ich dich nicht dazu überreden?", fragte er bekümmert. „War ein Leben an meiner Seite und mit den Kindern es nicht wert, gelebt zu werden?"

„Frank!", rief sie entrüstet. „Das ist doch Unsinn. Wie kommst du nur auf so was?"

„Wie wohl?"

Oh Frank, dachte sie, *was für absurde Gedanken spuken in deinem Hirn herum?* „Es lag nicht an dir. Auch Chris hätte mich nicht überreden können, wären nicht die Umstände auf seiner Seite gewesen. Vor allem lag es wohl an dem großen Vertrauen, das ich Professor Deichmann entgegenbrachte."

Eine Weile herrschte Stille zwischen ihnen, dann fragte Frank plötzlich: „Nora …, basierte unsere Ehe auf einer Lüge?"

„Nein!", antwortete sie prompt. „Nein, ganz sicher nicht, aber das ist jetzt nicht mehr wichtig …"

„Nicht mehr wichtig?", unterbrach er sie erbost. „Ich kann an nichts anderes mehr denken. Wie konntest du mir das antun?"

„Bestimmt nicht, weil ich dich verletzen wollte."

„Ach? Was wolltest du dann?"

„Mein Gott, Frank. Was möchtest du hören? Dass ich nur mal wissen wollte, wie es ist, Sex mit einem anderen Mann zu haben und dass es mir nichts bedeutet hat? Das kann ich nicht. Du solltest mich gut genug kennen, um zu wissen, dass ich mich nie mit Chris eingelassen hätte, wären keine Gefühle im Spiel."

„Ja, das weiß ich. Aber das macht es auch nicht leichter. Du liebst diesen Kerl also?"

„Ja. Frank, ich bitte dich, quäle dich doch nicht selbst. Es ist nun mal, wie es ist. Ich weiß, dass ich dir wehgetan habe und das tut mir sehr leid. Aber ich kann es nicht mehr rückgängig machen und ich will es auch nicht. Ich liebe Chris. Vielleicht kannst du mir eines Tages sogar verzeihen. Aber bis dahin solltest du deinen Groll gegen mich, nicht an den Kindern auslassen."

Es entstand eine fast unerträglich lange Pause zwischen ihnen.

„Warum rufst du an?", fuhr er sie an.

„Es geht um Tristan."

„Du kannst ihn nicht sprechen, er ist nicht hier", sagte er.

Nora hörte die Genugtuung in der Stimme. „Ich weiß. Er – er ist bei mir."

„Er ist was?", rief er empört.

„Bitte beruhige dich. Kannst du dir nicht vorstellen, dass sich die Kinder genauso nach mir sehnen, wie ich mich nach ihnen? Ich bin ihre Mutter."

„Das fällt dir reichlich spät ein."

„Du weißt, dass es nicht so ist. Die Kinder waren immer das wichtigste in meinem Leben."

„Die Betonung liegt auf – waren."

Nora konnte sich gut vorstellen, wie er das Telefon vom Ohr nahm, die Augen verdrehte und die Zähne zusammenbiss, dass die Kieferknochen hervortraten, bevor er sich letztendlich an den Schreibtisch lehnte und den Hörer erneut an sein Ohr legte.

„Und was willst du nun von mir?", fragte er misstrauisch.

„Lass ihn das Wochenende bei mir verbringen und schimpfe ihn nicht aus, wenn er Sonntagabend nach Hause kommt."

„Hm!", lachte er auf. „Sonst noch was?"

Ist das die Gelegenheit, auf die ich gewartet habe? „Ich bitte dich, den Kindern zu erlauben, mich zu besuchen", bat sie eindringlich.

„Damit du sie mit Schönfärbereien auf deine Seite ziehen kannst", bemerkte er daraufhin abfällig.

Noch nie hatte sich Nora so entsetzlich hilflos gefühlt, wie in diesem Moment, aber auch wütend. Wütend, weil sie sich machtlos fühlte und er sich in seiner Macht zu suhlen schien. „Besser damit, als mit Lügen", antwortete sie darum ärgerlich.

„Hast du ihm etwa erzählt, …?"

„Nein, er würde dich dafür hassen."

Er räusperte sich. „Mein Verhalten in jener Nacht ließ mehr als zu wünschen übrig. Tut mir leid, dass ich dir das angetan habe", erklärte er schuldbewusst. „Das hätte nie passieren dürfen, aber ich war so voller Wut. Ich bekam dieses verdammte Bild nicht aus dem Kopf – du und er am Strand."

Nora hörte die aufkeimende Wut in seiner Stimme. Jetzt konnte sie nur hoffen, dass er diese im Griff hatte und nicht auflegte. *Vielleicht, wenn er sich mir gegenüber schuldig fühlt …, das könnte tatsächlich meine Chance sein.* Nach einer knappen Pause hörte sie ihn tief durchatmen.

„Ich habe mich wie ein Arschloch benommen", beschuldigte er sich selbst.

„Das kann man so sagen", rutschen Nora Worte über die Lippen, für die sie sich im selben Moment am liebsten geohrfeigt hätte. „Frank, bitte lass mich die Kinder sehen."

„Auf keinen Fall", lehnte er rigoros ab.

„Sie könnten mich an den Wochenenden besuchen, nicht an jedem, aber doch immer wieder. Und in den Ferien", sprudelte es aus ihr heraus, „zumindest einen Teil der Ferien, könnten sie bei mir verbringen."

„Das kommt nicht in Frage", erklärte er unbeugsam. „Du kannst Tristan ausrichten, dass er keine Angst vor einem Donnerwetter haben muss. Doch weder er noch Lena werden dich zukünftig besuchen. Das ist mein letztes Wort, selbst wenn du Tristan über diese Nacht aufklärst. Ich lasse mich nicht erpressen."

„Aber das hatte ich doch gar nicht vor, ich möchte …", beeilte sie sich zu sagen, doch da hörte sie bereits ein Klicken in der Leitung, „doch nur meine Kinder sehen", fügte sie leise hinzu, obwohl sie wusste, dass er sie nicht mehr hören konnte. Tränen stiegen ihr in die Augen und liefen gleich darauf unaufhaltsam über ihre Wangen. *Wie kann sich der Mann, der stets behauptet hat, mich zu lieben, jetzt so hartherzig verhalten?*

*

Da Christoph wusste, dass das Lokal am Freitagabend stets gut besucht wurde, hatte er vorsichtshalber einen Tisch reservieren lassen, an dem man sich in aller Ruhe unterhalten konnte.

„Meine Mutter ist Künstlerin, Grafikerin, wussten Sie das?", fragte Tristan stolz, während er die Speisekarte studierte.

„Sie hat nur einmal kurz über ihre Arbeit gesprochen."

„Mutter hat die wunderbarsten Kunstwerke erschaffen. Sie kann das nur, weil all das Schöne, das unter ihren Händen mit so viel Liebe entsteht, in ihrem Geist bereits vorhanden ist. Leider gehört sie einer aussterbenden Rasse an. Im Zeitalter der Technik und der versteckten Gefühle sind Menschen wie sie nicht mehr gefragt. Da sie mit ihrer liebevollen Art überall auf der Welt an die Menschlichkeit appellieren und damit, in mancherlei Hinsicht, der Entwicklung im Wege stehen. Die Welt wird um sehr vieles ärmer sein, wenn sie nicht mehr auf ihr weilt."

Ein sehnsüchtiges Lächeln umspielte Christophs Mund. „Ja, so sehe ich das auch."

„Sie ist empfindsam", sprach Tristan weiter, „und manchmal wirkt sie geradezu melancholisch, aber sie kann unglaublich witzig und fröhlich sein. Allein wenn sie lächelt, ist es, als ginge die Sonne auf und mit ihrem Lachen steckt sie alle an. Niemand gibt mir so viel Kraft und hat so unendlich viel Geduld mit mir, wie sie. Sie liebt das Leben. Ja, und sie hat diese Begabung selbst unangenehmen Situationen etwas Positives abzugewinnen. Aber das heißt nicht, dass sie demütig alles als gegeben annimmt. Nein, ganz und gar nicht. Wenn sie nur eine kleine Ungerechtigkeit wittert, kämpft sie dagegen an." Tristan schüttelte voller Stolz den Kopf. „In einer solchen Situation sollten Sie meine Mutter mal erleben, da kann sie so was von stur sein und wütend. Wow! Da zieht sogar mein Vater das Genick ein. Er verschwindet dann in seinen Keller und kommt erst wieder, wenn sich dieser kleine Giftzwerg, wie er sie immer nennt, beruhigt hat." Tristan lächelte, als denke er bei allem was er sagte, an ganz bestimmte Situationen. „Mutter ist eine starke Persönlichkeit, die genau weiß was sie will, doch meistens entscheidet sie mit dem Herzen. Ich weiß nicht was in jener Nacht, als sie zu uns zurückkam, vorgefallen ist und was sie dazu veranlasst hat, wieder zu gehen, aber ich bin sicher, sie wollte bei uns bleiben. Um bei uns zu sein, hatte sie sich sogar gegen Sie entschieden, stimmt's? Wir beide, meine Schwester und ich, sind nämlich das Wichtigste in ihrem Leben."

Christoph nickte. „Ja, das seid ihr."

„Haben Sie schon gewählt?", wurden sie vom Kellner unterbrochen.

Nachdem sie bestellt hatten, fragte Tristan: „Aber Sie sagten, Sie könnten sie uns wegnehmen und was meinten Sie, als sie davon sprachen, Sie hätten sie zurückgeholt? Vater sagte, Mutter hätte den Frühzug genommen."

Christoph sah ihn nachdenklich an. Er wusste, dass er einen Trumpf in der Hand hatte, den er jetzt nur auszuspielen brauchte und Tristan würde seinen Vater hassen und bei Nora bleiben. Er wusste aber auch, Nora hätte das längst getan, müsste sie sich keine Gedanken über die Zukunft ihrer Kinder machen, einer Zukunft, in der sie nicht vorkam. „Ich denke, das solltest du deinen Vater fragen."

„Aber der sagt ja nichts, nur dass sie zu Ihnen zurückwollte."

„Er wird seine Gründe dafür haben. Es ist nicht meine Sache dir zu erklären, was geschehen ist. Sie hatte mich verlassen. Mit all meiner Liebe konnte ich sie nicht halten. Doch jetzt ist sie hier und sie wird bleiben. Dennoch wird sie, wie sie wieder bei Kräften ist, um euch kämpfen."

Tristan nickte. „Ich weiß." Dann fügte er leise hinzu: „Meine Mutter liebt dich, und wenn sie mit dir glücklich ist, dann ist es gut, dann kann ich das akzeptieren."

„Danke, Tristan", antwortete Christoph erleichtert. „Du ahnst nicht, wie viel mir das bedeutet." Er wusste, dass es den Jungen eine Menge Überwindung gekostet hatte, das zu sagen und die Tatsache, dass er ihn dabei geduzt hatte, freute ihn besonders. „Ich freue mich, dass du hier bist und vielleicht kannst du dich ja entschließen, uns zukünftig öfter zu besuchen. Was ist mit deiner Schwester?"

„Was soll mit ihr sein?"

„Möchte sie deine Mutter nicht ebenfalls besuchen?"

„Ich denke schon. Aber im Moment wage ich nicht einmal darüber nachzudenken, was mein Vater mit mir machen wird, wenn ich nach Hause komme."

Der Kellner servierte das Essen.

Christoph nickte, dann schob er einen Bissen in den Mund, kaute und schluckte ihn hinunter. „Nora hat sicher schon mit ihm telefoniert. Wenn du fertig bist, fahren wir noch für eine halbe Stunde zu ihr."

Kapitel 17

Nora hatte eine unruhige Nacht hinter sich. Vor Aufregung und Vorfreude endlich nach Hause zu dürfen, hatte sie sich von einer Seite zur anderen gedreht, war immer wieder aufgewacht. Nun stand sie vor dem Spiegel, damit beschäftigt ein leichtes Make-up aufzulegen, als Christoph hinter sie trat.

„Du bist wunderschön, ein paar dunkle Ringe unter den Augen, aber du bist schön."

„Mehr davon, das läuft runter wie Öl", antwortete sie lächelnd. „Ach Chris, endlich kann ich diese Klinik verlassen."

Wortlos legte er seine Hände auf ihre Schultern, drehte sie zu sich um und zog sie fest an sich, bevor er sie zärtlich küsste.

„Wo ist Tristan?"

„Meine Mutter hat ihn mit Beschlag belegt. Sie bat ihn, ihr so lange Gesellschaft zu leisten, bis ich mit dir aus der Klinik komme. Zuerst wollte er ablehnen, doch als ich ihm erklärte, dass es höchstens eine halbe Stunde dauern würde, gab er nach."

„Wie hat er das Gespräch von gestern Abend verdaut?"

„Ich weiß nicht recht, er wirkte ziemlich in sich gekehrt, sprach weder auf der Fahrt nach Hause darüber und als wir mit Mutter zusammensaßen ebenfalls nicht. Er ging dann auch bald zu Bett. Doch als wir uns beim Frühstück trafen, war er richtig gut drauf. Ich denke, er hat zumindest für sich selbst, eine Lösung gefunden."

„Ach ja?"

„Na hör mal, Tristan ist volljährig, du glaubst doch nicht, dass Frank ihn festhalten kann. Natürlich will dein Sohn keinen Ärger machen und auch keinen kriegen, aber glaub mir, er ist durchaus in der Lage, über sein Leben selbst zu bestimmen. Ich denke, er wird zukünftig darauf bestehen dich, so oft er will, besuchen zu dürfen. Übrigens erwähnte ich gestern Abend auf der Fahrt nach Hause, so ganz nebenbei, dass in unserem Haus genügend Platz ist, um einen weiteren Bewohner zu beherbergen. Ich habe ihm angeboten, nach bestandenem Abi zu uns ziehen."

„Du bist ganz schön raffiniert." Nora schmunzelte. „Ich liebe dich."

„Der Weg zum Herzen einer Mutter führt also tatsächlich über die Kinder?"

„Wenn du mich erobern wolltest, ganz sicher, aber da ich dir doch längst verfallen bin und du genau weißt, dass du das nicht mehr tun müsstest, finde ich es doppelt schön." Sie stellte sich auf die Zehenspitzen und küsste ihn dankbar.

„Komm, lass uns von hier verschwinden", befahl er liebevoll.

Als wäre das sein Stichwort, streckte der Professor, nach kurzem Anklopfen, zunächst seinen Kopf herein, dann betrat er das Zimmer. „Wie ich sehe, sind Sie so weit. Schonen Sie sich auch an den Tagen, an denen es Ihnen gut geht", warnte er, bevor er sich an Christoph wandte. „Passen Sie gut auf Nora auf."

„Ich werde mit Argusaugen über sie wachen", antwortete er.

Der Professor nickte lächelnd. „Davon bin ich überzeugt", sagte er und streckte ihm ein Blatt Papier entgegen.

„Ist das die Rechnung?", spöttelte Christoph.

„Die erhalten sie noch früh genug. Ich möchte, dass Nora diese Vitamine zu sich nimmt, besorgen Sie ihr bitte genau das, was ich hier aufgeschrieben habe. Dann möchte ich noch, dass sie jeden Tag Obst- und Gemüsesäfte trinkt, am besten frisch gepresst. Hier ein paar Rezepte für Cocktails, die bereitet Hanna ihr sicher gerne zu. Und besorgen Sie diese Kräutertees in der Apotheke. Die Tabletten werden ihr früher oder später Probleme bereiten. Magenschmerzen und eventuell Verdauungsprobleme – Verstopfung oder Durchfall, je nach dem. Ich möchte das so lange, wie möglich hinauszögern."

„Sie trinkt ohnehin jeden Morgen ein Glas Multivitaminsaft."

„Das genügt nicht."

Er atmete einmal tief durch. „Gut, ich werde Hanna Bescheid geben."

„Danke Professor", sagte Nora und streckte ihm ihre Hand entgegen, „für alles, was Sie für mich getan haben."

Er ergriff sie mit beiden Händen. „Den Rest müssen Sie selbst machen."

„Ja", hauchte sie und nickte.

Christoph griff nach Noras Tasche und legte eine Hand an ihren Rücken. „Jetzt aber raus hier."

*

Das Haus war erfüllt von Tristans und Noras Lachen. Bei Butterkuchen und Kaffee erinnerten sich die beiden gegenseitig an lustige
Begebenheiten und unterhielten Christoph und Lydia damit so gut, dass
die beiden bald ebenfalls in ihr Lachen einstimmten.

„Es ist so weit, ich kann nicht mehr", erklärte Nora erschöpft, „ich
muss ins Bett. Macht es dir was aus, mein Schatz", wandte sie sich an
Tristan, „wenn ich mich ein wenig zurückziehe?"

„Nein, natürlich nicht, ich gehe noch mal zum Strand, vielleicht hat ja
jemand Lust, mich zu begleiten?", fragte er, sich zu Elvis hinunterbeu-
gend, der freudig winselnd an seinem Bein hing.

Christoph schüttelte nachsichtig lächelnd den Kopf. Elvis schien
buchstäblich zu ahnen, wann sich ihm eine Möglichkeit bot, Gassi zu
gehen. „Wenn es dir recht ist, begleite auch ich dich."

Kapitel 18

Am folgenden Tag verging die Zeit, als würde sie von Hunden gehetzt. Dabei schien sie keine Rücksicht auf Noras Gefühle und Wünsche zu nehmen. Gegen Abend brachten sie Tristan gemeinsam zur Bahn.

„Tristan, versuch Papa zu überreden, dass ich Lena sehen kann. Lass dich nicht von ihm einschüchtern, aber zieh auch nicht gleich aus, er braucht dich. Wenn er dir allerdings irgendwie krumm kommt und dir damit droht, dich raus zu werfen und dich auch während des Studiums nicht mehr zu unterstützen, dann hab keine Angst. Ich bin für dich da."

Christoph legte ihm freundschaftlich eine Hand auf die Schulter. „Du hast hier ein Zuhause, für immer, vergiss das nicht. Du kannst jederzeit zu uns kommen."

„Danke für alles." Er schüttelte Christophs Hand und zog ihn ein wenig an sich heran. „Und du gibst mir sofort Bescheid, falls was mit Mama ist?", flüsterte er ihm zu.

„Natürlich."

„Aber auf dem Handy", erinnerte er ihn.

Christoph nickte, legte einen Arm um Nora und ging mit ihr auf dem Bahnsteig in dieselbe Richtung, in die sich Tristan im Inneren der Bahn bewegte. Kurz darauf öffnete sich ein Fenster und Tristan beugte sich mit seinem ganzen Oberkörper heraus.

„Gib auf dich acht", rief Nora zu ihm hoch.

„Und du auf dich", kam es von oben zurück. Dann wandte er sich noch einmal an Christoph. „Ich verlasse mich auf dich."

„Das kannst du, mein Junge."

Tristan zog eine Augenbraue nach oben, sagte aber nichts.

Christoph erinnerte sich jedoch augenblicklich an das erste Gespräch, das er vorgestern mit Tristan geführt hatte und daran, dass er von ihm nicht, mein Junge, genannt werden wollte. „Entschuldige."

„Schon in Ordnung."

Nora winkte ihm noch hinterher, als er längst nicht mehr zu sehen war. Erst als Christoph ihr ein Taschentuch reichte, schien sie wie aus einem Trancezustand zu erwachen. Sie wischte die Tränen von den

Wangen, schnäuzte sich die Nase und lächelte ihn dankbar an. „Entschuldige.“

„Wofür? Dafür, dass du deinen Sohn offensichtlich liebst? Oder weil du mich während der letzten beiden Tage kaum wahrgenommen hast? Angenommen. Was hältst du von einem kleinen Spaziergang durch Stralsund? Wir könnten irgendwo einen Tee trinken, wenn du möchtest.“

„Einverstanden“, erklärte sie.

Er führte sie in ein gemütliches Lokal, in dem sogar eine Band spielte. Noch bevor sie einen Platz gefunden hatten, zog er sie auf die Tanzfläche.

Sich in seinen Armen zum Takt eines Liebesliedes zu bewegen, fühlte sich an wie schweben, mindestens auf Wolke sieben. Doch plötzlich wurden ihre Knie ganz weich. Hätte er sie nicht festgehalten, vermutlich wäre sie in sich zusammengesunken.

„Hoppala, was ist los mit dir? Du bist doch sonst nicht so leicht zu knicken“, fragte er besorgt.

„Ich …, ich bin wahrscheinlich nur etwas aus der Übung.“

„Wir sollten uns besser setzen.“

„Nein, bitte nicht“, hauchte sie. „Ich will diesen Tanz mit dir voll und ganz auskosten. Halt mich einfach nur fest.“

„Dein ganzes Leben, wenn du mich lässt“, antwortete er fest und blickte ihr dabei tief in die Augen.

Kapitel 19

Wie sie vermutet hatte, bot sich lange keine Gelegenheit mehr, mit ihm zu tanzen. Das Leben schien wieder in geregelten Bahnen zu verlaufen. Christoph ging täglich ins Büro, er hatte seine Geschäfte lange genug vernachlässigt. Mitunter kam es sogar vor, dass er geschäftlich unterwegs war und die Nächte in irgendwelchen Hotels verbrachte. An solchen Abenden saß sie mit Lydia bei einem guten Glas Wein zusammen. Ab und zu besuchten sie auch das Kino. Am besten aber gefiel es ihr, an warmen Abenden in den Sonnenuntergang zu schwimmen. Allerdings immer unter Karls wachsamen Augen. So hatte Christoph es angeordnet. Hin und wieder begab sie sich auch zu Hanna in die Küche. Sie tauschten Rezepte aus, kochten gemeinsam, und wenn es nichts zu tun gab, sprachen sie über das Leben, über Hannas und ihr eigenes. An den Tagen sorgte Lydia dafür, dass ihr die Zeit ohne Christoph nicht zu lang wurde. Sie bummelten durch Stralsund, kauften ein oder setzten sich in eines der netten Cafés.

Am schönsten aber waren die Abende, die sie gemeinsam mit Chris verbringen konnte. An denen sie mit ihm und Elvis am Strand entlang spazierte und die Nächte, in denen sie sich zärtlich und leidenschaftlich liebten.

Ihre Krankheit geriet zwar nicht in Vergessenheit, aber sie war nicht mehr ständig präsent.

Lydia traf sich immer häufiger mit Professor Deichmann.

Eines Abends, als Christoph wieder mal nicht nach Hause kam und sie gemütlich bei einem Glas Wein, mit den beiden zusammen saß, bot er ihr das du an.

Sie empfand das anfangs ein wenig merkwürdig, doch mit der Zeit gewöhnte sie sich daran.

Friedrich war unübersehbar in Lydia verliebt und warb hartnäckig um ihre Gunst.

Doch wie nicht anders zu erwarten, verteilte Lydia diese nicht allzu großzügig. „Man muss den Fisch ein wenig zappeln lassen, ihm immer wieder Leine geben und ihn dann im richtigen Moment ins Boot ziehen", erklärte sie Nora, als diese sie mal darauf ansprach.

Nora war davon überzeugt, dass die beiden ihr zukünftiges Leben gemeinsam verbringen werden.

Tristan rief regelmäßig an und besuchte sie alle paar Wochen.

Anscheinend hatte Frank sich damit abgefunden, dass er seinen Sohn nicht von Nora fernhalten konnte.

Auch Lena meldete sich ab und zu, dabei beklagte sie sich stets bitterlich über ihren Vater, der ihr einen Besuch bei ihrer Mutter noch immer nicht erlaubte. Oft genug weinte sie sogar. Noras Nerven lagen nach solchen Gesprächen blank.

So verging die Zeit, Tage wurden zu Wochen und Wochen zu Monaten. Fast jedes Wochenende dieses Sommers verbrachten sie im Haus auf Rügen. Ende August war es dann so weit, Tristan besuchte sie noch einmal, bevor er nach Paris umzog. Der Abschied fiel ihm schwer, aber es half nichts, das Studium wartete auf ihn.

Als der Herbst seine Nebelschleier über die See und übers Land schickte, gingen sie nur noch mit Elvis am Strand spazieren und genossen die Tage ihrer Zweisamkeit in der Gemütlichkeit ihres Hauses. Der Winter brachte erst kurz vor Weihnachten Schnee. Die weiße Pracht legte sich wie Puderzucker auf Haus und Umgebung. Dadurch wirkte es wie ein romantisches, verzaubertes Schlösschen. Heilig Abend besuchten sie Friedrich. Über die Feiertage verkrochen sie sich auf Rügen. Nora bemühte sich keine allzu traurige Stimmung aufkommen zu lassen, doch die Kinder fehlten ihr, obwohl sie lange miteinander telefoniert hatten.

Der Frühling zog ins Land. Und nachdem nun geraume Zeit vergangen war, mit ihm erneut die Hoffnung, Franks Verständnis doch noch zu gewinnen und endlich auch Lena sehen zu dürfen. Aber er ließ sich nicht erweichen. Während Tristan einen Teil seiner Semesterferien bei Nora verbrachte, „durfte" Lena in ein Feriencamp nach Spanien.

Um Nora von ihrem Kummer abzulenken, besuchte Christoph Konzerte mit ihr oder führte sie ins Theater. Manchmal aßen sie auch nur in ihrem Lieblingslokal zu Abend.

An einem solchen Abend, nachdem sie wieder einmal gut gespeist hatten, schob Christoph ihr einen Briefumschlag über den Tisch zu.

Nora öffnete ihn und entnahm ihm zwei Flugtickets nach Griechenland. „Oh! Das sind ja …, kannst du denn so einfach weg?", fragte sie überrascht.

Er nickte lächelnd. „Was glaubst du, was ich in den vergangenen Wochen getrieben habe? Ich habe alles für eine längere Abwesenheit vorbereitet. Du wirst mich, ab sofort, für lange Zeit ertragen müssen."

Der Sommer ging bereits dem Ende zu, als sie den Flieger bestiegen. Christoph hatte, abgelegen vom üblichen Tourismus, ein wundervolles Haus mit grandiosem Ausblick gemietet. Direkt unter dem Haus erstreckte sich, soweit das Auge reichte, weißer Strand und tiefblaues Meer. Gegen Abend des zweiten Tages bat Christoph sie, ihn ein Stück hinter die Bucht zu begleiten. Der Anblick, der sich ihr dort bot, ließ ihr Herz höherschlagen. Zwei Pferde – ein Rappe mit glänzend schwarzem Fell und ein Schimmel – warteten, die Zügel über einen Fels geworfen, auf ihre Reiter. Nora war seit fast zwei Jahren nicht mehr geritten, da sie jedoch eine gute Reiterin war, fühlte sie sich keineswegs unsicher. Sie tätschelte beide Tiere kräftig auf den Hals, dann streichelte sie sanft über die Nüstern der Schimmelstute, ergriff die Zügel, schwang sich in den Sattel und ritt los. Es dauerte nicht lange, bis sie sich an die Stute gewöhnt hatte und sie nach einem leichten Trab, zu einem kraftvollen Galopp antrieb.

„Nicht so schnell", rief Christoph hinter ihr her, da er Mühe hatte, ihr zu folgen. „Ich bin etwas aus der Übung."

Doch Nora schien ihn nicht mehr zu hören, sie trieb die Stute zu immer schnellerem Galopp an. Nach mehr als einer Stunde kehrten sie lachend an den ursprünglichen Platz zurück, wo sie ein opulentes Picknick erwartete.

Nora schwang sich aus dem Sattel und schüttelte fassungslos den Kopf. „Wie hast du das bloß wieder organisiert?"

Er zuckte mit den Achseln und lächelte. „Es genügte nur ein Anruf."

Mein Gott, wie sehr liebe ich diesen Mann, dachte sie. „Chris, du verwöhnst mich viel zu sehr. Wie soll ich dir bloß jemals für all das danken?"

Er legte seine Hände auf ihre Schultern und zog sie sanft an seine Brust. „Ich liebe dich Nora und dass du in mein Leben getreten bist, ist mir Dank genug."

„Ich liebe dich, Christoph von Radomski", murmelte sie, dann schob sie ihn sanft von sich und blickte ihm tief in die Augen, bevor sie ihn zärtlich küsste.

Sie blieben noch weitere zehn Tage ehe sie den Flieger nach Paris bestiegen, um Tristan zu besuchen. Drei Tage später führte ihre Reiseroute sie weiter nach Zürich. In der Schokoladenfabrik, die Noras Lieblingspralinen herstellen, mussten sie einen Kittel anziehen und ihr immer noch kurzes Haar unter einer weißen Haube verbergen. Eine freundliche Dame, der man ansah, dass sie gerne Schokolade aß, führte sie erklärend durch die Produktion.

Am nächsten Morgen ließen sie sich, während draußen der Regen an die Fenster prasselte, ein opulentes Frühstück aufs Zimmer bringen.

„Übrigens, wir fliegen in etwa vier Stunden", erklärte Christoph ganz nebenbei.

„Nach Hause?"

„Noch nicht", antwortete er lediglich geheimnisvoll, wobei er ihr einen Blick zuwarf, der ihr deutlich machte, dass er ihre nächste Frage erwartete.

Doch als Nora weiter voller Appetit an ihrem Brötchen kaute und lediglich die Brauen fragend nach oben zog, spannte er sie nicht länger auf die Folter. „Wir fliegen zurück nach Frankreich, nach Grasse."

„Du meinst ..."

*

Erste Herbstnebel zogen über die riesigen, fast abgeernteten Blumenfelder, als sie am nächsten Morgen mit Hilfe von Monsieur Armand, ihr eigenes Parfum kreierte.

Etwa drei Stunden später stellte sie das Täschchen, indem sich eine kleine Flasche Parfüm befand, auf den Tisch und legte ihre Hand auf Chrisophs. „Das waren wundervolle Tage, ich danke dir."

„Die Reise ist noch nicht zu Ende."

„Ich will nicht undankbar erscheinen, bitte versteh' das jetzt nicht falsch, diese Zeit mit dir war wirklich wunderschön und aufregend, aber ..."

„Aber?"

„Chris, wir waren nun mehr als drei Wochen unterwegs, ich möchte nach Hause. Ich brauche nur dich, um glücklich zu sein. Wenn du mir unbedingt eine Freude bereiten willst, dann schenk mir auch zu Hause so viel von deiner Zeit, wie irgend möglich."

Zwischen seinen Augen bildeten sich zwei steile Falten. „Es geht dir doch gut?", fragte er misstrauisch.

„Ja! Es geht mir blendend", erwiderte sie beschwingt. Dabei handelte es sich um eine glatte Lüge. Während der letzten vier Nächte war sie von starken Kopfschmerzen geweckt worden, die sie bis in die Morgenstunden plagten. Nach eiligen Bewegungen wurde ihr jedes Mal schwindelig, dann diese Übelkeit und gestern war plötzlich alles ganz dunkel um sie herum geworden. Etwas stimmte nicht. Doch hätte sie ihm die Wahrheit sagen und ihm damit die Freude an den vielleicht letzten glücklichen Tagen ihres gemeinsamen Lebens verderben sollen? *Ohnehin reine Glückssache, dass ich bisher nicht ohnmächtig geworden bin. Jedenfalls wird es höchste Zeit, mich von Friedrich untersuchen zu lassen.*

Außerdem fiel es ihr zunehmend schwerer, sich unbeschwert und glückstrahlend zu geben. Sie hatte Angst. Besonders nachts, wenn er gleichmäßig neben ihr atmete, überfielen sie immer dieselben Ängste. *Wie wird es sein, wenn ich sterbe? Werde ich mich lange quälen müssen oder wird es ganz schnell gehen? Wie ist das wohl, wenn man den letzten Atemzug tut? Was kommt danach? Ist dann alles aus, oder existieren meine Gedanken, mein Geist auch weiterhin? Die Seele ist angeblich unsterblich. Werde auch ich diesen kranken Körper verlassen und von oben herab beobachten, was mit ihm geschieht? Werde ich allein sein oder wird meine Familie dabei sein? Werde ich so etwas wie Sehnsucht empfinden? Dann wird der Himmel die Hölle für mich sein. Was wird aus den Kindern werden, ohne meinen Beistand? Vielleicht darf ich ja die Menschen, die ich liebe, weiterhin beschützen? Oder wird Gott den gnädigen Schleier des Vergessens über mein verlorenes Leben legen?*

Kapitel 20

„Wir müssen noch mal operieren. Wir werden das Rezidiv entfernen und erneut ein Chemotherapeutikum implantieren ...“

Nora konnte sich nicht mehr auf Friedrichs Erläuterungen konzentrieren. Sie konnte nur an eins denken, *der Tumor in meinem Kopf jubiliert.* „Ich bin stärker als je zuvor. Hast du etwa gedacht, ich verschwinde sang- und klanglos? Dein Leben liegt in meiner Hand und ich werde dafür sorgen, dass es auch so bleibt.“

„... und wenn du einverstanden bist, werden wir dich sofort vorbereiten. Zuerst benötige ich deine Blutwerte. Wenn deine Leukozyten stimmen, werde ich gleich morgen den Eingriff vornehmen.“

Nora nickte ganz automatisch.

Sollte Christoph in Anbetracht dieser Eröffnung erschüttert sein, so zeigte er es nicht. Er legte beruhigend eine Hand auf ihre. „Ich bringe dir alles, was du benötigst“, erklärte er scheinbar gelassen.

Einmal noch, nur noch dieses eine Mal lasse ich mich operieren, dachte sie. „Ja, Friedrich, operiere mich.“

„Glaub mir, das ist die einzig richtige Entscheidung. Schwester Barbara wird dich in dein Zimmer bringen. Ich werde alles tun, was in meiner Macht steht.“

Das Zimmer mochte ein anderes sein, die Angst war dieselbe, nein, sie war stärker geworden. Sie glaubte ruhig zu atmen, doch als sich die Wände bei jedem Ein- und Ausatmen auf sie zu oder von ihr wegbewegten, befürchtete sie ersticken zu müssen. Erschöpft setzte sie sich aufs Bett. *Als ich die Klinik vor über einem Jahr zum ersten Mal betrat, hatte ich mich bereits damit abgefunden, nur noch wenige Wochen zu leben. Ich war bereit dem Tod ins Gesicht zu sehen. Dann hat Chris mich zu der Operation überredet und als ich die Klinik verließ, war ich so voller Zuversicht. Und jetzt? Wieder frage ich mich, was das Ganze noch für einen Sinn hat? Ist es nicht langsam an der Zeit aufzugeben?*

Christoph setzte sich neben sie und legte einen Arm um ihre Schultern. „Kopf hoch, mein Engel, alles wird gut“, versuchte er, sie zu trösten.

„Alles wird gut“, sagte sie ironisch. „Das ist mein Zaubersatz. Aber ich habe den Glauben an seine Kraft längst verloren.“

„Nein, tu das nicht. Du darfst nicht aufgeben, diese Operation kann uns weitere Zeit verschaffen.“

„Zeit wofür?“, fragte sie resigniert.

„Zeit zum Leben. Nora, kämpfe, gib jetzt nicht auf. Ich brauche dich. Deine Kinder brauchen dich. Ich fahre jetzt schnell nach Hause und hole das Nötigste. Keine Angst, diese Nacht bleibe ich bei dir.“

„Das musst du nicht, du hast ja gehört, was Friedrich gesagt hat, der Eingriff wird, wenn alles in Ordnung ist, gleich sehr früh gemacht.“

„Du nimmst doch nicht tatsächlich an, ich riskiere, dass du abhaust?“, erklärte er scherzhaft.

„Oh, Chris“, seufzte sie.

*

„Rede! Was ist los?“, wollte Lydia ungeduldig wissen. „Ein Rezidiv?“

Er nickte. „Nicht sehr groß, aber es bedroht ihr Leben. Gleich morgen Früh wird sie operiert.“

„Gott im Himmel steh’ uns allen bei.“

„Es geht weiter Mutter, immer weiter. Dieses Monster in ihrem Kopf ist unbesiegbar.“

Lydia schüttelte den Kopf. „Nora ist eine starke Frau.“

„Ich bleibe bei ihr, diese Nacht.“

*

„Friedrich ...“

„Christoph verzweifle nicht. Ich bin sehr zufrieden.“

„Wird sie diese Krankheit besiegen?“, fragte er besorgt.

„Bete, Christoph, bete. Ich erlebte schon so manches Wunder, leider noch keines bei einem Patienten mit einem Glioblastom. Geh zu ihr. Aber bleib nicht allzulange und wenn sie schläft, lass sie schlafen. Sie benötigt viel Ruhe.“

Christoph ging mit gemischten Gefühlen zu Nora. Da lag sie, blass und irgendwie nicht von dieser Welt. Ihre wunderschönen, saphirblauen Augen von ihren zarten Lidern verdeckt. *Mein Gott, was tu ich,*

329

wenn diese Augen eines Tages für immer geschlossen bleiben? Gott sei gnädig, ich mach alles was du willst, wenn du sie mir nur lässt. Er setzte sich zu ihr, griff nach ihrer Hand streichelte sie sanft und spielte, in düstere Gedanken versunken, mit ihren Fingern. Plötzlich spürte er einen leichten Druck, und als er in ihr Gesicht blickte, bemerkte er unruhige Bewegungen unter ihren Augenlidern. Sie blinzelte. Als wären sie ihr zu schwer, öffnete sie die Lider nur kurz. Doch als sie ihn erkannte, lächelte sie müde.

„Hallo mein Engel, da bist du ja wieder", flüsterte er liebevoll.

„Chris", krächzte sie und hustete gleich darauf.

Er sah sich suchend um. „Soll ich dir das Spray holen? Du hast sicher einen ganz trockenen Mund. Und dein Hals – du weißt ja, das kommt vom Inkubator."

„Ja", krächzte sie noch einmal.

„Friedrich ist der Ansicht, dass du heute deine Ruhe brauchst. Ich soll dich nicht vom Schlafen abhalten."

„Ach … was weiß … der denn schon?", flüsterte sie und lächelte schwach.

„Gut, dann bleibe ich", erklärte er und streichelte zärtlich ihre Wange. „Aber du schläfst noch ein wenig."

Nora antwortete nicht mehr, sie war bereits wieder eingeschlafen.

Christoph setzte sich auf den Stuhl an ihrem Bett und legte sein Gesicht auf ihre Hand. So saß er noch, als eine Krankenschwester der Intensivstation das Zimmer betrat.

„Herr von Radomski", sagte sie leise, „der Professor bittet sie, ihn in seinem Büro aufzusuchen."

„Jetzt sofort?", fragte er gereizt.

„Ja", antwortete sie knapp und nickte.

Christoph erhob sich widerwillig, fuhr sich nervös durchs Haar und verließ den Raum.

Friedrich bat ihn, sich zu setzen. Gleich darauf erklärte er ihm, dass Nora in drei Tagen entlassen werden könne, er sie aber unbedingt unter Beobachtung haben wolle. „Ich gehe davon aus, dass du gut auf sie achtest. Sie braucht viel Ruhe. Und dann ist da noch etwas …, du weißt schon – ihre Kinder."

„Ich weiß, was du meinst. Ich werde mir etwas überlegen. Danke Friedrich.“

Nachdenklich ging Christoph zurück zu Nora, nahm erneut ihre Hand in seine und ließ sie nicht mehr los. *Wie schön sie ist, trotz dieses schrecklichen Turbans auf dem Kopf. Schön wie ein Engel.*

*

Frank zog die Tür ins Schloss, als er das Schrillen des Telefons hörte. Lena wollte schon den Hörer abnehmen, als er ihr bedeutete, dass er das Gespräch selbst annehmen wollte. „Baumann.“

„Frank, ich bin's, Nora.“

„Nora! Wie geht es dir?“, fragte er besorgt.

„Du weißt von dem Eingriff?“

„Tristan erzählte mir davon. Er erfuhr es wohl von …, von ihm.“

„Er heißt Christoph.“

Frank ignorierte ihren Einwand. *Was geht es mich an, wie der Kerl heißt.* „Und, was sagt dein Arzt?“

„Er ist der Ansicht, dass ich, laut der MRT Bilder, noch viele Monate, vielleicht sogar noch einige Jahre leben darf. Das mit den Jahren ist wohl eher utopisch.“

„Das freut mich für dich, das freut mich wirklich“, sagte er erleichtert, um gleich darauf barsch zu fragen: „Was willst du mit mir besprechen? Willst du die Scheidung?“

„Nein, will ich nicht. Es sei denn, du willst? Ich möchte mich lediglich mit dir treffen, um mich mit dir auszusprechen. Schlag mir diese Bitte nicht ab.“

„Ich wüsste nicht …“

„Bitte, Frank“, unterbrach sie ihn, „ich weiß, dass ich dich sehr verletzt habe und ich verstehe, wenn du den Kontakt zu mir nicht aufrechterhalten willst, aber ich bitte dich noch einmal, gib mir eine Chance einiges zu erklären.“

„Was könntest du mir erklären das ich nicht längst weiß?“, fragte er zunehmend ungeduldig. Auf gar keinen Fall wollte er sich mit ihr treffen. Nicht, weil er sie nicht gerne wiedergesehen hätte, ganz im Gegenteil. Mittlerweile hatte er sich viele Gedanken gemacht und sich letztendlich mit der Situation abgefunden. Konnte ihm schließlich gleichgültig sein, ob er sie an die Krankheit oder an einen anderen Mann verlor. In seinem tiefsten Inneren allerdings wusste er, dass es nicht so war. *Aber Dinge, die man nicht ändern kann ...* Vielleicht steckte auch eine Art von Genugtuung dahinter, hervorgerufen durch das Wissen, dass der andere sie über kurz oder lang ebenfalls verlieren würde. Und dann war da auch noch dieser Abend, an dem er sie wie eine Hure genommen hatte. Sein schändliches Verhalten hatte einen bitteren Beigeschmack bei ihm hinterlassen. Die Gewissensbisse waren kaum zu ertragen. Frank räusperte sich. Daran durfte er jetzt nicht denken, das könnte ihn dazu verleiten, ihr nachzugeben und das wollte er auf keinen Fall.

„Bitte! Es ist doch bald Weihnachten. Gib deinem Herzen einen Stoß. Ich komme zu dir. Wenn du willst, treffen wir uns auf neutralem Boden. Im „Alten Rad", na was sagst du?"

„Nora, ich ..."

„Bitte!", bat sie noch einmal eindringlich. „Schlag mir diesen Wunsch nicht ab."

Frank holte einmal tief Luft. „Also gut. Wann darf ich dich erwarten?"

„Ich habe mich bereits nach diversen Zugverbindungen erkundigt. Wäre es dir übermorgen recht. Ich würde den zehn Uhr Zug nehmen und könnte dann zur Mittagszeit bei dir sein. Was meinst du, essen wir gemeinsam?"

„Aber ohne Lena", bemerkte er kühl und legte auf, bevor Nora noch etwas erwidern konnte.

*

„Du hast, was?", fragte Christoph bestürzt. „Wie konntest du das tun? Einfach so, hinter meinem Rücken? Du nimmst doch nicht etwa an, ich würde dich zu ihm lassen?"

Nora verstand seine Sorge, doch sie würde sich auf keinen Fall umstimmen lassen. „Nicht?"

„Auf gar keinen Fall. Jedenfalls nicht allein."

Sie schmunzelte. „Das heißt, du kommst mit?"

„Nachdem du mir die Pistole auf die Brust gesetzt hast?", fragte er ablehnend, schüttelte jedoch sogleich resignierend den Kopf. „Was soll ich denn sonst tun?"

„Du könntest mir deinen Helikopter leihen und den Piloten natürlich auch", schlug sie vor, „mir einen guten Flug wünschen und anschließend deinen üblichen Geschäften nachgehen."

„Ja, dieser Gedanke gefällt mir", platzte er mit einem Unterton in der Stimme heraus, der deutlich zu erkennen gab, dass er sich mit dem was sie ihm vorschlug, keineswegs einverstanden erklären würde. „In den letzten Wochen ist doch das eine oder andere liegen geblieben. Ich habe eine Menge aufzuarbeiten."

Sie hatte Lust, ihn ein wenig zu triezen. „Das habe ich auch", antwortete sie darum. „Dann wären wir uns also einig?"

Er schnappte nach Luft wie ein Fisch auf dem Trockenen. „Aber sonst geht's dir gut?"

„Vertraust du mir etwa nicht?"

„Dir schon, aber was ist mit ihm? Zudem kann er immer noch mit Geschützen aufwarten, die mir nicht zur Verfügung stehen."

Sie lächelte, trat einen Schritt auf ihn zu, nahm sein Gesicht in ihre Hände und küsste ihn stürmisch. „Dafür hast du andere, nicht minder wirksame."

„Ist das so?" Er lächelte nun ebenfalls und schlang seine Hände um ihre Taille.

Nora legte ihren Kopf an seine Brust. „Wie oft muss ich dir noch sagen, dass ich dich liebe?", fragte sie leise, dann befreite sie sich aus seinen Armen. „Ja, ich liebe meine Kinder und begreiflicherweise liebe ich auch Frank noch irgendwie. Wie soll ich es dir nur erklären? Meine Kinder gehören zu meinem Leben und …"

„Das verstehe ich doch auch, aber …"

„Und Frank gehört nun mal dazu. Er ist ihr Vater meiner Kinder und er ist der beste Freund, den ich habe."

„Ein schöner Freund", sagte er mürrisch, „der dich mitten in der Nacht aus dem Haus wirft, nachdem er dir zuerst heile Welt vorgespielt und dich danach … benutzt hat."

„Frank ist manchmal ein wenig … unbeherrscht, doch obwohl er sich immer noch sträubt, mir den Kontakt mit Lena zu gestatten, weiß ich doch, dass er das was er mir in jener Nacht angetan hat, längst hundertfach bereut. Er wollte mich bestrafen, um sich selbst besser zu fühlen. Ist ihm das zu verdenken? Na ja, die Methode war nicht die eleganteste, aber ich denke, ich kann ganz gut nachvollziehen, was in ihm vorging. Ich habe ihm das Herz gebrochen. Er war enttäuscht und wütend. Wie hättest du dich denn an seiner Stelle gefühlt?"

Christoph sah ihr lange in die Augen, ehe er sie verlegen senkte. „Mies, verdammt mies. Aber das hätte ich dir niemals antun können. Ich fliege mit dir. Wenn es sein muss, warte ich in irgendeinem Hotel auf dich. Wir werden dort übernachten und am nächsten Tag zurückfliegen. Du hast keine Wahl. Entweder mit mir oder gar nicht."

„Na gut, aber ich werde ihn dazu bringen, dass ich Lena treffen darf, wenn nötig bei ihm zu Hause."

Der Gedanke gefiel ihm anscheinend ganz und gar nicht, denn zum ersten Mal, seit sie Christoph kannte, erlebte sie ihn richtig wütend. „Du wärst doch nicht so dumm noch einmal mit ihm zu gehen? Das lasse ich nicht zu!"

Sie konnte durchaus nachvollziehen, was in ihm vor sich ging. Aber seine Sorge um sie durfte nicht so weit gehen, dass er über sie bestimmte. „So, das lässt du nicht zu?", fragte sie leise.

„Verstehst du denn nicht, dass ich mich um dich sorge?", lenkte er ein.

Nora nickte. „Doch Chris, das verstehe ich, aber ich bin kein unmündiges Kind und du bist nicht mein Vater."

„Stimmt. Aber du bist ein unverbesserlicher, mit Emotionen geladener Dickkopf. Du bist so was von stur ...", presste er zwischen seinen Zähnen hindurch. „Diese Geschichte mit Lena hätten meine Anwälte längst regeln können, das weißt du. Dass sie immer noch nicht bei dir ist, liegt allein an dir."

Nora wollte nicht weiter mit ihm streiten. „Was hätte ich denn tun sollen, in meiner Situation? Einen Streit vom Zaun brechen? Lena einem Prozess aussetzen, den ich womöglich nicht überlebe? Sie ihrem Vater entfremden und dann letztendlich allein zurücklassen? Also gut", lenkte sie ein, „wir fliegen gemeinsam. Aber ich gehe alleine zu diesem Treffen und komme anschließend ins Hotel. Je nachdem wie das Treffen ausfällt, besprechen wir, was weiter geschieht."

„Na, geht doch!" Er zog sie in seine Arme und hielt sie fest, als fürchte er, sie zu verlieren. „Mutter erwartet uns bei Tisch. Lass uns eine Kleinigkeit essen", bat er. „Danach legst du dich bitte ein wenig nieder. Du weißt, was Friedrich gesagt hat, du sollst dich schonen. Ich muss dann noch mal ins Büro. Wenn ich nach Hause komme, gehen wir – vorausgesetzt du hast Lust dazu – mit Elvis an den Strand. Okay?"

*

Als Christoph am Abend nach Hause kam, begrüßte ihn Nora nicht wie üblich in der Bibliothek. Ein Blick auf die Uhr sagte ihm, die Besprechung hatte länger gedauert, als er geplant hatte. Markward, dieser raffinierte Lump, hatte doch tatsächlich angenommen, ihm durch endlose Diskussionen einige Euro mehr abschwatzen zu können.

Da er sie bei seiner Mutter vermutete, warf er zunächst einen Blick ins Wohnzimmer, anschließend in deren Büro. „Kann doch wohl nicht angehen, dass Frauchen nicht zu Hause ist", murmelte er und tätschelte Elvis, der ihn auf seiner Suche begleitete.

Ines, die ihm in der Diele begegnete, erklärte ihm dann, dass seine Mutter vom Professor abgeholt worden wäre und erst in etwa einer halben Stunde zurückerwartet wurde und Frau Baumann sich am Nachmittag hingelegt habe und seither nicht wieder heruntergekommen sei. „Sicher haben ihr die Medikamente wieder mal zugesetzt", versuchte sie, ihn zu beruhigen.

„Ja, mag sein", sagte er nachdenklich, doch plötzlich packte ihn eine innere Unruhe. „Da stimmt was nicht." Er lief nach oben, öffnete lautlos die Schlafzimmertür und warf einen Blick hinein. Als er sah, dass die Rollos heruntergelassen waren, zog er sie sogleich wieder zu.

Sie schläft, dachte er zufrieden und entfernte sich. Doch nachdem er bereits einige Schritte gegangen war, überfiel ihn diese Unruhe erneut und zwang ihn zurückzugehen. Ängstlich die Luft anhaltend, betrat er das Schlafzimmer, knipste die kleine Nachttischlampe an, die lediglich ein diffuses Licht verbreitete, setzte sich auf die Bettkante und streichelte ihre Stirn. „Mein Gott, du hast Fieber mein Engel", flüsterte er. „Ich rufe gleich Friedrich an."

Bevor er sich erheben konnte, bewegte sie sich, griff nach seiner Hand und hielt sie fest. „Frank, wo bleibst du denn? Der Morgen graut bereits."

In Anbetracht dessen, dass sie ihn für ihren Ehemann hielt, krampfte sich sein Herz schmerzhaft zusammen „Liebling ich bin's, Chris."

„Komm endlich zu Bett, wir können morgen darüber sprechen", murmelte sie undeutlich.

„Ich habe noch etwas vergessen, ich komme gleich", flüsterte er und streichelte ihr behutsam übers Haar. Als er sich erhob, war Nora bereits wieder eingeschlafen.

Christoph lief so schnell er konnte nach unten. In diesem Moment betrat Lydia das Haus. „Mutter! Gott sei Dank. Ist Friedrich bei dir?"

„Ja, was ...?"

„Friedrich", begrüßte er den Arzt, der gleich darauf zur Tür herein-kam, „Nora hat Fieber, bitte sieh sie dir an."

„Wo ist sie?"

„Oben."

Die zwei Falten auf Lydias Stirn vertieften sich noch. „Was sagst du da, Nora hat Fieber?", fragte sie besorgt. „Wie ist das möglich? Sie war den ganzen Tag über so gut gelaunt."

Christoph musste nicht lange überlegen. „Sicher hängt es mit dem Gespräch zusammen, das sie gestern mit Ihrem Mann geführt hat. Dieser verdammte Mistkerl. Ich wusste, dass sie sich darüber aufregen würde."

Lydia sah ihn fragend an. „Von welchem Gespräch sprichst du?"

Während sie gemeinsam nach oben gingen, erklärte er mit wenigen Worten, was Nora für den anderen Tag geplant hatte.

*

„Ich gebe ihr erst mal je zwei Paracetamol. Sollte das Fieber nicht sinken, bringen wir sie in die Klinik. Nora", wandte er sich nun direkt an seine Patientin, setzte sich an den Rand des Bettes und rüttelte sie ein wenig an der Schulter. „Nora, wach auf."

„Was ist denn …, Friedrich?" Sie strahlte ihn an, als hätte sie zu viel Champagner getrunken. „Was tust du hier? Es geht mir gut", erklärte sie kichernd.

„Hallo, Kindchen. Was machst du denn für Geschichten? Du hast Fieber."

„Chris macht sich entschieden zu viele Sorgen, das ist gar nicht gut. Du musst das unterbinden. Kannst du ihn davon kurieren, Professor?" Wieder kicherte sie unnatürlich.

Er nickte. „Ich werde mein Bestes tun und wenn du nun diese Tabletten nimmst ..."

„Ich mag keine Tabletten. Zu viele Tabletten sind ungesund. Wusstest du das nicht?", fragte sie und kicherte erneut. „Schau nicht so enttäuscht. Ich nehme sie ja. Aber nur, weil du so traurig guckst." Nachdem sie die Tabletten geschluckt hatte, drehte sie sich auf die Seite. „Lasst mich endlich in Ruhe", murmelte sie. Doch plötzlich drehte sie sich wieder um, setzte sie sich auf und rief hysterisch mit ängstlich geweiteten Augen: „Nein, nein lasst mich nicht allein."

Friedrich warf Christoph einen viel sagenden Blick zu.

„Schon gut. Ich bleibe bei dir." Christoph entkleidete sich und legte sich zu ihr. Sie schien nur darauf gewartet zu haben, denn wie immer, wenn ein Alptraum sie geweckt hatte, klammerte sie sich geradezu in seine Arme. „Frank, endlich bist du bei mir, geh nie wieder fort", flüsterte sie schläfrig.

Bei ihren Worten krampfte sich Christophs Herz schmerzhaft zusammen. „Nein, nie wieder."

Sie kuschelte sich noch enger an ihn. „Mmm. Schlafen die Kinder schon?"

„Ja", antwortete er knapp.

Sie gähnte wohlig. „Dann … ist es … gut."

„Mein Gott, Nora, du weißt nicht, was du mir antust", flüsterte er. *Es liegt am Fieber*, versuchte er, sich zu beruhigen, doch es wollte ihm nicht so recht gelingen. Grübelnd starrte er in die Dunkelheit des Zimmers. Das für den nächsten Tag geplante Treffen, konnte unmöglich stattfinden. Er musste Frank anrufen und absagen, obwohl ihn dieses Gespräch eine enorme Überwindung kosten würde. Immer wieder legte er seine Hand auf ihre Stirn. Erst als er sie gleichmäßig atmen hörte, drehte auch er sich zur Seite und schlief ein.

Kapitel 21

„Nora versteh doch. Du kannst nicht fliegen." Christoph zog den Gürtel seines Bademantels wütend zu. Manchmal verstand er sie einfach nicht. Sie musste doch einsehen, dass das eine ungeheure Belastung für sie wäre.

„Aber ich muss."

„Die Aufregung wird dir nicht guttun", meinte er besorgt.

„Ich habe mich beim Fliegen noch nie aufgeregt", gab sie trotzig von sich.

Er fuhr nervös durch sein volles Haar. „Du willst es nicht verstehen. Du bist so ein Sturkopf, dabei regst du dich doch bereits jetzt auf und bist noch nicht mal in der Luft. Außerdem meinte ich nicht den Flug, das weißt du genau."

„Chris, ich werde …, es ist höchste Zeit mich mit meinem Jetzt und Hier und dem Danach auseinanderzusetzen."

„Ich mag es nicht, wenn du so sprichst", sagte er, legte eine Krawatte um seinen Hals und band sie gekonnt. „Du hast keinen Grund dich momentan damit auseinanderzusetzen. Friedrich sagt, es sieht gut aus."

„Chris, ich bete jede Nacht darum, dass Gott mir noch ein wenig Zeit schenkt. Doch wir wissen beide nicht, wie viel mir davon noch bei klarem Verstand und ohne Schmerzen bleibt. Also bitte keine Phrasen, keine Ausflüchte mehr und kein Fliehen vor Gefühlen und Ängsten, weder vor meinen, noch vor deinen. Es geht mir besser, wenn ich über all das sprechen kann, was mich belastet. Vor allem muss ich mit Frank sprechen. Wir haben noch einiges zu regeln. Wann sollte ich das tun, wenn nicht jetzt? Und ich möchte Lena noch einmal sehen. Verstehst du das denn nicht? Ich habe meine Tochter seit über einem Jahr nicht gesehen. Sie hat sich sicher verändert. Chris, du verlierst nur mich, ich dagegen verliere alles und all die Menschen die ich liebe. Wenn ich daran denke, fühle ich einen kaum zu ertragenden Schmerz in der Brust." In wie weit mir das nach meinem Tod noch wichtig ist, weiß ich nicht. Aber jetzt ist es mir so wichtig, die Menschen um mich zu haben, die ich liebe."

Angesichts ihrer letzten Worte verdrehte er entmutigt die Augen. „Ich verliere nur dich? Du bist mein Leben." Er wandte sich von ihr ab und ging einige Schritte nachdenklich durchs Zimmer. Als er sich ihr wieder zuwandte, schien Nora ebenfalls etwas sagen zu wollen. Er kannte sie gut genug, um zu wissen, dass sie sich für ihre unbedacht geäußerten Worte entschuldigen wollte. Doch er wollte das nicht hören, darum beeilte er sich, ihr zuvor zu kommen. „Verzeih, ich war sehr egoistisch. Ich rufe Frank an und werde ihn bitten, zu uns zu kommen. Mit deiner Lena."

Nora starrte ihn fassungslos an. „Das willst du für mich tun?"

„Ja, ich gestehe, ich würde ihn lieber sonst wo hinschicken, aber was soll ich denn machen? Wenn du es so willst ..."

„Danke." Sie lief auf ihn zu, umarmte ihn stürmisch und strahlte ihn gleich darauf glücklich an. „Ich werde dir das nie vergessen, zumindest nicht so lange ich lebe und sollte ich es danach noch wissen, bis in alle Ewigkeit."

Unwillkürlich dachte er an den letzten Abend. *Sie hat mich Frank genannt. Frank! Sie ahnt vermutlich nicht einmal, wie tief ihre Gefühle für diesen Kerl sind und wie sehr sie immer noch mit ihm verbunden ist.*

Nora drückte sich enger an ihn, legte ihren Kopf auf seine Brust und streichelte zärtlich darüber. „Was bedrückt dich? Du bist so still geworden? Mute ich dir doch zu viel zu? Oder ist da noch etwas anderes, etwas das du vor mir verschweigst?"

„Nein, es ist nichts."

„Das glaube ich dir nicht. Komm schon, sag's mir", bat sie eindringlich.

„Gestern Abend, du ...", begann er, verstummte dann aber wieder. *Wie soll ich es ihr sagen?* „Verdammt!" Wie immer, wenn er nervös war, fuhr er sich auch diesmal wieder mit beiden Händen durchs Haar. „Du hast mich Frank genannt", platzte er heraus.

„Oh! Oh ... oh ..., ich redete im Fieber, vermutlich befand ich mich dadurch geistig an einem anderen Ort. Das kannst du mir doch nicht vorwerfen?"

„Nein, ich werfe dir das doch nicht vor, aber es hat verdammt weh getan und ..."

„Tut es immer noch. Ach Chris, ich liebe dich so sehr. Manchmal frage ich mich, ob ich da drüben noch so etwas wie Liebe empfinden werde? Wenn ja, werde ich mich an deine Liebe erinnern? Werde ich sie vermissen oder werde ich einfach nur glücklich sein, weil ich sie besitzen durfte? Ich wünschte, ich müsste dich nicht verlassen."

Zärtlich streichelte er ihre Wange, während er ihr tief in die Augen blickte. „Du weißt, dass ich nichts lieber möchte, als dich begleiten."

Sie lächelte, ergriff seine Hand und küsste sie. „Der Gedanke hat schon was. Wir fassen uns bei den Händen und gehen den Weg gemeinsam. Die Sache hat allerdings einen Haken. Es gibt keine Garantie, dass wir nach dem Sterben den gleichen Weg haben. Du wärst dann ein Selbstmörder und die werden, soviel ich weiß, zuerst geläutert. Das könnte ziemlich schmerzhaft für dich werden."

„Du kennst dich aus, was?"

„Ich habe das mal gelesen. Lass mich dir einen anderen Vorschlag machen. Ich werde auf dich warten. Eines Tages stehe ich am Ende deines irdischen Weges und nehme dich bei der Hand. Dann musst du keine Angst haben."

Es zerriss ihm fast das Herz, sie so sprechen zu hören, darum beugte er sich zu ihr hinunter und küsste ihre bebenden Lippen. „Du musst auch keine haben. Schließlich gehst du nach Hause. Dort gibt es viele wie dich, Engel mit und ohne Flügel, aber eben Engel."

„Chris", flüsterte sie.

„Ja?"

„Ich liebe dich."

Sein Blick umfasste sehnsüchtig ihre Gestalt. „Ich liebe dich mehr, als du mich jemals lieben wirst."

„Dann beweise es." Nora lächelte ihn schelmisch an.

Das musste sie ihm nicht zweimal sagen. Auch er sehnte sich danach ihren Körper nah an seinem zu spüren, ihre Hände, die zärtlich und fordernd zugleich über seine nackte Haut strichen, ihre Küsse, die sie nicht nur auf seinen Lippen hinterließ, was ihn fast wahnsinnig machte. Allein der Gedanke daran, brachte sein Blut in Wallung. Sehnsüchtig hob er sie auf seine Arme und legte sie vorsichtig aufs Bett. Während er die Knöpfe ihres Pyjamas langsam, einen Knopf nach dem anderen öffnete und sie dabei leidenschaftlich küsste, konnte er nur noch an diesen wundervollen Körper denken, der so verheißungsvoll unter seinem lag und daran, dass er ihn gleich in Besitz nehmen würde.

Sie liebten sich, wie sich nur zwei Menschen lieben können, die die tiefe Liebe des anderen erkennen, sich dieser vollkommen öffnen und erwidern. Zwei Liebende, die sich der Möglichkeit, es könnte das letzte Mal sein, vollkommen bewusst waren. Das letzte Mal eins zu sein, nicht nur mit dem Körper des anderen, sondern auch mit dessen Seele.

Als sie erschöpft beieinanderlagen – Nora hatte ihren Kopf auf seine Brust gelegt – bemerkte er, dass sie weinte. „Was ist mit dir Liebes? Habe ich dir wehgetan?"

„Oh, nein. Es ist nur, ich fühle mich glücklich und traurig zugleich. Glücklich, weil ich einem wundervollen Mann, den ich liebe wie keinen anderen, nah sein darf. Glücklich, weil er mich ebenfalls liebt, so sehr, dass er alles Übel auf sich nimmt. Und traurig, weil ich ihn zurücklassen muss auf diesem Weg, der für mich allein bestimmt ist. Und ich bin traurig, weil ich meine Familie vermisse und mich immer wieder frage, ob ich nicht doch zu egoistisch gehandelt habe, als ich sie verließ.

Obwohl er sie jetzt gerne getröstet hätte, rührte er sich nicht, denn er wusste nicht wie. Er fühlte sich so verdammt hilflos wie selten zuvor in seinem Leben. Im war, als stehe er an einem Abgrund und versuche verzweifelt die Hand, die sich ihm entgegenstreckte, zu halten. Doch je fester er sie drückte, desto mehr entglitt sie ihm. Nora hatte rechtbehalten, er konnte sie vor dem Absturz nicht bewahren. Eines Tages würde sie die Augen schließen und nie wieder öffnen. Er atmete einmal tief durch. *Aber bis es so weit ist, werde ich für sie da sein ...* Liebevoll streichelte er ihr übers Haar, bis er sie tief und gleichmäßig atmen hörte, dann zog er vorsichtig seinen Arm unter ihrem Nacken hervor. Einige Minuten später verließ er das Schlafzimmer.

*

Als er das Speisezimmer betrat, saß Lydia bereits am Tisch und verspeiste mit gutem Appetit Rühreier mit Schinken. „Wie geht es Nora heute Morgen?"

„Sie fühlt sich, denke ich, ganz gut." Christoph lächelte in sich hinein, beim Gedanken an die letzte Stunde. „Diese Frau ist stur wie eine Horde Rinder."

Lydia sah ihn wissend an. „Lass mich raten. Sie will morgen trotzdem fliegen", stellte sie nüchtern fest.

„Genau. Doch ich konnte sie überzeugen, Frank zu bitten, mit Lena zu uns zu kommen." Er griff nach der Kanne, goss Kaffee in seine Tasse und trank einen Schluck. „Nora benimmt sich irgendwie seltsam, so als …, ach ich weiß auch nicht. Jedenfalls schien sie wohl noch ein wenig müde. Sie schläft jetzt."

„Das ist gut, lassen wir sie schlafen. Sie kann ihn später anrufen."

„Nein, ich rufe ihn an. Hoffentlich legt er nicht gleich wieder auf. Er muss einsehen, dass es für Nora wichtig ist, mit ihm zu sprechen. Mir kommt es fast so vor, als wolle sie sich von ihm und Lena verabschieden. So, als wisse sie … Ich denke, ich sollte noch ein weiteres Gespräch führen, mit Paris."

Lydia hielt ihn am Ärmel fest. „Mach dich nicht verrückt. Ich denke, sie will einfach alles geregelt haben, für den Fall der Fälle."

„Wahrscheinlich hast du recht. So ein Abend wie der gestrige, macht mich einfach nervös."

„Er wird bereits zur Arbeit unterwegs sein", gab Lydia, nach einem schnellen Blick auf die Uhr, zu bedenken.

„Ich habe seine Handynummer. Am besten, ich versuch es gleich jetzt."

*

Frank hatte einen Entschluss gefasst. Er wollte die letzten Tage bis Weihnachten mit seinen Kindern verbringen, gemeinsam mit Nora. Sie sollte ihm zwei, drei Tage Zeit geben. *Noch einmal will ich sie um mich haben, dann werde ich sie mit den Kindern gehen lassen ...* Das schrille Läuten des Handys unterbrach seine Gedanken. *Das kann nur Bernd sein. Ist wohl wieder mal die Kacke am Dampfen und wie üblich, schickt er mich vor.*

„Baumann", meldete er sich entnervt.

„Von Radomski, guten Morgen."

Nicht nur dieser Name verursachte bei Frank augenblicklich Magenkrämpfe, sondern auch der mögliche Grund. Für eine Sekunde überlegte er, ihn gleich wieder wegzudrücken, doch dann siegte seine Sorge um Nora. „Ist etwas mit Nora?", fragte er beunruhigt.

„Ja und nein. Es geht um morgen."

„Sie möchten nicht, dass sie mich besucht", stellte er zornig fest. „Sie verdammter Scheißkerl. Nora ist immer noch meine Frau."

„Sie gestatten, dass ich darüber anderer Ansicht bin und sie selbst wissen am besten, dass dieser Umstand nichts mit mir zu tun hat."

„Idiot!" Frank klappte sein Handy zu und warf es wütend auf den Beifahrersitz. Er zitterte vor Wut. Vorsichtshalber fuhr er in die nächste Parkbucht und brachte den Wagen zum Stehen. Das Lenkrad fest umklammernd, ließ er seinen Kopf schwer darauf fallen. Doch er hatte keine Zeit zum Nachdenken, das Handy läutete abermals.

„Was wollen Sie noch?", schrie er ins Telefon.

„Sie und die Kinder einladen, die Feiertage mit uns gemeinsam zu verbringen." Erst als er die Worte ausgesprochen hatte, wurde ihm bewusst, wie sie für Frank klingen mussten.

„Das können Sie vergessen." Wieder unterbrach er das Gespräch. *Was denkt sich dieser Schnösel eigentlich?*

Als sich, keine Minute später, das Läuten wiederholte, musste er zumindest anerkennen, dass der Schnösel ziemlich hartnäckig sein konnte. *Sicherlich bist du es gewohnt Befehle zu erteilen und deine Leute springen vermutlich sofort, wenn du rufst. Doch ich bin keiner deiner Angestellten.* Frank griff noch einmal nach dem Handy und drückte ihn einfach weg. *Nun kann er es probieren, bis er schwarz wird.*

*

„Dieser verdammte Idiot", rief Christoph und klappte ebenfalls wütend sein Handy zu. „Wie kann man nur so bescheuert dämlich sein?" Nachdenklich vor sich hinstarrend durchquerte er den Raum.

„Und?", fragte Lydia gespannt.

„Er will nicht mit mir sprechen. Der Kerl hat mich eben einfach weggedrückt. Verdammt!"

„Soll ich mit ihm sprechen?"

Einen Augenblick schien er ihren Vorschlag in Erwägung zu ziehen. Dann schüttelte er verneinend den Kopf. „Nein! Auf gar keinen Fall! Das ist meine Sache, und wenn es sein muss, schleife ich ihn höchstpersönlich hier her."

„Wie gedenkst du das zu tun?", fragte sie gelassen.

„Ich fliege zu ihm", antwortete er prompt.

„Mach dich nicht lächerlich."

„Ich soll mich nicht lächerlich machen?", zischte er außer sich vor Wut. „Wenn sich hier einer lächerlich macht, dann ist das ja wohl er."

„Vergiss es. Er ist bestimmt längst bei der Arbeit und du weißt nicht wo. Warte einige Minuten. Nora erwähnte einmal, er müsse stets erreichbar sein, also wird er das Handy wieder einschalten."

„Meinst du?", fragte er um einiges ruhiger.

„Ja und jetzt setz dich zu mir und frühstücke zu Ende, damit du groß und stark wirst." Lydia tätschelte beruhigend seinen Arm, während sie ihn verständnisvoll anlächelte. So war es immer schon gewesen, erinnerte sie sich, gelang ihm ein Unterfangen nicht auf Anhieb, suchte er verbissen nach einem Weg, um zu erreichen was er wollte und meistens bekam er es auch. Ab und zu gingen dabei schon mal die Pferde mit ihm durch, doch sie hatte es immer wieder geschafft, ihn herunterzuholen.

Nach etwa einer halben Stunde, versuchte Christoph erneut, Frank zu erreichen.

„Baumann."

„Legen Sie nicht gleich wieder auf", bat er beherrscht. „Es ist wirklich wichtig und nicht die richtige Zeit für Ressentiments."

„Sie schon wieder", antwortete Frank gereizt. „Ich wüsste wirklich nicht, was Sie mir Wichtiges zu sagen hätten. Und was meinen nicht ganz unberechtigten Groll gegen Sie angeht, zu dem ich mich im Übrigen offen bekenne, sind sie der Letzte mit dem ich darüber sprechen möchte. Nora kann mir alles was wichtig ist, morgen selbst erzählen."

„Sie wird nicht kommen", platzte Christoph heraus.

„Hm!", lachte Frank kurz auf. „Dann hatte ich also recht. Sie lassen sie nicht gehen?"

„Nein, verdammt noch mal", erwiderte Christoph aufgebracht. „So ist es nicht. Bitte hören Sie mir nur ein paar Minuten zu. Auch wenn ich vermutlich der letzte Mensch auf Gottes Erdboden bin, mit dem sie sprechen möchten.

„Also gut", brummte Frank. „Worum geht es?"

„Nora hatte gestern Abend Fieber. Vermutlich regte das Gespräch mit Ihnen ..."

„Na klar!", unterbrach Frank ihn. „Wie sollte es auch anders sein, ich bin wieder mal schuld."

Christoph ignorierte Franks Einwurf mit einem wütenden Rollen seiner Augen und einem tiefen Durchatmen, sonst hätte diesmal er das Gespräch abgebrochen. „Nora", zwang er sich weiter zu sprechen, „sehnt sich nach ihren Kindern und auch nach Ihnen. Und es fällt mir, wie Sie sich sicher denken können, nicht leicht, das zu sagen. Da ich es nicht verstehen kann. Ich meine, nach allem was Sie ihr angetan haben. Doch was auch immer Sie für Nora sind, sie braucht Sie jetzt. Sollten Sie noch irgendetwas für sie empfinden, dann kommen Sie mit Ihren Kindern zu uns. Verbringen Sie Weihnachten in meinem Haus."

„Das ist nicht Ihr Ernst?"

„Doch! Glauben Sie mir, die Weihnachtstage ohne Sie verbringen zu können, wäre mir auch lieber. Aber das ist jetzt nicht wichtig. Hier geht es um Nora und nur um Nora. Bestenfalls auch noch um Tristan und Lena, die dieses Weihnachtsfest noch einmal mit ihrer Mutter gemeinsam verbringen sollten."

„Und Sie glauben tatsächlich, ich komme als Gast in Ihr Haus und sehe dabei zu, wie Sie mit meiner Ehefrau an Ihrer Seite, den Gastgeber spielen, die Nacht mit Ihr zusammen verbringen und ich schlafe in einem Gästezimmer?", zischte er aufgebracht. „Das können Sie sich abschminken."

„Nora ist doch längst nicht mehr Ihre Frau. Wäre sie nicht krank, hätte Sie sich von Ihnen scheiden lassen und wäre längst meine Frau."

„Was bilden Sie sich eigentlich ein? Wäre Nora nicht krank, hätte sie mich nie verlassen und wäre Ihnen somit niemals begegnet", belehrte er ihn.

Christoph holte einmal tief Luft. „Sie müssen doch zugeben, hätte in Ihrer Ehe alles gestimmt, wäre sie nicht weggelaufen und selbst wenn, hätte sie sich nie mit mir eingelassen."

*

Im Grunde seines Herzens wusste Frank, dass Christoph von Radomski recht hatte. Oft genug – tagsüber beim Verrichten monotoner Arbeit, abends, wenn die Kinder längst im Bett lagen und er in den Fernseher stierte, ohne auch nur den Bruchteil von der laufenden Sendung mitzubekommen, nachts, wenn er sich wieder mal von einer Seite auf die andere wälzte und vor Sehnsucht fast verging, weil sie nicht neben ihm lag, kam er nicht umhin, sich mit diesem Gedanken auseinanderzusetzen. Doch zum einen saß der Stachel der Eifersucht, der ihn stets solange piesackte, bis er wieder in Selbstmitleid zerfloss, noch zu tief, zum anderen war die Wut, die er an jenem Abend am Strand empfunden hatte, noch längst nicht verraucht.

„Ich kann das jetzt nicht entscheiden", sagte er leise, klappte sein Handy zu und warf es nachlässig auf den Beifahrersitz. *Soll der Kerl ruhig noch eine Weile zappeln. Diesmal sitze ich am längeren Hebel.*

Einen Moment genoss er diesen Umstand sogar und lächelte selbstgefällig vor sich hin, doch schon im nächste regte sich sein Gewissen. Schon längst hatte er begriffen, dass er sie bereits vor Jahren verloren hatte. Sie war der Kinder zuliebe bei ihm geblieben, obwohl sie damals keine Liebe mehr für ihn empfunden hatte, höchstens noch Mitleid, wie mit jedem x–beliebigen Bettler auf der Straße. Obwohl die Liebe zu ihm, im Laufe der Zeit, wieder gewachsen zu sein schien, so war es doch nicht mehr die, die er so leichtfertig und rücksichtslos zerstört hatte. Endlich zwang er sich, der Realität ins Auge zu sehen. Dennoch wollte sie nicht nur wegen der Kinder zurückkommen. Und hätte er sie nicht so schändlich behandelt, wäre sie geblieben. Ja, auch bei ihm, denn auch wenn sie nicht mehr dasselbe für ihn empfand, wie zu Beginn ihrer Ehe und auch nicht dasselbe, wie für diesen eingebildeten Lackaffen, so war es doch Liebe. Diese Erkenntnis traf ihn so plötzlich, dass es ihm die Tränen in die Augen trieb. *Was habe ich getan? Ich werde es mir nie verzeihen, wenn ich ihr diesen, womöglich letzten*

Wunsch, nicht erfülle. Sie darf nicht sterben, ohne sich von den Kindern verabschiedet zu haben und die Kinder von ihr. Und ich will sie auch noch einmal sehen, sie ein letztes Mal in meine Arme nehmen, selbst wenn sie dann noch einige Monate oder sogar Jahre lebt. Ich werde sie danach nie mehr belästigen.

Frank wendete den Wagen und fuhr statt auf die Baustelle direkt in die Firma. Er hatte noch jede Menge Überstunden und Urlaub, den er dieses Jahr nicht genommen hatte. Die Arbeiten, von denen er gegenüber Bernd behauptet hatte, sie müssten noch vor Weihnachten erledigt werden, konnten warten bis nach den Feiertagen. Er hätte es sowieso nur gemacht, um sich abzulenken und die momentane Auftragslage war auch nicht dazu angetan, sich abzuhetzen.

„Bernd, ich nehme Urlaub", rief er, nachdem er wie ein wilder Stier ins Büro seines Chefs gestürmt war.

Bernd blickte überrascht von seiner Arbeit hoch. „Ist was mit deiner Frau?", fragte der besorgt.

Frank kannte seinen Chef, seit sie gemeinsam im Betrieb dessen Vaters die Lehre absolviert hatten. Eigentlich waren sie nur während der Zeit getrennt gewesen, als sie ihren Wehrdienst leisteten. Selbst die Meisterschule hatten sie danach gemeinsam absolviert. Ihre Freundschaft beruhte mehr oder weniger auf geschäftlicher Basis, dennoch wussten beide, dass sie sich aufeinander verlassen konnten. Als der alte Meister dann in Rente ging, übernahm Frank dessen Posten. Bernd dagegen sollte irgendwann die Firma leiten.

„Nein – nicht direkt", gab Frank nun stockend von sich. „Aber ich denke, es wird Zeit, dass ich ..., na was auch immer. Das mit dem Urlaub geht doch klar?"

„Natürlich", erklärte Bernd. „Frank ...", er schob seinen Sessel zurück, erhob sich, ging um seinen Schreibtisch herum und schlug ihm kameradschaftlich auf den Oberarm, „wenn ich dir irgendwie helfen kann ..., du weißt, du kannst jederzeit zu mir kommen."

„Danke, Bernd. Es ist nur – ich denke, ich muss mein Leben endlich neu ordnen. So, wie es im Moment läuft, kann es nicht weitergehen."

„Ja, das ist die richtige Entscheidung. Grüß Nora von mir."

Frank nickte, tippte kurz mit zwei Fingern an seine Schläfe und verließ das Büro. Auf einmal fühlte er sich, als hätte man ihm einen

Mühlstein abgenommen und dieser Eindruck verstärkte sich noch, bei dem Gedanken an seine Kinder und wie sie schauen würden, wenn sie erfuhren, dass er vorhatte, sie zu ihrer Mutter zu bringen und ein besonders warmes Gefühl beschlich ihn, als er an Nora dachte.

Beschwingt setzte er sich in seinen Wagen und fuhr los. *Ja! Ich werde reinen Tisch machen und danach in einen Flieger steigen.* Er hatte einen Traum, einen den er sich endlich erfüllen würde. Es wurde Zeit ein Leben ohne Nora zu beginnen.

*

„Dieser verdammte Mistkerl sitzt auf einem ziemlich hohen Ross", zischte Christoph währenddessen zwischen seinen fest zusammengepressten Zähnen hindurch.

„Er ist ihr Ehemann", gab Lydia zu bedenken.

„Er ist ein verdammtes A…"

„Untersteh dich!", warnte ihn Lydia, das bewusste Wort auszusprechen.

Er hielt einen Augenblick inne, bevor er schmollend antwortete: „Ist doch wahr. Weil er Lena hat, denkt er wohl, er sitzt am längeren Hebel. Das werde ich ihm vermasseln. Ich habe einige äußerst nützliche Beziehungen und besitze Einfluss, wie du weißt." Eine Weile starrte er nachdenklich vor sich hin, dann fügte er zornig und um einige Nuancen lauter hinzu: „Was heißt Einfluss? Macht, ist das richtige Wort, und wenn es sein muss, benutze ich jetzt beides."

„Was redest du denn da?", fragte Lydia schockiert. „Das klingt ja, als wolltest du ihn umbringen lassen."

„Und genau das würde ich am liebsten tun. Aber ich habe andere Möglichkeiten mit dem Kerl fertig zu werden. Ich rufe Kronberg an."

„Den Oberstaatsanwalt? Was willst du denn von dem?", fragte sie beunruhigt. Wenn sie die Lage richtig einschätzte, war ihr Sohn auf dem besten Weg, sich lächerlich zu machen.

„Er hat die besten Beziehungen. Wenn es sein muss, schalte ich den ganzen verdammten Staatsapparat ein", ereiferte er sich.

Lydia griff – äußerlich seelenruhig – nach ihrem Buch und setzte sich in den Ohrensessel am Kamin. „Deine Beziehungen in allen Ehren, aber glaubst du wirklich", gab sie zu bedenken, „Nora würde wollen, dass du ein Verfahren gegen ihren Mann anstrengst? Kennst du sie so wenig? Sie wird dich dafür hassen."

Seine Hände zu Fäusten geballt, durchmaß er den Raum mit großen Schritten. „Ich weiß, aber das ist mir egal. Nora soll dieses Weihnachtsfest gemeinsam mit ihren Kindern verbringen, selbst wenn ich den Kerl zwingen muss. Mutter, ich will doch nur, dass sie glücklich ist."

„Bevor du das tust, rufst du ihn aber …"

Das schrille Klingeln des Telefons unterbrach ihr Gespräch.

Christoph griff nach dem Hörer und war höchst überrascht die Stimme des Mannes zu hören, der ihn vor wenigen Minuten auf so überhebliche Art abgefertigt hatte.

„Ich komme. Ich komme mit den Kindern. Tristan ist noch in Paris. Ich erwarte ihn übermorgen. Sie können also frühestens in drei Tagen mit uns rechnen. Ich melde mich am Abend zuvor noch mal."

In der Leitung knackte es. Frank hatte aufgelegt.

Christoph stand einige Sekunden mit offenem Mund vor Lydia. Er konnte kaum glauben, was ihm Frank eben offenbart hatte, dann streckte er seine Arme nach oben, als wolle er Gott danken, ballte dann seine Hände erneut zu Fäusten und zog sie blitzschnell herunter. „Ja! Ja!"

So hatte Lydia ihren Sohn noch nie erlebt. „Er kommt?", fragte sie verwirrt.

Wie von schwerer Last befreit, atmete Christoph tief ein und blies die Luft laut wieder aus. „Ja, er kommt", antwortete er ruhig. „In drei Tagen. Was immer ihn dazu bewogen hat, es grenzt fast an ein Wunder."

*

Nora schlug die Augen auf. *Nicht, noch nicht,* dachte sie. Sie fühlte sich seltsam schwummrig und sonderbar leicht, so als schwebe sie in sich selbst. Dieses Gefühl bemächtigte sich ihrer nicht zum ersten Mal, schon am Tag zuvor hatte sie gefühlt, dass etwas in ihr vorging, mit dem sie jetzt noch nicht gerechnet hatte.

Eine Sekunde Angst, wie ein kurzes Erschrecken, dann kehrte wieder Ruhe ein. *Diese Gedanken sind absolut lächerlich*, schalt' sie sich selbst. *Friedrich hat doch gesagt, dass beim Eingriff alles gut gegangen wäre und laut seiner Aussage, darf ich noch eine Weile leben.*

Dennoch, irgendwer ganz tief in ihr oder so weit weg, dass er ihr schon wieder nah war, sagte ihr etwas anderes. Zunächst war es nur ein sehr leises Flüstern, so als wolle er sie nicht erschrecken, drangen die Worte immer deutlicher in ihr Bewusstsein: „Dein Leben geht zu Ende."

Habe ich etwa immer noch Fieber? Nora legte die Hand an ihre Stirn, die genau die richtige Temperatur zu haben schien. Sie atmete einmal tief ein und erleichtert wieder aus. *Sicher,* sinnierte sie und versuchte damit, die dunklen Gedanken zu verscheuchen, *habe ich nur geträumt.* Doch sie konnte sich des Gefühls nicht erwehren, dass …

„Hallo, mein Engel", rief Christoph, nachdem er leise die Tür geöffnet und den Kopf hereingestreckt hatte. „Du bist wach, das ist gut. Ich habe tolle Neuigkeiten für dich. Aber du musst mir versprechen, dich nicht aufzuregen."

„Ich verspreche es."

„Frank besucht uns in drei Tagen und was meinst du, wen er mitbringt?" Christoph nickte zustimmend, als er ihre vor Überraschung weit aufgerissenen Augen sah. „Ja, er kommt mit Tristan und Lena."

Nun wusste sie, was dieses leichte Gefühl in ihr verursacht hatte. Die tief in ihr verborgene Frage, die sie sich unbewusst gestellt und ebenso unbewusst aber dennoch zuversichtlich selbst beantwortet hatte. Es war dieses leichte 'Alles wird gut Gefühl'. Chris hatte Frank tatsächlich eingeladen und Frank hatte zugesagt. Endlich durfte sie auch Lena wiedersehen.

*

Das bezauberndste Lächeln, das er je gesehen hatte, stahl sich auf ihre Lippen und dann in sein Herz. Er fühlte sich plötzlich hungrig wie ein Wolf. Hungrig auf dieses Lächeln, vor allem aber auf die Lippen, die zu küssen er stets bereit war. Und dann erinnerte er sich an jenen Abend, als sie ihm von Black Jack erzählt hatte. Er konnte nicht anders, er nahm ihr Gesicht in seine Hände und küsste ihren sinnlichen Mund. „Oh, Ihr schmeckt so gut, Eure Lippen sind süßer als Honig, und wie Ihr duftet, Euer Duft erinnert mich an die heißen Nächte des Orients."

„Chris, geht es dir gut?", flüsterte sie an seinem Ohr.

Er beantwortete ihre Fragen nicht, schien sie nicht einmal gehört zu haben, sondern öffnete ihr Pyjamaoberteil und streichelte ihre Brüste. „Ich liebe Eure bronzefarbene Haut, die sich unter meinen Händen zart wie Samt anfühlt. Ach könnt ich sie für immer liebkosen. Oh Geliebte", seufzte er, „Eure Gestalt ist die eines Engels ..." Er beugte sich über sie, liebkoste ihren Körper, knabberte zärtlich an den harten Spitzen ihrer Brüste, küsste ihren Bauch, und als er an ihrer Pyjamahose angelangt war, schob er diese über ihre Hüften nach unten.

Auch wenn sie zuerst ein wenig irritiert schien, so verfehlten seine Worte ihre Wirkung nicht. „Ich weiß zwar nicht, was mit dir geschehen ist, aber es gefällt mir", bemerkte sie lüstern und räkelte sich unter ihm. „Mach weiter."

Christoph sah sie frech grinsend an. „Wenn es nur das ist, was Ihr benötigt Gnädigste ..."

Erst jetzt schien sie zu verstehen, denn plötzlich lächelte sie in sich hinein. „Ich liebe Euch, Black Jack", hauchte sie daraufhin hinge-bungsvoll.

„Ich liebe Euch, schönste aller Frauen. Darum werde ich Euch nun auf meine Insel der Glückseligkeit entführen."

*

„Tristan, ich habe dir etwas Wichtiges zu sagen", rief Frank so laut durchs Telefon, als befände sich sein Gesprächspartner am anderen Ende der Welt.

„Papa? Was ist so wichtig, dass es nicht warten kann, bis ich zu Hau-se bin?" Im selben Augenblick fühlte er einen scharfen Schmerz und sein Herz begann unruhig zu schlagen. „Ist was mit Mama? Ist sie ...?", fragte er besorgt.

„Nein, nein, beruhige dich. Nora geht es gut", antwortete er schnells-tens und holte einmal tief Luft. Eine Sekunde war er drauf und dran, das Gespräch in eine andere Richtung zu lenken. Jetzt konnte er seine

Entscheidung noch revidieren. Er könnte ihn fragen, was er am Heilig-abend kochen sollte. „Wir werden sie besuchen", sagte er stattdessen und atmete erleichtert aus. Nun gab es kein Zurück mehr.

Tristan antwortete nicht.

Eine ganze Weile hörte Frank ihn nur atmen. Er wollte ihn schon auffordern zu antworten, doch dann, entschloss er sich zu warten. Sicher gingen Tristan einige Fragen durch den Kopf.

„Was hat diesen Sinneswandel verursacht?", fragte er auch prompt, wobei in seiner Stimme ein misstrauischer Unterton mitklang. „Es ist doch was mit Mama?"

„Nein, allerdings ist mir nicht ganz wohl bei dem Gedanken, ihr gegenüberzustehen", gab er zu.

„Du hast Angst? Du hast tatsächlich Angst vor diesem Treffen", bemerkte Tristan verblüfft. „Und du gibst mir gegenüber, eine Schwä-che zu? Hey Alter, was ist los mit dir?"

„Ja, ich habe Angst. Aber das ist nicht der Grund, weswegen ich anrufe. Ursprünglich wollte sie mich besuchen. Uns, sie wollte uns besuchen. Ich wollte zunächst nicht, aber ihre Stimme und was sie mir sagte, kam mir irgendwie seltsam vor. Ich kann dir nicht sagen, was es war, jedenfalls stimmte ich zu. Aber sie bekam Fieber und …, und nun hat mich dieser Kerl überzeugt, na ja, dass es besser für Nora wäre, wenn wir sie besuchen würden."

„Was ist der eigentliche Grund deines Anrufs?"

„Ich habe mich damit abgefunden, dass ich eure Mutter zuerst an eine tödliche Krankheit, dann an einen anderen Mann verloren habe. Du weißt, ich hätte alles für sie getan. Ich liebe Nora mehr als mein eigenes Leben." Frank verstummte plötzlich und starrte nachdenklich vor sich hin.

Tristan nahm den Hörer vom Ohr und sah ihn einen Moment verblüfft an, als wäre es das Gesicht seines Vaters. „Papa", rief er in den Hörer. „Was soll dieses Gestammel?"

„Es gab mal eine Zeit", sprach Frank weiter, „da liebte sie mich ebenso, ich glaube es zumindest, doch ich verlor diese Liebe durch meine eigene Dummheit. Du erinnerst dich?"

Tristan nickte.

„Es dauerte eine ganze Weile bis ich ihr Vertrauen und ihre Liebe wiedererlangte. Doch mir ist durchaus bewusst, dass diese Liebe auf einer tiefen Freundschaft beruhte. Deine Mutter ist ein wunderbarer Mensch. Sie besitzt eine Fähigkeit, die heutzutage sehr selten geworden ist, sie kann vergeben. Ich weiß, sie hätte mir das nie angetan, wäre die Situation eine andere und würde ihr dieser Mann nicht das geben, was sie bei mir verloren hatte."

„Hast du das eben wirklich gesagt oder unterliege ich einer Halluzination? Das sind ja ganz neue Töne", sagte er verwirrt. „Wie bist du zu dieser Erkenntnis gelangt?"

„Nun ja ...", begann er zu erklären, verstummte dann aber.

„Ich denke", sprach Tristan weiter, „er ist eine Persönlichkeit, die man respektieren muss und Papa – er liebt sie wirklich."

Frank nickte. „Ja, das weiß ich inzwischen auch." Nun schüttelte er den Kopf und lächelte resignierend vor sich hin.

Doch das konnte Tristan nicht sehen. „Papa?"

„Trotzdem", sprach er wie erwachend weiter, „würde ich ihn am liebsten, mit einem kräftigen Tritt in den Hintern, auf den Mars schicken."

„Das verstehe ich."

„Es ist doch nur natürlich, dass ich wütend auf sie war?"

„Ja, ist es. Was ist passiert?"

Frank spielte nervös mit dem Kabel. Es knackste in der Leitung. „Diese Wut ließ mich sogar für eine gewisse Zeit vergessen, dass sie todkrank ist. Ich wollte sie nie wiedersehen und wollte auch nicht, dass sie euch sieht. Ich wollte ihr ebenso wehtun, wie sie mir. Doch als sie anrief, erkannte ich, wie egoistisch ich gehandelt habe. Sie hat mir in all den Jahren unserer Ehe so viel gegeben, da sollte ich ihr endlich etwas zurückgeben. Und was diesen Kerl angeht, der tut mir fast leid. Er hat mir zwar die Frau weggenommen, doch die Erinnerungen an all die glücklichen Momente unseres gemeinsamen Lebens, kann er mir nicht nehmen und vieles, das ich hatte und noch immer habe, euch zum Beispiel, wird er nie haben", sprudelte es aus ihm heraus.

„Ja, das stimmt. Papa ..., dass du mir all das sagst, bedeutet mir sehr viel, aber was willst du mir eigentlich sagen?"

„Ich weiß, dass deine Mutter immer an erster Stelle bei dir stand, und ich war oft eifersüchtig auf eure enge Beziehung."

„Immer, wenn du so ablehnend warst, gab sie mir diese Erklärung für dein Verhalten. Darum habe ich nie an deiner Liebe gezweifelt. Mama hatte stets Verständnis für deine Launen und Ausraster. Da fällt mir ein, als sie letztes Jahr nach Hause kam, was ist da passiert? Es muss was vorgefallen sein, nur so kann ich mir erklären, dass es Christoph möglich war, sie wieder zu sich zu holen?"

„Sie ist nicht freiwillig gegangen. Ich habe sie rausgeworfen", platzte er mit der Wahrheit heraus.

„Du hast …, was?", fragte Tristan erschüttert. „Das ist es also, was du mir die ganze Zeit sagen willst."

„Ich bin nicht stolz drauf", antwortete Frank kleinlaut.

„Das kannst du wohl auch kaum sein." Tristan fuhr nachdenklich mit den Fingerspitzen über seine Stirn. „Es könnte also durchaus sein, dass sie immer noch zu Hause wäre, wenn du …?"

„Wer weiß, ob sie dann …, ich meine, sie hätte sich vermutlich nicht operieren lassen und wäre …", murmelte er beschämt, sein Verhalten gegenüber Tristan zu rechtfertigen. Doch wissend, dass es keine Vergebung für seine schändliche Handlungsweise geben konnte. „Tristan glaub mir, ich verstehe mittlerweile selbst nicht, wie ich ihr das antun konnte. Ihr und euch und mir selbst."

„Verdammt!" Tristan schüttelte fassungslos den Kopf. „Und du behauptest, deine Frau zu lieben? Verdammt! Wie viel wertvolle Zeit hätten wir mit Mama verbringen können? Dein Verhalten ist unentschuldbar."

„Glaubst du, ich weiß das nicht? Tristan, ich musste das loswerden und ich sage es dir am Telefon, weil ich nicht weiß, ob ich den Mut aufbringe, es dir zu sagen, wenn du mir von Angesicht zu Angesicht gegenüberstehst. Ich habe schlecht an deiner Mutter gehandelt, ich habe sie …"

„Das ist eine Sache zwischen dir und Mama. Anscheinend hatte sie keinen Grund sich bei mir über dich zu beschweren. Also musst du dich auch nicht bei mir rechtfertigen. Klär das mit Mama. Wenn sie dich versteht und dir verzeiht, werde ich dich nicht verurteilen, was auch immer du getan hast."

Frank atmete erleichtert auf. Er wusste, Nora sprach aus seinem Sohn. „Wie auch immer, ich habe ein ungutes Gefühl, was deine Mutter angeht. So, wie sie sprach …, als hätte ihr jemand gesagt, dass sie nicht mehr viel Zeit hat."

„Aber du sagtest doch, es ginge ihr gut."

„Das sagte sie mir jedenfalls, doch ich habe in all den Jahren gelernt auf die Zwischentöne zu hören, wenn deine Mutter etwas sagt."

„Du glaubst also, …"

„Ja, ich denke, sie ahnt, dass sie nicht mehr viel Zeit hat und darum will sie euch um sich haben und sich mit mir aussprechen. Aber vielleicht irre ich mich ja und nur die Angst, nicht alles geregelt zu haben, sprach aus ihr."

Kapitel 22

Am späten Vormittag lenkte Frank seinen Wagen auf die Zufahrt zu Radomskis Haus.

Nun, fast zwei Stunden später, saß er mit Christoph in dessen Bibliothek, ein Glas Cognac in der Hand schwenkend, die goldene Flüssigkeit anstierend, als fände er darin die Antwort auf all seine Fragen.

„Sie haben prima Kinder", begann Christoph zu sprechen. „Lena ist bezaubernd. Sie ist Nora sehr ähnlich und Tristan, den ich ja bereits kennenlernen durfte, ist ein aufgeweckter junger Mann."

„Ja", Frank nickte, „die beiden sind wirklich etwas ganz Besonderes. Aber das sagen wohl alle Eltern über ihre Kinder. Und? Haben Sie nun vor, auch noch meine Kinder auf Ihre Seite zu ziehen?"

„Das würde ich gerne tun. Aber ich bin mir durchaus bewusst, dass ich es nicht mit Kleinkindern zu tun habe, denen ich nur einen Teddy kaufen müsste, um ihre Liebe zu gewinnen. Tristan akzeptiert mich, darüber bin ich sehr froh. Lena wird dies eines Tages vielleicht ebenfalls tun, doch lieben werden sie mich vermutlich nie. Ich werde keinen Keil zwischen Sie und Ihre Kinder treiben. Ich werde es nicht einmal versuchen."

Frank zuckte unsicher mit den Achseln, ja, fast sah es so aus, als resigniere er. Für einen kurzen Augenblick sann er über die Begrüßung nach, die ihn und die Kinder hier erwartet hatte …

Tristan und Lena hatten sich sofort in Noras Arme geworfen. Tränen der Freude und der Erleichterung waren über ihre Wangen gelaufen.

Nach anfänglicher Zurückhaltung ihm gegenüber und ziemlich kühler Begrüßung von Seiten des Hausherrn, hatte Lydia allen ein Glas Champagner angeboten. Lena bekam ein Glas Orangensaft. Dann hatte sie sich direkt an ihn gewandt. „Ich möchte mich bei Ihnen für Ihr Kommen bedanken. Diese Entscheidung ist Ihnen sicher nicht leichtgefallen."

„Ich habe diese Entscheidung für meine Kinder getroffen und natürlich auch für …", dabei hatte er Nora einen Augenblick durchdringend angesehen, „für meine Frau und mich. Ich bitte dich", hatte er sich daraufhin direkt an Nora gewandt, „mir eine Stunde deiner kostbaren Zeit zu schenken, dann werde ich wieder gehen."

Noras Blick hatte sich nach seinen Worten verdunkelt. Er hatte die Angst in ihren Augen gesehen.

„Aber das können sie uns nicht antun", hatte Lydia sofort eingeworfen, noch bevor Nora antworten konnte. „Wir haben alles für einen Aufenthalt über die Feiertage vorbereitet."

„Keine Sorge, ich werde die Kinder nicht mitnehmen. Doch Sie werden verstehen, dass ich mich in Ihrem Hause, so freundlich Sie mich auch willkommen heißen, nicht besonders wohl fühle. Ich werde heute Nacht in einem Hotel schlafen und morgen den Flug nach Alaska antreten."

„Alaska?", kam es völlig verblüfft über Noras Lippen.

„Ja, Alaska. Wie du weißt, ein lang gehegter Traum von mir", hatte er geantwortet, „und ich denke nicht, dass du ein Recht hast, irgendwelche Einwände zu erheben."

„Nein!", hatte Nora spontan ausgerufen. Gleich darauf hatte sie genickt und hinzugefügt: „Ich wunderte mich nur. Ich finde es toll, dass du deinen Traum verwirklichen willst."

Nachdem Lydia sein Vorhaben, die Nacht in einem Hotel zu verbringen, für absoluten Blödsinn abgetan und sich standhaft geweigert hatte, ihn gehen zu lassen, hatte er zugestimmt, wenigstens diese eine Nacht hier zu bleiben.

Während des Essens und noch eine Stunde später war Nora von Tristan und Lena mit Beschlag belegt worden.

So hatte sich vorerst keine Gelegenheit geboten, mit ihr zu sprechen. Erst als Lydia die beiden bat, mit Elvis Gassi zu gehen, wäre es möglich gewesen. Doch da hatte sich Nora mit der Begründung, sie müsse sich eine halbe Stunde niederlegen, da sie von all der Aufregung völlig erschöpft sei, zurückgezogen.

Darauf schien dieser Christoph nur gewartet zu haben, denn sogleich hatte er ihn um ein Gespräch gebeten und sich mit ihm in die Bibliothek zurückgezogen.

Und nun saß er dem Mann gegenüber, den er lange Zeit am liebsten umgebracht hätte.

Frank hob das Glas an seine Lippen und nahm einen großen Schluck. Der Cognac brannte auf seiner Zunge, brannte seine Kehle hinunter, durch die Speiseröhre bis in seinen Magen, wo er ein wohliges Gefühl von Wärme verbreitete.

„Ich wünschte, es gäbe eine Möglichkeit Ihnen zu erklären, wie das mit Nora und mir geschehen ist. Aber ich weiß nicht wie. Ich bin kein Mann der sich … Wie soll ich sagen? In meiner Position und dem gesellschaftlichen Parkett, auf dem ich mich größten Teils aus geschäftlichen Gründen bewege, ist es ein wahrer Glücksfall einer Frau zu begegnen, die sich nichts aus Äußerlichkeiten macht, wenn Sie verstehen, was ich meine. Ich begriff sehr schnell, dass es, um nicht verletzt zu werden, besser war, Gefühle gar nicht erst zuzulassen. Als meine Mutter mir Nora an jenem Abend vorstellte und ich ihr zum ersten Mal in die Augen sah … Mein Gott, das war ein Frontalangriff direkt auf mein Herz. Und darüber war ich ziemlich sauer. Ich wehrte mich gegen dieses verlockende Gefühl, das sich wie süßer klebriger Honig in meinem Herzen breitmachte. Und obwohl ich bereits ahnte, nein wusste, ich würde mich dem Zauber dieses Engels nicht entziehen können, versuchte ich mich diesem wunderbaren Gefühl, das man allgemein Liebe nennt und das ich noch nie zuvor empfunden habe, zu verschließen."

„Jetzt verstehe ich langsam, was Nora an Ihnen gefällt. Sie können gut mit Worten."

„Nora inspiriert mich zu solchen Äußerungen, normalerweise bin ich ganz anders. Ich war an jenem Abend ziemlich ekelhaft zu ihr. Doch all meine „Gegenwehr" schien an ihr abzuprallen. Am anderen Morgen hat sie mir, bezüglich meines ungastlichen Verhaltens, gehörig die Meinung gegeigt. Noch nie hat jemand gewagt, so mit mir zu sprechen – außer meiner Mutter. Obwohl sie also nichts tat, um mich zu erobern, ganz im Gegenteil, war ich längst verliebt bis über beide Ohren. Und am kommenden Abend – wir hatten Gäste – ich war damit zugange diese zu begrüßen, da schritt sie wie eine Königin die Treppe herunter und ich kapitulierte mit wehenden Fahnen.

Zu diesem Zeitpunkt wusste ich nicht, dass sie verheiratet ist. Sie hatte es mir gegenüber nicht erwähnt, da sie keinen Grund dafür sah. Schließlich hatte sie weder vor zu bleiben noch Sie zu betrügen. Aber als sie es dann am nächsten Abend doch tat, verzeihen Sie, war es mir egal. Es war zu spät sich darüber Gedanken zu machen, ich war rettungslos verloren und sie ließ mich spüren, dass auch sie meine Gefühle erwiederte."

Frank fühlte plötzlich eine Schlinge, die um seinen Hals gelegt und langsam zugezogen wurde. „Dieses Gefühl hat jeder, der mit ihr zu tun hat", flüsterte er heiser, bevor er von Panik ergriffen das Glas auf den Tisch stellte, aufsprang und sich der Tür zuwandte. Er musste raus aus diesem Raum, aus diesem Haus, indem er sonst unweigerlich ersticken würde.

„Frank", hielt Christoph ihn zurück, „sie liebt Sie immer noch."

Abrupt blieb er stehen und starrte Christoph eine ganze Weile stumm an. „Das war eine lange und eindrucksvolle Rede, die Sie sich da zurechtgelegt haben. Vor allem dieser letzte Satz. Ich bin mir nicht sicher, was Sie damit sagen möchten. Haben Sie etwa vor, mir Nora zurückzugeben?"

Christoph schüttelte bedächtig den Kopf. „Das kann ich nicht."

„Nein?"

„Nein. Nora gehört mir nicht. Wäre es anders, würde ich Sie, Frank, zum Teufel jagen, und selbst gegen den Allmächtigen kämpfen, um sie behalten zu dürfen. Aber es geht hier nicht um meine Liebe oder Ihre, es geht um die Liebe, die Nora für uns empfindet. Hören Sie, ich liebe Nora mehr als mein eigenes Leben …"

„Ach ja?", unterbrach ihn Frank zornig.

… und erst in den letzten Wochen wurde mir bewusst", fuhr er fort, „dass Sie das Gleiche fühlen müssen. Darum möchte ich, dass Sie bleiben. Ist ganz schön dämlich, nicht wahr? Ich bitte den einzigen Mann, der mir gefährlich werden könnte, zu bleiben. Doch ich habe mir vorgenommen, der Frau, die so viel Wunderbares in mein Leben gebracht hat, jeden Wunsch von den Augen abzulesen und sofern es mir möglich ist, ihn auch zu erfüllen. Und da ich weiß, wie sehr sie sich nach Ihnen sehnt …"

„Nach ihren Kindern, nicht nach mir", unterbrach ihn Frank.

„Als Mutter nach ihren Kindern, natürlich. Aber als Frau sehnte sie sich nach dem Vater dieser Kinder, nach dem Mann mit dem sie fast ihr ganzes Leben verbracht hat."

„Warum sagen Sie mir das?", fragte Frank misstrauisch.

„Weil ich weiß, dass Nora uns beide liebt. Ich würde Nora gerne glücklich sehen. Und Sie, möchten Sie das nicht auch?"

Frank nickte.

„Darum mache ich Ihnen einen Vorschlag. Sie bleiben erst mal hier und verbringen gemeinsam mit uns die Feiertage."

„Wie stellen Sie sich das vor? Ich habe für morgen einen Flug gebucht."

„Verschieben Sie ihn", bat Christoph. „Das ist möglicherweise das letzte Mal, dass Sie etwas für Nora tun können. Wie Sie wissen, kann es durchaus sein, dass dieses Weihnachtsfest das letzte ist, das wir mit ihr feiern dürfen. Höchstwahrscheinlich werden wir niemals Freunde, aber wir könnten zumindest versuchen, miteinander auszukommen – Nora zuliebe. Ich bin nicht Ihr Feind, Frank, auch wenn Sie das so sehen", erklärte er und streckte ihm seine Hand entgegen.

Falls Frank diese Geste bemerkt hatte, ignorierte er sie. Wie es schien, wollte er noch etwas loswerden. „Das fällt mir jetzt nicht leicht, aber mir brennt seit Monaten etwas auf der Seele, das ich jetzt sagen muss, sonst ersticke ich daran. Seit ich von Ihnen erfahren habe, hasse ich Sie wie die Pest."

Christoph senkte einen Moment den Blick.

„Doch wie sich nun herausstellt, sind Sie ganz anders, als ich Sie mir vorgestellt habe." Er nickte und atmete einmal tief durch. „Nora hätte sich nie mit einem Mann eingelassen, den sie nicht liebt, so gut kenne ich sie. Ich habe die romantischen Gefühle meiner Frau bereits vor langer Zeit verloren. Ich wollte es nur nicht wahrhaben. Als ich sie mit Ihnen beobachtete, war das wie ein Schlag ins Gesicht. Ich dachte nur an meinen eigenen Schmerz. Die Eifersucht hat mir so lange das Hirn umnebelt, bis ich an nichts anderes mehr denken konnte, als daran, wie ich mich an ihr rächen kann? Darum reagierte ich derart niederträchtig und ließ dabei die Umstände, die uns in diese Situation gebracht hatten, völlig außer Acht." Er sah Christoph einen Moment direkt in die Augen. „Ich gehe davon aus, dass Sie Bescheid wissen?"

Christoph nickte.

„Das, was ich getan habe, war abscheulich. Ich bereue es zutiefst. Wenn ich könnte, glauben Sie mir, ich würde es ungeschehen machen.

Da das leider nicht möglich ist, bleibt mir nur die Hoffnung, dass Nora mir vergeben kann. Nur deshalb bin ich überhaupt hier."

Christoph atmete tief durch. „Dann bleiben Sie?"

„Na gut, ich bleibe – ein, zwei Tage."

„Nora ist …", Christoph schien nicht so recht zu wissen, wie er Frank seine Befürchtung beibringen sollte, ohne, dass dieser ihn für überängstlich hielt, „sie benimmt sich seit einigen Tagen ein wenig seltsam. Ich habe Angst um sie."

„Ich auch. Das letzte Telefonat war absolut nicht dazu angetan, mich zu beruhigen."

Christoph sah Frank, angesichts der gleichen Einschätzung der Lage, überrascht an. „Dabei sagte Friedrich", fuhr er fort, „nach der letzten Untersuchung …"

Frank zog eine Augenbraue fragend nach oben.

„Der Professor, der Nora operiert hat", erklärte Christoph. „Er sagte nach der letzten Untersuchung, es sähe alles sehr gut aus."

„Wie lange ist die her?", fragte Frank beunruhigt.

Christoph sah ihn fragend an, als wäre es ihm unverständlich, was Frank mit dieser Frage bezweckte?

„Die letzte Untersuchung, wann hat die stattgefunden?", hakte Frank nach.

„Vor etwa einer Woche", antwortete Christoph.

„Also, kurz bevor sie mit mir telefonierte", sinnierte Frank.

Christoph beobachtete Frank nachdenklich. Er schien sich zu fragen, was der mit seinen Fragen bezweckte. „Ja. Ziemlich gleich nach der Rezidivoperation. Was hat das damit zu tun?"

„Und dieser Professor sagte, es wäre alles in Ordnung?", bohrte Frank weiter, ohne auf Christophs Frage einzugehen.

„Ja, der Professor meint, sie hätte gute Chancen, aber das heißt natürlich nicht, dass sie geheilt ist. Es kann jederzeit zu einem neuen Rezidiv kommen und man weiß nie, ob man das dann operativ entfernen kann, antwortete Christoph, der anscheinend immer noch nicht verstand, auf was genau Frank eigentlich hinauswollte.

„Ich weiß nicht, ich …, es ist nur …"

„Hallo, die Herren", unterbrach Nora das Gespräch, als sie gutgelaunt den Raum betrat. „Alle warten auf euch. Hanna hat zur Feier des Tages Butterkuchen gebacken und Bratäpfel gemacht. Kommt ihr?"

„Natürlich, das sind die ersten Bratäpfel dieses Jahr, die darf ich mir nicht entgehen lassen", erwiderte Christoph.

Ein wenig verlegen trat Frank auf Nora zu. Er fühlte sich elend.

Sie legte eine Hand auf seinen Arm und bat ihn mit dieser Geste, zu warten. Über ihre Schulter zurückblickend sagte sie: „Christoph geh doch schon mal vor, wir kommen gleich nach."

„Aber bleibt nicht zu lange, du weißt, wie ungeduldig Lydia werden kann, wenn es ums Essen geht."

„Wir müssen nur etwas klären", antwortete sie, während sie Frank eindringlich ansah und mit einem Lächeln das Eis brach.

„Nora", begann er verlegen, „mein Gott Nora, es tut mir ..." Sein Magen rebellierte. Ihm wurde schlecht. *Wie soll ich dich um Verzeihung bitten, wo doch das, was ich getan habe, unverzeihlich ist,* fragte er sich.

„Psst", unterbrach sie ihn und legte zwei Finger auf seinen Lippen, „du musst gar nichts sagen, es ist alles gut. Wir müssen über einiges sprechen, aber nicht über all die Fehler, die wir irgendwann einmal begangen haben. Die spielen keine Rolle mehr. Du sollst nur wissen, dass ich dir nichts nachtrage und hoffe, dass auch du mir eines Tages verzeihen kannst?"

Er sah traurig zu ihr hinunter und streichelte zärtlich mit dem Handrücken über ihre Wange. „Das habe ich doch längst."

„Dann ist es gut. Lass uns zu den andern gehen. Später nehmen wir uns Zeit für uns. Ist dir das recht?"

Er nickte erleichtert. „Ja, natürlich."

„Gut!", antwortete sie fröhlich, hakte sich bei ihm unter und führte ihn ins Speisezimmer.

Dort trafen sie auf eine ausgelassene Stimmung. Ines servierte Kaffee und Tee. Christoph legte ein Stück Kuchen auf einen Teller und reichte ihn Lena. Tristan beugte sich zu Lydia und flüsterte ihr etwas ins Ohr, das anscheinend sehr lustig war, denn Lydia lachte schallend auf, drohte ihm aber sogleich scherzend mit dem Zeigefinger. Einem

Außenstehenden musste dieses Bild der Harmonie vorkommen, als wäre es nie anders gewesen.

„Frank, kommen Sie", rief Lydia einladend, „setzen Sie sich zu mir. Tristan erzählte, Sie waren mal Sänger in einer Band? Davon müssen Sie mir mehr berichten. Welche Musikrichtung war das denn?"

„Eine, die Ihnen vermutlich nicht sehr geläufig ist. Swing und Jazz.

„Ho, ho, Sie haben ja keine Ahnung."

*

Nachdem sich alle gestärkt hatten, begaben sie sich in die Bibliothek. Die Männer und Lydia steuerten auf die schweren Sessel zu, die um einen kleinen Tisch vor dem Kamin gruppiert standen. Tristan machte plötzlich auf dem Absatz kehrt und verließ den Raum. Als er kurz darauf wiederkam, hatte er einen Zeichenblock und Stifte dabei und setzte sich damit auf die tiefe Fensterbank.

„Mutti", flüsterte Lena, während sie eine Hand in Noras schob und sie zu dem bequem wirkenden mächtigen Ledersofa zog, das einige Schritte entfernt, vor der großen Glasfront stand, aus der man einen weiten Blick über die See hatte, „ich bin so froh, dass wir bei dir sein können. Möchtest du nicht mit uns zurückkommen?", fragte sie hoffnungsvoll.

Nora setzte sich und Lena schmiegte sich eng an sie. Obwohl sie äußerlich zu einer jungen Frau geworden war, konnte sie das Kind nicht verleugnen, das immer noch in ihr steckte. Liebevoll streichelte Nora das zarte Gesicht ihrer Tochter. „Das ist nicht so einfach, wie es sich anhört."

Lena machte eine kaum wahrnehmbare Kopfbewegung in Christophs Richtung. „Du liebst ihn", stellte sie fest.

Nora nickte.

„Und Papa? Was ist mit Papa, liebst du ihn nicht mehr?"

„Oh doch. Du kannst das jetzt nicht verstehen, dafür bist du noch zu jung. Aber so ist es. Ich liebe auch ihn. Es wird einmal der Tag kommen, an dem du es verstehen wirst."

„Ich verstehe es wirklich nicht. Als ich Fabian kennenlernte, hatte ich für Noah nicht mehr viel übrig. Es tat mir zwar leid, in seine traurigen

Augen zu sehen, als ich Schluss machte, aber das änderte nichts daran, dass ich nur noch Augen für Fabian hatte."

„Das ist ganz normal. Du bist jung und du wirst dich noch oft verlieben und immer wieder wirst du davon überzeugt sein, dass du die große Liebe gefunden hast. Möglicherweise wird es noch die eine oder andere Enttäuschung geben. Ein junger Mann wird dich verlassen oder du wirst einen anderen, interessanter kennenlernen. Doch eines Tages wirst du dem Mann begegnen, den du nie wieder verlieren möchtest. Aber bist du erst so alt wie ich, wird es Menschen geben, die dich lange Zeit auf deinem Lebensweg begleitet haben. Darunter werden auch welche sein, bei denen es dir sehr schwerfallen wird, sie zu verlassen oder von ihnen verlassen zu werden. Weißt du, nach vielen gemeinsam verbrachten Jahren, ist das aufregende Herzflattern, das du verspürst, wenn du an Fabian denkst, nur noch ein leises Klopfen und die Schmetterlinge im Bauch sind längst ausgeflogen. Doch sollte man trotz all der Widrigkeiten, die einem das Leben beschert und trotz all der Fehler des anderen – die eigenen nicht zu vergessen – zusammenbleiben, beginnt man die guten Eigenschaften des Partners zu schätzen. Das Gefühl erster Verliebtheit wird ersetzt durch andere, ruhigere Gefühle – Verständnis, Freundschaft, Liebe."

„Du sprichst von Papa und dir", antwortete Lena verstehend. „Aber wenn du ihn immer noch liebst, das willst du mir damit doch sagen, was verbindet dich dann mit Christoph?"

„In deinem Alter, mein Schatz, sieht man das Leben zwar mit neugierigen Augen, aber da die Lebenserfahrung fehlt, vieles einfach nur schwarz oder weiß. Als ich so alt war, wie du jetzt, fand ich das Leben, Dinge, Situationen, entweder toll oder schrecklich. Doch das Leben ist nicht nur schwarz oder weiß, es ist ganz anders. Ich konnte feststellen, dass es stets auf die Sichtweise ankommt, aus der man eine Sache betrachtet. Vieles ist es wert hinterfragt zu werden. Dadurch wird das Leben so viel bunter und darum auch spannender. Das Leben ist wie eine Komposition, die durch das harmonische Zusammenspiel einiger Musiker mit den passenden Instrumenten, zu einem Reigen der Klänge erweckt werden kann und sich letztendlich zu dem eigentlichen, vollkommenen Meisterwerk entfaltet. Verstehst du, was ich dir damit sagen will?"

Lena nickte eifrig.

„Allerdings", sprach Nora weiter, „kann lediglich ein falscher Ton das Meisterstück verderben. Und nun stell dir vor, du besuchst ein Konzert, von dem du dir einen ganz besonderen Genuss versprichst, doch der Pianist spielt immer wieder eine falsche Taste. Was würdest du tun?"

„Ich würde das Konzert schnellstmöglich verlassen."

„Mit der Beziehung zwischen zwei Menschen verhält es sich ähnlich. Auch eine große Liebe kann zerstört werden, sobald einer falsch spielt. Spätestens dadurch erkennt man, dass etwas in dieser Beziehung fehlt. Es gibt Menschen, die sich mit einer solchen Situation resigniert abfinden, überzeugt davon, dass es die einzig wahre Liebe sowieso nur in Romanen gibt. Und es gibt andere, die sich zwar ebenfalls damit abfinden, aus welchen Gründen auch immer, sich dennoch während ihres ganzen Lebens nach diesem 'Seelenverwandten' sehnen, weil sie davon überzeugt sind, dass es ihn irgendwo auf dieser Welt gibt."

„Du glaubst also", schlussfolgerte Lena, „dass Christoph dein 'Seelenverwandter' ist? Was immer das auch bedeutet."

„Ja", hauchte Nora aus tiefster Überzeugung. „Eines Tages wirst auch du wissen, was ich meine."

Lena zog skeptisch eine Augenbraue hoch.

Das hat sie von Frank, kam es Nora in den Sinn und lächelte. Sie wusste, obwohl Frank auch als Vater nicht immer einfach zu handhaben war, liebte ihn Lena.

„Heißt das, du hast Papa nie wirklich geliebt?", fragte sie zaghaft, als hätte sie Angst vor der Antwort.

„Ich habe ihn geliebt und wäre er nicht der, der er nun mal ist, hätte ich ihn schon vor langer Zeit verlassen. Ich habe ihn immer geliebt und liebe ihn noch, das hat es mir leicht gemacht, auf meinen 'Seelenverwandten' zu verzichten. Lena, ich bin nicht weggelaufen, weil ich diese eine große Liebe suchen wollte, sondern, weil ich es zum einen nicht ertragen konnte euch leiden zu sehen und zum anderen hatte ich Angst davor, wie mein Leben nach dieser Operation aussehen würde. Ich wollte nur noch weg und eine Weile bei klarem Verstand leben. Außerdem redete ich mir ein, ihr würdet euch dann schon mal daran gewöhnen, ohne mich zu leben. Mittlerweile ist mir jedoch klar geworden, und das lag auch an Chris, dass meine Zeit zu wertvoll ist, um sie ohne meine Familie zu verbringen."

Lena lächelte. Gleich darauf umarmte sie Nora stürmisch. „Es ist so schön, endlich wieder bei dir zu sein. Mit dir telefonieren ist auch in Ordnung, aber ich bin froh, dass du es geschafft hast, Papa zu überzeugen, dass wir die Feiertage hier verbringen dürfen."

„Das war nicht ich. Das war Chris."

„Chris? Das wusste ich nicht. Dann muss er dich wirklich sehr lieben?"

Nora nickte lächelnd. „Das denke ich auch."

„Kannst du ihn nicht bitten, Papa zu überreden, dass er wenigstens über Weihnachten bei uns bleibt?"

„Das hat er schon. Hat Papa es dir noch nicht erzählt? Er hat sogar seinen Flug bereits umgebucht."

„Ihr führt wohl wichtige Frauengespräche?", mischte sich Christoph in die Unterhaltung. „Darf ich euch trotzdem unterbrechen?", fragte er behutsam. „Lydia hat sich Frank gekrallt. Endlich hat sie ein Opfer gefunden, mit dem sie sich über ihr Lieblingsthema unterhalten kann. Musik. Stell dir vor, Mutter hatte bei Professor Berends Klavierunterricht."

Nora sah ihn fragend an. „Müsste ich den kennen?"

„Ihn nicht", erklärte er, „aber dessen Sohn Thomas, er war der Keyboarder in Franks Band."

„Thomas Berends?", überlegte sie. „Natürlich erinnere ich mich an Tommy." Nora schüttelte überrascht den Kopf. „Zufälle gibt's."

„Tristan ist dabei ihn zu malen", bemerkte Christoph.

„Wen? Tommy?"

„Nein", erklärte er, „den Zufall. Ich meine natürlich die Szene. Zwei wild gestikulierende Menschen, zwischen denen eine heiße Diskussion über Free Jazz entbrannt ist. Mutter meint, Free Jazz hätte nicht mehr viel mit den Wurzeln des wahren Jazz zu tun, der auf Spirituals und Work Songs beruht. Sie kenne nichts Disharmonischeres. Frank dagegen meint, bei dieser Musik ginge es seit jeher um harmonische und formale Freiheit. Also läge in genau dieser Disharmonie, die absolute Harmonie der freien Klänge, oder so ähnlich. Mir ist langweilig, darf ich mich zu euch gesellen?"

„Aber ja. Wie wäre es, spielen wir „Schiffe versenken" oder „Mensch ärgere dich nicht"?", fragte Nora.

„Früher spielten wir „Stadt – Land – Fluss", immer wenn es regnete", sinnierte Lena.

„Chris, besorgst du uns bitte Papier und Stifte?", fragte Nora.

„Mit dem allergrößten Vergnügen, meine Damen", antwortete er und verbeugte sich gespielt altmodisch.

Lena kicherte. „Er ist lustig", meinte sie, als Christoph bereits auf den Schreibtisch zuging.

„Ja, das ist er."

„Lena, weilst du noch unter uns?", spöttelte Christoph wenig später.

„Wie?"

„Du starrst mich an, als wolltest du mich fressen."

Verlegen schüttelte sie den Kopf. „Entschuldigung. Ich dachte nur an etwas, das meine Mutter gesagt hat."

„Betrifft es mich?", fragte er neugierig.

„Auch."

Er sah sie einen Moment besorgt an, bevor er fragte: „Möchtest du darüber sprechen?"

„Nein – nicht jetzt", antwortete sie. „Vielleicht eines Tages, aber nicht jetzt."

„Okay." Christoph legte seine Hand auf ihren Arm. „Du kannst jederzeit darauf zurückkommen."

Lena nickte nur.

Ines betrat die Bibliothek. „Gnädige Frau, Hanna lässt fragen, ob sie auch heute das Abendessen wie üblich um neunzehn Uhr einnehmen möchte?"

„Selbstverständlich. Wie kommt sie darauf, dass ich das nicht möchte?"

„Sie hatten doch vor, sich heute Abend die alten Familienfilme anzusehen. Karl hat zwar den Filmprojektor bereits aufgestellt. Da sie jedoch Gäste haben, ist Hanna verunsichert."

„Ach ja, das hatte ich vollkommen vergessen. Danke, Ines, dass Sie mich daran erinnern. Sagen Sie Hanna, wir essen wie üblich um neunzehn Uhr."

„Gesegnet seien alle Heiligen", rief Christoph erleichtert. „Der bittere Kelch geht noch mal an mir vorüber."

Nora lachte über seine theatralische Darbietung. „Was meinst du damit?"

„Mutter wollte dir mein dokumentarisch verfilmtes Leben vorführen", erklärte er.

„Nur verschoben, nicht aufgehoben", bemerkte Lydia spitz. „Wir werden das an einem anderen Abend nachholen."

„Darauf freu ich mich jetzt schon", bemerkte Nora grinsend. Da fiel ihr Blick auf Franks mitleiderregenden Gesichtsausdruck. Es war nicht schwer, zu erraten, an was er dachte. „Frank hat uns ebenfalls in allen möglichen und unmöglichen Lebenslagen gefilmt, in die wir übers Jahr geraten sind. Es war immer ein riesiger Spaß, die Filme dann an Weihnachten anzusehen." Nora lächelte und ein Hauch von Melancholie legte sich auf ihr Gesicht. „Dieses Jahr gibt es wohl keinen Film." Als wolle sie die trüben Gedanken beiseite wischen, erhob sie sich. Doch da ihr plötzlich wieder seltsam schwummrig vor Augen wurde und sie verdächtig schwankte, setzte sie sich gleich wieder. Vermutlich war sie nur wieder zu schnell aufgestanden. Dennoch fasste sie sich unsicher an die Stirn und sah sich hilfesuchend um.

Eine Ohnmacht überfällt einen nie zum richtigen Zeitpunkt, dachte sie, *aber gerade jetzt, könnte sie nicht unpassender kommen.*

Christoph hatte sie anscheinend beobachtet, denn er schien als erster zu bemerken, dass etwas nicht stimmte. Obwohl er besorgt seinen Arm um sie legte, war er bemüht, sich seine furchterfüllte Vorahnung nicht anmerken zu lassen. „Ich denke, ein kleiner Spaziergang an der frischen Luft, täte dir gut. Sieh nur, es hat aufgehört zu schneien. Wer hat Lust uns zu begleiten?", fragte er in die Runde. „Gehen wir doch ein paar Schritte am Strand entlang."

„Das ist eine blendende Idee", meinte Lydia, „Elvis muss ohnehin raus. Kommen Sie, Frank, wir lassen uns die steife Brise der Ostsee um die Nase wehen."

*

Etwa eine Stunde später saßen sie alle wieder mit roten Wangen und kalten Händen vor dem offenen Kamin, in dem ein knisterndes Feuer flackerte. Mittlerweile war es dunkel geworden, doch außer dem Feuer im Kamin, spendeten nur zwei Wandleuchten ein sanftes Licht.

Ines trat ein und servierte Tee und Glühwein.

Rechtzeitig zum Abendessen, erschien dann auch Professor Deichmann.

„Wo bleibst du nur wieder?", fragte Lydia vorwurfsvoll.

„Tut mir leid, ich konnte nicht früher weg", erklärte er freundlich und beugte sich über Lydias Hand. „Ah, Tristan, schön dich wiederzusehen", begrüßte er ihn, nicht ohne ihm einen kameradschaftlichen Klaps auf den Rücken zu versetzen.

„Doch diesmal ist er nicht allein gekommen", entgegnete Lydia und machte ihn mit Frank und Lena bekannt.

Lediglich das kurze Hochziehen seiner linken Augenbraue verriet, was er über Frank dachte.

*

Als sich nach dem Essen alle erhoben, um wieder in die Bibliothek zu gehen, blieb Nora sitzen und legte eine Hand auf Franks Arm. „Lass uns hierbleiben. Hier können wir in Ruhe sprechen." Sie sah sich nach Christoph um. Ihre Blicke trafen sich nur kurz, er nickte ihr zustimmend zu und verließ mit den anderen den Raum.

„Ich kann dir nicht sagen, wie froh ich bin, dass du bei mir bist", erklärte Nora.

Frank zog seinen Stuhl zurück und setzte sich wieder. „Und ich bin froh, dass ich diese Entscheidung getroffen habe, obwohl mir das nicht leichtfiel."

„Ich weiß. Was hat dich letztendlich dazu gebracht, deine Meinung zu ändern?"

Er schien einen Moment zu überlegen, dann sagte er: „Es war nach dem Gespräch mit Christoph. Ich weiß nicht mehr genau, was es war, aber es machte mich nachdenklich."

Nora erhob sich, trat ans Fenster und schaute in die Nacht hinaus. Es hatte wieder zu schneien begonnen. Nach einer Weile richtete sie den

Blick wieder auf Frank. „Ist auch nicht wichtig. Jedenfalls bin ich froh, dass du geblieben bist. Danke."

Erst nachdem er sie einige Sekunden bewundernd angesehen hatte, antwortete er: „Ich danke dir, dass du überhaupt noch mit mir sprichst."

„Wundert dich das wirklich?", fragte sie, während sie zum Tisch zurückging. „Du kennst mich doch. Disharmonie zwischen uns beiden, konnte ich noch nie leiden, und wenn ich eine passende Erklärung fand, deine Wutausbrüche zu entschuldigen, war ich nur allzu gerne bereit dazu. Daran hat sich nichts geändert."

Er schob den Stuhl zurück, beugte sich erschöpft nach vorne und legte seine Arme auf den Oberschenkeln ab. Dann rieb er seine Hände verlegen aneinander. „Meine Wutausbrüche, ja. Es tut mir wirklich leid, ich war ein Idiot."

„Ja, das warst du. Aber jetzt genug damit. Wir wollten nicht mehr über unsere Fehler sprechen, weder über deine noch über meine. Es gibt Wichtigeres. Frank …, ich fühle, dass meine Zeit abläuft."

„Aber Christoph erwähnte, die letzte OP wäre gut gelaufen."

„Ja, das ist wohl so. Aber da ist dieses seltsame Gefühl, das mich vor einigen Tagen regelrecht überfallen hat. Seither lässt es mich nicht mehr los, denn ab und zu meldet es sich. Ich kann's dir nicht beschreiben, es ist …, ich fühle mich dann so unendlich schwach, als wäre mein Körper zu schwer um ihn aufrecht halten zu können, gleichzeitig fühle ich mich leicht, als würde ich schweben. Das Ganze dauert nur wenige Augenblicke. Doch auch auf die Gefahr hin, dass du mich jetzt für verrückt hältst, mir ist danach, als wäre ich ein bisschen gestorben."

Nora lachte kurz auf, erhob sich und nahm eine Holzschatulle von dem Sideboard in der Nähe, stellte sie auf den Tisch und setzte sich wieder. Nachdem sie einmal tief durchgeatmet hatte, deutete sie auf die Schatulle. „Wie auch immer, lass uns zum Wesentlichen kommen. Ich habe einiges für die Kinder vorbereitet. Hier drin befinden sich Briefe, die du ihnen bitte zu bestimmten Anlässen aushändigst", erklärte sie und öffnete die Schatulle. „Da sind die zwei, die du ihnen jeweils zum nächsten Geburtstag geben sollst und die andern …, wie du siehst, habe ich an jeden Brief eine Notiz für dich drangehängt. Du kannst also nichts falsch machen. Mit den Päckchen verhält es sich ebenso. Wirst du das für mich tun?"

„Natürlich, aber ...“

„Sch...“, unterbrach ihn Nora. „In diesem Päckchen befinden sich kleine Anhänger, sie passen zu meinem Armband, du weißt schon. Ich möchte, dass Lena es bekommt. Bitte gib ihr zu dem jeweiligen Ereignis das ihr Leben verändert, den entsprechenden Anhänger. Versprichst du mir das?“

Frank fühlte sich offensichtlich nicht wohl in seiner Haut. Er hatte es noch nie gemocht, sie so beherrscht, als wäre es die normalste Sache der Welt, was es letztendlich auch war, über den Tod sprechen zu hören. Doch er nickte und räusperte sich. „Ich verspreche es.“

„Du fühlst dich nicht wohl in deiner Haut. Ich weiß, du magst es nicht, wenn ich so rede.“

„Wie könnte ich? Das alles hört sich so ...“

„... endgültig an? Hm“, lachte sie erneut auf und fügte hinzu: „Das ist es wohl auch.“ Dann sprach sie weitere Punkte an, die er beachten sollte, wenn sie nicht mehr bei ihnen sein konnte und dann sprachen sie über ihre Beerdigung. „Du weißt, ich möchte verbrannt werden und meine Asche ...“, fuhr sie fort, ihm ihre Wünsche mitzuteilen. Nachdem alles zu ihrer Zufriedenheit geregelt war, erhob sie sich und trat vor den Mann, mit dem sie eine lange Zeit ihres Lebens verbracht hatte. Es tat ihr in der Seele weh, ihn so in sich zusammengesunken, auf seinem Stuhl sitzen zu sehen. *Wie ein Häufchen Elend.*

Das Gesicht in seinen kräftigen, aber dennoch feingliedrigen Händen verborgen, handelte es sich doch um den Mann den sie einst geliebt, vor dessen Launen sie sich mitunter gefürchtet, den sie eine gewisse Zeit sogar verachtet und den sie wieder lieben gelernt hatte, wenn auch auf andere Weise. Sie wusste, seine Liebe zu ihr war ungebrochen.

*

Frank hatte krampfhaft versucht sich zusammenzureißen – gelassen zu bleiben, während sie über Dinge sprach, die ihr wohl wichtig genug erschienen, um noch gesagt zu werden. Und wie sie darüber gesprochen hatte, als träfe sie eine geschäftliche Vereinbarung. Offenbar spürte sie nicht, dass jeder einzelne Punkt den sie ansprach, ihn wie ein Keulenschlag traf. Nun, da sie sich entspannt zurücklehnte und er im

Stillen aufatmete, weil es anscheinend nichts mehr zu sagen gab, konnte er die Tränen nicht mehr zurückhalten. Seine Achseln zuckten, doch als sie plötzlich ihre Hände auf seine Schultern legte, versteifte sich sein Rücken ruckartig, dann hob er langsam den Kopf. Er hatte nicht vorgehabt, sich so gehen zu lassen und ihre Berührung erinnerte ihn daran, stark zu sein. „Entschuldige."

„Nein, mir tut es leid. Nicht genug, dass ich dir mit meinem Verschwinden so viel Schmerz zugefügt habe, lade ich dir jetzt auch noch meinen Nachlass auf. Bitte glaub mir, ich wollte dir nie wehtun. Das hast du nicht verdient."

Plötzlich schlang er seine Arme um ihre Beine und presste sein Gesicht für einen kurzen Augenblick fest in ihren Schoß. Dann ließ er sie abrupt los, fuhr sich irritiert durch die Haare, bevor er sich ebenfalls erhob und einen unsicheren Schritt in Richtung Tür machte.

Doch Nora hielt ihn am Ärmel fest und so musste er sich ihr noch mal zuwenden.

Sie legte ihre Arme um seinen Nacken und bog seinen Kopf ein wenig zu sich herunter. Der Moment, als sich ihre Lippen berührten, genügte, um eine Sehnsucht in ihm zu wecken, die er sich verboten hatte je wieder für sie zu empfinden. Nur eine winzige Sekunde sah er sie verblüfft an, bevor er dem Drang, sie küssen zu müssen nachgab.

Nora erwiderte diesen Kuss.

Sie weiß, dachte er, *dass es der letzte Kuss ist, zu dem sich unsere Lippen finden.* Doch trotz dieses bitteren Beigeschmacks fühlte er all die Liebe, die sie füreinander empfunden hatten und noch immer empfanden. „Verzeih, aber ich …", flüsterte er heiser, nachdem er sich von ihr gelöst hatte.

Nora legte ihm den Zeigefinger auf seine Lippen. „Psst, es gibt nichts zu verzeihen, Frank. Ich wünsche dir von ganzem Herzen, dass du eines Tages eine Frau findest, die dich noch einmal glücklich macht. Geh deinen Weg, flieg nach Alaska, lebe deinen Traum." Sie lächelte und streichelte sanft mit dem Handrücken über seine Wange. „Lass uns zu den andern gehen."

Als sie die Tür zur Bibliothek öffnete, bot sich ihr das überaus harmonische Bild einer Großfamilie, die das Weihnachtsfest gemeinsam in absoluter Harmonie verbringt.

Im Kamin knisterten riesige Holzscheite, die vermutlich Chris nach-gelegt hatte, denn er hantierte mit dem Schürhaken, um sie gut zu platzieren. Lydia und Friedrich prosteten sich mit einem Glas Wein zu und Lena lachte über eine, wie es schien, besonders witzige Bemerkung Tristans. Für einen Moment musste sie im Türrahmen stehen bleiben. Die Gefühle überwältigten sie. *Ach könnte ich die Erinnerung an diesen Abend mit mir nehmen.*

*

In dieser Nacht saß Frank noch lange am Fenster, beobachtete das Schneetreiben und die bewegte See, die ihre Schaumkronen, als wären sie auf Gott und die Welt wütend, ans Ufer warfen. „Nora", flüsterte er, „meine Nora. Was wird mit dir geschehen. Wie viel Zeit hast du noch und wie wirst du sie erleben? Wie gerne würde ich dir die Angst und auch das Leiden abnehmen."

Kapitel 23

Es war noch dunkel, als Nora geplagt von Kopfschmerzen erwachte, sich im Bett aufsetzte und einen Blick auf die Uhr warf. *Gerade mal sechs,* dachte sie, *ich könnte zu Hanna in die Küche gehen, die ist sicher schon mit Vorbereitungen für den heutigen Tag zugange. Heiligabend!* Schon wollte sie die Bettdecke zurückwerfen, als die Kopfschmerzen wie von Zauberhand verschwanden. Dankbar rutschte sie wieder tiefer unter die Decke und lächelte erleichtert vor sich hin. Vielleicht konnte sie ja doch noch ein wenig schlafen. Den Gedanken kaum zu Ende gedacht, hörte sie Christoph tief einatmen, um die Luft, nachdem er sie einige Sekunden angehalten hatte, ruckartig wieder auszustoßen, dann gähnte er, gefolgt von einem kurzen Räuspern. Während er ein weiteres Mal tief einatmete, dem diesmal ein Stöhnen folgte, begann er bereits seine Glieder zu dehnen.

Jeden Morgen dasselbe Aufwachritual.

Nora schmunzelte. *Gleich wird er sich über mich beugen.* Sie liebte es, ihn im Morgengrauen oder während der Sommermonate, wenn das Licht der aufgehenden Sonne bereits früh das Zimmer durchflutete, durch ihren Wimpernschleier heimlich zu beobachten. Bevor er sich dann über sie beugte, schloss sie die Lider wieder fest. Zu dieser dunklen Jahreszeit musste sie sich allerdings damit begnügen, ihn zu hören.

„Du bist schon wach?", fragte er dann auch verwundert. „Deine Augen strahlen wie ein ganzes Elektrizitätswerk. Glücklich?"

„Ja ich bin glücklich. Ich war noch nie in meinem Leben so glücklich. Der Kreis hat sich geschlossen."

„Welcher Kreis?"

„Die alte Familie ist wieder zusammen, hat sich mit der neuen verbunden und es ist alles geklärt. Chris, das verdanke ich dir und Lydia." Lächelnd schlang sie ihre Arme um seinen Hals. „Ach, mein Schatz, ich liebe dich. Wäre es mir möglich, würde ich dich nie mehr loslassen."

„Was heißt hier, du würdest mich nie mehr loslassen? Ich habe dich doch längst umklammert. Und da soll mal einer kommen und versuchen, dich mir wegzunehmen ..." Zärtlich küsste er ihre leicht geöffneten Lippen.

*

Zum zweiten Mal beging man das Weihnachtsfest im Hause Radomski besinnlich im kleinen Kreis. Normalerweise traf man sich, zu einem Fest mit Nachbarn und Freunden. In diesem Jahr war, wie Lydia bereits vermutete, eine Einladung von Konsul Hartmann und seiner Gattin überbracht worden, da er die Verlobung seiner Tochter mit einem italienischen Grafen bekannt geben wollte. Lydia hatte die Einladung schon vor Tagen infolge Unpässlichkeit, mit großem Bedauern abgesagt.

Nora war es gar nicht recht, dass angesichts ihrer Krankheit alte Traditionen über den Haufen geworfen wurden.

Aber Lydia hatte sie beruhigt. „Ich konnte diesen Aufschneider noch nie leiden und ehrlich gesagt, hätte ich auch abgelehnt, wären du und deine Familie nicht hier bei uns. Du bist also nicht das Problem."

*

Außer Frank, den Kindern und Friedrich, der die vergangene Nacht ebenfalls hier verbracht hatte, war kein weiterer Gast zu ihnen gestoßen.

Hanna hatte ein wahres Festmahl gezaubert, das alle gemeinsam eingenommen hatten, auch die Angestellten, das war ebenfalls eine alte Tradition in diesem Haus. Gleich nach dem Essen, und bevor sich die Angestellten verabschiedeten, um mit ihren eigenen Familien zu feiern, erhielt das Personal einen Umschlag, der einen ordentlichen Scheck enthielt.

Danach bat Lydia die Familie wieder in die Bibliothek, wo bereits von Hanna vorbereitet, Glühwein, Eierpunsch und leckere Plätzchen warteten.

Christoph ging zu der hohen Nordmanntanne, die sie einen Tag zuvor alle gemeinsam geschmückt hatten. „Ich denke, es wird Zeit." Er schraubte die elektrische Birne einer ganz bestimmten Kerze tiefer in die Fassung und die riesige, reich geschmückte Nordmanntanne erstrahlte in überirdischem Licht.

Nora hatte sich in diesem Raum schon immer wohl gefühlt, doch so heimelig und geborgen wie in diesem Moment, noch nie. Ihr war, als verbreiteten die Lichter eine Wärme, die nicht nur diesen Raum erfüllte, sondern auch die Herzen der Menschen, die sich in ihm befanden. *Weihnachten!* Noras Herz tat einen freudigen Sprung. *Ja, das ist Weihnachten, das Fest der Liebe.* Einen Moment dachte sie an all die Menschen, die nicht so viel Glück hatten wie sie, die Weihnachten nicht mit den Menschen verbringen konnten, die sie liebten. Tränen legten sich wie Schleier über ihre Augen und das Bild verschwamm. Obwohl sie sich schwindelig fühlte, schaffte sie es, sich in einen der Sessel am Kamin zu setzen, bevor sie umkippte. Und plötzlich wusste sie, dass dieses Weihnachtsfest das letzte sein würde das sie erleben durfte. *Gütiger Gott ich danke dir, dass du mir diesen Tag geschenkt hast.*

Lydia grub einige alte Geschichten aus und gab sie zum Besten. Es wurde viel gelacht, gesprochen und wieder gelacht.

Dann wurde es plötzlich ganz still, alle blickten verwundert zu Frank, als er einige Akkorde auf der Gitarre anschlug und mit seiner tiefen, wohlklingenden Stimme „Winter Wunderland", Noras Lieblingsweihnachtslied, zu singen begann und danach „White Christmas".

Ein verwunderter Blick auf ihre Kinder sagte Nora, dass auch sie nichts von der Gitarre gewusst hatten. Und am Achselzucken der anderen erkannte sie, dass anscheinend keiner bemerkt hatte, wie und wann er sie hereingeschmuggelt hatte.

Mit einem aufmunternden Kopfnicken bedeutete Frank allen, mitzusingen. Gemeinsam sangen sie „Stille Nacht" und weitere Weihnachtslieder.

Es folgte ein Augenblick der Stille.

Christoph nickte Frank anerkennend zu, Lydia und Friedrich lobten daraufhin seine sonore Stimme. Nora erhob sich, küsste ihn auf die Wange und flüsterte „Danke" in sein Ohr.

Der besinnliche Zustand hielt nicht lange an, denn Lena las gleich darauf eine lustige Weihnachtsgeschichte vor, die alle zum Lachen brachte und nicht nur weil die Geschichte lustig war, sondern auch die Art und Weise wie Lena sie theatralisch darbot.

Noras Herz schwappte über vor Stolz und Freude. Sie hatte das schauspielerische Talent ihrer Tochter schon immer bewundert und wie schon oft, sagte sie auch diesmal: „Nach dem Abitur solltest du die Schauspielschule besuchen. Du bist so talentiert."

„Setz ihr keine Flausen in den Kopf", bat Frank gespielt ernst, „ein Künstler in der Familie genügt mir."

„Ach komm schon", spöttelte sie gutmütig, „während all der Schulvorführungen warst du doch derjenige, der mit vor stolzgeschwellter Brust in der ersten Reihe saß. Und du wirst es wieder sein, wenn sie erst auf großen Bühnen steht oder ein Film mit ihr im Kino läuft."

„Das heißt noch lange nicht, dass mich diese Vorstellung im Moment begeistert", erklärte er missbilligend, allerdings mit einem Lächeln in den Mundwinkeln.

„Du musst nur darauf achten, dass sie die Bodenhaftung nicht verliert." Nora lachte. Eine ruckartige Bewegung verursachte ein kurzes Stechen in ihrem Kopf und gleich darauf wurde ihr erneut schwindelig. Einen Augenblick überlegte sie, ob das am vielen Lachen oder wohl eher am Punsch lag, von dem sie, weil er gar so gut schmeckte, zwei Gläser getrunken hatte. Doch letztendlich war es ihr egal. Sie lächelte, dabei fiel ihr Blick auf Friedrich, der sich in diesem Moment erhob, mit dem Zeigefinger den Knoten seiner Krawatte lockerte und sich verlegen räusperte, als müsse er etwas sagen, was eine Menge Mut erforderte.

„Ich möchte an diesem wundervollen Abend auch noch etwas loswerden", begann er zu sprechen und wandte sich nun direkt an Lydia. „Es handelt sich um eine Frage, die ich dir, liebe Lydia, schon vor vielen Jahren stellen wollte. Dummerweise kam mir damals ein anderer zuvor. Das passiert mir nicht noch mal. Du weißt, was ich für dich empfinde und dass ich nie aufgehört habe, dich zu lieben. Liebste Lydia, willst du meine Frau werden und mit mir gemeinsam den Herbst unseres Lebens verbringen?"

„Friedrich?", fragte sie verwundert, sah ihn aber mit Tränen in den Augen, schelmisch lächelnd an. „Du meinst das wirklich ernst?"

„Sehe ich aus, als ob ich spaße?"

Lydia schüttelte nachdenklich den Kopf, holte einmal tief Luft, bevor sie ihn glücklich anstrahlte. „Ja, Friedrich. Ja, ich will deine Frau werden."

Alle klatschten begeistert, als Friedrich der Frau seines Herzens einen funkelnden Diamantring an den Finger steckte und sie ihre Hand, den Ring begutachtend, von sich streckte.

Nachdem man auf das Glück der beiden angestoßen, allgemein den Ring bewundert und sich wieder gesetzt hatte, legte Frank eine DVD auf den Tisch. „Ich habe noch eine kleine Überraschung für dich, Nora. Du kannst sie dir mal in einer ruhigen Stunde ansehen."

Nora blieb fast die Luft weg und augenblicklich traten Tränen in ihre Augen. „Du hast doch einen Film von diesem Jahr?", rief sie freudig überrascht.

„Nicht direkt." Er räusperte sich verlegen. Plötzlich war es ihm peinlich, die DVD auf den Tisch gelegt zu haben, doch dann sagte er: „Es sind Momentaufnahmen unseres gemeinsamen Lebens. Einige Aufnahmen sind aber auch aus diesem Jahr."

„Darf ich den Film gleich ansehen?" Aufgeregt blickte sie in die Runde, und nachdem alle genauso neugierig schienen, wie Nora, schaltete Christoph den Fernseher an, steckte die DVD in den Player und drückte auf den Wiedergabeknopf.

Natürlich begann der Film mit ihrer Hochzeit, einen Moment überlegte sie, was wohl bei diesen Bildern in Christoph vorging, doch als der den Arm um sie legte und sanft an sich drückte, wusste sie, dass es in Ordnung war. Sie sah sich im Sommer auf einer Wiese Blumen pflücken, wie sie bei Regenwetter, triefend vor Nässe, Einkäufe ins Haus schleppte und Frank ausschimpfte, als sie entdeckte, dass er sie filmte, statt ihr zu helfen. Und sie sah sich während ganz normaler Hausfrauentätigkeiten und beim Arbeiten auf irgendeiner Baustelle. Sie erinnerte sich nicht mehr, welche es war. Der erste Biskuitboden, den sie voller Stolz präsentierte und ihr enttäuschtes Gesicht, als er in der Mitte zusammensackte. Bilder, die ihre erste Schwangerschaft dokumentierten, mit allem was dazugehörte und die ersten Aufnahmen nach der Geburt. Nora als vorbildliche Mutter, wie sie Tristan stillte, badete, ihm die Windel wechselte und die volle, sich lachend mit zwei Fingern die Nase zuhaltend, entsorgte. Der erste Löffel Brei, den sie ihm in den

Mund schob, den er aber prompt wieder herausprustete. Seine ersten Krabbelversuche und wie sie ihn anspornte, auf sie zuzulaufen. Nora schimpfend, nachdem Tristan ihre Lieblingsvase von der Kommode heruntergezogen hatte. Dann wieder lachend, mit Tristan im Meer planschend, während ihres ersten Urlaubs. Während des Hausbaus und wie sie selbst liebevoll Hand anlegte bei der Verschönerung des Hauseingangs. Sie hatte damals die beiden Säulen, welche das Vordach trugen, kunstvoll verziert. Es folgten Aufnahmen ihrer zweiten Schwangerschaft und auch wieder dieselben wie nach Tristans Geburt. Momentaufnahmen von gemeinsamen Urlaubstagen, Geburtstagen und anderen Familienfeiern und schulischen Höhepunkten der Kinder, wechselten sich ab.

Die Stimmung des Publikums änderte sich mit den jeweiligen Bildern. Gelächter, das eine oder andere peinlich berührte Murmeln von Tristan und verschiedene zickige Bemerkungen von Lena, untermalten Noras lebhafte Schilderung der Szenen. Einige Szenen erfüllten sie mit unendlich tiefen Glücksgefühlen und nicht selten standen Tränen in ihren Augen.

Immer wieder fühlte sie Christophs besorgten Blick, dann drückte sie beruhigend seine Hand. Sie wollte diesen Film so gerne zu Ende sehen.

*

Christoph beobachtete sie besorgt. Er fragte sich, ob es nicht besser wäre abzuschalten. Doch ein Blick in ihre Augen und der sanfte, bittende Druck ihrer Hand, ließen ihn wissen wie sehr sie sich wünschte, diesen Film zu Ende zu sehen.

Als sie nicht mehr sprach, fiel ihm das auf Grund des allgemeinen Gelächters nicht sofort auf. Erst als Noras Hand schwer in seiner lag, blickte er in ihr Gesicht und bemerkte das Glitzern unter den Wimpern ihrer geschlossenen Augen, entdeckte die feuchten Spuren auf ihren Wangen, welche von bereits herab gelaufenen Tränen hinterlassen worden waren und wischte sie sanft weg. Er lächelte. Sie war eingeschlafen, ohne den Film zu Ende gesehen zu haben. Kein Wunder, dieser Tag hatte so viele Emotionen geweckt. Sofort erhob er sich, da er sie gleich nach oben ins Schlafzimmer tragen wollte. Doch als er sich über sie beugte, bemerkte er das starre, wenn auch glückliche Lächeln das wie eingemeißelt auf ihren Lippen lag. Und noch etwas fiel ihm auf – sie atmete nicht mehr.

Noch während ihm der scharfe Schmerz der Erkenntnis das Herz zu zerreißen drohte, beugte er sich tiefer über sie, küsste die Tränen, mit fest zusammengepressten Lippen, um nicht laut schreien zu müssen, von ihren immer noch heißen Wangen. *Bald, wenn alles Leben aus ihr gewichen sein wird, werden sie kalt sein.* Er schloss die Augen und suchte im Geiste nach ihrer Seele, denn er glaubte fest, sie hielt sich noch in diesem Raum auf.

Nach und nach verstummte das Gelächter, die Stimmen wurden leiser, bevor sie endgültig in Schweigen verfielen. Die fröhlichen Gesichter wirkten zunächst unsicher und betreten, dann machte sich Verzweiflung auf ihnen breit.

„Nora ist eingeschlafen", flüsterte Christoph heiser.

Tristan blickte ihn eine Sekunde ungläubig an, dann schien er zu begreifen. Doch etwas in ihm schien sich zu weigern, es als gegeben hinzunehmen, denn er eilte zu seiner Mutter, nahm ihre Hand und tätschelte sie, während er sie anflehte: „Mama, wach auf. Wach doch bitte auf."

Frank saß zunächst wie versteinert auf seinem Platz, dann schlug er seine zur Faust geballte Hand auf die Brust, direkt auf die Stelle, wo das Herz saß, umfasste sie mit der anderen und begann nach Luft zu schnappen, als drohe ihn der Schmerz zu ersticken. Einen Moment schien es, als wolle er, einem inneren Impuls nachgebend, ebenfalls aufspringen, um zu ihr zu eilen. Doch Lena, die herzzerreißend zu wimmern begann, hielt ihn zurück. Tröstend legte er einen Arm um sie, zog sie an seine Brust und wiegte sie hin und her, als könne ihre Nähe seinen eigenen Schmerz betäuben. Mit geschlossenen Augen unter denen Tränen hervorquollen, drückte er einen Kuss auf ihr Haar. „Alles wird gut, mein Schatz", flüsterte er.

Mittlerweile war auch Friedrich mit ernster Miene an Noras Seite getreten und legte nun seine Finger auf die Arterie an ihrem Hals. Nicht mal ein schwaches Pochen erinnerte an das Leben, das noch vor wenigen Minuten durch diesen Körper pulsiert war. Er konnte nur noch Noras Tod feststellen.

Lydia, die ihm gefolgt war, streichelte zärtlich über Noras Haar. „Leb wohl, mein Kind."

Kapitel 24

Die Obduktion ergab, dass Nora an einem Blutgerinnsel verstorben war. Der Tod war sanft zu ihr gewesen. Er hatte ihre Augen geschlossen und noch bevor er ihr den letzten Atem raubte, hatte er sie einfach einschlafen lassen.

*

Nach einigen Tagen wurde Noras Asche, so, wie sie es bestimmt hatte, in einer schlichen Urne auf das Schiff gebracht, das sie weit hinaus auf die offene See, in ihr nasses Grab bringen würde.

Es befanden sich nur wenige Menschen an Bord. Frank stand in der Mitte des Decks. An einer Seite Lena, die ihre kleine, zarte Hand hilfesuchend in seine geschoben hatte, an der anderen Tristan, der in seinem schwarzen Anzug irgendwie verloren wirkte. Ein hilfloser junger Mann, der nicht wusste, wie er mit der gegenwärtigen Situation umgehen sollte. Mit hängenden Schultern und zu Fäusten geballten Händen, versuchte er, die Gefühle, die immer noch die eines Kindes waren, nicht hinauszubrüllen. Frank selbst bot das bedauernswerte Bild eines gebrochenen Mannes. Wären Tristan und Lena nicht, für die er stark sein musste, säße er jetzt vermutlich in irgendeiner Bar vor einem Glas Whisky, sicher nicht vor dem ersten und auch nicht vor dem letzten. Auch Hanna, Ines und Karl, waren gekommen. Sogar Noras Bruder Heiner, mit dem sie seit Jahren nur losen Kontakt pflegten, der sich größtenteils aufs Telefon beschränkte, war mit seiner Frau angereist. Frank hatte ihn am Tag nach Noras Tod verständigt und zur Trauerfeier eingeladen. Von Noras Krankheit hatten sie – Nora wollte es so – nichts gewusst und zeigten sich nun dementsprechend betroffen.

Nebelschleier schlichen über die See. Es roch nach Schnee. Die ersten Fischerboote kamen vom Fang zurück. Eisiger Wind blies durch ihre Mäntel, doch keiner der trauernden Menschen schien es zu bemerken.

Auch Christoph, der starr, als wäre jegliches Leben aus ihm gewichen, an der weißen Reling stand und mit von Trauer verdunkelten Augen auf die weite See hinaus starrte, schien es nicht zu bemerken. Ein sich ständig wiederholender Gedanke hämmerte unaufhörlich in seinem Kopf. *Nicht mehr lange und die Asche der Frau, die mir wie ein Engel erschienen war, wird von eisiger Kälte umschlossen, in der Dunkelheit der rauen See versinken.* Der Tod hatte nicht nur die Liebe seines Lebens von seiner Seite gerissen, sondern auch jegliches Gefühl in ihm getötet.

Lydia, die bei Friedrich gestanden hatte, trat hinter ihn und legte ihre Hand tröstend auf seine.

„Kommt!", bat Matthias, der vor wenigen Minuten mit dem Pastor gesprochen hatte und nun ebenfalls an Christophs Seite trat. „Der Pastor will mit der Predigt beginnen."

Christoph warf einen Blick auf die Urne, die auf einer mit schwarzem Samt bedeckten Säule stand, und gesellte sich zu Noras Familie.

Der Pastor richtete zunächst einige tröstende Worte an die zutiefst trauernden Menschen, dann schlug er seine Bibel auf. „Meine Schafe hören meine Stimme und ich kenne sie und sie folgen mir und ich gebe ihnen das ewige Leben …"

Gemeinsam sprachen sie das Vaterunser. Dann gab der Pastor Lydia ein Zeichen und überließ ihr seinen Platz.

„Ich habe hier einen Brief von Nora", begann sie stockend zu sprechen, räusperte sich, um den Klos in ihrem Hals loszuwerden und fügte hinzu: „Nora hat mich schon vor Wochen gebeten, ihn an diesem Tag vorzulesen." Noch einmal räusperte sie sich. Tränen schimmerten in ihren Augen. Sie probierte sie wegzublinzeln, doch es gelang ihr nicht. Noch einmal atmete sie tief durch, dann begann sie zu lesen: „Es fiel mir nicht leicht diese Zeilen zu schreiben, da ich wusste, wie ihr euch an dem Tag fühlt, an dem sie euch erreichen." Lydia blickte zum Himmel und wischte die Tränen von ihren Wangen, bevor sie den Blick erneut auf die Zeilen in ihrer Hand senkte. „Mein Leben", fuhr sie fort, „war erfüllt durch eure Liebe. Leider hat sich mein größter Wunsch, an eurem Leben noch ein wenig länger teilhaben zu dürfen, nicht erfüllte. Auch nur daran zu denken, mich von euch verabschieden zu müssen, fällt mir schwer. Zum einen, weil ich euch liebe und euch gerne noch eine Weile in diese Liebe eingehüllt hätte, zum andern, weil ich euch liebe und mir bewusst ist, wie viel Leid ich durch mein Weggehen verursache. Der Gedanke an meinen Tod und was mich danach erwartet, beunruhigt mich. Doch nicht so sehr wie jener, ihr könntet euch in eurem Schmerz vergraben. Ich weiß, ihr hättet gerne einen Ort gehabt, an dem ihr Zwiesprache mit mir halten könntet, einen Ort, an dem ihr euch an all das Schöne erinnern könntet, das wir gemeinsam erleben durften. Doch was ist ein Stein auf dem mein Name eingemeißelt steht. Solange ich einen Platz in euren Herzen habe, werde ich ganz nah bei euch sein. Nichts wünsche ich mir so sehr wie euer Glück. Darum bitte ich euch, vergrabt euch nicht in der Trauer um mich. Lebt euer Leben, genießt jede Sekunde, als wäre sie die letzte. Doch vergesst darüber nicht, dieses Leben zu achten und verschwendet es nicht, denn es ist das Wertvollste das ihr habt. Und nun lasst mich gehen, denn mein Weg ist ein anderer als euer Weg. In Liebe, Nora." Mit Tränen in den Augen faltete Lydia den Brief wieder zusammen. „Ich werde Nora nie vergessen und eines Tages, wenn auch ich am Ende meines Weges angelangt bin, werde ich sie wiederzusehen, so Gott will", fügte sie leise hinzu.

Der Pastor sprach ein letztes Gebet, bevor die Urne mit Noras Asche, langsam der See übergeben wurde …

*

„Schon seltsam", sagte Christoph, „ich war mal der Ansicht, Sie wären ein herzloses, arrogantes..."

„Arschloch", vollendete Frank den Satz. „Wissen Sie, das ist gar nicht so seltsam. Ich dachte von Ihnen dasselbe."

„Am Anfang wollte ich Nora besitzen", sprach Christoph weiter, „sie sollte nur mir gehören und Sie so schnell wie möglich vergessen. Heute weiß ich, warum sich dieser Wunsch nicht erfüllen konnte. Sie hat uns beide geliebt, jeden auf seine Art. Nachdem ich nun, während der letzten Tage, Gelegenheit hatte, Sie ein wenig näher kennenzulernen ..., ich gebe es gerne zu, musste ich feststellen, dass Sie gar kein solches Arschloch sind."

„Als ich Sie damals zum ersten Mal sah", entgegnete Frank, „ahnte ich bereits, dass Sie nicht nur ein Abenteuer für Nora sind. Vermutlich hat mich genau diese Erkenntnis so wütend gemacht. Sie konnten der Mann sein, den sie in mir immer gesucht hat. Ich denke, ich bin nicht der große Romantiker, ich musste stets mit beiden Beinen im Leben stehen. Da waren eine Frau und zwei Kinder, die versorgt werden wollten, da blieb nicht viel Zeit für Romantik. Sie sind das, wovon schon junge Mädchen träumen. Selbst Lena sieht in Ihnen den Ritter der den Drachen tötet, um die Jungfrau seines Herzens zu retten." Frank lächelte und diesmal war er es, der Christoph die Hand entgegenstreckte. „Leben Sie wohl."

Christoph ergriff Franks Hand und drückte sie. „Werden wir uns einmal wiedersehen?"

„Nein! Ich denke eher nicht. Sie wissen doch, Nora hat es so bestimmt – irgendwie."

Christoph nickte. Auch das war typisch für Nora. Sie hatte verfügt, dass sie die See nicht als ihr Grab betrachten sollten. Sie wollte nicht, dass sie hierherkamen, um zu trauern. Dafür, hatte sie zu Frank gesagt, sei dieser Ort viel zu schön. Sie wollte in ihren Herzen weiterleben, solange sich dort ein Platz für sie befand. Er musterte Frank mit hochgezogenen Augenbrauen. „Meine Mutter und ich würden uns dennoch über einen Besuch freuen. Auch für Tristan und Lena steht meine Tür immer offen. Sie wissen, wie gern ich Ihre Kinder habe und wie vernarrt meine Mutter in die beiden ist. Tristan könnte uns doch während der Semesterferien besuchen", schlug er vor. „Hanna würde ihn sicher liebend gern mit ihren kulinarischen Genüssen verwöhnen."

„Ja, ich weiß", antwortete Frank und räusperte sich verlegen. „Doch ich denke, es ist wichtig, dass die beiden wieder in geregelte Bahnen kommen", erklärte Frank ablehnend und auch ein wenig ungeduldig. Er schien so schnell wie möglich von hier weg zu wollen.

Christoph verstand, was Frank mit geregelten Bahnen meinte. Das hier, Stralsund, war Noras Leben. Frank und die Kinder hatten sich nur wegen ihr hier aufgehalten und nun wurde es Zeit, einen Schlussstrich zu ziehen. Es war vor allem Noras und sein Leben, es hatte nichts mit ihrer Familie zu tun. Dennoch wünschte er sich in diesem Augenblick nichts mehr, als den Kontakt zu Noras Kindern aufrechterhalten zu können. Die beiden stellten für ihn die letzte Verbindung zu ihr dar. „Frank, sollten Sie sich doch noch entschließen diese Reise nach Alaska, nachzuholen …"

„Ich trete die Reise nächste Woche an", unterbrach ihn Frank prompt, da er bereits zu ahnen schien, was Christoph ihn fragen wollte. „Da die

Ferien dann zu Ende sind, wird sich ein befreundetes Ehepaar um Lena kümmern, wenn sie aus der Schule kommt und Tristan fährt morgen ohnehin zurück nach Paris. Schließlich muss er wieder zur Uni."

„Ja, selbstverständlich", antwortete Christoph resigniert. Er hatte nicht die Kraft, mit Frank zu diskutieren. Außerdem hoffte er, die Zeit würde eines Tages alles regeln.

*

Frank blickte in Christophs Augen, bemerkte die Ohnmacht und die tiefe Trauer, die darin lag und für eine Sekunde empfand er unendliches Mitgefühl mit dem Mann, der ihm die Frau genommen hatte. Fast gleichzeitig bohrte sich ein brennender Schmerz in sein Herz und ein grausamer Gedanke schoss ihm völlig unerwartet durch den Kopf. *Der Gerechtigkeit ist genüge getan. Nun hat auch er sie verloren ...* Er war noch nicht bereit, diesem Mann zu vergeben und das würde wohl auch noch eine ganze Weile dauern. Doch seine geistige Entgleisung sogleich erkennend, schüttelte er kaum merklich den Kopf und senkte verlegen den Blick. *Nein! Wie kann ich nur so denken? Im Gegensatz zu ihm, habe ich noch unsere Kinder. Er hat nur ein paar schöne Erinnerungen.* Darum sagte er nun ein wenig freundlicher: „Wir alle müssen uns erst an die neue Situation gewöhnen. Ich melde mich."

Christoph nickte.

In diesem Moment trat Lena auf ihn zu, legte beide Arme um seinen Hals und flüsterte in sein Ohr: „Mutti glaubte, du wärest ihr Seelenverwandter."

Er lächelte. „Das hat sie dir gesagt?", flüsterte er ebenfalls.

„Ja. Es war gut, dass sie dich doch noch gefunden hat." Sie küsste ihn auf die Wange und löste sich von ihm. „Ich kann mir zwar nicht so recht vorstellen, was sie damit meinte, aber sie sagte, ich würde es eines Tages verstehen, wenn ich meinen Seelenverwandten gefunden hätte. Leider hat mir Mutti nicht verraten, wie ich ihn finde und woran ich ihn erkenne?"

„Mach dir keine unnötigen Gedanken, du wirst ihn erkennen, wenn er vor dir steht. Dein Herz wird es dir sagen", erklärte er lächelnd.

Tristan reichte Christoph die Hand zum Abschied, dabei blickte er ihm tief in die Augen, als suche er nach einer Antwort auf eine Frage. Für eine Sekunde hatte es sogar den Anschein, als wolle er sie Christoph stellen, doch kaum hatte er den Mund geöffnet, schloss er ihn wieder. Der Junge nickte ihm nur zu, bevor er sich abwandte und zum Wagen ging.

Christoph wusste, was in Tristan vor sich ging und er wusste auch, welche Frage ihm der Junge stellen wollte. Die Frage, die auch ihm nachts den Schlaf raubte und am Tag auf Schritt und Tritt verfolgte. Die Frage, die auch er sich jede Minute aufs Neue stellte. „Tristan", rief er ihm nach, „ich weiß es auch nicht."

Tristan warf ihm einen letzten Blick zu, nickte und stieg in den Wagen.

Christoph winkte ihnen noch nach, bis der Wagen hinter der Biegung verschwand. Erst jetzt wurde er sich der Leere und der eisigen Kälte, die sich in seinem Herzen breitgemacht hatte, schmerzhaft bewusst. Niemand der seine Hand trostsuchend in seine schob, wie das immer der Fall war, wenn die Angst sie überfiel oder wenn sie Tristan wieder mal gemeinsam zur Bahn gebracht hatten.

*

Lydia trat unbemerkt an seine Seite und legte ihre Hand auf seinen Arm. „Es wird Sturm geben. Komm mit uns ins Haus. Ines hat sicher schon den Tee serviert", bat sie besorgt, als sie bemerkte, dass er sich nicht von der Stelle rührte. Dann strich sie tröstend über seinen Rücken. *Was soll nun werden,* fragte sie sich, wie so oft während der letzten Tage. *Wie wird er sein Leben weiterleben, ohne die Frau, die er über alle Maße geliebt hatte?* Unwillkürlich musste sie wieder an den Abend ihres Todes denken. Ohne ein Wort zu sagen und ohne auch nur die geringste Gefühlsregung zu zeigen war Christoph in die Wäschekammer gegangen, hatte geblümte Bettwäsche geholt und damit das Bett des Gästezimmers im Erdgeschoss bezogen. Dann war er zurückgekommen, hatte Nora auf seine Arme genommen, in das Zimmer getragen und auf das Bett gelegt.

Nora sah aus, als ob sie schliefe.

Sie hatte den Kerzenleuchter genommen und auf die Nachtkonsole gestellt. Alle hatten sich um Noras Bett gesetzt, Totenwache gehalten, gebetet und mal leise, mal laut schluchzend geweint.

Irgendwann, es war schon spät, hatte Frank gesagt: „Kommt Kinder, wir gehen schlafen."

„Nein, ich bleibe bei Mama", hatte Tristan schwach protestiert.

Doch Frank hatte darauf bestanden. Durch ein knappes Nicken und einen Blick auf Christoph deutete er an, dass er diesem die Gelegenheit geben wollte, sich allein von Nora zu verabschieden.

Friedrich hatte sich den andern sofort angeschlossen, nachdem er Lydia ein Zeichen gegeben hatte, ihm ebenfalls zu folgen.

Sie hatte noch einmal die Hände auf Christophs Schultern gelegt und er hatte sie kurz angesehen. In seinen starr blickenden Augen schien, in diesem Moment, der Schmerz der ganzen Welt zu liegen. Aber keine einzige Träne schimmerte in ihnen.

Am Tag darauf hatte er all die Dinge erledigt, die erledigt werden mussten.

Frank hatte ihm diese Aufgabe stillschweigend überlassen.

Lydia wusste, dass Nora es so gewollt hatte.

Nun ging der Tag der Beisetzung, den sie so gefürchtet hatte, zu Ende. Doch die Sorge um Christoph blieb und würde sie wohl noch einige Zeit begleiten. Er wirkte gefasst, zeigte nicht die geringste Gefühlsregung, doch sie wusste, er war starr vor Schmerz. *Seit jenem Abend, an dem Nora von uns gegangen ist, hat er keine Träne vergossen. Das ist nicht gut.* Es wäre ihr lieber gewesen, er hätte seiner Wut, die er ohne Zweifel empfand und diesem ungeheuren Schmerz, der ihn innerlich aufzufressen schien, freien Lauf gelassen und sich beides von der Seele gebrüllt. Dann könnte die tiefe Wunde heilen, die Noras Tod verursacht hatte.

„Wie?", fragte er zerstreut, als hätte sie ihn aus dem Schlaf gerissen. Er nickte. „Ja Mutter, ich komme gleich. Geht schon mal vor."

„Es zerreißt mir das Herz, dich so unglücklich zu sehen. Wie gerne würde ich dich trösten."

„Ich weiß, Mutter", antwortete er abweisend.

Hilflos, mit Tränen verschleiertem Blick, wandte sie sich zu Friedrich, der ihr sogleich liebevoll seinen Arm um die Schultern legte und sie ins Haus führte.

*

Christoph ging langsam zum Strand hinunter. Der mittlerweile stärker gewordene Wind zerrte an seinen Kleidern. Nebelschwaden krochen über die unruhige See. Wie leckende Zungen schmiegten sie sich an ihn, als wollten sie ihn in die wallende See hinausziehen, um ihn zu verschlingen.

Als kleiner Junge hatte er sich vor den Nebeln gefürchtet. Er hatte es nicht gewagt an solchen Tagen hier herunterzugehen. Jetzt empfand er nichts, schon gar keine Angst. Die tosende See erinnerte ihn daran, dass er noch lebte. Er beobachtete die riesigen Wellen, die sich auf dem Weg zum Strand brachen und je näher sie kamen, stetig kleiner wurden, bis sie endlich über den Sand krochen, als wären sie unendlich müde.

Noch nie hatte er sich so einsam gefühlt. Nora hatte eine Lücke in seinem Leben hinterlassen, die wie eine tief klaffende, frische Wunde brannte und nur schwer zu schließen sein würde – vielleicht nie.

Er trat näher ans Ufer. Sein Blick verlor sich in der unendlichen Weite des Horizonts, um letztendlich an einem Fischkutter hängen zu bleiben, der weit von der Küste entfernt kreuzte. Bald würde sich die Nacht über dieses Szenario der Einsamkeit senken. *Seltsam,* dachte er, *wie unterschiedlich man bei ein und derselben Situation empfinden kann. Wie sehr doch eine Wahrnehmung von der jeweiligen Stimmung abhängt. Noch vor wenigen Tagen stand ich hier mit Nora. Glücklich hielten wir uns an den Händen und betrachteten eine ähnliche Szene ...*

Für einen Moment glaubte er tatsächlich, sie dort draußen finden zu können. Es wäre ein Leichtes für ihn, einfach da hinauszuschwimmen, um wieder bei ihr zu sein. „Nora wo bist du?", flüsterte er vor sich hin und fügte vorwurfsvoll hinzu: „Hast du mir nicht versprochen immer in meiner Nähe zu bleiben?"

„Ich werde immer bei dir sein", hörte er ihre melodische Stimme.

Hat sie das wirklich gesagt? „Nein", flüsterte er resigniert, „das hast du natürlich nicht. Du hast mich hier allein zurückgelassen und mir nie gesagt, wie dunkel die Welt ohne dich ist."

Kaum merklich nahm er eine leichte Bewegung wahr. Als er seinen Blick darauf lenkte, stellte er verwundert fest, dass eine weiße Feder neben ihm vom Himmel herunterschwebte und neben seinem Fuß liegen blieb. Bevor er sich danach bückte, blickte er fragend zum Himmel hinauf. *Das ist doch nicht möglich ...*

„Ich werde immer bei dir sein", hörte er sie noch einmal sagen. „Gib dir eine Chance. Nimm dir Zeit zum Leben."

Christoph hob die Feder auf und drückte sie fest an seine Brust. Ihm wurde ganz warm ums Herz, und als er nun die Augen schloss, quollen Tränen unter seinen geschlossenen Lidern hervor ... Als er sie wieder öffnete, lächelte er. *Egal, was das Leben noch an Überraschungen für mich bereithält, ich werde versuchen, es mit deinen Augen zu betrachten und es annehmen, ganz so, wie du es mich gelehrt hast.* „So lange ich lebe, wirst du in meinem Herzen sein."